증보

삼봉집

II

한국학술정보(주)

증보

삼봉집

정도전 저ㅡ정병철 편저

II

한국학술정보(주)

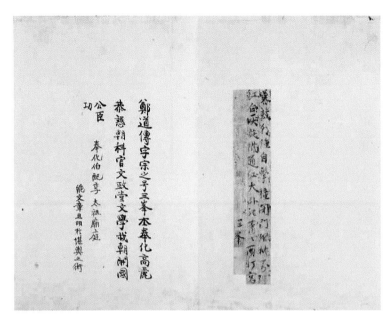

친필1 칠언절구 ≪名賢簡牘≫ 慶南大學校 博物館 소장

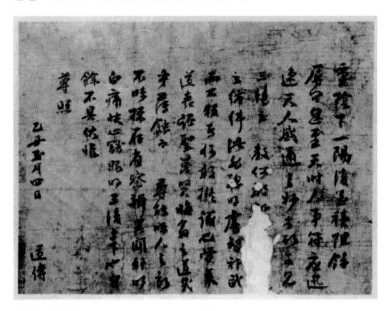

친필2 서간문 ≪槿域書彙 上≫ 서울大學校 奎章閣 소장

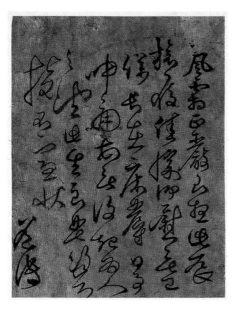

친필3 서간문 ≪槿墨≫ 成均館大學校 博物館 소장

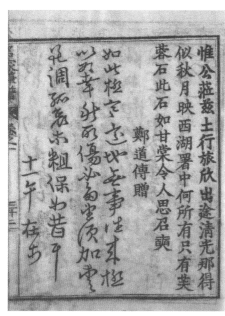

친필4 오언율시 ≪名家筆譜≫ 大邱館大學校 博物館 소장

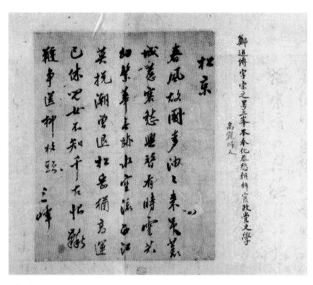

친필5 오언율시 松京 ≪데라우찌고문≫ 慶南大學校 博物館 소장

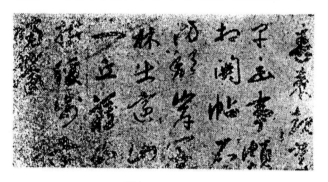

친필6 오언율시 杜甫의 早起 중 ≪教育出版 百科事典≫

春來起常早춘래기상조	봄이 왔으니 일찍 일어나
幽事頻相關유사파상관	미루었던 일들 두루두루 살펴야 하리.
帖石防頹岸첩석방퇴안	무너진 기슭 바위 돌로 둘러쌓고
開林出遠山개림출원산	숲을 열어젖히니 멀리 산이 보인다.
一丘藏曲折일구장곡절	오롯한 구릉 구불구불 굽이를 따라
緩步有躋攀완보유제반	천천히 올라 언덕을 산책하노라.

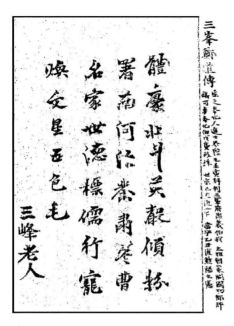

친필7 칠언율시 일부 ≪麗末朝鮮初古書帳≫國會圖書館 소장

□□□□□□□。
□□□□□□□。
□□□□□□□。
□□□□□體豪。

北斗英聲傾粉署북두영성경분서	북두의 명성은 분서의 으뜸이고,
南河治業蕭冬曹남하치업숙동조	남하의 치업은 공조를 이끌었네.
名家世德標儒行명가세덕표유행	명가 대대의 덕은 유행을 표하고,
寵煥文星五色毛총환문성오색모	찬란한 문재는 오색 깃털이로다.

* 粉署 : 胡粉으로 희게 칠한 관청으로 工部의 통칭하기도 하며 또, 粉星이라고도 하며, 尚書省
  의 별칭으로도 씀.
* 儒行 : 유학자(선비)의 품행, 유학에 기반을 둔 행위.
* 冬曹 : 工曹
* 文星 : 하늘 위에서 文才를 주관하는 별(文昌星) 이름으로 전하여 문재 있는 사람을 지칭하기
  도 한다.
* 五色毛 : 오색이 찬란한 봉황의 깃털[鳳毛]을 말한 것으로, 전하여 걸출한 인재에 비유한다.

친필8 휘호 滿堂和氣 無恙樂事 ≪데라우찌고문≫慶南大學校 博物館 소장
　　　　화기가 집안에 가득하면 즐겁고 근심이 없느니라.

친필9 편액 冥府殿 ≪奉元寺 소장≫
　　이 명부전 편액은 조선 태조비 神德王后의 명복을 빌기 위한 殿閣 현판이다

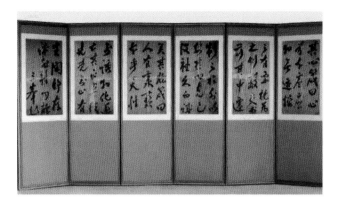

친필10 병풍 孔子二箴 ≪중국연변대 소장≫

其心箴曰 **마음(눈으로 보는것)을 경계하여 말하기를**

心兮本虛심혜본허	마음은 본래 비어 있으니
應物無迹응물무적	물질에 응해도 자취가 없다.
操之有要조지유요	조존하는 것이 중요함이 있으니
視爲之則시위지칙	눈으로 보는 것이 준칙이 되느니라.
蔽交兮前폐교혜전	눈 앞에서 물욕이 교폐되면
其中遷矣기중천의	그 중심이 곧 옮겨지느니라.
制之於分제지어분	억제할 줄 알고 분수를 지키면
以安其內이안기내	그 안에 편안함이 있다.
克己復禮극기복례	나를 이겨 예로 돌아오면
久而誠矣구이성의	오래도록 공경해질 것이다

其聽箴曰 **귀로 듣는 것을 경계하여 말하기를**

人有秉彝인유병이	변하지 않는 도는 사람에 있고
本乎天性본호천성	천성을 바탕으로 한다
知誘物化지유물화	물질에 유혹 되면
遂亡其正수망기정	그 바름을 잃게 된다
卓彼先覺탁피선각	뛰어난 선각자는
知止有制지지유제	자제함이 있어 끝을 알았고
閑邪存誠한사존성	사악함을 막고 공경함을 지녔기에
非禮勿聽비례물청	예가 아니거든 듣지 말라 하셨다

책머리에

이 책은 三峯 鄭道傳(1337?~1398) 선생의 文集이다. 선생은 여말선초 亂世를 살면서 정치·경제·사회·교육·문화·국방·의학 등 다방면에 걸쳐 不朽의 業績을 쌓았다. 그의 업적은 單純한 동기와 理念에서 출발한 것이 아니라, 정치·경제·사상을 아우르는 포괄적인 變化와 革命을 주도하여 朝鮮建國에 이바지하였다.

선생은 현실과 安協하여 얼마든지 保身과 榮華를 누릴 수 있었지만, 현실에 안주하지 않고 公共의 槪念에서 仁을 통한, 實踐的 이념을 바탕으로 良心과 道德이 통하는 선진 民本國家를 건설하고자 하였다. 英雄豪傑이 그렇듯이 그도 역시 끝내 天壽를 누리지 못하고, 이방원일파의 襲擊을 받아 非命에 쓰러지고 말았다. 그래서 후세 史家들은 그를 비운의 革命家라고 한다. 그러나 그가 正立한 文物典章은 조선왕조가 500여 년 동안 性理學的 민본국가로 이어질 수 있는 土臺가 되었다.

불초가 선생에 대하여 알고 있었던 知識은, 선대로부터 내려오는 傳說 같은 내용과 정규 敎科課程에서 배운 것으로서, 그저 漠然한 내용이었다. 약 15년 전 지방에 사시는 先考께서 「鄭道傳先生硏究」라는 책을 구입하여 小子에게 주었다. 이때 비로소 筆者는 나의 뿌리에 대하여 관심을 갖게 되었고 어렵게 「三峯集」을 구입하여 읽었다. 이로써 선생을 이해하면서 날이 갈수록 깊이 빠져들게 되었고, 이후 高麗史와 朝鮮王朝實錄을 비롯한 수많은 碩學들의 論文과 著述을 접하면서 때로는 도서관에 며칠씩 머물기도 하였다.

선생께서 난세에 疲弊한 나라와 백성을 구제하기 위하여 渾身을 다 바쳐 정열적으로 임하심을 보고 한없이 우러러 尊敬心이 발로되었고, 말로가 쓸쓸하고 政敵들의 酷評과 억울한 陋名에 눈물 흘렸다. 아들 僖節公 諱 津字 조부께서 자손을 잇기 위한 犧牲과 屈辱 감내 또한 가슴이 저민다. 그리고 증손 良敬公 諱 文字 炯字 조부의 平生은 선생의 억울한 陋名을 相殺하기 위한 삶이었다. 온갖 逼迫과 蔑視에도 굴하지 않고 굳건히 일어나, 방방곡곡 散在한 詩文을 여가마다 收集하여 1465년 1차 重刊하고, 21년 후 1486년 再刊하였으며, 1487년 다시 續刊한 것을 보면 증조부에 대한 尊敬과 自負心 그리고 矜持가 어떠하였는가를 미루어 짐작할 수 있다. 또 강지수사는 두 분 조부께서 後孫들에게 거는 期待와 當付가 실로 컸다. 하지만 어찌 만분의 일이라도 子孫의 道理를 다할 수 있겠는가? 다만 현재까지 收集된 시문들을 한데 엮어 털끝만큼이라도 恩惠에 보답고자 할 따름이다.

『景濂亭題詠 · 訪原州元耘谷天錫 · 書簡文 2篇 · 失題시문 5편 · 白巖山淨土寺橋樓記 · 彌智山舍那寺圓證國師石鐘銘 · 惕若齋銘 · 哭遁村 · 王爲公曰禁欲能僞朝添設職記述可有對曰 · 頒教文(開國教旨) · 시조 懷古歌 · 入官補吏法 · 謝恩表文 · 撰進御諱表德說 · 請要國號奏文 · 松京 · 夢金尺, 受寶籙, 納氏曲, 窮獸奔曲, 正東方曲 등 樂章을 지어 올리는 전문 · 鷄龍山 · 軍制改訂上書 · 매일 將相들을 불러 軍國의 일을 議論하기를 청하다 · 朝鮮經國典을 지어 올리는 箋 · 毋岳遷都에 대한 반대 상소 · 告由文(新都 役事를 皇天后土 神에게 알리는 글) · 新都歌 · 天變으로 因하여 宰相들에게 求言하는 敎書 · 國政刷新敎書 · 鄕藥濟生集成方序 · 哭松隱 · 東北面 관할 州府郡縣의 조직을 整備完了하였음을 아뢰다 · 書信과 옷과 술을 내려서 慰勞해 준 것에 대한 感謝 답장을 올리다.』 등 시문과 고려사와 조선왕조실록의 上疏文 · 啓 · 書 · 箋 · 敎書 등 舊篇에 漏落된 34편을 添入하였다. 그리고 失傳되어 題目만 전하는 『學者指南圖 · 八陣三十六變徒譜 · 太乙七十二局圖 · 診脈圖訣 · 詳明太一諸算法 · 積慶園中興碑文 · 五行陣出奇圖 · 講武圖 · 陣圖 · 四時蒐狩圖 · 歷代府兵侍衛之題編修 · 高麗國史 · 監司要約 · 贈孟希道天字韻 · 遊眞觀寺 · 東池詠蓮 · 勅慰盛旨跋語 · 國初群英眞蹟』 등은 별도로 補充 설명하였다. 아울러 모든 시문을 著作年代를 상고하

여 선후가 錯亂됨이 없도록 精選하여 연대별로 재편에 정성을 기울였다. 다소 未洽한 점이 있을 것이나 諸族賢學들의 忠告와 질타 속에 사실에 近接한 문집으로 거듭날 수 있을 것으로 생각한다.

　바람이 있다면 선생 死後 一身에 가해진 抑鬱한 陋名이 벗어지고 종묘 開國功臣錄에 뚜렷이 登載되는 것, 出生과 관련한 禹·車門의 그릇된 기록의 再分析, 李穡과 李鍾學 부자·李崇仁·禹洪壽 형제의 죽음과 關聯한 陋名에 대한 再解釋이 있기를 素望해 본다. 최근 일부 史學徒의 해석은 못내 痛嘆으로 남아 가슴 아리다. 이 책을 통하여 선생께서 나라와 百姓을 사랑하는 뜨거운 열정이, 이 땅에 태어난 모든 사람들 가슴 가슴마다 깊이 새겨져, 나라와 이웃사랑으로 昇華되길 바라며, 또한 선생과 같은 위대한 국가 指導者가 나타나 塗炭에 빠진, 이 나라 백성을 救濟하여 주길 祈願하며 선생의 靈前에 바친다.

　끝으로 이 책을 세상에 꼭 내보내야할 책으로 흔쾌히 출판하여 주신 한국학술정보(주) 채종준 사장님의 好意에 깊이 감사드리며, 난해한 原稿임에도 불구하고 톡톡 튀어 나올 것같이 살아있는 글로, 정성스럽게 다듬어 주신 出版事業部 강태우 팀장님을 비롯한 編輯部 이지연님, 박미현님, 안선영님께 감사드린다. 묵향이 솔솔 피어날듯 고풍스럽고 품위 있게 표지를 디자인 해주신 양은정 팀장님의 勞苦도 잊을 수 없다. 처음 企劃에서 많은 助言과 資料를 아낌없이 제공해 주시고, 고비마다 격려와 용기를 주신 鄭泰漢, 鄭東燮 족친에게 감사드린다. 지금껏 숫한 어려움 속에서도 내색하지 않고 늘 옆에서 따뜻한 사랑으로 감싸준 아내 金貞美씨에게 미안함과 고마움을 전한다.

2009년 9월
月溪一隅에서 20代孫 鄭柄喆 謹拜

일러두기

이 책은 아래와 같은 요령으로 엮었다.

1. 이 책의 대본은 서울 대학교 규장각 소장의 태백산본(太白山本) 이고, 초고는 민족문화추진회의 국역본이다.

2. 번역에 있어 조선경국전 상하는 김동주님, 경제문감 상하와 경제문감별집 상하는 윤남한님, 불씨잡변은 조준하님의 초고를 참고, 원의(原意)를 손상하지 않는 범위에서 현대적 표현을 보충하였다.

3. 체제는 연대별로 모아 재편집하였다.

4. 편집자의 편의에 따라 각 항목 세목으로 분류하고 일련의 번호를 넣었다.

5. 한자는 이해를 돕기 위하여 한글 뒤에 ( )속에 수록하였으며, 시(詩)에는 원문에 한글 토를 달고 번역을 병행하였다.

6. 맞춤법과 뛰어 쓰기는 한글 맞춤법 통일안을 따르는 것을 원칙으로 하였다

7. 원문의 소자쌍행(小字雙行)으로 된 안은 抆이라 표시 하고 내용은 9포인트 크기로 병행하였다.

8. 인용은 왼쪽 5포인트 들여쓰기 9.5포인트 크기로 하였다.

9. 주석은 간단한 것은 ( )나 [ ] 안에 8포인트로 간주(間註)하고, 내용이 긴 것은 각주(脚註) 하였다.

10. 이 책에는 다음과 같이 부호를 사용 하였다.

1) ( ) : 음과 뜻이 같은 한자를 묶는다.

2) [ ] : 음은 다르나 뜻이 같은 한자를 묶는다.

3) < > : 보충역을 묶는다.

4) " " : 대호 등의 인용문을 묶는다.

5) ' ' : 재인용이나 강조 부분을 묶는다.

6) 「 」 : ' '안의 재인용, 또는 책명을 묶는다.

7) ≪ ≫ 각주에서 출전을 밝힌다.

8) *) : 제목에서 각주를 표시한다.þ

9) ※) : 미상의 주석을 표시한다.

三峯集序

　　문자(文字)가 천지(天地) 사이에 있어 사도(斯道)와 운명(運命)을 함께하므로 도(道)가 위에서 시행되면 문장(文章)이 예악(禮樂)과 정교(政敎)의 사이에 나타나고, 도가 아래에서 밝아지면 문장이 서적(書籍)과 필삭(筆削)에 의탁(依託)하는 것이다. 그러므로 전모(典謨)[1) ·서명(誓命)의[2) 문(文)에나, 산정(刪定) ·찬수(贊修)한 서(書)에나 도가 실려 있는 것은 마찬가지이다.

　　주(周)나라가 쇠약해짐에 따라 도마저 감추어 버리니, 백가(百家)가 한꺼번에 일어나 각기 자기의 학술(學術)로 세상을 울리게 되어 문(文)이 비로소 병들기 시작하였다. 한(漢)나라 사마천(司馬遷) ·양웅(揚雄)의 무리마저 그 말이 오히려 순아(淳雅)하지 못했던 것이다. 급기야 불교가 중국에 들어오자 사문(斯文)은 더욱 병들었으며, 위 ·진(魏晉) 이후로 더욱 황폐하여 들을 수 없게 되었다.

　　당(唐)나라에 와서 한유(韓愈)가 인의(仁義)를 숭상(崇尙)하고 이단(異端)을 물리쳐 팔대(八代)의 쇠퇴를[3) 일으켰고, 송(宋)나라가 흥기(興起)하여 정자(程子) ·주자(朱子)의 글이 나온 뒤에야 도학(道學)이 다시 밝아져서 사람들이 모

---

1) 전모(典謨) : 「서경」에 요전(堯典) ·순전(舜典)의 2전과 대우모(大禹謨) ·고도모(皐陶謨) ·익직 (益稷)의 謨를 말한다.
2) 서명(誓命) : 「서경」의 문체명. 서는 軍隊나 臣下를 경계하는 문이며, 명은 임금이 신하에 명령 하는 문이다.
3) 팔대의 쇠퇴 : 팔대는 東漢 ·魏 ·晉 ·宋 ·齊 ·梁 ·陳 ·隋나라를 말한다. 소식(蘇軾)의 조주한 문공묘비(潮州韓文公墓碑)에 "문은 팔대의 쇠퇴기에 일어났다."[文起八代之衰]란 말이 보인다.

두 우리 도의 큰 점과 이단(異端)의 그른 점을 알게 되었으니, 후학(後學)에게 개시(開示)하고 만세에 밝혀 놓은 그 공(功)은 진실(眞實)로 거룩하다 하겠다.

우리나라가 비록 바다 밖에 있으나 기자(箕子) 팔조(八條)의 가르침으로부터 풍속(風俗)은 염치(廉恥)를 숭상(崇尙)하고, 문물(文物)의 아름다움과 인재(人才)의 작흥(作興)이 중국과 견줄 만하였다. 이로부터 대대로 문치(文治)를 숭상하여 과거제도(科擧制度)를 만들어 선비를 뽑되, 한결같이 중국(中國)의 제도(制度)를 따라 훈도성취(薰陶成就)하여 수백 년을 내려왔다. 그래서 경(卿)·사(士)·대부(大夫) 가운데 학문(學文)하는 사람들이 많았던 것이다.

우리 집안 문정공(文正公 權溥)이 비로소 주자사서(朱子四書)를 공부하여 입백(立白),[4] 간행하여 후학을 권장하자 그 생질(甥姪) 익재(益齋 李齊賢) 이문충공(李文忠公)이 스승으로 섬겨 친히 배워 의리(義理)의 학(學)을 제창하여 한세상의 유종(儒宗)이 되었다. 그리고 가정(稼亭 李穀)과 초은(樵隱 李仁復)이 뒤를 이어 흥기시켰으며, 담암백공(澹庵白公 白文寶)이 이단을 물리치는 데 더욱 힘을 썼다.

우리 좌주(座主)[5] 목은(牧隱 李穡) 선생께서 일찍 가훈을 받들어 벽옹(辟雍)에[6] 입학함으로써 정대정미(正大精微)한 학문을 이루었으며, 이분들이 학계에 돌아오자 유림들이 모두 존숭하게 되었다. 이를테면 포은 정공(圃隱鄭公 鄭夢周)·도은 이공(陶隱李公 李崇仁)·삼봉 정공(三峯鄭公 鄭道傳)·반양 박공(潘陽朴公 朴尙衷)·무송 윤공(茂松尹公 尹紹宗) 등이 모두 승당(升堂)한 분들이다.

삼봉(三峯)은 포은(圃隱)·도은(陶隱)과 더불어 서로 친하여 강론(講論)하고 갈고 닦아 더욱 얻은 바 있었고, 항상 후진(後進)을 가르치고 이단(異端)을 물리치는 것을 자기 책임으로 일관(一貫)하여 왔다.

그는 시서(詩書)를 강의함에 있어서 되도록 알아듣기 쉬운 말로써, 지극한 이치(理致)를 형용하여 배우는 사람들이 한번 들으면 바로 의(義)를 깨달았으며, 이단을 물리침에 있어서 본인이 먼저 이단의 학술(學術)에 대하여 정통(精通)하

---

4) 입백(立白)은 당연히 건백(建白)으로 해야 되지만 고려 태조의 휘(諱)가 건(建)이기 때문이다.
5) 좌주(座主) : 응시생(應試生)이 과거에 급제(及第)한 뒤 과거를 감독(監督)하는 시관(試官)을 좌주(座主)라고 부르고, 자신을 문생(門生)이라 했다.
6) 벽옹(辟雍) : 고대 학궁(學宮)의 명칭으로서 태학(太學)을 가리킨다.

여 그 연유를 자세히 설명한 다음 마침내 그 허와 실은 지적하므로 이를 듣는 사람이 모두 굴복하였다.

이와 같이 삼봉의 강의가 지극히 이치에 합당하므로 경서(經書)를 들고 종유(從遊)하는 사람들이 골목을 메웠으며, 일찍이 따라 배워서 현관(顯官)의 자리에 오른 자(者)도 어깨를 견주어 서게 되었고, 비록 무부(武夫)와 속사(俗士)라도 그 강설(講說)을 들으면 재미를 붙여 싫증을 내지 않았으며, 부도(浮屠 불교)의 무리들까지도 따라서 향화(向化)한 자가 있었다.

그리고 예악(禮樂)·제도(制度)·음양(陰陽)·병력(兵曆)에 이르기까지 정밀(精密)히 해득(解得)하지 않은 것이 없어, 팔진(八陣)을[7] 조(組)로 정(定)하여 36변(變)의 보(譜)를 만들었고, 태을(太乙 陣의 이름)을 요약하여 72국도를 그렸는데, 간략(簡略)하면서 곡진(曲陣)하여 세상의 명장(名將)과 술사(術士)들이 이를 보고 감탄하여 찬사를 아끼지 아니하였다.

선생은 절의(節義)가 매우 높고 학술(學術)은 가장 정밀(精密)하여 일찍이 바른말로 세상의 비위에 거슬려 남방(南方)으로 유배(流配)된 지 10여 년이 되었음에도 불구하고 그 뜻을 바꾸지 않았으며, 공리(公利)의 도당(都堂)과 이단의 무리가 떼 지어 업신여기고 비방(誹謗)했지만 그 뜻을 지킴이 더욱 굳건하였으니, 선생이야말로 도(道)를 믿음이 독실하여 현혹(眩惑)되지 않은 분이라 하겠다.

선생의 저술(著述)은 「학자지남도」(學者指南圖) 약간 편이 있어 의리의 정함이 일목요연하여, 미처 전현(前賢)이 밝히지 못한 바를 모두 쉽게 밝혀 놓았다. 「잡제」 약간 권은 신심(身心)·성명(性命)의 덕을 근본하고 부자(父子)와 군신(君臣)의 윤기(倫紀)에 밝아, 크게는 천지와 일월, 작게는 조수(鳥獸)와 초목(草木)에 이르기까지 그 이치가 미치지 않는 것이 없으며 말이 정하지 않는 것이 없다.

그리고 왕국사명(王國辭命 外交文書)의 문은 전아하여 체제를 얻었으며, 고율(古律)을 지음에는 위·진(魏晉)을 승습(承襲)하고 성당(盛唐)을 따랐으나, 이취(異趣)는 아송(雅頌)에서 나와 질박(質朴)하면서 잘 다듬어졌고, 온화(溫和)하면

---

7) 팔진(八陣) : 전투장(戰鬪場)의 진(陣)을 말한다. 잡병서(雜兵書)에 1. 방진(方陣)·2. 원진(圓陣)·3. 빈진(牝陣)·4. 모진(牡陣)·5. 충진(衝陣)·6. 윤진(輪陣)·7. 부저진(浮沮陣)·8. 안행진(雁行陣)이라 했다.

서 담담하여 옛사람에 비하여 손색이 없다. 또 악부소서(樂府小序)에 있어서 번란(繁亂)과 음벽(淫僻)을 산삭(刪削)하고 오직 성정의 바름에서 간발된 것만 기록하였다.

아아! 선생의 문은 모두 명교(名敎)에 보탬이 있으며 공언(空言) 따위에 비할 바 아니니 이는 그 도(道)와 아울러 후세(後世)에 유전(遺傳)하여 썩지 않을 것을 확신(確信)한다. 비록 작은 나라에서 태어나 그 문장(文章)이 중국 성세(盛世)의 전모(典謨)에 기록되지는 못하였으나, 일찍이 사명(使命)을 받들고 경사(京師)에 조회(朝會)하는 동안 요해(遼海)에 배를 띄우고 제·노(齊魯)를 지나면서 지은 시와 문 모두를 중국 문사들이 가상히 여기게 되었다.

이는 능히 문장으로 한 지방을 울리어 동점(東漸)의 정화(政化)를 찬송(讚頌) 선양(宣揚)한 것인 동시에, 동쪽 사람으로 하여금 만세에 노래하여 성대치도의 융성(隆盛)과 더불어 영원토록 전해질 것이라는 것도 의심할 바 없는 사실이다.

근(近)은 비록 재주가 없는 몸이지만 다행히 종유(從遊)의 반열(班列)에 참여하여 여론(與論)을 들은 바 있고, 또 다행스럽게 나를 비루(鄙陋)히 여기지 않고 서(序)를 명(命)하였기 때문에 감히 책머리에 쓰는 바이다.

洪武 19年 丙寅(禑王12, 1386) 봉익대부(奉翊大夫) 성균대사성(成均大司成)진현관 제학 지제교(進賢館提學知製敎)[8] 권근(權近)

---

8) 權近은 홍무18년(1385) 12월부터 홍무20년(1387) 7월까지 성균대사성(成均大司成)진현관 제학 지제교(進賢館提學知製敎) 직에 있었고, 국립중앙도서관소장 ≪三峯先生集 第七≫ 1487년 성화본에 "洪武十九年(1386)……花山君權近序"라고 되어 있다. 이로 본다면 공이 사행에서 돌아온 다음 해인 1386년에 발간한 것으로 보인다. ≪陽村年譜≫ ≪三峯先生集第七≫

三峯集 後序

　　일찍이 돌아보건대 옛날 영웅호걸(英雄豪傑)로 세상에 공을 세운 사람이 그 끝을 보전(保全)하지 못하는 사례(事例)가 있다. 혹 가득하면 덜어지고 차면 이지러지는 이치(理致)로서 화(禍)를 스스로 불러들이기도 하였고, 또한 운수소관(運數所關)으로 스스로 벗어나지 못한 사람도 있었다. 그러나 큰 공을 세운 자는 반드시 큰 복(福)을 누리게 마련이다. 만약 그 자신에게 미치지 못했다면 그 후손(後孫)에게 돌아가게 된다. 베푼 것이 있으면 반드시 소득(所得)이 있는 것은 진실(眞實)로 천도(天道)이기 때문이다.

　　삼봉 선생(三峯先生)께서는 천자(天資)가 활달하여 구애되지 않았고[磊落], 체격이 장대하고 용모가 위대하게 생기셔서[博大魁偉] 실로 왕좌(王佐)⁹⁾의 재주를 지녔던 분이다. 고려 말(高麗末)에 나라의 운수(運數)가 종말(終末)로 치달아 전국(全國)이 물 끓듯 하니, 백성(百姓)은 도탄(塗炭)에 빠져 허덕이므로 우리 태조(太祖)께서 시국(時局)의 간난(艱難)을 민망(憫憫)히 여기셔서, 동(東)으로 정벌(征伐)하고 서(西)로 토죄(討罪)하여 큰 어려움을 물리쳤는데, 선생께서는 손수 태조대왕을 추대하고 보필하여[日轂] 이끌어 온 누리를 밝혀 우리 동방(東方)의 억조창생(億兆蒼生)을 구원하였다. 개국초기(開國初期)에 있어서 무릇 커

---

9) 왕좌(王佐) : 왕도를 보좌하는 인물로 이윤(伊尹) · 부열(傅說) · 주공(周公) · 소공(召公) 같은 이를 왕좌재(王佐才)라 한다.

다란 정책(定策)은 모두 선생께서 찬정(贊定)하였다. 당시 **영웅(英雄)·호걸(豪傑)들이 일시에 일어나 구름이 용(龍)을 따르듯 하였으나, 선생에게 견줄 만 한 자가 없었다.** 비록 종말(終末)의 차질(蹉跌)은 있었다 할지라도 공(功)에 견주어 허물이 족히 덮어질 수 있었겠지만, 역시 운수소관(運數所關)으로서 옛날 호걸(豪傑)들이 벗어나지 못한 것과 같은 이치일까?

나와 함께 나란히 과거(科擧)에 급제(及第)한[同年] 경상도관찰사(慶尙道觀察使) 정군(鄭君 鄭文炯)은 선생의 증손(曾孫)인데, 일찍이 선생께서 끝까지 복(福)을 누리지 못한 것을 원통(寃痛)하게 생각하고 있었다. 그래서 군(君)은 무릇 선업(先業)을 계술(繼述)하고 조상(祖上)의 허물을 덮을 수 있는 일이라면 혼신을 바치지 아니한 바가 없었다. 그리고 지금 선생의 시문(詩文)과 잡저(雜著)를 찬집(撰集)하여 장차 판각(板刻)할 것을 계획(計劃)하고 나에게 서간(書簡)을 보내어 서문(序文)을 명(命)한 것이다.

선생의 업적(業績)으로 볼 때 시문(詩文)은 여사(餘事)에 불과하다. 그러나 선생의 **시(詩)는 고담(高澹)·웅위(雄偉)하고, 문(文)은 통창(通暢)·변박(辯博)하다. 이로써 공의 그 넓고 깊은 학문(學問)과 원대한 포부(抱負)가운데 일면을 엿볼 수 있는 것이다.** 하물며 선유(先儒) 목은(牧隱)·포은(圃隱)·양촌(陽村) 같은 제공(諸公)들이 모두 추앙(推仰)하고 탄복(歎服)하여 마지못함에 있어서랴!

정군(鄭君)은 일찍이 과거(科擧)에 급제(及第)하여 운로(雲路 벼슬길)에 드날렸고 지금은 간의(諫議) 직(職)으로 경상도 안렴(按廉)이다. 간의는 낮은 계급이지만 경상도는 매우 큰 지방이다. 그대는 아직 귀밑이 청청(靑靑)한 것이 아닌가? 금대(金帶)를 허리에 두르고 육비 남비(攬轡)[10]를 쥐게 되었으니 영광(榮光)이 역시 지극(至極)하다 하겠다. 이야말로 선생께서 못다 한 복(福)을 장차 정군(鄭君)으로 하여금 누리게 하자는 것이 아니겠는가! 천도(天道)는 베푼 자에게 돌아온다는 이치를 징험(徵驗)할 수 있거니와, 국가(國家)의 공로(功勞)에 대한 보답

---

10) 육비 남비 : 고삐를 잡는다는 뜻. 처음으로 벼슬하여 천하를 맑게 해 보겠다는 비유.「후한서」(後漢書) 범방전(范滂傳)에 "수레를 타고 고삐를 잡아 개연히 천하를 맑게 할 뜻이 있었다."[登車攬轡 慨然有澄淸天下之志]

(報答) 또한 여기서 볼 수 있다. 그러나 이른바 선업(先業)을 계승(繼承)하고 조상의 허물을 덮는 일이 어찌 이것으로 그칠 것인가?

정군(鄭君)은 더욱 힘써야 할 것이다.

선생의 휘(諱)는 도전(道傳)이요, 자(字)는 종지(宗之)이다. 군(君)의 이름은 문형(文炯)이고, 자(字)는 야수(野叟)이다.

성화원년 을류(1466년, 세조11) 7월 어느 날(成化 元年 乙酉 七月 日)

수충협책정난 동덕 좌익공신(輸忠協策靖難同德左翼功臣) 대광보국숭록대부(大匡輔國崇祿大夫) 영의정부사(領議政府使) 영예문춘추관사 세자사(領禮文春秋館事世子師) 고령부원군(高靈府院君) 申叔舟 書

차 례

조선경국전 상 朝鮮經國典 上

조선경국전서 ·················· 35

1. 보위를 바룸 正寶位 ·········· 37

2. 국호 國號 ·················· 39

3. 국본을 정함 定國本 ·········· 40

4. 세계 世系 ·················· 41

5. 교서 敎書 ·················· 42

6. 치전 治典 ·················· 44

  1. 총서 總序 / 44   2. 관제 官制 / 46

  3. 재상의 연표 宰相年表 / 47   4. 입관 入官 / 48

  5. 보리 補吏 / 51   6. 군관 軍官 / 52

  7. 전곡 錢穀 / 53   8. 봉작 · 증직 · 승습 封贈承襲 / 54

7. 부전 賦典 ·················· 55

  1. 총서 總序 / 55   2. 주군 州郡 / 56

  3. 판적 版籍 / 56   4. 경리 經理 / 58

  5. 농상 農桑 / 60   6. 부세 賦稅 / 61

  7. 조운 漕運 / 63   8. 염법 鹽法 / 64

  9. 산장과 수량 山場水梁 / 64   10. 금은주옥동철 金銀珠玉銅鐵 / 65

  11. 공상세 貢商稅 / 65   12. 선세 船稅 / 66

  13. 상공 上供 / 66   14. 국용 國用 / 69

  15. 군자 軍資 / 69   16. 녹봉 祿俸 / 71

  17. 의창 義倉 / 71   18. 혜민전약국 惠民典藥局 / 72

  19. 견면 蠲免 / 73

8. 예전 禮典 ·················· 74

1. 총서 總序 / 74

2. 조회 朝會 / 75

3. 종묘 宗廟 / 76

4. 사직 社稷 / 77

5. 적전 耤田 / 77

6. 풍·운·뇌·우 風雲雷雨 / 78

7. 문묘 文廟 / 78

8. 제신사전 諸神祀典 / 79

9. 연향 燕享 / 79

10. 부서 符瑞 / 80

11. 여·복 輿服 / 81

12. 음악 樂 / 81

13. 역 曆 / 82

14. 경연 經筵 / 82

15. 학교 學校 / 83

16. 공거 貢擧 / 83

17. 유일을 천거함 擧遺逸 / 85

18. 구언·진서 求言進書 / 86

19. 사신을 파견함 遣使 / 86

20. 공신도형사비 功臣圖形賜碑 / 87

21. 시호 諡號 / 87

22. 정표 旌表 / 87

23. 향음주 鄕飮酒 / 88

24. 관례 冠禮 / 89

25. 혼인 婚姻 / 89

26. 상제 喪制 / 90

27. 가묘 家廟 / 92

조선경국전 하 朝鮮經國 下

1. 정전 政典 ···················· 95

1. 총서 總序 / 95

2. 군제 軍制 / 96

3. 군기 軍器 / 97

4. 교습 教習 / 97

5. 병기의 점검 整點 / 98

6. 상벌 賞罰 / 99

7. 숙위 宿衛 / 100

8. 둔수 屯戍 / 101

9. 공역 功役 / 101

10. 존휼 存恤 / 102

11. 마정 馬政 / 102

12. 둔전 屯田 / 103

13. 역전 驛傳 / 105

14. 추라 騶邏 / 106

15. 전렵 畋獵 / 106

2. 헌전 憲典 ···················· 108

1. 총서 總序 / 108

2. 명례 名例 / 109

3. 직제 職制 / 111

4. 공식 公式 / 111

5. 호역 戶役 / 112

6. 제사 祭祀 / 113

7. 의제 儀制 / 113

8. 궁위 宮衛 / 114

9. 군정 軍政 / 115

10. 관·진 關津 / 116

11. 구목 廐牧 / 117

12. 우역 郵驛 / 117

13. 도적 盜賊 / 118   14. 인명・투구 人命鬪毆 / 119

15. 매리・소송 罵詈訴訟 / 120   16. 수장・사위 受贓詐僞 / 120

17. 범간 犯姦 / 120   18. 잡범 雜犯 / 121

19. 포망・단옥 捕亡・斷獄 / 121   20. 영조 營造 / 122

21. 하방 河防 / 122   후서 後序 / 123

3. 공전 工典 ····················· 124

1. 총서 總序 / 124   2. 궁원 宮苑 / 125

3. 관부 官府 / 126   4. 창고 倉庫 / 126

5. 성곽 城郭 / 127   6. 종묘 宗廟 / 129

7. 교량 橋梁 / 129   8. 병기 兵器 / 129

9. 노부 鹵簿 / 131   10. 장막 帳幕 / 131

11. 금옥석목공피전식공 金玉石木攻皮塼埴等工 / 132

경제문감 상 經濟文鑑 上

1. 재상 宰相 ····················· 140

1. 개요 ····················· 140

1. 육전의 구성 / 143

2. 팔법(八法)으로써 관부(官府)를 다스린다 / 144

3. 팔칙(八則)으로써 도읍과 지방을 다스린다 / 145

4. 팔병(八柄)으로써 임금을 가르쳐 보필하고 군신(群臣)을 어거한다 / 146

5. 팔통(八統)으로써 임금을 가르치고 백성을 어거한다 / 147

6. 구직(九職)으로써 만민에게 직분을 맡긴다 / 148

7. 구부(九賦)로써 재물을 거둔다 / 148

8. 구식(九式)으로써 재용(財用)을 고루 조절한다 / 149

9. 구공(九貢)으로써 나라의 재용(財用)에 이른다 / 150

10. 구량(九兩)으로써 나라의 백성을 얻는다 / 151

2. 총론 ····················· 155

1. 주나라 周 / 155   2. 진나라 秦 / 155

3. 한나라 韓 / 156   4. 선주 先主(촉한의 유비) / 160

5. 진송 晉宋 / 160   6. 당나라 唐 / 161

　　7. 송나라 宋 / 163　　　　　　　　8. 원나라 元 / 168

　　9. 고려 高麗 / 168　　　　　　　　10. 본조 本朝 / 168

3. 재상의 직 宰相之職 ············ 169

4. 재상이 하는 일 相業 ············ 170

　　1. 자기 몸을 바르게 한다 / 170

　　2. 임금을 바르게 한다 / 170

　　3. 인재를 안다 / 170

　　4. 일을 잘 처리한다 / 171

　　5. 임금을 이끌어 도에 도달하게 한다 / 172

　　6. 옳은 것은 들이고 그른 것은 바꾼다 / 173

　　7. 먼저 그 몸을 버린다 / 173

　　8. 그 아름다움을 머금고 드러내지 않는다 / 173

　　9. 주공은 그 직분을 다하였다 / 173

　　10. 상친하여 돕는 것을 나타낸다 / 174

　　11. 비색함에 처하면 비색함을 구제한다 / 174

　　12. 밝은 지혜로 일을 처리한다 / 174

　　13. 악을 시초에 제지한다 / 175

　　14. 근심하고 부지런하며 삼가고 두려워한다 / 175

　　15. 안에 지극한 정성을 간직한다 / 175

　　16. 성의로 능히 움직인다 / 175

　　17. 지성으로 임금의 신임을 얻는다 / 176

　　18. 어긋나는 때를 만나 도리를 굽혀 비위를 맞추지 않는다 / 176

　　19. 어진 이를 나오게 하고 불초한 자를 물리친다 / 176

　　20. 오늘날에는 농락하는 술책만을 쓴다 / 177

　　21. 천관의 직분은 그 마음이 크지 않은 자는 능히 해낼 수 없다 / 177

　　22. 임금의 직분은 재상을 논함에 있다 / 178

　　23. 재상은 천하의 기강이다 / 178

　　24. 보상은 마땅히 강명 · 정직한 사람을 가려 뽑아야 한다 / 179

　　25. 대신은 사방을 염려한다 / 179

　　26. 재상은 장관을 선택하고 장관은 구료를 선택한다 / 180

　　27. 오늘날 입대하는 것의 그른 것 / 180

　　28. 마땅히 어진 이를 나오게 하고 간사함을 물리치는 것을
　　　　직분으로 삼는다 / 180

29. 천하의 인재에 널리 자뢰한다 / 181

30. 마음을 바룸으로써 임금을 바로잡는다 / 1781

31. 나를 바르게 함으로써 남을 바룬다 / 181

32 근로함으로써 정치를 돕는다 / 182

33 공도를 다하여 일을 결단한다 / 182

34 마땅히 심술과 도량이 있어야 한다 / 183

35 천하를 보장하는 자는 재인과 같다 / 183

36 재상의 규모 / 183

37 재상의 직분은 사람을 임용하는 데 있다 / 184

38 인재를 얻음이 한 재상을 얻음만 같지 못하다 / 184

39 재상은 천하를 화평하게 하는 것이다 / 185

40 재상은 마땅히 정밀하게 가려 뽑아 오래 맡길 것이다 / 185

41 정권은 재상에게 있지 않아서는 아니 된다 / 185

42 재상은 마땅히 공심으로 어진 이를 써야 한다 / 186

43 대신은 몸소 천하의 의론을 주재한다 / 186

44 음양을 섭리함은 다만 마음을 바르게 하는 것일 따름이다 / 188

45 정사는 마땅히 중서에서 나와야 한다 / 188

46 중서의 업무는 마땅히 맑아야 한다 / 188

47 옛날 대신은 용퇴하는 절조가 있었다 / 189

경제문감 하 經濟文鑑 下

1. 대관 臺官 ···················· 197

1. 대관의 연혁 ···················· 197

2. 대관 총론 ···················· 200

1. 위망을 먼저하고 반격을 나중에 한다 / 200

2. 어사부는 당연히 높아야 한다 / 200

3. 어사의 영예(榮譽)는 중요하다 / 201

4. 일을 말함에 용감해야 한다 / 202

5. 어사는 남을 책하되 또한 자신을 책해야 한다 / 202

6. 어사(御史) / 202

7. 어사대의 중요함 / 203

2. 간관 諫官 ················· 204

　1. 개요 ················· 204

　2. 연혁 ················· 204

　3. 간관 총론 ················· 208

　　1. 옛적에는 간함에 정원이 없었으므로 언로가 더욱 넓었다 / 208

　　2. 간관은 재상과 동등하다 / 209

　　3. 간하는 신하를 내쫓는 것은 아름다운 일이 아니다 / 209

　　4. 몸의 허물을 간하는 것은 마음의 허물을 간하는 것만 못하다 / 209

　　5. 간하는 신하는 재상을 억제한다 / 211

　　6. 간하는 신하는 측근에 있어야 한다 / 211

　　7. 시신과 간신 / 212

　　8. 간관과 어사는 그 직분이 약간 다르다 / 213

　　9. 마땅히 천하의 제일류를 써야 한다 / 214

　　10. 시비를 감히 말하지 않는다 / 214

　　11. 대간은 굳세고 바르다 / 214

　　12. 대간을 중히 여긴다 / 215

　　13. 대간의 권한이 가벼우면 사람들이 두려하지 않는다 / 215

3. 위병 衛兵 ················· 217

　1. 주(周)나라 궁위(宮衛)이다 ··········· 217

　　1. 궁정은 왕궁의 계령과 규금을 관장한다 / 217

　　2. 내외(內外)를 분변하여 때를 금한다 / 217

　　3. 그 십·오를 모아서 도예를 가르친다 / 218

　　4. 궁백은 왕궁의 사서자로서 무릇 판적에 있는 자를 관장한다 / 218

　　5. 팔차와 팔사의 직사를 준다 / 218

　2. 한(漢) 남군(南軍)과 북군(北軍)을 두었다 ················· 219

　　1. 남군 南軍 / 219　　2. 북군 北軍 / 220

　3. 당 부병제를 두었다 ················· 221

　4. 송 금군이다 ················· 222

　5. 본조 부병이다 ················· 223

　　※ 본조의 부병제도를 개혁한다 ········· 226

4. 감사 監司 ·················· 229

  1. 감사의 연혁 ·················· 229

  2. 감사 총론 ·················· 232

    1. 감사는 마땅히 그 사람됨을 가려 뽑아야 한다 / 232

    2. 감사는 마땅히 그 직분을 다해야 한다 / 233

    3. 감사는 마땅히 모두 색출하여 탄핵하여야 한다 / 233

    4. 감사는 지나치게 관후하여서는 아니 된다 / 234

    5. 감사는 마땅히 몸소 먼 곳을 순시하여야 한다 / 235

    6. 고과법 / 235

5. 주목 州牧 ·················· 237

    1. 주목의 연혁 ·················· 237

6. 군태수 郡太守 ·················· 238

    1. 군태수의 연혁 ·················· 238

7. 현령 縣令 ·················· 240

  1. 현령의 연혁 ·················· 240

  2. 군태수 총론 ·················· 241

    1. 군수는 백성의 근본이다 / 241

    2. 영·장(令長)은 백성과 더불어 가장 친밀하여야 한다 / 244

    3. 백성에게 가장 가깝다 / 245

    4. 선정(善政)에 감응한다 / 245

    5. 이천석의 착한 정치 / 246

    6. 착한 정치는 곧 한나라의 순리와 같다 / 247

    7. 수령은 일을 맡기지 않는다 / 247

    8. 아전은 백성의 유모요, 목자이다 / 247

    9. 양리와 탐리 / 248

    10. 장리 / 248

    11. 관리의 폐단 / 249

경제문감 별집 상 經濟文鑑別集 上

1. 군도 君道 ·················· 257

1. 당 唐 ································ 257
  1. 요 / 257

2. 우 虞 ································ 259
  1. 순 / 259

3. 하 夏 ································ 262

1. 우(禹) / 262	2. 계 / 263	3. 태강 / 264
4. 중강 / 264	5. 상 / 265	6. 소강 / 265
7. 공갑 / 265	8. 걸 / 265	

4. 은 殷 ································ 266

1. 탕 / 266	2. 태갑 / 267	3. 태무 / 268
4. 반경 / 268	5. 무정 / 269	6. 조갑 / 270
7. 무을 / 270	8. 제을 / 270	9. 주 / 271

5. 주 周 ································ 272

1. 무왕 / 272	2. 성왕 / 273	3. 강왕 / 273
4. 소왕 / 274	5. 목왕 / 274	6. 공왕 / 276
7. 효왕 / 276	8. 이왕 / 277	9. 여왕 / 277
10. 선왕 / 278	11. 유왕 / 279	

6. 한 漢 ································ 281

1. 고조 / 281	2. 혜제 / 283	3. 문제 / 284
4. 경제 / 285	5. 무제 / 287	6. 소제 / 288
7. 선제 / 289	8. 원제 / 290	9. 성제 / 291
10. 애제 / 292	11. 광무제 / 292	12. 명제 / 294
13. 장제 / 296	14. 화제 / 297	15. 상제 / 298
16. 안제 / 298	17. 순제 / 299	18. 충제 / 299
19. 질제 / 300	20. 환제 / 300	21. 영제 / 301
22. 헌제 / 301		

7. 삼국 三國 ······················ 302

8. 진 晉 ································ 302

9. 남북조 南北朝 ················· 303

10. 수 隋 ····························· 304

1. 문제 / 304	2. 양제 / 304

11. 당 唐 ················· 305

1. 고조 / 305 2. 태종 / 306 3. 고종 / 307
4. 중종 / 307 5. 예종 / 308 6. 현종 / 309
7. 숙종 / 311 8. 대종 / 312 9. 덕종 / 313
10. 순종 / 314 11. 헌종 / 314 12. 목종 / 315
13. 경종 / 315 14. 문종 / 317 15. 무종 / 318
16. 선종 / 318 17. 의종 / 319 18. 희종 / 320
19. 소종 / 321 20. 애제 / 322

12. 오대 五代 ················· 322

경제문감 별집 하 經濟文鑑別集 下

1. 송나라 宋 ················· 325

1. 태조 / 325 2. 태종 / 326 3. 진종 / 327
4. 인종 / 328 5. 영종 / 332 6. 신종 / 333
7. 철종 / 334 8. 휘종 / 335 9. 흠종 / 337
10. 고종 / 338 11. 효종 / 339 12. 광종 / 341
13. 영종 / 341 14. 이종 / 341 15. 도종 / 342

2. 원나라 元 ················· 343

1. 태조 / 343 2. 태종 / 343 3. 정종 / 343
4. 헌종 / 344 5. 세조 / 344 6. 성종 / 344
7. 무종 / 345 8. 인종 / 345 9. 영종 / 346
10. 태정제 / 346 11. 명종 / 346 12. 문종 / 346
13. 영종 / 346 14. 순제 / 347

3. 고려국 高麗國 ················· 347

1. 태조 / 347 2. 혜왕 / 348 3. 정왕 / 348
4. 광왕 / 349 5. 경왕 / 349 6. 성왕 / 350
7. 목왕 / 351 8. 현왕 / 351 9. 덕왕 / 352
10. 정왕 / 352 11. 문왕 / 352 12. 순왕 / 353
13. 선왕 / 353 14. 헌왕 / 353 15. 숙왕 / 354
16. 예왕 / 354 17. 인왕 / 355 18. 의왕 / 357
19. 명왕 / 357 20. 신왕 / 358 21. 희왕 / 359
22. 강왕 / 359 23. 고왕 / 359 24. 원왕 / 360
25. 충렬왕 / 361 26. 충선왕 / 362 27. 충숙왕 / 363

28. 충혜왕 / 364   29. 충목왕 / 364   30. 충정왕 / 364

31. 공민왕 / 365   32. 신 우 / 365   33. 공양왕 / 366

불씨잡변 佛氏雜辨

불씨잡변서 ··· 371

발　문 ·· 374

1. 불교의 윤회에 대한 변 佛氏輪廻之辨 ················ 375

2. 불교의 인과에 대한 변 佛氏因果之辨 ················ 379

3. 불교의 심성에 대한 변 佛氏心性之辨 ················ 382

4. 불교의 작용이 성이라는 변 佛氏作用是性之辨 ········ 385

5. 불교의 심적에 대한 변 佛氏心跡之辨 ················ 386

6. 불교가 도와 기에 어두운 것에 관한 변 佛氏昧於道器之辨 ···· 388

7. 불교가 인륜을 버림에 대한 변 佛氏毀棄人倫之辨 ······· 389

8. 불교의 자비에 대한 변 佛氏慈悲之辨 ················ 390

9. 불교의 참과 가에 대한 변 佛氏眞假之辨 ············· 392

10. 불교의 지옥에 대한 변 佛氏地獄之辨 ··············· 394

11. 불교의 화복에 대한 변 佛氏禍福之辨 ··············· 395

12. 불교의 걸식에 대한 변 佛氏乞食之辨 ··············· 396

13. 불교의 선과 교에 대한 변 佛氏禪·敎之辨 ············ 399

14. 유교와 불교가 같은 점 다른 점에 대한 변儒·釋同異之辨 ········ 400

15. 불교는 중국에서 들어왔다 佛法入中國 ·············· 405

16. 불교를 신봉하여 화를 얻었다 事佛得禍 ············· 406

17. 천도를 버리고 불과를 말함 舍天道而談佛果 ········· 410

18. 부처 섬기기를 극진히 할수록 연대는 단축되었다

　　事佛甚謹年代尤促 ····························· 412

19. 이단을 물리치는 데 관한 변 闢異端之辨 ············ 414

찾아보기 ·· 421

朝鮮經國典 上

鄭 道 傳　　著

鄭 柄 喆 編著

조선경국전서

육전(六典)이 지어진 지 이미 오래다. 「주례」(周禮) 천관(天官) 대재(大宰)를 상고하면 다음과 같다.

첫째 치전(治典)이다.

방국(邦國)을 다스리고 관부(官府)를 다스리며 만민(萬民)을 다스린다.

둘째 교전(敎典)이다.

방국을 편안하게 하고 관부를 가르치며 만민을 교훈한다.

셋째 예전(禮典)이다.

방국을 화평하게 하고 백관을 통합하여 만민을 화합하게 한다.

넷째 정전(政典)이다.

방국을 평정하고 백관을 바르게 하며 만민을 고르게 한다.

다섯째 형전(刑典)이다.

방국을 힐문하고 백관을 형벌하며 만민을 규찰한다.

여섯째 사전(事典)이다.

방국을 부유하게 하고 백관을 부리며 만민을 기른다.

치(治)는 이(吏)이고, 교(敎)는 호(戶)이며, 정(政)은 병(兵)이고, 사(事)는 공(工)이다. 옛날부터 그 후로 천하 국가의 치란과 흥망은 뚜렷하게 상고할 수 있다. 치흥(治興)하게 된 것은 육전에 밝았기 때문이고, 난망(亂亡)하게 된 것은 육전에 어두웠기 때문이다. 고려 말에 정치교화가 무너지고 기강이 퇴폐(頹廢)하여 이른바 육전이란 명칭뿐이고 실속은 없었다. 뜻있는 인사들이 주먹을 불끈 쥐고 탄식(歎息)한 지 이미 오래였다. 난세(亂世)가 극도(極度)에 달하면 치세가 돌아오는 것은 필연적(必然的)인 이치(理致)이다.

우리 전하는 천리와 인심에 순응(順應)하여 잔악함을 제거하고 구폐(舊弊)를 혁파해서 교화를 일신하였다. 때 맞춰 실적을 심사(審査)하여 우매한 사람을 출척(黜斥)하고 현명한 사람은 승진시켰으니, 치전이 밝았다. 요역(徭役)을 가벼이 하고 부세를 삭감하여 생민을 휴양시키니, 교전이 밝아졌다. 거복(車服)에 문체를 두게 되고 상하에 구별을 두게 되었으니, 예전이 밝아졌다고 하겠다. 융병(戎

兵)을 능히 힐문하여 적에게 모욕을 당하지 않게 하였으니, 정전(政典)이 밝아졌다고 하겠다. 범죄를 다스림이 실정을 얻어서 백성들에게 억울함이 없어졌으니, 형전(刑典)이 밝아지지 않았다고 할 수 없다. 백공을 다스려서 여러 공적이 빛나게 되었으니, 사전(事典)이 밝아지지 않았다고 할 수 없다. 그래서 판삼사사(判三司事) 봉화백(奉化伯) 신(臣) 정도전(鄭道傳)은 한 권의 책을 지어 제목을 「경국전」(經國典)이라 하고, 이것을 전하에게 바쳤다. 전하는 진심으로 기뻐하며 유사에게 내려 금궤(金匱)에 보관해 두도록 하였고, 신(臣) 정총(鄭摠)에게 명하여 그 책의 끝에 서문을 짓게 하였다.

신(臣) 총(摠)은 생각하건대, 한 시대가 일어나면 반드시 한 시대의 법제가 있는 법이다. 만약 밝은 임금과 어진 신하가 마치 물고기와 물의 관계(關係)처럼 서로 만나지 않았다면, 어떻게 이러한 일을 이룰 수 있었겠는가? 지금 우리 전하는 적심(赤心)을 미루어 재상에게 위임시키자, 삼사공(三司公 정도전)은 **천인(天人)의 학문과 경국제세(經國濟世)의 재주를 가지고 왕업을 도와서 성취시키고, 웅건(雄建)한 문장(文章)을 가지고 능히 큰 법을 이루었으니,** 이것은 비단 전하가 을람(乙覽)[1]하는 데 도움이 될 뿐만 아니라 또한 자손 만세의 귀감이 될 것이다. 아! 지극한 일이로다.

그러나 만약 이것을 형식적인 법문으로 본다면 책은 책대로 사람은 사람대로일 것이므로, 치도(治道)에 무슨 도움이 있겠는가? 자사(子思)는 「중용」(中庸)을 지을 적에 구경(九經)을[2] 논하기를, "행하는 것은 하나이다." 하였다. 하나란 무엇인가? 즉 성(誠)을 말하는 것이다. 신 또한 이 책에 있어서 역시 이런 의미로써 말하는 바이다.

홍무(洪武) 28년 을해(태조4 1395) 3월 중순. 순충좌명 개국공신 자헌대부 예문춘추관 태학사 동판도평의사사사 세자우빈객 서원군(純忠佐命開國功臣 資憲大夫藝文春秋館太學士同判都評議使司事 世子右賓客 西原君) 신(臣) 정총(鄭摠)은 삼가 서문을 쓴다.

---

1) 을람(乙覽) : 을야람(乙夜覽)의 약자로 왕이 보는 책을 말한다. 을야(乙夜)는 오후 10시경으로 왕이 정무를 마친 뒤 취침하기 전에 글을 본다는 뜻에서 취해진 것이다.
2) 구경(九經) : 사람이 지켜야 할 아홉 가지 일상의 도. 즉 수신(修身)・존현(尊賢)・친친(親親)・경대신(敬大臣)・체군신(體群臣)・자서민(子庶民)・내백공(來百工)・유원인(柔遠人)・회제후(懷諸侯)이다.

1. 보위를 바룸 正寶位

「주역」(周易)에,

　"성인의 큰 보배는 위(位)요, 천지의 큰 덕은 생(生)이니, 무엇으로 위를 지킬 것인가? 바로 인(仁)이다."[4]

하였다. 천자(天子)는 천하의 봉공(奉貢)을 누리고, 제후(諸侯)는 경내(境內)의 봉공을 누리니, 모두 부귀가 지극한 사람들이다.

현능한 사람들은 지혜를 바치고, 호걸은 힘을 바치며, 백성들은 분주하여 각기 맡은 역(役)에 종사하되, 오직 인군의 명령에 복종할 뿐이다. 그것은 위(位)를 얻었기 때문이니, 큰 보배가 아니고 무엇이겠는가?

천지는 만물에 대하여 그 생육하는 일을 동일하게 할 뿐이다.

대개 그 일원(一元)[5]의 기(氣)가 간단없이 주류(周流)하므로, 만물의 생성은 모두 그 기를 받아 어떤 것은 굵고, 어떤 것은 가늘고, 어떤 것은 높고, 어떤 것은 낮아서 제각기 형태를 지니고, 각각의 본성을 갖게 된다. 그러므로

---

3) 본서는 「주례」(周禮) 천관(天官) 대재(大宰)와 「대명률」(大明律)을 바탕으로 하여, 치전(治典)·부전(賦典)·예전(禮典)·정전(政典)·헌전(憲典)·공전(工典) 등을 대강(大綱)으로 하여, 각 전 밑에 세목(細目)을 열거하여 치국(治國)의 대요(大要)와 모든 제도 및 그 운영에 방침을 정함으로써 조선 법계의 기본을 이룩하게 한 것이다. 그러나 본서와 「주례」의 관계는 정총(鄭摠)의 「조선경국전」 서문에서, 본서와 「대명률」과의 관계는 본서 헌전 총서에서 각각 밝힌 바 있지만, 대강은 물론이요, 세목 또는 그 내용에 있어서도 제일 공통된 점이 많은 원(元)나라 때의 「경세대전」(經世大典《元文類 卷41~42》)에 대해서는 조금도 언급한 사실이 없다. 이에 대해서는 이미 논문이 발표된 바 있거니와 日本人 末松保和 《朝鮮經國典私考 學叢 第一輯》 양자를 비교한 결과 우연의 일치라기보다 참고 내지 그것을 기반으로 했을지 모른다. 「경세대전」은 원문종(元文宗) 지순(至順) 2년(고려 충혜왕 원년, 1331)에 「당송회요」(唐宋會要)를 참작해 만든 것인데, 당송회요와는 체제를 달리하고 있다. 본 번역에 있어서 앞서 나온 역 鄭芝相 同和出版社刊 《韓國思想大全集 第6卷》, 韓永愚 玄岩社 《世界文學思想集》 등을 참고하였고, 서술문에는 경어를 쓰지 않았다.
4) 성인의……인이다. 「주역」 계사하(繫辭下)에 "천지의 큰 덕은 생이요, 성인의 큰 보배는 위이니…"[天地之大德曰生 聖人之大寶曰位…]라고 하였다. 생(生)이란 즉 만물을 생육하는 것이다.
5) 일원(一元) : 원문에는 일원(一原)으로 되어 있는데, 명나라 천자 주원장(朱元璋)의 이름을 휘(諱)한 것이다. 이하 원량(元良), 원조(元朝), 원제(元制), 개원(開元)을 개원(開原)이라 한 것도 같다.

천지는 만물을 생성시키는 것으로 본심을 삼으니, 이른바 만물을 생성시키는 마음이 바로 큰 덕이다. 인군의 위(位)는 높기로 말하면 지극히 높고, 귀하기로 말하면 매우 귀하다. 그러나 천하는 지극히 넓고 만민은 수없이 많은데, 한 번 그들의 마음을 얻지 못하면 아마 크게 우려할 일이 생기게 될 것이다.

하민(下民)은 지극히 나약하나 힘으로 위협할 수 없고, 지극히 어리석으나 지혜로써 속일 수 없는 것이다. 그들은 마음을 얻으면 복종(僕從)하게 되고, 그들은 마음을 얻지 못하면 배반하게 된다. 그들이 배반(背反)하고 따르는 그 간격은 털끝만큼의 차이도 되지 않는다.

그러나 그들의 마음을 얻는다는 것은 사사로운 뜻을 품고서 구차스럽게 얻는 것이 아니요, 도를 어기고 명예(名譽)를 구하는[6] 방법으로 얻는 것도 아니다. 그 얻는 방법은 오직 인(仁)으로써 가능하다.

인군은 천지가 만물을 생성시키는 그런 마음을 자기의 마음으로 삼아서 불인인지정(不忍人之政)을[7] 행하여, 천하 방방곡곡 사람들이 모두 기뻐서 인군을 마치 자기 부모처럼 우러러 볼 수 있게 한다면, 오래도록 안부(安富)와 존영(尊榮)의 즐거움을 누리게 될 것이요, 위망(危亡)과 복추(覆墜)의 환(患)을 끝내 갖지 않게 될 것이다. 인(仁)으로써 위(位)를 지킴이 어찌 마땅한 일이 아니겠는가?

주상 전하는 천리와 인심에 순응하여 보위를 신속히 바루었으니, 인(仁)은 심덕(心德)의 온전한 것이 되고, 사랑은 바로 인(仁)의 발(發)임을 알았다. 그래서 자신의 마음을 바루어서 인을 체득하고, 사랑을 미루어서 백성들에게 마쳤으니, 인의 체(體)가 서고 인의 용(用)이 행해진 것이다. 아! 위(位)를 보유하여 천만세에 길이 전하여질 것을 누가 믿지 않으랴!

---

6) 도를……구하는 : 「서경」(書經) 대우모(大禹謨)에 "도를 어기어 백성의 칭찬을 구하지 마라."[罔違道以干百姓之譽] 하였다.

7) 불인인지정(不忍人之政) : 「맹자」(孟子) 공손추상(公孫丑上)에 나온 말. 사람이 참지 못하는 정치란 즉 인정(仁政)을 뜻한다.

2. 국호 國號

해동(海東)은 그 국호가 일정하지 않았다. 조선(朝鮮)이라고 한 것이 세 번 있었는데, 단군(檀君)과 기자(箕子) 그리고 위만(衛滿)이 바로 그것이다.

박씨(朴氏)·석씨(昔氏)·김씨(金氏)가 서로 이어 신라(新羅)라고 하였으며, 온조(溫祚)는 앞서 백제(百濟)라고 하였고, 견훤(甄萱)은 뒤에 후백제라 하였다. 또 고주몽(高朱蒙)은 고구려(高句麗)라 하였고, 궁예(弓裔)는 후고구려(後高句麗)라고 하였으며, 왕씨(王氏)는 궁예를 대신하여 고려(高麗)라는 국호를 그대로 사용하였다.

이들은 모두 한 지역을 몰래 차지하여 중국의 인증을 받지 않고, 스스로 국호를 세우고 서로 침탈(侵奪)하였으니, 비록 나라로서 호칭한 것이 있다 손 치더라도 무슨 취할 게 있겠는가? 단 기자만은 주무왕(周武王)의 인증을 받아 조선후(朝鮮侯)에 봉해졌다.

지금 천자(天子 명태조를 가리킴)가,

> "오직 조선이란 칭호가 아름다울 뿐 아니라 그 유래가 구원하다. 이 이름을 그대로 사용하고 하늘을 체 받아 백성을 다스리면, 후손이 길이 창성하리라."

고 명하였는데, 아마 주무왕(周武王)이 기자(箕子)에게 명하던 것으로 전하에게 명한 것이리니, 이름이 이미 바르고 말이 순조롭게 된 것이다.[8] 기자는 무왕에게 홍범(洪範)을[9] 설명하고 홍범의 뜻을 부연하여 8조(條)의 교(敎)를[10] 지어서 우리나라에 시행하니, 정치와 교화가 성하게 행해지고 풍속이

---

8) 이름이……것이다 : 「논어」(論語) 자로(子路)에 "이름이 바르지 못하면 말이 바르지 못하다."[名不正則言不順]라는 말에서 인용한 것인데, 즉 조선이라고 해야 할 곳에 조선이라고 하였으니, 그 이름을 부르기가 순조롭다는 뜻이다.

9) 홍범(洪範) : 「서경」(書經)의 편명으로 큰 법칙이라는 뜻. 상고 시대 하우씨(夏禹氏)가 요·순(堯舜) 이래의 사상을 집성한 도덕정치의 기본법칙으로, 기자가 무왕에게 진술하였다.

10) 8조의 교 : 이른바 기자가 지었다고 하는 이 8조의 교 가운데 현재 "사람을 죽인 자는 사형에 처한다."[相殺償以命], "사람을 상해한 자는 곡물로 보상한다."[相傷以穀償], "남의 물건을 훔친 자는 그 집의 노비로 삼는다."[相盜者沒爲其家奴婢]라는 이 세 가지의 조문만이 전하는데, 조선

지극히 아름다웠다. 그러므로 조선이란 이름이 천하 후세에 이처럼 알려지게 된 것이다.

이제 조선이라는 아름다운 국호를 그대로 사용하게 되었으니, 기자의 선정(善政) 또한 당연히 강구해야 할 것이다. 아! 명나라 천자의 덕 또한 주무왕에게 부러울 것이 있겠는가? 장차 홍범의 학과 8조의 교가 오늘날에 다시 시행되는 것을 보게 되리라. 공자께서,

"나는 동주(東周)를 만들겠다."

라고 하였으니, 공자가 어찌 나를 속이겠는가?

3. 국본을 정함 定國本

세자(世子)는 천하 국가의 근본이다. 옛날 선왕(先王)이 세자(世子)를 세우되 반드시 장자(長子)로 한 것은 왕위 다툼을 막기 위함이고, 반드시 어진 사람으로 한 것은 덕(德)을 존중(尊重)하기 위한 것이었으니, 천하 국가를 공적(公的)으로 생각하는 마음이 아님이 없었다.

그래도 오히려 세자의 교양(敎養)이 부족하면 덕업(德業)이 진취되지 않아, 맡은바 중임을 감당하지 못할까 염려하였다. 그래서 노성(老成)한 학자와 덕행(德行)이 높은 현인(賢人)을 택하여 세자의 사부(師傅)로 삼아서, 단정(端整)한 사람과 정직(正職)한 선비를 세자의 요속(僚屬)으로 삼아서, 조석(朝夕)으로 강권(講勸)하는 것이 바른말·바른 일이 아닌 게 없도록 하였으니, 그를 훈도(薰陶 덕으로써 감화함) 함양(涵養 서서히 양성함)함이 이렇듯 지극하였다. 선왕은 세자에 대하여 다만 위(位)를 정해 줄 뿐 아니라 따라서 그를

중기의 성리학자 이수광(李睟光)은 「지봉유설」(芝峯類說) 제2권 제 국부(諸國部) 본국(本國)조에서 "오륜(五倫)을 합쳐 8조인 듯하다." 했고, 조선 말기 사학자 안정복(安鼎福)은 「동사강목」(東史綱目) 기자(箕子) 조에서 "8조는 아마 홍범의 팔 정(八政)을 가리킨 듯하다." 하였다.

가르침도 이와 같았던 것이다.

그러나 간혹 기술을 가진 인사를 초빙하여 한갓 사장(詞章)과 같은 학문을 배우는 경우가 있어서, 그 배우고 익힌 것이 도리어 본심을 미혹하게 하는 도구가 되었다. 심한 경우 참소하고 아첨하는 무리들만 신임하고 유희(遊戲)나 안일한 일만을 좋아하다가 끝내 세자의 위를 보존하지 못한 자가 많았다. 아! 애석하도다.

우리 전하께서는 즉위 초에 윤음(綸音)을 내려서 먼저 동궁의 위를 바르고 서연관(書筵官 왕세자를 가르치는 벼슬아치)을 설치하여, 문화좌시중 조준(趙浚)·판중추원사 남재(南在)·첨서중추원사 정총(鄭摠)의 학문이 세자를 강권할 만하다고 믿어서 이들을 임명하여 세자의 사부와 빈객으로 삼았는데, 불민한 신 또한 이사(貳師)의 직책을 가지게 되었다. 신은 비록 학문이 소략하여 세자의 덕을 제대로 보필하기는 어려우나 마음속으로 늘 책임감을 잊지 않았다.

지금 우리 동궁은 뛰어난 자질과 온화한 성품으로 일찍 일어나고 늦게 자면서 부지런히 서연(書筵)에 참여하여 강론을 게을리 하지 않고 있으니, 앞으로 일취월장(日就月將)하여 반드시 그 학문을 광명한 경지로 펼치게 될 것으로 기대된다. 세자의 위를 바루어 나라의 근본을 튼튼히 하는 것은 당연히 해야 할 일이다.

4. 세계 世系

신이 일찍이 주아(周雅 「시경」 大雅·小雅를 가리킴)를 읽어 보건대, 문왕(文王)과 무왕(武王)의 덕을 논하는 경우 반드시 후직(后稷)과 공류(公劉)의 공을 쌓는 일과 인(仁)을 행하는 일을 추구하여 반드시 그 유래가 멀다는 것을 나타냈고,[11] 문왕과 무왕의 복을 논하는 경우 반드시 자손들이 인후한 것과

번성한 것을 노래하여 그 미친 곳이 넓다는 것을 나타냈다.[12]

본조(本朝) 세계(世系)의 번성함은 모(某 전주이씨 시조 이한(李翰)을 말함) 이래로 대대로 덕을 쌓아 오다가 목왕(穆王 조선 태조의 高祖 李安社를 가리킴)에 이르러 비로소 나타나고, 전하에 이르러서 대명(大命)이 모이게 된 것이다.

하늘이 또 자손을 내려 주어 이미 번성을 이루게 되었고, 그중에서 현명하고 덕이 있는 이를 골라서 동궁의 자리에 올바르게 앉히고, 그 나머지는 모두 작위를 주고 영지를 나누어 주어 왕실의 울타리를 삼았으니, 이 또한 국가의 장구한 계책인 것이다. 그 봉작(封爵)의 명호를 적어서 세계편(世系篇)을 짓는다.

5. 교서 教書

「서경」(書經)에,

"위대하도다, 왕의 말씀이여!"

라고 하였고, 또,

"전일하도다, 왕의 마음이여!"

라고 하였다. 마음이 안에 전일하기 때문에 밖으로 표현되는 말이 자연 위대하기 마련이다. 밖으로 표현되는 말의 위대함을 보게 되면 그 마음이 전일한 것을 따라서 알 수 있다. 전(典)·모(謨)·훈(訓)·고(誥)[13]가 「서경」에 실린 이래로 정일집중(精一執中)[14]이란 말이 만세 성학(聖學)의 연원이

---

11) 후직(后稷)……나타냈고 : 후직의 일은 대아(大雅) 생민에, 공유(公劉)의 일은 대아(大雅) 공유(公劉)에 보인다.

12) 무왕(武王)……나타내었다 : 「시경」(詩經) 인지지(麟之趾)에 보인다.

13) 전(典)……고(誥) : 「서경」(書經) 우서(虞書)의 요전(堯典)·순전(舜典)·대우모(大禹謨)·고요모(皐陶謨), 상서(商書)의 이훈(伊訓)·중훼지고(仲虺之誥)·탕고(湯誥), 주서(周書)의 대고(大誥)·강고(康誥)·주고(酒誥)·소고(召誥)·낙고(洛誥)·강왕지고(康王之誥) 등을 가리킨다.

14) 정일집중 : 「서경」(書經) 대우모(大禹謨)에서 순(舜)이 우(禹)에게 천자의 자리를 물려줄 때, "인

되었으니, 그 말의 위대함을 믿겠다.

한(漢)·당(唐) 이래로 천자의 말은 혹은 제조(制詔)라고도 칭하고, 혹은 고칙(誥勅)이라고도 칭하였으며, 제후의 말은 교서(教書)라고 칭하였다. 양자 사이에는 비록 존비의 다름이 있으나, 입언(立言 모범이 될 만한 의견을 세움)하는 뜻은 마찬가지이다.

이른바 제고나 교서는 본인이 손수 짓는 경우도 있고, 문신(文臣)이 대신하여 짓는 경우도 있다. 제고와 교서는 정치수준의 고하에 따라 순수한 것도 있고 잡박한 것도 있어서 한결같지 않으나, 이것을 통하여 그 시대의 운위(云爲)한 바를 살필 수 있다.

우리 전하는 잠저(潛邸)에 있을 때부터 유사(儒士)와 함께 경사(經史)와 제자(諸子)를 읽어서 의리를 강명(講明)하고, 옛날부터 지금까지 정치의 성공한 일과 실패한 일을 토론하기 좋아하여 이에 모두 능통하였다. 문장은 비록 여사(餘事 德行 이외의 일)이지만, 학문이 지극해서 대개 스스로 터득하는 것이 많았다.

이제 유신의 시기를 맞이하여 기강을 확립하고 백성들과 함께 새로이 정치를 시작하여 여러 차례 교서를 내려 중외에 교시하였다. 교서는 비록 문신이 지어 바친 것이지만 교서에 담긴 명의(命意)는 모두 전하의 신념에서 나온 것이며, 토론(討論)하고 윤색(潤色)하여 의리에 맞게 한 것은 또 붓을 잡는 자가 능히 흉내 낼 수 없는 것이니, 이를 편에 적어서 일대의 법전으로 갖춰야 할 것이다.

심은 위대하고 도심은 희미하니, 정하고 일하여야 그 중을 잡으리라."[人心惟危 道心惟微 惟精惟一 允執厥中] 하였다.

6. 치전 治典

1. 총서 總序

치전(治典)은 총재(冢宰)가 관장하는 것이다. 사도(司徒) 이하가 모두 총재 소속이니, 교전(敎典) 이하 또한 총재의 직책인 것이다.[15] 총재로 그 훌륭한 사람을 얻으면 육전(六典)이 잘 거행되고 모든 직책이 잘 수행된다. 그러므로 "인주(人主)의 직책은 한 사람의 재상을 논정(論定)하는 데 있다." 하였으니, 바로 총재를 두고 하는 말이다.

총재라는 것은 위로 군부를 받들고 밑으로는 백관(百官)을 통솔하며 만민을 다스리는 것이니, 그 직책이 매우 큰 것이다. 또 인주(人主)의 자질에는 어리석은 자질도 있고 현명한 자질도 있으며, 강력한 자질도 있고 유약한 자질도 있어서 한결같지 않으니, 총재는 인주의 아름다운 점은 순종하고 나쁜 점은 바로잡으며, 옳은 일은 받들고 옳지 않은 것은 막아서, 인주로 하여금 대중(大中)의 지경에 들게 해야 한다. 그러므로 상(相)이라 하나니, 즉 보상(輔相)한다는 뜻이다.

백관은 제각기 직책이 다르고 만민은 제각기 직업이 다르니, 재상은 공평하게 해서 그들로 하여금 각자 그 처소를 얻게 해야 한다. 그러므로 재(宰)라 하나니, 즉 재제(宰制)한다는 뜻이다.

궁중의 비밀이나 빈첩(嬪妾)들이 왕을 모시는 일, 내시들의 집무상황, 왕이 타고 다니는 수레나 말, 의복의 장식 그리고 왕이 먹는 음식에 이르기까지 오직 총재만은 반드시 알아야 한다.

총재는 중신(重臣)이므로 인주가 예우하게 되는데, 몸소 이렇듯 자질구레

---

15) 사도……것이다 : 「주례」(周禮)에 의하면 주관(周官)의 순위는 천관(天官) 총재(冢宰), 방치(邦治)를 맡음), 지관(地官) 사도(司徒, 방교(邦敎)를 맡음), 춘관(春官) 종백(宗伯, 방례(邦禮)를 맡음), 하관(下官) 사마(司馬, 방정(邦政)을 맡음), 추관(秋官) 사구(司寇, 방금(邦禁)을 맡음), 동관(東官) 사공(司空, 방토(邦土)를 맡음)인데, 현 「주례」에는 한유(漢儒)가 사공을 대신 고공기(考工記)로 채워 놓았다.

한 일까지 관여한다는 것은 너무 번거로운 일이 아닐까? 그렇지 않다. 빈첩과 궁녀와 내시들은 본래 인주의 심부름을 맡은 사람들인데, 이들이 올바르지 않으면 사특하고 아첨하는 일이 일어나고, 수레와 말, 의복과 음식은 본래 인주의 일신을 봉공하는 것인데, 절제하지 않으면 사치하고 낭비하는 폐단이 생긴다.

그러므로 선왕이 법을 만들 때 이러한 일들을 모두 총재에게 소속시켜 총재로 하여금 절제와 제한을 두게 하였으니, 그 사려가 원대한 것이다.

대저 인주는 높은 위치에 있으므로 인신이 인주를 바룬다는 것은 어려운 일이다. 지력(智力)으로써 버티는 것도 불가하고, 구설(口舌)로써 다투는 것도 불가하다. 오직 자신의 정성을 쌓아서 인주를 감동시켜야 하고, 자기 자신을 바루고 나서 인주를 바루어야 할 뿐이다.

그 많은 백관과 만민을 총재 혼자서 다스린다는 것 또한 어려운 일이다. 일일이 귀에 대고 가르치는 것도 불가한 일이고, 집집마다 찾아다니면서 깨우쳐 준다는 것도 불가한 일이다.

오직 어진 사람과 어질지 못한 사람을 구별하여 어진 사람을 등용하고 어질지 못한 사람을 관직에서 물러나게 하면, 여러 가지 공적이 이루어지고 백관이 다스려질 것이며, 온당한 일과 온당치 못한 일을 살펴서 이를 구분하여 처리(處理)하면, 만물이 제자리를 얻게 되고 만민이 편안하게 될 것이다.

송(宋)나라의 위대한 유학자 진서산(眞西山)은 재상이 해야 할 일을 논하여,

"자신을 바루고 나서 인군을 바루며, 인재를 잘 선택하고, 일을 잘 처리하는 것이다."

라고 하였으니, 뜻있는 말이었다. 신의 어리석은 생각으로는 '자신을 바루고서 인군을 바룰 것'이란 치전의 근본이고, '인재를 잘 선택하고 일을 잘 처리하는 것'이란 치전이 그로 말미암아 행해지는 것이라고 여긴다. 그러므로 여기에 아울러 논한다.

2. 관제 官制

인군은 천공(天工 하늘의 職事)을 대신하여 천민(天民)을 다스리니, 혼자의 힘으로는 할 수 없는 일이다. 그래서 관(官)을 설치하고 직(職)을 나누어 중앙과 지방에 펼쳐 놓고, 널리 현능한 선비를 구하여 이를 담당하게 하는 것이다. 관제를 만드는 이유가 여기에 있다.

우리 전하는 즉위 초에 먼저 유신(儒臣)에게 명하여 역대의 제도를 강구 채택하고, 전조(前朝 고려)의 구법을 참작하여 관부를 세우고 관부 명칭을 제정하였다. 대개 관제를 제정함에 있어서 번거롭고 쓸데없는 것을 폐지하여 간소화하고 꼭 필요한 것만 설치하려 하였으나, 유신(維新)하는 때를 맞이하여 모든 것을 초창(初創) 혁신(革新)하느라 미처 손댈 겨를이 없었다.

그러나 전조에서 이미 군기감(軍器監)을 두었으며, 또 한편으로 방어도감(防禦都監)을 두었고, 이미 선공감(繕工監)을 두었으며, 또 한편으로 조성도감(造成都監)을 두었는데, 지금은 모두 혁파하였다. 이른바 도감이란 직무를 본감(本監)에 귀속시켜 이름과 실제가 서로 부합되게 하였다.

내승(內乘 궁중의 乘輿를 맡아보던 기관)을 혁파하여 사복시(司僕寺)에 통합하고, 내주(內廚 궁중의 음식을 맡아보던 기관)를 혁파하여 사선서(司膳署)에 합친 것은 전하가 자신의 봉양을 줄이기 위한 것이었고, 내시부(內侍府)와 액정서(掖庭署)를 설치한 것은 유품(流品 雜科에 及第하지 않고 品階를 가진 자)과 구별하기 위한 것이다. 이러한 것들로 미루어 보면 전하가 관제를 개정한 아름다운 뜻을 알 수 있다.

중앙에 왕을 보상(輔相)하는 관부를 두어 이를 문하부(門下府)라 하였고, 회계를 담당하는 관부를 삼사(三司), 군사를 장악하는 관부를 중추원(中樞院), 문한(文翰)을 관장하는 관부를 예문(藝文)·춘추관(春秋館), 풍기를 주관하는 관부를 사헌부(司憲府)라 각각 이름하였다.

육조(六曹) 및 그 밖의 많은 관서로서 각각 그 일에 따라 거행하는 것들은 그 직임의 요점에 따라서 별도로 논하겠다.

지방에는 감사(監司)가 있어서 도관찰출척사(道觀察黜陟使)라 하고, 수령(首領)은 목사(牧使)·도호부사(都護府使)·지관(知官)·현령(縣令)·감무(監務)라 하였다.

감사(監司)는 풍기를 바로잡는 일을 맡고, 수령(守令)은 백성을 가까이하는 관리이니, 수령이 현명한 사람이냐 그렇지 않으냐에 따라 백성들의 행복과 불행이 좌우되는 것이다.

감사가 출척(黜陟 파면과 승진)의 법을 거행하므로 수령들은 이로 인해서 권징(勸懲)되는 것이요, 시종랑관(侍從郎官 6품 이상의 참상관)으로써 교대로 수령을 임용하는 것은 수령 선택을 신중하게 하기 위한 것이다. 그러므로 이것을 관제의 끝에 붙인다.

3. 재상의 연표 宰相年表

재상의 직책에 관해서는 신이 치전(治典)에서 논하였다. 그러나 재상이 된 사람은 훌륭한 인군을 만나야 위로는 도가 행해지고 아래로는 백성에게 은혜가 미치게 되며, 살아서 일신이 명예로워지고 죽어서는 후세에 이름을 떨치게 된다. 그런데 인군과 신하가 서로 잘 만나기란 옛날부터 매우 어려운 일이다.

제자(帝者 堯舜을 가리킴)시대는 인군과 신하가 모두 성인(聖人)이었다. 그래서 서로 더불어 당폐(唐陛)의 위에서 '도(都)'라, '유(兪)'라[16] 하면서 태평한 정치를 이루었다. 왕자(王者 禹王·湯王·文王·武王을 가리킴)시대는 인군과 신하가 모두 현인(賢人)이었다. 그래서 서로 더불어 정사에 부지런히 힘써서 융숭한 치세를 이루었다. 패자(覇者)시대는[17] 인군이 신하에 못 미쳤지만 신하에게 전권을 맡겼다. 그래서 또한 일대의 공업을 이루었던 것이다.

---

16)도(都)·유(兪) : 감탄사. 堯帝가 군신(群臣)들과 정치를 의논할 때 흔히 이 말을 사용하였는데, 대략 찬성하는 의미로 쓰였다. 이것이 전(轉)하여 군신 간에 토론 심의하는 뜻으로 쓰였다.
17)패자(覇者) : 춘추시대 제환공(齊桓公)·진문공(晉文公)·진목공(秦穆公)·송양왕(宋襄王)·초장왕(楚莊王) 등을 가리킴.

만약 인군의 자질이 중간 정도인 경우에 훌륭한 재상을 얻으면 정치가 잘되고, 훌륭한 재상을 얻지 못하면 정치가 어지러워진다. 예컨대 당 현종(唐玄宗 당나라 제6대 황제, 712~756)은 송경(宋璟)과 장구령(張九齡)을[18] 재상으로 등용하여 개원(開元 당 현종 초기의 연호, 713~741)의 태평한 정치를 이룩하였으나, 이임보(李林甫)와 양국충(楊國忠)[19]을 재상으로 등용하여 천보의 화란(禍亂)을[20] 초래하였다. 아! 신하가 명군(明君)을 만나기도 진실로 어렵거니와 인군이 양신(良臣)을 만나기도 역시 어렵도다. 바야흐로 지금은 명군과 양신(良臣)이 서로 만나서 성의로써 서로 믿음을 보이며 함께 유신(維新)의 정치를 도모하고 있으니, 천 년이나 백 년에 한 번 맞이하는 융성한 시대이다. 그래서 재상의 연표를 작성함에 있어 시중(侍中)만을 적는다. 그 이유는 총재는 여러 직책을 겸임하는 반면 인주의 직책은 한 사람의 재상을 잘 선택하는 데 있고, 모든 집사(執事) 이하는 여기에 참여되지 못한다는 것을 보여 주려는 것이다.

4. 입관 入官

천하 국가를 다스리는 요체(要諦)는 인재를 등용하는 데 있을 뿐이다. 옛날에는 인재를 등용하는 이가 인재양성을 평소부터 해 오고, 인재의 선택을 매우 정밀하게 하였다. 그래서 입관(入官)하는 길은 좁고 재임하는 기간이 길었다. 인재양성을 평소부터 해 왔기 때문에 인재가 제대로 양성되었고, 인재의 선택을 매우 정밀하게 해서 입관하는 길이 좁았기 때문에, 요행을 바라고 함부로 덤벼드는 마음을 먹지 못하였으며, 재임하는 기간이 길기 때

---

18) 송경은 현종 때 형부상서(刑部尙書)를 지냈고 뒤에 요숭(姚崇)의 추천으로 정승이 되었는데, 그는 요숭과 함께 현종을 도와 이른바 '개원(開元)의 치(治)'를 이룩하였다. 장구령은 상서우승상(尙書右丞相)으로 선정(善政)을 베풀었으나 이임보에게 밀려났다.
19) 이임보는 천성이 유녕(柔佞, 아첨함)·교활(狡猾)하였으며, 병부상서(兵部尙書)로서 환관(宦官)·비빈(妃嬪)들과 결탁하여 정치를 전차(專恣)한 결과 안사(安史)의 난을 초래하였다. 양충국은 양귀비(楊貴妃)의 재종 오빠로 어사(御史)에서 재상이 되어 음종불법(淫縱不法)하였다.
20) 천보(天寶)는 당 현종의 연호. 천보 14년(755)에 안녹산(安祿山)이 일으킨 난을 가리킨다.

문에 현능한 사람이 능력을 제대로 발휘하여 일의 공적이 이루어졌던 것이다.

후세에는 높은 지위에 있는 사람이 교양의 도를 상실하자 인재의 성취는 본인의 타고난 자질의 고하에서 벗어나지 못하였고, 인재의 등용에 있어서도 혹은 인군의 사사로운 은혜에 힘입거나 혹은 고관이 이끌어 주거나 혹은 병졸 가운데에서 발탁되거나 혹은 도필리(刀筆吏 문서 작성이나 하는 하급관리) 가운데에서 나오기도 하였다.

그러나 이러한 사례는 오히려 묵인할 수 있거니와 재산을 모은 자는 뇌물로써 관작을 구하고, 자녀를 가진 자는 혼인을 빙자하여 관작을 얻었으니, 무슨 인재의 선택이 있을 수 있겠는가? 입관하는 길이 또한 넓어진 것이다. 그래서 재주가 없는 자들이 뒤섞여서 관직에 나아가 관작을 희구(希求)하는데, 싫증을 모르고 이리저리 내달리면서 날마다 관급이 뛰어오르기만을 바라는 것이다.

반면에 임금이나 재상이 된 이는 수많은 사람들이 다투어 벼슬에 나가려는 마음을 이기지 못하여, 저 사람에게서 벼슬을 빼앗아 이 사람에게 주고, 아침에 벼슬을 주었다가 저녁에 파직하는 등 한갓 구차하고 고식적인 방법으로 계책을 삼느라 날마다 겨를이 없으니, 재임하는 기간의 길고 짧음을 따질 것이 못 된다. 비록 현명하고 지혜로운 인사가 있다 하더라도 어찌 자기의 재주를 제대로 발휘하여 일의 공적을 이룰 수 있겠는가?

비유해서 말하자면 만 길이나 되는 큰 제방이 날마다 큰물이 흘러 들어오는 것을 다 받아들이지 못한다면, 그 형세는 반드시 물이 제방을 무너뜨리고 범람하여 사방으로 넘쳐흐르고 말 것이니, 따라서 국가도 이와 같이 무너지고 말 것이다. 이것을 말하자니 한심스럽다.

오직 과거제도 한 가지 만은 「주례」(周禮) 빈흥(賓興)의[21] 뜻과 거의 같게 하는 것이다. 그러나 사장(詞章)으로 시험한다면 겉만 화려하고 실속이 없

---

[21] 주대(周代)에 사인(士人)을 채용하던 법. 학교의 생도 중에서 현능(賢能)한 사람을 뽑아 향음주례(鄕飮酒禮)를 거행하여 빈객으로 나라에 천거한 제도. ≪周禮 地官 大司徒≫

는 무리들이 끼어 들어오게 되고, 경사(經史)로써 시험하면 간혹 오활하고 고루한 선비들이 나오게 된다. 이것이 수당(隋唐) 이래 통폐였던 것이다.

우리 주상 전하는 즉위 초에 기강을 확립하고 무슨 일이거나 옛날 제도를 법 받았는데, 특히 인재 등용 제도에 가장 유의하여 인재란 양성하지 않을 수 없다고 생각하였다. 그래서 중앙에는 성균관(成均館)과 부학(部學 京都에 東部·西部·南部·中部에 세운 學堂)을 설치하고, 지방은 주군(州郡)에 향교(鄉校) 를 설치하여 각기 교수와 생원을 두어 가르치게 하고 그들의 생활비를 넉넉 하게 주었다.

3년마다 한 번씩 대비(大比 관리의 成績을 考查하는 것)하여 경학(經學)으로 시 험하여 경학의 밝기와 덕행의 수양 정도를 평가하고, 부(賦)·논(論)·대책 (對策)으로[22] 시험하여 문장과 경세제민의 재주를 평가한다. 이것이 문과 (文科)이다. 장상과 대신은 모두 백성에게 공덕이 있고, 또 그들의 자손은 가 훈을 이어받아 예의를 잘 알고 있으므로 모두 벼슬을 할 만하다고 생각하여 문음(門蔭)의 제도를 설치하였다.

군대는 나라에서 항상 갖추고 있어야 할 것이니, 무예를 연습시키지 않을 수 없다고 생각하여, 훈련관(訓鍊觀)을 설치하고 도략(韜略)과[23] 전진법(戰 陣法)을 가르친다.

문서를 다루는 일, 회계를 기록하여 복하는 일, 돈이나 곡식을 다루는 일, 토목과 건축의 경영, 물품 공급과 손님에게 응대하는 예절 따위를 익히지 않을 수 없다고 생각하여 이학(吏學)을 설치하였다.

통역(通譯)은 사명을 받들어 중국과 위한 것이며, 의학(醫學)은 질병을 치 료하여 요절을 막기 위한 것이요, 음양복서(陰陽卜筮)는 혐의를 해결하고 주저되는 일을 결정하기 위한 것이다. 그래서 역학(易學), 의학(醫學), 음양 복서학(陰陽卜筮學)을 설치하고 각기 인재를 선발하는 과(科)를 두었으니,

---

22) 부(賦)는 과문(科文)의 하나로 여섯 글자를 한 글귀로 만드는 문체. 논(論)은 문체의 하나로 사물 에 대하여 옳고 그름을 논설하는 체. 대책(大策)은 과문의 하나로 정사(政事)나 경의(經義)에서 출제하여 수험자에게 답을 쓰게 하는 고시이다.
23) 육도(六韜) 삼략(三略)의 약자. 전(轉)하여 병서(兵書) 또는 군략을 이름.

인재를 양성함이 가히 지극하다 하겠고, 인재를 선발함이 정밀하다 하겠다.

위에서 든 7과(科)[24]에 포함되지 않는 사람은 본인 자신이 벼슬길에 나아갈 수 없을 뿐만 아니라, 유사(有司) 또한 법으로 이를 억제하고 있으므로 입관하는 길이 좁다.

또 관제를 정하여 1품에서 9품에 이르기까지 이를 다시 정(正)·종(從)으로 나누어 18급으로 하고, 매 1급을 다시 2자(資)로 구분하였다. 그리하여 15개월 임기가 지나면 1자를 높여 주고, 30개월이 지나면 1급을 올려 주고 있으니, 재임하는 기간이 또한 길지 않겠는가?

그 재학(才學)과 도덕(道德)이 족히 국정을 도울 만하거나, 무용(武勇)과 도략(韜略)이 족히 삼군(三軍)을 통솔할 능력을 갖추고 있어 임금이 특지(特旨)를 내려 등용한 자는 자격에 구애받지 않는다. 그러나 지금은 즉위 초를 당하여 모든 일이 초창되는 시기인지라, 국가에 공로를 세운 친구(親舊) 가운데도 아직 관직에 제수되지 못한 사람이 있다. 전쟁이 바야흐로 일어나고 있는 시기인지라, 무사가 우선 제수되어야 할 것이다. 그래서 성법(成法)이 제대로 시행되지 않고 있다. 그러므로 신이 여기에 밝혀서 뒷사람들로 하여금 성법이 있더라도 적소에 따라 지수(持守)할 것임을 알게 하려는 것이다.

5. 보리 補吏

이(吏)는 관부의 역(役)을 집행하는 자다. 한(漢)나라의 서리 선발 제도는 한 가지 경서(經書) 이상에 통한 사람은 이(吏)에 임용하였으며, 경상(卿相)과 수령(守令)이 이에서 배출된 경우가 많이 있었다.

당(唐)나라의 서리 선발 제도는 한(漢)나라의 그것에는 미치지 못하였으나 시험에 의하여 선발하였기 때문에 또한 문서를 다루는 일과 회계를 기록하여 보고하는 일에 능숙하였고, 공급(供給) 진퇴(進退)하는 예절에 익숙하

---

24) 문과(文科), 무과(武科), 문음(門蔭), 이과(吏科), 역과(譯科), 의과(醫科), 음양복서과(陰陽卜筮科)
이다.

여 관부가 잘 다스려졌다.

전조의 서리 임용법에 두 가지 길이 있었으니, 이른바 삼도감(三都監)과 삼군(三軍)의 녹사(錄事)와 도평의사사(都評議使司)의 지인(智印)과 선차(宣差)는 모두 사인(士人)으로 임용하였고, 연리(掾吏)·전리(典吏)·서리(書吏)·영리(令吏)·사리(司吏) 따위는 각기 아문(衙門)의 고하에 따라 양가의 자제로 충원하였다.

그러나 시험 선발 제도가 없어서 본인의 자천(自薦)에 의하여 서리가 되었다. 전쟁이 일어나기 시작한 뒤로 입관 문호가 넓어져서 서리가 되고자 자천(自薦)하는 사람들이 또한 적었다. 관부에서 서리를 채용하고자 하지만 구하기가 어려워지자 무능하고 용렬하여 도필(刀筆)을 잡을 줄 모르는 자가 서리가 되기도 하였다.

지금 우리나라에서는 비로소 이조(吏曹)에 영하여 시험선발 제도를 인정하게 하고, 본인의 가계 및 율(律)·문(文)·서(書)·산(算)에 능통한 사람을 살펴서 서리에 임용하고 있다. 법 자체는 좋으나 실제로 유능한 사람을 뽑고 못 뽑고는 유사에게 달려 있다.

6. 군관 軍官

옛날에 대국(大國)에는 삼경(三卿)이 있었으니, 즉 사도(司徒)는 백성을 주관하고, 사마(司馬)는 군대를 주관하며, 사공(司空)은 토지를 주관하였다. 평상시에는 삼경이 모두 출전하여 장수가 되었다. 그러므로 대국의 삼군은 그 장군이 모두 경(卿)이었다. 나누었다가 합치고 분리하였다가 귀속시켰으니, 선왕의 사려는 이렇듯 원대하였다.

재상은 대개 통솔하지 않는 것이 없지만 군기(軍機)와 같이 중대한 사안은 반드시 묘당(廟堂)으로 하여금 알게 하였으니, 그것은 체통을 보전하기 위한 것이다. 긴 창이나 큰 칼은 비록 선비가 잘 다루지는 못하지만, 계책을 결정하여 승리로 이끄는 것은 도략(韜略)에 능통한 사람을 기다린 뒤에 요량할 수 있는 일이다.

우리나라는 당나라의 부병제도(府兵制度)를 현실에 맞게 가감하여 10위(衛)를[25] 설치하고 매 1위마다 5영(領)을 소속시켰으며, 상장군(上將軍)에서 장군(將軍), 중랑장(中郎將)에서 위정(尉正)에 이르는 무관을 의흥삼군부(義興三軍府)에서 통솔하도록 하였다. 재상으로 하여금 의흥삼군부의 일과 제위(諸衛)의 일을 맡게 하여, 중관(重官)으로서 경관(輕官)을 통어하게 하고, 소관(小官)을 대관(大官)에 소속시켰으니, 체통이 엄격하였다.

각 도에는 절제사를 두고 주군의 군사를 당번제로 상경시켜 숙위(宿衛)하게 하였으니, 이것은 중앙과 지방이 서로 유기적인 관계를 맺도록 하고자는 뜻에서며, 지방 군사를 의흥삼군부의 진무소(鎭撫所)에 소속시킨 것은 중앙이 지방을 통어하고자 하는 뜻에서이다. 의흥삼군부에서 통괄하는 10위 50영의 직계 차서와 절제사 이하 진무 병마의 칭호를 자세히 편에 적는다.

7. 전곡 錢穀

전곡은 국가의 상비물인 동시에 생민의 목숨을 좌우하는 것이다. 그러나 이를 백성으로부터 수취하는 데 도가 없고 이를 쓰는 데 법이 없으면, 함부로 거두는 일이 많아져 민생이 괴로워지고 낭비가 커서 국가 재정이 탕감된다. 국가를 가진 이는 이 점을 배려하지 않을 수 없는 것이다.

주공이 「주례」(周禮)를 지을 때 사도(司徒)는 전곡(錢穀)의 수입을 관장하여 그 수량을 세밀히 알게 하였고, 총재는 그것을 지출하는 권한을 장악하여 헛되이 소비하지 못하게 하였다. 이러므로 수입을 헤아려 지출하므로 3년마다 1년분이 저축되었고, 30년 뒤에는 9년분의 전곡이 저축되었으니, 아무리 흉년이나 전쟁의 변이 있을지라도 염려될 게 없었던 것이다.[26]

---

25) 의흥친군좌위(義興親軍左衛), 의흥친군우위(義興親軍右衛), 응양위(鷹揚衛), 금오위(金吾衛), 좌우위(左右衛), 신호위(神虎衛), 흥위위(興威衛), 비순위(備巡衛), 천우위(千牛衛), 감문위(監門衛)이다.
26) 주공……것이다 : 이상의 말은 「예기」(禮記) 왕제(王制)에 자세히 나와 있다.

한나라에서는 대사농(大司農)으로 하여금 전곡의 수입과 지출을 맡게 하였고, 당나라에서는 탁지사(度支使)로 하여금 그것을 관장하게 하였으니, 백성으로부터 받아들이는 부렴이나 조운되는 곡물의 수량, 공상(供上)·제사(祭祀)·연회(宴會)에 소요되는 비용, 그리고 군량미의 수요 등에 관하여 재상이 된 이는 소외된 채 알지 못하였다. 이처럼 중요한 이권을 하나의 관서에 위임하여 그때그때 전곡을 마련하여 여러 가지 방법으로 변통해서 당장의 비용은 겨우 충당할 수 있었으나, 뜻밖의 재난이 있을 경우 국고가 텅 비어 궁색함을 면치 못하게 되었으니, 역시 가소로운 일이다.

우리나라에서는 삼사(三司)로 하여금 전곡의 수입에 관한 일을 장악하게 하고, 그것을 지출하는 데 있어서 도평의사사의 명령을 받들어 집행하게 하고 있다. 이것은 대개 주례가 주는 교훈을 이어받은 것이다. 전곡의 소재는 그와 관련된 직임에 따라 적어서 경비의 수량을 제시하려 한다.

8. 봉작과 증직 그리고 승습 封贈承襲

신하로서 왕실에 공로가 있고 생민에 은택을 입힌 자에게는 생존 중에는 작위와 봉록을 높여 주고, 사후에는 위호를 올려 주며, 또 그 은혜를 확대하여 위로는 조상에게 미치고 아래로는 자손에게까지 미치게 한다. 이것은 대개 공신에 대한 보답을 후하게 대접하고 대우를 지극하게 하기 위한 것이다.

전하는 공신을 포상하여 문하시중 배극렴(裵克廉) 이하 52인을 차등 있게 상을 매기고 작위를 주었으며, 조상 3대를 추증하고, 또 적장(嫡長)으로 하여금 그 작위를 세습하게 하였다. 판삼사사(判三司事) 윤호(尹虎)가 죽자 그에게 문하우시중(門下右侍中)을 특별히 추증하였다. 이 사실은 맹부(盟府 충훈부의 별칭)에 기재되어 있어서 이를 참고하여 적는다.

7. 부전 賦典

1. 총서 總序

부(賦)라는 것은 군국의 수요를 총칭하는 말이다. 이를 구분해서 말하면 나라에 쓰는 것을 전곡이라 한다. 그러므로 치전에서 이미 그 출납의 방법을 자세히 설명하였다. 백성으로부터 수취하는 것을 부(賦)라고 한다. 그러므로 여기에서 부가 나오는 세목에 대하여 설명하고자 한다.

주군(州郡)·판적(版籍, 戶籍)이란 부의 소출이요, 경리(經理)란 부의 통제이며, 농상(農桑)이란 부의 근본이요, 부세(賦稅)란 부의 헌납이요, 조운(漕運)이란 부의 수송이요, 염(鹽)·철(鐵)·산장(山場)·수량(水梁)·공장세(工匠稅)·상세(商稅)·선세(船稅)는 보조이며, 상공(上供)·국용(國用)·녹봉(祿俸)·군자(軍資)·의창(義倉)·혜민전약국(惠民典藥局)이란 부의 소용이요, 견면(蠲免)이란 부의 완화이다.

부의 소출임을 안다면 민생을 후하게 하지 않을 수 없고, 주군을 다스리지 않을 수 없으며, 판적을 상세하게 하지 않을 수 없다. 부의 통제인 것을 안다면 경리를 올바르게 하지 않을 수 없다. 부의 수송인 것을 안다면 백성들의 힘을 피곤하게 할 수 없고, 조운을 강구하지 않을 수 없다. 부의 근본임을 안다면 농상을 중요시하지 않을 수 없다. 부의 보조인 것을 안다면 과세법을 세우지 않을 수 없다. 부의 소용인 것을 안다면 출납을 조절하지 않을 수 없다. 부의 완화인 것을 안다면 백성들의 재산을 모조리 수탈할 수 없는 것이다.

그리고 토지가 있고 민이 있은 뒤에 부(賦)를 얻을 수 있고, 덕이 있은 뒤에 그 부(賦)를 보존할 수 있는 것이다. 「대학」(大學)의 전(傳)에,

"덕이 있으면 이에 인민이 있고, 인민이 있으면 이에 토지가 있고, 토지가 있으면 이에 재물이 있고, 재물이 있으면 이에 용도가 있다."

하였다. 신은 덕으로써 부전(賦典)의 근본을 삼는다.

2. 주군 州郡

경읍(京邑)은 사방의 근본이요, 경읍에 인접해 있는 군은 부역을 제공하고 왕실을 시위하니, 경읍을 보좌하는 지역이다. 멀리 떨어져 있는 주군은 마치 별처럼 펼쳐지고 바둑알처럼 벌려져서, 모두 노동력을 내어 공역(公役)에 이바지하고 부(賦)를 내어 공용(公用)을 이바지하니, 왕실의 울타리가 아님이 없다.

우리나라에서는 전조 왕씨의 구제도를 이어받아 이를 현실에 맞게 조정하였다. 경기(京畿)는 좌우도로 나누었으며, 나라의 남쪽을 양광도(楊廣道)라 하고, 그 바깥쪽을 경상도·전라도라 하였다. 서쪽은 서해도라 하고, 동쪽은 교주(交州)·강릉도(江陵道)라 하였다.

按 교주·강릉도는 영동(嶺東)과 영서(嶺西)지방이다.

도에는 감사를 두어 이를 도관찰출척사(道觀察黜陟使)라 하였다. 동북지방은 동북면(東北面)이라 하고, 서북지방은 서북면(西北面)이라 하였으며, 여기에 감사를 두어 도순문사(都巡問使)라 하였다. 그들은 교화를 널리 펴고, 전곡(錢穀)·형명(形名)·병마(兵馬)에 관한 일을 총괄한다. 그 주(州)·부(府)·군(郡)·현(縣)에는 각각 수령을 두었으니, 강토가 정연하게 정제되고 왕의 교화가 수행됨을 볼 수 있다.

3. 판적 版籍

나라의 빈부는 백성이 많고 적음에 달려 있고, 부역의 균등은 인구의 수효를 세밀하게 파악하는 데 있다. 그러므로 백성을 다스리는 직책을 맡은 사람이 백성을 휴양(休養)시키고 생식(生息)시켜 인구를 번성케 하고, 백성을 위로해서 모여들게 하고 편히 살 수 있게 해서 그들의 거주를 보호하면 백성이 많아지게 될 것이다.

그리고 구호를 등록하여 그 증감을 살피면 백성의 수효를 세밀하게 파악하게 될 것이고, 인구를 조사하고 장정을 계산하여 그 차렴(差斂)을 부과하면 부역이 균등해질 것이다. 대저 이와 같이 하면 위에서는 일이 성취되고 아래서는 시끄러운 일이 일어나지 않을 것이며, 나라는 부유해지고 백성은 편안하게 될 것이다.

전조 말기에는 백성들의 재산을 다스릴 줄 몰랐다. 백성을 휴양시키는 방도(方道)를 잃자 인구가 증가하지 못하였고, 백성을 편안하게 하는 방도를 갖지 못하자 더러는 굶주림과 추위에 죽기도 하였다. 호구(戶口)는 나날이 줄어들고 남은 사람들은 부역의 번거로움을 견디지 못하여 호부(豪富)의 집에 꺾여 들어가기도 하고 권세가에게 의탁하기도 하였다.

그 밖에 혹은 공업이나 상업을 하기도 하고 혹은 도망하여 중이 되기도 해서 전 인구의 10분의 5~6은 호적에서 이미 빠져나갔으며, 공(公)·사(私)의 노비나 사원(寺院)의 노비가 된 사람은 또한 그 수효에 포함되지 않았었다. 다행히 호적에 올라 있다고 하는 호가(豪家)도 또한 가장(家長)이 숨거나 간사한 관리가 점유하여 한 호(號)의 가족이 나 간호적에 올라 있는 것도 아니었다. 이래서야 백성의 수효를 어떻게 세밀히 파악할 수 있으며, 부역이 어떻게 균등해질 수 있겠는가? 만일 징렴(徵斂)할 일이 있을 때 기한을 급박하게 정하여 백성을 치고 때리면서 몰아세우므로 일은 일답게 되지 못하면서 백성들은 번거롭고 소요함을 견디지 못하니, 나라는 더욱 가난해지고 백성은 더욱 괴로웠던 것이다.

우리 전하는 처음 즉위하자마자 유사에게 명하여 백성을 편안하게 할 방도를 강구하게 하고, 중외에 교서를 내려 백성의 수효를 등록하게 하여 가호는 몇이나 되고, 인구는 몇인가를 파악하였으니, 정치하는 근본을 안다고 할 만하다.

그러나 유사들의 재능이 동일하지 않으므로 이를 봉행하는 데 간혹 불충분한 점이 있었으니, 어찌 누락된 호수가 없겠는가? 하지만 이를 수행하는 기간이 멀지 않아 호구를 세밀히 파악할 수 있을 것이다.

대개 임금은 나라에 의존하고 나라는 백성들에게 의존하는 것이니, 백성이란 나라의 근본이며, 임금의 하늘인 것이다. 그러므로 「주례」(周禮)에는 인구수를 왕에게 바치면 왕은 절을 하면서 받았으니,[27] 이것은 그 하늘을 존중하기 때문이었다. 인군 된 사람이 이러한 뜻을 안다면 백성을 사랑함이 지극하지 않을 수 없다.

그러므로 신은 판적편(版籍篇)을 지으면서 백성을 사랑하는 것을 아울러 논하는 바이다.

4. 경리 經理

옛날에는 토지를 관에서 소유하여 백성에게 주었으니, 백성이 경작하는 토지는 모두 관에서 준 것이다. 천하의 백성으로서 토지를 받지 못한 사람이 없고 경작하지 않은 사람이 없었다. 그러므로 백성은 빈부강약의 차이가 그다지 심하지 않았고, 토지에서 나오는 소출이 모두 국가에 들어갔으므로 나라도 역시 부유하였다.

토지 제도가 무너지면서 호강자(豪强者)가 남의 토지를 겸병하여 부자는 밭두둑이 잇닿을 만큼 토지가 많아지고, 가난한 사람은 송곳을 꽂을 땅도 없게 되었다. 그래서 가난한 사람은 부자의 토지를 차경(借耕)하여 일 년 내내 땀 흘리며 부지런히 일하고 고생해도 식량은 오히려 부족하였다. 부자는 편안히 앉아서 손수 농사를 짓지 않고 용전인(傭佃人)을 부려서 그 소출의 태반을 차지하였다. 국가에서는 팔짱을 끼고 구경만 하고 그 이득을 차지하지 못하니, 백성들은 더욱 곤궁해지고 나라는 더욱 가난해졌다.

이에 한전제(限田制)나 균전제(均田制)를 시행하자는 논의가 일어났다. 이것은 고식적인 방법에 불과한 것이나, 역시 백성의 토지를 다스려서 이를 백성에게 주어 경작하게 하는 것이다. 당(唐)나라의 영업전(永業田), 구분전

---

27) 추관(秋官) 소사구(小司寇)에, "맹동에 사민(司民 司民星을 말함)에게 제사 지내고 인구수를 왕에게 드리면 왕은 절하면서 받는다."[孟冬 祀司民 獻民數於王 王拜受之] 하였다.

(口分田)[28] 제도도 역시 인구를 계산하여 토지를 주어서 스스로 경작하게 하고 그 전조(田租)를 받아서 국가의 비용으로 충당하였다.

按) 당나라의 수전 제도는 1부(夫)가 1경(頃)의 토지를 받아서 그중의 80묘는 구분전으로, 나머지 20묘는 영업전으로 하였다.

그러나 식자(識者)들은 그 토지 제도가 바르지 못했음을 비난하였다. 전조의 토지 제도에는 묘예전(苗裔田)·역분전(役分田)·공음전(功蔭田)·등과전(登科田)과

按) 고려의 토지제도는 당나라 제도를 모방하여, 묘예전을 전대의 국왕 후손에게 분급(分給)하고, 역분전을 관작의 높고 낮음에 관계없이 인품에 따라서 주고, 공음전을 공신 및 귀화인(歸化人)에게, 등과전을 등과인(登科人)에게 특별히 주었다.

군전(軍田 군인에게 지급하는 토지)·한인전(閑人田 한인에게 지급하는 토지)을 두어서 그 전조를 받아먹게 하였는데, 백성의 경우에는 스스로 개간하고 점유하는 것을 허락하여 관(官)에서 간섭하지 아니하였다. 그러므로 노동력이 많은 사람은 개간하는 땅이 넓고, 세력이 강한 사람은 점유하는 땅이 많았다.

그러나 힘이 약한 사람은 또 세력이 강하고 힘이 센 사람을 따라가서 그의 토지를 빌어 경작하여 그 소출의 반을 나누었으니, 이것은 경작하는 사람은 하나인데 먹는 사람은 둘이 되는 셈이다. 그리하여 부자는 더욱 부유해지고 가난한 사람은 더욱 가난해져서 마침내 스스로 살아갈 길이 없어서 농토를 버리고 직업이 없이 떠돌아다니거나, 직업을 바꾸어 말업(末業 상·공업)에 종사하기도 했으며, 심한 경우에는 도적이 되기도 하였다. 아! 그 폐단을 어찌 다 말할 수 있으랴?

그 제도의 문란(紊亂)이 더욱 심해지게 되면서 세력가들이 서로 토지를 겸병하였으므로 한 사람이 경작하는 토지에 그 주인이 더러는 7~8인에 이르는 경우도 있었고, 전조를 바칠 때 인마의 접대며 청을 들어 강제로 사는 물건이며, 노자로 쓰는 돈이며, 조운에 드는 비용들이 또한 조세의 수효보

---

28) 영업전(永業田)은 영원히 업주권(業主權)을 부여받은 토지. 구분전(口分田)은 어느 사람이나 분배받은 토지. 당나라 제도에서 18세 이상의 남자는 토지 1경(頃, 100묘(畝) 6척 사방을 步(보)라 하고 100보를 1묘라 한다.)을, 독질자(篤疾者)와 폐질자(廢疾者)는 40묘, 과부는 30묘를 지급받아 그중 20묘는 영업전으로 나머지 10묘는 구분전으로 하였다.

다 배 또는 5배이상 되었다. 상하가 서로 이익을 다투어 힘을 다투어 빼앗으니, 화란이 이에 따라 일어나고 마침내 나라가 망하고 말았다.

전하는 잠저에 있을 때 친히 그 폐단을 보고 개탄(慨嘆)스럽게 여겨 사전(私田)을 혁파하는 일을 자기의 소임으로 정하였다. 그것은 대개 경내의 토지를 모두 몰수하여 국가에 귀속시키고 인구를 헤아려서 토지를 나누어 주어 옛날 올바른 토지 제도를 회복시키려고 한 것이었는데, 당시 구가세족(舊家世族)들이 자기들에게 불편한 까닭으로 입을 모아 비방하고 원망하면서 여러 가지로 방해하여, 이 백성들로 하여금 지극한 정치의 혜택을 입지 못하게 하였으니, 어찌 한탄스런 일이 아니겠는가?

그러나 뜻을 같이한 2~3명의 대신들과 함께 전대의 법을 강구하고 오늘의 현실에 알맞은 것을 참작한 다음 경내의 토지를 측량하여 파악된 토지를 결수(結數)로 계산하여 그중의 얼마를 상공전(上供田 왕실경비에 충당하기 위하여 지급된 토지) · 국용전(國用田 국가의 제사 · 빈객 등 공공경비에 필요한 재원을 마련하기 위하여 지급된 토지) · 군자전(軍資田 군량을 충당하기 위하여 지급된 토지) · 문무역과전(文武役科田 현직 문무 관리에게 지급된 토지)으로 나누어 주고, 한량(閑良)으로 경서에 거주하면서 왕실을 호위하는 자, 과부로서 수절하는 자, 향역(鄕役) · 진도(津渡)의 관리, 그리고 서민과 공장(工匠)에 이르기까지 공역(公役)을 맡은 자에게도 모두 토지를 주었다.

백성에게 토지를 분배하는 일이 비록 옛사람에게는 미치지 못하였으나, 토지 제도를 종제하여 1대의 전법을 삼았으니, 전조의 문란한 제도에 비하면 어찌 만 배나 나은 것이 아니겠는가?

5. 농상 農桑

농사와 양잠은 의식의 근본이니, 왕도정치(王道政治)의 우선이 되는 것이다. 우리나라에서는 중앙에 사농관(司農官)을, 지방에 권농관(勸農官)을 두어 백성들의 부지런함과 게으름을 조사하여, 부지런한 사람은 장려하고 게

으른 사람은 징계(懲戒)하였으며, 풍기를 맡은 관리로 하여금 그들의 직책 수행 여부를 조사하여 잘하는 사람은 승진시키고 잘못한 사람은 폐출시키게 하였다.

전하는 여러 차례 윤음을 내려 농사와 양잠(養蠶)의 장려를 으뜸으로 삼을 것을 강조(强調)하여 그 근본을 돈독(敦篤)히 하고 그 실속을 취하게 하였으니, 장차에는 의식생활이 넉넉해져 염치를 알게 될 것이며, 창고가 가득 채워져 예의(禮義)가 진흥(振興)됨을 볼 것이다.

태평성업(太平盛業)이 여기에 바탕을 두는 것이다.

6. 부세 賦稅

「맹자」(孟子) 등문공상(滕文公上)에,

> "야인(野人)이 없으면 군자를 봉양할 수 없고 군자가 없으면 야인을 다스릴 수 없다."

하였다. 그러나 옛날 성인이 부세법(賦稅法)을 만든 것은 다만 백성으로부터 수취하여 자기를 봉양하자는 것은 아니었다. 백성들이 서로 모여 살게 되면, 음식과 의복에 대한 물욕(物慾)이 밖에서 공격하고, 남녀에 관한 정욕(情慾)은 안에서 공격하여, 동류일 경우 서로 다투게 되고 힘이 대등할 경우 싸우게 되어 서로 죽이기까지 하는 것이다.

통치자는 법을 가지고 그들을 다스려서 다투는 자와 싸우는 자를 평화롭게 해 주어야만 민생이 안락(安樂)해지는 것이다. 그러나 그 일은 농사를 지으면서 병행할 수 없는 것이므로 백성은 1/10을 세금으로 바쳐서 통치자를 봉양하는 것이다. 통치자가 백성으로부터 수취하는 것이 큰 만큼, 자기를 봉양해 주는 백성에 대한 보답도 역시 중요한 것이다. 후세 사람들은 부세법을 만든 의의가 이러한 것을 모르고, "백성들이 나를 공양하는 것은 직분상 당연한 것이다."라고 말한다. 그리하여 가렴주구(苛斂誅求)를[29] 자행하

---

29) 가렴주구란 세금 등을 가혹하게 거두어들여 백성을 못살게 들볶는 것을 말한다. 춘추 시대 말

면서도 오히려 부족하다고 걱정하는데, 백성들이 또한 이를 본받아서 서로 일어나 다투고 싸우니 화란이 일어나게 되었다.

선왕이 법을 만든 것은 천리(天理)이지만, 후세 사람이 부세에 폐단을 일으키는 것은 인욕 때문이다. 재신(才臣)과 계리(計吏)로 부세를 다스리는 자는 마땅히 인욕을 억제하고 천리를 간직할 것을 생각해야 옳은 일이다.

우리나라의 부세법은 조(租)는 토지에서 거둬들이고 이른바 상요(常搖)와 잡공(雜貢)은 지방의 소출에 따라서 관부에 바치도록 하는데, 이는 당나라의 조(租)·용(庸)·조(調)와 같은 것이다.

전하는 오히려 부세가 너무 무거워서 우리 백성들이 곤란을 겪고 있는 것을 염려하고, 이에 유사에게 명하여 전부(田賦)를 개정하고 상요와 잡공을 상정(詳定)하게 해서 거의 중정(中正)의 도를 얻게 되었다.

그러나 조(租)로 말하자면 토지가 개간되어 있는가, 황폐되어 있는가를 조사하게 되면 소출의 수효를 계산할 수 있지만, 상요와 잡공을 말하자면 다만 관부에서 바치는 액수만을 정해 놓았을 뿐, 가호에서 무슨 물건을 내는 것이 조가 되고, 인구에 대하여 무슨 물건을 내는 것이 용이라는 것을 분명히 말하지 않았다.

그래서 관리들이 이러한 약점을 이용하여 간계를 써서 함부로 수탈하였기 때문에 백성들은 더욱 곤궁해지고 호부들은 곳곳으로 피해서 국가의 재용은 도리어 부족해지고 있다.

전하가 백성을 사랑하는 마음에서 만들어 놓은 부세법의 의의를 아래서

엽, 공자의 고국인 노나라에서는 조정의 실세인 대부 계손자의 가렴주구(苛斂誅求)로 백성들이 몹시 시달리고 있었다. 어느 날 공자가 태산의 곁을 지날 때, 부인이 묘지에서 곡하며 슬퍼하거늘, 공자가 엄숙히 이를 들으시고, 자로로 하여금 그에게 물어 말하되 "그대의 곡성은 한결같이 거듭 근심이 있는 것 같으니라." 이에 말하기를 "그러합니다." 옛적에 나의 시아버지도 호랑이한테 죽고, 나의 남편도 또 그것에게 죽고, 이제 나의 아들이 또 그것에게 죽었습니다. 공자가 말씀하시되 "어찌 이곳을 떠나지 않았습니까?" 하니, "가혹한 정치가 없습니다." 공자가 말씀하시되 "제자들아 이를 들어라. 가혹한 정치는 호랑이보다 더 무서운 것이니라."[孔子 過泰山側, 有婦人 哭於墓者而哀 孔子 式聽之 使子路 問之曰 "子之哭也 壹似重有憂者." 而曰 "然 昔者 吾舅死於虎 吾夫又死焉 今 吾子又死焉" 孔子 曰 "何爲不去也." 曰 "無苛政也." 孔子曰 "小子 聽之 苛政 猛於虎"]

강구하지 않으니 이는 유사의 책임이다. 그러므로 무사하고 한가한 때가 오면 강구하여 시행해야 옳을 일이다.

7. 조운 漕運

옛날에 천자와 제후들은 기내(畿內)에서 나오는 부(賦)로써 생활하였다. 그러므로 조운으로 운반하는 거리가 멀어도 500리를 넘지 않았고, 가까우면 50리를 넘지 않았으니, 백성들의 힘이 피곤한 지경에 이르지 않았다.

진·한(秦漢) 이래로 천하를 군현(郡縣)으로 편제하여 그 소출로 나오는 부(賦)를 모두 천자의 도읍으로 운반하게 되어 수송하는 거리가 매우 멀고, 운송하는 곡식도 매우 많아서 백성들의 힘이 피곤하게 되었던 것이다. 이렇게 되자 조운 문제가 시급한 과제로 대두되어 조운 제도를 자세히 강구하였으나 민력의 피곤함은 여전하였다.

우리나라는 3면이 바다로 둘려 있고 내륙에는 큰 강이 있으므로, 조운으로 이곳을 경유하면 백성들의 노력을 크게 절감시킬 수 있다. 그런데 왜구가 들어와서 소란을 피우게 되면서 연해 지방의 주군은 수로를 버리고 육로를 택하여 험악한 산골짜기를 거쳐야 할 뿐 아니라, 가을에는 장마, 겨울에는 폭설로 인부가 피곤하여 쓰러지고 우마가 넘어지는 등 백성들의 고생이 말할 수 없이 컸다.

전하는 즉위하자 유사에게 명하여 전함(戰艦)을 수리하고 수졸(戍卒)을 늘려서 바다에서 공격과 육지에서 방어를 강화한 결과, 왜구는 앞으로 나아가도 약탈할 수 없고 뒤로 물러가도 얻는 것이 없어졌다.

그리하여 왜구는 마침내 멀리 달아나 해운이 트이게 되었다. 육로로 수송을 하던 내륙 지방 주군은 아무리 멀어도 400~500리만 가면 강에 닿을 수 있어 백성들의 노력이 절감되고 나라의 재정이 풍족하게 되었다. 그러나 올바른 관리를 얻지 못하여 일을 처리하는 과정에 조금이라도 합리성을 잃게 된다면 폐해가 생기게 되므로 유의하지 않을 수 없는 일이다.

8. 염법 鹽法

소금은 바다에서 나는 것으로 백성들이 이를 상용하므로 없어서는 아니될 물품이다. 전조 충선왕(忠宣王) 때부터 염법을 마련하여 백성들로 하여금 베[布]를 바치고 소금을 받아 가게 하여, 그 베를 국가 재정에 보탰던 것이다. 그러나 염법이 문란해지면서 베만 관에 흡수될 뿐 소금은 백성들에게 돌아가지 않아 백성들은 큰 곤란을 당하였다.

전하는 즉위하여 가장 먼저 윤음을 내려 전조의 문란한 염법을 크게 개혁하였다. 연해의 주군마다 염장(鹽場)을 설치하고, 관에서 소금을 굽고 백성들로 하여금 베든 쌀이든 그것이 질이 좋든 나쁘든 상관하지 않고, 각자 갖고 있는 쌀과 베를 염장에 가지고 가서 시가의 고하에 따라 값을 계산하고 소금을 받은 다음에 쌀과 베를 소금 값으로 내게 하였다.

이는 국가가 백성과 함께 이익을 나누고자 하는 것이며, 사적으로 굽는 것을 금지하여 국가의 이익을 독점하려는 것은 아니다. 염장의 소재와 그 소출량을 자세히 적어 회계에 참고가 되게 한다.

9. 산장과 수량 山場水梁

옛날에는 망이 총총한 그물을 연못에 넣지 못하게 하였고, 초목의 잎이 모두 떨어진 다음에 도끼를 들고 산에 들어가게 하였다. 이것은 천지자연의 이익을 아껴 쓰고 사랑하여 기르기 위한 것이다. 이야말로 산장과 수량을 이용하는 근본이 되는 것이다.

전하는 즉위하자 전조의 잘못된 제도를 고쳐서 산장과 수량을 몰수하여 국가의 소유로 하였다. 산장은 선공감(繕工監)에 소속시키고 거기에서 나오는 재목을 채취하여 영선(營繕) 등에 이용하고, 수량은 사재감(司宰監. 魚鹽·烽火 등에 관한 업무를 관장하는 기관)에 소속시키고 거기에서 나오는 어류를 수납하여 내외의 반찬과 제사 및 빈객 접대용으로 공급하였다. 산장과 수량의 소재지를 아는 대로 적는다.

10. 금·은·주옥·동·철 金銀珠玉銅鐵

속미(粟米)와 포백(布帛)은 백성들의 일상생활 재료가 되는 것이지만, 금은주옥은 백성들의 생활에 도움을 주는 것이 아니므로 정치하는 데 있어서 급무로 삼아야 할 것은 아니다. 그러나 종묘는 지극히 경건한 곳이므로 거기에서 쓰는 그릇은 반드시 금이나 옥으로 장식하고, 갓과 면류관은 대중보다 높은 지위에 있는 사람이 쓰는 것이므로 역시 주옥으로 장식하는 것이다.

더구나 우리나라는 명나라를 섬기고 있는 처지이므로 세시(歲時)와 경절(慶節)에 보내는 사신들은 반드시 금은을 가지고 가야 한다. 대개 금은과 주옥은 조상을 받들고 사대(事大)의 예를 행함에 있어 없어서는 안 될 물질이다.

동과 철은 그릇을 만들기도 하고 농기구를 만들기도 하므로 백성들이 생활하는 데 매우 요긴한 것이다. 더구나 이를 녹여 무기를 만들기 때문에 군국의 수용으로 이보다 더 중요한 것이 없다.

전조에서 금소(金所)·은소(銀所)가 있어 관에서 금과 은을 채취하였다. 우리나라에서는 무릇 철이 생산되는 곳에 철장관(鐵場官)을 두고 정부(丁夫)를 모집하여 철을 제련하거나 주조하고 있으며, 일반 백성들이 철을 제련·주조하는 경우에는 과세를 하지 않고 있지만 금은 채취 제도는 지금 모두 폐지하였다.

그러나 금과 은은 매장량이 일정하고 사대하는 시일은 제한이 없으니, 이것에 대한 채취법도 역시 강구하지 않을 수 없는 일이다. 신은 여기에 금소·은소 및 철장의 소재를 모두 적어서 참고에 도움이 되게 한다.

11. 공상세 工商稅

선왕이 공상세(工商稅)를 제정한 것은 말작(末作 工·商業을 말함)을 억제하여 본실(本實 농업)에 돌아가게 하기 위한 것이다. 우리나라에서는 공(工)·상(商)에 관한 제도가 없어서 백성들 가운데 게으르고 놀기 좋아하는 자들이 모두 공과 상에 종사하였으므로 농사를 짓는 백성이 날로 줄어들었으며,

말작이 발달(發達)하고 본실이 피폐하였다. 이것은 염려하지 않을 수 없는 일이다. 그러므로 신은 공과 상에 대한 과세법(課稅法)을 자세히 열거하여 이 편을 짓는다. 이것을 시행하는 것은 조정이 할 일이다.

12. 선세 船稅

우리나라는 바다에 접근해 있으므로 어염(魚鹽)의 이득이 많을 뿐 아니라, 공사(公私)의 조운(漕運)이 동서의 강에서 폭주하고 있다. 그래서 사수감(司水監)을 설치하여 이 일을 맡게 하고 선세를 징수(徵收)하여 국가 재정(財政)에 보태고 있는데, 그 이득이 또한 적지 않다.

13. 상공 上供

인군은 강대한 토지와 많은 인민을 전유하니, 그 소출의 부(賦)는 무엇이든 자기의 소유가 아닌 것이 없고, 무릇 나라의 경비도 무엇이든 자기의 소용이 아닌 것이 없다. 그러므로 인군에게는 사유재산(私有財産)이 없는 것이다.

이 책에서 상공(上供)과 국용(國用)을 나누어 서술하는 것은 그럴 만한 까닭이 있는 것이다. 음식과 의복은 왕의 의복에 이바지하기 위한 것이요, 비반(匪頒)[30]은 왕의 사여(賜與)를 이바지하기 위한 것이요, 진보(珍寶)는 왕의 완호(玩好)를 이바지하기 위한 것이다. 이 모두를 상공이라고 한다.

「주례」(周禮)를 상고하면 각기 담당 관리를 두어서 상공에 필요한 물품의 출입과 회계를 맡게 하였으나, 인주가 사치스런 마음이 생겨서 소비가 무절제하게 될지도 모르고, 또 담당 관리가 부정한 짓을 행하여 재물이 축나게 될지도 모를 것을 염려하였다. 그래서 총재로 하여금 총괄하여 절제하게 하여 비록 인주가 사사로 쓰는 것이라 할지라도 반드시 유사의 경리와 관계를

---

30) 비반(匪頒) : 여러 신하들에게 물품을 나누어 주는 것. 또는 그 물품≪周禮 天官 大帝≫.

갖도록 하였다.

한(漢)나라와 당(唐)나라에 이르러서 비로소 천자가 사유재산을 갖게 되어 군국의 재정과는 아무런 관계를 갖지 않게 되었다. 그러나 그 재산의 출처를 보면 산해(山海)나 어장에서 나오는 물산으로부터 세(稅)로 거둬들인 것, 또는 주군에서 바친 사적인 헌물, 또는 백성들이 바친 상부(常賦)에서 액수가 초과되어 남은 것 등으로서, 국가의 경리에서 가져오는 것은 아니었다. 그리고 통섭(統攝)하여 국가재정과 서로 엇갈리지 않게 하였으며, 흉년이나 전쟁이 일어나면 그 재산을 내어서 굶주리는 사람과 군인을 먹이기도 하였다.

그런데도 식자들은 천자가 사유재산을 가진 것을 비난하여,

　　"인군이 가인(家人)이나 근신의 행동을 바로잡지 못하여 사인(私人)을 두게 되었고, 사인을 두었으므로 사비(私費)가 없을 수 없다. 그래서 사유재산을 갖게 되는 것인데, 만사의 폐단은 여기에서 나오지 않는 것이 없다."

하였으니, 경계함이 이렇듯 지극하였다.

전조에서는 요물고(料物庫)를 두어 왕실에 대한 식량 조달을 관장하게 하였고, 사선서(司膳署)로 하여금 각종 반찬을 장만하는 일을 맡게 하였으며, 사온서(司醞署)에서는 술과 단술을 맡게 하였으며, 내부(內府)에서는 포백(布帛)·사면(絲棉)을 맡아서 의복을 지어 바치게 하였으며, 사설서(司設署)에서는 장막과 요[褥]를 맡아서 포설(鋪設)을 제공하게 하였다. 이들 관서는 모두 조사(朝士)가 맡게 하였고, 사헌부(司憲府)에서 수시로 감독하여 물품의 남고 모자라는 수량을 조사하게 하였으니, 「주관」(周官)의 뜻을 이어 받았다고 할 만하다.

충렬왕(忠烈王) 이래 원(元)나라를 섬기기 시작하여 대대로 공주(公主)를 맞이한 바 되어 궁중하인에 대한 비용이 많아지고, 연경(燕京)에 친조(親朝)하거나 그곳에 머무르면서 시위할 때에는 노비(勞費) 등을 스스로 마련해야 하였다. 그리하여 이때부터 덕천고(德泉庫)·의성고(義成庫) 따위를 설치하

였다.

그러나 여기에 소속된 토지, 노비, 재산 등은, 혹은 내탕(內帑)의 일부를 매각하거나, 혹은 왕씨 외가(外家)의 세업이거나 소출, 혹은 죄인에게서 몰수한 재산이어서 국가의 경리와 관계없었는데, 마침내 인주의 사유재산이 되고 말았다.

전하는 잠저에 있을 때부터 헌의(獻議)하여 이러한 사유재산을 모두 혁파하여 국가의 재산으로 귀속시키려 하였는데, 당시의 집권자가 이것을 완강히 거절하였기 때문에 뜻대로 이루어지지 못하였으나, 이로 인하여 혁파된 것이 10중 4~5는 더 되었다. 즉위한 뒤에는 5고(庫)와 7궁(宮)[31]을 모두 공용으로 귀속시켰다.

옛날 후한(後漢)의 광무제(光武帝)는 소부(少府)의 금전(禁錢)[32]을 혁파하여 대사농에 귀속시켜 공용으로 충당하게 한 일이 있는데 사신이 이를 칭송하여,

　　"능히 한 사람 개인의 사사로움을 극복하였다."

하였다. 이제 전하의 처사(處事)를 옛날의 광무제의 그것에 견주어 보더라도 조금도 부끄러울 것이 없다.

다만 즉위 초에 모든 일을 새로 시작하기 때문에 해야 할 일이 무척 많고 그에 따라서 용도는 크게 불어났으나, 출납할 즈음에 유사가 지나치게 법문에만 구애되어 충분히 비용(費用)을 지급하지 않았던 까닭으로 일의 기회를 놓친 경우가 많았다. 그래서 법문을 적당히 가감(加減) 손질하였으니, 즉위 초에 내린 교서와는 같지 않은 점이 있다. 그러나 이것은 어디까지나 일시적인 편의(偏意)에 따른 것이고, 그 성법은 고치지 않았다. 신은 여기에 상고에 관한 것을 적고 따라서 그 내용을 설명하여 후세 사람들로 하여금 절검(節儉)

---

31) 5고(庫)와 7궁(宮) : 5고는 사수에 속한 즉 의성(義成)·덕천(德泉)·내장(內藏)·보화(保和)·의순고(義順庫) 7궁은 미상.
32) 소부(少府)의 금전(禁錢) : 천자(天子)가 사용하는 소부전(少府錢). 소부전은 주로 천자의 사　용에만 공급되므로 금전이라 한다.

을 존중하고 사욕(私慾)을 극복한 전하의 훌륭한 뜻을 알게 하는 바이다.

14. 국용 國用

우리나라에서는 풍저창(豊儲倉)을 설치하여 무릇 제사(祭祀)·빈객(賓客)·사냥·상장(喪葬) 및 흉년에 필요한 비용은 모두 여기에서 지출하였는데, 이것을 국용이라고 한다.

국용의 출납과 회계에 관한 일은 도평의사사(都評議使司)·삼사(三司)·사헌부(司憲府)가 각각 직책에 따라 관장한다. 이제 그 수입 수량을 모두 적어서 한 편으로 저술하는 것은, 국용을 쓰는 데 있어서 수입(收入)을 헤아려 지출(支出)함으로써 헛되이 소비함이 없게 되기를 바람에 있다.

15. 군자 軍資

자공(子貢)이 공자에게 정치를 어떻게 해야 하느냐고 물으니 공자(孔子)는,

"식량(食糧)을 풍족하게 하고 군사(軍士)를 넉넉하게 해야 할 것이다."

라고 답하였다. 나라는 군사에 의지해서 보존(保存)되고, 군사는 식량에 의해 생존(生存)하는 것이다.

공명(孔明 제갈량(諸葛亮)의 자(字))의 치병술(治兵術)이 관중(管仲)이나 악의(樂毅)[33]보다 뛰어난 것은, 그가 위(魏)나라를 정벌할 때 위수(渭水) 연안에서 둔전(屯田)을 실시하여 지구전법을 썼기 때문이다. 항우(項羽)는 백전백승의 자질을 타고난 사람이었으나, 하루아침에 군량(軍糧)이 떨어져 전쟁에 지고 자신도 죽어 천하의 웃음거리가 되었다. 이것을 보더라도 식량이라는 것은 삼군(三軍)의 목숨을 좌우하는 것이니, 하루라도 없어서는 아니 되는 것임을 알 수 있다.

---

33)관중(管仲) 악의(樂毅) : 관중은 춘추시대 제(齊)나라 현상(賢相)으로 이름은 이오(夷吾)이다. 제 환공(齊桓公)을 도와 부국강병(富國强兵)을 이룩하였다. 악의는 전국시대 연(燕)나라 장수로 한(韓)·위(魏)·조(趙)·연(燕)의 연합군을 거느리고 제(齊)나라를 쳐서 70여 성을 빼앗았다.

그러므로 옛날에 나라를 다스리던 사람들은 군사를 다스렸을 뿐만 아니라 반드시 식량도 다스렸으며, 식량의 수입만을 다스렸을 뿐만 아니라 반드시 식량 생산에 관하여도 배려하였다. 식량의 생산은 토지와 인간에 달려 있는 것이다. 우리나라는 산악과 바다 사이에 끼여 있어서 구릉(丘陵)과 수택(藪澤) 등 경작할 수 없는 지역이 전 국토의 10분의 8~9를 차지하고 있다. 거기다가 농사를 짓지 않고 놀고 있는 사람이 많아서 그 수효를 정확히 파악하기 어려우나, 도성 근방에 살고 있는 사람을 헤아려 보면 수십만 명이 못 되지 않을 것이고, 또 도망하여 중이 된 자가 10만 명이 못 되지 않을 것이며, 자제로서 놀고 있는 자, 서민으로서 공역을 담당하고 있는 자, 수졸(戍卒)로서 변방에 나가 있는 자, 공장(工匠)·상인(商人)·무격(巫覡 무는 여자무당, 격은 남자무당)·재인(才人)과 화척(禾尺 버들가지로 생활용품을 만들거나 도살을 업으로 하는 사람) 따위를 합치면 이 또한 10만 명이 못 되지 않을 것이다. 이들은 농사를 짓지 않을 뿐만 아니라 남에게 의지하여 먹고사는 사람들이니, 가히 생산하는 사람은 적은데 먹는 사람은 많다고 하겠다.

더욱이 농민들이 상장(喪葬)과 흉년(凶年)·질병(疾病)으로 인하여 농사에 전력하지 못하는 경우가 많은데, 해마다 계절마다 맞이해야 하는 빈객 접대와 제사 비용 또한 백성들이 마련하지 아니할 수 없는 것이니, 가히 일하는 사람은 더딘데 쓰는 사람은 급하다고 하겠다. 그러니 군량이 어느 겨를에 풍족해질 수 있겠는가?

오늘날 우리가 해야 할 일은 한황지(閒荒地)를 개간하고 놀고 있는 백성들을 없애고 모두 농사에 돌아가게 하여, 백성들의 농사일을 살펴서 그들의 힘을 너그럽게 해 주고, 빈객 접대와 제사의식을 통제(統制)하여 그 비용을 절약하는 것보다 나은 것이 없다. 이렇게 한 뒤에라야 군량이 풍족해질 것이다.

우리나라에서는 군자감(軍資監)을 설치하여 군량을 저축하고 있다. 그런데 지금은 다만 군량(軍糧)의 수입과 지출 액수만 다스리고 있을 뿐이다. 그러므로 신(臣)은 식량의 자체 생산 문제까지 아울러 논하여 편에 적어서 식량을 풍족(豐足)하게 하는 근본을 삼으려 한다.

16. 녹봉 祿俸

인군(人君)이 현자(賢者)와 더불어 가져야 할 것은 천직(天職)이요, 함께 다스려야 할 것은 천민(天民)이다. 그러므로 인군은 현자를 천록(天祿)으로써 후대하여 그들로 하여금 위로는 부모(父母)를 섬기고 아래로는 처자(妻子)를 기르는 데 대한 근심을 갖지 않도록 하고, 오로지 직책을 수행(遂行)하는 데만 전력을 다하게 하는 것이다. 전(傳)에,

"성심으로 대하고 녹을 후하게 주는 것은 사(士)를 권장하는 것이다."

라고 하였다.

우리나라의 녹봉제도는 1품에서 9품까지를 18과로 나누고, 삼사(三司)에서 녹패(祿牌)를 주면 광흥창(廣興倉)에서 과에 따라 녹을 주게 되어 있다. 현자로 천록을 받는 자는 마땅히 천직(天職)을 잘 수행할 것을 생각해야 옳은 일이며, 천록(天祿)만 받아먹고 일은 게을리하는 것은 옳지 않는 것이다. 하물며 직사(職事)도 없으면서 천록을 먹는 것이 옳은 일이겠는가?

그러므로 선왕이 법을 받들어 임금은 신민에게 대하여 공이 있는 자에게 녹을 주고, 배고픈 자에게 먹을 것을 주어 구휼하였으나, 일정한 직책이 없이 일정한 녹을 먹는 것은 불공스러운 일로 생각하였다. 그 법이 이렇듯 엄격한 것이다.

17. 의창 義倉

홍수(洪水)·한발(旱魃)·질병(疾病)은 천도(天道)가 운행하는 운수에서 발생하는 것으로서 대대로 간혹 있게 되는 것이다. 그런데 기근(饑饉)이 일게 되면 백성을 다스리는 책임(責任)을 가진 사람은 그냥 앉아서 보기만 하고 이를 구제(救濟)하지 않을 수 있겠는가?

우리나라에서는 중앙에 의창을 설치하여 곡식을 저축하였고, 이 제도를 확대하여 지방의 주·군·현에도 각각 의창을 설치하였다. 그리하여 매년 농사철이 되면 빈민으로 종곡(種穀 종자)과 식량이 없는 사람에게 곡식을 대여하고, 가을에 수확이 끝나면 원본(元本)만을 회수하여 뜻하지 않는 사태에 쓸 것으로 대비해 둔다.

만약 흉년이 들면 의창의 곡식을 모두 풀어서 빈민을 진휼하고, 풍년이 든 다음에 역시 원본(原本)만을 회수하여 장기간 이런 일을 계속할 수 있도록 비축(備蓄)해 둔다. 이렇게 하면 기근이 들어도 백성들에게 피해가 가지 않고 풍년이 들어도 농민을 해치지 않으며, 곡식은 곡식대로 항상 비축되어 있으면서 백성들은 굶어 죽는 일이 없게 된다. 이것이야말로 법 중에서 가장 좋은 법이다.

의창의 곡식을 출납할 때에는 급한 사람만 구제하고 부유한 사람은 주지 않아야 하며, 사실을 정확히 파악하여 원액(原額)이 손실나지 않게 해서 이 좋은 법이 폐지되지 않도록 해야 할 것이다. 이렇게 하자면 역시 이를 관장하는 데 올바른 사람을 얻어서, 이 제도를 거듭 밝혀 거행하는 데 달려 있다.

18. 혜민전약국 惠民典藥局

나라에서는 약제(藥劑)가 본토에서 생산되는 것이 아니기 때문에 만약 질병을 얻게 되면 효성스럽고 인자한 자손들이 약재를 구하러 이리저리 헤매다가 약을 얻지 못하고 병은 더욱 깊어져서 끝내 병을 치료하지 못하는 폐단이 일어날 것을 생각하여, 이에 혜민전약국을 설치하고 관에서 약가(藥價)로서 오승포(五升布 닷새베) 6,000필을 지급하여 이것으로 약물(藥物)을 갖추게 하였다. 그리하여 무릇 질병이 생긴 자는 몇 말의 곡식이나 몇 필의 베를 가지고 혜민전약국에 가서 필요한 약을 구할 수 있게 하였다.

또 원본의 이식(利息, 이자)을 도모하여 1/10의 이자를 받아서 항구적으로 약을 비치해 두어서 빈민들로 하여금 질병의 고통에서 해방되게 하고 요절하는 액운을 면하게 하였으니, 살리기를 좋아하는 덕이 이렇듯 컸다.

불행히도 관부에서 지나치게 백성에게 약가를 철저히 징수하고, 권세 있는 사람들이 약물을 강제로 싼값으로 사들여서 한편으로 약가가 축나고 다른 한편으로 빈민이 자활할 수 없게 되고 있으니, 이것은 어찌 매우 인자스럽지 못한 일이 아니겠는가? 혜민전약국을 관장하는 책임자는 자기의 직책을 충실히 이행하여 국가의 살리기를 좋아하는 덕을 영원히 빛나게 하여야 할 것이다.

19. 견면 蠲免

나라는 백성을 근본으로 삼고, 백성은 먹는 것을 하늘로 삼는다. 그러므로 요역(徭役)과 부세(賦稅)를 가볍게 하여 백성들의 식생활을 풍족하게 해 주어야 한다. 불행히도 백성이 홍수·한발·서리·곤충·바람·우박 등으로 피해를 입었을 때, 그 피해의 정도에 따라 부역을 차등 있게 감면시켜 주어야 한다. 그래서 나라의 근본인 백성을 후하게 해 주어야 한다.

우리나라에서는 손분감면법(損分減免法)[34]이 이미 시행되고 있어, 법령에 뚜렷이 나타나 있다. 유사는 이 법을 살려서 거행해야 할 것이다.

---

34) 손분감면법(損分減免法) : 재해 손실에 따른 부세 감면제도. 예컨대 손실을 10등급으로 나누어 1등급이면 조세의 1/10을 감면하고, 2등급이면 2/10을 감한다. 이러한 비율로 조세를 감면해 주되 8등급 이상일 때 조세 전액을 면제한다.

8. 예전 禮典

1. 총서 總序

주상전하께서는 위로는 하늘에 호응하고 아래로는 인민에 순응하여 왕위에 오른 뒤에 옛것을 상고하여 나라를 경륜하니, 모든 사물이 질서가 잡혀서 조화를 이루기 시작하였다. 그러므로 이제야말로 예악(禮樂)이 일어날 시기인 것이다.

신은 생각하건대, 예에 관한 설이 많지만 그 핵심은 질서라는 것에 불과할 뿐이다. 조정은 존엄을 주로 하기 때문에 인군은 높고 신하는 낮은 것이며 인군은 명령하고 신하는 그를 시행하는 것이다. 그러므로 조근(朝覲)과 회동(會同)[35]하여 대위(大位)를 바루고 백관을 통솔하는 것이니, 이것이 곧 조정의 질서인 것이다.

제사는 정성을 기본으로 하기 때문에 사람이 정성을 다하면 신이 위에 이르게 되는 것이다. 그러므로 증상(烝嘗)·관헌(祼獻)[36]으로 조상을 섬겨 신명을 통하는 것이니, 이것이 곧 제향(祭享)의 질서이다.

연향(宴享)을 원칙으로 하기 때문에 빈객이 올리면 주인은 이에 응수하고, 주인이 음식을 권하면 빈객이 먹는다. 음식으로 즐기며 종척(宗戚)과 화목하고 신린(臣隣)과 친애하는 것이니, 이것이 곧 연향의 질서이다.

부보(符寶 부서(符瑞))는 신임을 표시하기 위한 것이며, 여복(輿服 가마와 관복(冠服))은 등급을 구분하기 위한 것이며, 악(樂)은 공덕을 찬미하기 위한 것이며, 역(曆)은 기후를 밝히기 위한 것이며, 경연(經筵)은 인군의 덕을 장려 발

---

[35]조근(朝覲)이란 제후(諸侯)가 천자(天子)를 알현(謁見)하는 일이다. 봄에 알현하는 것을 조(朝), 여름에 알현하는 것을 종(宗), 가을에 알현하는 것을 근(覲), 겨울에 알현하는 것을 우(遇)라 한다.≪「周禮」春官 大宗伯≫ 회동(會同) 역시 제후가 천자를 배알(拜謁)하는 것으로, 회(會)란 제후들이 수시로 參朝하는 것이고, 동(同)이란 여러 제후들이 參集하는 것이다.

[36]증상관헌이란 제사의 명칭으로 증(烝)은 겨울제사, 상(嘗)은 가을제사, 관헌은 신주(神酒)를 바치는 일로 제사를 뜻한다.

전시키기 위한 것이며, 학교는 인재를 양성하기 위한 것이다.

과목(科目 과거)의 설치와 유일(遺逸)의 천거는 현자를 등용하는 문호를 넓히기 위한 것이며, 구언(求言)·진서(進書)는 상하의 심정을 서로 알게 하기 위한 것이다.

사신을 파견하는 것은 천조(天朝)에 표문(表文)을 올려서 사대(事大)의 성경(誠敬)을 다하기 위한 것이다. 도형(圖形)·기공(紀功)은 공신을 존중하여 그 은혜에 대한 보답을 후하게 하기 위한 것이며, 시호(諡號)는 여러 신하의 선악을 구별하여 권장과 징계를 하기 위한 것이다. 정표(旌表)는 절개(節槪)와 의리(義理)를 장려하기 위한 것이며, 향음주(鄕飮酒)[37]는 예절과 겸손을 가르치기 위한 것이며, 관혼상제는 풍속을 순수하게 하기 위한 것이다.

이것은 모두 정사를 시행하는 데 있어서 질서가 잡히게 하는 것이다. 그러므로 신은 질서라는 한마디 말의 근본을 추구(推究)하여 예전의 총서를 짓는다.

2. 조회 朝會

우리나라에서는 동지(冬至)·정조(正朝)·성절(聖節 황제의 탄일) 때 인군이 여러 신하들을 거느리고 황제의 궁궐을 향해 하례를 행한다. 천자의 조칙이나 하사품을 받을 때 행하는 의식은 모두 조정에서 반포한 의주(儀注)에[38] 따른다.

---

37) 향음주 : 존현(尊賢)·양로(養老)를 목적으로 하여 베푸는 주연(酒宴). 「주례」(周禮) 향대부(鄕大夫)에 의하면, 향학(鄕學)에서 3년 동안 공부한 사람 중에서 우수한 사람을 임금에게 천거할 때 그를 송별하기 위하여 향로(鄕老) 및 향대부(鄕大夫)가 전별의 잔치를 베풀었으니, 이것이 바로 향음주의 시초이다. 「의례」(儀禮)의 향음주례(鄕飮酒禮)와 「예기」(禮記)의 향음주의(鄕飮酒義)는 그 내용이 「주례」의 향대부와 비슷하다. 선유(先儒)의 설에 의하면, 향음주에는 4종류가 있는데, 첫째는 3년마다 현능한 사람을 빈객의 예로 천거하는 것이요, 둘째는 향대부가 국중의 현자에게 주연을 베푸는 것이요, 셋째는 주장(州長)이 활쏘기를 연습하면서 술을 마시는 것이요, 넷째는 당정(黨正)이 사제(蜡祭, 연말에 지내는 제사)를 지내며 술을 마시는 것이다. 그러나 대체로 모두가 존현·양로를 위주로 한 것이다.
38) 의주 : 길흉 행사의 의법(儀法)을 기록한 책.

예식이 끝나면 정전에 앉아서 여러 신하들의 조알(朝謁)을 받는다. 탄절(誕節)에는 경수례(慶壽禮 壽를 경축하는 예식)를 행하는데, 동지·정조 때 의식과 함께 삼대조회(三大朝會)이다. 입춘(立春)과 인일(人日 음력 정월 초이레)에는 당직을 맡은 재신(宰臣)이 백관을 정렬시켜 놓고 조회를 행하니, 이것을 소조회(小朝會)라고 한다. 국내에 교서(敎書)나 유지(宥旨)를 내릴 때 교서를 개독하는 의식이 있고, 봉작(封爵)과 추숭(追崇)의 일을 행할 때 책문을 발하고 사자(使者)를 보내는 의식이 있다. 무릇 인군이 행행(行幸)하는 것을 배봉(陪奉)이라 하고, 5일마다 한 번씩 정사를 청단(聽斷)하는 것을 아일(衙日)이라 하며, 재상을 임명하는 것을 선마(宣麻)라고 한다. 제사를 대행하는 것을 축판친전(祝板親傳)이라고 한다.

우리 주상이 정전에 단정히 앉아 있으면 그 모습은 바라보기에 황황(皇皇)스럽다. 그리고 의장대가 삼엄하게 벌려 있는 것이며 의관이 정숙한 것이며, 분부하고 명령하는 모습이 의젓한 것이며, 진언(進言)·진계(陳誡)하는 절실한 태도이며, 또는 승강(升降)·주선(周旋)하고 부복(俯伏)·배흥(拜興)하는 모습이 엄숙하면서 태연하고, 온화하면서 장중한 것들이 울연하고 찬연하여 칭송하고 숭상할 만하니, 일대의 전법으로 만들어서 무궁한 후세에 밝게 보여 주는 것이 마땅하겠다.

사신(使臣)에 대한 모든 절차와 주군의 수령들이 왕명을 맞이하는 예절 및 관리들 상호 간의 상견례(相見禮)에 관해서는 각각 종류에 따라 부기한다.

3. 종묘 宗廟

왕자(王者)는 천명을 받아 개국(開國)하고 나면 반드시 종묘(宗廟)를 세워서 조상을 받드는 것이다. 이것은 자기의 근본(根本)에 보답하고 먼 조상을 추모(追慕)하는 것이니, 후한 도리이다.

공덕이 있는 조상은 조종으로 높여서 불천지주(不遷之主)[39]로 받드는 것

---

39)불천지주란 영원히 옮겨지지 않는 신주(神主)이다. 묘제(廟制)에 친진(親盡) 즉 제사 지내는 대

이다. 그러므로 『서경』(書經)에, "7세(世)의 묘(廟)에 가히 덕을 볼 수 있다."
하였다.

전하는 즉위하자 아버지 환왕(桓王) 이상 4대(代)의 조상을 추숭(追崇)하
여 왕의 작위를 가(加)하고, 묘실(廟室)을 세워서 신주(神主)를 봉안하였다.
제사에 쓰는 희생(犧牲 삶거나 굽지 않은 생육)과 폐백(幣帛)의 수량, 보궤(簠
簋)·변두(籩豆) 등 제기의 품질, 그리고 관헌(祼獻)·배축(拜祝)하는 예절
등을 자세히 강구하여 책에 기록해 두었다. 예조는 필요할 때마다 청하여
거행하고, 모든 관부는 분주하게 자기의 직책을 경건(敬虔)한 마음으로 수
행하지 않음이 없으니, 공경의 지극함이다.

4. 사직 社稷

사(社)라는 것은 토신(土神)이고, 직(稷)이라는 것은 곡신(穀神)이다. 대개
사람들은 토지가 없으면 존립할 수 없고, 곡식이 없으면 살아갈 수 없는 것
이다. 그러므로 천자에서 제후에 이르기까지 인민(人民)을 가진 자는 모두
사직을 설치하는 것이니, 이것은 인민(人民)을 위하여 복을 구하는 제사를
지내기 위함이다.

우리나라에서는 사직을 설치하여 여기에 바치는 희생(犧牲)은 가장 살찐
것을 사용하고, 제기와 폐백은 가장 정결한 것을 사용하며, 헌작(獻爵 술을 올
림)은 세 번으로 끝내고 주악은 여덟 번으로 마친다. 모두 유사가 있어서 때
에 맞추어 제사를 거행하고 있으니, 인민을 중히 여기는 뜻이 이렇듯 큰 것
이다.

5. 적전 耤田

농사는 만사의 근본이고 적(耤 임금이 손수 경전하는 짓)은 권농의 근본이다.

수가 다한 신주는 태조묘(太祖廟)로 옮겨지게 된다. 그러나 공덕이 있는 조상만은 영원히 옮겨
지지 않는다. 이 신주를 불천지주 또는 부조지주(不祧之主)라고 한다.

종묘의 제사에 쓰는 서직(黍稷)과 군국의 재용이 모두 농사에서 나오는 것이며, 민생이 이로써 순후하게 되는 것이다.

인군이 적전(耤田)을 몸소 갈아 농사를 솔선수범하면 하민들이 모두,

> "인군과 같이 존귀한 사람이 농사를 숭상하여 몸소 밭을 갈거늘, 하물며 하민들의 천한 몸으로서 어찌 가만히 앉아서 농사를 짓지 않는 것이 옳은 일이겠는가?"

하게 될 것이다. 그리하여 사람들은 모두 전답으로 나아가게 되고 농사가 진흥하게 될 것이다. 그런 까닭에 적전은 권농의 근본이라고 하는 것이다.

우리나라에서는 적전을 설치하여 영(令)·승(丞)으로 이를 관장하게 하였다. 적전의 경작과 제사의 방법에 대하여는 신이 자세히 편에 적어서 전하께서 곡식을 중히 여기는 뜻을 보여 주는 바이다.

6. 풍·운·뇌·우 風雲雷雨

바람·구름·우뢰·비는 오곡(五穀)을 살찌게 하고 품류를 이루게 하는 것이니, 만물에 미치는 혜택이 지극히 큰 것이다.

우리나라에서는 천자의 조지(詔旨)를 공경히 받들어 나라의 남쪽에 제단을 설치하고, 유사가 때에 맞추어 제사를 지내니, 대국을 섬기는 예와 신을 공경하는 뜻을 동시에 다한 것이다.

7. 문묘 文廟

온 천하가 다 같이 제사를 지내는 것은 오직 문묘뿐이다.

우리나라에서는 안으로 국도(國都)로부터 밖으로 주군에 이르기까지 모두 묘학(廟學 廟 안에 있는 학교)을 세워 매년 봄 2월과 가을 8월 첫 번째 정일(丁日)에[40] 예로써 제사를 지낸다. 성교(聖敎)가 천하에 있는 것은 마치 해와 달

---

40)첫 번째 정일 : 12간지(干支)로 표시되는 날짜 가운데 그달의 첫 번째 정(丁) 자가 든 날을 가리

이 하늘에 운행하는 것과 같다. 여러 군왕이 이것으로써 규범을 삼고 만세에 이것으로써 사표를 삼는 것이다.

대개 언어로써 형용할 수 없는 것이 있으니 그것은 인성(人性)의 고유한 것에 뿌리를 박고, 인심의 공통성에 근거하고 있다. 이것은 어찌 신의 말을 기다릴 필요가 있겠는가? 전하는 문묘 제사에 필요한 제물을 넉넉하게 하고 제기를 정결하게 하여 스승을 존중하는 뜻을 극진하게 하였으니, 이를 적어 둔다.

8. 제신사전 諸神祀典

무릇 사전(祀典)에 실려 있는 신들은 모두 백성에게 공덕이 있는 신들이니, 보답하지 않을 수 없다. 산천의 신에게 제사하는 것은 그들이 구름과 비를 일으켜서 오곡을 무르익게 하여 백성의 식량을 풍족하게 해 주기 때문이요, 옛날의 성현들에게 제사하는 것은 그들이 때를 만나서 도를 행하여 백성을 편안하게 구제하고, 법을 세우고 교훈을 내려 주어서 후세에 밝게 제시하여 주었기 때문이다.

그러므로 이들은 모두 사전에 올려서 장기적으로 제사를 지내야 한다. 사전에 오르지 않은 것을 제사 지내는 것은 아첨에 불과할 뿐 예가 아니며, 음탕한 행위에 불과할 뿐 복이 되는 일이 아니니, 이는 마땅히 금해야 한다.

9. 연향 燕享

인군과 신하는 엄숙하고 공경함을 주로 삼는다. 그러나 한결같이 엄숙하고 공경하기만 하다면 자연히 서로 사이가 멀어지고 정이 서로 통하지 않게 된다. 그러한 까닭에 선왕은 연향의 예를 만들어서, 친할 경우에 빈주(賓主

키는데 상정일(上丁日)이라고도 한다. 「예기」(禮記) 월령(月令)의 소(疏)에, "정일을 택하는 이유는 정장성취(丁壯成就)의 뜻을 취한 것으로서 공부하는 사람의 예업(藝業)이 성취되기를 희망하는 뜻에서다." 하였다.

빈객과 주인)라 부르고, 존경할 경우에 제부(諸父)・제구(諸舅)라고[41] 부르기
도 하였다.

연향을 열 때는 음식을 풍부하게 차리고 은근한 태도로 가르침을 희망하
였다.

「주시」(周詩, 시경의 별칭)에,

"종과 북을 설치하고 하루아침에 연회를 베풀어 대접한다."

하였고, 또,

"사람들이 나를 어여삐 여기어 나에게 대도(大道)를 보여 준다."

라고 한 것은 바로 이것을 말한 것이다.

우리나라에서는 예빈시(禮賓寺)를 설치하여 연향을 관장하게 하였는데,
그 술잔을 올리는 횟수의 빈도와 안주를 풍부하게 차리고 적게 차리는 데
있어서는 일정한 제도가 있으니, 지금 모두 적는다.

10. 부서 符瑞

옛날에 천자는 규(圭)를[42] 갖고 제후는 오옥(五玉)을[43] 갖는다. 양자의 사
이에는 비록 존비의 차이는 있지만 신표(信標)를 합하여 국가의 부보(符寶)
로 삼는 것은 마찬가지인 것이다. 그러므로 부서라고 통칭하여 대대로 간직
한다.

우리나라에서는 상서사(尙瑞司 새보(璽寶)・부패(符牌)・절월(節鉞) 등을 관장함)를
설치하여 부보를 관장하게 하였고, 아래로 모든 관부와 밖으로 사신과 수령
에 이르기까지 모두 인장(印章)을 가진다.

---

41) 제부(諸父) 제구(諸舅) : 제부는 천자가 동성(同姓)인 제후를, 제후가 동성인 대부(大夫)를 부르
   는 말이고, 제구는 이성(異姓)일 경우의 호칭이다.
42) 규(圭) : 하늘과 땅을 모방하여 위는 둥글고 아래는 네모지게 만든 서옥(瑞玉).
43) 오옥(五玉) : 제후가 천자로부터 신인(信印)으로 받는 다섯 가지 옥. 즉 공(公)은 환규(桓圭, 9촌),
   후(侯)는 신규(信圭, 7촌), 백(伯)은 궁규(躬圭, 7촌), 자(子)는 곡벽(穀璧, 5촌), 남(男)은 포벽(蒲璧,
   5촌)을 갖는다.

11. 여복 輿服

존비(尊卑)의 구분은 명기(名器 작호(爵號)·가마·관복)보다 엄격한 것이 없고, 명기의 등급은 여복(輿服)보다 구별되기 쉬운 것이 없다. 그러므로 천자와 제후로부터 서민에 이르기까지 각각 등급을 두는 것은 사람들의 시청(視聽)을 통일시키고 사람들의 마음을 안정시키기 위한 것이다.

우리나라의 관복(冠服) 제도는 …… 이하 원문 2행이 누락되었다.

12. 음악 樂

음악(樂)이란 올바른 성정(性情)에서 근원하여 성문(聲文)을 빌어서 표현되는 것이다. 종묘의 악은 조상의 거룩한 덕을 찬미하기 위한 것이고, 조정의 악은 군신 간의 장엄하고 존경함을 지극하게 하기 위한 것이다. 향당(鄉黨)과 규문(閨文)에서까지도 각기 일에 따라서 악을 짓지 않음이 없었다.

그러므로 유계(幽界)에서 음악을 사용하면 군신이 화합하며, 이를 향당과 방국에 확대하면 교화가 실현(實現)되고 풍속이 아름다워지는 것이니, 음악의 효과(效果)는 이렇듯 시원한 것이다.

우리나라는 아악서(雅樂署)를 설치하여 이것을 봉상시에 소속시켰다.

종묘의 제례악에는 당악(唐樂 중국의 속악(俗樂))과 향악(鄉樂 우리나라의 속악)이 있는데 전악서(典樂署)를 설치하여 이를 관장하게 하고 이 음악은 조정에서도 사용하고 연향에서도 사용한다.

또 문덕(文德)·무공(武功)의 곡(曲)[44]을 새로이 지었는데, 이것은 전하의 거룩한 덕과 신기로운 공을 서술하여 창업의 어려움을 형용(形容)한 것이다. 이 악곡에는 고금의 문장이 갖추어져 있다. 이른바 공업(功業)이 이루어지면 악이 지어지고 악을 보면 공덕을 알 수 있다는 말을 어찌 믿지 않겠는가?

---

44)1393년(태조2)에 문덕곡, 몽금척, 수보록, 정동방곡, 궁수분곡, 납씨가 등 악곡을 지어 조선창업의 필연성과 태조 이성계의 덕을 칭송하였다.

13. 역 曆

역(曆)이란 천도의 운행을 밝히고 일월의 운행도수를 정하여 절후의 빠르고 늦음을 구분하는 것이다. 농사도 이것으로써 이루어지고, 여러 공적도 이것으로써 빛나게 된다. 그러므로 선왕은 이것을 중하게 여겼던 것이다.

우리나라에서는 서운관(書雲觀)을 설치하여 역에 관한 직책을 관장하게 하였다. 천체의 운행을 관측하고 일월의 운행을 계산하는 술법에 있어서는 수시력(授時曆)과 선명력(宣明曆)이 있는데,

按 수시력은 원나라 세조 때의 역이고, 선명력은 당나라 목종 때의 역이다.

때에 맞추어 이것을 시험하니 하늘을 공경하고 백성을 존중하는 국가의 뜻을 여기에서 볼 수 있다.

14. 경연 經筵

전하는 즉위하자 먼저 경연관(經筵官)을 설치하여 고문(顧問)을 갖추었고 항상 말하기를,

"「대학」(大學)은 인군이 만세(萬世)의 법을 세우는 데 필요한 책이다. 진서산(眞西山)은 「대학」의 뜻을 확대하여 「대학연의」(大學衍義)를 지었다. 제왕이 정치를 하는 순서와 학문을 하는 근본은 이보다 나은 것이 없다."

하였다.

그리하여 정사를 청단하는 가운데 여가가 있을 때마다 혹은 「대학」을 친히 읽기도 하고, 혹은 다른 사람을 시켜서 강론하게도 하였으니, 비록 고종(高宗)이 시시로 학업에 힘쓴 것이나,[45] 성왕(成王)의 학업이 일취월장한 것이 있더라도[46] 어찌 이보다 나을 수 있었으랴! 아름답고 거룩한 일이로다.

---

45)고종……것이나 : 고종(高宗)은 은(殷)나라 제20대 왕 무정(武丁). 현상(賢相) 부열(傅說)의 보필을 얻어서 은나라를 중흥시켰다.
46)성왕……것이더라도 : 성왕(成王)은 주(周)나라 제2대 왕 무왕(武王)의 아들이며 이름은 송(誦)이다. 숙부인 주공(周公)의 보좌를 받아 훌륭한 정치를 하였다. 신하들의 경계를 받고 "나 소자는 총명공경하지 못하나 일취월장하여……"라는 말을 하면서 학업에 열중할 뜻을 보였다.≪詩

15. 학교 學校

학교는 교화의 근본이다. 여기에서 인륜을 밝히고 여기에서 인재를 양성한다. 삼대(三代 하(夏)·은(殷)·주(周)) 이전에는 학교제도가 크게 갖추어졌었고, 진(秦)·한(漢) 이후로도 학교제도가 비록 순수하지는 못하였으나 학교를 중히 여기지 않음이 없었으니, 일대의 정치 득실이 학교의 흥패에 좌우되었다. 그러한 자취를 오늘날에도 역력히 살필 수 있는 것이다.

우리나라에서는 중앙에 성균관을 설치하여 공경(公卿)·대부(大夫)의 자제 및 백성 가운데 준수한 자를 가르치고, 부학교수(部學敎授)를 두어 동유(童幼)를 가르치며, 또 이 제도를 확대하여 주(州)·부(府)·군(郡)·현(縣)에도 모두 향학(鄕學 鄕校)을 설치하고 교수와 생도를 두었다.

병률(兵律)·서산(書算)·의약(醫藥)·상역(象譯 통역(通譯)) 등도 역시 이상과 같이 교수를 두고 때에 맞추어 가르치고 있었으니, 그 교육이 또한 지극하다.

16. 공거 貢舉

과거 제도는 유래가 이미 오래다. 주(周)나라 때에는 대사도(大司徒)가 육덕(六德)·육행(六行)·육예(六藝)로써[47] 만민을 가르쳤는데, 그중에서 현능한 사람을 빈례(賓禮)로 천거하고서 이를 선사(選士)라 하였고, 태학(太學)에 천거하고서 이를 준사(俊士)라 하였으며, 사마(司馬)에 천거하고서 이를 진사(進士)라 하였다.

그리고 평론이 정한 뒤에 관작(官爵)을 맡기고 관작을 맡긴 뒤에 작위(爵位)를 주며, 작위를 정한 뒤에 녹(祿)을 주었다. 인재를 교양함이 매우 철저했고, 인재를 선택함이 매우 정밀(精密)하였으며, 인재를 등용함이 매우 신

經 周頌 敬之≫
47) 육덕(六德)은 지(知)·인(仁)·성(聖)·의(義)·충(忠)·화(和)이고, 육행(六行)은 효(孝)·우(友)·목(睦)·인(婣)·임(任)·휼(恤)이며, 육예(六藝)는 예(禮)·악(樂)·사(射)·어(御)·서(書)·수(數)이다.

중(愼重)하였던 것이다. 그러므로 주나라가 성대한 때 인재의 융성함과 정치의 아름다움은 후세에서 능히 미칠 바가 아니었다.

한(漢)나라 때에는 효(孝)·제(悌)·역전(力田)·현량(賢良)·무재(茂才)[48] 등이 있었고, 위(魏)·진(晉) 시대에는 구품중정(九品中正)이[49] 있었으며, 수(隋)·당(唐) 시대에는 수재(秀才)·진사과(進士科)가 있어서 그 명목이 다양하였다.

요컨대 그것은 모두 인재 얻기를 주목적으로 삼는 것들이었는데, 비록 성주 시대의 인재가 융성하던 그것에는 미치지 못하였으나 한 시대의 인재가 모두 이러한 제도에서 배출되었던 것이다.

전조에서는 광종(光宗) 때부터 비로소 쌍기(雙冀)[50]의 말을 받아들여 과거법을 시행하였다. 선거를 관장한 사람을 지공거(知貢擧) 또는 동지공거(同知貢擧)라 일컬었고, 사부(詞賦)를 가지고 시험을 보였다.

공민왕(恭愍王) 때 와서는 한결같이 원나라 제도를 따라서 사부와 같은 고루한 시험을 혁파하였으나 이른바 좌주(座主 과거 급제자가 시관(試官)을 말함)니, 문생(門生)이니 하는 관행으로 여긴 지 매우 오래여서 능히 갑자기 제거하지 못하므로 식자들이 개탄하였다.

전하께서는 즉위하자마자 과거제도에 대하여 손익을 상계한 다음, 성균관에 명하여 사서(司書)와 오경(五經)으로써 시험을 보게 하였다. 이것은 대

---

48) 효(孝)……무재(茂才) : 효·제·역전은 한혜제(漢惠帝) 4년에 설치된 과거의 과목. 효·제는 행실이 정숙한 사람, 역전은 부지런한 사람. 여기에 천거된 사람은 역역(力役)을 면제했다. 문제(文帝) 때에는 효에 비단 5필(匹)을, 제·역전에도 비단 5필을 하사하였다. 현량(賢良)은 현량방정(賢良方正)의 약칭인데, 한무제(漢武帝) 때에 시작된 과거의 한 과목으로 직언(直言)·극간(極諫)을 잘하는 사람을 뽑았다. 무재(茂才)는 원래 수재과(秀才科)였는데, 후한(後漢)에 와서 광무제(光武帝)의 휘(諱)를 피하여 무제(茂才)라고 하였다.

49) 구품중정 : 위문제(魏文帝) 때 실시한 인재 등용법. 주군(州郡)마다 중정(中正, 관명)을 두어 산군(山郡)의 인재를 9등으로 선발, 감식케 하여 그 품에 따라 관직을 주는 제도이다. 구품관인지법(九品官人之法)이라고도 한다.

50) 쌍기(雙冀) : 후주(後周) 때 사람으로 고려에 귀화하였다. 956년(광종 7)에 후주의 사신을 따라 고려에 들어와 병으로 체류하다가 귀화하였다. 광종이 그의 재주를 아껴서 한림학사(翰林學士)·문형(文衡)에 등용하였는데, 그는 958년(광종 9)에 왕에게 건의하여 과거 제도를 실시하였다.

개 명경과(明經科)[51]의 의의(意義)인 것이다. 예부에 명하여 부론(賦論)으로써 시험을 보았다. 이것은 곧 옛날 박학굉사(博學宏詞)의[52] 의의(意義)이다. 이렇게 한 다음 대책(對策)으로써 시험을 보았다. 이것은 곧 옛날 현량방정(賢良方正)·직언극간(直言極諫)의 의의인 것이다. 그러므로 일시에 수대의 제도가 모두 갖추어진 것이다. 장차 사문(私門)이 억제되고 공도(公道)가 열릴 것이며, 부화자(浮華者 부처를 신봉하는 사람)가 배척되고 진유(眞儒)가 배출되어 정치(政治)의 융성함이 한나라와 당나라를 능가하고 뒤쫓아 갈 것을 볼 것이니, 아! 거룩한 일이로다.

그 무과(武科)·의과(醫科)·이과(吏科)·통사과(通事科)는 각각 별도로 부기해서 보이겠다.

17. 유일을 천거함 擧遺逸

선비로서 초야에 묻혀 있는 사람들 중에는 혹 도덕을 지니고 있으면서 세상에 알려지는 것을 바라지 않는 사람이 있는가 하면, 혹은 재능을 품고 있는 데도 불고하고 발탁되지 못한 사람도 있다. 진실로 위에 있는 사람이 정성스럽게 구하고 근실하게 찾지 않으면 그들을 나오게 해서 등용하지 못할 것이다.

그러므로 후한 예(禮)로 부르고 높은 관작(官爵)으로써 대우하는 것이니, 옛날 밝은 왕들이 지극히 훌륭한 치세를 이룩할 수 있었던 것도 바로 이렇게 하였기 때문이다.

전하는 즉위 초에 유사에게 거듭 밝히기를,

  "경학(經學)에 밝아 행실이 바르고 도덕을 겸비하여 가히 사범이 될 만한 사람, 식견이 시무(時務)에 능통하고 재주가 경국제세(經國濟世)에 적절하여 사공

---

51) 명경과(明經科) : 본래 당나라 때 실시된 과거의 한 과목인데, 고려 때 과거의 과목을 도(道)를 실시하삼아 「상서」(尙書)·「주역」(周易)·「모시」(毛詩)·「춘추」(春秋)를 시험하였다.
52) 박학굉사(博學宏詞) : 당 현종(唐玄宗) 개원(開元) 9년에 실시된 과거의 한 과목으로서 해박(該博)하고 능문(能文)한 인재를 뽑는 과거 시험이다.

(事功을 세울 만한 사람, 문사(文辭)에 익숙하고 필찰(筆札)에 솜씨가 있어서 문한(文翰)의 임무를 맡을 만한 사람, 율산(律算)에 정통하고 이치(吏治)에 달통하여 백성을 다루는 일을 감당할 만한 사람, 지모(智謀)나 도략(韜略)이 깊고 용기가 삼군(三軍)에 으뜸이어서 장수가 될 만한 사람, 활쏘기와 말타기에 익숙하고 돌 던지는 일에 솜씨가 있어서 군무를 담당할 만한 사람, 그리고 천문(天文)·지리(地理)·복서(卜筮)·의약(醫藥) 중에서 한 가지 특기를 가진 사람을 세밀히 찾아내서 조정에 보내라.”

하였으니 이것으로써 전하의 자리를 사양하여 어진 이를 구하는 아름다운 뜻을 볼 수 있다.

18. 구언과 진서 求言進書

윗사람은 아랫사람에게 직언을 구하고, 아랫사람은 윗사람에게 글을 바칠 수 있다면, 막힌 것이 트이고 가려진 것이 걷혀서 상하의 정이 통하게 될 것이니, 어떤 선행이 빠지며 무슨 원통인들 풀리지 않겠는가?

전하는 즉위 초에 조정의 5품 이상 아문(衙門)에 명하여 각각 백성을 편안하게 할 계책을 진달하였다. 그중에서 가장 좋은 것을 선택하여 교서(敎書)로서 중외에 포고하였다. 이로부터 비록 초야에 묻혀 있는 사람이라 할지라도 글을 올려서 정사에 대하여 직언하는 사람이 더욱 많아지게 되었다.

신(臣)은 보고 들은 가운데 신빙성이 있는 것만 골라서 적는다.

19. 사신을 파견함 遣使

우리나라는 예(禮)로써 사대(事大)하여 중화와 통교하고 공물을 바치며 세시(歲時)에 사신을 파견하였다. 이것은 제후의 제도에 따라 맡은바 직무를 보고하기 위한 것이다. 진실로 학문이 풍부하고 사명(辭命)이 능란하여 오로지 사신의 임무를 수행하고 국가의 아름다움을 선양할 수 있는 사람이 아니면 누가 이러한 직책을 감당할 수 있겠는가?

전하가 즉위한 이래로 무릇 조정사(朝正使)·성절사(聖節使)·진표사(進表使)·진전사(進箋使)로[53] 간 사람들이 바로 그러한 사람들이다. 그들 중에 성명을 상고할 만한 사람은 모두 적는다.

20. 공신도형사비 功臣圖形賜碑

전하의 영특한 모책(謀策)과 위대한 계략(計略)은 천성에서 나오고, 심후한 인자와 후중한 은택이 인심에 맺혀서 하루아침에 즉위하여 신하와 인민이 되었으니, 이는 모두 전하 덕의 소치이다. 군신이야 무슨 공이 있겠는가? 그렇지만 전하는 겸양하여 공을 뽐내지 아니하고 정책논의에 참여한 신하들을 추장하되, 혹은 의기를 분발하여 정책을 정하고[奮義定策], 혹은 함께 참여하여 협찬하고[與聞協贊], 혹은 마음을 돌이켜 성심껏 추대하였다[歸心効載]하여 공신의 칭호를 차등 있게 내렸다.

그리고 공신을 위하여 각(閣)을 세우고 초상(肖像)을 그리고 비를 세워 공을 새겨 후세 자손들로 하여금 눈으로 직접 보고 마음으로 감동케 하고, 이를 준수하여 길이 바꾸지 않고 나라와 더불어 아름다움을 함께하도록 하였으니, 후손들에게 교훈을 보여 줌이 이토록 원대하였다.

21. 시호 諡號

시호(諡號)란 한 가지 대표적인 일을 뽑아서 선악(善惡)을 나타내어 후세 사람들에게 권장과 징계(懲戒)를 보여 주는 것이다. 그것은 명교(名敎)에 큰 보탬이 되는 것이다.

22. 정표 旌表

---

53)조정사……진정사 : 조정사는 정월 원조에 황제에게 신년 인사를 하기 위하여 보내는 사신이고, 성절사는 황제의 탄일을 축하하기 위하여 보내는 사신이다. 진표사는 황제에게 표문(表文)을 바치기 위하여 보내는 사신이고, 진전사는 황태후·황후·황태자에게 보내는 전문(箋文)을 가지고 가는 사신이다.

사람은 태어날 때부터 덕(德)을 좋아하는 양심(良心)을 저마다 지니고 있는 것이다. 그러나 윗사람이 앞장서서 인도(引導)하지 않는다면, 아랫사람들은 보고 느껴서 흥기(興起)할 바 없는 것이다.

그러므로 국가에서는 법을 세워 인군에게 충성(忠誠)하고, 부모에게 효도(孝道)하고, 부부의 도리를 온전히 지킨 사람이 있다면, 모두 그를 위하여 정문(旌門)을 세워서 표창(表彰)해 주어 의(義)로운 행실을 장려(獎勵)하고 풍속을 순후(淳厚)하게 하는 것이다.

그래서 신은 이 편명을 지은 것이다. 진실로 그러한 일이 있으면 연이어 적는 것이 옳다.

23. 향음주 鄕飮酒

향음주례(鄕飮酒禮)에는 선왕이 사람을 가르치기 위한 뜻이 갖추어져 있다. 빈객과 주인 서로 읍(揖 상대방에게 공경한다는 몸짓)하고 사양하면서 올라가는 것은 존경(尊敬)과 겸양(謙讓)을 가르치기 위한 것이요, 손을 씻고 얼굴을 씻는 것은 청결(淸潔)을 가르치기 위한 것이요, 처음부터 끝까지 매사에 반드시 절하는 것은 공경(恭敬)을 가르치기 위한 것이다.

존경하고 겸양하고 청결하고 공경한 다음에 서로 접촉하면 포만(暴慢 사납고 교만함)이 멀어지고 화란(禍亂)이 종식(終熄)될 것이다. 주인이 빈객과 수행인을 가리려는 것은 현자(賢者)와 우자(愚者)를 구별하기 위한 것이요, 빈객을 먼저 대접하고 수행인을 뒤에 대접하는 것은 귀천(貴賤)을 밝히기 위한 것이다.

현자와 우자가 구별되고 귀천이 밝혀지면 사람들은 권면(勸勉)할 것을 알게 될 것이다. 그러므로 술을 마실 때에는 즐겁게 하되 유탕(遊蕩)한 지경에 이르지 않고, 엄숙(嚴肅)하되 소원한 지경에 이르지 않는다. 신은 경계(警戒)하지 않고도 교화(敎化)가 이루어지는 것은 오직 음주(飮酒)가 그것이라고 생각한다.

24. 관례 冠禮

사마온공(司馬溫公 사마광(司馬光))은 다음과 같이 말하였다.

"관을 씌우는 것은 성인(成人)을 만드는 도리(道理)이다. 성인을 만드는 것은 장차 자식(子息)으로서, 동생으로서, 신하(臣下)로서, 젊은이로서 자신의 행위에 대하여 책임(責任)을 지우려는 것이다. 이러한 네 가지 경우로 장차 본인에게 책임을 부여(附與)하는 것인데, 그 예를 어찌 중히 여기지 않을 수 있겠는가? 근자에 인정(人情)이 더욱 경박(輕薄)해져서 아들을 낳으면 아직 젖을 먹고 있는 데도 불구하고 건모(巾帽)를 씌우고, 관작을 가진 자는 어린아이를 위하여 관복(冠服)을 만들어 입히고 희롱한다. 열 살이 넘으면 총각으로 있는 사람이 거의 드물다. 그들에게 이상 네 가지 행동을 책임 지운다 해도 어찌 잘 알겠는가? 그러므로 가끔 어려서부터 어른이 되기까지 어리석고 유치하기 여전한 사람이 있으니, 이것은 성인의 도리를 모르기 때문이다."

신은 그 격언(格言)을 기술하여 성인(成人)의 도리(道理)를 책임지게 하려는 뜻에서 관례편(冠禮篇)을 짓는다.

25. 혼인 婚姻

「예기」(禮記)에 이르기를,

"남녀 간에 구별(區別)이 있은 연후에 부자(父子)가 친해지고, 부자간이 친해진 뒤에 의(義)가 생기고, 의가 생긴 뒤에 예(禮)가 이루어지고, 예가 이루어진 뒤에 만물(萬物)이 편안(便安)해진다."

하였다. 남녀란 인륜(人倫)의 근본(根本)이며 만세의 시작인 것이다. 그러므로 「역경」(易經)에 건(乾)·곤(坤)을 첫머리에 실었고, 「서경」(書經)에 이강(釐降 치장하여 시집보내는 일)을 기록했으며, 「시경」(詩經)에 관저(關雎)를 기술하였으며, 「예기」(禮記)에 대혼(大婚)에 대하여 공경스럽게 다루었으니, 성인이 남녀를 중히 여김이 이와 같았다.

삼대(三代) 이래로 나라의 흥폐(興廢)와 가정의 성쇠(盛衰)가 모두 이것으로 연유(緣由)되지 않은 것이 없었는데, 근래에는 혼인(婚姻)하는 집안이 남녀의 덕행(德行)이 어떠한가는 살피지 않고 일시의 빈부(貧富)만을 가지고 취사(取捨)하는가 하면, 또 배필을 서로 구할 때 터놓고 하지 않고 비밀스럽게 이 사람에게 중매하고 저 사람에게 혼인하기를 마치 장사꾼이 물건을 파는 것처럼 하여, 타성끼리 혼인하고 구별을 두텁게 하는 뜻이 전혀 없다. 그리하여 더러는 옥송(獄訟)을 일으키기도 하고 더러는 침해를 입히기도 한다.

또 친영(親迎)의[54] 예가 폐지되어 남자가 여자의 집에 들어가게 되는데, 부인이 무지하여 자기 부모의 사랑을 믿고 남편을 경멸하는 경우가 없지 않으며, 교만(驕慢)하고 질투하는 마음이 날로 커져서 마침내 남편과 반목(反目)하는 지경에 이르게 된다. 가도(家道)가 무너지는 것은 모두 시작이 근엄(謹嚴)하지 못한 데서 비롯되는 것이다.

그러므로 위에 있는 사람이 예(禮)를 지어서 이를 정제하지 않으면 어떻게 그 풍속을 통일시킬 수 있겠는가? 신은 성경(聖經)을 상고하고 본시(本始 인륜의 근본과 만세의 시작)를 삼가서 혼인편(婚姻篇)을 짓는다.

26. 상제 喪制

맹자가 말하기를,

"오직 죽은 사람을 장송(葬送)하는 것만이 큰일에 해당한다."

하였는데, 대저 죽음이란 친(親)의 끝남이요, 인도(人道)의 커다란 변화인 것이다. 그러므로 선왕은 이 일을 신중히 생각하여 상제를 만들어 천하에 알려 천하의 자식 된 사람으로 하여금 대대로 이것을 지키게 하였다.

통곡하고 울부짖으며 땅을 치고 발을 구르는 것은 정(情)의 변화인 것이요, 초빈(招賓)을 하고 나서 죽을 먹고 우제(虞祭)를 지내고, 소사(蔬食 채소로 끼니를 때움)와 채갱(菜羹 채소국물)을 먹으며, 상제(祥制)를 지내고 나서 채과

---

54) 친영(親迎) : 혼인에 있어 육례 중의 하나로서 신랑이 신부 집에 가서 신부를 맞아 옴.

(茶果)를 먹는 것은 음식의 변화인 것이요, 단괄(袒括 옷을 벗어 메고 풀었던 머리를 묶는 일)을 하고 제쇠(齊衰)를 입는 것은 의복의 변화인 것이다. 흙덩이를 베고 거적자리를 깔고 자며 외실에 거처하고 내실에 들지 않는 것은 거처의 변화인 것이다. 자식으로서 부모를 사랑하는 정(情)은 이렇게 하면 지극(至極)한 것이다.

그러나 이것도 오히려 부족하게 여겨서 우제를 지내면서 곡(哭)을 하고, 기제(朞祭)를 지내면서 슬퍼하고, 상제를 지내면서 근심하며, 기제(忌祭)를 지내면서 추모(追慕)하여 시일이 오래 지날수록 더욱 잊지 못한다. 이것은 마음속의 정성(情性)에서 우러나오는 것이며, 억지로 그렇게 하는 것은 아니다.

근자에 상제(喪祭)가 무너져서 으레 불교의식으로 행하게 되는데, 초상(初喪)을 당하여 아직 매장도 하기 전에 진수성찬(珍羞盛饌)을 낭자(狼藉)하게 차리고, 종과 북소리를 떠들썩하게 울려 대며 남녀가 뒤섞여 웅성대는가 하면, 상주(喪主)는 오직 손님 접대가 소홀할 것만 염려하고 있으니, 어느 겨를에 죽음을 슬퍼하겠는가?

이런 까닭에 비록 백 일의 복제를 입었다 할지라도, 얼굴이 수척(瘦瘠)하거나 슬퍼하는 기색 없이 웃으며 말하는 것이 평일과 다름이 없다. 지친(至親)이 죽었을 때도 이러하거늘, 하물며 그만 못한 사람이 죽었을 때는 어떠할 것인가? 견문이 습속화되어 예사로 생각하고 조금도 이상하게 여기지 않는다. 대개 자식 된 자의 정리(情理)가 고금(古今)이 다를 리 없건만 습속이 그렇게 만든 것이다.

이른바 추천(追薦 죽은 사람을 위해 절에서 공양하는 불교의식)이란 것은 다만 남의 보는 눈을 아름답게 할 뿐인데, 마침내 집안을 망치고 재산을 탕진하는 자 또한 있게 마련이다. 이것은 죽은 사람에게도 무익한 낭비일 뿐만 아니라, 살아 있는 사람에게도 무궁한 근심을 끼치는 일이다. 그것이 헛된 짓임은 충분히 알 수 있는 것이다. 위에 있는 사람이 법을 만들어 막지 않는다면 그 폐단은 이루 다 말할 수 없게 될 것이다.

전하는 즉위하자 기강을 확립하고 무엇이건 간에 모두 옛날 성인의 법도를 본받았는데, 특히 예전(禮典)에 더욱 심혈을 기울였다. 유사에게 명하여 강명(講明)·수정(修定)하게 해서 모두 성법이 마련되어 있다. 신은 인기(人紀 사람의 기강)를 소중히 여기고 대사(大事 송사(送死))를 소중히 여기는 뜻에서 상제편(喪制篇)을 짓는다.

27. 가묘 家廟

이천선생(伊川先生 정이(程頤))은 말하기를,

"관혼상제(冠婚喪祭)는 예(禮) 중에서 가장 큰 것이지만, 요즘 사람들은 전혀 이해하지 못한다. 승냥이나 수달도 모두 제 근본(根本)에 대한 보답은 아는데, 요즘 사대부들은 대부분 이것을 소홀히 여겨, 산 사람을 봉양(奉養)하는 데는 후(厚)하나 선조를 제사(祭祀)하는 데는 야박(野薄)하니, 이것은 매우 옳지 않다. 무릇 죽은 사람을 섬기는 예(禮)는 산 사람을 섬기는 예보다 후하게 해야 한다. 인가에서 능히 이러한 두어 건 일을 잘 수행한다면 비록 어린아이일지라도 점차로 예의를 알게 될 것이다."

하였다.

신은 격언을 기술하여 신명에게 질정한다. 그래서 제례편(祭禮篇)을 짓는다.

- 終 -

朝鮮經國典 下

鄭 道 傳 　著

鄭 柄 喆 編著

1. 정전 政典

1. 총서 總序

육전(六典)이 모두 정(政)인데, 오로지 병전(兵典)에서만 정이라고 말한 것은, 사람의 부정을 바로잡는 것이기 때문이다. 그러나 오직 자기 자신을 바르게 한 사람이라야 남을 바르게 이끌 수 있는 것이다.

「주례」(周禮)를 상고하면, 대사마(大司馬)의 직책은 첫째도 방국(邦國)을 바로잡는 것이요, 둘째도 방국을 바로잡는 것이다. 병(兵)은 성인이 부득이 마련한 것인데 반드시 정(正)으로써 근본을 삼았다. 여기서 성인이 병을 매우 중요하게 여긴 뜻을 볼 수 있다.

군제(軍制)를 세워 그 분수(分數)를 밝히고 군기를 만들어 그 정리(精利 뛰어나고 예리함)를 다하였다. 교습(敎習)은 진격과 후퇴 그리고 격자(擊刺 백병전에서 질서 있게 움직이고 무찌름)를 편리하게 하기 위한 것이고, 정점(整點)은 강약(强弱)과 용겁(勇怯 용맹스럽고 비겁함)을 가리기 위한 것이다.

상(賞)으로써 공을 권장하고 벌로써 징계하며, 숙위를 엄하게 하여 도성을 튼튼히 하고, 둔수(屯戍 국경수비를 맡은 주둔부대)를 강화하여 외방을 방어하고, 공역(功役)을 부과하여 노동력을 징발하고, 존휼(存恤 죽은 동료를 후하게 장사(葬事)하며, 그 가족을 위로하고 같이 슬퍼하는 동정심)을 베풀어서 죽음을 애도한다.

병이 이용하는 것으로서 말(馬)보다 급한 것이 없고, 병의 생필품으로서 식량보다 앞서는 것이 없다. 전명(傳命)·추라(騶邏)의 일까지 모두 다 병가(兵家)가 관여하는 것이므로 마정(馬政)·둔전(屯田)·역전(驛傳)·지종(祗從) 등을 각각 종류별로 부기한다. 평소 무사(無事)한 때에 무사(武事 군사훈련)를 강습하는 것은 반드시 사냥을 통해서 해야 한다. 이것이 정전(政典)의 서론(序論)이다.

2. 군제 軍制

주(周)나라 제도에서 병(兵)과 농(農)은 일치하였다. 평상시에는 비(比)·여(閭)·족(族)·당(黨)·주(州)·향(鄕)이[1] 사도(司徒)에 소속되고, 유사시에 오(伍)·양(兩)·졸(卒)·여(旅)·사(師)·군(軍)이[2] 되어 사마(司馬)에 소속되었다.

그러나 평상시에 매양 농한기를 이용하여 무예와 싸움에 관한 일을 강습하기 때문에 유사시를 당하면 모두 이용할 수 없었다. 양병(養兵)의 비용이나 징병(徵兵)의 소란함이 없으면서도 위급한 사태(事態)에 용이하게 대처할 수 있었으니, 이것이 주나라 제도의 장점(長點)이었던 것이다.

관중(管仲)은 그 나라를 3등분하여 21향(鄕)을 만들고, 내정(內政)을 지어서 그곳에 군령(軍令)을 붙였다. 비록 주나라 제도의 그 장점에는 미치지 못하였으나 당시 잘 통솔(統率)된 군사라고 불렸으며, 드디어 천하의 패자(覇者)가 되었던 것이다. 한(漢)나라의 남북군(南北軍)이나 당(唐)나라 부병(府兵)은 그 제도가 비록 취할 만하지만 득실(得失)을 따질 만한 것이 없지는 않다.

우리나라에서는 중앙에 부병이 있고 그 밖에 주군에서 당번으로 상경하는 숙위병이 있으며, 지방에는 육수병(陸守兵)과 기선병(騎船兵)이 있으니 그 제도는 모두 상고할 수 있다. 신은 먼저 역대의 제도를 기술하고 뒤에 우리나라의 제도를 설명하여 군제편(軍制篇)을 짓는다.

---

1) 비……향 : 『주례』(周禮) 지관(地官) 대사도(大司徒)에, "다섯 집이 비(比)가 되어 서로 보호케 하고, 5비가 여(閭)가 되어 서로 맞아들이게 하고, 4여가 족(族)이 되어 서로 상장을 돕게 하고, 5족이 당(黨)이 되어 서로 구제케 하고, 5당이 주(州)가 되어 서로 구휼케 하고, 5주가 향(鄕)이 되어 서로 대우하게 한다." 하였다.

2) 오……군 : 『주례』(周禮) 지관(地官) 소사도(小司徒)에, "5인이 오(伍)가 되고, 5오가 양(兩)이 되고, 4양이 졸(卒)이 되고, 5졸이 여(旅)가 되고, 5여가 사가 되고, 5사가 군(軍)이 된다." 하였다.

3. 군기 軍器

하늘이 오재(伍材 金·木·水·火·土)를 내릴 때 금(金)이 그중 하나를 차지하였다. 금은 계절에 있어서 가을로서 숙살(肅殺)을 주관하고, 사람에게 있어서 병(兵)이 되어 살육(殺戮)을 주관한다. 이것은 대개 천지의 의용(義用)으로서 없어서는 안 되는 것이다.

그러므로 주나라 제도에서는 병기를 담당하는 관속을 두어 그 명물(名物 명칭과 물색)과 등급을 구분하여 군사(軍事)에 대비하였고, 역대로 무고(武庫 군기시(軍器寺))를 설치하여 군용(軍用)에 대비하였던 것이다.

우리나라에서는 군기감을 설치하여 공장(工匠)을 전적으로 관장케 하고, 밖으로 주군(州郡)에 이르기까지 군기를 제조(製造)하는 것이 연례(年例)로 되었다.

그 수효(數爻)를 상고(詳考)할 만한 것을 적는다.

4. 교습 敎習

공자는 다음과 같이 말하였다.

"전술을 가르치지 않은 백성을 이용하여 전쟁을 하는 것은 곧 백성을 버리는 것이다."

「주례」(周禮)에서 대사마(大司馬)는 봄 사냥·여름 사냥·가을 사냥·겨울 사냥으로 무사를 강습하여 때를 거르는 일이 없었고, 징과 북 그리고 깃발을 사용하는 절차를 밝히고, 전진과 후퇴 그리고 격자(擊刺)하는 방법을 익혔으며, 병사(兵士)는 장수(將帥)의 뜻을 헤아리고 장수는 병사의 정(情 바라는 바)을 알아서 전진해야 할 때 장수와 병사가 함께 전진하고, 후퇴해야 할 때 장수와 병사가 함께 후퇴하였다. 그리하여 방어는 견고하고 싸움은 이겼으니, 이것은 평소에 교습을 철저히 시켜왔기 때문이다.

주나라 이후로는 진문공(晉文公)이 피려(被廬)에서 사냥을 한 것과[3] 제민왕(齊恐王)의 기격(技擊 격검(擊劍))과 위 혜왕(魏惠枉)의 무용이 뛰어난 군사와 진 소양왕(秦昭襄王)의 정예한 군사들이 비록 사력(詐力)을 숭상하기는 하였으나 그 용병술에 있어서 후세에 미칠 바가 아니었다.

전국시대 사마 양저(司馬穰苴 본성은 전(田)이고 사마는 대사마를 가리킴)와 당나라 이정(李靖 태종 때 병법에 뛰어났고 돌궐(突厥)을 격파하는 무공을 세움)에게 모두 병법이 있었지만, 오직 제갈 무후(諸葛武侯 무후는 제갈량(諸葛亮)의 시호)의 용병(用兵)만이 인의(仁義)를 중심으로 하였고 절제의 뜻을 지니고 있다. 그러므로 주 문공(朱文公 주희(朱熹))은 그를 가리켜 용병을 잘하는 사람이라고 말하였던 것이다.

신은 제갈 무후의 용병술을 조술(祖述)하여 「오행진」(五行陣)과 「출기도」(出奇圖)를 지었고, 또 사마 양저(司馬穰苴)의 병법을 가감하여 「강무도」(講武圖)를 지어 바쳤다. 전하는 이것을 보고 매우 훌륭하다고 칭찬하고 군사에게 명하여 익히게 하였다.

신이 주나라 사마의 사냥법과 진(晉) · 위(魏) · 제(齊) · 진(秦) · 사마 양저(司馬穰苴) · 이정(李靖) 등의 병법을 취(取)하여 앞에 적은 것은, 옛날 것에서 법을 취하자는 것이고, 신이 지어 바친 「오행진출기도」(五行進出奇圖)와 「강무도」(講武圖)를 뒤에 적은 것은 그것을 지금부터 익히자는 것이다. 고금의 제도가 갖추어지고 교습의 법이 밝혀지면 병(兵)을 쓸 수 있을 것이다. 그래서 교습편(教習篇)을 짓는다.

5. 병기에 대한 점검 整點

대저 무기가 부식되는 것은 오랫동안 손질하지 않은 데 연유하고, 교습을 잊어버리게 되는 것은 오랫동안 익히지 않은 데 그 원인이 있다. 그러므로 국가가 평온할 때 구습에 젖어 세월만 보내니, 무비(武備)0가 무너지고 병적

---

3) 진문공이……한 것 : 「좌전」 희공(僖公) 27년에 "피려(被廬)에서 봄 사냥을 하다가 3군을 편성하여 초(楚)나라와 싸워서 패자(霸者)가 되었다." 하였다.

이 망가지게 된다. 그리하여 만약 당장 위급한 사태가 발생하면 지공할 수 없게 되나니 이것이 고금의 통폐(通弊)인 것이다.

「주례」(周禮) 대사마(大司馬)에,

> "중춘(仲春, 2월)에 북·방울·징·꽹과리 등의 소용을 구별하고, 중하(仲夏, 5월)에 병거(兵車)와 보졸(步卒)을 선발하고, 중추(仲秋, 8월)에 기물(旗物)을 구별하고, 중동(仲冬, 11월)에 크게 사열(査閱)한다."

하였다.

이후로 주 선왕(周宣王)은 동도(東都)에서 사냥을 하며 병거와 보졸을 뽑아서 중흥의 업을[4] 이루었으니, 정점을 그만둘 수 없음이 이와 같은 것이다.

우리나라에서는 중앙에 있는 금위군(禁衛軍)과 지방에 있는 주현병(州縣兵)을 농한기마다 매번 병적을 조사하고, 노유(老幼)·강약(强弱)을 구별하였다. 매월 군기감에서 만든 활·화살·창·갑옷 따위를 조사하여 그것이 날카로운지 무딘지, 견고한지 망가졌는지를 시험하고 있으니 전점의 뜻을 터득하였다고 할 만하다.

6. 상벌 賞罰

대저 전쟁(戰爭)이란 위험(危險)한 일이다. 전진(前進)하면 죽을 수 있고, 후퇴(後退)하면 생존하는 이치가 있는 것이다. 그런데 인정(人情)이란 누구나 죽음을 두려워하고 삶을 좋아하지 않음이 없는 것이다. 그런데 오직 상(賞)을 중요하게 해야만 목숨을 잊을 수 있고, 오직 벌(罰)을 엄(嚴)하게 해야 죽음을 무릅쓰고 나아갈 수 있는 것이다.

그러나 상과 벌이 모든 사람에게 공인(公認)하는 공과 죄에 따르지 않고 개인의 기쁨과 노여움에 의해서 결정(決定)된다면 비록 상을 준다고 해도 권장(勸獎)되지 못하고, 벌을 준다고 해도 징계(懲戒)하지 못할 것이다. 그러

---

4) 주 선왕……중흥의 업 : 험윤(玁狁)이란 오랑캐를 정벌하고 문왕(文王)·무왕(武王) 때의 영토를 되찾은 업. 「시경」(詩經) 소아(小雅) 거공(車攻).

므로 높은 작위(爵位)와 후한 녹봉(祿俸)은 공이 있는 사람을 대우(待遇)하는 것이고, 칼과 톱, 채찍과 회초리는 죄지은 자에게 가해지는 것이다.

그렇다면 군사를 관장(管掌)하는 사람은 상과 벌이 없을 수 없으며, 상과 벌은 공적인 것에서 나오지 않으면 아니 되는 것이다. 그래서 신은 상벌편(賞罰篇)을 지음에 있어 공(公)을 가지고 설명하는 바이다.

7. 숙위 宿衛

인군은 거처가 존엄(尊嚴)하므로 궁궐 주변에 군막(軍幕)을 지어 숙위하고, 섬돌 아래에서 창을 들고 시위(侍衛)하며, 궁성 좌우에서 순찰(巡察)하고 지방군사가 당번으로 상경하여 교대(交代)로 숙직한다. 궁성숙위를 주도면밀(周到綿密)하고 신중하게 하는 것은 인군 자신을 존대하게 하려는 것이 아니라, 대개 인군 한 몸은 종묘(宗廟)와 사직(社稷)이 의귀(依歸)하는 바이며, 자손과 신민(臣民)들이 우러러 의뢰하는 바이므로 그와 관계되는 일이 매우 중대하기 때문이다.

그렇기 때문에 궁궐 문을 아홉 겹으로 만들어 궁궐 안팎을 엄숙하게 경계하여 드나드는 사람을 살펴 단속하되, 오직 비상사태를 방비하고 간특한 무리들을 막을 뿐 아니라, 또한 내알(內謁)의 무리들도 난잡하게 들어가서 인군의 귀를 흐려 놓고, 조정(朝廷)을 어지럽히지 못하게 하는 것이다. 이렇게 해야만 국가의 치안이 오래 지속될 수 있을 것이다.

그 숙위 군사에 대하여 주나라는 사대부(士大夫)가 이를 담당하게 하였고, 한나라는 종실(宗室)들이 이를 담당하게 하였다. 이들은 대개 임금과 더불어 일상적으로 친근하게 지내는 사람들이므로, 견문(見聞)과 숙습(宿習)을 삼가지 않을 수 없다. 「주서」(周書)에,

> "좌우전후에 올바르지 않은 사람이 없는지라 출입하고 기거하는 데 있어 공경하지 아니함이 없다."[5]

___
5) 좌우전후⋯⋯없다 : 「서경」(書經) 주서(周書) 경명(冏命)에 "그 시어(侍御)하는 복종(僕從) 중에

라고 하였으니, 바로 이것을 이르는 말이다. 그렇다면 엄(嚴)과 정(正)은 숙위를 세우는 근본 뜻이 되는 것이다.

8. 둔수 屯戍

강토가 아무리 넓다 하더라도 한집안처럼 보아야 하고 만민이 아무리 많다 하더라도 갓난아이처럼 사랑해야 한다. 진실로 뜻하지 않는 사변이 일어나게 되면 우리의 갓난아이들이 맨 먼저 그 피해를 입을 것이다.

그래서 둔수를 설치하여 외적을 방어하고 국내를 편안하게 한다. 육지에는 기병과 보병을 주둔시키고 바다에는 병선을 두며, 기계를 준비하고 군량을 쌓으며 봉후(烽候)를 근실하게 하는 이것이 모두 둔수를 갖추기 위한 것들이다.

9. 공역 功役

인정(人情)이란 것은 근로하면 선심(善心)이 생기고 안일(安逸)하면 교심(驕心)이 생기게 마련이다. 그러므로 무릇 병졸들이란 비록 지나치게 근로(勤勞)하게 하여도 아니 되지만 또한 지나치게 안일하게 하여도 아니 되는 것이다.

군중에서 일으키는 각종 토목공사는 모두 그들에게 역사(役事)를 시키되, 그들의 힘이 미치는 정도를 헤아리고 그 공역의 성과를 시험한다. 그리하여 삼농으로6) 하여금 농사에 전력하게 한다면, 거의 근인과 농민이 각기 그 직업에 안정하게 될 것이다.

바르지 않은 사람이 없는지라, 조석으로 임금을 받들고 도와서 출입하고 기거함에 공경하지 않음이 없다." 하였다.
6) 삼농(三農) : 평지농(平地農)·택농(澤農)·산농(山農), 혹은 원농(原農)·습농(濕農)이라고도 한다.

10. 존휼 存恤

대저 노력(勞力)이란 아랫사람이 윗사람을 섬기는 것이고, 은혜(恩惠)란 윗사람이 아랫사람을 사랑하고 감싸는 것이니, 서로서로 보답하는 것이다. 군려(軍旅)에 있어서 늙은이와 어린 사람을 귀가시키고, 굶주리고 헐벗은 사람은 의식을 제공하며, 질병이 있는 사람은 병을 치료해 주고, 죽은 사람은 후하게 장례를 치른다.

이렇듯 은혜를 베풂이 크면 사졸인 사람은 은혜에 감사(感謝)하는 마음이 지성(至誠)에서 솟구쳐 나와 힘차게 일어나 죽을힘을 바치지 않을 사람이 없을 것이다. 신은 그래서 서로서로 보답하는 것이라고 말하는 것이다.

11. 마정 馬政

말[馬]이란 사람에게 있어서 그 쓰임이 매우 중요하다. 무거운 짐을 지고 먼 거리를 가야 할 때 인력으로 미칠 수 없는 경우 반드시 말의 힘을 빌어야 한다. 국군(國君)의 빈부나 군려(軍旅)의 강약이 여기에 달려 있다.

성인은 괘(卦)를 설시하고 상(象)을 나타낼 때 말이 지극히 건장하여 지상을 무한히 달리는 상(像)을 취하였다. 이것이 말이 최초로 경전(經典)에 보이는 것이다. 역대 이래로 모두 말을 기르는 정책을 두어서 말을 번식시켰던 것이다.

전조(前朝 고려)에서 은천(銀川)·정주(貞州) 등에 목감(牧監)을 설치하고, 섬마다 물과 풀이 풍부한 곳을 찾아 모두 목마소(牧馬所)를 두었다. 이것은 대개 군국의 중요성이 말에 있음을 알았던 것이다. 그러나 그 법에 폐단이 있어 목감(牧監)의 명칭만 있고, 실제 말을 기른 실적이 없었으니, 역시 한탄스러운 일이다.

우리나라는 위로 천조(天朝)에 말을 조공(朝貢)하고, 아래로는 군려(軍旅)에 이용하므로, 목마 정책을 강구하는 것은 진실로 오늘날 급선무이다. 신이 전대의 축마(畜馬) 정책을 두루 살펴보았을 때, 주나라가 가장 잘하였다.

주나라에서 관직을 설치하고 법령을 만든 것은, 그 직책을 중요하게 생각하였기 때문이요, 매년 5월에 거마(車馬)를 선발한 것은 그 수효를 주도면밀하게 파악하기 위해서이다.「시경」(詩經) 동궁지십(彤弓之什) 거공(車攻)에,

우리 말 이미 동일하다.	我馬既同 아마기동

라고 한 것은, 말의 힘이 고루 균등함을 의미하는 것이고,

조련한 것이 모두 법칙에 맞도다.	閑之維則 한지유칙

라고 한 것은, 말을 조련시킴에 있어 요소가 있는 것을 의미하는 것이다.

언덕으로 내려오기도 하고,	或降于阿 혹강우아
못에서 물을 마시기도 하네.	或飲于池 혹은우지

라 한 것은 말을 기름에 있어 그 성품을 따른 것을 의미하는 것이고,

마음가짐이 성실할 뿐 아니라,	秉心塞淵 병심새연
암말이 삼천 필이네.	騋牝三千 내빈삼천

라고 한 것은 말의 번식은 마음가짐이 성실하고 깊은 데 있다는 것을 의미하는 것이다. 신은 「역경」(易經)에서 상(象)을 나타내는 것과 「시경」(詩經) 소아(小雅)의 격언을 취하여 마정편(馬政篇)을 짓는다.

12. 둔전 屯田

둔전법(屯田法)이란 둔수(屯戍)에 있는 병졸로 하여금 싸우면서 농사를 짓게 하는 것이다. 즉 조운(漕運)하는 불편을 덜고 군량(軍糧)을 풍족(豊足)하게 하기 위함이다.

한(漢)나라 사람은 금성(金城)에, 진(晉)나라 사람은 수춘(壽春)·양양(襄陽)·형주(荊州)에 모두 둔전을 설치하여 안으로 식량이 축척(縮尺)되는 이익을 얻었고, 밖으로 외적(外敵)을 수어(守禦)하는 이득을 얻었다. 이로써 이적(夷狄)을 정복하고 이웃 나라를 겸병하였던 것이므로 뚜렷한 효과(效果)

를 볼 수 있다.

전조에서 음죽둔전(陰竹屯田)을 설치하였고, 연해의 주군에도 둔전을 두어서 군량을 공급(供給)하였다. 그러나 법이 오래되자 폐단이 생겨서 둔전이란 이름만 있고 실속은 없었다. 그리하여 수조(收租)할 때는 수졸(戍卒)들이 간혹 스스로 준비(準備)하여 바치기도 하고, 혹은 꾸어다가 보태기도 하였으므로 그 고통(苦痛)을 견디지 못하여 도망(逃亡)하는 자가 많았다. 그래서 군량이 부족해졌을 뿐만 아니라, 군사의 수효 또한 줄어들어 그 폐단이 막심(莫甚)하였던 것이다.

전하는 즉위하자 곧 중신의 의논을 받아들여 연해 지방의 둔전을 혁파하고 음죽둔전(陰竹屯田) 하나만을 남겨두었으니, 백성들의 힘이 가위 펴지게된 셈이다.

신이 생각하기에 옛날에 토지를 100묘(畝)로[7] 제정하였는데, 그 토지를 가지면 상농(上農)인 경우 9명을 먹일 수 있고, 하농(下農)인 경우 5명을 먹일 수 있었던 것이다. 이제 둔전 경작에 대하여 우선 하농을 기준으로 본다면, 10명이 경작할 경우 50명을 먹일 수 있다. 이러한 비율로 환산하면 일백명·일천 명·일만 명 등으로 그 수를 헤아릴 수 있다.

대개 토지의 이용도는 고금의 차이나 원근의 차이가 없다. 이른바 둔전법이란 어떻게 옛날에는 행해질 수 있었는데, 지금은 행해질 수 없는 것이며, 중화에는 이로운 것이지만 그 밖의 나라에는 불합리한 제도이겠는가?

다만 훌륭한 관리(官吏)를 얻지 못한 이유에서 혹은 종식(種食 곡물(穀物))을 허비하여 둔수군(屯戍軍)에게 지급하지 않거나, 혹은 친히 둔전의 일을 감시하지 않아서 밭갈이·씨뿌리기·김매기·북 돋우기 등을 적기에 하지 않았거나, 또 제대로 관리하지 않아 결국에 토지가 황폐해지고 싹이 제대로 자라지 못하여 결실이 부실하게 된 것이다. 이러한 폐단은 사람에게 있는 것이지 법 자체에 있는 것이 아니다.

---

7) 묘(畝) : 전답의 면적단위, 6척 사방을 1보(步)라 하고 100보를 1묘(무(畝))라 하였다.

만약 조충국(趙充國)이 양곡(糧穀)을 계산하고 공전을 헤아리고 관개로 (灌漑路)를 파고 저수지를 만든 것처럼 한다면, 토지 이용도를 크게 높일 수 있을 것이고, 또 등애(鄧艾)가 토지 이용도를 최대로 높이고 하천을 뚫고 군량을 비축한 것처럼 하거나, 양호(羊祜)가 둔수(屯戍)와 순라(巡邏)를 줄이고 800경(頃)의 토지를 개간한 것처럼 하거나, 두예(杜預)가 여러 물줄기를 터서 고지대 토지에 물을 끌어 공급함으로써 공사(公私) 간에 이득을 함께 보고 많은 백성들이 덕을 보게 한 것처럼 한다면 둔전의 이득이 높아질 것이다.

그렇다면 둔전의 폐단을 개혁하고 둔전에서 이득을 얻는 것은 오직 사람과 법이 병용되는 데 그 성패가 달려 있을 뿐이다.

13. 역전 驛傳

우전(郵傳)을 두는 것은 명령을 전달하기 위한 것이다. 군사상 기밀의 긴급함과 사절들의 왕래에 있어 우역(郵驛)이 아니면 어떻게 그 명령을 신속히 전달하여 기회를 잃지 않을 수 있겠는가?

우리나라는 그래서 이 일을 관장하는 사람에게 긍휼(矜恤)의 은전(恩典)을 베풀어 역로(驛路)를 대·중·소로 삼등분하여 등급(等級)에 따라 차등을 두어 토지를[8] 지급하였다.

우리나라 서북쪽 금교(金郊 金川 지방)에서 동선(洞仙 황해도 鳳山 지방)에 이르는 사이와 동남쪽 청교(靑郊)에서 용구(龍駒 경기도 龍仁 지방)에 이르는 사이는 경읍(京邑)에 매우 가까워서 사방의 교통이 폭주하기 때문에 영송(迎送)하고 수운(輸運)하는 노고가 여타 역(驛)에 비해 배가된다. 그러므로 이곳에 토지를 더 배분한 것이고 우역의 명령전달을 매우 중요하게 여기기 때문이다.

---

8) 토지 : 공수전(公須田)·인마전(人馬田)·늠급전(廩給田)·아록전(衙祿田) 등이 있다.

14. 추라 騶邏

도성(都城)에 요순(徼巡)을 두어 이를 나(邏)라고 하는데, 이것은 궁성을 엄숙하게 하기 위한 것이다. 관부(官府)에 지종(祗從)을 두어 이것을 추(騶)라고 하는데, 이것은 대신(大臣)을 우대(優待)하기 위한 것이다. 그리고 모두 졸(卒)이라고 부르는데, 이들은 병졸 아닌 병졸들이다. 그러므로 아울러 적는다.

15. 전렵 畋獵

병(兵)이란 흉(兇)한 일이니 공연히 설치해서는 아니 되는 것이고, 또 성인이 부득이 해서 만든 것이므로 연마(鍊磨)하지 않을 수 없는 것이다. 그러므로 「주례」(周禮) 대사도(大司徒)가[9] 봄·여름·가을·겨울에 각각 계절에 적절한 사냥을 함으로써 무사(武事)를 연마하였다.

그러나 사냥이란 더러 농사를 방해하고 백성을 해치는 폐단(弊端)이 있게 되는 것이므로 모두 농한기에 실시하는 것이다. 또 사냥이란 안일한 놀이에 가까운 것이고, 짐승을 잡는 일은 자신을 봉양하기 위함이라는 오해를 받기에 충분하다.

그래서 성인(聖人)은 이러한 점을 염려하여 사냥하는 법을 만들었다. 하나는 짐승 중에서 백성 만들곡식(穀食)을 해치는 무리만 잡도록 하는 것이고, 또 하나는 잡은 짐승을 바쳐서 제사(祭祀)를 받들게 한 것이다. 이것은 모두 종사(宗社)와 생령(生靈)을 위한 계책(計策)인바(穀食뜻이 이렇듯 깊었다.

주나라 선왕(宣王)은 사냥을 통하여 병거(兵車)와 보졸(步卒)을 선발하여 주나라의 중흥의 업을 이루었고, 하태강(夏太康)은 낙수(洛水) 주변에서 사냥하다가 친척들이 원망하고 백성들이 이반(離反)하여 끝내 왕위를 잃게 되

---

9) 대사도(大司徒) : 사냥에 관한 일은 대사마(大司馬)가 관장하니, 여기서 대사도는 대사마를 잘못 표기한 듯하다.

었던 것이다.[10]

　대개 사냥이란 한가지로되, 그들 마음에 천리(天理)와 인욕(人慾)의 나누
어짐이 있어 치란(治亂)과 존망(存亡)이 각각 그 마음가짐에 따라 나타나는
것이다. 이른바 털끝 같은 차이(差異)가 천리의 어긋남을 가져온다는 것이
바로 이것이니 후세의 인주(人主)들은 어찌 취사(取捨)하는 기틀을 살피지
않을 수 있겠는가?

---

10) 하태강……것이다 : 하태강은 계(啓)의 아들이자 우(禹)의 손자이다. 「서경」(書經) 하서(夏西)
　오자지가(五子之歌)에, "태강은 헛되이 왕위만 차지하고 안일한 놀이로써 그의 덕을 잃었다.
　백성들은 모두 반심을 가졌지만 그는 오히려 노는 일에 절도가 없었다. 낙수 주변으로 사냥
　가서 백 일이 지나도록 돌아오지 않았다. 그러자 유궁 후예는 백성들의 반심을 통하여 태강
　을 하수에서 막았다." 하였다.

2. 헌전 憲典

1. 총서 總序

천지는 만물에 대하여 봄에 생육(生育)시키고 가을에 살육시키며, 성인은 만민에 대하여 인(仁)으로써 사랑하고, 형(刑)으로써 위엄을 보인다. 대개 살육(殺戮)하는 것은 그 근본을 회복(回復)시키기 위한 것이고, 위엄(威嚴)을 보이는 것은, 그 생존을 보전(保全)시키기 위한 것이다.

가을은 천지에 있어서 의기(義氣)가 되는데, 형조(刑曹)를 추관(秋官)이라고 하는 것도 그 작용이 동일한 것이다. 그러나 천지의 도는 마음이 없이도 변화가 이루어지기 때문에, 운행(運行)하는 데 어긋남이 없다. 성인의 법은 사람에 의해서 만들어지고 시행되기 때문에 반드시 공경(恭敬)하고 애휼(愛恤)하는 인(仁)과 밝고 신중한 마음을 다한 연후에 시행될 수 있는 것이다.

그런데 만약 적당한 사람을 얻지 못하면 말류(末流)의 폐단은 필시 잔인포악(殘忍暴惡)하고, 참담한 재화(災禍)를 가져오게 될 것이, 백성들이 그 피해를 입게 될 뿐 아니라 마침내 반드시 원한이 하늘에 미쳐서, 음양의 화기(和氣)를 상하게 하여 수재(水災)와 한재(旱災) 등을 초래할 것이다. 따라서 나라가 위태롭게 될 것이다.

그러므로 성인이 형(刑)을 만든 것은 형에 의지하여 정치를 하려는 것이 아니라, 오직 형으로써 정치를 보좌(輔佐)할 뿐이다. 즉 형벌을 씀으로써 형벌을 쓰지 않게 하고,[11] 형벌로 다스리되 형벌이 없어지기를 기하는 것이다.[12] 만약 우리의 정치가 이미 이루어지게 된다면 형은 방치되어 쓰이지 않게 될 것이다.

그런 이유에서 고요(皐陶)는 순(舜)임금의 덕을 이렇게 칭송(稱頌)하였다.

---

11) 형벌을…하고 : 형벌을 한 번 씀으로써 형벌을 끝내 쓰지 않게 한다는 뜻.≪書經 周書 君陳≫
12) 형벌로……것이다 : 비록 형벌을 쓰는 것은 면할 수 없으나, 실은 형벌이 없게 하기 위함이라는 뜻.≪書經 虞書 大禹謨≫

"살리기를 좋아하는 덕이 민심에 흡족한지라, 이에 주무관에게 죄를 범하지 아니합니다."

아! 위대한 말이로다.

지금 우리 전하는 인을 베풂이 하늘처럼 넓고, 명철한 판단이 신과 같으며, 살리기를 좋아하는 덕이 상제와 같다. 무릇 법을 범하여 유사(有司)가 그 죄를 추궁할 경우, 만약 죄 주기에 의심스런 점이 있으면 매양 가엾게 여겨서 관대한 처벌을 내리고 죄를 용서해 주어 새사람이 되도록 기회를 주는 일이 많았다.

또 어리석은 백성이 법을 잘 모르고 법을 어기는 일이 있을까 염려해서 주무관청에 명하여 「대명률」(大明律 명나라의 형률)을 방언으로 번역하여 대중으로 하여금 쉽게 깨우치게 하였고, 무릇 처단과 판결에 있어 모두 이 법에 의거하였으니, 위로는 황제의 규범을 받들고 아래로는 백성의 생명을 존중하기 위한 것이다. 백성들이 금법을 잘 알아서 법을 범하지 않을 것이 자명하므로, 형은 방치되어 쓰이지 않게 될 날을 볼 것이다. 신은 성심(聖心)을 우러러 본받아 감히 어질고 밝은 덕으로써 형을 적용하는 근본을 삼으며 헌전(憲典)의 총서(總序)를 짓는다.

2. 명례 明例

일은 반드시 명분을 바로 한 다음에 이루어지고, 죄명은 반드시 체례(體例)가 있은 다음에 정해진다. 그리하여 옛날 법률을 제정하는 사람은 반드시 명례로 우선을 삼았다.

명례에는 이른바 오형(五刑)이 있으니, 태(笞)·장(杖)·도(徒)·유(流)·사(死)13)가 그것이다. 이것 옛날 육형(肉刑)은14) 대벽(大辟 死刑)만은 동일하다.

---

13) 태(笞)……사(死) : 태(笞)는 매로 볼기를 치는 것, 장(杖)은 곤장을 치는 것, 도(徒)는 일정 기간 노역을 시키는 것, 유(流)는 먼 지방으로 유배를 보내는 것, 사(死)는 사형을 집행하는 것이다.
14) 육형(肉刑) : 신체에 상처를 내는 형벌로서 즉 경(鯨, 칼이나 가시로 죄목을 몸에 새김)·의(劓, 코를 베어 버림)·비(剕, 발뒤꿈치를 베어 냄)·궁(宮, 거세를 함).

죄의 경중에 따라 법의 집행을 달리하는 것이다.

또 이른바 오복(五服)이라는 것이 있으니, 참최(斬衰)·주년(周年)·대공(大功)·소공(小功)·시마(緦麻)가 그것이다. 부모로부터 시작하여 위로는 고조에 이르고 아래로는 현손에까지 이르며 옆으로는 족속에게 미친다. 친속의 원근에 따라 복의 경중이 다르다. 이것은 모두 친속을 친애하는 정을 맺기 위한 것이다. 복이 중하면 예가 엄격하고 정이 친하면 은혜가 후중하게 마련이다. 그러므로 법을 제정하는 사람은 예를 거스른 죄일 경우 중하게 다스리고, 인정에서 일어난 죄일 경우 관대하게 처리한다. 이것은 모두 인간의 기강(紀綱)을 소중하게 생각하기 때문이다.

또 이른바 십악(十惡)이라는 것이 있으니, 모반(謀反)·모대역(謀大逆)·모반(謀叛)·대불경(大不敬)은 군신의 분수를 존중하기 위한 것이고, 악역(惡逆)·불효(不孝)·불목(不睦)은 친속을 친하게 하는 은혜를 존중하기 위한 것이고, 불의(不義)와 내란(內亂)은[15] 관민(官民)·사우(師友)의 의리와 부부·남녀의 구별을 존중하기 위한 것이다. 이상 열 가지는 모두 인도(人道)의 큰 윤리이니, 만약 이것을 범한 사람이 있으면 대악(大惡)이라 불러 왕법에 의해 반드시 주륙해야 하는 것이다.

또 이른바 팔의(八議)라는 것이 있으니, 의친(議親)·의고(議故)·의공(議功)·의현(議賢)·의능(議能)·의근(議勤)·의귀(議貴)·의빈(議賓)이 그것이다.

은혜를 가지고 죄를 논할 경우도 있고 의리를 가지고 죄를 논할 경우도 있다. 그러므로 법이 비록 중하더라도 인정으로 다룰 경우에는 가볍게 처리해야 한다. 이것은 충후(忠厚)의 지극함이다.

그 밖에 명례가 비록 많으나 모두 은혜·의리·인정·법률로써 경중을 참조하여 그 중도를 취한 것이다. 이것이 대개 법을 사용하는 권형(權衡)인

---

15) 모반(謀反)……내란(內亂) : 모반(謀反)은 사직을 위태롭게 한 죄, 모대역(謀大逆)은 종묘(宗廟)와 산릉(山陵)을 훼손한 죄, 모반(謀叛)은 본조(本朝)를 배반한 죄, 대불경(大不敬)은 왕실에 불경한 죄, 악역(惡逆)은 보모와 조부모를 구타하거나 죽인 죄, 불효(不孝)는 부모에게 불효한 죄, 불목(不睦)은 일가 간에 화목하지 않은 죄, 부도(不道)는 죄 없는 1이 3인을 죽인 죄, 불의(不義)는 소속 상관을 죽인 죄, 내란(內亂)은 지친 간에 간음한 죄.

것이다.

3. 직제 職制

왕자(王者)는 하늘을 대신하여 만물을 다스리므로 반드시 여러 현인(賢人)을 등용하여 여러 직책을 맡긴다. 그러므로 모든 벼슬과 관부(官府)는 하늘의 일이 아닌 것이 없다. 「서경」(書經) 우서(虞書) 고요모(皐陶謨)에,

> "백료(百僚)가 서로 배우며 일하고, 백공(百工)이 때를 맞추어 사철을 따라 일하여 이루어지리로다."

라고 하였으니, 이것이 당(唐)·우(虞)의 정치가 융성하게 된 소이(所以)이다. 그러나 등용되기 전에는 곧잘 지략 있는 말을 하지만 등용된 뒤에는 명령을 어기는 자가 공공(共工)의 직위를 차지하고, 명(命)을 거스르고 겨레를 해치는 자가 치수(治水)의 일을 맡게 되자, 유방(流放)의 형벌을 거행하지 않을 수 없었던 것인데 하물며 후세에 있어서랴?

만약 형금(刑禁)을 밝게 세워서 형벌과 징계를 보여 주지 않는다면 관(官)을 해치고 백성을 병들게 하며, 간위(姦僞)가 날로 늘어나서 화란이 생겨남을 이루 다 말할 수 없게 될 것이다. 그러므로 관형(官刑)을 제정하여 관직에 있는 사람을 경계하기 위하여 직제편(職制篇)을 짓는다.

4. 공식 公式

윗사람과 아랫사람, 이 사람과 저 사람 사이에는 반드시 문자로 인하여 정(情)을 통하고, 부인(符印 符節과 印信)을 가지고 믿음을 보이는 것이다. 옛날부터 국가를 가지는 자는 이에 대한 일정한 공식을 갖지 않음이 없었다. 그것은 중심을 동일하게 하고 간위를 막기 위한 것이다. 만약 이런 것을 어기는 일이 있다면 나라에 일정한 형벌이 마련되어 있다. 공식편(公式篇)을 짓는다.

5. 호역 戶役

「서경」(書經) 하서(夏書) 오자지가(五子之歌)에 이런 말이 있다.

"백성은 나라의 근본이다. 근본이 튼튼해야 나라가 편안하다."

그러므로 국가를 가진 자는 반드시 먼저 민생을 보호하는 일로 급무를 삼아야 한다. 그러나 민생이 많으므로 변고가 매우 빈번하다. 간교한 자는 간사한 직을 행하고, 어리석은 자는 법을 범하고, 억센 무리들은 포악한 행동을 하고, 굶주림과 추위에 시달린 자들은 도둑질을 한다. 윗사람을 속이고 사욕을 자행하는 일이 한량없으며, 왕도(王度)를 무너뜨리고 화란을 일으킨다. 백성의 어른이 된 자는 이러한 사태를 어찌 감히 미리 예방하지 않을 수 있겠는가?

그런 까닭에 반드시 법령을 엄히 해서 위엄을 보이고 형벌을 밝혀서 징계한 다음에 백성들은 두려워할 줄 알아서 화란이 그치게 될 것이다. 이러한 방법은 비록 덕이나 예로써 다스리는 효과만[16] 못하나, 역시 성인도 부득이 화란의 예방을 위해서 이렇게 하는 것이다.

대저 백성들이 그 기회(機會)를 틈타 간사한 짓을 하게 되는 그 사건들은 비록 많으나, 위에 있는 사람이 법령(法令)으로써 입법(立法)해야 할 것에는 가장 큰 것이 일곱 가지가 있다.

첫째, 호역으로 민력의 출처가 명확하지 않으면 숨기거나 누락시킬 우려가 있다. 둘째, 전택(田宅 토지와 가옥)으로 백성들 생업의 근본이 엄정되지 않으면 겸병하는 일이 생긴다. 셋째, 혼인(婚姻)으로 인도(人道)의 중요한 것이 근엄하지 않으면 음란한 행동이 일어난다. 넷째, 창고(倉庫)로 백성들의 식량을 쌓아 두는 곳이 완비되지 않으면 낭비되는 폐단이 생긴다. 다섯째, 과정(課程 세의 부과)이요, 여섯째, 전채(錢債 전곡의 대여)이고, 마지막 일곱째는

---

16) 덕이나……효과 : 「논어」(論語) 위정(爲政)에 "법령으로써 지도하고 형벌로써 규제한다면 백성은 형벌은 면하겠지만 수치심은 없을 것이다. 덕으로써 지도하고 예로써 규제한다면 백성은 수치를 알아 착한 길로 나아갈 것이다."라는 말이 보인다.

시전(市廛 상점)으로 모두 백성들의 재산과 관계되는 것들이므로 살피지 않을 수 없는 것이다. 그러므로 이에 관한 법을 상세히 하고 금법을 엄격하게 하는 것이다. 그 조목이 모두 갖추어져 있으므로 그것을 모두 적는다.

6. 제사 祭祀

나라의 큰일 중에서 제사가 가장 중요하다. 그것은 종묘와 사직을 받들어 신명(神命)을 교감(交感)시키기 위한 것이기 때문이다. 그러므로 반드시 안으로 성경(誠敬)을 지니고 밖으로 의문(儀文)을 갖추어야 신명을 감동시킬 수 있는 것이다.

만약 한 가지 일이라도 혹시 소홀함이 있게 된다면 성(誠)이 없게 되고, 성이 없으면 물(物)이 없게 된다. 이렇게 되면 근본에 보답하고 조상을 추모하는 도리가 거의 없어지게 될 것이다.

그러므로 그 절문(節文)을 근엄하게 하여 공경하고 엄숙함을 다하고, 그 방금(防禁)을 엄하게 하여 도리에 어긋나는 일을 살필 것이니, 이것은 불성실한 일을 징계하기 위한 것이다. 이러하므로 제사는 형벌과 같지는 않지만 부득불 서로 도움을 얻어야만 이루어질 수 있는 것이다. 그래서 제사의 예에 관한 것을 이미 예전(禮典)에 서술하였고, 그에 관한 율령(律令)을 또 헌전(憲典)에 기재한다.

7. 의제 儀制

의제(儀制)는 등위(等威)를 밝히고 상하를 구별하기 위한 것이므로 예 중에서 가장 큰 것이다. 그러나 인혁(因革)과 손익할 경우 또한 반드시 시대에 따라 변하게 된다. 그러므로 한 시대가 흥하면 반드시 그 시대에 알맞은 제도가 만들어지게 마련이다.

우리나라의 예의(禮義)와 풍속(風俗)은 기자(箕子)로부터 시작되었다. 왕씨의 세대에는 문장·제도를 중화(中華)에서 본받았으나, 토속(土俗)에는 오히려 아직 다 변하지 않은 것이 있었다. 원나라를 섬긴 뒤로 호례(胡禮)를 혼용하여 복식제도가 법도를 잃고, 서민(庶民)들이 분수에 넘치게 윗사람과 견주게 되었다. 황명(皇明 명나라를 높이는 말)이 천하를 차지한 뒤에 조직을 내리기를,

"의제는 본속(本俗)을 따르고 법은 옛날의 전장(典章)을 준수하라."

고 하였다. 그러므로 구폐습이 역시 갑자기 제거되지 못하였던 것이다.

우리 전하는 모든 정사를 역시(歷試 평소에 배운 것을 시험해 봄)하던 시절에 일찍이 진신(搢紳 사대부)으로서 정치의 본체를 잘 아는 자들과 더불어 꾀를 합치고 의견을 세워서 명나라에 표문(表文)을 올려서 의관(衣冠)을 요청한 다음 토속의 구습과 호복(胡服)의 폐단을 남김없이 혁파하였고, 보위(寶位)에 오른 뒤에는 정성을 다하여 정치에 힘써서 제도를 개혁함이 모두 중도에 맞았으니, 찬란한 문물이 중화와 비교하여 부끄러움이 없게 되었다. 일대(一代)의 제도를 갖추어서 만세에 길이 지킬 것을 삼았다. 그에 대한 자세한 것은 예전(禮典) 노부(鹵簿) 등에 나타났거니와 자손과 후세를 위한 배려(配慮)가 매우 원대하였다.

만약 제작이 법에 어긋나고 일을 처리하는 것이 방법에 어그러져서 법도를 잃어 상전(常典)을 어지럽히는 자가 있으면 대헌(臺憲)이 이를 규탄한다. 그러므로 성헌(成憲)을 준수하고 왕도(王度)를 근신하기 위하여 의제편(儀制篇)을 짓는다.

8. 궁위 宮衛

인군의 지위는 지극히 존귀(尊貴)하고 한없이 높은 것이다. 존귀하기 때문에 그 책임이 매우 무거워 가볍지 않고, 높기 때문에 그 행세가 매우 위태로워서 보호하기 어려운 것이다. 여러 신민들이 우러러 추대(推戴)하는 바이므로 의장병(儀仗兵)을 갖추지 않을 수 없고, 간악(奸惡)한 무리들이 엿보는 바이므로 주위의 방어를 면밀(綿密)하게 하지 않을 수 없는 것이다.

그러므로 궁성의 안팎에는 반드시 수위를 엄하게 하고, 출입할 때는 반드시 가금(呵禁)을 신중하게 한다. 궁성 주변에 군막을 지어 숙위를 하고 섬돌 아래에서 방패를 들고 수직(守直)을 하는 제도는 옛날부터 시작된 것이다.

우리나라에서는 부병(府兵)을 설치하고 애마(愛馬)를 두었으며, 각 도에서 올라와 시위하는 군사를 두었는데,

按) 애마는 별감(別監)이니, 고려의 관명이다.

이것은 모두 전조의 구제도를 고쳐서 사용한 것이다. 그리고 호종(扈從)과 번직(番直)이 이미 면밀하고 신중하게 구성되어 있으니, 중직에 있어서 경직을 통어하고 편안할 때 위험한 것을 잊지 아니하는 배려가 이렇듯 지극하였다.

궁궐숙위에 관하여 정전(政典)에서 자세히 설명한 바가 있으므로 여기서 다시금 췌언하지 않겠다. 다만 어기거나 잘못하여 법도를 잃은 자는 그 일이 불경죄에 해당되므로 중법으로 다스려야 할 것이다. 상헌(常憲)을 들어 삼가지 않는 것을 징계하는 것이다.

궁위편(宮衛篇)을 짓는다.

9. 군정 軍政

옛날 당우(唐虞)시대에는 고요(皐陶)가 사사(士師)가 되어 병(兵)·형(刑)의 직책을 총괄하였고, 성주(成周)에 이르러서는 병·형이 나뉘어 하관(夏官 政官을 가리킴)과 추관(秋官 刑官을 가리킴)이 되었다. 그러나 그 운용에 있어서 역시 서로 관련성을 가지지 않을 수 없는 것이다.

대저 전쟁이란 위험하여 죽이고 죽는 곳이다. 인정이란 누구나 죽음을 싫어하고 살기를 바라는 것이다. 그러므로 진을 치고 적과 대치하게 될 때는 반드시 엄정한 형벌을 먼저 세워서 겁을 먹고 후퇴하는 것을 위압해야 한다. 그래야만 군인들이 겁을 먹으면 죽는다는 것을 자각하고, 반드시 용기를 내

살고자 하는 군은 의지를 가지고 선봉에서서 화살과 돌멩이가 날아오는 것을 무릅쓰고 전진할 것이다.

만약 명령을 어기고 정돈하지 않으며, 기약을 어기고 군율을 상실한다면 그것은 모든 군사를 궤멸시키고 말 것이므로, 경계하지 아니할 수 없다. 그러므로 반드시 엄중한 형벌을 써서 여러 군사의 마음을 통일시킨 다음이라야 군정이 거행되고 무공이 이루어질 수 있다. 그렇기 때문에 호령을 밝혀서 난폭함을 막아야 한다.

군정편(軍政篇)을 짓는다.

10. 관과 진 關津

옛날에는 관과 진의 관리가 관과 진에 출입하는 사람들을 조사(調査)하여 비상사태에 국한(局限)하여 대비하였다. 후세에는 관과 진에 출입하는 사람들로부터 통행료까지 징수하였다. 그러므로 「맹자」(孟子) 진심하(盡心下)에,

 "옛날에 관을 설치한 것은 난폭한 것을 방지하기 위한 것이었지만, 오늘날 관을 설치한 것은 난폭한 행위를 하기 위함이다."

라고 하고, 또 「맹자」(孟子) 양혜왕하(梁惠王下)에,

 "문왕이 기(岐)를 다스릴 때 관문과 저자에서 조사만 할 뿐 통행료를 받지 않았다."

라고 하고, 「맹자」(孟子) 공손추상(公孫丑上)에,

 "관문에서 조사만 하고 통행료를 받지 않으면, 천하의 여행자들이 모두 기꺼이 그 길로 통과하고자 할 것이다."

라고 하였다. 이 말은 아마 후세에서 폭란을 미워하고 선왕의 정치에 뜻을 둔 것이라 생각된다.

지금 우리나라에서는 관과 진이 있는 곳에는 모두 토지를 지급하여 진리(津吏)를 먹이고, 선척(船隻)을 준비하여 행인(行人)들을 건너 주되, 그들에

게 통행료를 징수(徵收)하지 않는다. 비록 문왕의 정치라 하더라도 이보다 훌륭하지는 않을 것이니, 장차 먼 지방에 있는 행인들이 기꺼이 그 길로 통과(通過)하기를, 마치 맹자가 논한 것처럼 될 것을 보리라.

임진도(臨津圖)와 벽란도(碧瀾渡)는 경읍(京邑)에 매우 가깝기 때문이다. 특별히 별감(別監)을 보내서 조사를 하게 하니, 이것은 또한 경사(京使)를 존중하고 나라의 근본(根本)을 소중히 여긴 때문이다. 감히 사사로이 건너거나 행차(行次)를 머물게 하는 자가 있으면, 각각 형률로써 논할 것이다. 인정(仁政)을 근본으로 하고 간세(姦細)를 조사해야 한다. 관진편(關津편)을 짓는다.

11. 구목 廏牧

축산을 목양(牧養)하는 법에 관하여 정전에 자세히 논하였다. 군대와 같이 나라에 긴요하게 쓰이는 것으로 관계되는 바가 매우 중요하다. 목양에 있어 올바른 방법을 얻으면 축산이 번식될 것이고, 올바른 방법을 얻지 못하면 손상이 매우 심할 것이다. 그러므로 법령을 만들어 이를 관장하는 관리로 하여금 경계해야 할 것을 숙지하도록 해야 할 것이다.

구목편(廏牧篇)을 짓는다.

12. 우역 郵驛

우역을 설치하는 것은 주전(廚傳 [廚와 驛站])을 신중히 다루어서 사신을 대접하여 위로는 중국과 통교하고, 아래로는 정령(政令)을 선포하기 위한 것이므로 국기를 가진 자는 급선무로 삼아야 할 것이다.

전조 말기에 정령이 여러 곳에서 나오고 사행이 빈번하여 인마의 왕래가 끊임없었으며, 심지어 사문(私門)의 궤헌(饋獻)하는 일과 사행(私行)이 왕래하는 일까지 모두 역로를 경유하게 되어 침해하는 일이 여러 가지로 많았기 때문에 역리(驛吏)들은 그 일을 견딜 수 없어 거의 다 도망하게 되었던 것이다.

전하는 무진년(우왕14, 1388)에 정의로운 거사로써 회군(回軍)한 뒤에 비로소 국정을 총람(總攬)하여 옛날의 폐단(弊端)을 모조리 개혁하였다. 양사(良士)를 선발하여 파견하여 역승(驛丞)을 삼고, 떠다니는 역리를 불러 모아 옛날의 역(役)을 다시 보도록 하였다.

도로의 완급과 인마의 많고 적음을 헤아려 차등 있게 토지를 지급하였다. 사적인 현물(現物)의 운수를 막고, 사적인 행차에 드는 비용(費用)을 금지하였으며, 또 사적인 파견을 줄여서 그들의 노고를 덜어 주었다.

전하는 즉위한 뒤에 더한층 존휼(存恤 위문과 구제)에 힘써서 토지를 더 지급하였다. 우역민(郵驛民)을 동정하는 마음이 이미 깊고 간절하였으며, 나라를 경유하는 규모가 크고 장원(長遠)하였으니, 인(仁)이 지극하고 의(義)가 극진한 것이다.

우역의 직책을 정전에서 관장하게 된 것은 그에 대한 통제(統制)를 정하기 위한 것이다. 만약 성상의 뜻을 몸받지 아니하고 도리를 여기는 등 폐단을 일으키는 자가 있으면 이를 형벌하여 용서(容恕)하지 않는다.

그에 대한 조목이 모두 갖추어져 있으므로 여기에서 거듭 논한다.

13. 도적 盜賊

사람의 성품은 다 착한 것이며 수오(羞惡 부끄러움)하는 마음은 사람마다 모두 가지고 있는 것이다. 도적이 되는 것은 어찌 인간의 본정이겠는가? 일정한 생업이 없는 사람은 따라서 일정한 마음을 가질 수 없는 것이다. 기한(飢寒 춥고 배고픔)이 몸에 절실해지면 예의(禮義)를 돌아볼 겨를 없이 대부분 부득이한 사정(私情)에 압박되어 도적이 되는 것일 뿐이다.

그러므로 백성의 장이 되는 사람은 능히 인정(仁政)을 베풀어 백성들이 자기의 생업에 안정할 수 있게 해야 한다. 그들을 부릴 때는 농사짓는 시기를 빼앗지 않아야 하고 그들에게 수취(收取)할 때는 그들의 힘을 손상시키지 말아야 한다.

남자에겐 먹고 남은 곡식이 있고 아녀자에겐 입고 남은 옷감이 있어서,

위로는 부모를 섬기기에 풍족(豊足)하고, 아래로는 처자를 기르기에 흡족하다면, 백성들은 예의를 알게 될 것이고 풍속은 염치(廉恥)를 숭상하게 될 것이므로 구태여 도적을 소탕(掃蕩)하지 않아도 저절로 없어질 것이다.

그러나 사람의 욕심은 한량없고 이익을 추구(追驅)하는 마음은 쉽게 솟구치는 것이다. 만약 형벌(刑罰)을 밝혀서 이를 억제하지 않는다면 역시 금하기 어렵다.

그러므로「서경」(書經) 주서(周書) 강고(康誥)에,

　　"재화로 인하여 사람을 죽이고 넘어뜨리면 모든 백성들 중에는 이를 미워하지 아니할 사람이 없다."

라고 하였다. 성품의 착한 것을 근본으로 하고 간사한 도적을 징계해야 한다.

도적편(盜賊篇)을 짓는다.

14. 인명 · 투구　人命鬪驅

사람과 사람은 다 같은 동류이며 다 같은 우리 동포(同胞)인 것이다. 그러한 까닭에 서로 친해야 하고 서로 해쳐서는 아니 되는 것이다. 서로 해치는 것을 금하지 않는다면 인류는 멸망(滅亡)하고 말 것이다.

그러므로 사람을 죽인 자는 사형에 처하고, 사람을 상해한 자는 죄의 경중에 따라서 상당한 형을 주는 것이니, 한(漢)나라의 법이 좋은 이유는 이 때문이다.

고금을 막론하고 형률을 제정하는 사람은 살상을 가장 중하게 다루고, 투구(鬪驅)를 그 다음으로 다루지 아니함이 없다. 대개 형벌을 집행해서 형벌이 없어지게 하는 것은 공존하고자 하는 것이니, 아, 인자한 일이로다.

인명투구편을 짓는다.

15. 매리와 소송 罵詈 · 訴訟

인정(人情)이 서로 얽히게 되면 나쁜 말로써, 상대방을 공격(攻擊)하게 마련이다. 구설(口舌)에 의해서 다투는 것을 매리(罵詈)라 하고, 관부(官府)에 의해서 다루는 것을 소송(訴訟)이라 한다. 매리나 소송은 비록 모두가 지극히 야박(野薄)한 행동(行動)이지만, 득실을 따져 볼만한 것이 없는 것은 아니다.

나이 어린 사람이 연세가 높은 사람에게 욕설(辱說)을 한다거나, 허위를 가지고 진실(眞實)을 속이는 일은 더욱 야박한 행위이므로, 다스리지 아니할 수 없는 것이다. 그러나 소송을 처결하는 사람은 먼저 자신의 덕을 밝혀서 백성들로 하여금, 외복(畏服 두려워하고 결과에 복종)하게 하여 악한 행위를 방지하고, 울분(鬱憤) 내는 것을 징계하여 마침내 처결할 소송 사건이 없어지게 한, 다음에야 백성이 후하게 될 것이다. 그렇기 때문에 매리 소송을 짓는다.

16. 수장과 사위 受贓 · 詐僞

관리가 뇌물을 받으면 탐욕(貪慾) 때문에 관직을 망치게 되는 것이고, 사람이 속임수를 쓰게 되면 간사한 일 때문에, 화란(禍亂)이 생기게 되는 것이다. 무릇 위정자(爲政者)는 이러한 일을 소홀(疏忽)하게 생각해서는 아니 된다. 진실로 의(義)와 이(利)의 구별을 밝혀 염치(廉恥)의 지조를 장려(獎勵)한다면, 이 두 가지 걱정은 제거될 수 있을 것이다.

그러므로 수장과 사위편을 짓는다.

17. 범간 犯姦

군자의 도(道)는 그 단서가 부부(夫婦)에게서 이루어지는 것이고, 왕자(王者)의 교화에는 그 시초가 규문(閨門)에서 출발되는 것이다. 은미(隱微)한 경우에 관계되는 것이 이처럼 매우 중대한 것인데, 규문 단속이 허술하여 남녀 간에 구별이 없다면 인도가 문란(紊亂)해지고 왕화(王化)가 민멸(泯滅)될 것이다. 그렇다면 어떻게 국가를 다스리겠는가?

옛날의 성왕들은 예(禮)를 만들어 그들의 정욕(情慾)을 절제(切除)하였고, 형을 제정하여 그들의 음탕한 행동을 억제하였으니, 이것이 지치(至治 정치의 바른 도)를 일으키고 풍속을 아름답게 만든 이유였던 것이다.

그러므로 혼인(婚姻)에 대한 제도는 예전(禮典)에서 신중하게 다루었고, 범간에 관한 법령은 헌전(憲典)에서 엄정하게 다루는 것이다. 이것은 대개 예를 이탈하면 반드시 형에 저촉되므로 예(禮)로써 바로잡고, 형(刑)으로써 징계하는 것이다. 성인이 이 관계를 중요시함이 이와 같거늘, 후세에 기법(紀法)의 종주를 만드는 사람을 어찌 이것을 소홀히 할 수 있겠는가?

18. 잡범 雜犯

잡범은 형벌로 본다면 가벼운 범죄이다. 그러나 일에 따라서 또한 가벼이 할 수 없는 것이 있다. 그러므로 형금(刑禁)을 설정하여 백성으로 하여금 두려워하는 마음을 가지게 하고, 비록 작은 일이라도 소홀히 하지 않는다.

이것은 대개 어리석은 백성들이 잘 모르고 경솔(輕率)하게 죄를 지을까 염려한 것이요, 백성들을 얽어매어 형벌을 주려고 하는 것은 아니니, 그 인자함이 또한 이렇게 지극한 것이다.

그러므로 잡범편(雜犯篇)을 짓는다.

19. 포망·단옥 捕亡·斷獄

도망자를 잡는 일은 반드시 엄하게 해야 하고, 범죄를 처단하는 일은 반드시 관대하게 하여야 한다. 엄하게 하면 죄를 범한 사람이 빠져 달아날 수 없게 되고, 관대하게 하면 형벌을 받은 사람이 억울한 일이 없게 될 것이니, 이것은 모두 법 중에서 가장 좋은 법인 것이다.

그러나 법 자체만으로 좋아지는 것이 아니고 오직, 그것을 운용하는 사람

을 제대로 얻는 데 달려 있는 것이다. 그러므로 「서경」(書經) 우서(虞書) 순전(舜典)에,

"조심하고 또 조심하여 형벌을 구휼(救恤)하였다."

하였고, 「역경」(易經)에,

"송사의 처결을 밝고 신중하게 한다."

라고 하였으니, 성인이 경계함이 이처럼 깊었던 것이다. 이것으로 보면 반드시 조심스럽게 구휼하는 인자스러움과 밝고 신중한 덕을 갖추어야 그 좋은 법을 시행할 수 있을 것이다.

그러므로 신은 헌전 총서에서 이미 설명한 바 있고 여기에 또다시 이것을 근본으로 하여 포망단옥을 짓는다.

20. 영조 營造

옛날에는 백성을 부역시키는 것이 1년에 불과 3일이었으니, 백성을 수고롭게 하지 않으려는 뜻이 이와 같았던 것이다. 「춘추」(春秋)에 무릇 성축(城築)을 새로 조성하려면 빼놓지 않고 기록하였는데, 이것은 매우 신중하게 해야 할 일이므로 거듭거듭 기록한 것이다. 여기서 성인의 뜻을 볼 수가 있는 것이다.

그러나 종묘(宗廟)는 조상을 받들기 위한 것이요, 궁원(宮苑)은 바라보는 것을 존엄하게 하기 위한 것이요, 성곽(城郭)은 요새지를 설시(設施)하기 위한 것이다. 이러한 시설들은 진실로 성인으로서도 부득이한 것이니, 그 기한이나 독책(督責)에 관하여 또한 염두에 두지 않을 수 없는 것이다.

21. 하방 河防

하천을 뚫고 제방을 쌓으면 사람들에게 돌아오는 이익은 매우 크다. 더러는 새로 공사를 벌일 수도 있고, 더러는 오래된 것을 수리할 수도 있는데, 그 지세의 편의성에 따라서 조운(漕運)과 관개(灌漑)의 이득을 달리해야 할 것

이다. 그러나 그 부역을 시키는 시기와 노력을 부과하는 정도에 관하여 모두 법으로 정해져 있으므로 유사(有司)는 이것을 잘 알아야 한다.

後 序

신이 또 살펴보건대 헌전은 육전 가운데 하나이지만, 나머지 요전은 모두 이 헌전에 비롯되지 않는 것이 없다. 이를테면, 이전(吏典)에서 출척(黜陟)도 이 헌전을 통하지 않고는 그 법을 고르게 할 수 없고, 호전에서의 징렴(徵斂)도 이 헌전이 아니면 그 법을 고르게 할 수 없다. 예전에서 절도(節度)도 이 헌전이 아니면 그 의례(儀禮)를 엄숙하게 할 수 없고, 정전에서 호령(號令)도 이 헌전이 아니면 그 군중들에게 위엄(威嚴)을 보일 수 없다. 공전에서 토목 공사도 이 헌전이 아니면 그 노력을 줄여 정도(程度)에 알맞게 할 수 없다. 특히 형률 같은 것은 바로 헌전 중에서도 헌전인 것이다.

대개 5전이란 각각 그 고유한 일을 맡아 독립된 것이므로 6전 가운데 중복되는 것이 있으면, 각각 해당 전(典)에서 그 성격에 따라 설명하였다. 그런데 이 헌전만은 그 어느 것에도 들어 있지 않은 데가 없으니, 정치를 보좌하는 법이 헌전 만큼 잘 구비된 것이 없다. 그러나 공자(孔子)는,

"법으로써 인도(引導)하고 형벌로써 규제(規制)한다면, 백성들은 형벌은 모면(謀免)하지만 수치심은 없게 될 것이고, 덕(德)으로써 인도하고 예(禮)로써 규제한다면 수치심을 갖게 되고 또 착한 길로 나아가게 될 것이다."

라고 하였으니, 이 말을 보면 시작과 끝, 가볍고 중요함의 차례를 알 수 있는 것이다.

지금 우리 전하는 덕이 인(仁)에서 돈독하고 예가 순서를 얻었으니, 정치하는 근본을 체득하였다고 할 수 있다. 그 의형(義刑)이나 단옥(斷獄)으로써 정치를 보좌하는 것은 한결같이 「대명률」(大明律)에 의거하였다. 그러므로 신은 대명률의 총목을 참고하여 헌전의 여러 편을 지었고, 또 그 대략을 서술하여 후서를 짓는다.

3. 공전 工典

1. 총서 總序

육관(六官 六典)의 종목 가운데 이 공전(工典)도 그 하나를 차지한다.
그 하나[一焉]가 어떤 본에는 [其一]로 되어 있다.

「서경」(書經) 우서(虞書) 고요모(皐陶謨)에,

"백공(百工)이 때를 맞추어 일을 한다."

라고 하였고 또 주서(周書) 여오(旅獒)에,

"무익한 것을 만듦으로써 유익한 것을 해치지 아니한다."

라고 하였다. 국가를 다스리는 사람은 경비를 절약하여 백성을 사랑하지 않을 수 없는 것이다. 그러므로 백공이 하는 일은 검박(儉薄)함을 숭상하고 사치함을 경계(警戒)해야 한다.

만약 나라의 재정을 절약하지 않으면 헛되이 소비하여 결국은 나라의 재정이 탕갈(蕩竭)되는 지경에 이르게 될 것이고, 민력을 존중하지 않으면 부역이 수고로워서 결국은 민력이 꺾이게 될 것이다. 재정과 민력이 탕갈되고도 국가가 위태롭지 않는 경우는 없다. 옛날 역사를 상고해 보아도 치란과 존망이 이로 말미암지 않는 것이 없었다. 어찌 감히 삼가지 않을 수 있겠는가!

그렇기 때문에 춘추(春秋)에서 무릇 백성을 부리는 일이 있으면 반드시 기록하였으니, 토목공사를 제때에 하지 않고 의(義)를 해치면 진실로 죄가 되는 것이다. 비록 제때에 하고 의에 맞게 하였더라도 또한 기록하였으니, 백성을 노동시키는 것은 중대한 일이라는 것을 보여 준 것이다. 인군이 이러한 의(義)를 안다면 민력을 이용하는 데 신중해야 한다는 것을 알게 될 것이다.

무릇 공사는 한 가지뿐이 아니다. 하나하나 열거해 보겠다. 궁원(宮苑)이란 조정을 높이고 명분을 바로 하기 위한 것이며, 관부(官府)란 모든 관리들을 임명 발령하여 그 직무를 수행하기 위한 곳이며, 창고(倉庫)란 공부(貢賦)를 납입시켜 저장을 신중히 하기 위한 것이며, 성곽(城郭)이란 외적을 방어하거나 예측하지 못할 변란을 대비하기 위한 것이며, 종묘(宗廟)란 조상(祖上)을 제사하기 위한 것이며, 교량(橋梁)이란 하천과 육지를 통하여 왕래를 편리하게 하기 위한 것이며, 병기(兵器)란 간사한 도적을 방비하여 왕실을 호위하기 위한 것이며, 노부(鹵簿)란 금위(禁衛)를 엄하게 하고, 의위(儀衛)를 빛나게 하기 위한 것이다. 어떤 본에는 소이(所以)라는 두 글자가 없다.

그 밖에 금공(金工)·옥공(玉工)·목공(木工)·석공(石工)·전식공(塼埴工)·사시공(絲枲工)·공피공(攻皮工)·전계공(氈罽工)·화소공(畫塑工) 등이 있다.

전조 말기에는 비용(費用)과 지출(支出)에 있어 절제(節制)가 없고, 백성들에게 시와 때를 가리지 않고 부역을 동원하였던바, 백성들이 원망하고 하늘이 분노하여 스스로 멸망하는 지경에 이르게 되었다.

우리 전하는 천성이 근검하여 무릇 토목 공사를 일으킬 때는, 반드시 부득이한 경우에 한해서 하였고, 백성들을 부릴 경우 모두 농한기를 이용하였다. 그러므로 백공이 잘 다스려지고 여러 공적이 모두 빛나게 되었으므로, 비용을 절약하여 백성을 사랑하는 아름다운 뜻은, 옛 시대를 뛰어넘음이 만 배나 된다. 이것을 각 편에 적어서 후세 사람들에게 보여 주어야 하겠기에, 공전(工典)을 짓는다.

2. 궁원 宮苑

궁원(宮苑)의 제도가 사치하면 반드시 백성을 수고롭게 하고, 재정을 손상시키는 지경에 이르게 될 것이고, 누추하면 조정에 대한 존엄을 보여 줄수 없게 될 것이다. 검소하면서도 누추한 지경에 이르지 않고, 화려하면서도 사치스러운 지경에 이르지 않도록 하는 이것이 아름다운 것이다.

그러나 검소란 덕(德)의 넉넉함이고, 사치란 악 중에서 큰 것이니, 사치스럽게 하는 것보다 차라리 검소해야 할 것이다. 모자토계(茅茨土階)로[17] 한 경우에는 마침내 태평스런 정치를 이룩할 수 있었고, 요대경실(搖臺瓊室)을[18] 꾸민 경우에, 위망(危亡)의 화란을 구제할 수 없었던 것이다. 아방궁(阿房宮 진시황(秦始皇)이 위수(渭水) 남쪽에 지은 궁전)이 지어지자 ········· 이하 원문 4행이 빠짐 ······ 마음의 일단을 여기에도 역시 볼 수 있다.

3. 관부 官府

모든 관부는 제각기 직책을 가지고 있으므로 정사를 장소를 완비하지 않을 수 없다. 우리나라는 위로 도평의사사(都評議使司)·문하부(門下府)·삼사(三司)·중추원(中樞院)·사헌부(司憲府)에서부터 아래로 육조(六曹) 및 여러 시(寺)와 여러 감(監), 여러 서(署)와 여러 국(局), 또는 지방 주군의 유사(有司)에 이르기까지 각각의 청사가 있다. 그리고 사서(史胥)의 무리와 안독(案牘 관아의 문서)의 기구가 하나도 구비되지 않음이 없어서 모든 일이 지체되지 않으니, 아! 아름답도다.

4. 창고 倉庫

나라에 3년 동안 먹을 식량이 비축되어 있지 않으면 그 나라는 나라가 아니다. 관자(管子)는,
  "창고가 가득 차 있어야 예정(禮政을 안다."
하였다. 창름(倉廩)과 부고(府庫)는 국가의 존립에 관계되는바 실로 중요한 것이다. 창고가 가득 차 있느냐, 비어 있느냐 하는 것은 저장관리를 신중히 하느냐, 그렇지 않느냐는 것과 수입을 헤아려 지출을 하느냐 않느냐는 것에 달려 있다. 우리나라는 모든 창고의 명칭을 전조에서 사용하던 것을 그

---

17) 요임금이 천자가 되어 명당(明堂)을 짓되 흙으로 섬돌을 3척(尺)으로 쌓고 띠로 지붕을 이어 자르지 않는 것을 말한다.《太平御覽 百卉茅 태평어람 백훼모》
18) 옥으로 만든 궁정과 누대. 걸·주(桀紂)가 축구(築構)한 화려하고 사치스러운 대관(臺觀)과 궁전을 말한다.

대로 썼다. 광흥창(廣興倉)은 백관의 녹봉을 지급하기 위한 것이고, 풍저창(豊儲倉)은 국용(國用)을 저장하여 흉년과 뜻밖의 재변에 대비하기 위한 것이고, 장흥창(長興倉)과 의창(義倉)은 빈민에게 곡식을 진대(賑貸)하기 위한 것이며, 의성고(義成庫), 덕천고(德泉庫), 내장고(內藏庫), 보화고(保和庫) 그리고 의순고(義順庫) 등은 내용(內用)을 공급하기 위한 것이다.

전조 말기에 권신(權臣) 이인임(李仁任), 임견미(林堅味) 등이 정권을 마음대로 전횡(專橫)하여 공사(公事)에 손해를 끼치면서, 사사(私事)에 후하게 하는가 하면, 토지를 약탈하고 산야를 농락하였다. 또 신우(辛禑)는 경비 지출이 무절제하였고, 내탕(內帑)의 재산을 모두 환관과 부인의 손에 귀속시켜서, 창고가 텅텅 비어 한 섬의 곡식도 저장되어 있지 않는 지경에 이르렀던 것이다.

우리 전하는 경계(經界 토지제도)를 바로잡아 균전(均田)을 이룩하고, 검소를 숭상하여 비용을 절약하며, 녹봉을 후하게 주어 선비를 권장하는 기풍(氣風)이 있고, 큰 창고에는 오래되어 썩는 곡식이 있으니, 창고를 짓고 수리(修理)하는 것은 진실로 부득이한 일이다.

5. 성곽 城郭

성곽은 밖을 막고 안을 호위하기 위한 것이니, 국가를 가진 사람으로서 도외시할 수 없는 것이다. 그러나 성곽에는 제도가 있고 역사(役事)에는 시기가 있으므로 삼가지 않을 수 없다.

큰 도성은 국도의 1/3에 지나지 않고, 읍(邑)에는 백치(百雉 1치는 길이가 3장(丈), 높이가 1장)의 성을 쌓지 않는 것이 성곽의 제도이다. 무릇 토목 공사를 함에 있어서 용성(龍星)이 나타나면 일을 경계하고, 화성(火星)이 나타나면 공사를 일으키고, 수성(水星)이 나타나면 공사에 착수하고, 동지에 공사를 끝낸다. 이것이 역사(役事)에 시기가 있음이다. 성이란 제도를 초과해서는 아니 되는 것이고, 역사란 시기를 간과해서는 아니 되는 것이다.

또 재용(財用)을 잘 분배하고 널판자와 기둥을 다듬고 삼태기와 공이를 헤아리고, 흙의 양을 헤아리고, 멀고 가까움을 따지고, 기지(基址)를 측정하고, 성의 두께를 헤아리고, 성 아래 팔 웅덩이를 떠내 보고, 식량을 준비하고, 유사를 배정하고, 공사의 양을 헤아려 기간을 정해야 한다. 그리하여 공사의 계획에 잘못된 점이 없는 다음에 공사를 하는 것이 옳다. 만약 시기와 제도를 무시하고 망령되이 큰 공사를 일으킨다면 이 백성을 애육(愛育)하는 의로운 일이라 할 수 있겠는가?

은공(隱公)이 중구(中丘)에 성을 쌓고, 낭(郞)에 성을 쌓되, 모두 여름철을 이용하였는데, 「춘추」(春秋)에 그에 관한 것을 기록하였다. 그것은 농사를 방해하고, 제 시기에 하지 않았기 때문이다. 장공(莊公)은 겨울에 미(郿)에 성을 쌓았으니, 비록 적절한 시기에 맞추어 한 일이었으나, 「춘추」에 그에 관한 일을 기록하였고, 또 보리와 벼가 크게 흉년이 들었음을 기록하였다. 이것은 장공이 그해의 흉풍(凶豐)을 돌보지 않고, 경솔하게 민력을 불필요하게 동원(動員)하였음을 나타내기 위한 것이다.

우리 전하는 개국 초에 송경(松京 개성)의 옛 도읍을 그대로 사용하게 되었는데, 그 옛 성이 허물어지고 또, 그 지기가 넓고 멀어서 방수(防守)에 어려움이 있음을 염려하여, 옛 기지를 1/3로 줄여서 성을 쌓았던 것이다.

신이 일찍이 「맹자」을 읽어 보았는데 공손추하(公孫丑下)에,

　　"지형의 유리함이 인심의 화목한 것보다 못하다."

하였고, 「당사」(堂史)에 또,

　　"이적(李勣)은 은연히 장성(長城)과 같다."

고 하였다. 즉 다시 말하면 옛날부터 국가의 안녕은 한갓 성지(城址)의 험고(險固)만을 믿었던 것은 아니다. 전하는 현명한 인재를 임용하고, 생민을 사랑으로 양육하여 인심으로 성(誠)을 삼으니, 정치의 근본을 안다고 하겠다.

6. 종묘 宗廟

제사는 국가의 대사이다. 그러므로 국가를 가진 자는 반드시 먼저 종묘를 세우고 다음에 사직을 세운다. 그 헌작(獻爵)하는 의식에 관하여 예전에서 자세히 설명하였다. 만약 의식에 있어 성실하지 못한 자가 있는 경우에 헌전으로 규찰한다.

종묘와 사직을 신축하고 수리하는 그 제도에 관하여 여기서 재차 설명한다. 종묘와 사직뿐만 아니라, 바람[風]과 구름[雲], 천둥[雷]과 비[雨]에 관한 제사와 성황(城隍)과 악독(岳瀆)에 관한 제사도 각각 그 처소가 있어 완전하게 되어 있지 아니한 것이 없으니, 신령의 아름다운 가호(加護)에 보답하기 위한 뜻이 과연 어떠한가?

7. 교량 橋梁

「맹자」(孟子) 이루하(離婁下)에 이런 말이 있다.

"10월에[19] 작은 다리가 이루어지고, 12월에 수레가 다닐 다리가 이루어지면 백성들은 물을 건너는 일에 근심하지 않을 것이다."

국가를 가진 사람은 교량(橋梁)을 놓아서 왕래를 통하는 것이 또한 왕도정치의 일단인 것이다.

8. 병기 兵器

무비(武備)는 병기보다 더 중요한 것이 없다.

활과 화살을 넉넉히 갖추고	弓矢載張 궁이재장
방패와 창 그리고 크고 작은 도끼를 지니고서,	干戈戚揚 간벌척장
이에 바야흐로 길을 떠나도다.[20]	爰方啓行 원방계행

---

19) 10월 : 「맹자」 이루하(離婁下)의 원문에는 11월로 되어 있다.
20) 활과……떠나도다 : 「시경」 대아(大雅) 공유(公劉)에 보인다.

라고 한 이것은 즉 문왕(文王)이 저거(徂莒 주나라 변방민족)를 막기 위한 것
이요,

> "너의 갑옷을 잘 꿰매고, 너의 방패를 잘 손질하여 부정함이 없게 하고, 너의
> 활과 화살을 잘 준비하고, 너의 봉인(鋒刃)을 잘 갈아서 불선함이 없게 하라."[21]

고 한 것은 즉 노후(魯侯)가 서융(徐戎 주나라 변방민족)을 정벌하기 위한 것
이었다.

대개 내간(內姦)을 진압하고 외구(外寇)를 방어하는 데 있어서 병기가 아
니면 이를 실행할 수 없다. 왜냐하면 비록 맹분(孟賁 魏 나라의 壯士)이나 오학
(烏獲 秦나라 武王 때 장사)과 같은 무리일지라도, 만약 병기가 없으면 맨주먹으
로 전쟁에 나아갈 수 없는 것이고, 비록 겁이 많고 용기가 없는 무리일지라
도 만약 갑옷과 투구를 입고 창을 가진 다음, 군중이 모여서 진을 이룬다면
적이 외축(畏縮 두려워함)되어 감히 휘몰아 닥치지 못할 것이다. 그런데 하물
며 힘세고 용감한 장부가 견고한 갑옷을 입고 예리한 병기를 가진다면, 이
른바 호랑이가 날개를 단 격이 될 것임에랴? 그렇다면 기계(器械)를 어찌 수
치하지 않을 수 있겠는가?

우리나라는 군기감(軍器監)을 설치하여 활과 칼, 갈래창과 세모창, 갑옷
과 투구 그리고 화약 등을 만들고, 깃발과 북, 꽹과리 그리고 징 따위까지 한
가지도 갖추지 않는 것이 없다. 그리하여 반드시 매월 그믐에는 그달에 만
든 병기를 바치게 해서 무기고(武器庫)에 보관해 놓고 유사로 하여금 이를
지키게 한다.

또 각 도의 도절제사(都節制使)에게 명하여 도내에서 주조한 병기가 혹시
근실하지 못함이 없는가를 감독하고 있으니, 무비를 강구함이 이렇듯 지극
하다.

---

21) 너의……하라 : 「시경」 주서(周書) 비서(費誓)에 보인다.

9. 노부 鹵簿

노부(鹵簿)는 존엄을 보여 주기 위한 것이다. 안으로는 조회할 때나, 밖으로 순행(巡行)할 때 만약 의장대(儀仗隊)가 좌우에서 시종(侍從)하지 않는다면 누가 인주의 존엄을 알 수 있겠는가?

우리나라는 유사에게 명하여 무릇 의위(儀衛)에 필요한 기상(旗常)과 도모(纛旄), 산개(傘蓋)[22] 등의 물건을 화려하게 만들어서 한 가지도 불완전한 것이 없게 하였으니, 아! 성대한 일이로다.

그러나 문물을 다 갖추는 것은 종교나 교사(郊社)에 제사 지낼 때만 그렇게 하고 그 외에는 간소하게 한다. 그것은 천지와 조상에게 공경을 극진히 하고 자신의 처우에 검소하게 하기 때문이다. 이것은 또 분변하지 않을 수 없는 것이다.

10. 장막 帳幕

장막(帳幕)과 포설(鋪設)은 인군의 행차와 빈객(賓客)을 접대할 때 사용하는 기물이다. 전조에서 사설(司設)을 설치하여 포설을 관장하게 하고, 사막(司幕)을 설치하여 장막을 관장하게 하였다. 직은 하나인데 임무는 둘이 되었으므로 식자들은 비판하였던 것이다.

전하는 즉위하자 관제를 개혁(改革)하였다. 그것은 대개 번잡하고 쓸데없는 관직을 없애려고 했던 것인데, 초창기(草創期)에 모든 일을 새로이 시작하는 데 분망(奔忙)하여 미처 이를 고치지 못하였다.

이러한 따위가 혹시 있다면 그것은 조작(造作)과 공역(工役)이 또한 나뉜 것이다. 훗날 한가로운 때를 맞이하게 되면, 논의(論議)하는 선비는 이러한 일을 다시 취급하여 바로잡아 고쳐야 옳겠다.

---

[22] 기상과 도모 산개 : 기상과 도모는 왕이 조회할 때나 순행할 때 세워 두는 깃대이고, 산개는 햇빛을 가리기 위한 양산이다.

11. 금공·옥공·석공·목공·공피공·전식공
金·玉·石·木·攻皮·塼埴 等 工

백공의 기술은 비록 비천한 것이라 하더라도 국가의 이용 면에 있어서 실로 긴요(緊要)한 것이니, 모두 폐지할 수 없는 것이다. 작은 것은 낱낱이 들어서 말할 수 없고 우선 그중에서 큰 것만을 예를 들어 설명하겠다.

병기 중에서 갑옷과 투구와 칼 그리고 창 같은 것이나, 기명(器皿) 중에서 솥과 가마와 정(鼎) 같은 것은 만약 금공(金工)이 없다면, 어떻게 쇠를 단련하여 이러한 물건을 만들 수 있겠는가? 부서(符瑞) 중에서 규(圭)와 벽(璧)과 완(琬) 그리고 염(琰)과 같은 것이나, 의복의 장식품 중에서 옥(玉)과 패(珮)와 경(瓊) 그리고 거(琚) 같은 것은 만약 옥공(玉工)이 없다면 어떻게 조각하고 연마하여, 그러한 물건을 만들 수 있겠는가? 여기 돌이 있는데 만약 돌을 다룰 줄 아는 석공이 없다면, 어떻게 이 돌을 가지고 비갈(碑碣)을 세울 수 있으며, 어떻게 이 돌을 가지고 섬돌과 초석을 놓을 수 있겠는가? 저기 나무가 있는데 만약 나무를 잘 다룰 줄 아는 목공(木工)이 없다면, 어떻게 저 나무를 가지고 집을 지을 수 있을 것이며, 어떻게 배나 수레를 건조할 수 있겠는가?

이뿐만 아니라, 그 밖에 가죽을 다루는 공장(工匠), 기와를 굽는 공장, 실을 뽑는 공장, 그림을 그리는 공장 등도, 모두 이용 면에 있어 절실한 것이니, 없어서는 아니 될 것들이다.

그러나 검약에 힘쓰고 사치를 경계하라는 것이 바로 백공을 쓰는 근본이다. 검약하는 것은 나라를 편안하게 다스리는 도이고, 사치하는 것은 화란을 초래하는 단서인 것이다. 그러므로 이 두 가지에 대하여 논하지 않을 수 없다.

우리 전하는 천성이 검소하고 백성을 사랑하여 비용을 절약하고 무릇 모든 공작에 관하여 반드시 부득이한 경우에만 일을 시켰다. 그러므로 백공이 때를 맞추어 일하여 여러 공적이 모두 빛나게 되었다.「서경」하서(夏書) 윤정(胤正)에,

"공(工)이 예사(藝事)를 가지고 간(諫)하라."

고 하였는데, 이 구절을 풀이한 사람은

"이치란 어디에나 다 있는 것이다. 그러므로 말이란 미세하다고 해서 소홀히
취급할 수 없는 것이다."

라고 하였다. 이것은 참으로 인주는 마땅히 알아 두어야 할 것이다. 그래
서 신은 이것을 겸하여 적는다.

-終-

經濟文鑑 上

鄭 道 傳 著

權 　 近 訂

經濟文鑑序

「경제문감」(經濟文鑑)은 판삼사사(判三司事) 봉화백(奉化伯) 정공(鄭公 정도전)의 저술이다. 공은 어려서 학문을 좋아하고, 경학(經學)을 깊이 연구하여 재주와 도략(道略)을 품고 개연히 경제(經濟)하는 뜻을 가졌는데, 우리 전하께서는 천명(天命)을 받아 새로이 왕업을 일으키심에 이르러서, 공은 의혹된 것은 해결하고 정책(政策)을 세워서 울연(蔚然)히 원훈(元勳)이 되었으며, 문무의 도략(道略)으로써 장상(將相)의 소임을 겸하였으니, 무릇 국가의 정사에 있어 옛 법을 실제로 인용하고 때에 맞게 참작하여 이로운 것은 일으키고, 해로운 것을 제거하였으며 백성이 그 은택을 입었으니, 그 경제(經濟)함이 매우 컸다. 그리고 옛사람을 논하여 역대 이래의 직책의 득실과 인물의 현부(賢否)를 널리 수집하여 글로 기록하고, 선유(先儒)의 논설을 인용하되 그 속에 자신의 견해(見解)를 피력하여 다시, 식별하지 않아도 간단하고 명료하되[簡明] 소략(疏略)하지 않으며, 상세하되 번잡하지 않으니 가히 법받을 만하고 경계로 삼을 만하니, 세상의 관직에 거하는 자로 하여금 모두 그 맡은 바 책임이 쉽지 않음을 알고, 힘쓰고 힘쓰며 선량하게 행하지 않을 수 없으며, 그 맡은 바 직분(職分)의 일컬음을 생각하고 세상을 돕는 바가 있도록 하였음이 또한 컸다.

내가 이 책을 보건대 그 앞머리에 상업(相業)을 논하였는데, 재상(宰相)의 소임은 치도(治道)를 논하고 나라를 경륜(經綸)하며, 음양을 섭리(燮理)하니, 그 관계함이 지극히 무거워 다른 관직에 비할 것이 아니라고 하였는데, 옛적에 능히 그 직분을 다하였다고 일컬을 만한 이가 몇이나 되겠는가. 삼대(三代) 이전으로는 기(夔)·고요(皐陶)·후직(后稷)·계(契)·이윤(伊尹)·부열(傅說)·주공(周公)·소공(召公)을 일컬을 수 있으며, 한(漢)나라의 소하(蕭何)·조참(曹參)·병길(丙吉)·위상(魏相)을 일컬을 만하고, 당(唐)나라의 방현령(房玄齡)·두여회(杜如晦)·요숭(姚崇)·송경(宋璟)을 일컬을 만하고, 송(宋)나라의 한기(韓琦)·부필(富弼)·왕증(王曾)·범중엄(范仲淹)·사마광(司馬光)을 일컬을 만할 뿐이니, 아아! 상업(相業)이란 역시 어려운 일이 아니겠는가. 그러므로 임금은 마땅히 재상을 가려 뽑음을 우선으로 하되, 재상이 될 자 또한 그 직분을 일컬을 수 있는지를 생각해야 옳을 것이다.

그 다음에는 대간(臺諫)을 논하였는데 대관(臺官)은 풍속(風俗)의 악함을 규찰하여 금하고, 간관(諫官)은 임금이 잘못을 논하여 아뢰는 직이라 실로 국가의 소중한 직분이니, 이 직위에 거하는 자가 어찌 임금의 뜻대로 순종만 하고 유유하여 그 직책을 병들게 할 수 있겠는가.

또한 부·위(府衛)의 병사들은 단련하고 힘을 기르는 가운데, 나라에 일이 없으면 궁내에서 숙위하며 비상시의 환란에 대비하고, 나라에 일이 일어나면 외적을 꺾고 막아 위급한 난을 평정해야 하니, 중하다 아니 할 수 없다.

감사(監司)의 소임은 어지러운 것을 다스려 맑게 함에 있으니, 호족(豪族)과 활리(猾吏)를 징계하고, 원통하고 억울함을 다스리며, 백성의 고통을 구휼하고, 어질고 재능 있는 선비를 천거하는 직분이라, 삼가지 않으면 안 될 것이다. 주목(州牧)·군수(郡守)·현령(縣令)은 임금과 더불어 나라를 함께 다스리는 자이니, 그 사람됨이 어질면 백성이 복록을 받을 것이요, 만일 어질지 못하다면 백성이 앙화를 받을 것인즉, 그 사람됨을 가리지 않고 관직을 내려서야 되겠는가. 이것이 또한 서로 이어져서 그 다음에 거하는 것이다. 그러한 즉 부병(府兵)이 되거나 감사가 되거나 주목·수령이 된 자는 그 직분을 다할 것을 생각지 않겠는가. 나라를 위한 요체는 이 몇 가지를 벗어나지 않는 즉, 진실로 각자가 그 직분을 다할 수 있다면 비록 천하를 경륜하더라도 어렵지 않거늘, 하물며 일국(一國)이겠는가. 여기에서 공의 학문에 연원(淵源)이 있음을 보겠으며, 공의 재주가 쓰기에 적합한 것임을 보겠다.

어느 객이 내게 이렇게 말하였다.

"대저 옛사람의 저서란 것은 뜻은 가지고 있으면서도 일을 행할 처지에 있지 않는 자가 쓰는 것이다. 정공(鄭公)은 성군(聖君)을 만나 재상의 지위에 올랐으니 불우한 때라고 말할 수도 없거니와, 도(道)를 행하지 못하였다고도 말할 수 없는데, 무슨 저서를 쓴단 말인가."

하기에, 나는 이렇게 말하였다.

"공은 기필코 요순(堯舜)이 백성을 다스리던 것과 같이 하고야 말리라는 마음에서였으니, 요순의 도를 행함에 한 올이라도 다 하지 못한다면 그 가운데 실로 모자람이 있을 것이기에 그렇게 한 것이요, 이것이 공이 저술한 뜻이다."

하였다.

창룡(蒼龍) 을해(乙亥 태조 4, 1395) 후 9월 하한(下澣)

순충좌명(純忠佐命) 개국공신(開國功臣) 자헌대부(資憲大夫) 예문 춘추관 태학사 동판도평의사사사(藝文春秋館太學士 同判都評議使司事) 세자우빈객(世子右賓客) 서원군(西原君) 정총(鄭摠)[23]은 서문을 쓴다.

---

23) 정총(鄭摠)(1358~1397) : 본관은 청주(淸州)이고, 자는 만석(曼碩), 호는 복재(復齋), 시호는 문민(文愍)이다. 1376년(우왕 2) 문과에 급제하고, 1385년 성균사예, 1391년(공양왕 3) 정당문학(政堂文學)을 역임하였다. 조선 건국에 적극 가담하여 1등 개국공신(開國功臣) 서원군(西原君)으로 피봉 되었다. 1395년(태조 4) 공과 함께 『고려국사(高麗國史)』 37권을 편찬하였다. 그해 예문춘추관(藝文春秋館)으로서 표전문 사건을 해명고자 명나라에 갔다가 구금되어 대리위(大理衛)에서 죽었으며, 유고 문집 『복재집』이 있다.

1. 재상 宰相

1. 개요 槪要

按 구본(舊本)에 재상(宰相) 두 글자가 누락된 것을 보충하였다.
편집자) 개요는 원문에 없는 항목이나 편차상 편의에 따라 삽입하였다.

재상의 명칭을 당(唐)나라와 우(虞)나라에서는 백규(百揆)라 하였고, 하
(夏)나라도 그대로 불렀다. 백규(百揆)라 함은 서정(庶政 여러 가지 정사(政事))을
헤아려 처리하는 관직이다.

당(唐)나라 요(堯)임금이 순(舜)을 백규로 있게 하였다.

「서경」(書經)에 다음과 같이 말하였다.

"삼가 오전(五典)을[2] 아름답게 하니 오전이 잘 따르게 되고, 백규에 앉혔더

---

1) 본서는 「주례」(周禮) 천관(天官) 대재(大宰)와 「대명률」(大明律)을 바탕으로 하여, 치전(治典)·
부전(賦典)·예전(禮典)·정전(政典)·헌전(憲典)·공전(工典) 등을 대강(大綱)으로 하여, 각 전
밑에 세목(細目)을 열거하여 치국(治國)의 대요(大要)와 모든 제도 및 그 운영에 방침을 정함으
로써 조선 법계의 기본을 이룩하게 한 것이다. 그러나 본서와 「주례」과의 관계는 정총(鄭摠)의
「조선경국전」 서문에서 본서와 「대명률」과의 관계는 본서 헌전 총서에서 각각 밝힌 바 있지만,
대강은 물론이요, 세목 또는 그 내용에 있어서도 제일 공통된 점이 많은 원(元)나라 때의 「경세
대전」(經世大典)≪元文類 卷41~42≫에 대해서는 조금도 언급한 사실이 없다. 이에 대해서는
이미 논문이 발표된 바 있거니와≪日本人 末松保和 朝鮮經國典私考 學叢 第一輯≫, 양자를 비
교한 결과 우연의 일치라기보다 참고 내지 그것을 기반으로 했을지 모른다. 「경세대전」은 원문
종(元文宗) 지순(至順) 2년(고려 충혜왕 원년, 1331)에 「당송회요」(唐宋會要)를 참작해 만든 것인
데, 당송회요와는 체제를 달리하고 있다. 이 책에 앞서 나온 번역서 鄭芝相 同和出版社刊 ≪韓
國思想大全集 第6卷≫, 韓永愚 玄岩社 ≪世界文學思想集≫ 등들을 참고하였고, 서술문에는 경
어를 쓰지 않았다. (편집자)

2) 오전(五典) : 오상(五常) 혹은 오륜(五倫)과 같은 말로 두 가지 설이 있다. 「좌전」(左傳)에 "아버
지는 의(義)로워야 하고, 어머니는 자애(慈愛)로워야 하며, 형은 우애(友愛)로워야 하고, 아우는
공손해야 하고, 아들은 효도해야 한다." 하였고(父義母慈兄友弟恭子孝), 맹자(孟子)는 "군신 사
이에 의리, 부자 사이에 친애, 부부 사이에 분별, 어른과 아이 사이에 차례, 벗 사이에 신의가 있
어야 한다." 하였는데, 「서경」(書經) 채침(蔡沈)의 주는 맹자설을 취하였다.

니 백규가 시의 적절하게 펴지며, 사문(四門 제후들이 조회할 때 출입하는 문)에 빈례(賓禮 외국 사신 접대의식에 관한 예절)를 주장하게 하였더니 사문(四門)이 화평하고, 큰 숲[大麓 대록]에 들게 하였더니 열풍(烈風)과 뇌우(雷雨)에도 혼미하지 않았다."

권근의 안 [近按]

오전(五典)을 삼가 지키게 하는 것은 사도(司徒)의 직분이요, 사문에 빈례를 행하는 것은 사악(四岳)의 직분이며, 큰 숲에 들어가 산림을 다스리는 것은 사공(司空)의 직분이니, 백규는 통솔하지 않는 것이 없고, 사도 이하는 모두 그에 속하는 것이다. 그러므로 순(舜)으로 하여금 이들을 모두 겸하게 한 것이다.

우(虞)나라 순(舜)임금이 우(虞)를 백규로 있게 하였다.

순이 말하기를,

"아아! 사악(四岳)이여 능히 발분하여 제(帝)의 일을 빛낼 자가 있는가? 백규로 있게 하되 도와서 무일을 이루고자 한다."

하였더니, 모두 이르기를,

"백우(白禹)가 사공(司空)이 되어 있습니다."

하였다. 제(帝)가 이르기를,

"좋다. 우(虞)여 그대는 수토(水土)를 고르게 하되 이에 힘쓰라."

하였다.

권근의 안 [近按]

수토를 고르게 하는 것은 사공의 직이다. 우로 하여금 사공을 삼아 백규를 겸하게 하였으니, 순이 백규로서 대륙에 들어간 것과 같다.

☞ 여씨(呂氏)는 이렇게 말하였다.

"순(舜)은 요(堯)의 지극히 잘 다스려진 정치를 이어받았는데, 어찌 분발하고 격앙할 필요가 있었겠는가? 대저 천하를 다스리는 일이란 나아가지 않으면 물러서는 것이니, 반드시 분기하는 마음을 두어야만 나날이 새로워져서 다함이 없는 정치가 있을 것인즉 비록 지극히 잘 다스려진 시대라 할지라도 이 뜻을 잊어서는 아니 되는 것이다."

☞ 진씨(陳氏)는 다음과 같이 말하였다.

"순이 어찌 우를 몰랐겠는가, 기필코 물었던 것은 이를 공론(公論)에 붙이고 자신은 간여하지 않았던 것이다."

하(夏)나라 「서경」(書經)에 다음과 같이 말하였다.

"나 이윤(伊尹)이 처음 하(夏)나라의 서읍(西邑)을 보았을 때 임금이 충신(忠信)하여 끝을 마치니, 돕는 신하 또한 끝까지 잘 마쳤습니다."

충신(忠臣)을 주(周)라고 한다.

상(商)나라 탕(湯)이 처음으로 좌우에 재상 둘을 두었는데, 이윤(伊尹)을 우(右)로 삼고, 중훼(仲虺)를 좌로 삼았다. 태갑(太甲) 때 이윤을 아형(阿衡)으로 삼았다. 고종(高宗)이 부열(傅說)을 얻고, 이끌어 세워 상(相)을 삼고 좌우에 두고서 이렇게 말하였다.

"조석으로 가르침을 들어 나의 덕을 도우라."

주(周)나라는 주공(周公)이 총재(冢宰)에 올라 백관을 거느렸다. 또 주공은 사(師)가 되고, 소공(召公)은 보(保)가 되어 성왕(成王)을 도왔다.

권근의 안 [近按]

상업(相業 재상이 하는 일)의 큰 것은 임금의 마음을 바르게 하는 것으로 근본을 삼는다. 당나라와 우리나라 때는 성인으로써 성인을 보필하여 도유·우불(都兪吁咈)만으로도[3] 다스림이 하늘을 감동시켰으니, 만세에 이보다 더한 것이 없었다. 이윤과 부열이 은(殷)나라를 도운 것과, 주공과 소공이 주(周)나라를 도움이 모두 정성으로 임금을 경계하여 아름다운 모훈(謨訓 국가의 대계 또는 뒷사람에게 주는 교훈)과 아름다운 계책이 서책(書冊)에 넘쳐흘러 만세의 법도가 되었으니, 임금을 사랑하는 정성과 임금을 바르게 하는 도리가 이와 같이 지극하였다. 그러므로 태갑(太甲)·성왕(成王)의 곤지(困知)로[4] 마침내 착한 임금이 되어 지극한 다스림을 일으켰으니, 이른바, "대인(大人)이라야 임금의 그릇된 마음을 바룰 수 있다." 한 것이 이것이다. 뒤에 임금과 보필하는 자가 거울삼지 않겠는가! 또 힘쓰지 않겠는가!

주관(周官)은 이렇게 말하였다.

"태재(太宰)의 직무는 나라의 육전(六典)을 관장하여 임금을 보좌함으로써

---

3) 도유·우불(都兪吁咈) : 도와 유는 찬성의 의미, 우와 불은 찬성하지 않음을 의미하는 감탄사로, 요순(堯舜) 시대에 신하들과 정치를 회의할 때 사용한 말.≪書經 虞書 堯典≫
4) 곤지(困知) : 어렵게 배워서 안다는 뜻. 「중용」(中庸) 제20장에 "나면서부터 아는 것이 있고, 배워서 쉽게 아는 것이 있고, 또 배우되 어렵게 터득하는 것이 있다." 하였다.

나라를 다스렸다."

권 근 의 안 [近按]

　태제는 곧 천관총재(天官冢宰)이다. 하늘이 만물을 덮지 않는 것이 없으며, 총재는 백관을 통솔하지 않는 것이 없으니, 총재를 천관에 붙여서 백관을 거느려 천공(天工 하늘을 대신해 백성을 다스림)을 밝힌다. 그러나 임금 앞에 직분을 나열함에는 육경(六卿)과 마찬가지로 태(太)라 하고, 백관을 거느림에 꼭 총(冢)이라 일컫는다.

1. 육전의 구성

첫째 치전(治典)이다.

　이로써 방국(邦國)을 경영하고 관부(官府)를 다스리며, 백성을 기강으로 다스린다. 천관총재의 직분이다.

둘째 교전(敎典)이다.

　이로써 방국을 안정시키고 관부를 가르치　며, 백성을 순화시킨다. 요(擾)는 길들인다[馴(순)]는 뜻이다. 지관사도(地官司徒)의 직분이다.

이 이하는 모두 총재가 거느리는 것이다.

셋째 예전이다.

　이로써 방국(邦國)을 화목하게 하고 백관을 통합　하며(통(統)은 합(合)이다), 백성을 화합하게 한다. 춘관종백(春官宗伯)의 직분이다.

넷째 정전(政典)이다.

　이로써 방국(邦國)을 고르게 복속시키고, 백　관을 바루며 백성을 공평하게 한다. 하관사마(夏官司馬)의 직분이다.

다섯째 형전(刑典)이다.

　이로써 방국(邦國)을 금제(禁制)하고, 백관을 형벌하며 백성을 규찰한다. 추관사구(秋官司寇)의 직분이다.

여섯째 사전(事典)이다.

　이로써 방국(邦國)을 부강하게 하고, 백관을 공(功)에 따라 세우며 백성을 기른다. 동관사공(冬官司工)의 직분이다.

권근의 안 [近按]

육전(六典)은 육경의 직분이다. 총재는 통솔하지 않는 것이 없다. 백(百 백관(百官))에서 여섯(六 육경(六卿))으로 귀속(歸屬)하고, 여섯에서 하나[一 총재(家宰)]로 귀속하여 그 조절하고 제어하는 것이 관직마다 잡아서 다스리는 것이 아니며, 사람마다 저울질하여 헤아리는 것이 아니다. 그 장(長)을 창도(唱導)하면 여러 관속이 따르고 그 벼리[綱]를 들면 뭇 눈[目]이 베풀어져, 조종하는 자가 지극히 간단하고 의거하는 자는 지극히 용이하되 그 통제할 것은 지극히 많다. 위아래가 서로 통합하고 안팎이 서로 응하여, 본말(本末)이 고루 갖추어지고 대소(大小)가 모두 거행되어 한마디[節]도 서로 관계하지 않는 곳이 없으니, 간이(簡易)한 이치에 밝으면 상업(相業)이 더할 나위 없을 것이다.

또 순(舜)이 백규(百揆)를 먼저 있게 한 것은 오전(五典)을 아름답게 하기 위함이요, 주(周)에서 육전(六典)을 먼저 세움은 또한 교전(敎典)을 위함이었으니, 교화를 급선무로 삼지 않음이 없었다. 이것이 우(虞)와 주(周)의 다스림이 성대해진 까닭이다. 후세에는 사업의 공적에만 급급하여 교화를 여사(餘事)로 생각하였기 때문에, 교전을 폐지하고 이(理)에 합치고 사전(事典)을 나누어 호(戶)와 공(工)으로 하였으니, 후세의 다스림이 옛날과 같지 못하였다. 이것은 진실로 교화가 밝혀지지 못한 데서 비롯한 것이다. 뜻을 선치(善治)에 두는 사람이 교화를 우선으로 삼지 않을 수 있겠는가?

2. 팔법(八法)으로써 관부(官府)를 다스린다

첫째 관속(官屬)이다. 관부(官府)를 다스린다.

관속이란 육관(六官) 소속[屬]으로서 각각 60이 있으며 각자 그 붙이들을 거느려 그 직분을 맡기니 나라의 다스림이 거행되지 않음이 없다.

둘째 관직이다. 나라의 다스림을 분변한다.

관직이란 육경을 말한다. 각각 그 직분이 있어서 서로 침범하고 문란하게 하지 못한다.

셋째 관련(官聯)이다. 관(官)의 다스림을 모은다.

연(聯)이란 나라에 큰일이 있으면 육관이 직분을 통하여 서로 보내고 돕는 것을 말한다.

넷째 관상(官常)이다. 관(官)의 다스림을 청단(聽斷)한다.

관에는 정해진 수가 있고 직에도 정해진 일이 있다.

다섯째 관성(官成)이다. 나라의 다스림을 경영(經營)한다.

관부(官府)의 일은 시종 일정한 성체(成體)이다.

여섯째 관법(官法)이다. 나라의 다스림을 바룬다.

관법이란 그 직분이 주관하는 바의 법도를 말한다.

일곱째 관형(官刑)이다. 나라의 다스림을 규찰한다.

여덟째 관계(官計)이다. 나라의 다스림을 살펴 결단한다.

폐(弊)란 살펴서 결단한다는 뜻이다.

☞ 이씨는 이렇게 말하였다.

　"주나라 사람들은 관리의 다스림을 책임지우는 방법을 관속으로써 거행하고 다시 관직으로써 분변하며, 또 관련으로써 모아 놓고 다시 관상으로써 청단하며 관성으로써 경영하고 다시 관법으로써 이를 다루었으니, 그 자상함이 이에 이르러 스스로 거행되지 않는 직분이 없었으되, 오히려 관형으로 규찰하고 관계로 결단하였음은 곧 옛사람이 직분을 맡기되……으로 하고[任職以……],

按 이(以) 자 아래 누락된 글자가 있는데 아마 전(專) 자인 것 같다.

　관리(官吏)를 대접하는 데 있어 정성으로 하되 위엄을 떨치고 갈고 닦아 상고하여 살피기를 감히 폐하지 않았으니, 당(唐)·우(虞) 시대의 고적(考績, 고과(考課))하던 것과 탕(湯)이 관형(官刑)을 제정한 것이[5] 곧 이러한 뜻에서였다."

3. 팔칙(八則)으로써 도비(都鄙 도읍과 지방)를 다스린다

임금의 자제(子弟)는 식읍(食邑)이요, 공경대부(公卿大夫)는 채읍(采邑)이다.

첫째 제사(祭祀)이다. 신(神)을 어거(馭車)한다.

둘째 법칙(法則)이다. 관(官)을 어거(馭車)한다.

셋째 폐치(廢置)이다. 이속(吏屬 관리들 무리)을 어거(馭車)한다.

---

5) 당우……고적(考績) : 순(舜)임금 때 3년마다 한 번씩 현부(賢否)를 고과(考課)하였는데, 세 번 고과하여 출척(黜陟)과 상벌(賞罰)을 시행하였다.《書經 虞書 舜典》

넷째 녹위(祿位)이다. 선비를 어거(馭車)한다.

다섯째 공부(貢賦)이다. 씀씀이[用]를 馭車한다.

여섯째 예속(禮俗)이다. 백성(百姓)을 어거(馭車)한다.

일곱째 형상(刑賞)이다. 위엄[威]을[6] 馭車한다.

여덟째 전역(田役)이다. 무리를 어거한다.

　주(註)에 "어(馭)란 말[馬]을 부린다는 어(馭)와 같다." 하였다. 무릇 말이
천천히 가고, 달리고, 움직이고, 서는 것을 고르게 하는 것은 모두 말부리
는 사람의 뜻을 따르는 것에서 비롯된다. 귀신이란 본디 형체와 소리가
없다. 다만 의당 제사를 지내야 할 것이라면 제사를 지내서 이치에 합당
하면 곧 어거함을 얻는 것이다. 후세에 음사(淫祀)로 복을 구하는 따위는
먼저 자신을 잃는 것이니, 어찌 귀신을 어거할 수 있겠으며, 어찌 사냥놀
이에 빠져서 농사철을 가리지 않고, 백성을 부리는 따위로 어찌 무리를
어거할 수 있겠는가? 이런 일들을 들어 보면 하는 일마다 당연함을 얻어
모두 이치에 맞아야 어거하였다고 할 수 있을 것이다.

4. 팔병(八柄)으로써 임금을 가르쳐 보필하고 군신(群臣)을 어거한다

첫째 작(爵)이다. 존귀함을 어거한다.

　　관작이 있으면 존귀해진다.

둘째 녹(祿)이다. 부(富)를 어거한다.

　　녹이 있으면 넉넉해진다.

셋째 여(予)이다. 행(幸)을 어거한다.

　　주(註)에, "행(幸)이란 임금이 친히 사랑하는 것"이라고 했다. 사여(賜
　　與)는 할 수 있어도 작위는 줄 수 없다는 것이다.

넷째 치(置)이다. 행실(行實)을 어거한다.

---

6) 위엄[威] : 원문에 척(戚)으로 되어 있으나, 「주례」 천관총재(千官冢宰)에 의거하여 위(威) 자로 고
　쳤다.

치라 함은 늙은 사람은 비록 폐(廢)하여 물러가게 해야 할 것이나 소행 (素行)이 어질고 밝으면 특별히 두는 것이다.

다섯째 생(生)이다. 복(福)을 어거한다.

수(壽)는 오복(五福)의[7] 으뜸이다.

여섯째 탈(奪)이다. 가난함을 어거한다.

일곱째 폐(廢)이다. 죄(罪)를 어거한다.

여덟째 주(誅)이다. 허물을 어거한다.

按) 주(誅)라 함은 책망하는 것을 말한다.

☞ 왕씨(王氏)는[8] 이렇게 말하였다.

"육전(六典)에 이르기를 '임금을 보좌하여 방국을 다스린다.' 한 것은 큰 정치 [大治]이다. 임금과 태재가 이를 함께하는 것이다. 팔법과 팔칙에 바로 '관부(官府)·도비(都鄙)를 다스린다.' 한 것은 작은 정치[小治]이다. 태재가 이를 겸하는 것이다. 팔병(八柄)·팔통(八統)에, '임금을 가르친다.' 한 것은 임금 한 사람의 일이다. 그러므로 태재는 그 의리로 임금을 가르치는 것이다."

5. 팔통(八統)으로써 임금을 가르치고 백성을 어거한다.

첫째 친족을 친애(親愛)하는 것이다.

둘째 고구(故舊 오랜 친구)를 공경(恭敬)하는 것이다.

셋째 어진 이를 나오게 하는 것이다.

넷째 능한 자를 부리는 것이다.

다섯째 공훈이 있는 자를 보살피는 것이다.

여섯째 귀한 이를 존중하는 것이다.

일곱째 유능한 관리를 천거해 올리는 것이다.

여덟째 빈객을 예로 대우하는 것이다.

---

7) 유교에서 이르는 다섯 가지의 복. 보통 수(壽), 부(富), 강녕(康寧), 유호덕(攸好德), 고종명(考終命)을 이르는데, 유호덕과 고종명 대신 귀(貴)와 자손중다(子孫衆多)를 꼽기도 한다.

8) 왕씨(王氏) : 송(宋)나라 왕안석(王安石)을 가리키며 여기에서 말하는 내용은 그의 주관신의(周官新義)에 보인다.

6. 구직(九職)으로써 만민에게 직분을 맡긴다.

첫째 삼농(三農)[9]이다. 구곡(九穀)[10]을 생산하게 한다.

둘째 원포(園圃)이다. 초목을 기르게 한다.

셋째 우형(虞衡)이다. 산택의 재목을 생산하게 한다.

넷째 수목(藪牧)이다. 새와 짐승을 기르게 한다.

다섯째 백공(百工)이다. 팔재를[11] 다듬어 만들게 한다.

여섯째 상고(商賈)이다. 물화[物賄(물회)]를 널리 통하게 한다.

일곱째 빈부(嬪婦)이다. 실과 삼을[絲枲(사시)]이다.

여덟째 신첩(臣妾)[12]이다. 소재(疏材)를[13] 거두게 한다.

아홉째 한민(閒民)이다. 일정한 직분이 없는 자를 옮겨서 일을 잡게 한다.

7. 구부(九賦)로써 재물을 거둔다.

첫째 방중(邦中)의 부세(賦稅)이다. 나라 안의 백성이다.

둘째 사교(四郊)의 부세이다. 백 리 안쪽이다.

셋째 방전(邦甸)의 부세(賦稅)이다. 2백 리 안쪽이다.

넷째 가삭(家削)의[14] 부세이다. 삭은 초(稍)이니 식읍(食邑)이다.

다섯째 방현(邦縣)이다. 4백 리이다.

여섯째 방도(邦都)의 부세이다. 5백 리이다.

일곱째 관시(關市)의 부세이다.

여덟째 산택(山澤)의 부세이다.

---

9) 삼농(三農) : 평지·山·천택(川澤)의 농사를 말한다.

10) 구곡(九穀) : 아홉 가지의 곡식. 곧 수수, 옥수수, 조, 벼, 콩, 팥, 보리, 참밀, 깨를 이른다.

11) 팔재 : 그릇을 만드는 8가지 재료. 즉 주(珠)·상(象)·옥(玉)·석(石)·목(木)·금(金)·
  혁(革)·우(羽)이다.

12) 신첩(臣妾) : 신분이 낮고 빈천한 사람. 신은 남자이고 첩은 여자를 일컫는다.

13) 소재(疏材) : 초목의 뿌리나 과실의 열매 중에서 먹을 수 있는 것. 원문의 소재(疏財)는 「주
  례」(周禮)에 소재(疏材)로 되어 있기 때문에 그에 따랐다.

14) 가삭(家削) : 대부(大夫)의 채지(采地)와 공읍(公邑) 사이에 위치해 있는데, 국도(國都)에서 2
  백 리 밖부터 3백 리 사이에 있다.

아홉째 폐여(幣餘)의 부세이다.

법식(法式)에 따라 쓰고 난 나머지이다.

☞ 정 씨(鄭氏)는 이렇게 말하였다.

"기외(畿外)에는 공(貢)이 있고, 기내(畿內)에는 부(賦)와 세(稅)가 있는데, 공전(公田)은 세(稅)로 하고, 사전(私田)은 부(賦)로 한다."

8. 구식(九式)으로써 재용(財用)을 고루 조절한다.

식(式)이라 함은 재물의 씀씀이를 절도 있게 한다는 말이다.

첫째 제사(祭祀)의 식(式)이다.

둘째 빈객(賓客)의 식(式)이다.

셋째 상황(喪荒)의 식(式)이다.

넷째 수복(羞服, 먹고 입는 것)의 식(式)이다.

다섯째 공사(工事)의 식(式)이다.

여섯째 폐백(幣帛)의 식(式)이다.

일곱째 추말(芻秣, 쇠꼴과 말먹이)의 식(式)이다.

여덟째 분반(匪頒)의 식(式)이다. 분(匪)은 나눈다는 말이다.

按 '匪'를 '분'으로 읽어야 한다.

아홉째 호용(好用)의 식(式)이다. 그 좋아하는 바를 따라서 쓰는 것이다.

☞ 이 씨(李氏)는 이렇게 말하였다.

"백성에게서 거두어들이는 것만 있고 나에게 절도 있는 씀씀이가 없으면, 적은 적립(積立)으로 함부로 쓰는 쓰임에 공급하기가 부족할 것인즉 이것이 구식(九式)이 구통(九統)을 통제하는 까닭이다."

☞ 진 씨(陳氏)는 이렇게 말하였다.

"구부와 구식은 모두 총재에게 통합되어 이것으로 취하고 이것으로 썼다. 진·한(秦漢) 이래로 임금의 사사로운 뜻이 날로 늘어나 과목을 새로 만들었다. 천하의 재물을 관장하는 데는 대사농(大司農)이 있으며, 임금의 치장(治藏)을 관장하는 데는 소부(小府)가 있으며 부역과 백성의 재물을 관장하는 데는 수형도위(水衡都尉)가 있다. 대사농은 국비(國費)의 쓰임을 공급하고, 소부는 임금의 음식봉양의 쓰임을 공급하고, 수형은 임금의 사용(私用)을 공급한다. 색목(色目)이 나뉘면 각각 그 국(局)을 담당하여 세금을 거두어들여 관(官)에 저장한다. 무릇 왕자(王者)의 판도가 밖으로 사해(四海)까지 이르는 것이나 문을 닫고 보면 모두 한집안이니, 문을 닫고 자제들과 이를 다투어 비록 자제들의 재물을 모두 얻는다 해도 오히려 부유하지 못할 것이다."

9. 구공(九貢)으로써 나라의 재용(財用)에 이른다

☞ 호씨(胡氏)는 이렇게 말하였다.

"선왕(先王)이 백성에게 밭을 주면 그 부(賦)를 정하고 제후에게 나라를 주면 구공(貢)이 있었으니, 부라는 것은 천자(天子)를 기르는 예이며, 공이란 것은 천자를 섬기는 의리이다."

☞ 이씨(李氏)는 이렇게 말하였다.

"이른다[致] 함은 스스로 이르게 하는 것이요, 욕심을 다하여 구하는 것이 아니다. 쓴다[用] 함은 용도에 적합하게 하는 것이 귀한 것이요, 원방(遠方)의 진귀하고 이상한 보배가 귀한 것이 아니다."

첫째 사공(祀貢)이다.

둘째 빈공(嬪貢 실[絲]과 삼[枲]붙이)이다.

셋째 기공(器貢)이다.

넷째 폐공(幣貢)이다.

다섯째 재공(財貢)이다.

여섯째 화공(貨貢)이다.

일곱째 복공(服貢)이다.

여덟째 유공(斿貢)이다. 깃털로서 정기(旌旗)에 꽂는 것이다.

아홉째 물공(物貢)이다. 잡물(雜物 기타)로서 물고기·소금·귤·유자이다.

☞ 정씨(鄭氏)는 이렇게 말하였다.

"구부(九賦)를 앞에 나열하고 구식(九式)을 그 가운데 두고, 구공(九貢)을 그 뒤에 나열해 놓은 것은 어째서인가? 대개 왕국의 재물이 스스로 국용(國用)을 충족할 수 있으니, 나라를 잘 다스리는 자에게는 재물을 생산하는 방도(方道)가 있은즉, 또 어째서 제후들에게 기대야만 충족하겠는가? 그러므로 구부(九賦)의 조목을 나열하고 골고루 절제하는 식으로 뒤를 이었으니, 재물을 생산하는 방도로 구부가 있으면 수입을 헤아려 지출하는 것이 옳음을 밝힌 것이다. 이에 나라의 공(貢)과 같은 것은 본디 제후가 위를 받드는 성의인즉, 급급하게 이르도록 할 것이 아니니, 이에 법을 세워서 오로지 그 스스로 이르도록 기다릴 뿐이다."

10. 구량(九兩)으로써 나라의 백성을 얻는다.

양(兩)은 짝이니, 만민을 화합하여 짝하는 것이다.

첫째 목(牧)이다. 토지로써 백성을 얻는다.

둘째 장(長)이다. 존귀함으로써 백성을 얻는다. 장이란 제후(諸侯)의 장이다.

셋째 사(師)이다. 어진 것으로써 백성을 얻는다.

넷째 유(儒)이다. 도(道)로써 백성을 얻는다.

다섯째 종(宗)이다. 족친(族親)으로써 백성을 얻는다.

여섯째 주(主)이다. 이익으로써 백성을 얻는다.

　　주라 함은 채읍(采邑)의 주이다.

일곱째 이(吏)이다. 다스림으로써 백성을 얻는다.

여덟째 우(友)이다. 벗을 믿음으로써 백성을 얻는다.

아홉째 수(藪)이다. 부(富)로써 백성을 얻는다.

　　수(藪)는 우형(虞衡)이 산맥을 관장하는 수이며, 부는 수중(藪中)의 재물
　　이다.

　☞ 왕씨(王氏)는 이렇게 말하였다.

　　"민심이 무상하여 합하기는 어렵고 흩어지기는 쉽다. 평시에 차마 떠나지 못한 것이 아니라면 한 사람의 명위(名位)로 잡아 머물게 할 것이 아니다. 오로지 목(牧)은 토지로 하고, 장(長)은 존귀함으로 하며, 주(主)는 이익으로 하고, 이(吏)는 다스림으로 하며, 수(藪)는 넉넉함으로 하면 족히 백성의 몸을 매어 놓을 수 있으며, 가르침은 현(賢)으로써 하고, 선비는 도(道)로써 하면, 백성의 마음을 족히 매어 놓을 수 있을 것이다. 종(宗)을 친족(親族)으로 하여 하늘에 속한 친(親)임을 알도록 해서 떠나지 못하게 하고, 벗하기를 믿음으로써 하여 인도(人道)의 사귐을 알도록 해서 틈이 벌어지지 않게 할 것이다. 이렇게 한 다음에 비로소 서

로 평안하고 봉양하며, 서로 친애하고 겸손해져서 비록 변고가 있어 죽을지라도 다른 곳으로 가는 일이 없다. 후세에 구량이 이미 폐지되고 인심이 또한 떠났으니 위에 있는 사람이 과연 무슨 도리로 그들의 마음을 복속시키겠는가?"

정월(正月) 초길(初吉)에 바야흐로 화(和)하면 다스릴 바를 나라의 도읍과 시골에 포고하고, 이에 다스리는 법을 상위(象魏)에 걸어[縣] 만민으로 하여금 다스리는 법을 보게 하고, 열흘[挾日] 만에 거두어들인다.

自註) 현(縣)의 음은 현(玄)이다. 상위(象魏)란 대궐이다. 협일(挾日)은 열흘이다.

이에 전(典)을 나라에 베풀어 목(牧)을 세우고 나라의 감(監 일국(一國)의 감(監)이다.)을 세우며 나라의 삼(參 卿大夫로 3인이다.)을 설치하고, 오(伍 大夫로 5인이다.)를 측근에 두며, 은(殷 衆士들이다.)을 베풀고, 보(輔 府史와 서리[胥徒이다.])를 둔다.

按 주자는 "감(監)이란 일국의 감이 아니라 즉 천자의 대부를 3감(三監)으로 삼는 것이다. 대개 나라에 진실로 이미 임금이 있고, 다만 목(牧)을 세우고 감을 세워서 이를 거느린다." 하였다.

이에 도읍과 시골에 베풀기를 그곳의 장(長 채읍(采邑)의 장)을 세우고, 그곳의 양(兩 卿大夫 2인)을 세우며, 그곳의 오(伍)를 설치하고 은(殷)을 베풀고 보(輔)를 둔다. 이에 관부[官]에 법을 베풀어 그 정(正)을 세우고 이(貳)를 세우며, 그 고(考 고는 이룬다는 것이니, 성사(成事)를 돕는 것이다.)를 설치하고 은(殷)을 베풀고 보(輔)를 둔다.

무릇 다스림을 전(典)으로 하여 나라가 다스려지기를 기다리고, 칙으로써 도읍과 지방이 다스려지기를 기다리고, 법(法)으로써 관부(官府)가 다스려지기를 기다리며, 관성(官成)으로써 만민이 다스려지기를 기다리고, 예로써 빈객이 다스려지기를 기다린다. 오제(五帝)에[15] 제사하는 데는 백관의 서계(誓戒 서약으로 경계함. 혹은 그 글)와 그 구수(具修 제물을 준비하고 소제(掃除)하는 것)를 관장하여, 제사하기 열흘 전에 집사(執事)를 거느리고 날을 점쳐서 재계를 마치고, 집사에 미쳐 정결하게 씻는 것을 보살피고, 납향(納享 희생(犧牲)을 드

---

15) 오제(五帝) : 하늘에 있다는 다섯 천신(天神). 동방창제(東方蒼帝)·남방적제(南方赤帝)·중앙황제(中央黃帝)·서방백제(西方白帝)·북방흑제(北方黑帝)이다.

리는 것)에 미쳐서는 왕이 희생(犧牲 소를 통째로 재사에 올림) 올리는 일을 도우며, 제사하는 날에 미쳐서는 옥(玉)·폐(幣)·작(爵)의 일을 돕는다. 註에 "옥과 폐는 신에게 예물을 하는 것이요, 작이라 함은 술을 올리는 것이다." 하였다.

대신기(大神祇 하늘과 땅)를 섬기는 데도 이와 같이 하며, 선왕(先王)에게 제사하는 데도 이와 같이 하여 옥궤(玉几)·옥작(玉爵)을 돕는다.

대조근(大朝覲)16)으로 회동(會同)하는데 옥폐(王幣)와 옥헌(王獻)과 옥궤(玉几)와 옥작(玉爵)을 돕는다.

대상(大喪)에 증옥(贈玉)과17) 함옥을18) 돕는다.

대사(大事 나라의 제사나 전쟁)를 하는 데 있어 곧 백관에게 경계하고 왕명을 돕는다. 임금이 치조(治朝)를19) 보살피는 데[眂] 청치(廳治)를 도우며, 사방의 청조(廳朝)를 보살피는 데에도 이와 같이 한다.

치(眂)는 시(視)와 같다.

무릇 나라의 작은 일은 총재(冢宰)가 이를 들어 처리하여, 천하 빈객의 작은 다스림을 기다린다.

☞ 정씨(鄭氏)는 이렇게 말하였다.

"나라의 큰일은 임금이 재결(裁決)하고 작은 일은 총재가 전담해서 다스린다."

☞ 설씨(薛氏)는 이렇게 말하였다.

"왕자(王者)가 묘당에 앉아서 제후의 조회를 받는 것은 그 일이 매우 크므로 태재는 감히 그 정사에 관여하지 못하고, 다만 임금의 청치(廳治)를 도울 따름이다. 제후가 조회할 때 자량(資糧)의 비용과 조석의 식사와 폐백(幣帛)을 시봉(侍奉)하는 것에서, 출입하고 왕래하는 기구(器具)에 이르기까지 모두 소치이니, 어찌 감히 응접함이 없겠는가? 그러므로 이를 총재가 하게 되니 천하 빈객의 작은 다스림을 기다린다는 것이다."

---

16) 대조근(大朝覲) : 제후들이 크게 회동하여 천자를 알현하는 것. 제후의 사시(四時) 조근은 대조근이라 하지 않는다.
17) 증옥(贈玉) : 대상 때 하관(下官)을 끝내고 무덤 속에 옥을 넣는 일.
18) 함옥(含玉) : 죽은 사람의 입에 옥을 물리는 일.
19) 치조(治朝) : 천자가 정치를 듣는 곳. 천자는 3조가 있는데 치조는 로문(路門) 밖에 있어 군신(群臣)들이 정사를 보는 곳이며, 중조(中朝)라 하여 사사(司士)가 장악한다.

그 해가 저물면 모든 관부에 영을 내려 각각 그 다스림을 바르게 하고, 그 회(會)를 받아서 회는 대계(大計)를 말한다. 그 거룩한 일을 듣고, 임금에게 상주하여 폐할 것은 폐하고 그냥 둘 것은 둔다. 3년이면 뭇 관리들의 다스림을 크게 계량하여 형벌하고 상을 준다.

☞ 왕씨(王氏)는 이렇게 말하였다.

"그 한 해의 일한 공적과 재용(財用)에 대하여 회계를 받아 그 이룩한 바를 듣고 위에 보고한 일로써 그 관리의 다스린 행적을 알 수 있다. 그리하여 임금에게 상주해서 폐하고 두게 하는 것이다."

☞ 장씨(章氏)는 이렇게 말하였다.

"총재(冢宰) 한 관직에 그 소속이 60으로 처음부터 한 가지 일도 하늘에 매인 것이 없는데, 천관(天官)이라 함은 어떤 이유에서인가? 옛날 대신이 도(道)를 논하고 나라를 경륜하고, 임금의 마음을 돌려 옮겨 천하의 만사를 다스려 바로 하는 것은 모두 천지의 운용을 밝히고 음양을 조화하는 것이다. 모두다 때를 따라서 만물을 생육하고 오신(五辰)을 어루만져 모든 공격을 넓히는 것이다. 하늘과 사람의 사이를 화동(和同)하여 간격이 없게 하는 것은 비록 성인의 능사(能事)이나, 대신이 실제로 이를 보좌하는 것이어서 청재 위에 천관이라는 말을 더한 것이다. 그렇듯 대신을 높임은 비록 지극하나 대신에게 책임을 지운 까닭은 보다 더욱 깊은 것이다."

☞ 손씨(孫氏)는 이렇게 말하였다.

"도를 논하고 나라를 경륜하며 음양을 섭리(燮理, 음양을 고르게 다스림)한 연후에라야 재상의 직분을 하는 것인데, 지금의 태재는 한갓 문서나 법령 같은 것으로 일삼고 있는 데 불과하여 오관(五官)과 별다를 바 없으니, 어찌 재상에게서 취할 것이 있겠는가? 대개 옛날 도를 논하고 나라를 경영하는 자가 일찍이 사물(事物)을 떠나서 청담(淸談)만을 한 적이 없었으니, 문서나 법령 가운데에도 도가 없는 곳이 없었다."

권근의 안 [近按]

삼대의 재도가 주(周)에 이르러 크게 갖추어져서 주관의 법도가 가장 상세하고 밝아 들어 시행할 만하다. 그러므로 태재의 직분을 나열하여 상업(相業)의 큼을 보였다. 정자(程子)는, "관저(關雎)와 인지(麟趾)의 아름다운 뜻이 있은 연후에라야 주관의 법도를 행할 수 있다." 하였으니, 대개 먼저 마음을 바루고 몸을 닦아 그 집안을 다스리고자 한 것이다. 무릇 재상이 된 자는 항상 자신을 바루고 집안을 바로잡는 일을 우선해야 할 것이다.

2. 총론

1. 주나라 周

주(周)나라 총재의 직은 거느리지 않는 것이 없었다.

내조(內朝)에서 숙위(宿衛)하는 선비와 외정(外庭)에서 도역(徒役)하는 사람은 직위가 낮은 사람이지만 총재가 통솔하고 다스렸는데, 다른 날에 시어(侍御)하는 종복들이 모두 바른 사람인 것은 여기서 나온 것이 아니겠는가? 대부(大夫)가 수장(收藏)하는 직무와 사회(司會 관직으로 회계를 맡음)의 계고(稽考)하는 소임은 말단의 일임에도 총재가 조절하였으니, 다른 날에 용도(用度)에 절제가 있어서 임금이 사치스럽게 쓰거나, 함부로 은상을 내리는 폐단이 없게 된 것도 여기서 나온 것이 아니겠는가? 심부름하는 환관(宦腐)의 부류들과 궁중 빈어(嬪御)의 일과 음식을 받들어 공제하는 역은, 관원 가운데 지극히 용렬하고 물건 중에서 지극히 미미한 것임에도 총제가 주관하였은즉, 다른 날 집안이 가지런하고 몸이 닦이며, 마음이 화평하고 기운이 태평하여 여자의 총애에 빠질 근심이 없게 된 것도 또한 여기에서 나온 것이다. 총재의 존귀함으로써 그 통솔하는 것이 모두 사대부들이 대단치 않게 여기는 일들이라서 비루(鄙陋)한 것처럼 여겨진다. 아아! 이것이 도를 논하고 나라를 경륜하는 바의 직분이요, 이것이 인군의 마음을 바르게 하는 사업이다.

2. 진나라 秦

진(秦)은 승상(丞相)이라고 하였다. 승은 받든다(丞)는 것이요, 상은 돕는다(助)는 말이다.

권근의 안 [近按]

재상의 직은 위로 임금의 덕을 규하고 아래로 백직(白職)을 총섭(總攝)하여 그 책임이 매우 무겁다. 그러므로 비록 임금의 존엄으로도 반드시 공경을 다하여 예로써 대하여, 마음을 허(虛)하고 들을 것이요, 인군을 이어 받들어 돕는 데 그칠 뿐이 아니다. 진나라가 승상이라고 이름을 지으니, 명칭이 낮아지기 시작하였고 직업이 이지러졌다.

진상(秦相)의 직분이 나뉘었다.

궁백(宮伯)·궁정(宮正)은 낭중령(郞中令)에 나뉘어 들어가서 숙위(宿衛)의 뜻을 잃었고, 사회(司會)·대부(大府)는 모조리 치속내사(治粟內史)의 들어가 출납하는 뜻이 무너졌으며, 선인(膳人)·의사(醫師)는 모두 소부(小府)로 들어오고, 궁인(宮人)·내부(內府)는 모두 중장추(中長秋)에 들어가 음식을 받들어 올리고 사령(使令)하는 직분이 폐지되었다. 진(秦)나라 사람이 주(周)의 관제(官制)를 불사르고 옛사람이 체통을 유지하던 기구를 사방으로 분산시켜 버려 뭇 직분이 나누어져서 대신이 통솔하지 않게 되니, 임금이 사사로이 거처하여 희롱하고, 친압(親押)할 때 심술(心術)이 굴러 옮겨지고, 성질은 잠겨 젖어서 이르지 않는 바가 없었으니, 이것이 주(周)나라 사람의 재상을 신임하던 뜻이 진나라에서 무너진 것이다.

권근의 안 [近按]

주관의 궁백은 귀족들의 자제 숙위를 맡았고, 궁정은 궁안의 도역(徒役)하는 사람들을 맡아서 모두 천관총재에 소속되었다. 그러나 진나라에서 낭중령을 두어 궁정과 액문(掖門)을 맡기고, 위위(衛尉)에게 궁문의 둔병(屯兵)을 맡게 하자 비로소 재상에게 속하지 않게 되었다. 대부·사회 이하도 모두 그러하였다.

3. 한나라 漢

진(秦)나라의 제도를 그대로 하여 고황제는 처음에 승상 한 사람을 두었고, 혜제(惠帝)·고후(高后 한고조의 황후 여태후)는 좌우 승상(丞相)을 두었다. 고제(高帝) 때 소하(蕭何)·조참(曹參)이 서로 이어서 승상이 되었다.

권근의 안 [近按]

소하와 조참이 평소에 서로 용납하지 못하였으나, 소하가 바야흐로 병이 들자 조참을 천거하여 자기를 대신하게 하였고, 조참 또한 하와의 약속을 지켜 변경한 것이 없었으니, 모두 능히 사사로운 감정으로 공의(公義)를 멸하지 않고, 청정(清靜)하고, 영밀(寧謐)한 어떤 본에는 일(壹) 자로 되어 있다. 다스림을 이루어서, 400년 왕업의 터를 닦아 한(漢)나라의 종신(宗臣)이 되었다. 비록 도필리(刀筆吏)에서 일어섰다고는 하지만, 어찌 작게 볼 수 있겠는가?

문제(文帝) 때 주발(周勃)과 진평(陳平)이 좌우 승상(丞相)이 되었다.

권근의 안 [近按]

진평의 공업이 비록 소하·조참보다 떨어지지만 그러나 여치(呂雉)의 빈명(牝鳴)으로 유씨(劉氏)가 거의 위태로운 때를 당해서 능히 장상(將相)이 제휴(提携)하여 유씨의 왕조를 안정시킨 공이 있고, 또한 재상의 직책을 말한 것이 볼만한 점이 있었으므로 이를 아울러 나타내었다.

☞ 진씨(陳氏)는 이렇게 말하였다.

"진 승상은 전곡(錢穀)과 옥사(獄事)의 결재를 상대하지 않아 논하는 이들은 재상의 체통을 얻었다고 하였다. 그러나 내 뜻은 한(漢)나라 재상이 직책을 잃은 것은 진평으로부터 비롯되었다고 하겠다. 대대 전곡의 출납이란 나라 재용(財用)의 근본이요, 옥사의 재결(裁決)이 많고 적음에 백성들의 목숨이 매어져 있다. 그런데도 재상이 이에 더불어 간여하지 않고 천자로 하여금 정위(廷尉)와 치속내사(治粟內史)에게 책임을 지게 하였으니, 무릇 구경(九卿) 이하 재상이 모두 참여하여 알지 못하였던 것이다."

한(漢)나라 재상의 직분은 처음에 무거웠으나 나중에는 가벼웠다.

어사대부(御史大夫) 부승상(副丞相)이 조서를 제후(諸侯)의 왕에게 내리려면 곧 어사가 그 제서(制書 천자의 조직)를 가지고 승상에게 나아가 함께 서명하여야 비로소 시행되었으니, 이는 승상이 제서를 간여하는 것이요, 태위(太尉)의 직책은 승상에게 소속되어 있어서 흉노(匈奴)가 침입하면 태위의 관직을 파하고 승상이 군사를 거느리고 격퇴하였으니, 이는 승상이 군사(軍事)를 겸한 것이다.

문제(文帝) 3년에 태위의 관직을 파하고 승상이 이를 겸하였다. 흉노가 침범해 들어오니, 승상이 군사를 이끌고 나아가 격퇴하였다.

이천석(二千石)의[20] 무거운 벼슬을 승상이 파면하여 죽여도 모든 공경(公卿)들이 권력을 어지럽히는 폐단이 없었고, 내시·환관[閹寺(엄이)]으로 총애받는 자를 승상이 죽이기를 청하여도, 근시들이 정사에 미리 간여하는 근심이 없었다.

가관(加官)[21]·말치(末置)와 내정(內庭)·외정(外庭)을 승상이 모두 통하여 주장하였다.

시중(侍中)·좌우 조리(曹吏)·산기(散騎)·중상시(中常侍)는 모두 가관(加官)이고, 대사마(大司馬) 이하 중상시의 여러 관리들은 중조(中朝)가 되며, 승상 이하 육백 석에 이르기까지는 외조(外朝)가 된다.

연사(掾史, 서리(胥史)가 행부(行部)[22]하여, 주군(州郡) 백성의 일을 승상이 알고 있었다.

승상사(丞相史)를 파견하여 나아가서 정탐하고 독찰(督察)하게 하였다. 이는 고제(高帝)·문제(文帝) 때로부터 대신에게 위임하였는데, 책임이 무겁고 권세가 높았은즉 이른바 대강이 바르다는 것이 곧 이것이니, 고황제(高皇帝)·소상국(蕭相國)의 규모가 원대했던 것이다.

위의 말은 재상의 직책이 처음에는 무거웠음을 말한 것이다.

이채(李蔡)·엄청적(嚴靑翟)이 봉록을 탐하고 지위를 굳히고자 하여 입을 봉하고 말하지 않으면서부터 장탕(張湯)이 법조문을 교묘히 꾸며[23] 어사대부가 되어 스스로 일을 주달(奏達)하게 되면서 어사의 권한이 무거워졌다.

---

20) 이천석(二千石) : 한대(漢代)의 관리 등급. 봉록의 다과로 정한 명칭인데 비이천석(比二千石)·이천석(二千石)·중이천석(中二千石) 등으로 구분된다. 중이천석의 경우 봉록은 월 180곡(斛)을 받으며, 사예(司隷)부터 호분교위(虎賁校尉)가 이천석에 해당된다.≪漢書 卷十九 百官公卿表≫ 후세에는 지방장관 즉 지부(知府) 등을 이천석이라 하였다.

21) 가관(加官) : 본직 외에 기타의 관직을 더해 주는 것. 열후(列侯) 이하는 낭중(郎中)까지 다 산기(散騎)·중상시(中常侍)를 가관한다고 하였다.≪漢書 卷十九 百官公卿表≫

22) 행부(行部) : 한대의 제도로 자사(刺史)가 매년 8월에 소관 부속(部屬)의 지방을 순시하며 죄수를 살피고 관리의 성적을 평가하였다.

23) 장탕(張湯)……꾸며 : 장탕은 한무제 때 사람이다. 정위로 법조문을 교묘히 꾸며, 무제의 뜻에 맞게 하여 신임을 얻었고, 뒤에 회남(淮南)·형산(衡山) 등의 반옥(反獄)을 다스리고 신임이 더욱 두터워져 어사대부(御史大夫)가 되었다.≪漢書 張湯傳≫

천추(千秋)가 입을 다물고[24] 양창(楊敞)이 말하지 않고부터[25] 곽광(霍光)
이 대사마로서 안으로는 상서(尙書)를 거느리고, 밖으로는 군마(軍馬)를 거
느렸으므로 대사마의 권세가 전횡되었다.

☞ 승상이 이천석(二千石)을 감히 마음대로 불러들이지 못하면서 승상은 열경(列
卿)들을   통솔하지 못하게 하였다.

☞ 상홍양(桑弘羊)이 국가가 이익을 독점하는 정책을 쓰고,[26] 농노서(路溫舒)가 법
을 준엄하게 하여 구경(九卿)이 번갈아들며 용사(用事)하여도 일이 승상에게 관
여되지 않았으며, 환관이 상서(尙書)의 장주(章奏)를 주관하여도 승상이 내정(內
庭)에 관하여 묻지 못하였으니, 이는 무제가 전분(田蚡)의 전권하는 폐단을 지나
치게 정벌하여 재상의 권한을 심하게 억누른 것이다. 즉 한나라 초기에 재상을 신
임하던 제도가 무제에 이르러 무너졌다.

선제(宣帝) 때 병길(丙吉)ㆍ위상(魏相)이 비록 승상의 권한을 무겁게 하였
으나, 어사의 동등한 예우(禮遇)와 환관의 용사를 금할 수 없었다.

☞ 석현(石顯)이 권세를 희롱하고 동현(董賢)이 정사를 몰래 간섭하니, 중관(中官)
이 더욱 방자해져서 일의 권한이 승보다 더하였고, 여러 이속(吏屬)들이 중간에서
법을 움직여 시중(侍中)이 대신을 무하며 관직을 더하여 권세가 무거워지고 승상
은 소원해졌으니, 이는 중조(中朝)의 혈맥이 승상에게 매여 있지 않은 것이다.

☞ 자사(刺史)가 제 스스로 일을 아뢸 수 있게 되고, 수의(繡衣)를 전권으로 지방에
사자(使者)로 파견하여도 부연(府掾)은 안에 있어 이해 실정을 듣지 못하니, 이는
주군(州郡)의 혈맥이 승상에게 매여 있지 않은 것이다. 광무제 때 탁무(卓茂)가 태
부로서 총재의 직임을 맡고서도 치도(治道)를 논한다는 명분으로 정사를 맡지 않

---

24) 천추(千秋)가 입을 다물고 : 천추는 한무제 때 승상을 지낸 전천추(田千秋)인데, 혹 차천추(車千
秋)라고도 한다. 무제(武帝)의 유조(遺詔)를 받아 어린 소제를 섬겼는데, 천추는 모든 정사를 곽
광(霍光)이 하는 대로 보고만 있으면서 곽광이 매번 같이 의논하자고 하면 그는 "대장구이 잘
처리하면 다행이겠다." 하고 끝내 아무 말도 없었다고 한다.≪漢書 卷六十九六 田千秋傳≫
25) 양창이 말하지 않고 : 양창(楊敞)이 한소제(漢昭帝) 때 정승이 되었는데, 소제가 죽고 창읍왕(昌
邑王)이 즉위하여 음란(淫亂)하므로, 대장군 곽광이 왕을 폐위시키려고 장안세(張安世)와 의논
한 다음 전연년(田延年)을 시켜 양창에게 통보하니, 창은 말할 바를 모르고 다만 '예예' 하며 곽
광의 교령(敎令)을 따랐다.≪漢書 卷六十九六 楊敞傳≫
26) 상홍양(桑弘羊)이……정책을 쓰고 : 한무제 때 상홍양이 치속도위(治粟都尉)로서 대농승
(大農丞)을 영솔하였는데, 소금ㆍ쇠ㆍ술 등을 관영(官營)으로 하여 이익을 관에서 독점하
는 법을 만들었다.≪漢書 卷二十四 食貨志下 車千秋傳≫

았다. 그러므로 일의 권한이 모두 대각(臺閣)에게 돌아갔다. 이로부터 공경의 지위에 있는 자는 모두 한갓 부귀만 누리며 일의 권한이 자기에게서 떠나 점점 무너짐을 알지 못하여 마침내 패하는 데에 이르렀으니, 마치 신통이 길러 주는 즐거움에 편안하여 그 신(神)이 된 본뜻을 잃어 마침내 개나 양처럼 사람에게 견제받게 된 것과 같았다. 아! 슬픈 일이다.

위의 말은 재상의 직책이 후에 와서 가벼워진 실책을 말한 것이다.

권근의 안 [近按]

안팎이 서로 통하지 못하면 화란(禍亂)이 생기는 까닭이 된다. 그러므로 성주(成周)의 총재 직분이 위로는 궁위로부터 밖으로는 나라 전체에 이르기까지, 무릇 천하의 일을 통솔하지 않는 것이 없었다. 그러므로 모든 공적이 넓고 밝아 상하가 서로 평안하였다.

이제 한(漢)나라의 승상이 내정의 일을 묻지 못하니, 어찌 감히 임금을 바로잡기를 바라겠으며, 아래로 군현(郡縣)의 일을 묻지 못하니 어찌 또 뭇 관리들의 공적을 밝히겠는가. 한갓 천록만을 먹으면서 벼슬자리만 채우고 있을 따름이라 천하를 어지럽지 않게 하려 해도 어려웠을 것이다.

4. 선주(先主 촉한(蜀漢)의 유비(劉備)를 말함) 제갈량(諸葛亮)이 승상(丞相)이 되었다

권근의 안 [近按]

제갈공명은 남양(南陽) 땅에서 용처럼 누웠다가 선주(先主)의 삼고(三顧)를 기다린 후에 일어났으니, 이는 곧 이윤(伊尹)이 밭고랑에서 갑자기 깨달은 것과 같다. 두 차례의 출사표(出師表)는 의론이 정대하여 이훈(伊訓)·열명(說命)과 함께 참고하여 볼 것이다. 그러므로 나아가고 처하는 큰 절개(節槪)와 충성(忠誠) 그리고 대의(大義)가 삼대(三代) 이후로 유일한 사람이었으니, 그 성심(誠心)을 열어 공도(公道)를 편 것은 실로 재상의 법이 될 만하였다. 비록 운수가 옮겨가 몸이 죽어서 공업을 이룩하지는 못하였으나, 그렇다고 어찌 이것 때문에 저것을 버리겠는가?

5. 진·송(晉宋) 이래로 재상의 직위가 폐지되었다. 혹 다른 벼슬로 기밀(機密)을 관장하도록 하기도 하고, 혹 시중(侍中)을 삼아 정사를 도왔다.

여러 대의 왕조 이래로 풍류를 서로 숭상하여 공허한 말을 맑고 귀한 것으로 여기고, 근면하게 일하는 것을 속류(俗流)로 여기며 혹 비둔(肥遯 세상을 도해해서 은둔하는 것)을 일삼고, 혹은 말 꾸미는 것을 숭상하며 혹은 겉으로만 의규(儀規)를 꾸미고, 혹은 허탄(虛誕)한 것만을 숭상하며 예법(禮法) 버리기를 흙으로 빚은 인형[土梗(토편)]처럼 여기며, 의리 보기를 질곡(桎梏 몹시 속박하여 자유를 가질 수 없는 고통의 상태를 비유함)처럼 여기니, 조정의 기강이 해이해지고 중직(衆職)이 무너져 내리는 폐단으로 마침내 오랑캐가 중국을 어지럽히는 화란에 이르렀으니, 어찌 청담(淸談 명리(名利)를 떠난 맑고 고상한 말)으로 일을 폐한 탓이 아니겠는가.

6. 당나라 唐

당나라 재상은 정원(定員)이 없고 항상 다른 벼슬로써 직위에 두되, 다만 동중서 문하삼품(同中書門下三品) 및 평장사(平章事) · 지정사(知政事) · 참지기무(參知機務) · 참여정사(參與政事) 및 평장 군국중사(平章軍國重事)의 명칭을 더하여 아울러 재상을 삼았다

당나라 때 재상의 이름이 더욱 바르지 않았다.

1. 재상의 직에는 얻는 것과 잃는 것[得失]이 있었다

- 영 · 위(英衛)는 지혜롭고 용맹하였다.[智勇]

  영공(英公)은 이적(李勣)이고, 위공(衛公)은 이정(李靖)이다.

- 방 · 두(房杜)는 정책에 대한 계략과 결단을 잘하였다. 모단(謀斷)

  현령(玄齡)은 모사(謀事)를 잘하였고, 여회(如晦)는 결단을 잘하였다.

- 왕 · 위(王魏)는 바르게 간(諫 옳지 못한 일을 윗사람에게 고치도록 말함.)하였다.

  왕규(王珪)와 위징(魏徵)은 알고서 말하지 않는 것이 없었다.

- 요 · 송(姚宋)은 정변(政變 비합법적인 수단으로 생긴 정치상의 큰 변동)하였다.

  요숭(姚崇)은 임기응변을 잘하였고, 송경(宋璟)은 바름[正]을 지녔다.

- 장곡강(張曲江)은 준엄하고 곧으며 강하고 방정하였다.

장구령(張九齡)은 곧은 말을 잘하였고, 또 안녹산(安祿山)은 반역할 재상[反相]이니 죽이지 않으면 반드시 후환이 될 것이라고 간쟁하였다.

- 육선공(陸宣公)은 인의(仁義)를 논간(論諫)하였다.

  육지(陸贄)는 자주 직간하였는데 혹 이를 말리면 이르기를, "나는 위로 천자를 배반하지 않았고, 아래로 배운 바를 저버리지 않았다." 하였다.

- 배진공(裴晉公)은 몸에 나라의 안위를 짊어졌다.

  배도(裴度)는 지조를 지킴이 굳고 바르며 공명(功名)이 사방의 오랑캐에게까지 떨쳤다. 그가 등용되고 등용되지 못함은 항상 천하의 경중(輕重)이 되었다.

명칭은 비록 번다했으나 사업을 폐하지 않았으며 직위가 다른 것 같지만 기무(機務 근본이 되는 일)는 무너뜨리지 않았으니, 이 모두 숭상할 만하다.

위의 말은 그 득(得)이 있음을 말한 것이다.

- 이임보(李林甫)는 간사하고 아첨하는 것으로 일을 삼았으므로 범양(范陽)의 변이 있었다 안녹산(安祿山)이 모반(謀反)하였다.

- 노기(盧杞)는 간사한 꾀로 벼슬에 나왔다. 이리하여 경졸(涇卒)의 난이 있었다. 주자(朱泚)가 모반하였다.

- 박ㆍ이(鎛异)는 소인인 데 신임을 얻었다. 이리하여 환관(宦官)의 화란이 있었다.

自註 헌종(憲宗)이 정이(程异)와 황보박(皇甫鎛)을 신임하여 썼는데, 중인(中人) 왕수징(王守澄) 등이 임금을 죽였다. 이것은 대개 등용한 자가 어질지 않고, 어진 이는 등용되지 않아서 화란(禍亂)과 변고(變故)가 번갈아 일어난 것인즉 탄식을 이길 수 없는 노릇이다.

위의 말은 그 잃은 바를 논한 것이다.

권근 안 [近按]

한ㆍ당(漢唐)의 재상은 비록 칭찬할 만한 바가 있기는 하지만, 모두 그 직위에 거하여 정무를 그르치지 않았을 뿐이요, 임금을 바르게 하는 도리에 있어서 거의 듣지 못하였다. 오로지 위 정공(魏鄭公 魏徵(위징))ㆍ육 선공(陸宣公 陸贄(육지))만이 능히 간했다고 일컬었으니 대개 옳은 듯하다. 태종(太宗)은 간쟁을 잘 들었으므로 정관(貞觀)의 다스림을 일으켰고, 덕종(德宗)은 이를 버렸으므로 봉천(奉天)의 난이[27] 있었다.

그러나 두 공(公)이 규간(規諫)한 것 또한 간해야 할 일의 말단만을 규간했을 뿐이니, 어찌 임금의 그른 마름을 바루었다고 할 수 있겠는가? 그러므로 위징은 태종의 참덕(慙德)을 바루지 못하였고, 육지는 덕종의 편사(偏私 편벽되이 사람을 좋아함)를 구해 내지 못한 것이다.

7. 송나라 宋

송(宋)은 당(唐)나라 제도를 따라서 평장(平章)으로 재상을 삼았고, 뒤에 또 좌우 복야(左右僕射)로 재상을 삼았으며, 좌상(左相)은 반드시 문하시랑(門下侍郞)을 겸하였고, 우상(右相)은 반드시 중서시랑(中書侍郞)을 겸하였다.

뒤에 좌우 승상으로 고쳤다.

1. 재상의 직에는 얻는 것과 잃는 것[得失]이 있었다

● 조보(趙普)는 개국원훈(開國元勳)이다.

보가 송 태종(宋太宗)에게 이렇게 말하였다.
"신은 「논어」(論語)의 절반으로 태조를 도와서 천하를 정하도록 하고 절반으로 폐하의 태평을 이루시도록 돕습니다."

● 설거정(薛居正)은 방정하고 엄중(嚴重)함으로 자처하였다.

거정은 바르고 무거웠으며 가혹하게 살피기를 일삼지 않았다.

● 심윤(沈倫)은 청절(淸節)을 스스로 지켰고, 이방(李昉)·여몽정(呂蒙正)은 규간(規諫)을 잘하였다.

이방은 음으로 임금의 덕을 풍간(諷諫)하였고, 몽정은 바로 알고서 말하지 않은 적이 없었다.

● 이기(李琪)·여단(呂端)은 깊이 재상의 본보기[體]를 얻었다.

기는 어진 이를 사모하고 간쟁을 쫓으라는 대책을 진언했고, 단(端)은 상 받는 것을 기뻐하거나, 꺾일까 두려워하는 마음이 없었다.

按 '없었다'[無]가 구본에는 우(尤)로 되어 있는데 잘못이다. 조보(趙普)가 이르기를 "여공(呂公)은 일을 아뢰어 아름다운 상을 얻어도 일찍이 기뻐한 적이 없었으며, 억압

---

27) 봉천(奉天)의 난 : 당 덕종(唐德宗) 4년(783)에 덕종이 이희열(李希烈)·주도(朱滔) 등의 난을 피하여 봉천으로 피난한 사건.≪唐書倦十二 德宗本紀≫

과 좌절을 당하여도 두려워한 적이 없고, 또한 낯빛을 드러내지 않았으니 참으로 태보(台輔)의 그릇이다." 하였다.

이상은 태종 때의 재상들이다.

● 이항(李沆)은 풍채와 범절이 단정하였다.

이항은 매일 아침에 반드시 수재(水災)와 한해(旱害)와 도적(盜賊)의 일을 아뢰고 동렬(同列)들에게 이렇게 말하였다.

"임금은 하루라도 근심하고 두려워할 바를 몰라서는 아니 된다."

● 왕문정(王文正, 문정은 왕단(王旦)의 시호)은 백성의 힘이 다하는 것을 깊이 경계하였고 또 이익을 독점하는 것을 경계하였다.

왕문정은 재상의 지위에 있으면서 일찍이 사랑하고 미워하는 빛을 나타낸 적이 없어서 천하에서 대아(大雅)라고 일컬었다. 강회 발운사(江淮發運使)에게 이르기를,

"강회(江淮) 백성의 힘이 다하였다."

하고 또 강서 전운사(江西轉運使)에게 이르기를,

"조정의 이익 독점이 심하다."

하니 사람들이 참으로 재상다운 말이라고 하였다.

● 상민중(向敏中)이 처음 재상[端揆]에 제수되자 부엌에는 마시고 잔치하는 준비가 끊어졌고, 여러 차례 요직[衡軸]에 있었으나 문에는 사사로이 찾아뵈는 사람이 없었다.

민중이 재상이 되자 임금의 생각으로 하례하는 손님이 반드시 많으리라 여겨, 사람을 시켜 가서 보게 하였더니 문간이 조용하였다. 또 사람을 시켜 부엌에 가서 친구들이 잔치를 하는가 물었으나 역시 조용하게 한 사람도 없었다.

● 필사안(畢士安)은 장상(將相)의 직을 감당할 인재를 힘써 천거하였고 자신은 노둔하고 쓸모없는 사람으로 자처하고서, 명분과 절조를 스스로 힘쓰되 순탄하거나 험난하다 해서 바꾸지 않았다.

● 이적(李迪)은 분음(汾陰)에 행차한 것은 하늘의 뜻이 아니라고 간하였고, 주청(奏請)하여 궁중의 창고를 풀어내어 흉년에 대비하도록 하였으니, 하늘을 공경하고 백성을 사랑하는 성심(誠心)에서였다.

임금이 분음(汾陰)에 행차하였더니 이적이 간하기를,

"토목의 역사(役事)가 지난 때보다 백배나 더하여 지금 있는 황충(黃蟲 메뚜기 떼)의 변은 하늘이 폐하를 경계하는 것입니다."

하고 또 이렇게 청하였다.

"궁중의 창고를 풀어내 나라의 비용을 편하게 하면 백성이 수고롭지 않을 것입니다."

- 구래공(寇萊公 내공은 구준(寇準)의 봉호(封號))은 전연(澶淵)에 행차하기를 청하여 오랑캐의 기세를 꺾어 30여 년간 변방의 경보(警報)를 전혀 없게 하였으니 사직의 충성이다.

거란이 전영을 포위하자 준(準)은 임금에게 오랑캐를 친정(親征)할 것을 권하여 그들의 사기(士氣)를 빼앗았으니, 능히 천자를 보필하되 산처럼 움직이지 않아 오랑캐를 물리치고 종묘사직을 보전하였으니 천하가 큰 충성이라 일컬었다.

이상은 송 진종(宋眞宗) 때의 재상들이다.

- 한기(韓琦)·두연(杜衍)은 왕실을 바로잡고 도와서 크게 간난(艱難)을 구제하여 나라 안팎이 태평하고 편안[泰寧]하였다.

按) '태령(泰寧)'이 구본에는 '희유(嬉遊)'라 되었다. 「송사」(宋史)에 "한기는 큰 절개가 있었고, 위의(危疑)한 지경에 처하여도 진실로 국가에 이익 되는 것을 알고 하지 않는 것이 없었다. 그러므로 능히 삼후(三后, 仁宗·英宗·神宗)를 광보(匡輔)하여 간난(艱難)을 구제해서 나라 안팎이 태평하고 강녕하였다." 하였다.

기(琦)는 천품이 충후(忠厚)하고 큰일을 능히 결단하여 무릇 밝은 것을 세움에 사사로움을 돌보지 않았으며, 자신의 주장을 꺾고 선비에게 몸을 낮추고 어질고 준수한 사람을 권장하여 발탁하였으며, 실로 공론(公論)이 허여(許與)한 바는 평소에 즐겨하지 않더라도 반드시 거두어 썼다. 두연(杜衍)은 뇌물[苞苴]과 보화가 감히 그의 집 문전에 다다르지 못하여 당시 청백 재상(淸白宰相)이라고 불리었다.

- 문언박(文彦博)·부필(富弼)이 정승직을 배명(拜命)하던 날 진신(搢紳)들이 서로 하례하였다.

언박(彦博)은 침착하고 민첩하며 지모(智謀)와 방략(方略)이 있어 국가의 대체를 알고 큰일을 능히 결단하여 사조(四朝 仁宗·英宗·神宗·哲宗)를 보필하고 빛냈으니 훈덕(勳德)이 두드러지게 밝았다. 부필은 일찍이 공보(公輔)의 촉망이 있어 명성이 오랑캐에게까지 알려졌다. 일에 임하여 주밀하고 자세하게 처리하였으며 거침없이 말하여 몸을 돌보지 않았으니, 충의의 성품은 늙어서 더 도타웠다.

- 문정공(文正公) 범중엄(范仲淹)은 천하가 근심하기에 앞서 근심하고 천하가 즐거워한 뒤에 즐겼다.

- 증공량(曾公亮)은 고명(顧命)으로 유교(遺敎)를 받아 책임이 무거웠고 절조가 굳었다.

  공량은 힘써 인종(仁宗)을 도와 일찍이 태자를 세웠다. 선비 천거하기를 좋아하여 인재를 많이 얻었다.

- 안수(晏殊)는 은택을 구하지 아니하여 천자가 근거(靳擧 얼른 들어 쓰지 않음)
'근거(靳擧)'가 구본에는 '근거(勤渠)'로 되어 있다. 하는 물음으로 총애가 있었다.

  안수는 힘써 어진 이를 천거하되 자제를 위해 은택을 구하지 않았다. 그가 진주(陳州)에 갔을 때 임금이 재상에게 하문하였다.
  "안수가 외지에 있으면서도 내직을 청하는 바 없으니 그 역시 욕심인가?"

- 송상(宋庠)은 일하는 바가 없으되 온화한 군자라 하기에 부족함이 없었다.

  상(庠)이 이미 대정에 참여하고 나서 조정에 일이 없었다. 뒤에 등용(登庸)되어서도 더욱 청정(淸淨)하기를 힘써 작위(作爲)하는 바가 없었다.

이상은 송나라 인종(仁宗) 때의 재상들인데 42년을 풍속이 순박하고 아름다웠으니 태종(太宗)의 다스림이 이에 성대하였다.

- 여공저(呂公著)는 식견과 생각이 깊고 민첩하였으며 도량이 넓고 학문이 순수하였다. 진실로 나라에 편한 것이면 이해에 마음을 움직이지 않았다.

송나라 영종(英宗) 때의 재상이다.

- 사마온공(司馬溫公)은 충성스럽고 미더우며 효도하고 우애하였으며, 공손하고 검약하며 바르고 곧으며 몸소 모든 사무를 처리하되 밤낮을 가리지 않았다.

  사마공이 정승의 지위에 있자 요나라 사람이 변경의 관리에게 신칙하기를, "중국이 사마를 정승으로 삼았으니 절대로 일을 만들어 병경에 틈을 열지 마라." 하였다. 파한(罷閒 관직을 그만두고 한가하게 지냄)하고 낙(洛)에 있은 지 15년에 천하가 다 참된 재상이라 하였다. 신종(神宗)이 붕(崩)하여 대궐로 들어가는데, 위사(衛士)들이 바라보느라 모두 손을 이마에 대고 기다렸고, 도민(都民)들이 다투어 길을 막고 부르짖기를, "원컨대 공은 낙(洛)으로 돌아가지 마시고 머물러 천자를 도와 백성을 살리소서." 하였다. 그가 있는 곳에 수천의 사람들이 모여서 보았다.

- 범순인(范純仁)은 마음을 맑게 하고 욕심을 적게 하였으며 자기를 간략하게 하고 백성을 편하게 하였다.

이상은 송나라 철종(哲宗) 때의 재상들이다

.

- 정위(丁謂)는 참소하고 아첨함으로써 마침내 귀양 가서 죽기에 이르렀다.

- 왕안석(王安石)은 신법을 써서 천하가 이를 원망하였다.

- 양적(梁適)·유항(劉沆)은 탐욕스럽고 더러우며 사(私)를 끼고 일하다가 탄핵을 당하였다.

- 왕규(王珪)는 우유부단(優柔不斷)하고 나약하며, 채확(蔡確)은 강경(剛梗)하고 간사하니 모두 치도(治道)를 논할 인물이 아니다.

- 장돈(章惇)은 적적(謫籍)에서 일어나 분에 넘치게 좌규(左揆, 좌상(左相)에 있으면서 전형(典刑)을 변경하여 어지럽게 하였다.

- 증포(曾布)·한충언(韓忠彦)은 서로 대치하여 재상의 권력을 잡았고 간교하게 서로 빼앗았다. 채경(蔡京)은 간사(姦邪)함이 백 가지로 나왔다. 이때에 소인들이 번갈아 용사(用事)하여 점차로 중원의 변화에 이르게 하였으니 슬픈 일이다.

8. 원나라 元

원은 좌우 승상(左右丞相)을 두었는데 지위가 상서령(尚書令)의 아래요, 평장정사(平章政事)의 위였다. 무릇 나라 안팎의 크고 작은 일을 합하여 시행하고, 아울러 중서성(中書省)에서 구처(區處)한 일을 주문(奏聞)하여 들어서 잘못된 것은 논죄하였다.

9. 고려 高麗

고려의 초기 관제는 신라 말기의 호칭을 답습하였다. 오직 김부(金傅 경순왕(敬順王)의 휘)에게만 정승을 내렸는데, 대개 존경하여 높인 호칭일 것이다. 중엽에 이르러 조금씩 개혁하여 당·송의 제도를 예로 삼아 관직의 명칭을 문하시중(門下侍中)이라고 명(命)하였으니 이것이 재상이다. 충선왕(忠宣王)에 이르러 원(元)나라 제도를 피하여 문하시중을 도첨의중찬(都僉議中贊)으로 고쳤고, 또 중찬을 정승(政丞)으로 고쳤다. 공민왕(恭愍王)이 이를 고쳐서 문하시중으로 하였다.

10. 본조 本朝

초기에는 고려를 그대로 따르다가 후에 시중을 고쳐서 정승(政丞)이라 하였다.

3. 재상의 직 宰相之職

위로는 음양을 조화하고 아래로는 서민을 어루만져 편안하게 하며, 안으로는 백성을 밝게 다스리고 밖으로는 사방의 오랑캐를 진정(鎭定)하고 무마하는 것이니, 국가의 작록과 포상[爵賞]과 형벌이 이에 관련이 있고 천하의 정치와 덕화, 가르침과 명령이 이로 말미암아 나오는 것이다. 전폐(殿陛) 아래에서 치도를 논하여 일인(一人 곧 군왕을 가리킴)을 돕고 묘당(廟堂)의 위에 서서 도견(陶甄 성인의 정사(政事))을 잡아 만물을 주재하니, 그의 직임이 어찌 가볍겠는가? 국가의 치란(治亂)과 천하의 안위(安危)가 항상 이에서 비롯될 것이니 진실로 그 사람을 가볍게 고르지 못할 것이다.

당나라·우나라(唐虞)의 고요(皐陶)·직(稷)·설(契)과 상(商)나라의 이윤(伊尹)·이척(伊陟)과 주(周)나라의 태전(太顚)·횡요(閎夭)·주공(周公)·소공(召公)과 한(漢)나라의 소하(蕭何)·장량(張良)·진평(陳平)·주발(周勃)과 당(唐)나라의 방현령(房玄齡)·두여회(杜如晦)·요숭(姚崇)·송경(宋璟)·배도(裴度)는 모두 맡은 바의 마지막까지 이루었다. 그러므로 오늘날에 이르러 당우(唐虞)의 융성(隆盛)함을 본받으며, 상·주(商周)의 다스림을 미루어 받으며, 한·당(漢唐)의 성대함을 칭송하니, 진실로 이를 버리고 자리를 맡긴다면 반드시 기울어져 위태로움에 이를 것이다. 그러므로 후세에 비인(匪人 행위가 바르지 못한 사람)을 재상으로 삼아 나라가 뒤집히고 망하는 일이 잇달았으니 애석함을 이길 수 없다.

재상의 일을 맡기는 데는 반드시 재상의 재목이 있으니, 그 마땅한 사람을 구하지 않으면 혹은 유약(柔弱)하여 제압되기 쉬우며, 혹은 아첨하고 간사한 자가 아첨하여 나오거나, 혹은 외척과 결탁하고 혹은 중인(中人 환관이나 궁녀)에게 붙는다. 뭇사람이 우러러보는 지위에 거하고 치도(治道)를 논하는 직책에 처하면 간사한 자는 권세를 부려 복록을 지으며, 벼슬을 팔고 법을 팔아 천하를 어지럽게 하며, 유약한 자는 임금의 뜻을 받들어 따르기만

하고 입을 다물어 말을 하지 아니하여 은총만을 굳히매, 크게는 사직을 위태롭게 하고 작게는 기강을 무너뜨리니 재상의 임무를 어찌 가벼이 주겠는가?

4. 재상이 하는 일 相業

按 자기 몸을 바르게 한다.[正己] 임금을 바르게 한다.[格君] 인재를 안다.[知人] 일을 잘 처리한다.[處事]

1. 자기 몸을 바르게 해야 한다[正己]

그 몸이 바르면 도(道)가 처자에게 행해지고 그 몸이 바르지 못하면 능히 처자에게 행할 수 없다. 지친(至親)도 오히려 그러할진대 하물며 그 임금이겠는가? 그러므로 보상(輔相)의 업(業)은 자신을 바르게 하는 것보다 더 큰 일이 없다.

2. 임금을 바르게 해야 한다[格君]

사람을 쓰는 것이 그르다고 탓할 것이 못 되고, 정치가 나쁘다고 비난할 것이 없다. 오로지 대인(大人)만이 임금의 그른 마음을 바로잡을 수 있으니, 임금이 어질면 누구나 어질지 않을 자가 없으며, 임금이 의로우면 누구나 의롭지 않을 자가 없다. 한 번 임금을 바르게 하면 나라가 안정된다. 그러므로 보상의 업은 임금을 바르게 하는 것보다 더 큰 일이 없다.

3. 인재를 잘 안다[知人]

인재를 아는 것은 요순(堯舜)이 중히 여긴 바였다. 고요(皐陶)·우(禹)의 성(聖)을 알아서 등용하지 못하고 사흉(四凶)의 악함을 알아서 물리치지 못하였다면, 비록 그 인(仁)을 가지고도 천하를 화평하게 다스리지 못하였을 것인데, 하물며 그만 못한 사람이겠는가. 그러므로 보상의 업은 인재를 아는 것보다 더 큰 일이 없다 하였다.

4. 일을 잘 처리해야 한다[處事]

하루 동안에 일의 기미가 오는 것이 천만 가지에 이르는데, 진실로 한 가지 일이라도 실수가 있게 되면 곧 화란이 일어난다. 그러므로 옛날에 일을 잘 처리하는 자는 반드시 기미가 있는 곳을 삼갔으니, 이른바 그 쉬운 데서 어려움을 도모하고, 그 미세한 것에서 큰 것을 했던 것이다. 그러나 기미를 아는 군자가 아니고서야 누가 능히 살펴 처리하여 실수에 이르지 않게 할 수 있겠는가. 그러므로 보상의 업은 일을 잘 처리하는 것보다 더 큰 일은 없다 하였다.

삼대(三代) 이래로 재상의 업을 능히 다할 수 있었던 사람으로는 오로지 이윤(伊尹)·부열(傅說)·주공(周公)만이 그렇게 할 수 있었다. 대개 태갑(太甲)이 법도를 무너뜨리고 방종하여 예를 무너뜨려서 탕왕(湯王)의 서업(緖業)이 거의 떨어질 지경이었으나, 능히 진실한 덕[允德]을 마치게 한 사람은 이윤(伊尹)이었으며, 고종(高宗)이 감반(甘盤)에게 배우고도 끝내 밝게 나타난 바가 없으나, 시종 학문에 종사하게 하여 덕이 닦여도 스스로 닦이는 줄을 깨닫지 못하게 한 사람은 부열(傅說)이요, 성왕(成王)이 곡식을 심고 거두는 어려움을 알지 못하매, 다시 후직(后稷)·공유(公劉)의 업을 닦게 한 사람은 주공(周公)이었다. 옛날의 임금을 바르게 한 사람은 이상과 같으니, 어찌 소종래가 없겠는가. 이윤의 일덕과 부열(傅說)의 다문(多聞)과 주공(周公)의 원성(原聖)이 이에 그 임금을 바르게 한 법이었다.

한(漢)나라의 소하(蕭何)·조참(曹參)·병길(丙吉)·위상(魏相)과 당(唐)나라의 방현령(房玄齡)·두여회(杜呂晦)·요숭(姚崇)·송경(宋璟) 같은 사람들은 인재를 알아보고 일을 잘 처리했다고는 하지만, 자기 몸을 닦아 바루고 임금을 바르게 하였다고는 말할 수 없다. 한고조(漢高祖)는 애첩에 미혹되어 태자를 거의 폐할 번하였고, 마침내 여씨(呂氏 여태후(呂太后))로 하여금 임금을 대신하여 정치를 행하게 하여 사직이 위태로워졌으며, 선제(宣帝)는 법률을 시서(詩書 시전(詩傳)과 서전(書傳))처럼 여기고, 형여(刑餘) 궁형(宮刑)

을 받은 환관(宦官)를 주공(周公)·소공(召公)처럼 여겨, 한실(漢室)의 기화(基禍)의 주(主)가 되었다. 당 태종(唐太宗)의 규문(閨門)의 부끄러운 덕은[28] 백성이 본받을 것이 없고, 마침내 무재인(武才人)이 왕호(王號)를 참칭(僭稱)[29]하게 하여 이씨(李氏)가 거의 망할 번하였으며, 현종(玄宗)은 황음무도하여 오랑캐가 중국을 어지럽게 하였다. 저 몇몇 사람들은 몸이 재상이 되어서도 이를 바르게 할 줄 몰랐으니, 다른 것에는 칭찬할 바가 있다 하더라도 어찌 볼만한 것이 있겠는가. 진실로 그 몸을 능히 바르게 하지 못한 데서 비롯되었으므로 또한 그 임금을 바루지 못한 것이다. 애석한 일이다.

5. 임금을 이끌어 도에 도달하게 한다.

군자가 임금을 섬김은 힘써 그 임금을 도에 당하도록 이끌어 인(仁)에 이르게 할 따름이니, 오로지 대인(大人)만이 임금의 그릇된 마음을 바르게 할 수 있다.

순자(荀子)는 이렇게 말하였다.

"맹자(孟子)가 제왕(齊王)을 세 번이나 보았어도 일을 말하지 않고 '나는 먼저 그 사심(邪心)을 치겠다.'고 말하였다."

---

28) 규문(閨門)의 부끄러운 덕 : 소자왕(巢剌王, 당태종의 아우 원길(元吉)의 시호)의 비(妃)를 맞아들인 것. 뒤에 열넷째 아들 조왕(曹王) 명(明)을 후사로 삼게 하고 그를 문덕황후(文德皇后)의 뒤를 이어 후(后)로 삼으려다 위징(魏徵)의 간언으로 중지하였다. 그 외에도 아버지 연(淵)이 거사(擧事)하자는 자기의 의견을 받아들이지 않자 진양궁인(晉陽宮人)을 이용하여 위협하였고, 형인 은태자(隱太子) 건성(建成)과 아우 제왕(齊王) 원길(元吉)을 죽였으며, 태자 승건(承乾)을 폐하여 죽이고, 아홉째 아들 진왕(晉王) 치(治)를 태자로 삼은 일 등 부자 형제 사이에서도 부끄러운 덕이 많았다.≪痛鑑節要 唐紀 太宗皇帝≫
29) 무재인(武才人)이 왕호(王號)를 참칭 : 무재인은 측천무후(則天武后)를 말한다. 측천무후가 처음에는 태종의 재인이었다가 뒤에 고종(高宗)의 후(后)가 되어 정권을 천단(擅斷)하였다. 고종이 죽고 중종(中宗)이 즉위하자 곧 폐위시키고 예종(睿宗)을 세우고, 다시 예종을 폐위하고 스스로 제위에 올라 측천황제라 칭하고 국호를 주(周)라 하였다. 뒤에 장간지(張柬之) 등에 의해 폐위되고 중종이 복위하였는데, 측천무후의 재위기간은 21년이었다. ≪舊唐書 卷六 則天武后 本紀≫

6. 옳은 것은 들이고 그른 것은 바꾼다.

안자(晏子)는 이렇게 말하였다.

"임금이 옳다고 하나 그른 것이 있으니 신하가 그 그른 것을 말하여 그 옳은 것이 이루어지게 하고, 임금이 그르다고 하나 옳은 것이 있으니 신하가 옳은 것을 말하여 그른 것을 바꾸도록 한다."

이렇게 하면 다스림이 공평하면서 간섭하는 것이 아니므로 백성은 다투는 마음이 없어진다.

7. 먼저 그 몸을 버린다.

「문중자」(文中子 수나라 왕통(王通)이 찬(撰)한 책)에 방현령(房玄齡)이 임금을 섬기는 도리를 물었더니 문중자가 이르기를,

"사(私)가 없어야 한다."[無私]

하고 또, 임금을 바르게 하고 백성을 감싸 주는[庇民] 도리를 물으니, 이렇게 말하였다.

"먼저 그 몸을 버릴 것이다. 무릇 그 몸을 버릴 수 있어야 사(私)가 없게 되고, 사가 없는 연후에라야 공(公)을 이룰 수 있으며, 공에 이른 연후에라야 능히 천하 국가로써 마음을 삼을 수 있다."

8. 그 아름다움을 머금고 드러내지 않는다.

정자(程子)는 이렇게 말하였다.

"신하 된 도리는 마땅히 그 빛나고 아름다운 것을 속에 머금고 드러내지 않으며, 착한 것이 있으면 임금에게 돌려야 이에 바름을 얻었다고 할 수 있다. 위로는 꺼리고 미워하는 마음이 없고 아래로는 공손한 도리를 얻는다."

9. 주공은 그 직분을 다하였다.

세상의 선비들이 노(魯)나라가 주공(周公)을 천자의 예악(禮樂)으로써 제

사한 것에 대하여 논하기를,

> "주공은 능히 인신(人臣)으로서 더할 수 없는 공을 세워서 인신으로는 쓸 수 없는 예악을 쓸 수 있다."

하였는데, 이는 신하 된 도리를 알지 못하는 것이다. 대개 주공만 한 지위에 거하면 주공의 일을 해야 되는 것이므로 이는 그 지위에 따라 할 것인바 모두 마땅히 해야 할 바였다.

주공은 그의 직분을 다하였을 따름이다.

10. 상친하여 돕는 것을 나타낸다.

신하가 임금에게 그 충성을 다하고 그 재주와 능력을 다하는 것은 그 임금을 돕는 도리를 나타내는 것이니, 쓰고 안 쓰는 것은 임금에게 있을 따름이다. 아첨하고 비위를 맞추어 그 돕기를 구할 것이 아니다.

11. 비색함에 처하면 비색함을 구제한다.

임금의 도가 바야흐로 비색한 때를 당하여 측근의 지위에 처한 자가 미워할 바는 공적을 자처하여 시기를 취하는 데 있을 따름이니, 만약 무엇이나 반드시 임금의 명에서 나오게 하고 위권(威權)을 일체 위에 돌아가게 하면, 곧 허물이 없어져 그 뜻을 행하되 비색한 때를 구제할 수 있을 것이다.

12. 밝은 지혜로 일을 처리한다.

신하 된 도리는 마땅히 은혜와 위엄이 하나로 위에서 나와 뭇사람의 마음이 모두 임금에게 따르도록 할 것이다. 만약에 사람들의 마음이 자기를 따르도록 한다면 위태하고 의심받는 길일 것이니, 이 지위에 거하는 자는 오로지 정성을 마음속에 쌓아서 행동하기를 도리에 맞게 하고 밝은 지혜로써 이를 처리한다면 또한 무슨 허물이 되겠는가.

13. 악을 시초에 제지한다.

대신의 임무는 위로 임금의 사심(邪心)을 그치게 하고, 아래로 천하의 악(惡)을 제지하는 일이다. 무릇 사람의 악을 시초에 제지하면 용이하고, 이미 왕성한 후에 금지하려면 막히어서 이기기 어렵다. 그러므로 임금의 악이 심해지고 나면 비록 성인(聖人)이 이를 구제한다 해도 어긋남을 면치 못할 것이요, 아랫사람의 악이 이미 심해지고 나면 비록 성인의 다스림으로도 형륙(刑戮)을 면치 못할 것이니, 시초에 이를 제지함만 같지 못함이 마치 송아지 때 미리 멍에를 지워 놓는 것이 크게 길한 것과 같다.

14. 근심하고 부지런하며 삼가고 두려워한다.

신하로서 무거운 책임에 당하여 반드시 항상 위태로운 마음을 품는다면 길할 것이니, 이윤(伊尹)·주공(周公) 같은 이가 어찌 근심하고 부지런하며 삼가고 두려워하지 않은 적이 있었겠는가. 그러므로 마침내 길함을 얻는 것이다.

15. 안에 지극한 정성을 간직한다.

굳세고 강한 신하로서 유약한 임금을 섬김에는 마땅히 마음속에 지극한 정성을 간직하고, 밖으로는 거짓을 꾸미지 않을 것이니 위아래로 교제함에 정성으로 하지 않는다면 장구할 수 있겠는가.

16. 성의로 능히 움직인다

군자가 윗사람을 섬기는 데 그 마음을 얻지 못하면 지극한 정성으로 그 뜻을 감발(感發)시킬 따름이다. 참으로 성의로써 움직일 수 있게 한다면 어둡고 몽매한 자라도 깨우쳐 열 수 있으며, 유약한 자도 보필할 수 있으니, 비록 바르지 못한 것도 바룰 수 있다. 옛사람이 용렬한 임금이나 범상한 임금을 섬기는 데 그 도리를 능히 행(行)하여 저기의 정성스런 뜻이 위에 통달하면 임금이 그 믿음의 돈독함을 보게 된다. 관중(管仲)이 환공(桓公)을 보상(輔相)한 것과 공명(孔明)이 후주(後主 촉한(蜀漢)의 유선(劉禪))를 보필한 것이 바로 이것이다.

17. 지성으로 임금의 신임을 얻는다.

대신이 험난한 때를 당하여 오로지 지성으로 임금에게 믿음을 보여야만 그 사귐이 굳어져 풀어지지 않으며, 또한 임금의 마음을 밝게 열 수 있어야만 전함에 탈이 없다.

18. 어긋나는 때를 만나 도리를 굽혀 비위를 맞추지 않는다.

서로 어그러지는[睽] 때를 당하여 임금의 마음과 맞지 않으면 어진 신하는 아래에서 힘과 정성을 다해 믿음으로 합해지도록 기필할 따름이다. 지극한 정성으로 임금을 감동시키고 힘을 다하여 임금을 부축하며, 의리를 밝혀 그 알기에 이르게 하며 가려지고 미혹됨을 막되 그 뜻을 정성스럽게 할 것이니, 이렇듯 완전(宛轉)하게 그 합치함을 구하여야 마땅할 것이로되, 도리를 굽혀 비위를 맞추어서는 아니 된다.

19. 어진 이를 나오게 하고 불초한 자를 물리친다.

재상은 다만 한 가지로 어진 이를 나오게 하고 불초한 자는 물리칠 것이니, 만약 털끝만큼이라도 사사로운 마음이 보인다면 그렇게 할 수가 없다. 그래서 전배(前輩)는 일찍이,

　　"재상이 일하는 데는 다만 한 조각 마음을 갖추고 한 쌍의 눈을 갖추어야 한다. 마음이 공평하면 어진 이를 나오게 하고 불초한 자를 물리칠 수 있을 것이요, 안목이 밝으면 어질고 불초한 것을 가려낼 수 있다."

하였다. 이 두 마디 말은 재상이 다해야 할 도리를 말한 것이나, 단지 그

좋아하는 것이 참으로 어진 것만은 아니며, 그 미워하는 것이 참으로 불초한 것만은 아닐까 두려울 뿐이다.

20. 오늘날에는 농락하는 술책만을 쓴다.

지금 재상이 된 자는 아침저녁으로 접응(接應)하고 문서로 묻는 사이에 정신이 피로하니, 다시 어느 여가에 국사를 파악하여 알겠는가? 세속의 의론이 마침내 이것을 재상의 업무로 여기게 된다. 다만 농락하는 사람만이 그 안에 있어서 오늘 한 번 뵙고 내일 한 번 청하며, 혹 반년이나 1년을 머무르거나 혹 수개월을 머물러 부득이하게 된 연후에 허락해 주었으므로, 그 사람 또한,

"재상이 나를 두터이 돌보아 내게 좋은 벼슬살이를 시킨 것이다."

하고 돌아간다. 이에 어질고 어리석은 자가 한 가지로 진출이 막혀 버렸으되 세상 사람들이 모두 당연하게 여긴다. 한 재상이 대략 선악을 분별하고 간청을 끊어 막기 위하여 여러 부문의 일을 부 중(部中)에 나누어 맡겨 응접하는 번잡함에서 벗어나 국사에 마음을 좀 두고자 하면 사람들은 다투어 이를 그르다고 한다.

21. 천관의 직분은 그 마음이 크지 않은 자는 능히 해낼 수 없다.

천관의 직분은 오관(五官)을 총괄하는 것이니, 만약 그 마음이 크지 않으면 어떻게 허다한 일들을 포용할 수 있겠는가? 또한 총재는 안으로 임금의 음식과 의복(衣服)에서 밖으로 오관의 뭇 일에 이르기까지, 큰 것에서 자잘한 것에 이르기까지, 근본이 되는 것에서 말단에 이르기까지 천만 가지 일에 대하여 두서(頭緖)를 처리해야 하는데, 만약 그 마음이 큰 자가 구별하여 처리하고 부응(副應)하지 못하면 일이 눈앞에 이르러도 처리해 나갈 수 없다. 하물며 일에 앞서 조치하거나 환난(患難)을 생각해서 예방하는 일은 많

은 정신을 소비하는 것이니, 이것은 기억한다 해도 다시 저것을 잊게 된다.

22. 임금의 직분은 재상을 논함에 있다.

임금은 재상(宰相)을 논함으로써 직분을 삼고 재상은 임금을 바르게 하는 것을 직분으로 삼으니, 이 두 사람이 각각 그 직분을 다해야만 체통(體統)이 바르게 되고 조정이 존엄해져서, 천하의 다스림이 반드시 한 곳에서 나오게 되어, 여러 갈래에서 나오는 폐단이 없어진다. 진실로 임금이 재상을 논함에 제 뜻에 맞추는 것만을 구하고, 자기를 바루어 주는 것을 구하지 않으며, 그 사랑스러운 것만을 취하고 그 두려워할 만한 것은 취하지 않으면 임금은 그 직분을 잃는 것이다. 의당 임금을 바르게 해야 할 자가, 옳은 것을 드려 그른 것을 바꿈을 일로 삼지 않고, 임금의 뜻대로 좇아 화합(和合)하고 순종하는 것만을 능사로 삼으며, 세상을 경륜하고 만물을 주재하는 일로 마음을 삼지 않고, 몸이나 용납되어 은총(恩寵)을 굳히는 일만으로 술수를 삼는다면, 재상은 그 직분을 잃는 것이다.

두 사람이 서로 그 직분을 잃으면 체통이 바르지 못하고 기강(紀綱)이 서지 못하며, 좌우의 근습(近習)한 자들이 모두 위엄과 권세를 차지하여 농락하며 벼슬을 팔고 옥사를 팔아서, 정체(政體)는 날로 어지러워지고 국세(國勢)는 날로 비열해지고 말 것이니, 비록 비상한 화란이 어둡고 아득한 속에 도사리고 있어도, 위아래가 모두 게을러 빠져서 또한 염려스러운 것을 알지 못하게 된다.

23. 재상은 천하의 기강이다.

한 집안에는 곧 한 집안의 기강이 있고 한 나라에는 곧 한 나라의 기강이 있다. 이에 향(鄉)은 현(縣)에 통솔되고, 현은 주(州)에 통솔되며, 주는 제로(諸路)에 통솔되고, 제로는 대성(臺省)에 통솔되며, 대성은 재상에게 통솔되고, 재상은 중직(衆職)을 겸하여 통솔해서 천자와 더불어 가부를 살펴 정령

(政令)을 내리니, 이것이 천하의 기강이다.

24. 보상은 마땅히 강명·정직한 사람을 가려 뽑아야 한다.

대신을 가려 뽑아 일을 맡기는 데는 반드시 굳세고 밝으며 바르고 곧은 사람을 얻은 뒤에라야 가능하다. 항상 이런 인물을 얻지 못하고 도리어 비루한 자가 지위를 훔치도록 용납하는 까닭은 다른 데 있는 것이 아니다. 바로 임금이 한 번 생각하는 사이에 그 사사롭고 간사한 가림을 거두어 치우지 못하여, 편하고 좋아하는 사사로움과 편벽된 총애 따위가 법도를 좇아 다하지 못하기 때문이다. 만일 굳세고 밝으며 중정(中正)한 사람을 얻어 보상(輔相)으로 삼으면, 곧 나의 일을 방해하고 나의 사람을 해쳐 마음대로 할 수 없을까 두려워하기 때문이다.

그러므로 선택할 즈음에 항상 먼저 이러한 인물을 물리쳐 대상 밖으로 제쳐 놓은 다음, 나약하고 물러 빠져 평일에 곧은 말 한마디 하지 못하고 엄정한 얼굴빛을 하지 못하는 자를 취택하여 제 마음에 맞도록 헤아리며, 또 그 가운데 지극히 용렬하고 비루하여 제 뜻을 방해하는 바가 이르지 못하도록 보호해 주는 자를 골라서 지위를 높여 준다. 이리하여 제서(除書, 임명장)가 나오지 않았어도 인물이 먼저 정해지고, 이름이 드러나지 않았어도 나라 안 팎에서는 그가 천하제일 가는 선비[儒]가 아님을 바로 다 알게 된다.

25. 대신은 사방을 염려한다.

고시(固始)의 현위(縣尉)로 있는 어떤 자가 찾아와 말하기를,

"회전 땅에는 갖춘 것이 없습니다."

하였더니, 주 문공(朱文公)은 이렇게 말하였다.

"대신은 사방을 염려한다. 만약 지위가 재상으로 있으면 모름지기 사방을 두루 생각해야만 비로소 다스림을 다할 수 있다. 만일 재상이 한편만 생각하면 저편은 깜박 잊을 수 있으니, 마치 한 사람이 한 집안의 가장이 되어 집안의 위아

래 일을 모름지기 늘 자기 마음속에 관심을 가져야 비로소 다스려지는 것과 같다."

26. 재상은 장관을 선택하고 장관은 구료(具僚 보좌인)를 선택한다.

주 문공(朱文公)은 이렇게 말하였다.

"이제 바야흐로 조정에 다만 이상(二相)과 삼참정(三參政)만을 두고, 육조(六曹)와 추밀(樞密)은 겸하여 파할 만하다. 이렇게 하면 일이 쉽게 전달될 것이요, 또 재상은 장관을 가려 뽑고 장관은 구료를 가려 뽑으며, 전조(銓曹)로 하여금 소관(小官)을 주의(注擬)30)하게 된다. 번잡하면 어진 이를 가려 뽑을 수 없으니, 도(道)마다 감사로 하여금 선정하여 보냄도 또한 좋으며 도마다 감사 하나씩만 을 쓰도록 한다."

27. 오늘날 입대(立對)함에 있어 문제점

옛날에 삼공(三公)은 앉아서 치도(治道)를 논하였으므로 자세한 설득이 가능하였다. 지금의 재상은 잠시 아뢰어 대하고 곧 물러나니, 지니고 있는 문자(文字)는 소매 자락에 품은 채 다만 몇 마디만을 설득하여 문자를 위에 낭독하고 지나간다. 어찌 자세하게 지적할 수 있겠는가? 또한 모름지기 안 건이 있으면 이해를 지적하여 써 올리면 임금이 또한 자세히 보아 알 수 있 을 것인데, 지금같이 잠시 대하고 물러나면 임금과 신하가 어떻게 같은 마 음으로 정사를 이해하여 처리해 낼 수 있겠는가?

28. 마땅히 어진 이를 나오게 하고 간사함을 물리치는 것을 직분으로 삼는다.

무릇 문을 막고 스스로 지키며 외로이 서서 벗이 없는 것은 일개 선비의 행실이다. 어질고 능력 있는 사람을 맞아들이고, 간사하고 음험한 사람을

---

30) 주의(注擬) : 관원을 임명할 때 문관은 이조(吏曹), 무관은 병조(兵曹)에서 후보자 3인을 정하여 임금에게 올리던 일.

내쳐서 천하 사람과 합쳐 천하의 일을 구제하는 것은 재상의 직분이니, 어찌 당(黨)이 없는 자만을 옳다 하고, 당이 있는 자는 그르다고 하겠는가?

29. 천하의 인재에 널리 자뢰한다.

무릇 재상이 자신의 재질(才質)만으로 천하를 위해 쓰면 곧 천하의 소용에 부족하고, 천하의 재질로써 천하를 위해 쓰면 천하의 소용에 남음이 있으니, 이제 보상(輔相)의 반열에 나아갔으면 곧 천하의 인재에 자뢰(資賴 밑천으로 삼음)할 바가 더욱 많으며 천하의 인재를 진퇴시키는 바가 더욱 중하다. 만약 전날에 진퇴시킨 관속들을 취한다면, 천하의 선비들이 재상에 바라는 바가 만족하지 못할까 한다.

30. 마음을 바룸으로써 임금을 바로잡는다.

재상이 된 자는 깊이 성현(聖賢)이 전하는 바 정도(正道)를 상고(詳考)하되, 공자·자사·맹자·정자의 글이 아니면 앞에 늘어놓지 않으며, 새벽에 보고 밤에 보아 그 뜻을 궁구하며, 몸에 돌이켜 천리(天理)의 소재를 구하여 이미 스스로 그 마음을 바루고 나면 미루어서 임금을 바르게 하며, 다시 미루어서 언어와 정사의 사이에 이르러서도 천하의 마음을 바르게 하면, 재상의 공명과 덕업이 삼대(三代)의 왕좌(王佐)와 비견해서 융성할 것인데, 근세에 이른바 명상(名相)은 그 규모가 대개 족히 말할 것이 못 된다.

31. 나를 바르게 함으로써 남을 바룬다.

널리 인재를 이끌어 쓰되 자방(咨訪 타인에게 자문함)에 부지런하며, 무릇 내게서 나오는 정사에 하나라도 손가락질 당할 만한 흠집도 없게 하면, 곧 위로 임금을 바르게 하고 아래로 사람을 바르게 함으로써 장차 구하여 얻지 못할 것이 없을 것이다. 만일 그렇지 못하면 일이 지금 바르지 못한 것이라도 많이 쌓이면 족히 나의 대정(大正)을 해치고, 나의 강대(剛大)한 기(氣)로 하여금 날로 그 가운데 굴하게 만들어 덕망과 위명이 밖에서 날로 덜어진다. 이리하여 또한 장차 남에게 바름을 받기에도 겨를이 없을 터인즉, 어찌 임금을 바루고 나라를 안정시키는 공덕이 있기를 바라겠는가?

32. 근로함으로써 정치를 돕는다.

주 문공(朱文公)이 재상(宰相 왕회(王淮)를 말함)에게 이렇게 고하였다.

"조종(祖宗)의 원수와 부끄러움을 갚지 못하고, 문·무(文武 周나라의 文王과 武王)의 경토(境土)를 수복하지 못하였으니, 주상께서 근심하고 애쓰시며 두려워하고 위태로이 여기시어 일찍이 하루라도 북향(北向)하는 뜻을 잊은 적이 없으나, 백성은 가난하고 병사들은 원망하며, 나라 안팎이 공허하여 기강은 쇠락하고 풍속은 무너졌다. 다스림이 우순풍조(雨順風調)하고 시절이 화평하며, 풍년이 들게 하여도 오히려 일이 없다 말하지 못할 것인데, 하물며 굶주림과 낭패함이 이와 같은 데에 이르렀으니, 대신이 된 자는 분음(分陰)을 아끼지 말고 서무(庶務)에 근무하기를 주공이 앉아서 아침을 기다린 것같이 하고, 무후(武侯 제갈량(亮)의 봉호(封號)가 일을 다스리고 만물을 종핵(綜核)하여 임금이 하고자 한 뜻을 이룬 것같이 해야 할 터인데도 도리어 조용히 누워서 우러러 세월만 희롱하고 나날을 소모하며 요행히 목전(目前)에만 무사(無事)하고자 하니 알 수 없는 일이다. 이렇듯 마지않으면 화란의 근본은 날로 깊어질 것이다."

33. 공도를 다하여 일을 결단한다.

천하의 일에 가부(可否)가 있으면 공도(公道)로써 결단할 것이며, 안을 돌아보고 치우치게 듣는 사사로움에 이끌리지 말 것이다. 천하의 의론에 따를 것과 어길 것이 있으면 성심(誠心)으로 열어 놓되, 그릇되게 겉으로는 열고 속으로는 닫는 계책을 쓰지 말 것이다. 그리하면 덕업이 성대해지고 표리(表裏)가 광명해져 나라 안팎과 원근의 사람들이 마음으로 기뻐하며 성심으로 복종할 것이다.

34. 마땅히 심술과 도량이 있어야 한다.

도량이 있으면 의당 의론(議論)의 같고 틀림을 용납함이 있을 것이요, 심술(心術)이 있으면 의당 인재의 사악함과 바름을 판별함이 있을 것이니, 천하의 업무를 이루고자 하려면 반드시 착한 것을 취하고, 악한 것을 버려서 어진 이가 나오게 하고 간사한 자를 물러가게 한 연후에라야 일의 이룸이 있을 것이다.

35. 천하를 보장하는 자는 재인과 같다

재인(梓人 목수의 우두머리)이 여러 재목을 쌓아 놓고 뭇 공인들을 모아서 왼손에는 인(引 길이가 열 길(丈) 되는 대나무 자)을 잡고 오른손에는 장(杖)을 잡고 중앙에 있으며, 도끼를 든 자는 달려가 우측에 있고 톱을 가진 자는 달려가 좌측에 있게 된다. 도끼를 든 자는 쪼개고 칼을 든 자는 깎아 다듬게 하되 책임을 이겨 내지 못하는 자는 물러가게 한다. 큰집이 이루어지고 나면 그 성자(姓字)를 쓰되 무릇 쓰임을 당한 공인(工人)은 그 반열에 들지 못한다.

천하를 보상(輔相)하는 자도 또한 이와 같으니, 강기(綱紀)를 채우고 줄여 그 법을 가지런히 하고 정돈하며, 천하의 선비를 가려서 그 직분을 맡겨 천하 사람들에게 거하여 그 생업을 안정시키도록 하며, 능력(能力)이 있는 자는 나오게 하고 무능한 자는 물러가게 한다. 그런 연후에라야 재상의 도리가 다하여져서 만국이 다스려질 것이니, 천하가 머리를 들어 바라보고, '우리 재상의 공덕이라' 할 것이며, 후세 사람들이 그 자취를 좇아 사모하되, '저 재상의 재능이라' 할 것이요, 그 집사(執事)의 근로는 기록에 오르지 못할 것이다.

36. 재상의 규모

진평(陳平)이 사(社)를 다스린 것은[31] 천하를 다스린 것이요, 조참(曹參)이 제(齊)의 상국이 된 것은[32] 천하의 상국이 된 것이다.

37. 재상의 직분은 사람을 임용하는 데 있다

한 사람을 임용함이 정당하면 천하가 그 복을 받고 그렇지 않으면 혹 화를 받으며, 한 사람을 임용한 것이 정당하면 천하가 합하여 이를 기릴 것이요, 그렇지 않으면 한 가지로 손가락질하고 미워하며, 한 사람을 씀에 부당한지 합당한지 알 수 없으면 서로 더불어 이르기를, '그 좋아하고 미워하는 바에 말미암은 것이다.' 라고 할 것이다. 한 사람이 현달해서 위에 발탁되면 혹 말하기를,

"누구의 재능은 이렇듯 남들보다 뛰어난데 어째서 홀로 떨어져 불우하게 되는가?"

할 것이다. 온 천하를 들어 화복(禍福)과 참서(慘舒 참독함과 누그러짐), 훼예(毁譽)와 은원(恩怨)의 실마리가 하나같이 재상에게 돌아간다. 일만 가지 물화(物貨)의 값이 같지 않는 것은 재상이 저울질하여 조절하며, 일반 사람 입에 짜고 신 맛의 기호가 같지 않는 것을 재상이 조제하여 헤아리며, 일만 가지 형태의 곱고 미움이 같지 않음을 재상이 비추어 보는 물거울[水鑑]이 되니, 이야말로 진실로 권세를 따르고 세력을 좋아하는 자가 탐하는 바요, 천하를 사랑하는 자가 깊이 생각하고 지극히 염려하여 바꾸지 못할 바인 것이다.

38. 인재를 얻음이 한 재상을 얻음만 같지 못하다

무릇 백 필의 천리마를 얻음은 한 사람의 백낙(伯樂 말을 잘 감별하는 사람)을 얻음만 같지 못하고, 백 자루의 태아(太阿 보검(寶劍)의 이름)를 얻음이 한 사람의 구야(甌冶 오나라 사람으로 칼을 잘 만들었다.)를 얻음만 같지 못하다. 백 필의 천

---

31) 진평(陳平)……다스린 것 : 진평은 한(漢)나라의 재상이다. 젊었을 때 동네의 제사에 고기를 맡아 나누어 주었는데, 그 분배가 아주 공평해서 부로들에게 칭찬을 받았다. 그때 진평은 "나로 하여금 천하의 재상을 삼아도 이 고기처럼 공평할 것이다." 하였다. ≪漢書 卷四十 陳平傳≫
32) 조참(曹參)……상국이 된 것 : 한 고조가 그의 장자 비(肥)를 제왕(齊王)으로 삼고 조참을 제의 상국(相國)에 임명하였다. 조참은 상국으로 있으면서 진희(陳豨)·장춘(張春) 등을 격파하고 한나라 정국(定國)에 큰 공을 세웠다. ≪漢書 卷三十九 曹參傳≫

리마는 때로 병들어 노둔해지기도 하고, 백 자루의 보검도 때로는 부러지고 이가 빠질 수 있으나, 백낙과 구야가 있다면 온 천하의 좋은 말과 좋은 칼을 어찌 구해 얻지 못하겠는가? 방현령과 위징 이 두 공(公)은 태종에게 있어 백낙이요 구야인즉, 문황(文皇)의 때를 당하여 천하의 어진 사대부와 재능을 한 가지씩 가진 사람이 조정에 모두 등용된 것, 또한 이 두 공의 계옥(啓沃 충성된 마음으로 임금이게 아룀)과 천거로 위로 이끌어 임용된 것이니, 그 직분에 적합했다고 일컬을 수 있다. 그러므로 방·위 두 공을 태종의 백락이요 구야라고 한 것이다.

39. 재상은 천하를 화평하게 하는 것이다

이윤(伊尹)이 탕(湯)을 보필함에 아형(阿衡)이라 하였고, 주공(周公)이 주나라를 보필함에 태재(太宰)라 하였는데, 형(衡)이란 만물의 경중을 저울질하여 균등한[平] 곳으로 돌아가게 하는 것이요, 재(宰)란 백약(百藥)의 많고 적음을 조제하여 화(和)에 맞게 하는 것이니, 오로지 그 화평일 따름이다.

40. 재상은 마땅히 정밀하게 가려 뽑아 오래 맡길 것이다

옛적에 삼대(三代)의 재상 이윤(伊尹)과 부열(傳說) 그리고 주공(周公)은 모두 종신토록 바꾸지 않았으며, 소하(蕭何)는 한(漢)나라의 재상이 되어 종신(終身)토록 해도 부족하게 여겨서 그 스스로 대신할 자를 가려 뽑았다. 그러므로 나라 안이 편안하였으며, 재상의 직임은 정밀하지 않을 수 없으며 오래 맡기지 않을 수 없는 것이다.

41. 정권은 재상에게 있지 않아서는 아니 된다

정권은 하루라도 조정에 있지 않아서는 아니 된다. 조정에 있지 않으면 대각(臺閣)에 있게 되고 대각에 있지 않으면 곧 궁위(宮闈 후비(后妃)를 뜻함)에 있게 되는 것인즉, 조정에 있으면 다스려지고 대각에 있으면 어지러워지며 궁위에 있으면 망하나니, 국가의 흥망과 치란이 모두 이에 근원이 있다. 전분(田蚡)은 빈객을 불러들이고 인재를 천진(薦進)하여서 온 집안을 일으켜 이천석(二千石)에 이르게 하였으니, 실로 당시에 전권을 하는 실책을 면치 못하였다. 무제(武帝)로서는 분(蚡)을 들어 쓴 바가 그 사람을 얻지 못한 것이라면, 재상을 가려 뽑아 책임을 이루도록 맡김이 어찌 불가하겠으며, 어째서 제(帝)가 스스로 위복(威福)의 권세를 잡아 한곳으로 돌아오게 하지 못하였겠는가? 총명이 미치지 못한 바가 있은즉, 반드시 이목(耳目)이 의지할 바가 있어야 했기에 그리하여 가관(加官)과 상서(尚書)의 관속을 두었으므로 이로부터 재상의 권한이 더욱 가벼워지고 말았다.

42. 재상은 마땅히 공심으로 어진 이를 써야 한다.

최우보(崔祐甫)는 관리를 들어 쓰는 데 친구의 사이를 두지 않았으니 또한 어질지 아니한가? 그러나 한 사람의 친구는 한도가 있고 천하의 인재는 무궁하니, 재상의 직분(職分)은 조석으로 천하를 위해 인재를 구할 것이다. 민요를 고찰하고 선비의 공론을 들으며 심감(心鑑)을 밝혀서 이들을 기다린다면 사해구주(四海九州)가 모두 내 형제인데, 어찌 친척에만 얽매어야 비로소 그 재행(才行)을 다 파악(把握)할 수 있겠는가?

43. 대신은 몸소 천하의 의론을 주재한다

옛날 경력(慶曆 송나라 인종의 연호, 1041~1048) 초에 인조(仁祖)가 서쪽 지방의 출정이 오래 지속되어 나라와 백성이 피폐해짐에 염증을 내고, 백 가지의 법도를 바루어서 태평을 닦고자 생각하였다. 이때 마감(磨勘 관리의 행적을 고사(考查함)을 폐지하여 능하고 그렇지 않는 자를 분별하고, 임자(任子 문음(門蔭)으로 벼슬에 나감)를 감하여 남관(濫官)을 제거하며, 감사(監司)를 바꾸어 모든 관리를 맑게 추려 도태시키는 일을 범 문정공(范文正公 문정은 범중엄(范仲淹)의 시호)으로 하여금 주재하게 하였다.

희녕(熙寧 송나라 신종(神宗)의 연호, 1068~1077) 초에 크게 해 보고자 하는 뜻이 있어 재정을 다스리고 군사를 잘 다스려 중국을 강대하게 만들어 사해(四海)를 위압(威壓)하려 하였다. 이때 조례(條例)를 제정하고 법도를 경장(更張)하여 당세의 업무를 일신하는 일을 형공(荊公 왕안석(王安石)의 봉호)에게 주장하도록 하였다.

원우(元祐 송나라 철종(哲宗)의 연호, 1086~1094) 초년에 선인황후(宣仁皇后, 영종(英宗)의 비)가 백성들이 신법(新法)의 불편으로 곤란을 겪고 있음을 알고, 조종(祖宗)의 제도를 회복하여 천하와 더불어 휴식하고자 하였다. 이때 각박하게 거두어들이는 관리들을 쫓아내고 힘써 원로(元老)를 이끌어 내어 신법을 씻어 버리는 일을 온공(溫公 사마광(司馬光))에게 주장토록 하였다.

범공(范公 범중엄(范仲淹))은 당습(黨習)이 바야흐로 흥기하는 때를 당하여 소인들의 요행 길을 막아 버리고자 하였으나 힘쓰기가 이렇듯 어려웠으며, 형공(荊公)은 여러 군자들이 서로 공격하며 힘써 싸우는 때를 당하여 홀로 소술(紹述 선임자의 일을 이어받아 행함)의 의론을 지니고 그 뒷일을 의논하였으니, 그 변화함이 이렇듯 헤아리기 어려웠다. 그러나 범공은 개연히 홀로 천하를 먼저 근심하고 천하가 즐긴 후에 즐기는 것을 자기의 책임으로 삼았으며, 형공(荊公)은 스스로 이르기를,

"인신(人臣)은 마땅히 천하의 원망을 피할 것이 아니라, 그 원망을 모두 내게 돌아오게 할 것이니, 그런 연후에 나라에 충성을 다하는 것이다."

하였고, 온공(溫公)은 환란을 구제하기에 급급하여 국사를 부탁할 데가 없음을 급한 것으로 여겼다. 형공의 마음 씀씀이가 비록 지나치고 잘못되어, 세상에 어그러지고 도에 혼미(昏迷)하기 때문에 위 두 공(公)의 반열에 들 수 없다. 그러나 요컨대 모두 득상(得喪)·훼예(毁譽)·생사(生死)로써 그 마음을 동하지 않는 연후에 그 몸으로써 능히 천하의 책임을 맡아 힘썼으며, 그 의론을 주장(主張)하되 두려워 피하는 바가 없었다.

44. 음양을 섭리함은 다만 마음을 바르게 하는 것일 따름이다

재상이 음양을 섭리(燮理)하기는 다만 마음 하나를 바르게 하는 것일 따름이다. 마음이란 기(氣)가 가장 정수(精粹)한 것으로서 물(物)에 감동하는 것이 가장 빠르므로, 마음이 바르면 기가 순해지고 기가 순해지면 음양이 화(和)한다. 이른바 섭(燮)이라는 것도 또한 화한다는 뜻이요, 사물의 끝에 구애되는 것이 아니며, 또한 헛되이 무위(無爲)를 일삼아서 스스로 다스려지기를 바라는 것도 아니다.

45. 정사는 마땅히 중서에서 나와야 한다.

안으로 모든 관사(官司)와 밖으로 감사(監司)들이 각각 그 사유(事由)를(어떤 책에는 신(申)으로 되어 있다.) 중서(中書)에 상달하면 일이 큰 것은 임금에게 나아가 올려 성지(聖旨)를 받아 내차(勅箚)를 내려 명을 펴서 지휘하고, 일이 작은 것은 비장(批狀 상사(上司)에서 하급 관사(官司)에 답하는 공문)은 직접 본사(本司)와 본로(本路)의 당사자에게 내린다. 그러므로 문서는 간결(簡潔)하고 빨라 일이 머물러 지체되는 것이 없다.

46. 중서의 업무는 마땅히 맑아야 한다.

중서(中書)란 왕의 정사가 비롯되어 나오는 곳이요, 천자가 재상과 더불어 치도(治道)를 논하고 나라를 경륜하며, 그 다른 것을 알지 못하는 곳이다. 지극한 안일함이 아니고서는 천하의 수고로움을 기대할 수 없으며, 지극한 고요함이 아니고서는 천하의 움직임을 기대할 수 없다. 이와 같이 옛날 성인은 비록 병역(兵役)이 있거나, 큰 역사(役事)를 일으켜 백관이 각각 그 사무를 집행하기에 분분하여도, 중서의 업무는 분잡스런 정도에 이르지 않는다. 천하를 다스림에는 마땅히 중서의 업무를 맑게 할 것이니, 중서의 업무가 맑으면 천하의 일에 족히 힘들 것이 없다.

이제 무릇 천하의 제물을 들어서 사농(司農)에 돌리고, 천하의 옥사(獄事)

를 들어서 정위(廷尉)에 돌리며, 천하의 병사를 들어 추밀(樞密)에 돌리고, 재상은 다만 그 대강(大綱)을 지녀 요체만을 청단(聽斷)하여 책임을 이룰 따름이니, 이 삼자(三者)가 실로 중서를 족히 얽매이지 않도록 하는 것이다.

중서의 업무가 마땅히 맑아야 한다고 하면 의심컨대 일이 없는 것 같고, 정사는 마땅히 중서에서 나와야 한다고 하면 의심컨대 일이 많은 것 같으니, 이 두 가지가 상반(相反)되는 것 같음은 어떤 연유인가. 중서는 그 강(綱)을 들고 뭇 관속은 그 목(目)을 들면, 정사 중에서 나오되 중서의 업무는 맑게 된다는 뜻이니, 그러므로 위로는 도로써 헤아리며 아래로는 법으로써 지킨다는 것이다. 도로써 헤아린다는 것은 의리(義理)로 사리(事理)를 헤아리되, 그 마땅한 것을 지어 강(綱)을 드는 것을 일컬음이요, 법으로써 지킨다는 것은 그 관(官)의 법도로써 지키되 감히 잃지 않으니, 그 목(目)을 드는 것을 일컬음이다.

47. 옛날 대신은 용퇴하는 절조가 있었다

상(商)나라 이윤(伊尹)이 탕(湯)을 도와 걸(桀)을 물리치고, 포학한 것을 너그러움으로 대신하였고, 태갑(太甲)을 훈고(訓詁)하여 능히 진실한 덕[允德]을 마치게 하였으되, 지위가 아형(阿衡)의 극에 이르자, 이에 태갑에게 이르기를,

"신은 은총과 이록으로써 성공에 거하지 않습니다."[臣罔以寵利居成功]

하였으니, 아아, 노씨(老氏, 노자(老子)를 가리킴)는,

"공이 이루어져도 자가하지 않는다."

하였고, 채택(蔡澤)은,

"사시(四時)의 차례로 성공한 자는 떠나간다."

하였다.

이윤은 임성(任聖)[33]이었다. 신(莘) 땅에서 밭 갈던 처음에는, "천하가 나에

---

33) 임성(任聖) : 천하를 자기 책임으로 삼는 성인. 「맹자」(孟子) 만장(萬章)하에 "백이는 성의 청한

게 무슨 관계인가"라고 하였으나, 마음을 돌이켜 탕(湯)을 따른 다음에는 자신이 책임을 맡아 풀어놓음을 용납하지 않았다. 불행히도 탕왕이 붕괴하고, 상(商)나라의 국조(國祚)가 무너지자 자신이 책임을 맡아서 더욱 풀어놓음을 용납하지 않았다. 다행히 태갑이 허물을 뉘우치고 덕을 닦았으므로 드디어 임금에게 정사를 돌려주고 몸을 물러나려 하였으니, 이윤이 이에 이르러 위로는 탕과 태갑에게 저버림이 없고, 아래로는 천하에 배반됨이 없이 자신이 무거운 소임을 풀 수 있었다.

평일에 두렵고 두려워하여 책임을 감당(勘當)하지 못하는 마음으로 다시 신야(莘野)에 효효(囂囂 제 분수에 만족하여 다른 것을 바라지 않음)하게 자득(自得)하는 몸으로 돌아왔으니, 이윤의 즐겁고 다행스러움이 어떠했겠는가. 아아! 이윤이 물러가지 않았다면 걸(桀)을 정벌(征伐)하였으되 천하를 털끝만큼도 이롭게 여기는 마음이 없었던 것을 누가 알겠는가? 이윤의 물러남은 또한 그의 마음도 저버리지 않았다고 할 만하다.

주(周)**나라** 주공(周公)은 성왕(成王)을 도와 예악을 정하여 천하의 법으로 만들어 후세에 전할 수 있었으며, 지위가 총재(冢宰)에 극하였으되, 이에 성왕에게 이르기를,

"그대는 가서 공경하시오. 이에 나는 농사일을 밝히겠소."

하였으니, 아아! 대개 사국(四國)이 유언(流言)하는 때를[34] 당하여 주공이 어찌 호연하게 물러갈 것을 구할 마음이 없었겠는가. 때마침 성왕은 나이 어리고 왕실은 견고하지 못하여, 삼감(三監)은 배반하여 떠나고 완민(頑民)은 복종하지 않으니, 주가(周家)의 종묘사직의 안위(安危)를 주공이 맡지 않

자요, 이윤은 성의 임자요, 유하혜는 성의 화한 자요, 공자는 성의 사자이다."[伯夷聖之淸者也 伊尹聖之任者也 柳下惠聖之和者也 孔子聖之時者也] 하였다.

34) 사국(四國)이 유언(流言)하는 때: 사국은 주 무왕(周武王)의 아우들로 관숙(管叔)·채숙(蔡叔)·곽숙(霍叔)과 주(紂)의 아들 무경(武庚)에게 각각 봉해진 나라. 아들은 무왕이 죽고 나이 어린 성왕(成王)이 서서 주공(周公)을 섭정하자, "주공이 성왕에게 해롭다."는 유언(流言)을 퍼뜨렸다. ≪書經 周書 大誥序≫

으면 누가 맡겠는가. 이것이 몸소 부장(斧斨 구멍이 둥근 도끼를 부(斧)라 하고, 모가
난 도끼를 장(斨)이라 한다.)을 깨뜨리는 싸움(役)을 잡아 차마 사양하지 못했던 까
닭이다. 다행히 죄인을 이에 깨뜨렸고, 성왕이 정사에 임하게 되어, 문무(文
武)의 업이 정해졌으며, 주공의 귀로(歸老)할 뜻이 어떠했겠는가. 비록 성왕
의 만류로 전리(田里)에 돌아가지 못하였으나, 주공이 낙양(洛陽) 땅에 7년
을 거한 것은 그 또한, 성왕이 주공의 말을 들어줌이 있는 것이었다.

　소공(召公)은 문왕(文王)을 도와 정치를 밖에서 펼쳐 이남(二南 『시경』의 주
남(周南)과 소남(召南)의 교화(敎化)를 이르게 하였으며, 문왕이 죽고 성왕이 어
리매 주공과 함께 서로 도와 이를 이도하였다. 성왕이 정사에 임하게 되자
'늙었다' 하고 물러가고자 하였으나, 아아! 대저 대신의 지위란 모든 책임이
모이는 곳이라, 진동하고 흔들리며 치고 들이받는 것을 진정시키려 하고,
시고 단 맛과 메마르고 습한 것을 조제하려 하며, 서리고 얽힌 것(盤錯)과 엇
갈리고 맺힌 것을 풀어서 펼치려 하고, 검고 어둡고 더럽고 흐린 것을 포용
하려 하니, 진실로 넓고 큰 도량으로서 잃어버리고 건몰(乾沒)될까 근심하
는 사람이 아니고서야, 나는 듯이 버리고 갈 뜻이 없던 적이 없을 것이다. 하
물며 소공은 친히 대변(大變)을 만나 부장(斧斨)을 깨뜨릴 적에 구부리고, 꺾
고, 조화하고, 보호하는 마음에 수고롭고, 초췌함이 또한 평시의 대신과 비
할 바가 아니었으나, 성왕이 아직 친정(親政)하지 못함을 돌아보고 감히 물
러가지 못하였는데, 하루아침에 정권이 귀결되었으매 호연히 물러갈 뜻이
있었음은 실로 인정이 기필코 이르는 바였다. 비록 주공의 말로써 문 · 무
(文武)의 왕업이 어려웠음을 생각하고 성왕이 수성(守成 부조(父祖)의 나라를 지
켜 나감)하는 데 도움이 없음을 생각하여 갑자기 마음에 이끌려 가지 못하였
으나, 그 뜻은 가상한 것이었다.

　한(漢)나라 장량(張良)은 고제(高帝)를 도와 진(秦)나라를 주멸(誅滅)하고
항우(項羽)를 밟아 눌러 그 공이 역시 지극하였다. 이에 이르기를,

　　"세 치 혀를 놀려 임금의 스승이 되고, 유후(留侯)에 봉해졌으니, 양(良)으로선
　족하다."

하고, 드디어 곡기(穀氣)를 물리치고 적송자(赤松子 신선(神仙)의 이름)를 신봉하여 놀았으니, 아아! 고조가 그 많은 싸움을 겪는 동안에 한신(韓信)과 장량(張良)은, 어깨를 나란히 좌우의 손과 같이 떼어 놓을 수 없는 사이었다. 그러나 유후(留侯)는 별다른 변고가 없었지만 한신은 잡혔으니, 대개 한신은 제 몸을 거두어 은거하지 못하고, 군사를 베풀고 출입하여 스스로 의심을 불러일으켰으니, 그가 사로잡힘은 마땅하다. 유후는 기미를 보아 행동하여 명철(明哲)하게 몸을 보호한 것이었다.

소광(疏廣)이 태자태부(太子太傅)가 되었는데, 늙어 은퇴하기를 청하매 황금 20근을 내려 주었고, 태자는 50근을 주었다. 향리에 돌아온 그날로 집사람을 시켜 술과 음식을 갖추어 베풀어 놓고, 친척들과 옛 벗과 빈객들을 초청하여 서로 더불어 즐기면서 자주 집사람에게 묻기를,

"금이 아직 몇 근이나 남았는가. 속히 팔아서 잔치에 공급하라."

하였다. 일 년 남짓 지나 광(廣)의 자손이, 그의 형제 노인으로서 광이 믿고 사랑하는 자에게 가만히 이르기를,

"자손이 그분의 이러한 때에 미쳐서 자못 산업의 터전을 세워 볼까 바랐는데, 이제 음식으로 다 소비해 버리려 하시니 어른께서 그분에게 말씀을 권하여 전택(田宅)을 사도록 해 주십시오."

하였다. 노인이 곧 한가한 때를 타서 광에게 이러한 계책을 말했더니, 광은 이르기를,

"내 어찌 노망하여 자손을 잊었겠는가. 돌아보면 본래의 밭과 집이 있으니, 자손들을 부지런히 힘쓰게 하면 그 가운데에서 족히 의식을 공급하여 다른 사람과 같은 것인데, 이제 다시 늘리어 넉넉히 남게 한다면 다만 자손들을 게으르게 할 뿐이다."

하고 또 이렇게 말하였다.

"이 금은 성주(聖主)께서 은혜로 늙은 신하를 기르시는 바이니, 그러므로 향당종족(鄕黨宗族)과 더불어 한가지로 그 내리신 것을 잔치로 즐겨서 내 남은 나날을 다하는 것이 또한 옳지 않겠는가."

송(宋)나라 석수신(石守信)은 쑥대 같은 어지러움을 베어 끊고, 그 근거를 삼제(芟除)하였으니, 대개 난(亂)을 평정한 훈신(勳臣)이었는데 병권(兵權)을 풀어 줄 것을 빌어, 양쪽으로 시기하고 꺼리는 바를 없애서 그 자신을 온전하게 하였은즉 또한 지혜로웠다.

장위공(張魏公)은 올출(兀朮)을 쫓아내었으며, 호구(湖寇)를 평정하고 유예(劉豫)를 격파하였는데, 강을 건넘에 믿는 바가 있어 두려워하지 않았다. 다른 날에 화의(和議)가 한 번 대두되자 백 가지 계책으로 그를 중상(中傷)하였으나, 고종(高宗)은 오히려,

"짐이 위공을 더욱 후하게 대접할 터인즉 떠도는 의론에 미혹되지 마라."

하였다. 그러나 위공은 그날로 표(表)를 올려 죄를 청하고, 다음 날 소(疏)를 아뢰어 물러가기를 빌었으며, 일찍이 공명을 탐하지 않았다.

- 終 -

經濟文鑑 下

鄭 道 傳 著

1. 대관 臺官

1. 대관의 연혁

편집자) 대관의 연혁은 원문에 없는 항목으로 임의로 삽입하였다.

주관(周官) 어사(御史)는 만민의 치령(治令)을 관장하여 총재(冢宰)를 도왔다.

진(秦) 어사로써 군(郡)을 살폈으므로 감찰(監察)이라는 명칭이 있었다.

한(漢) 초기에는 어사로써 의식대로 하지 못하는 자를 규찰(糾察)하게 하였다.

☞ 어사대부(御史大夫)는 승상(丞相)을 보좌하여 만기(萬機)를 겸해서 통솔했다.

☞ 중승(中丞)은 전중(殿中)에 있어 도서(圖書)·전적(典籍)과 비서(秘書)를 관장하였다.

☞ 시어사(侍御史)는 공경(公卿)의 아뢰는 일을 받아들이며, 법에 의해 탄핵(彈劾)하였는데, 거처하는 관서(官署)를 일컬어[謂之] '위지(謂之)'가 구본에는 '지위(之謂)'로 되어 있다. 어사대(御史臺)라 하기도 했고, 또한 난대시(蘭臺寺)라고도 일컬었다.

후한(後漢) 중승(中丞)이 밖으로 나가 탄핵을 전임(專任)하고, 비로소 궁중에서 장주(章奏)의 일을 주관하지 않았다. 그러나 전결하는 자리에 앉았으니, 그 직위가 무거웠다. 전폐(殿陛)에서 법을 잡아 권행(權幸 권세 있는 신하와 총애 받는 신하)이 두려워할 줄 알았으며, 권력을 오로지하고 책임이 무거웠다.

송(宋) 중승(中丞) 한 사람이 매월 25일에 궁궐 담장을 순행(巡行)하였는데, 상서령(尚書令)과 더불어 길을 나누어 가고, 비록 승랑(丞郎)이라 하더라도 퇴조(退朝)하다가 서로 마주치게 되면 또한 이를 단죄하였다. 그 밖의 내외 중관(衆官)들은 모두 머물러 서 있게 하였다.

후위(後魏) 어사중위(御史中尉)로 삼아 백료(百僚)를 감독하고 그가 출입하면 1천 보(步)의 길을 맑게 하였으니, 왕공(王公)과 백벽(百辟 제후를 말함)들도 모두 다른 길로 피해 갔으며, 그 밖의 백료들은 말에서 내려 수레를 끌고 길가에서 기다리게 하였는데, 동위(東魏)가 업(鄴)으로 옮긴 이후부터 이 제도가 다시없어졌다.

북제(北齊) 옛 제도를 다시 일으켜 경기(京畿)의 모든 보기(步騎 보병과 기병)와 영군(領軍)의 관(官)을 이에 속하게 된다.

제(齊)**와 양**(梁) 남대(南臺)라고 일컬었다.

후주(後周) 사헌(司憲)이라 일컬었다.

당(唐) 역시 어사대(御史臺)라 하였다. 구제(舊制)는 규찰(糾察)하고 감독하는 책임에 지나지 않았으나, 정관(貞觀 당 태종의 연호, 627~649) 말년부터 이건우(李乾祐)가 중승이 되자, 대(臺)에다 옥(獄)을 둘 것을 상주(上奏)하여 형옥(刑獄)을 주관하게 되었으며, 영휘(永徽 당 고종의 연호, 650~655) 연간에는 최원무(崔元茂)가 대부(大夫)가 되어 비로소 소송(訴訟)의 일을 맡았으니, 이 탄핵하는 일 외에 옥송(獄訟)을 다스리기는 당으로부터 시작된 것이다.

　☞ 당나라 초기에는 어사의 권한이 무거웠으니, 전중시어사(殿中侍御史)가 장고(藏庫)의 출납과 궁문 안의 일을 겸하여 처리하고, 좌우 순분(巡分)을 맡으니, 경기의 제주(諸州) 여러 위병(衛兵)들이 모두 이에 예속되었다[皆隷].

　　按 구본에는 '개예(皆隷)'를 금이(禁貳)로 하였으나, 이제 본문을 고찰하여 이를 바로잡았다.

　감찰어사(監察御史) 10명과 이행(裏行) 5명을 두어 안팎을 규찰하는 일을 관장하고, 아울러 제사와 감제군(監諸軍)의 출사를 감독하며, 출사(出使)하고 죄인으로서 조정에서 태형(笞刑)해야 할 자 역시 감찰하였다. 좌·우순(左右巡)으로 나뉘어서 비위(非違)와 실책(失策)을 규찰하였는데, 승천가(承天街)와 주작가(朱雀街)를 경계로 삼았다.

　☞ 감찰어사 소지충(蕭至忠)이 봉각시랑(鳳閣侍郎) 동봉각란대(同鳳閣鸞臺) 3품(品) 소미도(蘇味道)를 장오죄(贓汚罪 관리가 부정 축재한 죄)로 탄핵하여 폄관(貶官)시켰더니, 어사대부 이승가(李承嘉)가 여러 어사들을 불러들여 꾸짖기를,

　　"근일에 탄핵하는 일을 대부에게 자문(咨問)하지 않으니, 예(禮)에 합당한가?"

　　하였다. 여럿이 감히 대답하지 못하는데, 지충(至忠)이 나아가 아뢰기를,

　　"고사(故事)에는 대중(臺中)에 장관이 없으며 어사는 임금의 이목(耳目)이라, 어깨를 나란히 하여 임금을 섬기면 각자 일을 탄핵하되 서로 말하는 것은 관여하지 않았습니다. 만약 먼저 대부에게 아뢰어 탄핵하는 일을 허락받아 행한다면, 대부를 탄핵하는 일은 누구에게 아뢰어야 할지 모르겠습니다." 하였더니, 승가

(承嘉)는 묵연히 그의 강직하고 바른 것을 꺼렸다.

☞ 옛적에는 어사란 송사(訟事)를 받지는 않고 소송할 바가 임금에게 아뢸 만한 것이면 그 성명은 생략하고 풍문으로 칭탁하여 아뢰었다. 그 후에 재상이 어사의 권한이 너무 무겁다고 건의 탄주(彈奏, 탄핵할 것을 주달함)하여, 먼저 중승대부(中丞大夫)에게 아뢰고 다시 중서문하(中書門下)에 글로 통지한 연후에 아뢰도록 하였으니, 이로부터 어사의 책임이 가벼워졌다.

송(宋) 당(唐)의 제도를 따라 어사대(御史臺)를 설치하였는데, 처음에는 정원(正員)이 없이 겸관(兼官)에 그쳤다가, 후에 정원을 두었으나 대부를 제수하지 않고 중승(中丞)으로써 그 장(長)을 삼았다.

☞ 태종(太宗) 때부터 비로소 일을 말하는 어사를 두어 조정의 잘못을 어사가 말하게 하였으니, 이같이 탄핵(彈劾)하는 외에 다시 간행(刊行)하는 일을 겸한 것은 송(宋)나라 때부터 시작되었다.

☞ 태종 때 장손(張巽)이 감찰어사가 되어 명분을 바르게 하고 그 직을 들어 다하자, 그 후로 대관(臺官)이 된 자는 그 직분을 떨쳐 흔들리지 않고 풍채도 숙연하여졌으니, 조종(祖宗)이 기강의 맡은 바를 일찍이 바르게 하고 직신(直臣)의 기개를 함양하여 그런 것이 아니겠는가? 희령(熙寧 송나라 신종의 연호, 1068~1077) 연간에 왕안석(王安石)이 이정(李定)으로 찰관(察官)을 삼아서, 무릇 육찰(六察)[1]이 말하는 바를 유사(有司)에 행하게 하고 이부(二府)[2]에서 행하지 못하게 하였으며, 숭관(崇觀 송나라 휘종(徽宗)의 연호인 숭녕(崇寧)과 대관(大觀)에는 대신들이 그들의 몸을 편하게 하려고 남대사(南臺史 어사대의 별칭)은 일을 말하지 못하게 하고 오로지 육찰만이 일을 말하게 하였으니, 이는 바로 왕안석과 채경(蔡京)의 사사로운 뜻이었다. 안석(安石)이 시초를 내어 천하의 입에 재갈을 물리더니, 마침내 오랑캐의 화를 불러들이기에 이르렀다.

송조(宋朝)에서는 언관(言官)을 가장 중하게 여겼는데, 하정(下情)이 옹폐(壅蔽)될까 염려하여 풍문으로 일을 말하도록 허락하고, 일의 직분이 혹 게을러질까 염려하여 어보력(御寶曆)을 주어 탄주(彈奏)할 것을 기록하게 하였으며, 결원이 없도록 하고자, 조서(詔書)로써 6명을 제도로 정하였으며,

---

1) 육찰(六察) : 당·송(唐宋) 때의 6인의 감찰어사(監察御史). 이들이 육조(六曹)를 분담하여 살펴 그 잘못을 규찰하고 그 결과에 따라 연말에 전최(殿最)하여 출척하였다. 《宋史 職官志》
2) 이부(二府) : 중서성(中書省)과 추밀원(樞密院). 중서성은 문관의 일을 주관하고 추밀원은 무관의 일을 주관하였다. 《宋史 職官志》

그 직임을 전장(專掌)토록 하고자 조서로 직무를 겸임하지 못하게 하였으니, 이는 조정의 기강이 매인 곳이라 모두 시정(時政)을 의논하고 관청의 잘못을 규찰하였다.

원(元) 어사대(御史臺)가 조정의 의식(儀式)을 규찰하고 관청의 잘못을 탄핵하였으며, 관부의 공사(公事)를 국문(鞫問)하였다.

고려(高麗) 국초에 또한 어사대를 두어 당·송(唐宋)의 제도를 따르더니, 원(元)나라를 섬기면서 감찰사(監察司)로 고쳤으며, 공민왕(恭愍王)이 다시 고쳐서 사헌부(司憲府)로 하고, 대부(大夫)를 대사헌(大司憲)으로 하였다.

본조(本朝) 초기에는 고려조를 인순(因循)하여 대사헌을 높여 2품(品)을 품수하고 양부(兩府)에 참여하게 하니, 풍기(風紀)의 임무를 중하게 여김이 지극하였다.

2. 대관 총론

1. 위망(威望)을 먼저 하고 반격(反擊)을 나중에 한다.

대관은 마땅히 위망을 먼저 하고 탄핵을 그 다음에 해야 할 것이다. 왜냐하면 위망이 있는 자는 비록, 종일토록 말하지 않더라도 사람들이 스스로 두려워 복종할 것이요, 위망이 없는 자는 비록 날마다 1백의 장주(章奏)를 내어도 사람들이 더욱 두려워하지 않을 것이니, 대개 강의(剛毅)한 뜻과 골경(骨鯁)한 지조는 본래 인심에 익지 못한데, 한갓 내리누르는 권세만으로 군신(群臣)을 진숙(震肅)시키고, 중외(中外)를 맑고 바르게 하고자 한다면, 기강이 떨쳐지기 전에 원망과 비방이 먼저 일어날까 두렵다.

2. 어사부는 당연히 높아야 한다

어사부가 높으면 천자도 높아지니 어사부는 조정 기강의 직책이 된다. 그러므로 공경과 재상 이하의 대신들이 모두 가슴을 졸이고 숨을 죽이며 어사부에 나아가 옳고 그름을 판단 받아야 하니, 오부(烏府 어사부의 별칭)는 천자의 이목이요, 궁궐의 당폐(堂陛)가 된다, 이목의 총명함이 없고 당폐의 준정(峻正)함이 없으면 천자도 존귀할 수 없다.

3. 어사의 영예(榮譽)는 중요하다

어사의 영예는 재상보다 월등하다. 사환(仕宦)의 영예가 셋인데, 정권을 잡되 요직(要職)에 있어 백관을 관장하여 하늘의 일을 대신하고, 묘당에 앉아 백관을 나아가게 하고 물러나게 하는 것은 재상의 영예요, 영주(瀛州)에서 뽑히어[3] 금란전(金鑾殿 궁전 이름으로 문한을 취급하는 선비를 대조(待詔)하게 하던 곳)에 소대(召對)하여 천자의 사륜(絲綸 조칙(詔勅)의 글)의 명을 대행하는 것은 한림원(翰林院)의 영예이며, 오부(烏府)의 심엄(深嚴)함과 치관(豸冠 법을 다스리던 자가 쓰는 관)의 위숙(威肅)으로 기강을 진작시키고 풍채를 일깨움은 어사의 영예가 된다. 이 세 가지 영예의 경중(輕重)을 따져 보면, 어사의 영예가 더욱 심하니 어째서인가? 말이 승여(乘輿 임금을 일컬음)에 관계되면 천자가 얼굴빛을 고치고 일이 묘당(廟堂)에 관계되면 재상이 죄를 얻는다. 그 권세의 소재가 특히 백관을 진퇴시킬 뿐만이 아니니, 비록 재상의 중함으로도 어찌 이에 미치겠는가. 적봉(赤棒)으로 가리키는바 존비(尊卑)를 묻지 않으며, 백간(白簡 탄핵하여 아뢰는 글)이 앞에 서면 간사한 무리들이 기가 꺾인다. 천자의 이목이 미치는 바가 심히 넓어 그저 사륜의 명을 대행할 뿐만 아닌즉, 비록 한림원의 귀함으로도 그 어찌 이에 미치겠는가.

---

3) 영주(瀛州)에서 뽑히어 : 영주는 본래 신선이 있다는 바다 속의 산인데, 당 태종이 천책상장군(天策上將軍)으로 있을 때 문학관(文學館)을 설치하여 천하의 현재(賢才)를 초빙하였으므로 사람들이 향모(向慕)하여 신선에 비유하였다.《唐書 褚亮傳》

4. 일을 말함에 용감해야 한다.

소과경(蕭果卿)이 당초에 어사를 제수받은 것은 우 승상(虞丞相)의 뜻이었다. 사람들이 혹 이를 하례하니 소과경은 탄식하기를,

"저자가 나를 보기에 어리석어 말하지 못할까 하여 나에게 이 자리를 준 것이라, 나를 경멸함이 심하구나."

하고, 며칠 되지 않아 제일 먼저 그의 무리를 논박하더니, 드디어 아울러 공격하매 의논하는 자들이 그의 용기에 탄복하였다고 한다.

5. 어사는 남을 책하되 또한 자신을 책해야 한다.

남을 책하기는 어렵지 않지만 자신을 책하는 것은 어려운데, 어사는 남을 책하는 사람이다. 장수와 재상·대신이 그 인품을 갖추지 못하고, 백관·유사(有司)가 제 직분을 잃고, 천하에 법을 무너뜨리고 기강을 어지럽히며, 참소를 일삼고 그 사특함을 숨기는 자가 있으면, 어사가 모두 이를 밝혀 책할 수 있다.

그렇다면 어사는 홀로 책함을 받을 수 없는가? 그 지위에 거하면서 알지 못하는 바가 있거나, 알면서도 말하지 못하는 바가 있거나, 말하면서 행하지 못하는 바가 있거나, 행하지 않으면서 간쟁하지 않는 바가 있다면, 군자는 이를 병폐로 여기고 소인은 이를 요행으로 여길 것이니, 이는 어사의 책임이다.

어사가 비록 스스로 책하지 않는다고는 하나, 천하가 알고 책할 것인즉, 오로지 자신을 책하기를 어렵게 여기지 않아야, 남에게 책함을 시행하되 능히 그 책임을 다할 수 있다 할 것이다.

6. 어사 御史

임금이 방탕하여 덕을 잃고 패란하여 도를 잃었으며, 정사를 어지럽히고 간쟁을 받아들이지 않으며, 충성된 이를 폐하고 어진 이 쓰기를 게을리하면

어사가 이를 간책(諫責)할 수 있으며, 재상이 어긋나게 임금의 뜻만을 순종하여, 위로는 임금을 가리고 아래로는 백성을 속이며, 총애를 탐하여 간할 것을 잊고 복을 오로지하고 위세를 부리면, 어사부가 이를 규탄하여 바로잡을 수 있으며, 장수가 흉한(兇悍)하여 명을 따르지 않고 무력을 믿고 함부로 해치거나, 군사를 자기 노리개로 삼고 전쟁하는 일은 버리고 폭리(暴利)로 백성에게 해독을 끼치면, 어사부가 이를 탄핵할 수 있으니, 임금은 지극히 존귀하고 재상과 장수는 지극히 귀하나, 또한 이들을 간하고 책하며 규찰하고 탄핵할 수 있으니, 나머지는 가히 알 수 있을 것이다.

7. 어사대의 중요함

대저 심기가 굳세고 독특(獨特)하여 바른말을 꺼리지 않고 자립하여 바른말과 곧은 기개로 강호(強豪)를 두려워하지 않는 사람은 어사로 삼을 것이다.

그러므로 어사대의 명망(名望)은 족히 사방의 의표(儀表)가 되며, 어사대의 위엄은 족히 백관을 묶어 바로잡을 수 있으며, 어사대에 속한 것은 족히 만사를 진작(振作)시킬 수 있으며, 어사대의 귀함은 족히 조정을 무겁게 할 수 있다.

그러므로 국가의 큰 좀벌레[大蠹]를 제거할 수 있고 군국(郡國)의 대간(大奸)을 안핵(按劾)할 수 있으니, 천하의 큰 이해(利害)와 생민의 휴척(休戚), 백관의 폐치(廢置)와 뭇 이속(吏屬)의 출척을 감독하고 살펴서 임금에게 핵문(劾聞)해 올릴 수 있는 것이다.

2. 간관 諫官

1. 개요

옛적에는 간하는 데 일정한 원(員)이 없어서 사람마다 말하지 않는 자가 없었다. 그러므로 우(禹)는 백규(百揆)가 되어서 순(舜)에게 경계(警戒)하기를,

"저 단주(丹朱, 요(堯)의 맏아들)와 같은 오만함이 없으소서, 게을리 놀기만을 좋아하고 오만하고 포악한 짓만을 일삼았습니다."

하였으며, 익(益)은 우관(虞官)이 되어 순(舜)에게 경계하기를,

"법도를 잃지 마시고 안일함에 젖지 마시고, 즐기시는 데 지나치지 마소서."

하였으며, 고요(皐陶)는 사관(士官)이 되어서 순(舜)에게 경계하여 노래하기를,

"임금이 경박하면 신하는 게으르고 만사가 무너지리라."

하였다.

정자(程子)는 이렇게 말하였다.

"대저 성인으로서 순(舜)보다 더 거룩한 이가 없건마는 우(禹)가 순을 경계하여 말함이, '단주(丹朱)처럼 게으르고 놀기만을 좋아하며 오만하고 포악을 일삼지 마소서.' 하기에 이르렀으니, 또한 순이 게을리 놀고 오만하고 포악한 짓을 하지 않으리라는 것은 비록 어리석은 자라도 이를 알 것인데, 어찌 우(禹)라고 모르겠는가. 대개 숭고(崇高)한 자리에 처하면 경계하는 바가 당연히 이와 같아야 하는 까닭이다."

2. 간관의 연혁

삼대(三代) 관·사(官師)가 서로 배우고 바로잡아 주며 백공들은 그가 맡은 일을 하면서도 간하였으니, 위로는 백관으로부터 아래로는 백공(百工)에 이르기까지 간하지 않는 자가 없었고, 만약 간하지 않는 자가 있으면 그에 따

른 벌[常刑]이 있었다.

진(秦) 진나라 사람은 천하가 자기를 의론하는 것을 미워하여 비방(誹謗)하고 요사(妖邪)스런 말을 내는 것을 금하는 법이 있었으니, 조고(趙高)가 가로막아 감추어서 말하는 자가 있지 못하게 하여 망하기에 이르렀다.

한(漢) 한 고조(漢高祖)는 꾀하기를 좋아하고 들을 줄 알아서 간하는 말을 물 흐르듯이 좇았으니, 역생(酈生)의 간하는 말을 발 씻다가 들었으며,4) 자방(子房)의 간하는 말을 먹던 것을 뱉어 내고 받아들였고,5) 발을 밟아 간하는 말을 듣자 이내 받아들였고,6) 문을 박차고 들어와 간했어도 웃으며 용납하였다.7)

☞ 문제(文帝)가 가마를 멈추고 간언을 받아들였더니, 낭관들이 들어와 간할 수 있었다.

☞ 원앙(袁盎)이 황후(皇后)의 대좌(對坐)하는 것을 막았으나 궁위(宮闈) 역시 꺼리지 않고 간언을 받아들였다.8)

---

4) 역생(酈生)의⋯⋯들었으며 : 역생(酈生)은 한(漢)나라 창업에 공을 세운 역이기(酈食其). 그가 고양(高陽)에서 아직 패공(沛公), 즉 한 고조 유방(劉邦)을 만나러 갈 때 유방은 의자에 걸터앉아 두 여자를 시켜 발을 씻고 있다가 그대로 맞았다. 역이기는 읍만 하고 절은 하지 않으면서 늘 그런 태도로 어진 사람을 대하면 천하를 정(定)할 수 없다고 꾸짖으니, 유방은 발 씻던 것을 멈추고 옷을 입고 정중하게 맞아 천하 정할 일을 의론했다. ≪漢書 卷四十 酈食其傳≫

5) 자방(子房)의⋯⋯받아들였고 : 유방이 한왕(漢王)으로 있을 때 형양(滎陽)에서 항우(項羽)에게 포위되어 곤경에 처하자, 역이기가 다시 육국(六國)을 봉해 도움을 받자고 권하니 유방은 그렇게 하려고 하였다. 이 말을 들은 장량(張良)이 들어가 밥을 먹고 있는 유방을 보고 그 불가함을 들어 간하자, 유방은 입에 든 밥을 뱉으며 그 계획을 취소하였다. ≪漢書 卷四十 張良傳≫

6) 발을 밟아⋯⋯받아들였고 : 한신(韓信)이 제(齊)나라를 파하고 스스로 제(齊)의 가왕(假王)이 되려 하자, 유방이 화를 냈다. 장량과 진평(陳平)이 유방의 발을 가만히 밟으며 귓속말로 봉해 주라고 간하였다. 그제야 유방도 깨닫고 "장부가 제후를 봉하는 데 진왕(眞王)이지 어찌 가왕이겠는가?" 하고 한신을 제왕에 봉했다. ≪漢書 卷40 韓信傳≫

7) 문을 박차고⋯⋯이를 용납하였다 : 한 고조가 경포(黥布)의 반란 때 병으로 사람 만나기를 꺼려 금중(禁中)에 누워서 신하들을 만나 주지 않았다. 번쾌(樊噲)가 문을 박차고 들어가 "폐하가 저희들과 함께 천하를 정할 때는 그렇게 장할 수가 없더니 이제 천하를 정하자 이렇게 게을리할 수가 있습니까?" 하자, 고조는 웃으며 일어나 정사를 보았다. ≪漢書 卷41 樊噲傳≫

8) 원앙(袁盎)을⋯⋯받아들였다 : 한 문제(漢文帝)가 상림(上林)에 행차하였을 때 신부인(慎夫人)이 황후와 나란히 앉아 있는 것을 보고, 신부인을 물리치면서 말하기를 "존비(尊卑)의 차서가 있으며 상하가 화(和)한다고 하는데, 이미 황후를 세웠으면 신부인은 첩이 되는데 첩이 어떻게 황후와 자리를 나란히 할 수 있겠습니까? 이는 후에 화란을 일으키는 실마리가 됩니다."라고 간하자, 문제는 기뻐하고 신부인도 깨우쳐 고맙다고 금(金) 50근을 내렸다. ≪漢書 卷49 袁盎傳≫

☞ 무제(武帝)는 급암(汲黯)의 우직한 말을 듣고도 노하지 않았으며,9) 오구 수왕(吾丘壽王)의 상림(上林)의 간언을 허물로 삼지 않았으며,10) 서악(徐樂)·엄안(嚴安)이 포의(布衣)의 몸으로 흉노를 종벌할 것을 간하매, 불차(不次)로 넘어 발탁되었고,11) 동방삭(東方朔)은 해학(諧謔)으로 좌우의 사람들을 풍간(諷諫)하였으나 일찍이 배척당하지 않았는데, 적산(狄山)은 용병(用兵)할 것을 간하다가 버림을 받았고,12) 안이(顔異)는 복비법(腹誹法)에 걸려 주살(誅殺)당했으니,13) 임금이 간언을 들어줌이 과연 어떠한가?

한(漢)나라는 진(秦)의 옹폐(壅蔽 임금의 총명을 가림)의 환란(患亂)을 징벌하고 간쟁하는 대부를 두어 의론하는 일만을 오로지 관장함으로써, 천하의 강개한 선비들이 감히 말할 수 있는 기풍을 만들었으매, 언로(言路)가 통함이 실로 이로부터 비롯되었으나, 언로가 좁아진 것도 또한 이로부터 비롯되었다.

---

9) 무제(武帝)는……노하지 않았으며 : 한 무제가 문학(文學)하는 유생(儒生)을 불러 "이렇게 이렇게 하고자 한다." 하고 포부를 피력하자, 급암이 "폐하께서는 속으로는 욕심이 많으면서도 겉으로만 인의(仁義)를 베풀고자 하시면서 어찌 당우(唐虞)의 다스림을 본받고자 하십니까?"라고 직간하자, 무제가 노하여 조회를 파하고 "심하도다! 급암의 우직함이여!"라고 하였다.《漢書 卷51 汲黯傳》

10) 오구수왕(吾丘壽王)의……삼지 않았으며 : 한 무제가 분음(汾陰)에서 보정(寶鼎)을 얻자, 다른 신하들은 모두 무제의 장수함을 하례하면서 그것이 바로 주(周)나라 때부터 전해온 정이라고 하였다. 그러나 오구수왕은 주나라의 정이 아니라고 바른말을 하자, 무제는 화를 내면서 그 이유를 말해야지 못 대면 죽인다고 하였다. 오구수왕은 "이는 한나라에 덕이 있어 보정이 스스로 나왔으나 하늘이 준 것으로, 한의 보정이지 주나라의 정은 아닙니다." 하였다.《漢書 卷64 吾丘壽王傳》

11) 서악(徐樂)……발탁되었고 : 서악은 한 무제에게 천하를 다스리는 일은 바른 정사(政事)에 있지 강병(强兵)에 있는 것이 아니며, 사이(四夷)를 복속시키는 것도 은덕으로 하라고 간했으며《漢書 卷六十四 徐樂傳》, 엄안은 변방 오랑캐를 정복하고 국경을 넓히는 일은 인신(人臣)의 이익(利益)은 될지언정 천하의 좋은 계책은 아니요, 변란을 불러일으키는 단서가 된다는 상소를 올렸다.《漢書 卷64 嚴安傳》

12) 적산(狄山)은……버림을 받았고 : 한 무제가 흉노를 치자 흉노는 화친을 청했는데, 이때 적산이 화친하는 것이 좋다고 하였으나, 장탕(張湯)의 반대로 무제에게 까닭을 아뢰라는 추궁을 받고 과격한 언사로 간하다가 미움을 받아 후에 흉노에게 죽음을 당했다.《漢書 卷59 張湯傳》

13) 안이(顔異)는……주살(誅殺)당했으니 : 안이는 무제 때 대사농(大司農)으로 있었는데 어떤 일로 혐의를 받아 평소 사이가 좋지 않은 장탕이 다스리게 되었다. 그때 장탕이 씌운 죄목이 복비법이다. 이보다 앞서 안이에게 어떤 손이 법령이 불편하다는 불평을 하였는데, 안이는 그냥 듣고 말았다. 장탕은 그 일을 죄로 삼아 아뢰기를 "구경(九卿)으로서 법령이 불편함을 보고도 아뢰지 않고 뱃속으로 비방하였다." 하여 사형으로 논하여 죽였다.《史記 平準書》

대저 간쟁하는 직위에 있고 나서야 천하의 일을 의론할 수 있고, 의당 간하는 직분이 아니면 월권하지 못하게 되었으니 옳은 일인가? 군자가 그 직분의 얽매임이 있음을 애석하게 여겼다.

당(唐) 당 태종(唐太宗)은 간관(諫官)을 조명(詔命)하여 중서문하(中書門下) 및 삼품(三品)을 따라 입합(入閤)하게 하였고, 또한 사람을 이끌어 간하게 하였는데, 군신(群臣)들이 일을 아뢸 때마다 억지로 사양하는 빛을 띠었다. 장현소(張玄素)가 영선(營繕)함을 간하였더니, 탄상(嘆賞)하고 은사(恩賜)를 더하였고, 이대량(李大亮)이 매[鷹]를 구하는 것을 간하였더니, 조서를 내려 그를 포상하였고, 위징(魏徵) · 완규(王珪) · 온언박(溫彦博)의 간언은 좇지 않은 것이 없었다. 그러나 황보 덕삼(皇甫德參)의 간언은 견노(譴怒)함을 면치 못하였고, 저수량(褚遂良)이 고구려 정벌을 간하였으나, 끝내 버림을 받아 용납되지 않았으니, 태종의 간언을 받아들임은 역시 지극하지 못하였다.

☞ 덕종(德宗)은 백사(百司)의 장관들이 순대(巡對)할 것을 조서로 허락하고, 간언을 좋아하는 듯하였으나, 강 공보(姜公輔)의 간언 한마디는 임금의 뜻을 거슬러서 도리어 자신을 판다는 의심을 받았고, 육지(陸贄)의 충성스런 논간(論諫)이 수십 수백 편이 올려졌으나 번번이 버림을 받았다. 환란이 평정된 후에 또다시 정아(正衙 정식으로 조회를 여는 곳, 전전前殿)에서 아뢰는 일을 혁파하여 백관이 순대하며 간하던 길이 이때부터 막혔다.

송조(宋朝) 간관이 좌우로 나뉘어 양성(兩省)에 예속되었으니 이는 조명(造命)하는 처지에서 부족한 것을 미봉(彌縫)하기 위함이었다.

원(元) 간의대부(諫議大夫) 및 사간(司諫) · 보궐(補闕) · 습유(拾遺)를 두어 좌우로 인원을 나누었다.

고려(高麗) 송나라 제도를 따르다가 뒤에 고쳐서 간의대부를 사의(司議)로 하고, 보궐을 헌납(獻納)으로 하고, 습유를 정언(正言)으로 하여 모두 좌우로 나누어서 문하부(門下府)에 소속시켰다.

본조(本朝) 고려제도를 그대로 하였다가 헌납 · 정언을 다시 보궐 · 습유로 고쳤다.

3. 간관 총론

1. 옛적에는 간함에 정원이 없었으므로 언로(言路)가 더욱 넓었다.

옛적에는 간하는 데 정원이 없었으므로 언로가 더욱 넓었었다.

후세에는 간관에 상직(常職)이 있어서 언로가 더욱 막혀졌다.

옛적에는 백공(百工)이 잠언을 읊어[誦箴] 간하였으니, 백공들이 간하였던 것이고, 고(瞽 장님 악사(樂師))가 시를 읊어서[誦詩] 간하였으니 몽고(矇瞽 몽은 눈뜬장님으로 풍송(諷誦)을 맡았음)들이 간하였던 것이고, 공경(公卿)은 가까이서 간하였으니 무릇 조정에 있는 자들이 간하였던 것이고, 상사(上士)가 전해들은 말로 간하였으니 서사(庶士)가 간하였던 것이고, 서인(庶人)은 길가에서 나무라고, 장사꾼은 저자에서 의론하였으니 서인과 상고(商賈)도 간하였던 것이다. 위로는 공경대부와 아래로는 사서(士庶)·상고(商賈)·백공(百工)의 비천한 자들까지 간하지 않음이 없었다. 이는 천하가 모두 간쟁(諫諍)한 것이라, 진실로 간관의 직위에 있고 나서 간한 것이 아니었으니, 옛적에는 간관에 정원(定員)이 없으면서 언로가 더욱 넓었던 것이 아니겠는가? 후세에는 그렇지 못하여 간관의 직위에 서서도 간할 것을 구하되 간쟁할 길을 알지 못하니, 도리어 이로써 언로가 막힌 것이다. 대저 간대부(諫大夫)란 이른바 간관이요, 습유(拾遺)·보궐(補闕)이란 이른바 간관이니, 간관이 된 자는 간할 수 있으나, 간관이 아닌 자는 간할 수 없었다. 간관이란 것이 이미 간쟁함을 직분으로 삼으매 이 직위에 있지 않는 자는 모두 간쟁할 수 없었고, 간하는 바가 있으면 침간(侵諫)하였다느니, 분수를 범하였다느니 하고 천자에게 말이 미치는 것이면, '승여(乘輿)를 지척(指斥, 지칭해서 배척함)하였다.' 하고, 말하는 것이 낭묘(廊廟 조정(朝廷))에 관계되는 것이면 '조정을 비방한다.' 하니, 그렇게 된 까닭이 모두 간관에게 정한 직분이 있기 때문이다.

2. 간관은 재상과 동등하다

구경(九卿)과 백집사(百執事)는 각각 그 직분을 가지고 있어서 이부(吏部)의 관리가 병부(兵部)를 다스릴 수 없고, 홍로시(鴻臚寺)의 경(卿)이 광록시(光祿寺)를 다스릴 수 없으니, 각자 그 지키는 바가 있는 것이다.

천하의 득실(得失)과 생민(生民)의 이해(利害), 사직(社稷)에 관련된 대계(大計)와 같이 오로지 그 듣고 보는 바 직사(職司)에 얽매이지 않는 것은 홀로 재상만이 행할 수 있을 뿐이요, 간관만이 말할 수 있을 뿐이어서 간관의 지위가 비록 낮다고 하지만 재상과 동등하다. 천자가 '아니 된다.' 하더라도 재상은 '됩니다.' 할 수 있으며, 천자가 '그렇다.' 하도라도 재상은 '그렇지 않습니다.' 라고 할 수 있으니, 묘당에 자리 잡고 앉아서 천자와 더불어 가부를 상의할 수 있는 자가 재상이다. 천자가 '옳다' 하더라도, 간관은 '옳지 않습니다.' 할 수 있으며, 천자가 '꼭 해야겠다.' 하더라도, 간관은 '반드시 해서는 아니 됩니다.' 할 수 있으니, 전폐(殿陛)에 서서 천자와 더불어 시비를 다툴 수 있는 자가 간관이다. 재상은 그 다스리는 도(道)를 마음대로 행하며 간관은 그 말할 바를 마음대로 행하매, 말도 행해지고 도(道)도 역시 행해진다. 구경(九卿)과 백집사(百執事)는 하나의 직책을 지키는 자들이라 한 직분의 소임을 맡았으나, 재상과 간관은 천하의 일을 엮으니 또한 천하의 책임을 맡은 것이다.

3. 간하는 신하를 내쫓는 것은 아름다운 일이 아니다

충성스러운 사대부가 간언으로 내쫓김을 당하는 것은 나라의 아름다운 일이 아니요, 또한 숨어 사는 어진 이들이 스스로 나오는 것을 어렵게 만들 따름이다.

4. 몸의 허물을 간하는 것은 마음의 허물을 간하는 것만 못하다

임금의 허물을 간하는 것은 신자(臣子)의 하책(下策)이니, 대저 옛날부터 성명(聖明)한 군주는 일찍이 간신(諫臣)에 의하지 않고도 그 허물을 떨쳐 버렸으되, 이제 허물을 간하는 것을 신자(臣子)의 하책으로 삼는 것은, 충신의 입을 봉하고 의로운 선비의 혀를 잡아매어 위에 있는 이가 허물을 꾸며 가리고 간하는 것을 막지 못하도록 함이 아니겠는가?

'옳지 않다'고 말하면 허물이 진실로 임금이 된 자에 있어 면하지 못함을 말함이라, 간하는 것 또한 신하 된 자가 당연히 해야 할 바이나, 물이 하늘에 닿은 후 막는 것이 졸졸 흐르는 시초에서 막는 것과 같을 수 있겠으며, 불이 들판에서 타오를 때 끄는 것이 반짝거릴 시초에 끄는 것과 같을 수 있겠는 가? 후세의 간신(諫臣)들은 임금 몸의 허물을 간할 줄 몰랐으니, 대저 몸에 허물이 되는 허물이란 마음의 허물에서 비롯되는 허물이니, 병세가 은미할 적에 돌리면 쉬우나 병세가 드러나기에 미쳐서는 약으로 다스리더라도 어려운 법이라, 고요(皐陶)와 기(夔)의 우(吁)·불(咈)과14) 이윤(伊尹)·부열(傅 說)의 경계(警戒)도 일찍이 그 임금의 허물 있기를 기다려서 외면에 드러난 후에 말한 적이 없었은즉, 나무의 가지와 뿌리에서 움트는 싹을 굳이 끊어 내어 자라지 않게 한 것이다. 그러나 사람은 덕의(德義)가 있어서 이로써 마음[內]을 채우고, 예법으로써 몸[外]을 묶었으니 이리하여 수레를 더럽히는 수고가15) 없을 것이요, 옷자락을 당기는 다툼이16) 없을 것이며, 난간(欄干) 이 부러지는 부르짖음이 없으매,17) 임금의 허물이 이미 아득한 속에 아련히

---

14) 고요(皐陶)와 기(夔)의 우(吁)·불(咈) : 우와 불은 모두 부정하는 말로 요임금 때 군신 간에 동심 협력하여 정사를 다스리던 것을 비유한 말이다. 고요와 기는 요임금의 대표적인 신하였다.

15) 수레를 더럽히는 수고 : 한 무제(漢武帝) 때 어사대부 설광덕(薛廣德)이 임금에게 간한 고사. 무 제가 종묘에 제사를 지낸 후 편문(便門)으로 나와 누선(樓船)을 타려고 하자, 설광덕이 "다리[橋] 로 건너가셔야 합니다." 하였으나, 무제가 듣지 않으니, "폐하께서 신의 말을 듣지 않으신다면 신이 자결해서 그 피를 거가(車駕)에 뿌리겠습니다." 하였다. 무제가 좋아하지 않는 기색을 보 이자, 광록대부 장맹(張猛)이 "배를 타는 일은 위험하고 다리로 건너는 것이 안전합니다. 어사 대부의 말대로 하십시오." 하니, 그제야 그 말을 좇았다. ≪漢書 卷71 薛廣德傳≫

16) 옷자락을 당기는 다툼 : 삼국시대 위 문제(魏文帝) 때 사람 신비(辛毗)가 문제를 간한 고사(故 事). 문제가 기주(冀州)의 사가(士家) 10만 호를 하남(河南)으로 옮기려 하였다. 그때 마침 황충 [蝗 메뚜기]의 피해로 흉년이 들어 신하들이 불가하다고 간하였으나, 문제는 이를 듣지 않고 내 전으로 들어가려 하였다. 그러나 신비는 문제의 옷자락을 붙잡고 들어가지 못하게 하여 절반만 옮기게 하였다. ≪三國志 魏書 卷25 辛毗傳≫

17) 난간이……없으매 : 한 성제(漢成帝) 때 사람 주운(朱雲)이 임금을 간한 고사(故事). 성제가 장 우(張禹)를 제사(帝師)로 삼아 매우 존경하자 주운이 공경들 앞에서 간하기를 "오늘날 대신이란 자들은 위로는 임금을 바로잡지 못하고 아래로는 백성들에게 도움도 주지 못합니다. 원컨대 상 방검(尚方劍)을 내려 주시면 아첨하는 신하 하나를 죽여서 본을 보이겠습니다." 하여 성제의 노 여움을 샀다. 그래서 어사가 그를 끌어 내려가도록 하였더니, 주운은 난간을 붙잡고 올라가 간

잠겨 버렸다.

후세의 임금들이 당우(唐虞)와 삼대(三代)의 임금에 굳이 뜻을 가졌으나, 임금으로서 몸을 바르게 할 줄만 알고 임금으로서 마음을 바르게 할 줄은 몰랐으며, 임금의 정사를 올바르고 착하게 할 줄만 알고, 임금의 덕을 올바르고 착하게 할 줄은 몰랐으니, 이것이 곧 제고(制誥)의 차이와, 상벌의 잘못됨과 형벌의 혹독함이 나라 안팎에 나타나게 된 것이다. 그런 후에 부산을 떨면서 낯빛과 혓바닥으로 다투고, 백간(白簡 탄핵하는 소장)을 수십 장에 이르도록 쏘아 올리며, 조낭(早囊 임금에게 올리는 表章)을 수천 마디 말에 이르도록 올려 보아야, 아아! 역시 때가 늦는다.

5. 간하는 신하는 재상을 억제한다

양성(陽城)이 백마(白麻)를 찢으려 하니, 덕종(德宗)이 배연령(裵延齡)을 재상으로 삼지 않았고,[18] 이감(李甘)이 조서를 찢으려 하니, 문종(文宗)이 정주(鄭注)를 재상으로 삼지 않았다.[19]

6. 간하는 신하는 측근에 있어야 한다.

천자가 존경하여 듣는 자는 재상이지만, 면접하는 때가 있어서 몇 날이 되도록 오래도록 뵐 수 없기도 한다. 오로지 간신(諫臣)만은 재상을 따라 들어가 일을 아뢰되, 아뢰기를 마치면 재상은 중서(中書)로 물러가는데 대개 늘 그렇게 하거니와, 간관의 출입과 언동에 이르러서는 아침부터 저녁까지

하다가 난간이 부러졌다. ≪漢書 卷67 朱雲傳≫

[18] 양성(陽城)이……삼지 않았고 : 당 덕종(唐德宗) 때 간사한 배연령(裵延齡)을 재상으로 삼으려 하자 간의대부 양성(陽城)이 "혹시라도 배연령을 재상으로 삼는다면 내가 그 조서[白麻]를 찢어 버리겠다." 하며 저지하였다.≪唐書 卷192 陽城傳≫

[19] 이감(李甘)이……삼지 않았다 : 당 문종(唐文宗) 때 정주(鄭注)가 재상이 되려고 하자, 이감(李甘)이 시어사(侍御史)로 있으면서 "재상은 마땅히 덕망이 있은 후에 문예(文藝)가 있어야 하는데, 정주는 바랄 바가 아니다. 만일 조서가 내리면 내가 찢어 버리겠다." 하였다.≪唐書 卷171 李甘傳≫

서로 친밀하게 있지, 마땅히 물러가야 한다는 말을 듣지 못했다. 이렇게 하여 일의 득실이 아침에 생각한 것을 저녁까지 기다리지 않고 말할 수 있으며, 저녁에 생각한 일은 하룻밤을 넘기지 않고도 말할 수 있으며, 대답하지 않으면 극력 변쟁(辨諍)할 수 있으며, 여러 차례 입시하여 진술하기를 의당 이렇듯 상세하고 사실대로 아니 할 수 없은즉, 비록 사특한 자나 범상한 사람이라도 그 틈을 얻을 수 없었다.

이제 간관이 보는 것이 사이가 있어 금궁(禁宮) 안에 함께 거하는 것은 부녀자와 같이 있지 않으면 시인(寺人)일 따름이요, 범상한 자나 사특한 자일 따름이니, 그 명명(冥冥)한 가운데서 의론할 즈음에 어찌 그 틈새에 쉽게 행해지지 않겠는가? 이렇듯이 하면 우리는 오늘날 양부(兩府) 간관의 위대함을 볼 것이요, 국가 천하의 편안함을 볼 수 없을 것이다.

7. 시신(侍臣)과 간신(諫臣)

자탁(紫槖)을[20] 등에 지고 옥황(玉皇)의 향안(香案)을 옆구리에 끼고 청한(淸閒)한 고문(顧問)에 대비하는 자는 천자의 시신(侍臣)이요, 해치관(獬豸冠 법을 맡은 관리가 쓰는 관)을 쓰고 만승(萬乘)의 용린(龍鱗)을 잡아 천하의 담목(膽目)을 장대(長大)히 하는 자는 천자의 간신(諫臣)이다. 조정(朝廷)이 청명하고 공도(公道)가 떨쳐 서면 온 정사(政事)의 득실을 유독 자신만이 홀로 말할 수 있는 것이 아니라 시신 또한 이를 말할 수 있으며, 쓰이고 버려지는 것이 합당(合當)한가 부당한가를 자신만이 홀로 규제(規制)할 수 있는 것이 아니요, 시신 또한 이를 규제할 수 있다.

---

20)자탁(紫槖) : 자줏빛 붓을 꽂고 주머니를 휴대하는 것. 「남사」(南史) 유묘전(劉杳傳)에 "장안세전(張安世傳)에 이르기를 '주머니를 휴대하고 붓을 머리에 꽂고 무제(武帝)를 섬긴 지 수십 년이었다.' 하였다." 하고, 주(註)에 "탁은 주머니이고, 붓을 머리에 꽂은 것은 고문(顧問)에 대비한 것이다." 하였다.

8. 간관과 어사는 그 직분이 약간 다르다.

간관과 어사는 비록 모두 말하는 책임을 맡는 신하가 되지만, 그 직분은 각각 다르니, 간관은 헌체(獻替 취하고 버림, 임금을 돕는 일)를 관장하여 임금을 바르게 하고, 어사는 규찰(糾察)을 관장하여 백료(百僚)를 다스린다. 그러므로 임금에게 허물이 있으면 간관이 주독(奏牘)하고 신하가 법을 어기는 일이 있으면 어사가 봉장(封章)한다.

☞ 간관의 직분을 구별하고 어사의 소임을 바르게 하자면 헌체하는 일은 간관에게 붙이고 규찰하는 일은 어사에게 붙이는데, 신중하고 방정하며 때에 맞춰 응변(應變)하되 대체(大體)를 도탑게 할 수 있는 자를 가려 간의대부로 삼으며, 엄하고 위엄이 있으며 강직하고 고사(故事)에 견식(見識)이 있되 국체(國體)를 알아 살피는 자를 선택하여 어사중승(御史中丞)을 삼는다.

조정의 법령이 오롯하지 못하거나 교화가 갖춰지지 못하거나, 예악이 닦여지지 못하거나 호령(號令)이 밝혀지지 못하며, 의론이 결단(決斷)되지 못하거나 경장(更張)하는 일이 합당하지 못하며, 음양(陰陽)에 재앙(災殃)이 일어나고 변괴가 생기며, 임금이 기뻐해서 주기를 지나치게 하거나 노하여 빼앗기를 지나치게 하면, 마땅히 간관이 책임을 지고 그 잘못을 말해야 할 것이며, 사대부 가운데 간사하고 바르지 못함이 있거나 교만하고 사치하여 제뜻대로 행함이 있으며, 아첨으로 윗사람의 비위를 맞추거나 참특(讒慝)하여 성청(聖聽)을 어지럽히는 일이 있으며, 호강(豪强)한 자가 법을 우롱하거나 총신(寵臣)이 권세를 훔치는 일이 있거나, 탐오하여 염치를 닦지 않음이 있거나 사기(詐欺)가 있어 충신(忠信)을 갖추지 않거나, 대신으로서 중립만 지키고 고망(顧望 눈치만을 살피고 일을 결정하지 않음)하거나, 소신(小臣)으로 해이하고 태만하여 직분을 무너뜨리면 마땅히 어사가 책임을 지고 이를 진술하여 그 죄를 탄핵해야 할 것이다.

9. 마땅히 천하의 제일류(第一流)를 써야 한다.

오늘날에는 이른바 강대(剛大)한 기개를 지녔다는 자들이란 것이 우선 한 마디로 단언하여 4~5류에 불과한 사람들이다. 이들이 기세등등하게 대간으로 늘어서 있으니 어떻게 일이 잘 이루어질 수 있겠는가? 그러므로 성명이 드러나지 않아서 나라 안팎에서는 이미 그들이 천하의 제일류가 아닌 것을 알고 있다.

10. 시비를 감히 말하지 않는다

대저 사리(事理)에는 어떤 시비(是非)를 감히 판별해 내려 하지 않아서, 재상 같은 이는 굳이 임금의 뜻에 거슬리려 하지 않고, 대간 역시 재상의 뜻을 건드리려 하지 않으니, 이제 천하에서 시비를 감히 논하려 하지 않는 자들만 조정에 모여 있고, 또한 감히 심하게 말하려 하지 않는 자들만을 가려서 대간을 삼는 짓이 이미 풍습을 이루고 말았으니, 되는 일이 무엇이겠는가?

11. 대간은 굳세고 바르다

한·당(漢唐) 때에는 어사가 탄핵(彈劾)하되 사람들의 항의가 많으면 전상(殿上)에서 곧바로 그 죄를 헤아리며, 또한 아무개를 탄핵하고자 하면 먼저 문아래 방(榜)을 곧바로 세워 그 이름을 지적(指摘)하여 입조(入朝)하는 것을 허락(許諾)하지 않았으니, 대간(臺諫)의 일을 모름지기 이렇게 해야 할 것인데, 오늘날에는 일을 한 가지 말하거나 한 사람을 내치고자 하려면 천만 가지 곡절(曲節) 끝에 여러 모로 계책(計策)을 세운 뒤에야 되니, 감히 말하고자 해도 말로 다할 수 없다.

12. 대간을 중히 여긴다.

옛사람이 관직을 설치하는 데 반드시 대간의 권한을 중히 여긴 것이지 대간을 중히 여긴 것은 아니었으니, 대간을 중히 여기면 조정을 중히 여기게 되는 것이기 때문이다.

한 광무제(漢光武帝) 때에는 백관(百官)과 더불어 자리를 갈라 앉게 하는 일이 있어, 구본에는 '있다'[有]라는 말이 빠졌다. 당시에 '독좌자(獨坐者)'라 일컬어졌으며, 당 헌종(唐憲宗) 때에는 백관들로 하여금 길을 피하여 다니게 하는 일이 있어 당시에 '총가자(寵街者)' 구본에는 '용(龍)'으로 되어 있다. 라고 일컬었으니, 대저 들어가면 백관들로 하여금 자리를 갈라놓게 하고, 나오면 백관들로 하여금 길을 피해 가게 하였으니 이것이 과연 무슨 뜻인가? 어찌 그 권한을 무겁게 하여 사람들로 하여금 두렵게 여기도록 함이 아니겠는가?

13. 대간의 권한이 가벼우면 사람들이 두려워하지 않는다.

오늘날 믿을 바는 천하 간웅(姦雄)의 마음을 꺾을 자가 또한 있어야 하는데, 그 권한(權限)을 가볍게 함으로써 사람들이 두려워하는 마음이 없게 해서는 안 될 것이니, 사람이 두려워하는 바가 없기에 이르면 또한 어떠한 지경인들 이르지 않겠는가? 대저 조정이 스스로 편하고자 하여 대간을 장원(長員 간하지 않은 관원)으로 만들어 놓으면 관원(官員)들이 거리끼는 바가 없게 되고, 대간을 문구(文具 겉치레로 형식만 갖추어 둠)로 만들어 버리면 또한 어떻게 대간의 할 일을 하겠는가? 대개 옛적에는 비평(批評)하고 꾸짖는 권한이 대간(臺諫)에게 있었으나, 후세에는 대간을 진퇴시키는 권한이 권문귀족(權門貴族)에게 있게 되었다. , 후세람이 이끌어 올림을 바라서 벼슬에 오르려는 자는 실로 분주다사하여 겨를이 없는 터이라, 오로지 말하고자 하는 바가 있으면 대간의 권한을 빌어 물러가게 하고, 일이 권문귀족에게 관계(關係)된 것이 있으면 달게 장마(仗馬 의장용(儀仗用) 말) 노릇을 할 따름이다. 심지어는 오늘 표장(表章) 한 번 올리고, 내일 소(疏) 한 차례 올리는 것이 자질구레

하고 쓸데없는 허문(虛文)에 지나지 않으며 천하의 선비를 책(責)하되 각박하게 탄핵하니, 천하의 관리들이 규문(閨門)의 자잘한 사고나 향당(鄕黨)의 미미한 누(樓) 따위의 번잡스럽고 세쇄(細瑣)한 일로 한갓 사람들의 귀를 시끄럽게 할까 두렵다. 대개 이리하여 말하는 것은 모두 권문귀족들이 지목(指目)하는 바와, 물러가게 하는 자는 모두 권문귀족들이 꺼리는 것들이라, 선조(先祖) 때에 어느 대간이 있었는데 상께서 이르기를,

"짐은 대간이 재상(宰相)의 뜻을 그대로 봉행하지 않았으면 좋겠다."

하였더니, 대답하기를,

"신은 재상의 뜻을 그대로 봉행(奉行)하지 않을 뿐 아니라, 또한 폐하(陛下)의 뜻도 그대로 봉행하지 않으려 합니다."

하였으니, 장하다. 그 말이여! 대간들이 모두 이 사람만 같다면, 대간의 기강이 떨쳐지지 않을 리가 없을 것이다.

3. 위병 衛兵

1. 주(周)나라 궁위(宮衛)이다

1. 궁정(宮正)은 왕궁의 계령(戒令)과 규금(糾禁)을 관장한다.

☞ 왕씨는 이렇게 말하였다.

"계(戒)란 그 태만하고 소홀함을 경계하는 것이요, 규(糾)란 그 완만하고 산란(散亂)함을 나누어 살피는 것이며, 영(令)이란 그렇게 하도록 함이요, 금(禁)이란 그렇게 하지 못하도록 하는 것이다."

☞ 왕소우(王昭禹)는 이렇게 말하였다.

"시위(侍衛)가 엄하지 않으면 비상에 대비함이 없고, 좌우가 바르지 않으면 근습(近習, 임금의 총애를 받는 사람)을 삼갈 수 없는 것이니, 하물며 왕궁이란 것은 일을 다스리는 관청이 모두 여기에 모이는데 그 제도를 엄하게 하지 않고 어떻게 근습을 삼가고 비상에 대비하겠는가? 그래서 선왕(先王)이 인재를 선택하되 바른 자로 하고, 또한 이로 하여금 계령(戒令)과 규금(糾禁)을 맡도록 한 것이다. 이렇게 한즉 궁중에 있는 자로서 공정한 선비요, 충성스럽고 의로운 사람이 아닌 자가 없을 것이며, 그르고 편벽된 마음이 열릴 곳이 없게 되고, 간악한 변고가 만들어질 데가 없을 것이다."

2. 내외(內外)를 분변하여 때를 금한다

☞ 왕소우(王昭禹)는 이렇게 말하였다.

"왕궁의 관부(官府)와 차사(次舍, 숙위하는 곳과 숙위하는 사람이 쉬는 곳)의 사람으로서 밖에 있는 자와 안에 있는 자를 분별한다."

☞ 유집중(劉執中)은 이렇게 말하였다.

"궁 안에 있는 자는 판(版)이 있으며 궁 밖에 있는 자는 적(籍)이 있으니, 적(籍)이 없이 들어오거나 판(版)이 있으면서도 숙위(宿衛)하지 않는 자는 분변해 내어 이를 금하되 그 때를 잃지 않는다."

3. 그 십(什 2오(伍)를 십이라 함)·오(伍 5인을 1오라 함)를 모아서 도예(道藝)를 가르친다.

☞ 왕소우(王昭禹)는 이렇게 말하였다.

"군자가 도를 배우면 남을 사랑하고 소인이 도를 배우면 부리기가 쉬우니, 오로지 남을 사랑한 연후라야 임금을 가까이 모시게 할 수 있으며, 오로지 부리기를 쉽게 한 연후라야 숙위로서 책임[責]을(어떤 본에는 귀(貴)로 되어 있다) 맡길 수 있는데, 먼저 그 십(什)과 오(伍)로 모으지 않고서는 서로 권면하고 독려하며 배움에 힘쓰지 않을 것이다."

4. 궁백(宮伯)은 왕궁의 사서자(士庶子)로서 무릇 판적[版]에 있는 자를 관장한다.

공경(公卿)과 대부(大夫)의 자제가 왕궁에서 수직(守直)하는데, 왕궁의 호위는 스스로 안팎으로 나뉘어 있어서 사서(士庶)는 노침(路寢 정전(正殿) 또는 정침(正寢)) 안에서 지키며, 호분(虎賁)의 관속들은 침문(寢門) 바깥에 있다.

☞ 정강성(鄭康成 정현(鄭玄)의 자)은 이렇게 말하였다.

"사(士)는 적자(嫡子)를 말하고 서(庶)는 지서(支庶, 장남 이외의 아들과 서자)를 말하는 것이다."

☞ 왕씨는 이렇게 말하였다.

"왕족이 아니면 공신(功臣)의 세대로서 어진 사람의 부류인데, 임금이 스스로 가까이하여 호위하도록 하는 까닭에, 군신(君臣)과 국가의 휴척(休戚)이 한 몸이 되어서 상하가 친밀하여 안팎을 살핀다."

☞ 왕소우(王昭禹)는 이렇게 말하였다.

"평소에 이들에게 도예(道藝)를 가르쳐서 궁정(宮庭)을 호위하는 데 충당하는 것은 합당하다."

5. 팔차(八次)와 팔사(八舍)의 직사를 준다.

☞ 정강성(鄭康成)은 이렇게 말하였다.

"왕궁을 호위하는 자는 반드시 네 모서리[四角]와 네 곳 가운데[四中]에 거하여 순찰[徼巡]하기 편리하도록 한다. 차(次)는 그들이 숙위하는 곳이요, 사(舍)는 그들이 휴식하며 목욕하는 곳이다."

도전(道傳)이 상고한바 궁정(宮庭)과 궁백(宮伯)은 모두 총재(冢宰)의 소속인데, 선왕(先王)이 병위(兵衛)를 진설(陳設)하면서 모두 총재로 하여금 거느리도록 하였으며, 소공(召公)이 서백(西伯)으로 상(相)을 삼고, 중환(仲桓)과 남궁 모(南宮 毛)를 명하여 제후(齊侯) 여급(呂伋)을 이끌도록 명하였는데, 여급은 대사마의 소속이니 또한 명에 의해서 행하는 것이라, 대개 재상이 숙위를 거느림에 이것이 가장 뜻이 있는데, 유왕(幽王)이 무도하기에 이르러 궁정과 궁백의 직무를 닦지 않고 배복(陪僕, 근시(近侍)과 설어(褻御 임금을 가까이 모시는 사람)들이 원망하여 흩어지지 않는 자가 없어 주(周)나라가 마침내 쇠약하게 되었다.

2. 한(漢) 남군(南軍)과 북군(北軍)을 두었다

1. 남군 南軍

1) 광록훈(光祿勳)

가. 삼서랑(三署郎) : 좌서(左署) 기마병[騎] 80인을 주관한다.

나. 우중랑장(右中郎將) : 우서(右署) 1,500인을 관장한다.

다. 오관중랑장(五官中郎將) :

라. 좌중랑장(左中郎將) : 좌서(左署) 180인을 관장한다.

바. 거우기삼장(車右騎三將) : 우기(右騎) 900인을 관장한다.

이상은 전문 내병(殿門內兵)을 주관한다.

2) 위위(衛尉)

가. 공거사마(公車司馬) : 관문(關門)의 병(兵)을 주관한다.

나. 남궁위사(南宮衛士) : 537인이다.

다. 북궁위사(北宮衛士) : 472인이다.

라. 우도후(右都候) : 검극(劍戟) 416인을 주관한다.

마. 좌도후(左都候) : 검극 383인을 주관한다.

바. 남궁 남둔사마(南宮南屯司馬) : 103인이다.

사. 북궁 창룡사마(北宮蒼龍司馬) : 동문(東門)을 주관하며 40인이다.

아. 현무사마(玄武司馬) : 무문(武門)을 주관하며 38인이다.

자. 북둔사마(北屯司馬) : 북문(北門)을 주관하며 38인이다.

차. 남문 주작사마(南門朱雀司馬) : 남액문(南掖門)을 주관하며 124인이다.

차. 동명사마(東明司馬) : 동문(東門)을 주관하며 180인이다.

카. 삭평사마(朔平司馬) : 북문(北門)을 주관하며 217인이다.

이상은 전문 외병(殿門外兵)을 주관한다.

2. 북군 北軍

1) 중루교위(中壘校尉)

가. 월기교위(越騎校尉) : 700인이다.

나. 보병교위(步兵校尉) : 700인이다.

다. 장수교위(長水校尉) : 736인이다.

라. 야성교위(射聲校尉) : 700인이다.

마. 둔기교위(屯騎校尉) : 700인이다.

이상은 경성병(京城兵)을 주관한다.

한(漢)나라 제도에 남군과 북군으로 서로 유지하게 하였는데, 여녹(呂祿)은 북군을 관장하였고 여산(呂産)은 남군을 주관한 것과 같은 것이다. 태위(太尉) 주발(周勃)이 이미 북군을 들여놓았는데 아직 남군이 있으므로 감히 공언(公言)하여 산(産)을 죽이지 못하고, 위위(衛尉)에게 고하여 산(産)을 전문(殿門)에 들이지 말도록 하니, 산이 미앙궁(未央宮)에 들어와 난을 일으키고자 하였으나 들어올 수 없었다. 이것이 남군과 북군이 서로 견제한 증험이다. 무제(武帝)는 정벌하기를 좋아하여 장정군(長征軍)을 두었는데, 남북군의 제도가 무너져 한실(漢室)이 마침내 이 때문에 쇠약해졌다.

3. 당(唐) 부병제(府兵制)를 두었다

1. 절충도위 折衝都尉

1) 좌과의도위(左果毅都尉)

2). 우과의도위(右果毅都尉)

상부(上府)로서 1,200인으로 구성된다.

2. 절충도위 折衝都尉

1) 좌과의도위(左果毅都尉)

2) 우과의도위(右果毅都尉)

중부(中府)에 1,000인, 관중(關中) 500인으로 구성된다.

3. 절충도위 折衝都尉

1) 좌과의도위(左果毅都尉)

2) 우과의도위(右果毅都尉)

하부(下府)에 800인으로 구성된다.

당(唐)의 부병제도는 자못 일컬을 만한 것이 있으니, 그 거처(居處)와 교양(敎養)과 축재(畜財)와 대사(待事)와 동작(動作)과 휴식(休息) 등이 모두 절목(節目)이 있었는데, 후세의 자손들이 교만하고 나약하여 그 제도를 삼가 지키지 못하여 부병(府兵)이 폐지되고 방진(方鎭)의 군사가 크게 성하였다. 현종(玄宗)이 촉(蜀)으로 거동할 때[21] 겨우 1,000여 명이 호위하였고, 숙종(肅宗)이 영무현(靈武縣 숙종이 즉위한 곳)에 이르렀을 때 위사(衛士)가 100명도 채 못 되었으며, 덕종(德宗) 건중(建中) 4년에 백지정(白志貞)[22]에게 조서를 내

---

21) 현종(玄宗)이……거동할 때 : 당 현종(唐玄宗) 14년(755) 안녹산이 반란을 일으키고 이듬해 입관(入關)하자 현종은 촉(蜀)으로 피난한 사건.

22) 백지정(白志貞) : 원문에는 白志正으로 되어 있으나 「당서」(唐書)에 '貞'으로 되어 있다.

려 신책군(神策軍)을 삼고, 군사를 모집하여 보충하도록 하였는데, 지정이 남몰래 저자 사람[市人]으로 이를 보충하여 이를 군적(軍籍)에 예속시켰으나 몸은 시사(市肆)에 근거하다가 급기야는 경(涇)의 병졸이 난을 일으킴[23]에 금군(禁軍)이 적고 미약하여 비상사태에 대비할 여건을 갖추지 못하였으므로 당나라가 마침내 망하게 되었던 것이다.

4. 송(宋) 금군이다

1. 전전사(殿前司)

1) 봉일지휘(捧日指揮) 38

2) 효기지휘(驍騎指揮) 32

2. 시위사(侍衛司)

1) 천무지휘(天武指揮) 38

2) 용기지휘(龍騎指揮) 41

3. 황성사(皇城司)

1) 효건지휘(驍健指揮) 42

2) 신위지휘(神衛指揮) 46

4. 충좌군사(忠佐軍司)

1) 호익지휘(虎翼指揮) 51

2) 웅무지휘(雄武指揮) 33

매 1지휘(指揮)마다 보병 119명, 기병(騎兵) 72명이다.

송나라는 제도(諸道)의 장리(長吏)에게 조서하여 효예(驍銳 날쌔고 날카로움)한 병사들을 뽑아 궐중(闕中)에 보내도록 하고, 굳센 병사를 경사(京師)에 모

---

23) 경(涇)의……일으킴 : 당 덕종(唐德宗) 4년(783) 이희열(李希烈) 등이 반란을 일으키고 왕을 참칭하자, 경원(涇原) 등지의 군사로 이를 쳤으나 실패하였다. 뒤에 덕종이 봉천(奉天)으로 피난하려 하자, 이들 군인들이 절도사 장일(張鎰)을 죽이고 반란을 일으켰다.≪唐書 卷12 德宗本紀≫

아서 친히 군제(軍制)를 정하되 기율을 완비하여 '친위전금(親衛殿禁)'이라 명명하고, 그 영(營)에 용호(龍虎)와 일월(日月)의 호칭을 세워서 전전시위(殿前侍衛) 등 제사(諸司)에 나누어 거느리게 하였다. 또한 그 등급이 서로 범하는 데 대한 형벌을 준엄하게 만들어 '계급(階級)'이라 하여 상관을 범하려는 마음을 끊어 놓았다. 3년에 1수(戍)를 교체하도록 하여 안팎의 경중(輕重)을 고르게 하였다. 숭관(崇觀 숭녕(崇寧)과 대관(大觀)으로 송 휘종(宋徽宗)의 연호) 이후로 병폐(病弊)가 날로 자심하여 계급이 무너지자 기율(紀律)이 또한 망했으니, 동관(童貫)이 병권(兵權)을 거머쥐자 패한 것을 말하기 부끄럽게 여기니,[24] 금병(禁兵)이 열에 두세 명도 남지 않아 송나라가 망하였다.

5. 본조(本朝) 부병(府兵)이다

1. 의흥삼군부(義興三軍府)

1) 의흥친군좌위(義興親軍左衛) 5령(領)

2) 의흥친군우위(義興親軍右衛) 5령(領)

3) 응양위(鷹揚衛) 5령

4) 금오위(金吾衛) 5령

5) 좌우위(左右衛) 5령

6) 신호위(神虎衛) 5령

7) 흥위위(興威衛) 5령

8) 비순위(備巡衛) 5령

9) 천우위(千牛衛) 5령

10) 감문위(監門衛) 5령

매 1위마다 상장군(上將軍) 1원(員), 대장군(大將軍) 2원(員)이고, 매 1령마

---

24) 동관(童貫)……부끄럽게 여기니 : 동관은 송 휘종(宋徽宗) 때 환관이다. 그는 임금의 총애를 받아 병권을 장악하여 흉노를 치러 하룡(河龍)으로 들어가 고골룡(古骨龍)에 이르러 장수 유법(劉法)을 시켜 삭방(朔方)을 치게 하였으나, 패하자, 이를 부끄럽게 여기고 '이겼다'고 거짓으로 보고하였다. 그 후 군정이 문란해져 금군(禁軍)이 모두 도망하였다. 《宋史 卷468 童貫傳》

다 장군(將軍) 1원, 중랑장(中郎將) 1원, 낭장(郎將) 6원, 별장(別將) 6원, 산원(散員) 8원, 위(尉) 20원, 정(正) 40원인데, 10위 50령으로서 합계 4,230원이다. 근시(近侍)와 충용(忠勇)으로 칭한 각각 4위는 이 숫자에 포함하지 않는다. 부병(府兵)을 많지 않게 한 것은 아니나 시위(侍衛)가 허술한 것은, 전조 말년의 폐단을 이어받아 그 실상을 상세하게 검토하지 않은 까닭이다.

본조의 부병제도는 대체로 전조의 구제를 이어받았는데, 전조가 융성할 때에는 오로지 부병 외에 다른 군(軍)의 호칭이 없었으면서, 북쪽으로 대요국(大遼國)과 동쪽으로 여진이 외부로부터 침략해 들어오고, 또한 좀도둑[草賊]이 왕왕 나라 안에서 일을 일으켰으니, 밖에서 공격하고 안에서 지키면서 400여 년을 전해 내려온즉, 당시의 부병이 흥성하였던 것을 알 수 있다.

나라에 큰일이 병법을 익히고 일이 일어나되 작은 일이면 낭장(郎將)과 별장(別將)을 파견하여 평장하고, 중대한 일이면 상장군·대장군을 파견하여 군사를 거느리고 이를 막아 냈으니, 당시의 부(府)와 장(將)이 흥성함을 또한 알 수 있다.

충렬왕(忠烈王)이 원(元)을 섬긴 이래 매양 조정안에서 환시(宦侍)와 부녀(婦女) 그리고 사신으로 오는 자들의 청탁으로 인하여 관작(官爵)이 넘쳤는데, 청탁한 사람들이 모두 부위(府衛)의 관직에 제수되면 세력을 믿고 교만하여 제멋대로 행하면서 숙위(宿衛)를 하려고 들지 않았으니, 이로부터 부위의 법도가 무너지기 시작하였다. 무릇 숙위의 직무를 받은 자가 나라의 녹봉만 도식(徒食)하면서 할 일을 하지 않으니, 마침내 나라를 잃기에 이르렀다.

이제 전하께서 천명을 받아 새로이 나라를 개창[更始]하셨으므로, 나라의 모든 일이 유신(維新)되었으나, 오로지 부위(府衛)의 법만큼은 구습을 따르니[因循] 그 폐단 또한 여전하여 신은 적이 애석하게 여기는 바이다.

신이 일찍이 전조(前朝)의 역사를 상고하여 말하기를,

　"사람이 공이 없으면서 녹을 먹는다면 벌레가 솔잎을 먹으며 가뭄과 벌레의 재난이 되는데, 전조 말년에 송충이가 크게 번지고 가뭄이 해마다 빈번히 일어났으니, 대개 부위의 원(員)과 장(將)이 천록을 도식하면서 그 직분을 다하지 않아서 그 징조가 이와 같았다."

하였다. 이제 전하께서 하늘의 명을 받아 정사를 베풂이 혁연하시니, 의당 구폐를 혁파하고 나라의 근본을 무겁게 하고 천재(天災)가 없어지게 하여 유신(維新)의 다스림에 이르도록 해야 옳을 것이다. 그러나 깊은 폐단을 개혁하는 것은 강명(剛明)한 임금과 영렬(英烈)한 보좌가 아니고서는 할 수 없는 일이다. 옛날 한 문제(漢文帝)는 송창(宋昌)을 위장군(衛將軍)으로 임명하여 남군과 북군을 진무(鎭撫)시켜서 나라의 세력이 크게 떨쳤으며, 당 순종(唐順宗)은 한태(韓泰)를 행군사마(行軍司馬)로 삼았는데, 금군(禁軍)의 여러 장수가 이르지 않고, 모르는 자는 모두 태(泰)가 사람을 가벼이 여긴다 하여 불복하고, 아는 이들은 순종이 군정(軍政)에 실패하였음을 비웃었으니, 이제 주상께서는 강명(剛明)한 임금이신데 신은 범용(凡庸, 평범하고 변변치 못한 사람이란 뜻으로 낮추어 말한 것임)한 재질로 중대한 소임을 맡고 있으므로, 한태와 같은 웃음거리나 되지 않을까 두렵다. 바라옵건대 전하께서는 송나라 창(昌)과 같이 위혜(威惠)와 지용(智勇)이 있는 자에게 명하시어 부위(府衛)의 구폐를 혁파하시고 일대(一代)의 정제(定制)를 세우도록 하신다면 나라에 큰 다행이겠다.

본조의 부병제도(府兵制度)를 개혁(改革)한다

1. 의흥친군좌위(義興親軍左衛)는 의흥시위사(義興侍衛司)로 개정한다.

2. 의흥친군우위(義興親軍右衛)는 충좌시위사(忠佐侍衛司)로 개정한다.

3. 응양위(鷹揚衛)는 웅무시위사(雄武侍衛司)로 개정한다.

4. 금오위(金吾衛)는 신무시위사(神武侍衛司)로 개정한다.

매 1사(司)마다 각각 중·좌·우·전·후의 5령을 두고 중군(中軍)에 소속시킨다.

5. 좌우위(左右衛)는 용양순위사(龍驤巡衛司)로 개정한다.

6. 신호위(神虎衛)는 용기순위사(龍騎巡衛司)로 개정한다.

7. 흥위위(興威衛)는 용무순위사(龍武巡衛司)로 개정한다.

매 1사마다 또한 각각 5령을 두고 좌군(左軍)에 소속시킨다.

8. 비순위(備巡衛)는 호분순위사(虎賁巡衛司)로 개정한다.

9. 천우위(千牛衛)는 호익순위사(虎翼巡衛司)로 개정한다.

10. 감문위(監門衛)는 호용순위사(虎勇巡衛司)로 개정한다.

매 1사마다 또한 각각 5령을 두고 우군에 소속시킨다. 이상의 시위(侍衛)와 순위(巡衛) 10사에 매 1사마다 인신(印信) 1과(顆)를 만들어 주고 도위사(都尉事)가 관장한다.

11. 상장군(上將軍)은 도위사(都尉使)로 개정한다.

12. 대장군(大將軍)은 도위첨사(都尉簽事)로 개정한다.

13. 도호(都護)의 여러 위장군(衛將軍)은 중군사마(中軍司馬)로 개정한다.

좌군사마(左軍司馬)·우순사마(右軍司馬)이다.

14. 장군(將軍)은 사마(司馬)로 개정한다.

15. 중랑장(中郎將)은 사직(司直)으로 개정한다.

16. 낭장(郎將)은 부사직(副司直)으로 개정한다.

17. 별장(別將)은 사정(司正)으로 개정한다.

18. 산원(散員)은 부사정(副司正)으로 개정한다.

19. 위(尉)는 대장(隊長)으로 개정한다.

20. 정(正)은 대부(隊副)로 개정한다.

21. 도부(都府) 외는 다음과 같이 개정한다.

    1) 중군사직1, 부사직1, 사정2, 부사정3, 대장20, 대부20.

    2) 군사직1, 부사직1, 사정2, 부사정3, 대장20, 대부20.

    3) 우군사직1, 부사직1, 사정2, 부사정3, 대장20, 대부20.

매 1사마다 도위사1, 도위첨사2.

매 1령마다 사마1, 사직3, 부사직5, 사정5, 부사정7, 대장20, 대부20.

예부터 나라를 위하는 자는 문(文)으로써 다스림을 이루고, 무(武)로써 난(亂)을 평정하였으니, 이 두 직분은 사람의 양팔과 같아서 한곳으로 치우치거나 폐할 수 없는 것이다. 그러므로 본조에 이미 백사(百事)와 서부(庶府)가 있고, 또 여러 위(衛)와 각 영(營)이 있음은 문무(文武)의 직분을 갖춘 것인데, 부병(府兵)의 제도는 대저 전조의 옛 제도를 이어받았음에 전조가 융성한 시기에는 부병이 자못 당나라 제도와 견주어 볼 만한 것이 있었으나, 오랜 세월을 지나고 보니 그 제도가 크게 무너져 마침내 나라를 잃기에 이르렀다.

전하께서 하늘의 명을 받으셔서 하시는 바가 혁연(赫然)하시매, 의당 구폐(舊弊)를 혁파하고 나라의 형세를 무겁게 하여 유신(維新)의 다스림에 이르게 되어야 할 것인데, 사람의 견문이 옛것에 익숙하여 쌓이고 또 쌓인 폐단을 혁파하기 어렵게 되었다.

그러므로 왕자(王者)가 하늘의 명을 받아 임금이 되면 반드시 복색을 바꾸고 휘호(徽號 국가를 상징하는 깃발)를 바꾸었음은 한 가지로 듣고 보는 것이 옛것을 개혁하고 새것을 세우기 위한 까닭이었으니, 이리하여 송 태종(宋太宗)은 아름다운 명칭으로 금군(禁軍)의 옛 호칭을 바꾸어 사기를 새로이 진작시켰던 것이다.

이제 우리 전하께서 이미 동반(東班 무반(武班))의 관명(官名)과 직호(職號)

를 하나같이 모두 고쳐 정하여 명칭에 따라서 실제의 직분을 맡기시매 백관이 일을 좇아 공(功)에 이르렀으나, 오직 부위(府衛)의 칭호만큼은 그대로 두어 구폐 또한 여전히 남아 있은즉, 신의 직분이 삼군(三軍)을 관장하고 있는 바 염려되지 않을 수 없다.

이제 10위(衛)를 시위(侍衛)와 순위(巡衛) 등 여러 사(司)로 나눈 것은 대개 한(漢)나라의 남북군의 유제(遺制)를 본받을 것이니, 한의 남군은 궁문의 시위를 관장하고, 북군은 도성(都城)의 순검을 관장도록 하였는데, 이에 안팎이 서로 견제하여 길이 다스려지고 오래도록 태평하여 화란(禍亂)이 일어나지 않았음은 이미 명백하게 증명해 주는 바이다.

이제 의흥(義興)·충좌(忠佐)·웅무(雄武)·신무(神武)를 시위사(侍衛司)로 삼아 중군에 예속시켜서, 인(寅)·신(申)·사(巳)·해(亥)로 하고, 도위사(都尉使)·도위첨사(都衛簽事)가 각각 그 영(營)을 통솔하여, 사마(司馬) 이하가 궐내를 번갈아 시위하게 하였으니, 이는 한(漢)나라 남군의 제도를 도입한 것이며, 용양(龍驤)·용기(龍騎)·용무(龍武)·호분(虎賁)·호익(虎翼)·호용(虎勇)을 순위사(巡衛司)로 삼아 좌우군에 예속시키고 동위사와 도위첨사가 그 영(領)을 부려서, 사마 이하가 4대문에서 파수(把守)하며 교대로 순찰하되 번갈아서 당직에 임해서 순찰(巡綽)하게 하였으니, 이는 한나라 북군의 제도를 도입한 것으로서, 그 당번이 된 각 사(司)는 도위사 이하 의흥삼군부(義興三軍府)가 시각을 정해 명령을 내려 알려 주어, 이를 어기거나 잘못되지 않도록 하고, 무릇 입직하는 자는 까닭 없이 드나들지 못하게 하여 이를 어기는 자는 죄를 줄 것이다.

4. 감사 監司

1. 감사의 연혁

주(周) 대부로 하여금 방백(方伯)의 나라를 살피게 하였는데, 나라마다 3인이 있었다.

한(漢) 초기에는 승상부(丞相府)의 연리(掾吏)를 파견하여 여러 고을을 나누어 감찰해서, 어질고 그렇지 않음을 가려 출척(黜陟)하고 원통한 죄를 살펴 단안(斷案)하였으므로, 주군(州郡)의 맥락이 승상부에 통할 수 있었다.

☞ 무제(武帝)가 부자사(部刺史)를 두어 육백석(六百石)을 질(秩)하고 6조(條)로써 주군을 조찰(詔察)하게 하였으니, 그 첫째는 강호(强豪)한 종족(宗族)이 전택(田宅)을 휘어잡아 법도를 뛰어넘는 것이요, 둘째는 이천석(二千石)이 조서(詔書)를 받들어 행하지 않는 것이요, 셋째는 이천석이 의옥(疑獄)을 구휼하지 않는 것이요, 넷째는 이천석이 부서를 불공평하게 선정하는 것이요, 다섯째는 이천석의 자제가 세력을 믿는 것이요, 여섯째는 이천석이 공사(公事)를 빙자하여 아래의 백성들을 해롭게 괴롭히는 것이다. 무제(武帝)는 승상의 권한이 자사(刺史)에게 오로지 있어 군현의 맥락이 승상부에 통하지 않으니, 이는 잘못이라 하였다. 그러나 자사(刺史)의 품격(品格)이 낮으므로 스스로 분발한 때문이요, 권한이 중하므로 그 뜻한 바를 행할 수 있었던 것이니, 이 또한 한나라의 아름다운 뜻이었다.

☞ 선제(宣帝)는 황패(黃霸)를 양주자사(楊洲刺史)로 삼았는데, 다스림에 공이 있어 거개(車蓋, 상류 계층들이 타는 수레 위에 비나 햇빛을 가리기 위하여 둥글게 펼치는 우산 같은 휘장)를 하사하여 유덕(有德)함을 표창하였으며, 주박(朱博)은 기주자사(冀州刺史)로 옮겨 가 부(部)의 일을 처리함이 귀신같았다.

☞ 성제(成帝)는 육백석의 질록(秩祿)인 자사가 이천석(二千石)의 자리에 있는 것은 경중(輕重)이 맞지 않는다 하여, 다시 주목(州牧)으로 고쳐 진이천석(眞二千石)을 녹질로 하였는데, 녹질을 크게 우월하게 되었으나, 사람은 그 직책에 분발함이 없어졌다.

☞ 광무제(光武帝)는 옛 제도의 주목(州牧)으로써 이천석의 일을 아뢰게 하되 먼저 삼공(三公)에게 내려서, 연사(椽史)를 파견하여 조사토록 한 연후에 출퇴(黜退)하도록 하였는데, 이는 권세가 재상(宰相)에게 돌아가는 것이므로, 스스로 자사를 파견하여 역마를 타고 군국(郡國)을 두루 다니면서 죄수의 정상을 기록하고 전최(殿最)를 고찰하게 한 것이었다. 이때부터 재상은 주와 군의 득실을 못 하게 되었으며, 자사의 임무는 무거워지기 시작하였으니, 마침내 주목(州牧)이 방진(方鎭)의 세력을 이루어, 영제(靈帝)와 헌제(獻帝) 때에 이르러 천하가 바야흐로 어지러워지게 되었고, 호걸들이 모두 주군을 점거하려고 한바, 주목의 책임이 더욱 무거워져서 주군은 목(牧)과 진(鎭)이 있는 것만 알고 조정이 있음을 알지 못하였으니, 원소(袁紹)와 조조(曹操)가 먼저 난을 일으켜 자웅을 겨루었고, 소준(蘇峻)과 환온(桓溫)이 그를 본받아 발호하여 진(晉)으로부터 진(陳)에 이르기까지 화란이 서로 잇달았음은, 대개 광무제로부터 비롯한 것이다. 비록 장강(張綱)이 수레바퀴를 땅에 묻고 권신들의 발호를 탄핵[25]하며, 범방(范滂)이 고삐를 거머쥐어 분연히 천하를 맑게 할 뜻을 가졌으나,[26] 그 대세가 이미 가 버린 것을 어찌하겠는가?

수(隋) 사예대(司隸臺)를 두어 대부(大夫) 한 사람으로 기내(畿內)를 순찰하게 하고, 자사(刺史) 14인으로 기외(畿外)를 순찰토록 하여, 주목(州牧)의 폐해를 거의 징치(懲治)할 수 있었으나 그 임금이 황음하였으니, 그 법이 비록 좋았다 하더라도 난이 일어나 멸망해 가는 것을 메울 수 없다.

당(唐) 천하를 10도로 나누고 순찰사(巡察使)를 20인을 두되 굳세고 밝으며 청렴하고 강직한 자로써 삼았으나, 전철(前轍)을 살피지 않고 하북(河北)과 농우(隴右)의 극변(極邊)을 천하의 중진(重鎭)으로 여겨서 도독(都督)으로 하여금 진무하게 하였으니, 어찌 이른바 '오대(五大)는 변경에 있지 않았다.'[27]

---

25) 장강(張綱)이……탄핵하며 : 후한의 순제(順帝)가 주군의 풍속을 살피고 현량(賢良)을 표창하며, 탐오한 관리를 적발하려고 장강·곽준(郭遵) 등을 지방으로 파견하였다. 이때 장강은 지방으로 가지 않고 낙양(洛陽)으로 도정(都亭, 군현의 역소(役所)가 있는 곳)에 수레바퀴를 묻고 "시랑(豺狼) 같은 자들이 조정 용로에 가득 차 있는데, 주군의 호리(狐狸) 따위를 어찌 묻겠는가?" 하고는 당시 권력을 쥐고 있던 양기(梁冀)를 탄핵하였다. 《後漢書 卷56 張綱傳》

26) 범방(范滂)이……가졌으나 : 범방은 후한 환제(桓帝) 때 기주(冀州)에 흉년이 들어 도적이 일자, 그가 청조사(淸詔使)가 되어 안찰하게 되었는데, 그는 수레에 올라 고삐를 잡으면서 천하를 맑게 하려는 뜻을 품었다. 그가 이르는 곳마다 죄가 있는 수령들은 그의 소문만 듣고도 인끈을 풀어놓고 스스로 물러났다. 《後漢書 卷67 黨錮列傳》

하겠는가? 이로부터 진(鎭)의 장수는 모두 관찰(觀察)의 책임을 겸하여 품계가 높고 중해지매, 권력을 훔쳐 함부로 휘둘러도 그 그릇됨을 규탄하는 자가 없게 되어 많은 사람들이 직무를 폐하고 스스로 원망을 지으니, 마침내 난이 일어날 바탕이 되고 말았다.

송[宋] 전운사(轉運使)를 두고 혹 제형(提刑)과 제거(提擧)를 더 두었는데, 한(漢)나라 때 부자사(副刺史)의 남긴 뜻이다. 대성(臺省)과 시감(寺監)으로 이를 삼았으며 비록 재신(宰臣)이나 종관(從官)이 진수(鎭帥)가 되더라도 규핵하게 하고, 명번(名藩, 이름 있는 제후)이 서장(書狀)을 올릴 때 그 이름을 감사보다 앞에 썼으므로 사람마다 직분에 분발하였다. 마양(馬亮) 같은 사람은 일을 아룀이 임금의 뜻에 맞았으므로 금자(金紫)를 특사(特賜)받았고, 하북의 조신(漕臣)은 공로가 있어 영예롭게 비단 도포[金袍]를 하사받았으며, 두연(杜衍)은 죽은 죄인을 잘 다스려 바르게 직책이 원랑(員郞)으로 옮겼고, 성정충(成正忠)은 원통한 옥사를 색출하여 다스려 특명으로 벼슬이 옮겨졌으니, 이들은 비록 감사(監司)가 어질어서 모두 그 직분을 들어 행한 것이기는 하나, 또한 재상자(在上者)가 격앙 권면하고 장려하는 권한이 있었기 때문이다. 당시에 의논하는 자는 이렇게 말하였다.

> "관리에게 근심되는 것은 불가불 살펴야 할 것이나, 부리(部吏)를 체량(體量)하게 되면 자못 번거롭고 자잘한 것은 다치게 되니, 두 가지가 상반되는 듯하다. 이는 어떻게 하면 좋을 것인가? 정사를 거행한다는 명분으로 번거롭고 가혹한 정치를 도모함은 그른 것이요, 관대하고 후하다는 설을 빌어서 비호하고 용납하는 사사로움은 더욱 그른 것이니, 사람을 쓰고 버림과 승진시키고 내침을 공정하게 하되 사사로이 하지 않는다면 두 가지를 잃는 일이 없을 것이요, 결국 두 가지를 얻게 될 것이다."

고려(高麗) 감사(監司)를 혹 안찰(按察)이라고도 하였고, 혹은 안렴(按廉)이라고도 하였는데, 모두 시종(侍從)이나 낭관(郞官)으로써 이를 삼았다. 그 질

---

27) 오대(五大)는……않았다 : 오대는 다섯 가지 귀한 신분으로 태자(太子)·모제(母弟)·귀총공자(貴寵公子)·공손(公孫)·대대의 정경(正卿). 『좌전』(左傳) 소공(昭公) 11년에 "오대는 변경에 있지 못하며 오세(五細)는 조정에 있지 못한다." 하였다.

(秩)은 낮으나 권한은 무거워 스스로 능히 격앙하여 볼 만한 바가 있었으니, 또한 한 나라의 부자사(部刺史)와 송나라 전운사(轉運使)의 남긴 뜻이었다. 말기에 이르러서 법이 오래되어 폐단이 생기므로 그 시대의 손익(損益)에 따라 안렴을 도관찰사(都觀察使)로 고쳤다.

본조(本朝) 고려를 그대로 따랐으나 반드시 묘당(廟堂)에 명하여 양부(兩府)에서 공정하고 청렴하며 근신한 자를 가려 파견하였으므로, 한당(漢唐) 시대의 장점은 있어도 한당 시대에 나타난 폐단은 없다.

2. 감사 총론

1. 감사는 마땅히 그 사람됨을 가려 뽑아야 한다.

사자(使者)가 익부(益部)에 임하니, 위로 성전(星躔 별자리[星座])이 움직였고,[28] 수레가 서주(西州)에 머무르니, 우택(雨澤)이 이르렀다.[29] 감사의 책임이 관계되는 바가 이와 같으니, 어찌 가벼이 아무에게나 줄 수 있겠는가? 반드시 마음이 굳세고 바르며 강어(强禦)를 두려워하지 않는 자라야 그 권위를 떨칠 수 있으며, 가혹하게 꼼꼼하며 과격한 자는 쓸 수 없다. 그러므로 그 선택하는 방법에 공정하고 총명을 다루는 과거(科擧)와 강방(剛方)하고 개제(愷悌 용모와 기상이 단정함)의 목(目)이 있었으니, 진실로 비재(非才)한 자가 그 사이에 끼는 것을 용납하지 않았다.

---

28) 사자(使者)가……움직였고 : 후한의 화제(和帝)가 즉위하여 각주로 사자(使者)를 미복(微服)차림으로 파견하여 풍요(風謠)를 채집하였는데, 사자 두 사람이 익주(益州)에 당도하여 이합(李郃)의 처소에 투숙하게 되었다. 이합이 대뜸 그들이 조정에서 보낸 사자임을 알아차리므로 두 사자는 "어떻게 알아보았는가?"라고 물었다. 이합은 "두 별[星]이 익주 분야(分野)로 향하고 있어 알았습니다." 하였다. ≪後漢書 卷72 李郃傳≫

29) 수레가……우택(雨澤)이 이르렀다 : 한(漢)나라 백리숭(百里崇)이 서주 자사(刺史)로 가자 마침 한발(旱魃)이 있었는데, 백리숭의 수레가 닿는 곳마다 단비가 와 '자사의 비'라 하였다. ≪太平御覽 卷10≫

2. 감사는 마땅히 그 직분을 다하여야 한다.

황화(皇華 천자의 사신이나 천자를 가리킴)에서 보내는 사자(使者)는 오로지 자방(咨訪)하기를 힘썼고, 수의사자(繡衣使者)는 여러 성(城)을 풍동(風動)시켰으니, 이 자리가 어찌 덮어 감추고 그럭저럭 편안히 넘길 자리인가? 안일함을 기르는 것을 자중(自重)이라 하고, 하루하루 날자만 쌓아 보내는 것을 계자(計資)라고 하며, 옛것만을 따라 그대로 답습하는 것을 '때를 안다' 하고, 입을 다물고 침묵을 지키는 것으로 '계책을 얻었다' 하며, 간사한 짓을 용납하는 것으로 '관대하다' 하고, 직분을 모두 들어 행하는 것을 '번거롭고 가혹한 짓'이라 하며, 이로운 것을 일으키고 해로운 것을 제거하는 것은 '일만 만드는 짓'이라 하고, 탁한 것은 헤쳐 내고 맑은 것을 드높이는 것을 '항알(抗訐 일일이 다 들추어냄)'이라 함은, 이 모두 그 직분을 다하지 못하는 것이다.

아아! 조정에 서서 명령을 받으면서도 그 직분을 다하지 않을 것인가? 그러므로 감사는 그 직분을 다해야 한다고 하는 것이다.

3. 감사는 마땅히 모두 들추어 탄핵하여야 한다.

감사가 군현(郡縣)에 두려워하는 바가 있어 감히 들추어 탄핵하지 못하는 것은, 어느 군수(郡守)는 일찍이 시종(侍從)을 지낸 적이 있으니, 그가 요행히 다시 시종이 되면 구할 바가 있을 것이요, 일찍이 대간(臺諫)을 지낸 사람이라면 그가 다시 대간이 되고 나서 탄핵당할 바가 있을까 두려우며, 호족(豪族)이나 교활한 아전들이 범법행위를 저질러도 조정에 인척(姻戚)이나 구교(舊交)가 있을 것이라 하여 모두 불문에 그치고 만다. 따라서 곤궁한 백성들은 수령이나 호리(豪吏)에게 침포(侵暴 침범하여 손해를 끼침)당하여 분한 마음을 참지 못하고 하루아침에 감사에게 호소하지만, 감사는 이를 불문에 붙이거나 심하면 소장(訴狀)을 봉하여 보내 버리고 만다. 수령의 위세와 세력 있는 아전의 권세를 빙자하여 백성 보기를 원수 대하듯 하니, 곤궁한 백성이 입는 피해가 도리어 지난날보다 더하매, 후에 비록 원통한 일이 있다

한들 누가 이를 고소하겠는가? 아아! 감사 된 사람이 모두 들추어내 탄핵함을 직분으로 삼아야 하지 않겠는가!

4. 감사는 지나치게 관후하여서는 아니 된다.

지금 한 도(道)의 주와 현이 몇이나 되는지 모르고, 주와 현의 관리가 몇 명이나 되는지 알지 못하나, 주(州)에는 수(守)와 수(倅)가 있으며, 현(縣)에는 영(令)이 있고 승(丞)이 있다. 천하 사람이 모두 무능할 수도 없고, 모두 불초(不肖)할 수도 없는 일인즉, '아무개는 어떤 사람인가 하면, 인(仁)은 백성을 다스릴 만하고 재간은 일을 판별해 낼 만하며, 염치는 풍속을 이끌 만하니, _{구본에는 以 자가 빠져 있다.} 우리가 이 사람을 천거하면 우리 임금께서 써 줄 것인데, 대체 어찌하여 권하지 않으며, 아무개는 어떤 사람인가 하면, 탐오(貪汚)하고 용렬(庸劣)하며, 많이 거두어들여 윗자리에게 바치고, 간교하게 요로의 세력가에게 아부하니, 우리가 이 사람을 안핵(按劾)하면 우리 임금께서 죽일 것인데, 대체 어찌하여 경각(警覺)시키지 않을까?' 하여, 한마디 말에 사람을 권하고, 한마디 말에 사람을 경각시키게 되었은즉, 대개 이리하여 풍채(風采)의 의지하는 바를 저버리지 않았다.

지금은 또한 그렇지 아니하여서 천거된 사람이 '누구는 친속(親屬)이요, 누구는 권세 있는 사람이라' 하니, 한 해 동안 나가서 안찰하는 것이 얼마나 되며, 돌아다닌 주와 현은 무릇 얼마나 되겠는가? 산만하여 일일이 교열(校閱)할 수 없는 장부(帳簿)와 문서(文書), 그리고 별로 절실하지 않은 송첩(訟牒)을 그 앞에 분분하게 펴놓으면, 감사 자신의 마음으로 그것들이 비록 아전들이 불법으로 만든 것인 줄 알면서도 안핵(按劾)할 때에 임하여는 '아무개는 누구의 자제요, 아무개는 누구의 친고(親故)요, 아무개는 누구의 청탁한 바가 있는데, 내 어찌 차마 안핵할 수 있겠는가.' 하면, 사람들도 덩달아 칭송하기를, '이분은 관후(寬厚)하고 장자(長子)다운 분이라 감사가 되었다.' 하니, 대개 관후장자라는 것은 진실로 사대부의 미명(美名)인데, 풍채(風采)

의 소임에 또한 어찌 이런 명칭을 쓸 것인가.

5. 감사는 마땅히 몸소 먼 곳을 순시하여야 한다.

백성들은 궁벽한 시골이나 먼 고장에 살고 있는데, 강역(疆域)이 광막하고 멀어 안찰(按察)이 드물게 임하게 되고, 궁궐은 만 리라 하소하려 해도 미칠 수 없으니, 이곳 수령 중에 탐오한 자가 그 욕심대로 자행하게 되매 백성이 골몰(汨沒)하여도 호소하지 못하고, 뇌물이 공공연히 행해져서 민생은 피폐하고 억울함을 펼 길이 없이 민정(民情)이 막혀 버린즉, 밤낮으로 감사가 한 번이라도 와서 그 억울함을 살펴 풀어 주기만을 고대하니, 감사 된 자가 어찌 그 땅이 황막하고 멀다 하여 이르러 보지 않겠는가?

6. 고과법 考課法

선(善): 덕의(德義) · 청근(淸謹) · 공평(公平) · 각근(恪謹)이다.
최(最): 옥송(獄訟)에 억울함이 없을 것[獄訟無冤], 납세를 받아들이되 백성을 불안하게 하지 않을 것[催科不擾], 부세에 흠이 없을 것[稅賦無欠], 장부를 정제하게 한 것[簿書齊整], 부역을 균등하게 차출한 것[差役均等].
• 치사(治事)의 최(最)로 한다.
농토를 개간하고 뽕나무를 심은 것[農桑墾殖], 들을 넓히고 토지를 개척하는 것[野廣土闢], 수리를 잘 다스리는 것[水利興修].
• 권과(勸課)의 최(最)로 한다.
간특함과 도적을 없애는 것[屏除姦盜], 곤궁함을 진휼하는 것[賑恤窮困].
• 무양(撫養)의 최(最)로 한다.
정사의 업적이 더욱 특이한 자를 상(上)으로 삼는다.
각별하게 직위를 지켜 직무가 대충 다스려진 자는 중(中)으로 삼는다.
일에 임하여 해이하고 태만해서 가는 곳마다 보잘것없는 자는 하(下)로 한다.

* 본조(本朝) 임신년(태조 1년, 1392) **즉위 때 교시(教示)한 고과법(考課法)**

선(善) : 공(公) · 염(廉) · 근(勤) · 근(謹).

최(最) : 전야를 넓히는 것[田野闢], 호구를 늘리는 것[戶口增], 부역을 균등 하게 시키는 것[賦役均], 학교를 일으키는 것[學校興], 사송을 간결한 것 [詞訟簡].

악(惡) : 탐(貪) · 포(暴) · 태(怠) · 열(劣).

전(殿) : 전야가 황폐한 것[田野荒], 호구가 줄어드는 것[戶口損], 부역이 번 다한 것[賦役煩], 학교가 폐해진 것[學校廢], 사송이 밀리는 것[詞訟滯].

* 옛사람의 전 · 최(殿最)의 법을 취하되 옛 법에 합당하고 오늘날에 적 합한 것으로 고과(考課)하는 법을 만들어 그 분수(分數)를 정하고, 잘잘 못을 살펴서 들춰내는 자로 하여금 의거하는 바가 있게 하였다.

선(善) : 공(公)/5분(五分) · 명(明)/분(五分) · 염(廉)/4분(四分) · 근(勤)/4분(四分)

自註 공평하고 밝으면 능히 청렴하고 부지런할 수 있으므로 廉과 勤을 公과　　明보다 한 등급 낮추었다.

최(最) : 전야를 넓히는 것[田野闢]/ 3分 5釐, 학교를 일으킨 것[學校興]/ 3分 5 釐, 예속을 이루는 것[禮俗成]/ 3분 5리, 옥송을 공평하게 한 것[獄訟平]/ 2 분, 도적이 없는 것[盜賊息]/ 2분, 부역을 균등하게 한 것[賦役均]/ 1분, 부 세를 절도 있게 거둬들이는 것[賦斂節]/ 1분.

의식(衣食)이 넉넉하여 예절을 알게 되면 스스로 법을 범하지 않고 일에 잘 따를 수 있다. 그러므로 그 분수(分數)를 차례로 내렸다. 무릇 수령의 선 (善) · 최(最)는 그 실적을 고찰하여 기록하되, '한 수령이 있어 어떤 일에는 선(善)이고, 어떤 일에는 최(最)이다.' 하여, 그 분수의 많고 적음을 고찰 일중 하로 구분하여 승진시키고, 선(善)과 최(最)가 모두 없는 자는 축출한다. 또 한 선(善)은 덕(德)이요, 최(最)는 재(才)이니, 선의 분수는 많고 최의 분수가 적은 것은 덕(德)을 우선으로 하고 재(才)를 뒤에 둔 까닭이다.

5. 주목 州牧

1. 주목의 연혁

주(周) 팔명(八命)을 목(牧)이라고 하였다.

진(秦) 감찰어사(監察御使)를 두었다.

한(漢) 처음에 폐지하였다가 혜제(惠帝) 때에 이르러 또다시 어사를 파견하여 삼보군(三輔郡)을 감독하고 사송(詞訟)을 살피더니 이를 고쳤다.

☞ 문제(文帝)는 어사가 법을 받들어 행하지 못하므로 승상사(丞相史)를 파견하여 출자(出刺상사외방으로 나아가서 정탐함)하게 하였다.

☞ 무제(武帝)가 부자사(部刺史)를 두었는데, 이때부터 당송(唐宋)에 이르기까지 혹은 그대로 따르기도 하고 혹은 고치기도 하였으나, 모두 감사(監司)에게 독찰(督察)의 직책을 맡긴 것이었다.

고려(高麗) 3유수(留守)·8목(牧)·4도호부(都護府)를 두었으며, 후에 늘리기도 하였다. 그러나 각자 그 주(州)의 백성을 다스리고 있으므로 이에 별도로 안찰사(按察使)·안렴사(按廉使)를 파견하여 관리들을 규찰하고 송사(訟詞)를 청단(聽斷)하였다가, 또다시 도관찰사(都觀察使)로 고쳤는데, 이것은 감사로 된 것이고, 주목(州牧)의 임무가 군현(郡縣)과 같아진 것이다.

본조(本朝) 모두 그대로 하였다.

6. 군태수 郡太守

1. 군태수의 연혁

진(秦) 제후(諸侯)를 멸하고 그 지역을 군(郡)으로 만들어 수(守)·승(丞)·위(尉)를 각각 1인씩 두었는데, 수(守)는 백성을 다스리고, 승(丞)은 이를 보좌하며, 위(尉)는 병(兵)을 맡았다.

한(漢) 경제(景帝)는 군수라는 명칭을 고쳐서 태수(太守)라 하고 치민(治民)·진현(進賢)·권공(勸功)·결송(決訟)·검간(檢姦)하는 일을 관장하도록 하였다.

☞ 선제(宣帝)는 '태수란 관리[吏]와 백성의 근본이니, 자주 바뀌면 아랫사람들이 불안하게 여길 것이요, 백성들이 그 군수가 오래 있게 되어 속일 수 없음을 알면 교화에 따를 것이다.' 하여, 매번 수상(守相)을 제수할 때마다 친히 불러 보고 물어서 그 뜻의 비롯된 바를 관찰하고, 물러간 후에는 행적을 고찰하여 그가 말한 바와 비교하였는데, 항상 말하기를,
"나와 함께 다스릴 자는 오로지 선량한 이천석이다."
하였으니, 이것이 한대(漢代)의 선량한 관리들로써 마침내 성세(盛世)를 이루게 하고 중흥(中興)을 일컫게 한 것이었다.

후한(後漢) 역시 그 소임을 중하게 여겨서 혹 상서령(尚書令)·복야(僕射)를 내보내 군수(郡守)를 삼기도 하고, 혹은 군수에서 들어와 삼공(三公)이 되게 하였다.

진·송(晉宋) 혹은 수상(守相), 혹은 내사(內史), 혹은 태수(太守)라고 일컬었는데, 연혁은 같지 않으나 모두 백성을 다스리는 관원이었다.

당(唐) 무덕(武德 唐 高祖의 연호, 618~626) 초년에 군태수를 주자사(州刺史)로 고쳤다가, 후에 주자사를 다시 군태수로 고쳤으니, 이때부터 주군(州郡)의 사

(史·수(守)가 교대하여 명칭이 되었지만 그 실상은 마찬가지였다.

대송(大宋) 대송 초기에는 천하를 다스림에 친민(親民)의 소임을 중하게 여겨, 독수(督守)의 이름을 병풍에 써 놓고 바라보면서, 그 사람의 착한 점과 악한 점을 반드시 그 아래 써 놓았으니, 이로써 주·군이 다 잘 다스려졌다.

고려(高麗) 지주사(知州事)·지군사(知郡事)를 두었는데, 바로 군태수이다.

본조(本朝) 그대로 따랐다.

7. 현령 縣令

1. 현령의 연혁

주관(周官) 현정(縣正)이 있어서 각각 그 현의 정령(政令)을 관장하고 상벌을 행하였다.

춘추시대(春秋時代) 열국들이 서로 멸망하였는데 대부분 그 멸망시킨 땅을 현(縣)으로 만드니, 현은 크고 군(郡)은 작았다.

한(漢) 한제(漢帝)에 무릇 현(縣)은 세대 수를 기준하여 일만호 이상이면 영(令)이라 하고, 일만호 이하이면 장(長)이라 하였으며, 후국(侯國 제후·영주의 나라)에는 상(相)이라 하였으니, 진(秦)나라의 제도를 그대로 따른 것이다.

진(晉) 모두 현령(縣令)이라 일컬었다.

당(唐) 적(赤)·기(畿)가 있어 망(望)과 긴(緊)을 상중하로 나누어 6등급의 차를 두었다.

按 경도(京都)에서 다스리는 곳을 적현(赤縣)으로 하고, 근방 읍(傍邑)은 기현(畿縣)으로 하였으며, 호구(戶口)의 많고 적음과 토지가 좋고 나쁨에 차등을 두었으니, 호구가 많은 곳이면 망(望)으로 하고, 그 다음을 긴(緊)으로 하되 상중하로 나누어 그 아래 6등급을 만들었다.

고려(高麗) 현령(縣令)과 감무(監務)가 있었으니, 바로 옛날의 현령이다.

본조(本朝) 그대로 따랐다.

본조에서는 무릇 주(州)·부(府)·군(郡)·현(縣) 등 관의 명칭을 처음에는 전조의 옛 제도를 그대로 따랐으나, 뒤에 의론(議論)하는 이들이 이렇게 의론을 올렸다.

"부·주·군·현이 마치 별처럼 널려 있고 바둑돌 깔려 있듯 하니, 큰 것이 작은 것을 거느리고, 작은 것은 큰 것에 귀속시켜, 상부는 중하게 하고 말단은 가벼이 하여야 잘 다스려질 수 있을 것입니다. 전조 때 3유수(留守)·8목(牧)·4 도호부(都護府)를 두어서 거의 그 제도가 잘 이루어졌다 하겠는데, 뒤에 가서 대도호(大都護)를 늘려 여러 목(牧) 위에 올려놓고 또 새로이 목을 더 두게 되자, 주와 군의 호칭이 날로 뛰어올라 가게 되었습니다. 국초에 들어서서 전주(全州)를 완산부(完山府)로 올리고, 진주(晋州)를 대도호부로 삼고, 또 개경(開京)을 고쳐 개성유후사(開城留後司)로 만들었는데, 이리하여 거읍(巨邑)으로 된 것이 다섯인데 품질(品秩)이 높고 무거워져, 꼬리가 커서 흔들기 어려운 폐단이 있게 되었으니, 어찌 이른바 '오대불재변(五大不在邊)'이라 하는 것이 아니겠습니까? 이것은 또한 고려하지 않으면 아니 될 것이니, 청컨대 유사(有司)에게 명하시어 개성(開城)·평양(平壤)·영흥(永興)·완산(完山)·계림(鷄林)을 형편에 맞게 요량(料量 앞일을 헤아려 잘 생각함)하여 고쳐야 할 것은 고치고 그대로 두어도 무방한 것은 그대로 두어, 삼경유후사(三京留後司)만 그대로 두고 나머지는 모두 대도호(大都護)로 강등시키며, 또 여러 목(牧) 중에서 가장 오래되고 큰 목은 대도호로 승격시켜 지부(知府)라 호칭하고, 새로운 목(牧)과 소도호(小都護)는 지주(知州)라 호칭할 것이요. 무릇 지관(知官)을 지군(知郡)으로 호칭하고, 현령(縣令)과 감무(監務)를 지현(知縣)으로 호칭하도록 하소서. 이렇게 하면 부와 주·군·현이 판연하게 순서가 있어 상호 이어지고 속하게 되니, 마치 몸이 팔을 부리고, 팔은 손가락을 부리는 것 같아, 왕화(王化)의 진행되어 나감이 우체를 두어 명을 전하기보다 빠를 것입니다."

2. 군태수 총론

1. 군수는 백성의 근본이다.

☞ 손씨는 이렇게 말하였다.

대저 백성이라 함은 나라의 근본이요, 군수와 현령은 백성의 근본이다.

옛적에 바야흐로 사해(四海)를 제압하고 나면 천저가 작록(爵祿)을 나누어 주었던 것은 신하를 위함이 아니요, 아래로 모두 백성을 위한 것이었다. 그래서 성인이 한 번 도작하는 것이나, 한 가지를 설치하는 것이나, 한 번 명령을 내리는 것이나, 한 가지 법을 제정하는 것을 반드시 백성에게 근본을 두었다. 그러므로 사람을 택하여 목양(牧養)하게 하였고, 그 소임을 무겁게 하여 책임을 지웠으며, 그 권세를 빌려 주어 편안함을 굳혔으며, 그 녹봉을 후하게 하여 은총을 이롭게 하였으니, 임금이 관리에게 책임을 지우는 것도 한 가지로 백성에게 근본을 두고, 관리가 임금에게 보답하는 것도 한 가지로 백성에게 근본을 두게 되면, 백성은 소중하게 되는 것이다. 백성이 소중해지면 군수와 현령이 소중해지며, 군수와 현령이 소중해지면 천하 국가가 소중해지는 법이니, 그러므로 군수와 현령이 가벼이 여김은 백성을 가벼이 여기는 것이요, 백성이 가벼이 여겨지면 천하 국가가 가벼이 여겨질 것이니, 삼가지 않아서야 되겠는가?

옛날 한(漢)나라 제도가 군현(郡縣)의 소중함을 가위 알았다 하겠으니, 군수가 들어와 삼공(三公)이 되고, 낭관(郎官)이 나가서 백리(百里) 고을을 맡아 다스리기도 하며, 또 간대부(諫大夫)를 내보내어 군리(郡吏)로 보임(補任)시키되, 다스린 효과가 있는 자에게 새서(璽書 옥새가 찍힌 문서, 곧 임금의 직접 결재를 뜻함)로 권면(勸勉)하고 금품을 하사하여 질(秩 녹봉)을 늘려 주며, 문득 자리를 옮기지 않았다가 공경(公卿)에 결원이 생기면 그중에서 더욱 특이한 자를 뽑아서 탁용(擢用)하였다. 그러므로 한 나라의 선량한 관리들이 이때 흥성(興盛)하였으니, 참으로 그 중한 바를 알았다 할 것이다.

위진(魏晉) 이후로 풍속이 때 묻고 폐단이 생겨 조정에 있는 사람을 일컬어 '요직에 있다.' 하고, 군현을 다스리는 자를 일컬어 '좌천되었다.'라고 한 까닭에 관리들이 탐포하고 잔학함이 많아져 풍속(風俗)은 날로 무너져 갔으니, 이는 그 소중함을 잃은 것이라 하겠다.

당(唐)나라의 실책도 내직(內職)을 중히 여기고 외직(外職)을 가벼이 여긴 까닭에, 내직은 항상 자주 교체되고 외직은 항상 지체되어 선임되었던 것이다. 그러나 300년 동안 수재(守宰)들의 기풍을 심어 내려온 것이 오히려 분명하여 말할 가치가 있다.

우리나라는 초기에 방진(方鎭)을 혁파하고 삭감하여 군현(郡縣)의 직분을 중히 여기매 백성들이 자못 휴식하게 되었다. 태조(太祖)께서는 군수를 선임할 때마다 불러 보시고 위로하여 보냈으며, 태종(太宗)께서는 친히 순리(循吏)를 선택하여 군현에 나누어 보내 다스리게 하였고, 또한 항상 수찰(手札) 세서(細書)를 어전에서 30여 통을 찍어 내 파견한 군리(郡吏)에게 내려 주었고, 선제(先帝)께서는 정신을 가다듬고 성의로 정사를 다스리시매 일명(一命 처음 벼슬하는 자) 이상은 모두 조정으로 불러올려 보시고 낱낱이 훈사(訓辭)를 주시고 칙계(勅戒)를 자상하게 하시어, 그들로 하여금 자중(自重)함을 알게 하였으니, 이는 조종(祖宗)께서 외직을 중히 여기고 내직을 가벼이 여기는 것은 백성을 염려하여 관리를 가려 뽑은 지극한 은혜인 것이다.

☞ 여씨는 이렇게 말하였다.

조종(祖宗)에는 오직 친지 지주(知州)를 선임할 뿐만 아니라, 전선(詮選)의 미직(微職)이나 삼반(三班)[30]의 천직(賤職)에 이르기까지 그 차견(差遣 사람을 시켜서 보냄)하고 주의(注擬 벼슬아치를 임명할 때 임금에게 후보자 세 사람을 정하여 올리던 일)하는 일을 근신(近臣)에게 책임 지웠으며, 또한 모두 편전에 마주하여 그 인물에 대하여 적(適) 부적(不適) 여부를 열람하였으며, 혹 권문(權門)과 요로(要路)의 친척이라면 특별히 억제하여 물리쳤고, 혹 너무 노쇠한 자라면 산관(散官, 실직이 없는 관직)에 두었는데, 하물며 천리의 고을을 맡아 다스리는 소임이겠습니까?

신종(神宗) 황제께서 하루는 문언박(文彦博) 등을 자정전(資政殿)으로 소대(召對)하시고, "지주(知州)를 선임하는 데 아직 좋은 방법을 얻지 못하였다." 하고, 이르기를, "조종들께서 백전(百戰) 끝에 천하를 얻었는데 지금 온 고을의 생령(生靈)들을 용렬한 자에게 맡기게 되어 항상 마음이 아프다. 경들은 어떻게 생각하는가?" 하셨습니다. 이로 미루어 본다면 누대의 성주(聖主)들이 모두 목(牧)과 수(守)를 중요하게 생각하였는데 어찌 태종(太宗) 대에만 이러했겠습니까? 그러나 태종께서는 심관원(審官院)을 두어 측근의 신하들로 하여금 주재하거나, 혹은 전임 집정보신(執政輔臣)으로 하여금 주판(主判)하게 하였고, 주의(注擬)할 즈음에도 인재를 정선한 후에 인대해서 임금이 편전에서 문답하여 그 가부를 살폈으며, 진종(眞宗)께서는 선조(先祖)의 제도를 준용(遵用)하였는데, 천성(天聖 송 인종의 연호) 초년에는 장헌(章獻 송 진종의 비, 장헌 명숙황후(明肅皇后))이 수렴(垂簾)하고 인조(仁祖)께서 어리시매 옛 제도가 해이해졌다가, 5~6년에 미쳐서야 다시 모든 유사(有司)를 인대하여 비록 편전에서나마 공사를 몸소 살폈는데, 유사들이 명차격법(名次格法 서열에 따라 임명하는 법)에 따라 전례와 조문(條文)을 인용하여 주의(注擬)하였으나, 유사들이 전조처럼 인재를 정선하지도 못했을 뿐 아니라, 편전에서 고문(顧問)하였어도 가부한 대로 출척(黜陟)할 수 없었습니다. 그러므로 부필(富弼) 등이 이르기를, "재상 역시 스스로 지주(知州)를 선임하지 않고 심관(審官)에게 맡겨 버리고, 심관 역시 선발하지 않고 차례대로 보내니, 천하 주군(州郡)의 대다수가 다스려지지 않았다." 하였습니다. 신종(神宗)께서 주와 목의 폐단을 살펴보시고 보신(輔臣)들에게 하문하니, 여러 의견이 선법(選法)을 세우고자 하였으나 이미 법으로 유사(有司)에게 맡겨 놓았으므로 친택(親擇)할 수 없게 되었으매, 더욱 인재를 구하려는 뜻을 잃고 말았습니다.

이제 군수들로서 비록 당제(堂除)된[31] 자가 많으나 조정에서 출척(黜陟)시키

---

30) 삼반(三班) : 송대(宋代)의 무신(武臣)의 관직. 동반(東班)·서반(西班)·횡반(橫班)이 있는데 모든 무관은 삼반의 차직(借職)을 거쳐 삼반에 봉직한 후 절도사에 임명된다.

는 책임을 맡지 않고, 그 가운데 용렬하고 삐뚤어져 재목감이 못 되는 자가 이미 지주(知州)의 자서(資序 자격(資格))에 속하거나, 혹은 비록 자서가 아니더라도 일찍이 감사나 대성(臺省) 이상을 지낸 자는 모름지기 상례(常例)로 군의 소임이 어물어물 주어짐을 면치 못하니, 이것은 대신들이 조종의 전고를 인용하여 인대(引對)하지 못한 까닭이었습니다.

바야흐로 이제 강(江)과 회(淮)의 여러 주가 적과 대치하고 있고, 민(閩 복건성(福建省))과 광(廣 광동성(廣東省)) 지방이 비록 멀다 하지만 또한 가끔 도적들이 뜻하지 않게 오니 응당 군수(軍需)를 조달하는 것은 재간 있는 인물을 얻어 함께 협력하여 처리하고 다스려야 할 터인데, 어찌 함부로 취해서 재주 없는 사람을 길러 주겠습니까? 신은 바라건대 조정에서 목수(牧守)를 선발하여 임명함에 의당 조종의 제도를 본받도록 하소서.

2. 영·장(令長)은 백성과 더불어 가장 친밀하여야 한다.

☞ 이씨는 이렇게 말하였다.

주와 현 중에서 백성과 가장 친밀한 자는 영·장(令長)이 가장 먼저요, 직분이 가장 번잡하여 어려운 것으로서 또한 영·장보다 더한 것이 없으니, 한(漢)과 당(唐)을 거친 이래 모두 그 선임을 무겁게 하고자 하였으나, 그 인재를 얻기가 어려웠다. 당시의 뭇 신하들 중에서 위사립(韋嗣立)·장구령(張九齡) 같은 사람의 논설이 매우 상세하여 두고 볼 만하다. 장사(長史)가 되는 자도 또한 어찌 힘쓰기가 쉽겠는가? 정부(征賦)의 호다(浩多)함과 기회(期會)를 맞추어야 하는 준급(峻急)함과 옥송(獄訟)의 분규(紛糾)와 장부와 문서의 번잡스러움을 모두 자신의 힘으로 처리해 나간 다음에 그 사무가 대략 거행된다. 이해는 지극히 절박한데 수고로움과 안일함은 고르지 못하고, 독려하는 책임의 부담은 막중해서 실로 다른 관원보다 뛰어나지만, 조정의 격률(格律)에는 그 대우하는 바가 당초부터 특별한 은전(恩典)이나 다른 예우로 총질(寵秩)함이 없었다. 그러므로 관리로서 재략이 있어 번잡하고 바쁜 사무를 수습하고 처리할 수 있는 자는 대다수 묘당(廟堂)에 있기를 바라거나, 혹은 막부(幕府)로 몸을 감추거나, 혹은 학교에 의탁하여 할 일 없이 지내기만 몰래 꾀한다. 안일하게 있되 녹질(祿秩)과 벼슬자리가 모두 우후(優厚)하니, 법에 따라 의당 그렇게 된 것이지 가난해서 구차하게

---

31) 당제(堂除) : 중서성에서 사람을 뽑아 벼슬을 제수하던 일. 구제(舊制)에는 이부(吏部)에서 제수하였는데, 수(隋) 이래로 5품 이상의 관리는 먼저 선발하여 중서성에 아뢴 후에 임명하였다.

녹을 얻고자 함이 아니요, 바로 이익을 좋아하고 요행을 바라서 그러한 것이다.

3. 백성에게 가장 가깝다.

☞ 여씨는 이렇게 말하였다.

　　백 리의 고을을 나가 다스리는 관리가 백성과 가장 가깝다. 조종들은 백성들의 고통을 부지런히 돌보고자 한 까닭에 재(宰)와 영(令)을 상세하게 가려 뽑아 반드시 인대하여 친히 그 재질의 여부를 보고 임명하니, 비록 일명(一命)으로 처음 벼슬하는 자일지라도 편전에서 문답하여 재질을 시험하는데 하물며 백 리고을을 맡기는 중책이겠는가?

4. 선정(善政)에 감응하는 것

　정치의 선하고 악함은 물(物)에 감응하는 것과 사람에 감응하는 것이 있으니, 황충(蝗虫 메뚜기)이 중모(中牟)를 피하고,[32] 봉(鳳)이 영천(潁川)에 모였으며,[33] 구강(九江)이 인재를 얻으니 사나운 호랑이가 물러갔고,[34] 조양(潮陽)이 인재를 얻으니 악어가 물러간 것은[35] 착한 정사가 물(物)을 감응시킨 것이요, 쌀이 왕환(王渙) 때문에 융통되고,[36] 곡식이 이현(李峴) 때문에

---

[32] 황충(蝗虫)……피하고 : 후한(後漢)의 노공(魯恭)이 중모령(中牟令)으로 있을 때 군국(郡國)에 황충이 번성해서 곡식의 피해가 극심하였으나, 유독 중모만은 피해를 하나도 입지 않았는데, 이는 평소 노공의 덕치(德治)의 결과라고 해서 장제(章帝)가 가상히 여겼다.《後漢書 卷25 魯恭傳》

[33] 봉(鳳)이……모였으며 : 황패(黃霸)가 한 선제(漢宣帝) 때 영천 태수로 있으면서 선정(善政)을 베풀어 민심을 얻었다. 그때 봉황과 신작(神雀)이 군국에 모여들었는데 영천이 제일 많이 모였다. 그래서 선제는 "이는 황패가 조령(詔令)을 잘 받들어 백성을 교화한 공이다."라고 극찬하였다.《漢書 卷98 循吏傳》

[34] 구강(九江)이…물러갔고 : 후한 광무제 때 구강태수(九江太守) 송균(宋均)의 고사. 송균이 구강에 호랑이가 많은 것을 보고 "호랑이가 산에 있는 것은 자라가 물에 있는 것과 같다. 지금 백성을 해치는 것은 잔혹한 관리이다." 하고는 간리(奸吏)를 물리치기에 힘썼더니, 호랑이가 모두 동쪽으로 강을 건너가 버렸다고 한다.《後漢書 卷41 宋均傳》

[35] 조양(潮陽)이……물러간 것 : 당(唐)의 한유(韓愈)가 조조태수(潮州太守)로 가서 백성에게 괴로운 일을 물었더니, 악어가 사람을 해치는 일이라 하였다. 그래서 돼지와 양을 계곡에 버리고 악어문(鰐魚文)을 지어 고했더니, 그날 저녁 폭풍과 우뢰가 일면서 수일 내에 물이 다 마르고 악어의 걱정이 없어졌다.《唐書 卷160 韓愈傳》

[36] 쌀이……때문에 융통되고 : 후한의 화제(和帝) 때 사람 왕환이 낙양령(洛陽令)으로 정사를 잘

풍족하게 되었으며,37) 이면(李勉)이 들어온 것 있게 되니 오랑캐의 배[夷舶]가 왔고,38) 설공(薛公)이 있게 되니 어염(魚鹽)이 들어온 것39) 등은 착한 정치가 사람을 감응시킨 것이다.

5. 이천석의 착한 정치

내가 들건대 "바람이 위로 지나가니 물결이 일어난다." 하였으니, 이것은 천하의 지극한 문장이다. 인(仁)이 마음속에 형성되면 백성이 복속(服屬)하니, 이것은 천하의 착한 덕화(德化)이다. 어찌 많은 영(令)을 내려 백성을 태만하게 하여 병들게 하고, 스스로 험한 일을 만들어 백성을 간사하게 만들어 병들게 할 것인가? 단사(丹砂) 아홉 번 연단(鍊鍛)하여 철(鐵)을 변화시켜 금(金)을 만드는 것이고, 양한(兩漢)의 순리(循吏, 성실한 관리)들은 완악한 백성을 법으로 교화하여 인(仁)을 이루었으니, 내가 법을 간이하게 하면 백성이 엄숙해지고 내가 법을 평이(平易)하게 하면 백성이 친근해져서 사사로이 싸우던 칼을 팔아 소를 장만하고,40) 음사(淫祀)에 쓰던 제기[罇俎]로 부모

하다가 죽어 장례를 치르려 서쪽으로 가는데, 홍농(弘農)이란 곳을 지날 때 백성들이 모두 길에 상을 차려 놓고 있었다. 그 까닭을 물으니 모두 말하기를 "우리가 평소 쌀을 가지고 낙양에 도착하면 아전들에게 그 절반은 빼앗겼는데, 이분이 낙양령이 되고부터 그런 일이 없었기에 이제 은혜를 갚고자 해서 그렇습니다." 하였다.≪後漢書 卷72 王渙傳≫

37) 곡식이……되었으며 : 당 현종 때 사람 이현(李峴)이 경조윤(京兆尹)으로 있으면서 선정을 베풀어 곡식이 풍족하게 되었는데, 재신(宰臣) 양국충(楊國忠)에게 미움을 받아 그는 장사군 태수(長沙郡太守)로 쫓겨났다. 그러자 경사에 곡식 값이 뛰어 백성들이 노래하기를, "곡식 값이 싸기는 이현(李峴)이 베풀 때보다 더하지 못하다." 하였다.
≪唐書 卷112 李峴傳≫

38) 이면(李勉)……왔고 : 당 숙종 때 이면(李勉)이 광주자사 겸영남절도관찰(廣州刺史兼嶺南節度觀察使)로 나가서 반적(叛賊) 풍숭도(馮崇道) 등을 토평하고, 뱃길을 열고 검열을 폐지하자, 1년에 겨우 4~5척 정도 오던 서역(西域)의 배가 나중에는 4,000여 척에 이르렀다.≪唐書 卷131 李勉傳≫

39) 설공(薛公)이……들어온 것 : 설공은 당 태종 때 사람 설대정(薛大鼎)을 말한다. 창주자사(滄州刺史)로 나가서 수(隋)나라 때 폐한 무체하(無棣河)를 통하게 하여 바다로부터 어염이 바로 들어오게 하였더니, 백성들이 그 편리함을 칭송하였다. ≪唐書 卷185 薛大鼎傳≫

40) 사사로이……장만하고 : 한 선제 때 발해 태수(渤海太守) 공수(龔遂)의 일. 발해 좌우 군(郡)에 흉년이 들어 도적이 들끓자 선제가 특히 공수를 선발하여 보냈는데, 공수는 도적을 잡는 대신 선정을 베풀어 얼마 안 가서 도적들이 모두 양민이 되고, 차고 있던 칼을 팔아 소를 사서 농사를 지었다고 한다.≪漢書 卷89 龔遂傳≫

봉양하기를 부끄럽게 여겼으니, 비록 승평(昇平 태평한 시대)한 세월 100년에 임금의 은혜가 흡족하다 하지만, 이천석이 백성을 잘 돌봐 준 까닭이 아니겠는가?

6. 착한 정치는 곧 한(漢)나라의 순리(循吏)와 같이한다.

대저 맹렬하게 하되 산량한 사람을 해치지 않고 관대하게 하되 간악한 자가 자라나지 못하게 할 것이니, 양한(兩漢)의 순리(循吏)들도 이 방법에 더하지는 못하였다. 평향(萍鄕)의 읍리(邑里) 속에서 솔개와 올빼미가 봉황이 되었고, 강아지풀[稂莠]이 모두 변하여 아름다운 곡식이 되었다.

7. 수령은 일을 맡기지 않는다.

대저 남의 음식을 먹는 자는 남에게 책임을 맡아야 하고, 남의 옷을 입는 자는 남의 근심을 품어야 하는 즉 조정에서 10만 호의 백성을 한 사람의 수령(守令)에게 맡기고, 백 리의 땅을 한 사람의 영(令)에게 위탁하였으니, 백성의 안락과 근심이 이에 달려 있고, 한때의 풍·흉작[豊耗]이 여기에 매였는데, 이를 두려워할 줄 모르고 세도를 인연(夤緣)하여 간사함을 부리니 역시 이를 생각하지 않음이 너무 심하다. 또한 관청을 설치하고 관리를 두는 것은 본디 백성을 위함인데, 이제 백성의 부모가 되어서 도리어 백성을 좀 먹는 일만 하고 있으니, 백성이 누구를 바라고 살겠는가? 그러나 선비들이 바야흐로 벼슬하지 못하였을 때는 조그만 녹이나마 바라고 하는 바가 있더니, 세월이 쌓이고 따뜻한 집에서 배불리 먹게 됨에 이르러서 평소 뜻한 바를 하나같이 잊어버리고 말다니, 아아! 한탄할 일이다.

8. 아전은 백성의 유모요, 목자(牧者)이다.

연사(年事)가 흉년이 들어 백성들의 형세가 부르짖게 되면 편안히 안정하도록 무마시키기에도 오히려 일이 많아질까 걱정인데, 더구나 탐리(貪吏)들은 게다가 깎아 먹으려 드니, 이는 어린아이가 바야흐로 배고파 우는데 모진 유모는 도리어 그 먹을 것을 빼앗으며, 소가 바야흐로 달리기에 숨차 하는데 포악한 목자는 게다가 채찍질하는 격이니, 그 어린아이는 여위어 잔약해지고 말며, 소가 격동하여 도리어 치받게 됨은 그 사세가 필연적인 결과이다.

임금이 백성을 보호하되 자식을 보호하듯 하고, 백성을 사랑하되 소를 아끼는 것보다 더하게 하기 위해 그 유목(乳牧)의 역할을 실로 여러 아전에게 부탁한 것이다.

9. 양리(良吏)와 탐리(貪吏)

양리가 고을에 나가 덕성(德星 덕이 있는 사람)이 되면 제(齊)나라의 농사가 바야흐로 간난에 처했으나 백성들은 부모의 정을 품고, 탐포한 정사가 휘둘러져서 석서(碩鼠 임금의 측근에 있는 큰 간신)가 되면, 비록 위(魏)나라의 보리가 먹을 만하였으나 백성들은 떠나갈 생각을[41] 한다.

10. 장리 贓吏

장리(贓吏)라는 것은 사람 마음의 큰 좀이니, 그 뿌리를 베어 내 뻗어 나가지 못하게 하고, 그 가지를 쳐서 싹트지 못하게 하여야 군현(郡縣)에 널려 가득 찬 것이 모두 고양(羔羊)·소사(素絲)의 절검[節]이[42] 될 것이요, 생민을 돌보고 기르는 자에게 "가혹한 정치가 사나운 범보다 더하다."[43]는 혐의가

---

41) 석서(碩鼠)가……떠나갈 생각 : 석서는 큰 쥐라는 뜻으로 관리에게 비유한 말이다. 「시경」(詩經) 위풍(魏風)의 석서(碩鼠)에 "큰 쥐야, 큰 쥐야, 우리 보리를 먹지 마라. 장차 너를 버리고 살기 좋은 나라로 가겠다." 하였다.

42) 고양(羔羊)·소사(素絲)의 절검 : 벼슬이 있는 자가 안온하고 절약 정직하게 된다는 뜻. 「시경」 (詩經) 소남(召南)에 "염소 가죽 갖옷이여! 흰 실로 다섯 군데나 장식했도다." 하였다[羔羊之皮 召絲五紽].

43) 가혹한……더하다 : 「예기」(禮記) 단궁하에 보인다. 공자가 제자들과 태산을 지나다 한 부인이 무덤 옆에서 울기에 영문을 물었더니, 그 부인은 "먼저 시아버지와 남편을 호랑이가 잡아먹었는데, 이제 아들까지 잡아먹었습니다." 하였다. 그 말을 듣고 공자는 "그럼 왜 이곳을 떠나지 않

없을 것이다.

11. 관리의 폐단

서릿발같이 논평하는 자도 두려워하지 않고 아침저녁으로 주구(誅求)하는 짓을 매양 태연자약(泰然自若)하게 여겨 탐람한 일을 서로 결탁(結託)하여 저지르며, 질투하고 험악(險惡)한 짓을 악착(齷齪)스럽게 한다.

☞ 탐포스런 독(毒)을 함부로 부리고 무고하는 풍조(風操)를 조장하며, 송사(訟詞)로 이익을 늘리는 문호를 삼으며, 옥간(獄奸)을 재물 흥정하는 집으로 만든다.

☞ 제 뜻을 정해진 법[常刑] 외에 쾌(快)하게 하고 경부(經賦)의 나머지 가로채며, 자상(慈祥)하고 온화한 것을 고식(姑息)이라 하고, 각박하고 침독(侵毒)한 짓을 정리하여 처리하는 것이라 하여 의론이나 풍습이 날로 각박한 곳으로 치달아 가면 청명(淸明)한 성대(聖代)에는 있게 되어서는 안 될 것이다.

편집자) 아래 글은 공의 경제문감 自序이다.

도전(道傳)은 일찍이 여가가 있는 날마다 전대(前代)의 전적(典籍)을 고찰하고 연구(研究)하여 그중에서 다스리는 체제(體制)에 관계가 있는 것을 취하였는데, 재상(宰相)으로부터 수령(守令)에 이르기까지 그 명칭과 직위의 연혁, 직임(職任)의 득실, 인물의 어질고 어질지 않음을 갖추어 기재하지 않은 것이 없게 하되, 문적(文籍)이 시작된 당우(唐虞) 시대를 비롯하여 본조에 이르러 듣고 본 것까지 엮었다. 대개 임금은 우두머리요, 재상은 임금을 위하여 가부를 결정하니 임금의 심복이며, 대간과 감사는 임금을 위하여 규찰(糾察)하니 임금의 이목이다. 부(府)·위(衛)를 호위하는 것과 수령이 왕의 교화를 널리 전파하는 것은 임금의 조아(爪牙 발톱과 어금니, 국가를 보필하는 신하를 말함)요 수족이 아닌가? 사람이 그 한 몸을 폐한다면 사람이 아니요, 나라가 그 한 관청을 폐한다면 나라가 아니 될 것이니, 옛날 명철한 임금들이 어질고 유능한 선비를 널리 구해 중외(中外)에 펼쳤던 것도 또한 그 관직을 닦

는가?"라고 물으니, 그녀는 "여기는 가혹한 정사가 없습니다." 하였다. 그러자 공자는 제자들에게 "알아 두어라, 가혹한 정사는 호랑이보다 더 무서운 것이다." 하였다.

아 나라를 보호하고자 함이었다. 「시경」(詩經)에,

내 아름다운 덕을 구하여	我求懿德 아구의덕
온 나라에 펼치니	懿于是夏 의우시하
우리임금이 보살피네	允王保之 윤왕보지

하였으니, 이를 말함이다. 재상이 된 자는 식견이 있은 연후에라야 능히 옳고 그름을 판별하여 미혹되는 바가 없을 것이요, 도량이 있는 연후에라야 능히 사물의 번다함을 용납하여 남기는 바가 없을 것이며, 덕이 있는 연후에라야 능히 위아래 사람을 심복(心腹)시켜 잃어버리는 바가 없을 것이다.

대간(臺諫)과 감사(監司) 등에 이르러서도, 마땅히 풍채(風采)를 중히 여기고 기풍과 절개[氣節]를 숭상하는 것인즉, 풍채가 무거우면 사람이 공경하게 되고, 기풍과 절개를 숭상하면 사람이 두려워하게 되며, 사람들이 공경하고 두려워할 줄 알면 권세나 간사함을 부리는 마음이 막히고 법을 굽히는 정사를 어지럽히는 싹이 끊어질 것이다.

지혜롭고 용맹하며 충성스럽고 의로운 선비를 얻어 궐문의 숙위(宿衛)를 채워서 금위(禁衛)가 존엄해지면, 간웅(姦雄)의 마음을 꺾고 기회를 엿보는 욕망을 막을 수 있을 것이요, 선량하고 공정한 선비를 구하여 수령으로 삼으면 뭇 백성들이 소생하여 마침내 함께 사는 즐거움을 이루어서 흩어지고 근심하여 한탄하는 소리가 없게 될 것이다.

그러나 인재란 어둡고 밝음과 강하고 약함이 같지 않고, 세도란 맑고 탁함과 낮고 높음이 다를 수 있으므로, 어리석고 불초한 자가 사이에 끼어들기도 하고, 어질고 지혜로운 이 또한 얻어 널리 펼치지 못하기도 하며, 직분이 닦여지지 못해 직무에 태만하다는 한탄이 일어나게 된다.

또한 재상직이 그 인재가 아니라면 속히 어진 이를 구하여 그 자리에 둘 것이며, 대간이 그 직분을 잃으면 또한 유능한 자를 구하여 그 직책을 맡길 것이니, 어찌 한 사람 때문에 보상(輔相)의 권위를 가벼이 여기고 풍기(風紀)를 맡은 소임을 폐할 것인가.

부·위(府衛) 같은 것과 監司·수령(守令) 등도 모두 그렇지 않은 것이 없으니, 사람에 비유하자면, 마음의 구실은 생각하는 것이요, 귀는 듣는 것을 맡으며, 눈은 보는 것을 맡는 것과 같아, 마음이 그 생각하는 구실을 다하지 못하면 당연히 그 마음을 다스려서 더욱 맑고 밝게 하여 반드시 그 생각하는 바를 얻게 해야 할 것이요, 귀가 듣는 바가 없다면 또한 다스려서 더욱 총명하게 만들어 반드시 그 듣고 보는 실상(實相)을 얻게 하고야 말 것이니, 또한 어찌 생각하지 않는다고 해서 마음의 구실을 폐할 것이며, 듣지 않고 보지 않는다고 해서 귀와 눈의 총명을 폐할 것인가? 이 또한 알지 않으면 아니될 것이기에 아울러 논하였다.

— 終 —

經濟文鑑別集 上

鄭 道 傳　著

鄭 柄 喆 編著

경제문감별집서

　삼봉 선생께서 처음 「경제문감」(經濟文鑑)을 편찬할 때 상업(相業)부터 시작하였고, 군도(君道)에 대하여 언급하지 않은 것은, 아마 정중(鄭重)히 여겨 감히 말하지 못한 것이다. 그 글이 이루어지자 선생은 말하기를, "임금의 마음은 정사를 해 가는 근원인데 경제(經濟)를 논하면서 임금의 마음을 근본 삼지 않는다면, 이야말로 물이 맑기를 바라면서 그 근원을 맑게 하지 않는 것과 마찬가지이니 될 일인가?" 하고, 이에 본받을 만한 것과 경계 삼을 만한 것을 논하여 열거하되, 당우(唐虞)로부터 송・원(宋元)에 이르기까지 하였다. 그중에 참칭(僭稱)한 나라와 분열(分裂)된 나라를 생략한 것은 정통(正統)을 존중한 것이요, 전조(前朝) 왕씨(王氏) 30대 동안의 득실을 모두 논하여 편저(編著)한 것은 보고 듣고 한 것이기 때문이다. 또 경전(經典)에 있는 성현(聖賢)들의 격언을 모아 그 뒤에 붙였는데, 임금의 마음을 바로잡고 임금의 덕을 바르게 하는 바와, 역대의 치란(治亂) 및 정사(政事)하는 본말(本末)이 거론되지 않은 것이 없어, 간략(簡略)하면서도 자세(仔細)하고 간결(簡潔)하면서도 절실(切實)하게 되었으니, 실로 인주(人主)의 귀감(龜鑑)이라 하겠다. 생각건대 우리 전하께서 신성한 덕과 공으로 천명(天命)을 받아 나라를 세우고 유신(維新)의 정사를 일으켜 만세(萬世)의 터전을 이룩하였는데, 선생은 성리의 학문과 경제(經濟)의 역량으로 광보(匡輔 바로잡고 도움)하고 찬양(贊襄 도와 성취시킴)하여, 강령(綱領)을 세우고 기율(紀律)을 마련했으니 정사와 교화(敎化)의 융성함이 지극하다 하겠다. 그러나 또한 이 책에 정성을 다한 것은 어찌 한때를 다스리는 데만 스스로 만족하게 여기려 한 것이겠는가? 대개 장차 교훈을 세우고[立言] 규범을 남기어 만세 자손에게 한없는 복이 되게 하려는 것이다.

　그러므로 이미 「경국전」(經國典)을 저술하고 또 이 책을 편찬하였으니 그의 충성은 크고 생각은 원대하다 하겠다.

근(近)이 변변치 못한 사람으로서 공의 명을 받아 거듭 교정하여 불후(不朽)의 사업에 이름을 붙이게 되었으니, 다행함이 이보다 클 수 없다. 그러므로 대강 선생의 저술한 뜻을 서술하여 책머리에 쓴다.

홍무(洪武) 30년(태조6, 1397) 7월 상한(上澣) 資憲大夫 花山君 權近

1. 군도 君道

1. 당(唐)나라

1. **요(堯)**[1] 도당씨(陶唐氏)이니 제곡(帝嚳)의 아들이다. 성은 이기(伊耆)이다, 제곡을 계승하여 화덕(火德)으로[2] 임금 노릇을 하고 평양(平陽)에 도읍하였다. 제위 72년.

요(堯)는 당후(唐侯)에서 천자(天子)가 되었으니, 요의 훌륭한 덕은 참으로 표현하여 말하기 쉽지 않으나, 만약 요전(堯典)을 되풀이하여 본다면 거의 알 수 있게 된다. 그의 마음가짐으로 말하자면, '공경스럽고 통명하고 문채가 있고, 생각하되 자연스럽다' 하겠고, 그의 몸가짐으로 말하자면 '참으로 공손하고 능히 사양한다.' 하겠다. '능히 큰 덕을 밝혀 구족을 친하여지게 했다.'고 한 것은, 몸이 닦아지매 집이 다스려진 것이요, '구족이 이미 화목하게 되자 백성들을 골고루 계명시켰다.'고 한 것은 집이 다스려짐에 나라가 다스려진 것이요, '백성들이 밝아지며 만방을 합하여, 화목하게 했다.'고 한 것은 나라가 다스려지매 천하가 태평해진 것이다.

대개 몸과 마음에서부터 시작하여 가정과 나라 및 천하에 미루어 나간 안팎이 다 양성되고 근본과 끝이 모두 다스려졌으니, 이로 본다면 성인으로서의 학문이 근본이 있고, 성인으로서의 다스림이 차서(次序)가 있었음을 볼 수 있다.

그리고 '희씨(羲氏 복희(伏羲)를 가리킴)와 화씨(和氏)에게 명하여, 하늘을 공

---

1) 요(堯) : 이하의 전편은 「서경」(書經) 요전(堯典)을 인용하여 서술한 것이다.
2) 화덕(火德) : 왕자(王者)가 수명(受命)한 운을 오행(五行)으로 상징하여 화덕에 해당되는 것. 천하를 다스리는 데 모든 기・복식・희생・기용(器用) 등에 적색을 숭상함을 말한다. 그 덕은 오행의 이치에 따라 숭상하는 방위・간지(干支)・수(數)・오상(五常)이 정해진다. 예컨대 화덕은 방위는 남방, 간지는 병정(丙丁), 수는 27, 오상은 예(禮), 색은 적(赤)이다. 목덕(木德)은 방위는 동방, 간지는 갑을(甲乙), 수는 38, 오상은 인(仁), 색은 청(靑)이다. 금덕(金德)은 방위는 서방, 간지는 경신(庚辛), 수는 49, 오상은 의(義), 색은 백(白)이다. 수덕(水德)은 방위는 북방, 간지는 임계(壬癸), 수는 16, 오상은 지(智), 색은 흑(黑)이다. 토덕(土德)은 방위는 중앙(中央), 간지는 무기(戊己), 수는 50, 오상은 신(信), 색은 황(黃)이다.

손히 받들어 일월성신(日月星辰)을 역(曆)으로 하고 상(象)으로 하였다.'는 것은, 요(堯)가 천도(天道)를 이회(理會)한 것이요, '때에 맞게 일할 사람을 물어 등용했다.'는 것과 '그의 일을 순조롭게 해 나갈 사람을 물었다.'고 한 것은, 요가 인도(人道)를 이회한 것을 말한다.

> "제(帝, 요(堯)를 뜻함)가 말하기를, '아아! 사악(四岳)아 큰 홍수가 바야흐로 수해를 일으켜 한없이 산을 뒤덮고 언덕을 넘어 호호하게 하늘에 닿으므로, 그 아래 사는 백성들이 한탄하고 있으니, 감당할 사람이 있으면 다스리도록 하리라.' 하였다."

고 한 것은 요가 지도(地道)를 이회한 것을 말한 것이요,

> "제(帝)가 말하기를, '아아! 사악아 내 자리를 사양하겠다.' 하니, 모두 제에게 아뢰기를 '홀아비가 아래 있으니, 우순(虞舜)입니다.' 하자 제가, '알았다.' 하고, 두 딸을 규예(嬀汭)에 내려 보내 우순에게 시집보낸 다음 제가 말하기를, '공경하여 섬기라,' 하였다."

한 것은 선양(禪讓)한 것을 말한다.

대개 임금의 직책이란 사람 쓰기를 중요하게 여기고, 사람 알아보기를 어렵게 여기는 것인데, 첫 번째 물어 단주(丹朱 요의 아들)의 완악함을 알았고, 두 번째 물어 공공(共工)이 가만히 있을 때 말로는 잘하면서도, 일을 맡기면 그르치는 것을 알았고, 세 번째 물어서 곤(鯀)이 명령을 어기고 동족을 해치는 것을 알았고, 사악(四岳)에게 묻자 순(舜)을 천거함에 이르러서 천하를 위하여 사람을 얻었다.

임금 한 몸이 나와서 천지와 인물(人物)의 종주(宗主)가 됨은, 생민(生民)을 위하여 표준을 세움으로써 보상(輔相)·재성(財成)하는 도리를 다하여 그 극진한 대로 밀고 감에 지나지 않는 것이니, 삼재(三才 사람을 뜻함)의 구실을 다하게 되면 성인의 할 일이 끝나는 것이다.

2. 우(虞)나라

1. **순(舜)**3) 유우씨(有虞氏)이니 전욱(顓頊)의 6대 손자이다. 성은 요(姚)이며, 요 (堯)로부
   터 선양(禪讓)을 받았다. 토덕(土德)으로 왕이 되어 포판(蒲 阪)에 도읍하였
   다.

「서경」(書經)에 이르기를 "거듭 광화(光華)하여 제가 합치했다." 하였으
니, 이는 순(舜)의 덕이 요(堯)와 같음을 말한 것이다.

지금 살펴본다면 "심오하고 지혜로우며 아름다움이 극치를 이루고 매우
밝다." 한 것은 곧 순(舜)의 마음가짐이요, "온화하고 공손하고 미덥고 독실
했다."고 한 것은 곧 순의 몸가짐이며, "아비는 완악(頑惡 재주가 없어 둔함)하고
어미는 사납고 상(象 순임금의 동생)은 거만하였지만, 능히 화합하되 효도를 기
저로 하여 차츰차츰 착해지고 간악함이 없어졌다." 한 것과, "백성들이 중도
에 맞게 하매 사방이 고무되어 만방의 어진 사람이 모두 제(帝 순임금)의 신하
가 되었다." 한 것은 역시 순(舜)의 집이 다스려지고 나라가 다스려져 천하
가 태평해진 것을 말한 것이다.

먼저 선기옥형(璿璣玉衡)을4) 관찰하여 칠정(七政)을5) 정돈한 것은, 순이
이 천도를 이회(理會)한 것이요, 이를테면 "오전(五典 오륜(五倫)을 아름다워
지게 하라 하니 오전이 순조롭게 되고, 백규(百揆)에6) 들이니 백규가 펴졌
다." 한 것은 교화(敎化)가 행해지고 정사가 다스려진 것이며, "사방 문에 오
는 손님이 화목했다." 한 것은 사람들이 교화된 것이요, "센 바람과 우레(雨
雷) 치는 비에도 혼미하지 않았다." 한 것은 신명(神明)이 도운 것을 말한 것
이다.

"상제에게 유제(類祭 제사의 일종)하고 육종에게7) 인제(禋祭 제사의 일종)하고

---

3) 순(舜) : 이하 전편은 「서경」(書經) 순전(舜典)과 대우모(大禹謨) 등에서 인용하여 서술한 것이다.
4) 선기옥형(璿璣玉衡) : 구슬로 꾸민 천문측량기로 혼천의(渾天儀)와 비슷한 것.
5) 칠정(七政) : 해와 달 그리고 오성을 말한다. 오성(五星)은 목성・화성・토성・금성・수성이고,
   이 천체의 운행은 마치 인군의 정사(政事)와 같다는 말이다.
6) 백규(百揆) : 서정(庶政)을 총괄하는 관직으로 주(周)대의 총재(冢宰)와 같은 말이다.
7) 육종(六宗) : 여섯 신(神)에게 제사 지내는 것. 여섯 신에 관해서는 여러 가지 설이 있는데, 채침
   (蔡沈)은 사시(四時)・한서(寒暑)・일(日)・월(月)・성(星)・수한(水旱)이라고 하였다.

산천에 망제(望祭)하고 여러 귀신에게 두루 제사했다."

한 것은 이른바 제사를 맡도록 하매 온 귀신이 흠향했다는 것이다.

오서(五瑞)를[8] 모으되 날마다 사악(四岳 사방 제후의 장)과 여러 목(牧)들을 만나 보아 같이 새해 일을 시작한 것은 일통(一統)을 중대하게 여긴 것이며,

"다섯 해에 한 번씩 순수(巡狩)하며 제후들은 네 번 조회하였다."

한 것은 상하의 사정이 텅하게 한 것이요,

"시(時)와 월(月)을 맞추고 일(日)을 바르게 하였다."

한 것은, 정삭(正朔)을 중하게 여긴 것이며,

"율(律)·도(度)·양(量)·형(衡)을 동일하게 하였다."

한 것은 제도를 일정하게 한 것이다.

인(仁)으로써 오형(五刑)[9] 쓰는 것을 근심하고, 의(義)로써 사흉(四凶)의[10] 죄를 처단하매 천하가 모두 복종하였다.

"사방 문을 열고, 사방의 눈을 밝게 하고, 사방의 귀를 통하게 했다."

한 것은 천하의 현준(賢俊)들이 모여 오고, 사방 사람들이 누구나 보고 듣도록 한 것이요, 덕이 있는 이에게 후하고, 어진 사람을 신임한 것은 군자(君子)를 옹호한 것이며, 임인(任人 흉악한 마음을 가진 사람)을 거절한 것은, 소인을 억제한 것이다.

제(帝 요임금을 말함)의 업적을 넓히고자 하여 분발하는 사람들이 있는가를 물어서 백우(伯禹)를 발탁하여 백규(百揆)를 맡도록 하였으며, 백성들이 기아로 고생하는 것을 민망히 여겨 기(棄)를 후직(后稷)으로 삼았으며, 오륜이 순조롭지 못한 것을 걱정하여 설(契)을 사도로 삼았고, 고요(皐陶)를 명하여 사사(士師)로 삼고, 수(垂)를 명하여 공공(共工)으로 삼았으며, 산천초목(山

---

8) 오서(五瑞) : 천자가 제후(諸侯)에게 신표로 나누어 준 서옥(瑞玉). 공(公)에게는 환규(桓圭), 후(侯)에게는 신규(信圭), 백(伯)에게는 궁규(躬圭), 자(子)에게는 곡벽(穀璧), 남(男)에게는 포벽(蒲璧)을 주었다.

9) 오형(五刑) : 다섯 가지 형벌로 얼굴을 뜨는 묵형(墨刑), 코를 베는 의형(劓刑), 발꿈치를 자르는 비형(剕刑), 거세하는 궁형(宮刑), 사형에 처하는 대벽(大辟)이 있다.

10) 사흉(四凶) : 순에게 죄를 얻은 공공(共工)·환두(驩兜)·삼묘(三苗)·곤(鯀)을 말한다.

川草木)을 순조롭게 하는 일은 익(益)을 우(虞 산천을 맡은 관원)로 삼았고, 삼례(三禮 천지와 사람에게 제사하는 예)를 맡은 일은 백이(伯夷)를 질종(秩宗 온 귀신을 서차하는 일을 맡은 관원)으로 삼았다.

기(夔)에게 음악을 맡도록 한 것은 주자(胄子 천자와 경대부의 큰아들)를 가르치기 위한 것이고, 용(龍)에게 납언(納言 말을 받아들이는 벼슬 이름)을 맡도록 한 것은 참소하는 말을 미워해서이다.

이것들은 곧 요(堯)가 물어서 한 뜻으로서, 어느 것이나 인사(人事)를 이회(理會)한 것 아님이 없다.

12주(州)를 비로소 마련하고 12산(山)을 봉(封)하고, 내를 준설(浚渫)한 것에 이르러서 곧 지도(地道)를 이회한 것이며, 모기(耄期 모는 90세 기는 100세를 말한다.)가 되어 일을 할 수 없자 우(禹)에게 명하여 모든 일을 보살피게 하였다가 마침내 원후(元后 임금)가 되게 한 것은, 곧 요가 사악(四岳)에게 물어 순의 예를 비유한 것과 같다. 이 밖에 남은 일이 없는 것이니, 대개 임금으로서 직분의 대강(大綱)은 위와 같은 것에 지나지 않는다.

아아! "중간을 잡는다."[執中]는 말은 위로 요에게 받아 아래로 우(虞)에게 전한 것인데,

"도심(道心)은 은미(隱微)하고 인심은 위태로우니, 정밀하고 전일하게 하라."

는 세 마디 말을 더하여 성학(聖學)의 연원(淵源)을 열어 놓았으니, 실로 만세(萬世)의 백성들이 힘입게 된 바이다. 어찌 그의 도(道)가 한때에만 행해졌을 뿐이라고 하겠는가?

3. 하(夏)나라

1. 우(禹)[11] 성은 사씨(姒氏)이고 곤(鯀)의 아들이다. 순(舜)의 자리를 전해 받아 안읍(安邑)에 도읍하였다. 금덕(金德)으로 왕이 되었다. 재위 15년.

8년 동안 밖에서 지내며 세 차례 자기 집문 앞을 지나면서도 들어가지 않고, 계(啓)가 고고하게 우는 데도 자식으로 여기지 않은 것은, 우(禹)가 나랏일에 부지런한 것이다. 나랏일에 부지런하고 가정에 검소(儉素)하여 스스로 만족하게 여기거나 존대(尊大)하게 여기지 않는 것은 우(禹)의 어질음이며, 절하는 체하지 않고 공이 있는 체하지 않아도 천하에 그와 공이나 능함을 다툴 사람이 없는 것은 우(禹)의 덕이다.

홍수와 토지를 다스려 백성들로 하여금 살 것을 얻게 하고, 직(稷)으로 하여금 백성들이 농사짓도록 가르치게 하여 백성들이 살아갈 수 있게 하고, 봉건(封建)과 정전(井田)의 경계(經界)를 세워 사람들이 다투지 않도록 하고, 구목(九牧)에게 쇠[金]을 바치도록 하여 구정(九鼎)을 부어 만들되 구주(九州)를 세우게 된 제도(制度)를 실었고, 인월(寅月)을 세수(歲首)로 삼아[12] 천시(天時)와 인사(人事)가 합당한 길을 잃지 않게 하였으니, 이는 모두 만세의 공로이다.

종·고·경·탁(鍾鼓磬鐸)을 설비하여 사방의 선비들이 오도록 하고, 정·기·유·조(旌旗斿旐)를 세우도록 하여 존비(尊卑)의 차등을 구별하고, 학교를 세워 인륜을 밝히고, 죄인을 보고서는 울며 다른 마음먹음을 슬퍼하였고, 착한 말을 들으면 절을 하고 맛난 술을 멀리하였으며, 기강(紀綱)과 전칙(典則), 석(石 1석은 120근으로 무거운 것을 다는 저울)을 통하고 균(鈞 1균은 30근임)이 고루 갖추어지지 않는 것이 없었으니, 우(禹)의 공(功)이 두텁고 덕(德)이 성(成)하여 표준(標準)을 세우고 계통을 전해 주어 만세의 기준이 됨이 지극하다.

---

11) 우(禹) : 이하 전편은 『서경』(書經) 대우모(大禹謨)·익직(益稷)에서 인용하여 서술한 것이다.
12) 인월(寅月) 세수(歲首)로 삼아 : 지지(地支)의 인(寅)이 든 달을 정삭(正朔)으로 삼았다는 말. 은(殷)나라에서는 축월(丑月)로 세수를 삼고, 주(周)나라에서는 자월(子月)로 세수를 삼았다.

"소리로 율(律)이 되고 몸으로 법도가 되며, 좌로 운용(運用)하면 준승(準繩)이 되고 우로 거동(擧動)하는 바는 규구(規矩)에 맞았다."고 한 것은 그 본바탕을 요약하여 한 말이다.

아아! 우(禹)는 그 아버지가 홍수를 다스리다가 베임을 받은 것을 슬프게 여겼기 때문에, 바로 그 일을 스스로 책임을 맡아 훌륭한 공적을 세워 아비의 허물을 덮었고, 제곡(帝嚳)에게 체제(禘祭)를 곤(鯀)에게 교제(郊祭)하게 되었으니, 우(禹)로서는 책임을 다한 것이다.

그러나 그의 마음에는 오히려 부족하게 여기는 바가 있었다. 그러므로 종묘(宗廟)에는 효성(孝誠)을 다하고 제사에는 아름다운 것을 다하고, 구혁(溝洫 농로의 배수로)을 다스림에 그 힘을 다하였으며, 음식이 박한 것과 의복이 나쁜 것이나 궁실(宮室)이 낮은 것에 있어서는 모두 감히 돌볼 겨를이 없는 것은, 그의 마음이 하루도 천자의 상봉(常奉)에 편안할 수 없었기 때문이다.

천하를 들어 계(啓)에게 전수(傳授)함으로써 만세의 참람하고 어지러운 근본을 막은 것에 이르러서는 우(禹)가 부자간에 처리한 일이 부끄럽거나 저버림이 없게 하였다고 할 수 있다.

일찍이 논하건대 우가 순으로부터 전수(傳授)받은 것은 집중(執中)이라는 한마디 말이요, 하늘에서 얻은 것은 홍범구주(洪範九疇)인데, 대개 황극(皇極)이 중앙에 처하여 하나로써 여덟을 어거하고, 안에 있으면서 밖을 제어하니, 역시 중(中)일 뿐이다. 성학(聖學)이 밝아지고, 이륜(彝倫, 인륜(人倫)이 퍼져 더욱 세교(世教)에 공이 있음을 이와 같았으니, 아아! 훌륭하도다.

2. 계(啓) 우(禹)의 아들로 재위 10년으로 아들에게 전위(傳位)하는 계기가 되었다.

우(禹)가 붕(崩)하자 익(益 우의 신하)이 우의 아들을 피하여 남하(南河)의 남쪽에 있었는데, 천하의 조근(朝覲)하려는 제후(諸侯)들이 익(益)에게 가지 않고 계(啓)에게 갔으며, 구가(謳歌)하는 사람들은 익을 구가하지 않고 계를 구가하였다. 그래서 즉위하였으나 계는 현능하여 일을 계승하였다고 할 수 있다.

유호씨(有扈氏)가 배반하자 계가 육경(六卿)을 불러 몸소 하늘을 대신하여 토벌하되, 그가 오행(五行)을 위모(威侮)하고, 삼정(三正)을[13] 태기(怠棄)한 죄를 들어 멸망시켰다.

"감(甘) 땅에서 크게 싸웠다."고 한 것은 계(啓)가 분발하여 훌륭한 일을 함이 있음을 나타낸 것이며, 또한 유호씨의 신하답지 못한 죄를 밝힌 것이니, 제왕(帝王)의 승강(升降 번성과 쇠퇴)하는 기미(幾微)와 세상변천의 한 기회를 이것으로 알 수 있다.

3. 태강(太康) 계의 아들로 예(羿)가 폐위하였다. 재위 30년.

안일하게 즐기는 것으로 덕을 잃자 백성들이 모두 반심을 갖게 되니, 즐겁게 놀아나기를 법도 없이 하여 낙수(洛水) 밖에서 사냥하며 십 순(十旬 일순은 10일이다. 곧 100일을 뜻함)이 되도록 돌아오지 않았다.

유궁후(有窮后) 예(羿)가 백성들이 참을 수 없음을 쫓아, 하수(河水)가에서 막으니, 그 아우 다섯 사람이 오자지가(五子之歌 「서경」의 편명)를 지어 형을 원망(怨望)하였다.

4. 중강(仲康) 태강의 아우인데 유후궁 예가 태강을 폐위하고 세웠다. 재위 14년.

유궁후 예가 중강을 왕으로 세우고 정승 노릇을 하였다. 중강이 사해를 다스리는 자리에 나아가자마자, 맨 먼저 윤후(胤侯)를 명하여 육사(六師 대사마이다)를 맡게 하였다.

이때 희씨(羲氏)와 화씨(和氏)가 술에 빠져 그들의 직책을 버리고, 심지어 일식(日食)의 큰 변괴도 오히려 알지 못하고 있으므로, 왕이 윤후에게 명하여 정벌하였다.

유궁후 예가 태강을 폐하고 중강을 세웠으며, 그가 찬역(簒逆)한 것은 바

---

13) 삼정(三正) : 子丑寅을 정삭으로 삼는 것. 역(曆)은 정월을 시초로 하므로 정(正)이라 한다.

로 상(相 중강(仲康)의 아들) 때의 일이니, 이는 증강이 그래도 제어했기 때문이
다.

5. **상(相)** 중강의 아들인데 상구(商丘)에 옮겼다. 재위 29년. 예가 상을 쫓아내고 나라를
빼앗은 지 2년 만에 그의 신하 한착(寒浞)이 시해(弑害)하였다.

권세가 유궁후 예에게 돌아가게 되자 예에게 쫓겨 상구(商丘)에 있었고,
예도 활 잘 쏘는 것을 믿어 정사는 닦지 않고 들판의 짐승 사냥에 빠졌다가
마침내 한착(寒浞)에 의하여 멸망하였다.

6. **소강(少康)** 상(相)의 아들로 한착을 멸하고 우(禹)의 옛 업적을 회복하였다. 재   위는
21년이다.

상(相)의 유복자로 출생한 지 40여 년 만에 1성(成 사방 10리)의 땅과 1여(旅
500명을 1대로 하는 군제)의 군사로 능히 덕을 펴고 하(夏)나라의 만중을 수합하
고 그 관원들을 무마하여 한착을 멸망시키니, 유궁후 예가 드디어 멸망하게
되었다. 소강이 이러한 난리 속에서 우(禹)의 업적을 회복하고 옛 도읍에 돌
아와 하나라를 제사하되 하늘에 배향(配享)하여 옛 제도를 잃지 않으니, 한
나라가 중흥하게 되었다.

7. **공갑(孔甲)** 불항(不降)의 아들로 재위 20년. 소강(少康)으로부터 공갑까지 9대이다.

귀신을 좋아하고 음란한 짓을 일삼아 덕이 쇠퇴하므로, 제후들 중 배반하
는 자가 많았다.

8. **걸(桀)** 제발(帝發)의 아들로 재위 50년 만에 탕(湯)이 내쫓았다. 공갑(孔甲)으로부터 걸
에 이르기까지 4대이다.

공갑 때부터 제후(諸侯)들이 배반하는 자가 많았는데, 걸은 더욱 무도(無
道)하고 힘이 세어 능히 쇠갈퀴를 펴며, 덕은 없고 위엄만을 부리므로 천하
가 원망하였다.

말희(妹喜)를 사랑하여 경궁(瓊宮)과 요대(瑤臺)를 짓고 주지육림(酒池肉林)을 이루어, 한 번 북을 치면 소가 물을 마시듯 하는 자가 3,000명이나 되니, 말희가 기뻐하여 웃는 것으로 낙을 삼았다.

곧은 신하 관용방(關龍逄)을 죽이고 탕(湯)을 하대(夏臺)에 가두었는데, 탕이 풀리게 되자 이윤(伊尹)과 더불어 군사를 일으켜 걸을 치되, 명조(鳴條)에서 싸워 이기고 남소(南巢)로 추방하였다.

4. 은(殷)나라

1. **탕(湯)** 성은 자(子)요, 이름은 이(履)로서 설(契)의 13대 손자이다. 박(亳)에 도읍하여 수덕(水德)으로 임금이 되었다. 재위 13년.

처음에 70리를 가진 제후(諸侯) 방백(方伯)이 되었다. 갈백(葛伯)이 제사를 지내지 않자 탕이 비로소 이를 쳤고, 이윤(伊尹)을 맞아다가 그에게 배운 뒤에 신하를 삼아 나라의 정사를 맡겼다.

탕이 들에 나갔다가 그물을 쳐 놓은 것을 보고 3면을 터놓았다. 제후들이 이 말을 듣고,

"탕(湯)의 덕이 지극하여 금수(禽獸)에게까지 미치는구나."

하고 그에게 돌아온 자가 40여 나라나 되었다.

걸(桀)이 더욱 무도하자 이윤이 탕을 도왔는데, 탕이 자신의 덕에 수치가 됨을 느끼며 말하기를,

"나는 후세에 나로써 구실을 삼을까 두렵다."

하니, 말이 끝나기도 전에 큰비가 왔다.

관부(官府)의 형벌을 마련하여 지위가 있는 사람들을 경계하기를,

"감히 항상 궁에서 춤이나 추고 집에서 술에 취하야 노래 부르는 것을 무풍(巫風)이라 하고, 감히 재물과 여색(女色)을 탐하고 항상 놀이와 사냥만 하는 것을 음풍(淫風)이라 하고, 감히 성인의 말을 업신여기고 충직을 거역하며 기덕(耆德)을 멀리하고 완동(頑童 사납고 고지식한 사람)을 가까이하는 것을 난풍(亂風)

이라 하는데, 이 삼풍(三風)과 십건(十愆 열 가지 허물)이 경사(卿士)에게 한 가지라도 그것이 몸에 있게 되면 집이 반드시 망할 것이요, 나라 임금이 한 가지라도 몸에 있게 되면 나라가 반드시 망한다.”

하였다. 그의 덕을 칭송하는 사람들이 말하기를,

“성무(聖武)를 밝혀서 잔학(殘虐)을 대신하되 관후하게 하였다.”

하였고, 또,

“비로소 사람의 기강(紀綱)을 닦아 간하는 것을 거스르지 않고 따르며, 덕이 있는 선배를 그대로 따르고 위에 있어서는 총명하게 하고, 아래가 되어서는 충실하게 하였으며, 남에게 구비하기는 바라지 않고, 자신을 단속하기는 미치지 못한 듯이 하였다.”

했으며,

“어진 이를 임용하되 차별 없이 하였다.”

하였으니, 탕(湯)의 덕은 훌륭하다고 할 수 있다.

그 이르기를,

“상제가 사람에게 천성을 내려 순하게 떳떳한 성품이 있었다.”

한 것은 실로 뒷날 맹자(孟子)의 성선론(性善論)의 길을 열어 놓은 것이니, 그 성학(聖學)에 공이 있음이 또한 크다 하겠다.

2. 태갑(太甲) 탕의 손자로 재위 33년. 탕에서 태갑까지 4대이다.

이윤(伊尹)이 선왕에게 제사하되 사왕(嗣王)을 모시고 공손히 그의 할아버지를 뵈니, 후(侯)와 전(甸)의 뭇 후(后)가 다 모이고, 백관들이 그 직책을 가져서 총재에게 명을 받았다. 이윤이 열조(烈祖)들의 성취한 덕을 말하여 밝혀 왕에게 훈계하였는데도, 태갑이 현명하지 못하여 욕심으로 법도를 무너뜨리고 방종으로 예를 무너뜨리므로 이윤이 동(桐 탕의 능이 있는 곳)에 궁을 지어 선왕에게 가까이 있도록 하며 왕을 훈계하였다. 왕이 동궁으로 가서 3년을 거상(居喪)하며 허물을 뉘우쳐 자신을 원망하고 자신을 닦아 인(仁)하게 처신하고, 의(義)에 옮겨 가므로, 이윤이 면복(冕服)을 가지고 왕을 모셔

박(亳)으로 돌아와 정사를 왕에게 바치니, 이로 말미암아 덕을 닦고 은혜를 펴서 탕의 업적을 계승하였다.

3. 태무(太戊) 옹기(雍己)의 아우로 재위는 7년이다. 태갑에서 태무까지 6대이다.

이에 앞서 상(商)나라의 도가 점차로 쇠퇴하여 제후(諸侯)들이 더러 조회를 아니 하였는데, 이때에 이르러 박(亳)에 요괴(妖怪)가 생겨서, 상(桑)가 곡(穀)이 하루아침에 함께 나와 그날 저녁에 손아귀에 차게 자랐다.

이척(伊陟)이 말하기를,

"요망한 것은 덕을 이기지 못하는 법인데, 임금께서 정사가 잘못된 데가 있는 것이 아닙니까?"

하니, 태무가 그제야 선왕의 정사를 닦고 양로(養老)하는 예를 밝히며, 조회를 일찍 열고 늦게 파하며, 병자를 문병하고 상사(喪事)에 조문하여 위로하니, 3일 만에 뽕나무[桑]와 곡식이[穀] 말라 죽었고, 3년이 지나자 먼 지방에서 중역(重譯 아주 멀어 언어가 달라 통역을 이중으로 함)하여 오는 자가 76국이나 되었다.

4. 반경(盤庚) 양갑(陽甲)의 아우로 상(商)을 은(殷)나라로 고쳤다. 재위 28년. 태무로부 반경까지는 11대이다.

중정(仲丁)으로부터 양갑(陽甲)에 이르기까지 적자(嫡子)를 폐하고 아우를 세우는 일이 많아, 자리를 다투느라 서로 싸워서 난리가 무릇 9대나 계속되어 제후(諸侯)들이 조회하지 않았다.

반경 초기에는 은나라 도가 더욱 쇠퇴하였고, 경도(耿都)에는 또 황하(黃河)가 터지는 근심이 있으므로 박(亳)으로 옮기려고 하였으나, 신민(臣民)들이 그 땅을 편하게 여기며 옮기기를 꺼렸다. 반경이 글을 지어 타이르자 백성들이 비로소 따랐다.

반경이 옮기고 상(商)을 고쳐 은(殷)이라 하고, 탕(湯)이 행하던 정사를 거행하니 은나라 도가 다시 일어났다.

5. 무정(武丁) 소을(小乙)의 아들로 재위 59년. 반경에서 무정까지 4대이다.

공손하고 말없이 도(道)를 생각하자, 꿈에 상제(上帝)가 어진 보필(輔弼)을 주었다. 형상을 가지고 두루 천하에 찾으니, 열(說)이 부암(傅巖) 들에서 담을 쌓고 있는데, 초상과 같으므로 그를 정승으로 세워 좌우(左右)에 있게 하며,

> "아침저녁으로 훈계될 말을 올려 나의 덕을 돕도록 하라."

고 명하니, 열(說)이 글 3편을 지어 왕에게 고하였는데[14] 말이 모두 순근(諄勤)하고 간절하였다. 그중에,

> "나무는 먹줄을 맞으면 곧아지고, 임금은 간하는 말을 받아들이면 어질어진다."

는 말과 또,

> "아는 것이 어려운 것이 아니라, 행하는 것이 더 어렵다."

는 말과 또,

> "옛 교훈을 배워야 소득이 있는 것이니, 일을 예로 하지 않고서 장구한 세상이 됨은 열(說)이 들은 바가 아니다."

라고 한 말과 또,

> "학문은 뜻을 겸손해야 하는 것이니, 힘써서 때로 민첩하면 닦여지게 되는 것이니, 생각을 종시 학문에 두면 모르는 사이에 그 덕이 닦여진다."

라고 한 말은 더욱 인군들이 마땅히 본받아야 할 바이다. 성탕(成湯)에게 제사할 때, 꿩이 우는 괴이한 일이 있자 조기(祖己)가 왕에게 훈계하기를,

> "먼저 왕이 바르게 해야 그 일을 바로잡게 된다."

하였다. 고종이 그대로 따라 감히 편히 지내려 하지 않고 은나라를 아름답고 편안하게 하니, 대소 간 혹시라도 원망하는 사람이 없고, 3년이 되자 만이(蠻夷)들이 머리를 땋고 중역(重譯)하여 조회하러 오는 자가 여섯 나라

---

14) 열(說)이……고하였는데 : 「서경」(書經)의 열명(說命) 상중하를 가리킨다.

나 되었다.

이윽고 형·초(荊楚)를 토벌하고 귀방(鬼方)을 정벌하여 참란(僭亂)한 것을 평정하니, 은나라 도가 다시 일어났다. 나라를 누린 지 59년이며 고종(高宗)이라 시호하였다.

6. **조갑(祖甲)** 조경(祖庚)의 아우로 재위 33년. 무정에서 조갑까지 3대이다.

왕이 젊었을 때 의롭지 못하므로 고종(高宗)이 멀리하였는데, 험난한 곳에서 지내며 뜻을 얻지 못하였다.

즉위하고 나서 소인(小人 평민)들이 의지하게 할 것을 알고 서민들이 보전하도록 은혜를 베풀어, 감히 홀아비와 과부를 업신여기지 않았고, 또 반우(盤盂)에 글을 써서 자신을 경계하였다.

7. **무을(武乙)** 경정(庚丁)의 아들로서 도읍을 하북(河北)으로 옮겼다. 재위 5년. 조갑에서 무을까지 4대이다.

왕은 무도(無道)하여 허수아비를 만들어 천신(天神)이라 하여 욕을 보였고, 또 가죽 주머니를 만들어 피를 담아 매달고서 활로 쏘되, 석천(射天)이라고 하였다. 하수(河水)와 위수(渭水) 사이에서 사냥하다가 갑자기 천둥이 쳐서 벼락을 맞아 죽었다.

8. **제을(帝乙)** 태정(太丁)의 아들로서 재위는 37년이고, 무을부터 제을까지 3대이다.

은나라의 도가 더욱 쇠퇴하였다. 서자(庶子) 중에서 맏이인 미자(微子) 계(啓)가 어진 자질이 있으므로, 기자(箕子)가 왕에게 권하여 후사(後嗣)로 삼게 하였는데, 왕이 그 어미가 천출이라 하여 세우지 않고 적자(嫡子) 수신(受辛)을 세우니, 이 사람이 주(紂)이다.

제왕

9. **주(紂)** 제을의 아들로 재위 34년 만에 무왕(武王)이 정벌하자 왕이 불에 뛰어들어 죽었다.

말재주가 민첩하고 빠르며 재주가 월등하여 손으로 맹수(猛獸)를 잡았고, 지혜는 족히 간하는 말을 막아 내며 말은 잘못을 꾸며 댔다.

늙은 사람을 유기하고 죄인들을 친압하여 가까이하므로 천하의 죄짓고 도망하는 자들의 주인과 소굴이 되어 체모 없이 지내며, 상제(上帝)·신기(神祇)·종묘(宗廟)에 제사하지 않고, 전쟁을 숭상하여 백 번 싸우면 백 번을 모두 이겼다.

유소씨(有蘇氏)를 정벌하여 그의 딸 달기(妲己)를 사로잡아 이를 총애하되 오직 말하는 대로 들어주어, 교묘한 기예와 방탕한 기교를 부려 기쁘게 해 주고, 사연(師涓)으로 하여금 새로 음탕한 소리와 북리(北里)의 춤과 퇴폐한 음악을 짓게 하였다.

부세(賦稅)를 많이 받아 녹대(鹿臺)의 재물과 거교(鉅橋)의 곡식을 채우고, 사구(沙丘)의 원대(苑臺)를 넓히고 술로 못을 만들고, 고기를 숲처럼 매달아 놓고 그 속에서 남녀가 발가벗고 뛰어놀게 하고, 밤을 새워 가며 술을 마셨다.

포락(炮烙 불로 지지는 형벌)의 형벌을 시행하여 달기(妲己)가 웃고 즐거워하는 것을 보았고, 아이를 밴 여자의 배를 째고, 추운 아침에 물 건너는 사람의 정강이를 쪼개고 보았으며, 구후(九侯)를 젓 담고, 악후(鄂侯)를 가지고 포를 떴다.

주후(周侯 주나라 문왕을 말함)를 유리(羑里) 옥에 가두자 주후(周侯)의 신하들이 아름다운 계집과 기이한 물건 그리고 좋은 말을 바치므로 놓아 주고, 다시 궁시(弓矢)와 부월(斧鉞 처형하는 형구로 정벌하는 대장에게 주어서 처형을 전단하게 하는 신표)을 주어 정벌(征伐)을 전담하게 하고 서백(西伯)을 삼았다.

서백이 죽고 아들 발(發 무왕(武王)의 이름)이 섰는데, 이때까지 주(紂)의 악이 고쳐지지 않자, 미자(微子)는 버리고 떠나서 종사(宗祀)를 보존하고, 비간(比干)을 간하다가 심장이 해부되었으며, 기자(箕子)는 거짓 미친 척하고 노예가 되었다.

서백(西伯) 발(發)이 제후들을 거느리고 주를 치자, 주가 녹대(鹿臺)로 달아나 보옥(寶玉)으로 꾸민 옷을 입고 분신(焚身)하여 죽었다.

5. 주(周)나라

1. **무왕(武王)** 성은 희(姬)이고 이름은 발(發)이며, 문왕(文王)의 아들이다. 호(鎬)에 도읍하여 목덕(木德)으로 임금이 되었다.

태공은 스승이 되고 주공(周公)은 보필이 되었으며, 소공(召公)·필공(畢公) 등은 좌우에서 왕의 스승이 되었다. 9년에 여(黎)를 평정하였고, 13년에 주(紂)를 정벌하여 천자(天子)의 자리에 나아가되, 상(商)나라의 학정을 번복하고 선왕의 옛날 정치대로 하였다.

갇혀 있는 기자(箕子)를 풀어 주고 비간(比干)의 묘(墓)를 봉(封)하고, 상용(商容)의 여리(閭里)를 정표(旌表)하고, 녹대(鹿臺)의 재물을 흩어 주고, 거교(鉅橋)의 곡식을 풀어 널리 사해(四海)에 나누어 주니, 만백성들이 기뻐하며 감복하였다.

홍범(洪範)을 펴니 만세의 이륜(彝倫)의 도가 밝아지고 「단서」(丹書 경계하는 글)를 훈계 삼으니 공경하고 태만한 것과 의리 있고 욕심스러운 분별이 나타났으며, 보본반시(報本反始 조상의 은혜에 보답함)하는데 왕을 추존(追尊)하여 제사 드리는 예를 숭상하고, 후손들을 유족하게 하기 위하여 세자를 가르치는 법을 세웠다.

관원을 임용함에 어진 이로 하고, 일을 맡기는 것은 유능한 사람으로 하며, 백성에게는 오교(五敎 오륜(五倫))를 중히 여기되 먹는 것과 상사(喪事)·제사(祭祀)를 더욱 신중히 여겼고, 신의를 두터이 하고, 의리를 밝히며 덕을 높이고 공을 보답하는 것을 겸하여 다하였다.

이리하여 공수(拱手 손을 맞잡음)하고 있으면서도 천하가 다스려졌으니 무슨 어려운 일이 있었겠는가?

2. 성왕(成王) 이름은 송(誦)이고 무왕의 아들이다. 재위는 37년이다.

주공은 묻는 대로 무궁하게 대답하되 도(道)로써 인도하고, 태공(太公)은 성(誠)이 세워져 과감히 결단하되 선(善)으로 보도(輔導)하고 의(義)로 도와 그 의지를 보충 확대하며, 소공(召公)은 청렴하고도 정직하여 과오를 시정하고 사특한 일을 간함으로써 그의 행실을 바로잡았고, 사일(史逸)은 문견이 넓고 기억을 잘하며, 말이 민첩하고 글을 잘하여, 그의 잊어버리는 일을 도우니, 왕이 어렸으나 네 신하가 유지하여 조정에 그르치는 일이 없었다.

왕이 바람이 불고 우레(雨雷)가 치는 천변으로 말미암아 주공(周公)이 원성(元聖)임을 알고 여러 숙부(叔父)를 죄주었고,[15] 무일(無逸)의 글에서 농사짓는 것의 어려움을 알고 후직(后稷)과 공유(公劉)의 사업을 회복하였다.

여러 신하들에게 협조를 바라면서 말하기를,

> "공경하고 공경할지어다. 하늘의 도는 밝기만 하다."

하였고 또,

> "나날이 나아가고 다달이 진보해야 학문이 계속 밝아져 광명해질 것이며, 이 소임을 보필하되 나에게 밝은 덕행을 보이라."

하였는데, 이는 모두 주공(周公)에게 배운 것이요. 예악(禮樂)을 제정하고 법제(法制)를 세웠으니 삼대(三代)의 어진 임금이 된 것이 당연하다.

3. 강왕(康王)[16] 이름은 교(釗)이고 성왕의 아들로서 재위는 26년이다.

천자의 자리에 있게 되자 제후(諸侯)들에게 유고(諭誥)하는데, 태보(太保)는 서쪽지방 제후를 거느리고, 응문(應門)으로 들어와 왼편에 서고, 필공(畢公)은 동쪽지방 제후를 거느리고, 응문으로 들어와 오른편에 서서 모두 재

---

15) 주공(周公)이……죄주었고 : 무왕이 죽고 어린 성왕이 즉위하자 주공이 섭정하였는데, 성왕의 숙부들 관숙(管叔)과 채숙(蔡叔)은 주공이 왕위를 엿보는 것으로 의심하여 주(紂)의 아들 무경(武庚)과 더불어 반란을 꾸몄다. 그래서 주공은 성왕의 명을 받들어 이들을 죄주었다.≪史記 周本紀≫

16) 강왕(康王) : 이하는 「서경」(書經) 강왕지고(康王之誥)를 인용하여 엮었다.

배(再拜)하여 머리를 조아리며 말하기를,

"이제 왕은 공경하되 육사(六師)를 크게 갖추어 우리 고조의 드물게 얻은 천명을 무너뜨리지 마소서."

하니, 왕은 이렇게 말하였다.

"여러 나라의 후(侯)·전(甸)·남(男)·위(衛)들이여! 나 교(釗)는 고명(誥命)으로 답하노라. 옛 임금 문왕(文王)·무왕(武王)께서 후(侯)를 두고 번병(藩屏)을 세운 것은 우리 뒷사람을 위한 것이니, 비록 너희 몸은 밖에 있더라도 너희 마음은 왕실(王室)에 있지 않은 때가 없게 하되 나의 근심 걱정을 순조롭게 받들어 어린 나에게 수치가 없도록 하라."

하므로 여러 공들이 모두 명령대로 들었다.

또한 필공(畢公)을 책명(冊命)하여 성주(成周)의 민중으로 동교(東郊)를 보호하여 다스리도록 하고, 왕은 홍범(弘範)대로 준행하여 신명과 사람을 공경하고 공대하니, 사방 오랑캐들이 찾아와 복종하여 해내(海內)가 편안하고 백성들은 예의(禮義)에 고무(鼓舞)되어 감옥이 비었다.

성왕(成王)과 강왕(康王) 시절은 천하가 편안하여 형벌을 버려두고 쓰지 않은 지 40여 년이나 되어, 당우(唐虞) 때의 풍조가 있었다.

4. **소왕(昭王)** 이름은 하(瑕)이고 강왕의 아들로 재위는 51년이다.

왕으로 재위한 지 오래였으나 정사에 강력(彊力)하지 못하여 풍화(風化)가 점점 쇠퇴하였는데, 이때 달에 이상한 오색(五色) 빛이 있어 자미성(紫微星)을 꿰었고, 우물은 물이 넘쳤다.

초(楚)나라 사람들이 조회하러 오지 않으므로 왕이 남방(南方)을 정벌하고 돌아올 때 한수(漢水)를 건너는데, 한수가의 사람들이 아교로 만든 배[膠船]로 태워 주었으니, 중류에서 아교가 녹아 왕 및 채공(祭公)이 모두 빠져 죽었다.

5. **목왕(穆王)** 이름은 만(滿)이고 소왕의 아들로 재위는 55년이다.

초년에 어진 인재를 들어 쓰되, 군아(君牙)를 명하여 대사도(大司徒)를 삼으며 군아(君牙「서경」의 편명)를 지었는데 이르기를,

"마음이 위태롭고 근심스러움이 마치 범의 꼬리를 밟고, 따스한 봄날 얼음을 건너는 것 같다."

하였다. 백경(伯冏)을 명하여 대복정(大僕正)을 삼으며 경명(冏命「서경」의 편명)을 지었는데 이르기를,

"두렵고 위태로워 밤중에 일어나 허물이 없게 되기를 생각한다."

하였으니, 이때는 왕의 마음이 방자하지 않았다.

장차 견융(犬戎)을 정벌하게 되자 채공(祭公) 모보(謀父)가 간하기를,

"선왕들께서는 덕을 빛내셨고 군사를 보이지 않으시어, 위엄으로 꾸짖는 명령이 있었고 글로 이르는 말이 있었습니다. 그래도 오지 않으면 더욱 덕을 닦았으니, 백성들을 먼 곳까지 근로하게 하지 마소서."

하였으나, 듣지 아니하고 드디어 흰 일 네 마리와 흰 사슴 네 마리를 사냥하여 돌아왔었는데, 이로 말미암아 황복(荒服 경기(京畿))에서 가장 먼 곳, 즉 만이(蠻夷)들이 오지 않고, 제후들이 화목하지 않는 자가 있게 되어 주나라의 덕이 쇠퇴하기 시작하였다.

또한 동(東)으로 순수(巡狩)하여 정(鄭)나라 대암 골짜기까지 가서, 춘소궁(春霄宮)을 세우고 모든 방사(方士)들을 모아 신선(神仙)이 되는 일을 이야기하였고, 조보(造父)가 팔준마(八駿馬)를 구하여 왕에게 바치니, 왕은 기뻐하여 두루 천하를 다니면서 신선을 구하고자 하였다.

이에 서쪽지방을 돌아보려고 나가 즐거워 돌아오는 것을 잊고 백운(白雲)·황죽(黃竹)의 노래를 지으니, 천하 사람들이 근심하고 원망하였는데, 서언(徐偃)이 인의(仁義)를 닦는 척 가장하자, 제후(諸侯)들 중에 그를 따르는 자가 많으므로 참란하게 왕이라 일컬었는데, 왕이 이를 듣고 황급히 돌아오자 조보(造父)가 어자(御者)가 되었다. 제후들이 군사를 일으켜 형(荊)·초(楚)와 합세하여 서언(徐偃)을 쳐서 패멸시키니 서언이 도망가서 죽었다.

얼마 되지 않아 왕이 또 밖으로 나가 놀려고 하므로 채공(祭公) 모보(謀父)가 기초(祈招)의 시(詩)를[17] 지어 왕을 풍자(諷刺)하매, 왕이 감동하여 중지하고 사령(辭令)을 닦아 제후들을 포섭하고 사이(四夷)들을 회유하도록 명하니, 주나라 왕실이 다시 편안해졌다.

말년에 이르러 왕이 재위한 것이 오래되어 교화(敎化)가 쇠퇴하고 형벌이 빈번하자 이를 안정시키기 위하여 여형(呂刑 「서경」의 편명)을 짓게 된 것이다.

6. 공왕(共王) 이름은 예호(緊扈)이고 목왕의 아들이다. 재위는 10년이다.

왕이 경수(涇水)에 놀러 가자 밀(密)의 강공(康公)이 따라 갔는데 그에게로 도망 온 여자가 세 명이 있었다. 그 어미가 말하기를,

"반드시 왕에게 바쳐라. 대체로 계집이 셋이면 찬(粲)이 되는 법인데,[18] 찬(粲)이란 아름다운 것이니, 무슨 덕을 감당하겠는가? 왕도 오히려 감당하지 못할 것인데, 더구나 너같이 보잘것없는 사람이겠는가?"

하였지만 강공이 바치지 않았다. 1년이 지난 뒤에 왕이 밀(密)을 멸망시켜 버렸다. 여색(女色)이 나라를 기울어뜨림이 진실로 이러한 것인가 보다.

7. 효왕(孝王) 이름은 벽방(辟方)이고 의왕의 아우로 재위는 15년이다.

악래(惡來)의 후예 중에 비자(非子)라는 사람이 있었는데, 말(馬)을 좋아하여 잘 기르므로 왕이 말 기르는 일을 맡겨 견수(汧水)·위수(渭水) 사이에서 기르게 하니, 말이 크게 번식하였다.

왕이 진(秦)에 도읍하게 되었는데 이때, 크게 우박이 내리며 강한(江漢) 지방이 얼어붙어 소와 말이 죽었다. 진(秦)나라가 처음 봉작(封爵)될 즈음 재변

---

17) 기초(祈招)의 시 : 목왕이 정사는 돌보지 않고 천하를 돌아다니자 채공(祭公) 모보(謀父)가 이 시를 지어 왕을 말렸다. 이 시는 전해지지 않아 내용을 알 수 없다. ≪左傳 昭公 12年≫

18) 계집이……법인데 : 「사기」(史記) 주본기(周本紀)에 "왕에게 바쳐라, 짐승이 셋이면 군(群)이 되고, 사람이 셋이 되면 중(衆)이 되고 여자가 셋이 되면 찬(粲)이 된다. 찬(粲)이란 미물(美物)이다."[必致之王 夫獸三爲群 人三爲衆 女三爲粲 夫粲美之物也]

이 나타나 살기(殺氣)가 이와 같았으니, 서리를 밟는 형상[履霜之象]의[19] 조짐이 이미 이때 있었다. 천도(天道)란 화복(禍福)이 붙어 다니는 것으로 두려워해야 할 것이다.

8. 이왕(夷王) 이름은 섭(燮)이고 효왕의 아들로 재위는 16년이다.

조근(朝覲)하는 예가 밝지 못하여 왕이 비로소 당(堂)에서 내려와 제후(諸侯)들을 보았으니, 강상(綱常)이 이때부터 문란해졌다.

이때 형(荊) 웅역(熊繹)의 손자 웅거(熊渠)가 강한(江漢) 백성들의 인심을 많이 얻어 서쪽으로 용(庸)을 치고 동으로 양월(楊粵)을 침략하여 참람하게 삼자(三子)를 세워 왕을 삼았고, 위(衛) 강공(康公)의 7대 손자 경공(頃公)이 맨 먼저 왕제(王制)를 무시하고 패·용(邶鄘) 땅을 병합(並合)하였다.

9. 여왕(厲王) 이름은 호(胡)이고 이왕의 아들로 재위는 40년이다.

「시경」(詩經)의 변아(變雅)가[20] 처음으로 생기기 시작하였다. 이때 영이공(榮夷公)이 이(利)를 전력하기를 좋아하여 왕에게 총애를 받았다. 대부 예양부(芮良夫)가 간하기를,

> "대체로 이(利)라는 것은 온갖 나게 되는 바이고, 천지가 싣고 있는 바입니다. 남의 임금이 된 자는 장차 이들을 이롭게 인도하되 상하(上下)에 펼치게 하여 사람들로 하여금 온갖 것을 제대로 하지 못함이 없게 하고 나서도, 오히려 날마다 조심조심하여 원망이 올까 두려워하는 것인데, 지금 왕께서는 이(利)에 전력하기를 좋아하시니 되겠습니까? 필부(匹夫)가 이(利)에 전력하는 것을 도둑이라 하는데, 왕께서 행하시니 잘되기가 어려울 것입니다. 영공을 만약 임용한다면 주나라가 반드시 실패할 것입니다."

---

19) 서리를 밟는 형상 : 서리를 밟게 되면 장차 굳은 얼음이 얼 것을 미리 안다는 뜻으로 화가 닥칠 조짐이 있음을 비유한 말이다.≪周易坤卦≫
20) 변아(變雅) : 주(周)의 왕실이 쇠미해지자 시(詩)에 나타난 민심도 왕의 은택을 노래한 것은 사라지고 원망과 개탄하는 노래가 대부분인 것을 일컫는다. 소아(小雅)의 6월부터 하초불황(何草不黃)까지 58편을 변소아(變小雅)라 하고, 대아(大雅)의 민로(民勞)부터 소민(召旻)까지 23편을 변대아(變大雅)라고 하는데 이 둘을 통틀어 변아라고 한다.

하였다.

그 말을 듣지 않고 마침내 경사(卿士)를 삼았는데 용사(勇士)하여 정사가 더욱 포악하므로 사이(四夷)가 서로 침략하고, 취렴(聚斂)이 잦아 백성들을 혹독하게 부리므로 백성들이 그 명령을 감당하지 못하여 모여서 왕을 비방하였다.

왕이 위무(衛巫)를 얻어 비방을 감시하여 고하도록 하여 문득문득 잡아 죽이니, 나라 사람들이 감히 말하지 못하였다. 왕이 기뻐하여 소공(召公)에게 말하기를,

"내가 능히 비방을 없앴다."

고 하니 소공이 말하기를,

"이는 막는 것입니다. 백성들의 입을 막는 것은 개울을 막는 것보다 폐해가 큰 것입니다. 개울이 막혔다가 터지면 반드시 사람이 많이 다치게 되는데, 백성들 또한 그러합니다. 그러므로 물을 다스리는 자는 잘 흐르도록 터놓아야 하고, 백성을 다스리는 자는 알려서 말을 하도록 해야 합니다."

하였으나, 왕이 이를 듣지 않았다.

3년이 되자 백성들이 왕의 명령을 감당하지 못하여 난을 일으켜 왕을 체(彘) 지방으로 내쫓았는데 14년 뒤 왕이 체(彘)에서 죽었다.

10. **선왕**(宣王) 이름은 정(靖)이고 여왕의 아들로 재위는 46년이다.

왕이 즉위하자 주공(周公)과 소공(召公)으로 보필(輔弼)을 삼았다. 왕은 쇠퇴(衰退)하고 혼란(混亂)한 뒤를 이어받았기 때문에 가뭄이나 재난을 두려워할 줄 알아 몸을 조심하고 행실을 닦아 천변(天變)을 풀며, 어진 이를 임용하고 유능한 사람을 써 쇠퇴함을 일으키고 혼란을 수습하였다.

산보(山甫)는 임금의 실수를 보조(輔助)하도록 하고 길보(吉甫)는 험윤(玁狁)을 정벌하도록 하며, 방숙(方叔)은 만형(蠻荊)을 정벌하도록 하였기 때문에 능히 문왕(文王)과 무왕(武王) 시대의 강토를 회복하고 제후(諸侯)들을 동

도(東都)에 모아 주나라 왕실이 중흥(中興)하게 되었다.

더구나 이때 왕비로서 어진 강후(姜后)가 있어 비녀(婢女)와 귀걸이를 벗고 간하여,[21] 일찍 조회(朝會)하고 늦게 파하도록 보필(輔弼)하여 정사에 부지런하게 한 일이 많았다. 애석하게도 적전(籍田)을 닦지 않아 괵공(虢公)이 간하였으나 허사(虛事)였고, 천묘(千畝)에서 싸워 패하자 인구수를 헤아렸고, 두백(杜伯)을 애매(曖昧)한 죄로 죽임으로써, 기보(祈父)·백구(白駒)·황조(黃鳥)의 시(詩 삼 편 모두 「시경」(詩經) 소아(小雅)에 수록 되어 있음)에서 시인(詩人)의 풍자(諷刺)를 면하지 못하였는데, 당시 사마(司馬)의 직책이 적임자가 아니고 어진 이가 떠나는 것을 만류(挽留)하려 했지만 되지 않아, 말년에는 민생들이 대개 각자 곳을 잃은 자가 있었다.

11. **유왕(幽王)** 이름은 궁열(宮涅)이고 선왕의 아들로 재위는 11년이다. 유왕으로 부터 25대를 내려가 난왕(赧王) 연(延)에 이르러 멸망하고 말았다.

주색(酒色)에 빠져 방탕(放蕩)하므로 참소하는 사람이 난립(亂立)하고 취렴(聚斂)이 번다하고 무거워 백성이 시름하고 원망했으며, 예(禮)와 신의로써 제후(諸侯)를 대하지 않고 상과 벌이 합당(合當)하지 않아 제후들이 원망하며 등을 돌렸다.

처음에 왕이 신후(申后)를 총애(寵愛)하여 태자 의구(宜臼)를 낳았는데, 뒤에 포사(褒姒)를 총애하여 백복(伯服)을 낳았다. 괵석보(虢石父)와 포사(褒姒)가 신후와 태자를 참소하니, 왕이 그들을 폐하고 포사를 후(后)로 봉하고 백복을 태자로 삼았다.

포사가 교태를 부리며 방자(芳姿)하여 왕이 그녀에게 빠지니, 어떤 시인(詩人)이 그가 반드시 망할 것을 알고 다음과 같이 풍자하였다.

　　　燎之方揚 료지방양　　　활활 타는 불

---

21) 강후(姜后)가……간하여 : 주 선왕이 일찍 자고 늦게 일어나 후비(后妃)를 방에서 떠나지 못하게 하였다. 하루는 강후가 밖에 나갔다가 들어오더니, 비녀와 귀걸이를 벗고 선왕에게 대좌하면서 말하기를, "신첩이 재주가 없어 군주로 하여금 예를 잃게 하고 늦게 일어나게 만들었으니 죄를 주시기 바랍니다." 하였다. ≪烈女傳 賢明 周宣姜后傳≫

寧或滅之 영혹멸지 　언제나 끄겠나,

爀赫宗周 혁혁종주 　밝게 빛나던 주나라를

褒姒滅之 포사멸지 　포사가 망치네.

의구(宜臼)가 신(申)으로 달려가자, 신후(申侯)가 노하여 견융(犬戎)과 함께 주나라를 정벌하여 왕을 여산(驪山) 아래에서 죽이니, 제후들이 동쪽으로 가서 옛 태자를 신(申)에서 맞이하여 돌아와 왕으로 세웠다. 이 사람이 평왕(平王)으로서 주나라의 도가 드디어 동쪽으로 옮겨 가게 되었다.

이후 주나라 왕실이 미약해지고 제후들이 강성, 참람하여 평왕 때의 시(詩)가 온 나라의 시류로[國風] 흐르고, 환왕(桓王)의 정(鄭)나라 정벌이 마침내 공효(功效)가 없게 되어, 오패(五覇)의 일어남이 장왕(莊王) 때 시작하여 정왕(定王) 때 끝이 나는데, 7왕을 거치는 동안 75년의 오랜 세월을 정권이 패주(覇主)에게 있게 되자 공자(孔子)가 「춘추」(春秋)를 지어 기록하였다.

위 열왕(威烈王)에 이르러 진(晉)나라 대부를 봉하여 제후(諸侯)를 삼자, 왕법(王法)이 더욱 무너져 7개의 나라가 기세를 올리며 저희끼리 서로 침략하고 멸망시켜, 주나라의 예악(禮樂)과 정벌이 천자(天子)에게서 나오지 않고 한갓 헛 명칭만 제후들 위에 띠고 있었으니, 이는 역시 취할 것이 못 된다.

그러나 그윽이 논하여 보건대 주나라가 쇠퇴하고 미약함이 이러하였지만 오히려 수백 년 동안 길게 이어진 다음에 멸망한 것은 무슨 연유일까? 대개 문왕과 무왕 그리고 주공(周公)이 강령[綱]을 세우고 기률(紀律)을 마련함과 법령을 청건하고, 작정하기를 도를 구비하지 않은 것이 없이 하되, 인(仁)으로써 굳게 결속(結束)하고 예(禮)로써 유지(維持)시켜, 근본이 단정하고 근원이 깊게 하여 저절로 하늘과 더불어 한이 없도록 하였기 때문에, 진후(晉侯)가 강성(強盛)했지만 그가 청하는 수도(隧道)[22]를 왕장(王章)을 들어 허락하지 않을 수 있었고, 초자(楚子)가 참람(僭濫)하였지만 그의 문정(問

---

22) 진후(晉侯)가……수도(隧道) : 수도는 묘도(墓道)를 말한다. 주 왕실이 쇠미해지고 제후들이 강성해지자 진 문공(晉文公)은 그의 공을 믿고 천자만이 하는 묘도를 청하였으나, 양왕(襄王)은 그것을 왕의 제도라는 이유로 거절하였다.≪通鑑節要 卷1 威烈王 23年≫

鼎)을[23] 천명(天命)이 변함없는 것으로써 저지하였으며, 진(秦)나라를 황제 (皇帝)로 하자는 말에 이르러서도 필부(匹夫)의 의론에 굴복하게 된 것이다.

아아! 난왕(赧王)같이 지나치게 유연(柔軟)하고, 나약(懦弱)하여 쇠퇴하고 침삭(侵削)당하는 인군이 있지 않았던들, 비록 호랑(虎狼 호랑이와 이리)과 같은 진(秦)이라 할지라도 어떻게 했을 것인가? 그러나 이제는 어쩔 수 없는 일 이다.

공자가 영왕(靈王) 21년, 경술(庚戌)에 출생하였다. 비록 왕위(王位)는 얻지 못하였으나, 「서전」(書傳)·「예기」(禮記)를 서(叙 차례로 바르게 하다.)하고, 악(樂)을 바로잡으며, 「역」(易)에 계사(繫辭)를 짓고 「춘추」(春秋)를 지어, 실로 복희(伏羲)·요(堯)·순(舜)·우(禹)·탕(湯)·문(文)·무(武)·주공(周公) 의 도통(道統)을 계승하여 후세에 전하였으니, 비록 그때는 동주(東周)를 실현하지 못하였지만, 대체로 역시 만세토록 동주(東周)가 실현되게 하였으니, 아아! 훌륭한 일이로다.

6. 한(漢)나라

1. 고조(高祖) 성은 유(劉)씨이고 이름은 방(邦)이다. 장안(長安)에 도읍하여 화덕(火 德)으로 임금이 되었다. 재위는 12년이다.

제(帝)는 포의(布衣) 출신으로 삼척검(三尺劍)을 차고 진(秦)나라를 항복 시키고 항우(項羽)를 무찌르며, 위(魏)나라 임금을 사로잡고 조(趙)나라를 무너뜨리고 연(燕)나라에게 항복을 받고, 제(齊)나라를 쳐부수고 5년이 지나지 않아 드디어 제위(帝位)에 올랐으니, 어떻게 그렇게 빨리 성공하였는가?

제(帝)가 말하기를,

---

23) 초자(楚子)가……문정(問鼎) : 정(鼎)은 우(禹)가 주조하였다는 구정(九鼎)으로 삼대(三代, 하·은·주)를 전해 내려오던 전국(傳國)의 보물이었는데, 초자가 주나라 왕실을 넘보느라 주정(周鼎)의 대소경중을 물었다. 그 뒤부터 천하를 취하려는 저의가 있는 것을 말한다. 주나라 정왕(定王)의 사자(使者)로 위문 온 왕 손만(王孫滿)에게 초자가 주정(周鼎)의 경중을 물으니, 왕손만은 "나라란 덕에 달려 있는 것이지 솥의 경중에 달린 것이 아니다.……지금 비록 주나라가 쇠미해졌으나, 천명이 다하지 않았으니, 솥의 경중은 물을 것이 못 된다." 하였다.≪左傳 成公 3年≫

"유악(帷幄)에서 전쟁을 하기 위하여 계획하고 천 리 밖의 승부(勝負)를 결단하는 것은 내가 자방(子房 장량(張良)의 자(字))보다 못하고, 국가를 진정시켜 백성들을 돌보고 군량(軍糧)을 공급하여 식량이 끊어지지 않게 하는 것은 소하(蕭何)를 따를 수 없고, 백만 군사를 동원하여 싸우면 반드시 이기고, 공격하면 반드시 빼앗는 것은 한신(韓信)에 비할 바 못 된다. 이 세 사람들은 모두 인걸(人傑)로서 내가 적절히 썼을 따름이다. 그래서 내가 천하를 차지하게 된 것이다."

하였다.

누구나 다 그렇게 말하지만 어떻게 그 근본이 없이 그렇게 되었겠는가? 제(帝)가 너그럽고 인자하게 사람을 사랑하여 마음이 활달하였고, 언제나 큰 도량으로 사람을 알아보아 판단을 잘하였으니, 이는 아름다운 덕성(德性)을 천품으로 받은 것이다.

관중(關中)에 들어가 처음에 부로(父老)들과 삼장(三章)의 법으로 약속하기를,

"사람을 죽인 자는 사형에 처하고 사람을 상하게 하거나 도적질을 한 자는 죄를 주고, 그 나머지 진(秦)나라 법은 모두 폐기한다."

고 하였으며, 항우(項羽)가 의제(義制)를 시해(弑害)한바 그를 위하여 발상(發喪)하고 삼군(三軍)에게 상복(喪服)을 입혔으니, 이는 인의(仁義)의 마음이 행동으로 나타난 것으로서, 삼대(三代)에 천하를 얻은 것도 역시 이와 같은 것이다.

천하가 이미 정해진 것이므로 계포(季布)를 놓아주고[24] 정공(丁公)을 베어[25] 군신(君臣)의 큰 의리(義理)를 보이고, 공신(功臣)을 봉(封)하고 동성(同姓)을 봉하되 말하기를,

---

24) 계포(季布)를 놓아주고 : 계포는 본래 항우의 장수로서 여러 번 한 고조 유방(劉邦)을 곤경에 빠뜨렸다. 유방이 항우를 멸하고 천하를 정하자 계포를 잡아들인 자에게 천금(千金)을 포상하겠노라 하였다. 그러자 등공(滕公)이 그의 어짊을 알고 고조에게 간하여 죄를 사하고 낭중(郎中)을 삼았다.《史記 卷100 季布傳》

25) 정공(丁公)을 베어 : 정공은 계포의 모제(母弟)로 역시 항우의 장수였다. 한 번은 정공이 유방과 접전하면서 위기에 처한 유방을 살려 주었다. 그 후 유방이 왕위에 오른 뒤 유방을 찾아갔으나 유방은 군중(軍中)에서 조리를 틀면서 "이 자는 항우의 신하가 되어 불충한바 항우가 천하를 잃게 하였다." 하고는 죽였다.《史記 卷100 季布傳》

"공이 있는 자가 아니면 후(侯)가 되지 못하고 유씨(劉氏)가 아니면 왕이 되지 못한다."

한 것은 깊고 원대한 생각을 한 것이다.

율령(律令)을 서차(序次, 차례)하고 군법을 밝히며 장정(章程 조목으로 나누어 정한 규정)을 정하고 조의(朝儀)를 제정하였는데, 이는 모두 제작해야 할 중요한 것으로서 자손들이 가지고 지켜 가야 할 것들이다.

노(魯)나라를 지나다가 공자께 제사하고 군국(郡國)에 조서를 내려 덕이 밝은 사람을 천거하며, 전조(田租 세금)를 1/15로 감세하였으니, 그 선성(先聖)을 존숭하고 어진 선비를 예우(禮遇)하고 백성들을 아낀 뜻이 어떻다고 하겠는가?

한스러운 것은 제(帝)의 천성(天性)이 비록 총명하고 활달하였지만 학문의 힘으로 연마하고 다스림이 없어서, 공업(功業)을 가지고 부형(父兄)들에게 교만을 부리고 작록(爵祿)을 가지고 신하들에게 교만을 부리되, 운몽(雲夢)에 위유(僞游)[26]하여 공신(功臣)이 보호되지 않기 시작하였고, 사사로운 사랑에 끌려 국본(國本, 세자(世子)를 뜻함)이 흔들릴 뻔하였으니, 인도(人道)의 큰 윤리에 있어 다하지 못한 바가 있었다.

또한 그의 대풍가(大風歌)[27] 한 편은 의기가 호방하고 역량이 웅장하여, 비록 나라 세력을 400년이란 오랜 세월 동안 떨칠 수 있었지만, 패업(霸業 인의를 가볍게 여기고 무력이나 권모술수로써 천하를 다스리는 사업)에 마음이 있어 삼대(三代)의 성왕(聖王)들을 따르지 못하였으니 안타까운 일이다.

2. 혜제(惠帝) 이름은 영(盈)이고 고조의 아들이다. 재위는 7년이다.

---

26) 운몽(雲夢)을······위유(僞游) : 한 고조는 초왕(楚王) 한신(韓信)이 모반한다는 급보를 받자, 진평(陳平)의 계책에 따라 거짓으로 운몽에 놀러 가는 척하여 제후들을 진(陳)에 모이도록 하여 거기에 온 한신을 붙잡았다. 《史記 卷8 高祖本紀》

27) 대풍가(大風歌) : 한 고조가 지은 가요. 그가 경포(黥布)의 반란을 진압하고 돌아오다 고향(故鄉) 패(沛)에 들러 고인(故人)·부로(父老)들을 초대하여 잔치를 베풀었는데, 술이 거나하게 취하자 이 노래를 불렀다. 《史記 卷8 漢高祖本紀》

전조(田租)를 감하고 관원들을 풍족하게 주었으며, 효도하고 우애하며 농상에 힘쓰는 사람을 천거하여 그 자신을 복호(復戶 충신과 효자 등 공이나 절행이 있는 집안에게 부역을 면제함)하고 협서율(挾書律)[28]을 없애며, 백성들의 나이가 70세 이상과 10세 미만인 사람은, 형벌해야 할 죄가 있더라도 모두 용서해 주었으니, 이것은 모두 정사를 잘한 것이다.

이때 조참(曹參)이 정승이 되어 청렴하고 조용하게 직책을 지키므로, 제(帝)는 공수(拱手 손을 맞잡음)하고 바라보고 있어도 공이 이루어져, 천하가 태평하고 의식이 풍족해져서 안으로 친친(親親)의 도리를 닦고, 밖으로 재상(宰相)들을 예우(禮遇)하여 제도(齊悼)와 조은(趙隱)을 우대하고 신임하였으니, 은혜와 공경이 두터웠다.

모후(母后)가 지덕(至德)을 손상함에 있어 노원(魯元)을 지나치게 사랑하여 생녀(甥女 조카딸)를 맞아 후(后)를 삼았고, 장후(張后)가 후손이 없기 때문에 궁인(宮人)을 죽이고, 그 아들을 데려다가 후사(後嗣)를 삼았으니, 제(帝)가 인륜의 큰 대목에 있어서 모두 정당하지 못하였다.

3. 문제(文帝) 이름은 항(恒)이고 고조의 둘째 아들이다. 대(代) 땅에 봉작(封爵)되었다가 여씨(呂氏)들이 멸망하자 맞이하여 세웠다. 재위는 23년이다.

문제(文帝)가 23년간 재위하는 동안 좋은 정사를 찾아보면 국본(國本)을 세워서 절약하고 검소한 생활을 장려한 것과 덕화(德化)를 숭상하고 형옥을 돌보며, 근본에 힘쓰고 백성들을 아끼고, 언로를 개방하고 현량한 인재를 등용하고, 공헌(貢獻)을 억제하고 겸손을 숭상하여 관원들은 그 직에 안정되고 백성들은 그들의 생업에 안락하였다.

그러므로 저축이 해마다 늘고 호구가 번성하였으며, 법망(法網)을 늦추므로 인하여 형벌이 크게 줄어들었고, 수백 명의 옥사를 결단하여 거의 형벌을 놓게 되었으니, 아아! 어진 임금이었다.

---

28) 협서율(挾書律) : 진시황(秦始皇)이 제정한 법. 이사(李斯)의 말을 인용하여 민간에 의약(醫藥)·복서(卜書) 이외 책은 들고 다니거나 보관하지 못하게 했다. ≪史記 卷6 秦始皇本紀≫

유독 등통(鄧通)을 총애하여 수만금을 상으로 하사하고, 황로(黃老 도교(道教)의 말을 좋아하여 그 존숭하는 바가 선(善)에 어긋났다.

조조(鼂錯)의 술수설(術數說)을 좋게 여겨 그를 태자가령(太子家令)으로 제배(除拜)하여, 오로지 형명(刑名)을 숭상하여 너무 준엄하고 각박하게 하다가 7국(七國)의 변(變)이[29] 일게 하였고, 경제(景帝)를 마침내 각박하고 술수를 부리는 인군이 되게 하였으니, 자손들에게 계책을 남기는 도리가 부족하였던 것이다.

뿐만 아니라 고제(高帝) 이래 수십 년 동안 제도를 마땅히 세워야 할 것과, 교화(敎化)를 마땅히 닦아야 할 바를 그야말로 가생(賈生 가의(賈誼)를 말함)이 청하였지만, 미루기만 하고 겨를을 내지 못하다가, 드디어 고루한 대로 인습(因襲)하고 간략한 대로만 하여 교화가 시행되지 못하여, 부유한 백성은 금수(錦繡, 비단과 수)로 집과 담장을 덮게 되고, 공경대부(公卿大夫) 이하 관리는 다투어 사치를 법도 없이 하게 되어 호협(豪俠)한 무리가 되어 여리(閭里)를 횡횡하고, 군상(君上)의 은혜는 삼대(三代) 때보다 지나치고, 하부 백성들의 고통은 패망한 진(秦)나라보다 더 심각하였으니, 이는 문제(文帝)를 위하여 한탄하지 않을 수 없는 일이다.

4. 경제(景帝) 이름은 계(啓)이고 문제의 아들로 재위 16년이다.

즉위 초년에 전세(田稅)의 절반을 감면하고 태율(笞律)을 가볍게 하는 법을 정하여, 족히 칭도할 만한 것이 있었으나, 안타깝게도 은혜가 각박하여 황후(皇后)를 폐하고 죄 없는 태자를 베었으며 양왕(梁王)에게 전위(傳位)한다고 경솔하게 허락하여 왕으로 하여금 좋게 마칠 수 없게 하였고, 신도가(申屠嘉)는 강직하여 가상(嘉尙)하지만 폄출(貶黜)되어 죽었고, 주 아부(周亞

---

29) 7국(七國)의 변 : 한 경제(漢景帝) 3년에 있던 변란. 경제가 조조(鼂錯)의 말에 따라 제후의 봉지(封地)를 깎으려 하자, 오왕(吳王) 비(濞)가 주동하여 7국의 제후들이 조조를 죽이라고 반란을 일으켰다. 그래서 경제는 조조를 죽이고 한편 주 아부(周亞夫) 등을 보내 난을 진압하고 오왕을 참소하자, 다른 제후들이 모두 자살하였다. ≪漢書 卷5 景帝紀≫

夫는 7국(七國)을 평정한 공을 있을 수 없는 데도, 귀양 가서 죽었으며, 오왕(吳王)이 반역한 것은 태자를 죽일 때 쌓였던 원한이 땅을 깎이던 날에 터진 것인데, 갑자기 조조(鼂錯)를 베는 것으로써 답했으니, 조조는 실로 돌볼 것이 없지만, 어찌 대체(大體)에 손상되는 일이 아니라고 하겠는가?

장석지(張釋之)의 핵주(劾奏, 관원의 죄를 탄핵하여 임금이나 상관에게 아뢰던 일)하는 것을 한스럽게 여겨 회남(淮南)으로 내쫓아 죽게 하고, 등통(鄧通)이 등창을 빨아낸 것을 원망[30]하고서 괴롭게 강박(强迫)하여 죽게 만들었다. 그가 인륜(人倫) 사이에 있어서 각박하고 술수를 부려, 장해(戕害)하고 살육(殺戮)하기를 일찍이 조금도 주저하지 않고 하였으니, 자부(慈父, 문제(文帝))와 동일하게 말할 수 있겠는가?

또한 문제는 너그럽고 인자하여 큰 도량이 고조(高祖)의 풍모(風貌)가 있어 덕으로 백성들을 교화하되 일이 없을 때는 겸손하여 마치 무능한 것 같았으나, 어려운 일이 있으면 영무(英武)를 분발하였다. 경제는 사기하고 각박하여 은혜가 없으며, 인군의 역량 없이 권모술수(權謀術數)로 아래 사람을 단속하되 평소에는 베고 상 주기를 마음대로 하다가, 급박할 때는 두려워하며 어쩔 줄 몰라 하였으니, 부자지간이건만 마음가짐과 일을 처리함이 크게 서로 상반되었다.

역사에 문제와 경제를 병칭(竝稱)한 것은 무슨 까닭일가? 대개 절약하고 검소하여 망령되이 허비하지 않고 백성들을 길러 풍성하고 부유하게 하였으니, 비록 큰 왕업(王業)을 잘 지켰다고 할 만하나 그 소위 풍속이 순후(淳厚)해졌다는 것은, 어찌 경제가 그의 아버지 문제의 깊은 인자와 후덕을 배양(培養)하기를 흡족하게 한 결과를 힘입어 따라서 같이 일컫게 된 것이 아니겠는가?

---

30) 등통(鄧通)이……원망 : 등통은 한 무제의 총신. 그가 일찍이 문제의 종기를 입으로 빨았는데 문제가 언짢게 생각하고 묻기를, "세상에서 누가 나를 제일 사랑하겠는가?" 하자 등통은 태자라고 말하였다. 그래서 문제는 태자를 불러 종기를 빨라고 했더니, 태자는 어렵게 여겼다. 문제가 죽고 태자가 즉위하자 이 일로 미움을 받아 굶어 죽게 되었다.≪史記 卷125 佞幸列傳≫

5. 무제(武帝) 이름은 철(徹)이고 경제의 아들로 재위는 54년이다.

젊은 나이에 영특(英特)하고 예민한 자질과 웅걸(雄傑)한 재주에 큰 도량 (度量)을 천품으로 타고났다. 즉위 초에 탁연히 백가(百家)를 물리치고 육경 (六經)을 표장(表章)하였으며, 해내(海內)에 두루 물어 준걸(俊傑)들을 임용 하여 같이 공을 세웠고, 천하의 문학(文學)·재지(才智)의 선비를 초빙 선발 하여 차서를 뛰어넘은 지위로 우대하니, 역사에 그가 인재를 얻음이 성대하 다고 일컬었다.

그러나 신진(新進)들이 권세를 부려 대신들은 물러가게 되어 위축(萎縮) 되고, 환관(宦官)들이 상서(尙書)의 자리를 차지하여 외정(外庭)이 소원(疎 遠)하게 되었으며, 승상(丞相)을 엄선하여 쓰지 않은 사람이 많은 데다 베임 을 당한 자가 다섯인데, 곡학아세(曲學阿世 바른 길에서 벗어난 학문으로 세상 사람에 게 아첨함)한 공손홍(供孫弘)이나, 예관(兒寬) 같은 무리야 말할 나위 없지만, 노유(老儒) 신공(申公) 같은 사람은 '역행(力行)'하라는 한마디 말을 했다가 마침내 방귀(放歸)되었고, 대유(大儒) 동중서(董仲舒) 같은 사람은 「춘추」(春 秋)의 삼책(三策)을 건의하였는데도, 겨우 강도(江都)에서 정승(政丞) 노릇을 하였으며, 정직한 급암(汲黯) 같은 사람은 '욕심이 많다'는 대답을 했다가 하 내(河內)에서 내사(內史) 노릇을 하였으니, 인재 얻기를 성대하게 했다고 할 수 있겠는가?

얼마 되지 않아 제사를 지내고 비는 것을 숭상하여 신선(神仙)을 구하고, 토목(土木)을 일으키고 순행(巡幸)을 일삼으며, 상서가 있기를 믿는 데다 형 을 엄하게 하고 벌을 가혹하게 하여, 무공(武功)을 세우려 군사를 남발(濫發) 하다가 용도가 부족하게 되자, 취렴(聚斂)이 한이 없게 되어 민력(民力)이 탕 진되고 재용(財用)이 고갈되었으며, 따라서 흉년(凶年)이 들고 도적(盜賊)들 이 사방에서 일어나 도로가 통하지 못하였다.

무제(武帝)는 그래도 스스로 반성하지 아니하여 강충(江充)이 난을 꾸미 매 호가 태자(太子)에게 미치고, 위후(衛后)가 정당한 죽음을 얻지 못하였다.

화변(禍變)이 이미 만연된 뒤에 서서히 통폐가 진정되어 그제야 비로소 크게 뉘우치고 깨달아 이에 방사(方士)를 파(罷)하여 윤대(輪臺)를 버리고 애통하게 여기는 조서(詔書)를 내려 근본에 힘쓰며 농사를 권장하였고, 곽광(霍光)과 김일제(金日磾)를 알려지지 않는 가운데 발탁하여 탁고(託孤 고아의 장래를 믿을 만한 사람에게 부탁함)하는 부탁을 하였으니, 역시 밝고 원대하다고 하겠다.

대저 무제의 소위는 모두 진시황(秦始皇)이 실패한 길을 답습하였다. 그러나 진나라는 끝내 회복할 수 없었고, 호해(胡亥)·조고(趙高)가 이를 계승한 것이 마땅한 사람이 아니었지만, 무제는 뉘우치고 깨달아 간절하게 자책하였으니, 소제(昭帝)와 곽광이 계승하되 착하게 하였기 때문에 진나라의 흥망이 크게 달랐던 것이다.

아아! 뉘우침이 비록 늦기는 하였지만 한 번 생각의 착함이 그 효과가 이러하였으니, 왕통(王通)이 추풍가(秋風歌)는[31] 그야말로 뉘우치는 마음이 싹튼 것이라고 한 말은 사실이라 하겠다.

6. **소제(昭帝)** 이름은 불릉(佛陵)이고 무제의 작은 아들로 재위는 13년이다.

14세에 상관(上官)·연(燕)·개(蓋)의 거짓말을[32] 분간하고, 곽광(霍光)의 충성을 믿었다. 무제(武帝)의 사치하고 군사를 남용한 뒤를 이어받아 나라 안이 텅 비도록 소진되었고 호구는 반으로 줄었는데, 곽광이 시무 전반에 밝아 먼저 현량(賢良)과 문학(文學)의 선비를 등용하여 쓰고, 백성들의 고통을 헤아려 전조(田租)를 없애고 말[馬] 내는 것을 중지하게 하였으며, 염철(鹽鐵 소금과 철)의 각고(榷酤, 전매(專賣))를 의논해서 파하고 마구전(馬口錢)을 면제하며, 민부전(民賦錢)을 1/10로 감면하니, 누란(樓蘭)이 목을 바치고

---

31) 추풍가 : 한 무제(漢武帝, 행해서 후토(后土)에게 제사한 후에 지은 시이다.
32) 상관(上官)……거짓말 : 상관 걸(上官桀)이 평소 곽광에게 원한을 품고 있었는데, 곽광을 원망하고 있던 개장공주(蓋長公主)·연왕 단(燕王旦)과 짜고 그를 모함하였으나, 당시 나이 14세이던 소제는 이를 간파하고 죄주지 않았다. ≪漢書 卷68 霍光傳≫

흉노가 화친(和親)하여 오며, 백성들이 충실해져 점차 문제(文帝)·경제(景帝)의 업적을 회복하였으니, 국맥(國脈)을 배양함이 어떠하였겠는가? 하늘이 나이를 더 주어서 다시 주공(周公)과 소공(召公) 같은 보좌(輔佐)를 얻게 하였다면, 성왕(成王)과 강왕(康王)이라도 작이 될 수 없었을 것이다.

7. 선제(宣帝) 이름은 순(詢)이고 무제(武帝)의 증손(曾孫)이다. 곽광이 정책하여 세웠다. 재위는 25년이다.

선제(宣帝)는 민간에서 자랐고 재주가 높고 배우기를 좋아하며, 「시경」(詩經)·「논어」(論語)·「효경」(孝經)을 배웠고, 여염(閭閻) 백성들의 간난(艱難)함과 또한 관리들이 급박하게 다그치는 것을 괴롭게 여김을 잘 알아서, 즉위 초 제일 먼저 군국에 조서(詔書)를 내려 양민(養民)을 위하여 힘쓰도록 하되, 덕화를 널리 펼쳐서 너그러움과 온화함을 숭상하였다.

곽광이 죽은 뒤에 정신을 가다듬어 정사(政事)를 바르게 하여 5일에 일에 씩 정사를 점검한바, 승상(丞相) 이하 모든 관리들이 직책을 잘 수행(遂行)하여 일의 성과(成果)를 올렸다.

현량을 등용하여 쓰고 둔전(屯田)을 혁파하여 행행(行幸)하지 않는 지어(池籞 초목을 심는 동산과 금수를 기르는 곳 원유苑囿)는 폐지하도록 하고, 군국의 궁관(宮館)을 다스리지 말고, 빈민(貧民)들에게 빌려 주는 한편 소금은 가격을 인하하고, 갇힌 죄수는 엄하게 다스렸다.

매번 자사(刺史)를 제배(除拜)할 때마다 곧 친히 인견하여 백성을 다스리는 방책에 관하여 질문하고, 다스릴 수 있는 자질이 있는 사람이면 곧 새서(璽書 인준認侑)하여 권면(勸勉) 격려(激勵)하고, 공경(公卿)의 자리가 공석일 때 차례로 임용하며, 문학(文學)을 중요하게 여기고 장상(將相)을 선발하니, 무릇 정사(政事)·문학(文學)·법리(法理)의 선비라고 하는 사람들이 모두 그 재능이 정밀해졌으며, 오랑캐[夷狄]들이 좇아와 복종하고 변경에 일이 적었으니, 역사에 공(功)은 역대 선왕들보다 빛나고 업적은 주 선왕(周宣王)과 비등하다고 일컫는 것이 틀린 것이겠는가?

그러나 당시의 법제(法制)가 지나치게 자상하고 도덕이 부족했었다. 그러 므로 인심(人心)의 간사함이 더욱 심해져서 공이 없는 사람들이 상을 받고, 죄가 있는 자들이 형벌을 면제받아 속이고 엄폐하는 일이 쏟아져 나와 급기 야 이를 저지할 수 없었다.

심지어 홍공(弘恭)·석현(石顯)을 임용(任用)하고 허·사(許史 허는 선제의 황후 친정을 말하고, 사는 선제의 외가를 이름)를 귀하게 여기다가 뒷날 환관(宦官)과 외척 (外戚)의 화(禍)를 열어 놓는 계기가 되었고, 양운(楊惲)·한연수(韓延壽)를 멸 족함으로써 뒷날 대신을 살육하는 발단이 되었다. 이 세 가지 흔단(釁端)을 만들었기에 마침내 한(漢)나라는 망하게 되었다.

이로 본다면 사물(事物)의 본말을 밝혀 정신을 가다듬고 펼친 정사는 비 록, 한때 관원들이 그 직책을 성실히 이행하고, 백성들이 그 업에 안정되도 록 하기는 하였으나, 고제(高帝)와 문제(文帝)의 충후(忠厚)하고 관인(寬仁) 한 국맥(國脈)은 여지없이 깎여서 없어진 것이다. 그러므로

"시서(詩書)와 법률(法律), 주공(周公)과 소공(召公)의 나머지 형벌이 한(漢)나 라 왕실에 화(禍)로 작용하는 근원(根源)이 되었다."

고 한 것이니, 이 말이 과연 옳다고 하겠다.

8. 원제(元帝) 이름은 석(奭)이고 선제의 아들로 재위는 16년이다.

즉위하면서 공전(公田)을 가난한 백성들에게 나누어 주어 진휼(賑恤)하 고, 생업을 보전하기 위하여 종자(種子)를 빌려 주었으며, 악부(樂府)의 관원 들을 감원하였고, 원유(苑囿)의 말(馬)을 줄여 백성을 구제하며 궁관(宮館)을 폐지하였고, 말·짐승과 육식(肉食) 등을 축소하여 가난한 백성에게 빌려 주 었으며, 고아와 과부 그리고 나이가 많은 사람에게 비단을 내렸으며, 고아 (孤兒)와 실직자를 위로(慰勞)하되 거의 거르는 해가 없이 하였으니, 인자하 고 어질며 과히 백성을 사랑하는 임금이라고 하겠다.

절약하고 검소한 일상을 숭상하고 유술(儒術 유학(儒學))을 좋아함에 있어

서도 모두 임금의 아름다움이었으나, 유독 애석한 것은 정사를 야무지게 결정하고 처리하는 힘이[剛斷] 부족하고, 지나치게 유약(幼弱)하여 허·사(許史)가 정사에 관여하고 공·현(恭顯)이 권세를 부리도록 방치하여 소망지(蕭望之)·주감(周堪)·경방(京房)·장맹(張猛)·소건(蘇建)이 모두 충성을 다하다 죽음을 당하게 되었다. 그래서 공경 이하 모든 관료들이 현(顯)을 두려워하여 발을 비켜섰고, 크고 작은 일 할 것 없이 모두 환시(宦侍)에게 달려 있었으므로, 서한(西漢)의 쇠퇴가 이로써 결정된 것이다.

9. **성제(成帝)** 이름은 오(驁)이고 원제의 아들로 재위는 26년이다.

용의(容儀 몸가짐)를 잘 다듬고 조회(朝會)에 임하여 침묵하고 있으면 존엄(尊嚴)하기가 신(神)과 같아 천자(天子)의 목목(穆穆)한 모습이었다. 천하에 전해 오는 서책을 구하여 들이되, 유향(劉向)에게 조서(詔書)를 내려 교서(校書)하도록 하였으니, 문학(文學)을 숭상하였다고 할 수 있다. 그러나 즉위 초년에 가장 먼저 원구(元舅 임금의 맏 외숙) 왕봉(王鳳)을 임용하여 대사마 영상서사(大司馬領尙書事)를 삼았고, 하루 동안 후(侯)로 봉작(封爵)된 자가 다섯 사람이나 되었다.

석현(石顯)을 벼슬에서 출척(黜斥)하여 환시(宦侍)들의 피해를 비록 없애기는 하였지만, 정사를 왕씨에게 맡겨서 외척의 화(禍)가 더욱 심해졌고, 성제는 바야흐로 주색(酒色)에 빠져 비연(飛燕)에게 고혹(蠱惑)되고, 적봉(赤鳳)이 내란을 일으켰으며, 허후(許后)를 폐위하여 죽였다.

유향(劉向)·왕장(王章)·주운(朱雲)·매복(梅福)의 정성과 충성이 간절하였으나 마치 돌에 물을 붓는 것과 같아서, 마음을 피력(披瀝)한 정직한 의론이 걸핏하면 칼을 겨누는 일을 당하였고, 유독 두흠(杜欽)·곡영(鵠永)·장우(張禹)·공광(孔光)의 무리들이 권신(權臣)에게 아첨하여 임금의 총애를 보존하고 녹을 굳혔다.

성제의 일을 고찰하건대 혼매(昏昧)하고 나약함과 유연(柔軟)하고 악함이 이러하였으니, 한(漢)나라의 국운이 자기에게서 옮겨지지 않은 것이 다행한 일이다.

10. 애제(哀帝) 이름은 흔(欣)이고 원제의 서손(庶孫)으로 재위는 6년이다.

애제가 동궁(東宮 태자가 거처하는 곳)에 있을 때 정사가 외가(外家)에 맡겨져 왕씨(王氏)가 참람하고 강성함을 익히 보았기에, 가장 먼저 이들을 파면하여 정사가 자신에게서 나오도록 하였으니, 잘못한 것은 아니다.

그러나 정부(丁傅)와 동현(董賢)이 서로 이어 총애를 받아 임용되어 권세를 부려 대신을 베어 죽였으니, 애제는 어찌 이다지 생각이 부족하였는가? 왕씨는 제거해야 하고 정부(丁傅)는 유독 써야 했단 말인가?

애제는 또한 동굉(董宏)의 말을 들어주어 차라리 선제(先帝)의 은혜를 저버리고 사친(私親)의 칭호를 높이려 하여, 한 번의 잘못된 생각이 드디어 여러 사람의 마음에 거슬렸는데, 소인 왕망(王莽)은 공론이 이러함을 알았기 때문에 동굉(董宏)을 탄핵함으로써, 누차 내쫓기는 것을 달갑게 여겨 그의 간계(諫戒)를 좋게 보이도록 하였다. 공경대부(公卿大夫)들이 이를 듣고 정직하게 여겨, 왕망의 원통함을 호소하는 사람이 100명이 넘어 왕망이 뜻을 얻게 되었다.

왕망은 이로부터 뜬 칭찬이 날로 높아지자 드디어 큰 권세를 잡아, 한(漢)의 국호를 신(新)이라 하였으니, 화(禍)의 조성이 여기서 비롯된 것이요, 또한 애제의 행동이 예의에 어긋나 스스로 인심을 잃게 되어, 태아(太阿 보검(寶劍의 이름, 여기서는 왕위를 뜻함)를 거꾸로 들어 왕망에게 주게 된 것이다.

11. 광무제(光武帝) 이름은 수(秀)이고 고제(高帝)의 9대 손자이며 낙양(洛陽)에 도읍하였다. 재위는 33년이다.

광무제는 재주 있고 총명하여 용맹스럽고 지략이 있어서 진실로 상대될 사람이 없었고, 또한 마음을 터놓고 정성을 내보여 숨기는 바가 없었으며,

영웅들을 맞아들이고 민심을 기쁘게 하려고 힘써, 넓고 큰 도량이 고조(高祖)와 같았다.

28명의 장수가 모두 지혜와 용맹을 분발하여 좌명(佐命)의 공적을 성취시키되, 뭇 간웅(姦雄)들을 베어 제거하고 참람하고 반역하는 자들을 토벌하여 제거하여, 10여 년 동안 나라 안이 평정되어 고조의 업적을 수립(樹立)하였고, 만백성의 생명을 구제하여 혁연(赫然)하게 중흥하였다.

또한 그 연로한 관리들은 한(漢)나라의 위의(威儀)를 보자 눈물을 흘렸고, 아전과 백성들은 절·월(節鉞)을 든 행렬을 열렬히 환영하였던 것은 인심이 돌아온 것이요, 호타하(滹沱河)가 얼어 왕낭(王郎)이 구구(購求)를 면하게 된 것은[33] 천심이 돌아온 것이다.

지금에 와서 본다면 명유(名儒)들을 초빙(招聘)하고 옛 제도를 확정하며 순리(循吏)를 불러내고 관인(寬仁)한 사람을 임용하며, 은자(隱者)에게 좌석을 비켜 주어 명절(名節)을 제창하고, 공신을 보호하여 다 같이 부귀를 누렸다.

농사짓기가 힘 드는 것을 보고 까다로운 정사를 없애고, 가벼운 법을 회복하였으며, 호구(戶口)가 감소되는 것을 염려하여 군현(郡縣)을 통합하여 쓸모없는 관원을 도태시켰다.

둔전(屯田)을 장려하여 식량을 저축하고 1/30의 세제(稅制)를 회복하였으며, 오랜 전쟁에 싫증이 나서 군사의 공전(攻戰)하는 일을 이야기하지 않았다.

서역(西域)에서 자식을 보내어 입시(入侍)하는 것과 흉노(匈奴)가 사신을 보내어 신하라 일컫는 것도 모두 사양하고 허락하지 않았다. 더구나 몸에는 굵은 베옷을 입되 두 가지 채색이 없도록 하고, 방탕하고 퇴폐한 풍류를 듣지 않았으며, 애완물을 거절하여 없애며, 궁방(宮房)에는 사사로이 애완하

---

33) 왕낭(王郎)의……면하게 된 것 : 광무제가 후한을 세우기 전에 왕낭에게 쫓겨 계주(薊州)로 가자, 왕낭은 광무제를 잡으면 10만 호를 주겠다고 하였다. 갖은 고생을 하면서 호타하에 이르러 보니 건널 배가 없었는데, 그때 마침 얼음이 얼어서 건널 수 있었다. ≪後漢書 卷1 光武帝紀≫

는 것이 없고 좌우에는 치우치게 은혜를 입는 사람이 없었다. 상림(上林)과 지어(池籞)에 관원을 줄이고 빙망(騁望, 유람하는 것)과 익렵(弋獵 사냥)하는 일을 모두 폐지하니, 부지런하고 검약하는 풍조가 상하에서 일어났다.

이리하여 30년 동안 사이(四夷)가 와서 복종하고 백성들이 부유하고 풍요롭게[富饒]되었으며, 정교(政敎)가 청명하고 풍년이 들어 상서로운 일이 자주 나타났으니 이는 진실로 평할 것이 없다.

그러나 유독 한흠(韓歆)과 구양흡(歐陽歙)을 애매한 죄로 죽였고, 하남윤(河南尹) 장급(張汲)과 군수(郡守) 10여 명이 모두 옥에서 죽었으며, 심지어 곽후(郭后)를 폐위하고 태자를 바꾸고, 마원(馬援)을 폄출(貶黜)하였으며, 환담(桓譚)을 내쫓고 참언(讖言)을 듣고서 봉선(封禪)을 거행하고 적복(赤伏 부적의 일종)을 믿어 왕양(王梁)에게 벼슬을 제수하였으니, 의리가 아닌 것을 가지고 자밀(子密)을 후(侯)로 삼은 것은 너무 인자하고 밝은 덕에 누(陋)가 되는 일이다.

전대의 강한 신하들이 나라를 빼앗은 것을 분하게 여겨, 관원이 하는 일을 삼공(三公)에게 책임 지우고, 큰 정사를 맡기지 아니하여 권세가 모두 대각(臺閣)에게 돌아가고, 묘당(廟堂)이 경미하게 되었는데, 그 폐단이 말기에 이르러서 비록 충신과 의사(義士)들이 서로 이어 자리에 있으면서 강개하고 분발하였으나, 한(漢)나라 왕실의 위망을 마침내 구출할 수 없었으니, 역시 광무제가 잘못을 바로잡을[矯枉] 때를 너무 지나치게 한 실수였다.

12. 명제(明帝) 이름은 장(莊)이고 광무제의 넷째 아들로서 재위는 18년이다.

천품이 총명하여 어려서부터 능히 「춘추」(春秋)에 통달하였고 이독(吏牘 공문서)과 서설(書說 글과 학설)을 알아보아, 그 밝은 지혜가 이미 모든 사정을 절실히 알 수 있었다.

즉위하자 예문(禮文)의 일에 뜻을 쏟되 더욱 고전(古典)에 마음을 쓰고, 경·예(經藝)에 뜻을 두어 벽옹(辟雍 학궁)에 나아가 원로(元老)에게 절하고 정좌(正坐)하여 도를 강론하니, 제유(諸儒)들이 경서를 들고 질문하고 논하매, 이를 구경하며 듣는 이가 1만 명을 헤아리게 되었다.

황태자 이하 모든 왕과 외척의 자제들로부터 기문(期門 관의 명칭)·우림(羽林)의 군사에 이르기까지 배우지 않는 자가 없었고, 흉노(匈奴)들도 또한 자식을 보내 입학시켰다.

노(魯)나라에 행행(行幸)하여서 공자와 제자들에게 제사(祭祀)하고, 친히 강당(講堂)에 거동하여 황태자와 모(侮)든 왕에게 명하여 경서를 강설하도록 하였으며, 더욱 형리(刑理)를 잘 알아 법령이 분명해졌다.

늦도록 조정에 앉아 억울하게 되는 일은 반드시 바로잡도록 하였으니, 안팎에 요행과 그릇된 사(私)가 없었으며, 위에 있어서도 큰 체하는 기색이 없었다.

옥사(獄事)의 결단을 실정에 알맞게 하여 형정(刑政)이 간소하였고 건무(建武)의 법제를 준행하여 감히 조금도 어긋남이 없도록 하였으며, 후비(后妃)의 가문은 봉후(封侯)되거나 정사에 관여할 수 없고, 관도공주(館陶公主)가 아들을 위해 낭(郎)의 벼슬을 요구하였으나 허락하지 않았으며, 공거(公車)의 제도를 줄이고 날마다 장주(章奏 상소문)를 받아 처리하였으니, 정사하는 체통을 알았다고 할 만하다.

이로부터 위엄이 방방곡곡에 퍼져서 자식을 보내 입시(入侍)하거나 칭신(稱臣)하거나 입공(入貢)하지 않는 곳이 없고, 보정(寶鼎)·기린(麒麟)·백치(白雉)·예천(醴泉)·감로(甘露)·지초(芝草) 같은 상서가 모두 생겼으니, 역시 훌륭하다고 하겠다.

그러나 한스러운 것은 주부(朱浮)를 죽이고 우연(虞延)을 죽였으며, 약숭(藥崧)을 장형(杖刑)하고, 근신(近臣)을 잡아끌고 공경(公卿)을 배척, 모욕하여 군신의 예가 없어졌고, 광릉왕(廣陵王)·초왕(楚王)이 서로 이어 귀양 가서 죽어 형제간의 은혜가 어긋나며, 초옥(楚獄)에 연루되어 죽은 사람이 1천 명을 헤아렸다. 형옥은 한쪽만 살피는 데서 비롯되어 듣고 보는 대로 남의 비밀을 들추는 것을 현명하게 여겨서, 남에게 관대한 도량이 넉넉하지 못하였으며, 천축(天竺)에 사신을 보내서 부도(浮屠, 부처)의 글을 구득해 와 억만 세에 석씨(釋氏 불교)의 화(禍)를 열어 놓았으니, 매우 애석한 일이다.

13. 장제(章帝) 이름은 훤(烜)이고 명제의 다섯째 아들로 재위는 13년이다.

장제는 사람들이 명제(明帝)의 까다롭고 심각한 것을 싫어하는 것을 알아, 장자(長者)다운 자품으로 온화한 정사를 사행하였다.

금고(禁錮)를 없애고, 너그럽고 후하게 하기를 힘쓰며 엄하고 혹함을 경계하여, 함부로 죽이는 죄를 적발하고 참혹하고 각박한 과조(科條)를 없애며 죄수를 결단하는 기한을 정하였다.

균수법(均輸法)을 폐지하고 태교법(胎敎法)을 만들었으며 행의(行義)가 있는 자에게 곡식을 하사하고, 선거(選擧)는 오직 유순하고 선량한 사람을 진출시키고, 관리의 임용은 오직 안정되고 차분한 사람을 취하였으며, 이외에 요역(徭役)을 줄이고 부세(賦稅)를 적게 하니, 백성들이 힘입어 경사롭게 여겼다.

태후(太后)를 모심에 있어 마음을 다하여 효도하였고, 여러 아우들과도 우애하여 국(國)으로 보내지 않았으며, 제자의식(弟子儀式)을 마련하여 스승을 존대하도록 하고, 사과(四科)를[34] 세워 선비를 뽑으며, 모든 유학자들에게 명하여 각자의 의견을 강론토록 하되 스스로 제도를 만들어[稱制] 임금 앞에서[臨御] 결단하고, 우수한 인재를 뽑아 「춘추」(春秋)·「시경」(詩經)·「서경」(書經)을 배워 학문을 일으키고 글 뜻을 넓히게 하며, 공경대부(公卿大夫)로부터 군현(郡縣)의 관원에 이르기까지 모두 경의(經義)에 밝고 행실이 수양(修養)된 사람을 뽑아 쓰므로, 호분위(虎賁衛)의 사졸들도 모두 「효경」(孝經)을 익히고 흉노(匈奴)의 자제들 또한 와서 입학하였다. 삼대(三代) 이하로 풍속이 융성(隆盛)함이 이와 같은 때가 없었으니 훌륭한 일이다.

---

34) 사과(四科) : 한나라 때 선비를 뽑아 쓰던 제도. 질박(質樸)·돈후(敦厚)·손양(遜讓)·행의(行義)이나 일설에는 행의 대신 절검(節儉)을 적용하기도 한다.

다만 애석한 것은 두후(竇后)의 참소를 믿어 태자를 바꾸고 비서(飛書 익명
(匿名)으로 쓴 글)의 비방 때문에 귀인(貴人)을 죽였으며, 두헌(竇憲)의 횡포를
그대로 두어 공주(公主)의 전원(田園)을 빼앗게 되었는데도 그 죄를 바로잡
지 않았다가, 뒷날 여주(女主)가 조정에 나오고 외척이 권세를 부리게 된 일
이 모두 여기서 시작되었으니, 세 가지의 한탄스런 일이라 하겠다.

14. 화제(和帝) 이름은 조(肇)이고 장제의 넷째 아들로서 재위는 17년이다.

화제는 나이가 어려서 즉위하였으므로 모후(母后)가 조정에 임어(臨御)하
여 수렴청정 하였는데, 두헌(竇憲)이 정사를 전횡하여 위엄과 권세가 날로
막강해지자 은밀히 참역(僭逆)을 도모하니, 조정의 신하들이 몹시 두려워하
여 형세만 지켜볼 뿐 그들의 뜻에 순종하였다.

화제가 14세가 되자 혁연(赫然)하게 발분하여 죽일 것을 도모하려고 정홍
(丁鴻)·정중(鄭衆)과 결의하여 마침내 원악(元惡)들을 제거하고 몸소 만기
(萬機)를 보았다. 이로부터 17년 동안 원유(苑囿)를 가난한 백성들에게 빌려
주고 피지(陂池, 방죽)를 풀어 백성들에게 채취하도록 하여, 백성들이 채소
를 가꾸어 오곡(五穀)에 보태게 하고, 사신을 파견하여 창고를 열어 수재(水
災)·한재(旱災)·충재(蟲災)를 구제하고, 백성들의 전조(田租)를 감면해 주기
를 거의 그냥 넘기는 해가 없었다.

정위(廷尉) 진총(陳寵)은 관대하게 용서하기를 힘써 많은 사람들을 살리
고 구제하였으며, 사공(司空) 장분(張奮)은 구두(口頭)로 시정(時政)을 말해
주며 즉시 원통한 옥사를 풀어 주어 단비[甘雨]가 내리게 되었다.

원안(袁安)·정홍(丁鴻)·노공(魯恭)·한릉(韓稜) 같은 여러 어진 이들이 서로
잇달아 등용되어 크게 유익한 일들이 많았으며, 먼 지방에서 바치는 음식은
태관(太官)을 단단히 타일러서 경계하고[申飭] 다시는 받지 못하게 하고, 전
후의 부서(符瑞)에 대하여 덕이 없는 사람이라고 자칭 억제하여 말을 퍼뜨
리지 못하게 하제하여 그리하여 백성들이 해마다 늘어나고 개척하는 토지

가 날마다 넓어져, 북쪽에는 삭정(朔庭 북방의 흉노)이 텅 비게 되고, 서쪽으로 중역(重譯 사이(四夷)를 가리킴)과 서로 통하게 되었으니 장제에 비유하되 진실로 우월하다.

15. **상제(殤帝)** 이름은 융(隆)이고 화제의 작은 아들로서 재위는 1년이다.

등후(鄧后)가 조정에 임어(臨御)하고, 장우(張禹)·등즐(鄧騭)과 등즐의 아우 회(悝)·홍(弘) 등이 정사를 보필하였는데, 등즐이 겸손하였지만 외척이 권세를 독차지함이 또한 여기에서 일어났다.

화제와 상제 이후로 황후(皇后)가 정책을 결정하기 위해서는 어리고 어두운 임금이 좋으며, 밖에서 들어와 즉위한 임금이 넷이요, 임조(臨朝)한 왕후가 여섯 명이다.

대체로 사왕(嗣王 위를 이은 왕)이 여려 여후(女后 황후)가 정사를 전담하게 되면, 외척이 반드시 권세를 부리고 환시(宦侍)가 정사에 참여하게 되는데, 그것은 당연한 것이다.

16. **안제(安帝)** 이름은 호(祜)이고 장제(章帝)의 손자로 재위는 19년이다.

즉위할 때 나이는 이미 13세였으나 태후가 오히려 조정에 임어하여 15년 동안 외척이 권세를 부려 중관(中官 내시)이 정사에 참여하였으며, 천재지변이 없는 해가 없었다. 태후(太后)가 붕(崩)하자 안제가 겨우 정사를 본 지 5년이었다. 오직 유모의 말만 듣고 오직 환간의 참소만 따랐는데, 등후(鄧后)가 이미 실각당하고 태자 또한 폐위(廢位)되자, 외척이 병권을 맡고 환관이 봉후(封侯)되고 제수(除授)되어, 총애(寵愛)와 신임이 비할 곳 없고 충성스런 말과 간하는 말이 모두 왕에게 전해지지 않았다.

태위(太尉) 양진(楊震)이 누차 상소하기를 더욱 간절하게 하다가 역시 참소 때문에 죽었으니, 혼란하였음을 알 수 있다.

17. 순제(順帝) 이름은 보(保)이고 안제의 아들로 재위는 20년이다.

순제가 처음 즉위하자 정책(定策)한 공으로 중황문(中黃門) 손정(孫程) 등 19명을 봉하여 열후(列侯)를 삼았는데, 점차 정사(政事)에 관여하여 권세가 날로 왕성해 갔다.

사예(司藝) 우허(虞詡)가 탄핵하여 아뢰어, 감히 말하는 기풍을 일으킴에 힘입어, 이로부터 좌웅(左雄)·이고(李固)·주거(周擧)·황경(黃瓊)·장형(張衡)·왕공(王龔)·황보규(皇甫規)의 무리가 모두 과감하게 지적해서 추방하여 배척하고자 청하였다. 그러나 환관들이 뿌리박고 결탁하여 말을 들어주지 않고 간한 것이 시행되지 않을 뿐만 아니라, 도리어 참소를 받아 내쫓기는 사람까지 있었다.

황후의 아버지 양상(梁商)은 정권을 잡아 비록 겸허하고 어진 이를 등용하였으나, 겁이 많고 약하여 강단이 없었고, 심지어 그의 아들을 보내서 내수(內竪 궁중의 하급 벼슬아치)들과 사귀게 하였다.

양상이 죽자 양기(梁冀)가 이어받았는데 대장군 양불의(梁不疑)가 하남윤(河南尹)이 되어 한없이 탐내고 악한 짓을 몹시 하되 날이 부족하게 여겼다.

여덟 사신을 보내 풍속을 순찰하게 하매 장강(張綱)은 심지어 도정(都亭 군현의 객사)에 수레바퀴를 묻기까지 하고, 또한 말하기를 "시랑(豺狼)이 조정에 있는데 어찌 호리(狐狸)를 따지겠는가?" 하며, 앞질러 양기와 준불의의 죄상을 탄핵하니, 순제가 비록 그 충언임을 알았으나 능히 시행하지 못하였다.

나머지 사신이 탄핵한 것도 모두 양기(梁冀)와 엄관(閹官 내시)의 친속(親屬)인 까닭에 일이 마침내 시행되지 않고 충직된 말이 좌절되었으니, 그가 능히 구출할 수 있었겠는가?

18. 충제(冲帝) 이름은 병(炳)이고 순제의 아들로 재위는 3개월이다.

양후(梁后)가 조정에 임어하여 재보(宰輔)들에게 맡기니, 이고(李固)의 말이 많이 채택되었다. 환관들 중 악행을 하는 자는 한 결 같이 모두 배척하여 쫓아 보내니, 천하가 바야흐로 태평을 고대하였다. 그러나 양기가 권세를 부리며 걸핏하면 서로 시기하고 질투하여, 이고(李固)마저 거의 죽음을 면하지 못할 번하였으니, 아아! 위태한 일이로다.

19. 질제(質帝) 이름은 찬(纉)이고 장제(章帝)의 현손(玄孫)으로 재위는 1년이다.

태후(太后)가 조정에 임어했었는데 질제가 성품이 총명하고 지혜로워[慧] 양기(梁冀)의 교만하고 횡포함을 알아차리고 평소 여러 신하들과 조회할 때 말하기를, "이는 발호장군(跋扈將軍)이다."고 하였는데, 이 말이 채 입 밖에 떨어지지도 못하여 독약을 넣은 떡이 이미 진상되었다.

20. 환제(桓帝) 이름은 지(志)이고 장제(章帝)의 증손으로 재위는 21년이다.

태후(太后)가 조정에 임어하고 양기(梁冀)가 정사를 전담하여 방자하게 위엄을 부리고 복도 주었다. 이고(李固) · 두교(杜喬)를 죽여서 자신의 위엄을 엄중하게 하고, 이어 원저(袁著)를 죽여 천하에서 자기를 의론하는 것을 막았으며, 심지어 진수(陳授)와 병존(邴尊)마저 죽였다.

환제가 그제야 진노하여 환자(宦者), 선초(禪超) 등 다섯 사람과 의논을 결정하여 양기(梁冀)를 목 베어 죽이니, 원악(元惡)은 비록 제거되었으나, 오후(五侯)가 이어 학정(虐政)하여 그 독이 사해(四海)에 퍼지고, 성진(成瑨)·유질(劉瓆)·책초(翟超)·황부(黃浮)·이응(李膺) 등의 여러 어진 이가 모두 환관들의 노여움을 사게 되어, 이응 등을 무고하되 조정의 정사를 비방하고 풍속을 현혹시킨다고 하였다.

환제가 진노하여 이응 등을 하옥하였는데, 옥사(獄事)가 두밀(杜密) · 진허(陳翊)·진식(陳寔)·범방(范滂)의 무리에게 연루되어 당고(黨錮)의 화가 일어났던 것이다.

21. 영제(靈帝) 이름은 굉(宏)이고 장제(章帝)의 맏손자로 재위 22년이다.

영제가 처음 즉위하매 태후가 임어하고, 진번(陳蕃)·두무(竇武)가 마음을 같이하여 정사를 보필하되, 명사(名士) 이응(李膺)과 두밀(杜密) 등을 불러 등용하니 천하가 태평하기를 기대하였는데, 애석하게도 그 환관들을 베려다 계책의 사기(事機)가 엄밀(嚴密)하지 못하여, 도리어 조절(曹節)·왕보(王甫) 등이 위조한 조서(詔書)로 죽이는 바가 되었다.

이에 많은 음흉한 자들이 뜻을 얻게 되었는데 후남(侯覽)이 주병(朱並)을 빙자하여 장검(張儉)의 당에 속한 사람을 무고하고, 조절(曹節)이 유사(有司)를 빙자하여 다시 이응(李膺) 등의 당고(黨錮)를 검거하매, 절의가 있고 유능한 인사들이 주륙(誅戮)을 당함이 지나쳐서 죄 없는 사람에게까지 미치니, 생민(生民)의 무리가 거의 없어지게 되었다.

영제는 또한 서원(西園)에서 벼슬을 팔고 후궁(後宮)에서 유흥(遊興)을 벌였고, 개를 희롱하고 나귀나 타고 다니면서 하류배(下流輩)들이 하는 짓을 하기를 즐겨 하였고, 취렴(聚斂 재물을 탐내어 마구 거두어들임)에 주력하며, 오직 내시들의 말만 듣다가 얼마 안 되어 무너지고 말았다.

22. 헌제(獻帝) 이름은 협(協)이고 영제의 둘째 아들로 재위는 31년이다.

동탁(董卓)이 난을 일으키고 이각(李傕)이 화(禍)를 조작(造作)한 이후부터 음흉한 무리들이 뜻을 얻어 위엄과 권세를 도둑질하여 누린 지 4년 만에, 이각(李傕)과 곽범(郭氾)이 군사를 다스려 서로 공격하고, 헌제를 위협하여 영(營)으로 거동하게 하고서 궁실을 불태워 승여(乘輿 임금이 타는 수레)가 파천(播遷)하였다.

겨우 낙양(洛陽)으로 돌아오자 조조(曹操)가 대궐에 나아가 도읍을 허창(許昌)으로 옮기니, 백관(百官)들이 조조(曹操)에게 통솔되어 대권(大權)이 드디어 모두 조조에게 돌아갔다.

천자를 끼고 제후들을 호령하여 그의 사욕을 채우니, 25년 동안 사람을 죽이고 살리는 것과 벼슬을 제수하는 것이 천자의 손에서 나오지 않고 다만 허울만 신민(臣民)의 위에 붙어 있었다.

조조(曹操)가 죽자 아들 조비(曹丕)가 한(漢)나라를 찬탈(簒奪)하였다.

7. 삼국(三國)

촉한(蜀漢)의 선주(先主 유비(劉備)를 가리킴)는 한(漢)나라의 후손[神明之胄]으로, 공명(孔明 제갈량(諸葛亮)의 자(字))같이 왕을 보좌하는 인재를 만나 군사를 출동하여 역적(逆賊)을 토벌(討伐)하되 삼대(三代 하(夏)·은(殷)·주(周))처럼 군사를 동원함에 있어 도(道)가 있어 거의 한(漢)나라 왕실을 회복(回復)할 듯하였다.

비록 하늘이 돌보지 않아 선주(先主)가 붕(崩)하고 무후(武侯 제갈량(諸葛亮)의 시호)도 훙(薨)하여 비록 공업(功業)은 끝을 맺지 못하였으나, 그 성취한 바는 참으로 컸었다.

위(魏)나라 조비(曹丕)가 북쪽 지방을 빼앗아 차지한 것과 오(吳)나라 손권(孫權)이 한편으로 동오(東吳)에서 패권(覇權)을 쥐게 됨과 같은 것은 그 사이에 어찌 한두 가지 잘잘못을 말할 것이 없겠는가?

그러나 천하가 분열(分裂)되고 연대(年代)가 또한 단축(短縮)되며, 정사나 한 일이 본받을 만한 것이 없다.

8. 진(晉)나라

무제(武帝)는 즉위한 처음에는 한(漢)나라와 위(魏)나라가 각박하였고 사치하는 풍조를 바로잡아, 한 결 같이 검약(儉約)하게 하고 사특한 풍속을 버리기에 힘썼으며, 거상(居喪)하는 제도가 무너진 지 이미 오래였으나 홀로 천성(天性)에 따라 바로잡아 거행하였으니, 역시 어진 인군이라 할 수 있었다.

어찌된 일인지 오(吳)를 평정한 뒤로 교만한 마음이 갑자기 생겨, 성색(聲

色 유흥과 여색)을 숭상하고 놀이와 사냥을 일삼아 마음씨가 타락하고 정사가 무너졌는데, 사자(嗣子)가 어둡고 어리석으며 가후(賈后)가 포악하였다.

더욱이 부박(浮薄)과 허탄(虛誕)을 서로 숭상하고 예의를 폐기(廢棄)하여 골육(骨肉) 간에 서로 해쳐 다시 사람의 도리가 없었는데, 오호(五胡)가 이 틈을 노리게 되어 회제(懷帝)와 민제(愍帝) 두 임금이 사로잡힘으로써 만백성이 붕괴되었으니, 예로부터 화란이 심하기가 이보다 더한 경우는 없었다.

원제(元帝)가 비록 건강(建康)에 나라를 세우고 중흥(中興)하였다고는 하나 나라의 큰 원수(怨讐)를 잊고 회복시킬 뜻이 없었고, 면제(明帝)는 재력이 가장 뛰어났으나 수(壽)가 길지 못하였고, 그 나머지는 모두 헤아려 볼만 한 것이 없다.

9. 남북조(南北朝)

남조(南朝)는 서진(西晋)의 난리 와중에 일어났는데, 동진(東晋)의 원제(元帝)가 양자강 좌안(左岸)에 나라를 정하였다. 그 계통을 이은 자로서 유유(劉裕)는 송(宋)이라 일컫고, 소도성(蕭道成)은 제(齊)라 일컫고, 소연(蕭衍)은 양(梁)이라 일컫고, 진패선(陳覇先)은 진(陳)이라 일컬었는데 이들을 남조라 한다.

그 외에 중원(中原)을 차지하고 존호(尊號)를 참람하게 도둑질한 탁발규(拓拔珪)가 위 무제(魏武帝)라 일컬어 장안(長安)으로 들어와 서위(西魏)라 일컬었고, 선견(善見)은 동위(東魏)라 일컬었고, 고양(高洋)은 북제(北齊)라 일컫고, 우문각(宇文覺)은 후주(後周)라 일컬었으며, 남북으로 갈라 차지하여, 저마다 서로 영웅인 체하며 무력으로 서로 공격하여 백성들이 편한 날이 없었는데, 그들이 한때 임금이나 신하를 행사한 일은 족히 취사(取捨)할 것이 없다.

10. 수(隋)나라

1. 문제(文帝) 성은 양(楊)이고 이름은 견(堅)으로 홍롱(弘農) 화음(華陰) 사람으 로서 재위는 24년이다.

주(周)나라 외척(外戚)으로 장권을 잡고 있다가 드디어 그 자리를 찬탈(簒奪)하였다. 그러나 부역(賦役)을 감하고 주방(酒坊 동네의 술집)을 폐지하방(며, 형법을 줄이고 의창(義倉)을 세우며, 백성들의 먹을 것을 염려하여 감선(減膳)하고 공헌(貢獻 진상(進上))을 막으려고 문채 있는 옷감을 불태웠으니 이는 위정(爲政)이 잘한 것들이다.

유독 애석한 것이 있다면, 문제가 본래 배우지 못하여 시서(詩書)를 좋아하지 않았으며, 또한 각박(刻薄)하고 시의(猜疑 시기하고 의심함)하기 일쑤여서 오로지 소수(小數)만 신임(信任)하고 살피는 것이 밝은 것으로 여겨 마음대로 사람을 죽이며, 참소를 믿어 태자(太子)를 폐위하고 죄 없이 여러 아들을 죽이며, 원훈(元勳)과 숙장(宿將 노장)을 거의 다 베거나 물리쳤다. 이는 큰 잘못들인데, 문제의 몸 역시 자식의 화를 피하지 못하였으니, 아아, 슬픈 일이다.

2. 양제(煬帝) 이름은 광(廣)이고 문제의 둘째 아들로 재위는 12년이다.

양제는 번왕(藩王)으로서 억지 감정과 꾸민 속임수로 헛되이 명예를 낚되, 안으로는 태후(太后)와 결탁하고 밖으로는 당여(黨與)와 결탁하여 마침내 적자(嫡子)의 자리를 탈취하였다.

왕위를 계승하기에 이르러서 그 부강(富强)한 재물을 믿고 한없는 욕심을 부리려고 생각하여, 궁원(宮苑)을 경영하고 하거(河渠 운하(運河))를 파며 용주(龍舟)를 만들고 장성(長城)을 쌓았으며 악공(樂工)을 모으고 여복(輿服)과 의위(儀衛 의장(儀裝))를 만들어, 마음대로 순행(巡幸)하고 서역(西域)과 통하고 고구려(高句麗)를 정벌하였다.

온갖 세금을 받으며 온 중국이 지치고 곤란하여 백성들이 그 명령을 견디지 못하고 마침내 도둑 떼가 천하에 가득 차게 되었으니, 몸이 우문화급(宇文化及)의 손에 죽은 것이 당연하고 불행한 일이 아니다.

11. 당(唐)나라

1. **고조(高祖)** 성은 이(李)이고 이름은 연(淵)이다. 토덕(土德)으로 임금이 되어 장안(長安)에 도읍하였다.

그의 아들 세민(世民 당태종의 이름)의 계책을 따라 진양(晉陽)에서 군사를 일으켜 서하(西河)를 정벌하고 고덕유(高德儒)를 베어, 임금을 속인 죄만 책망하고 나머지 것은 털끝만큼도 범하지 않았다.

계속하여 곽읍(霍邑)을 수복하고 승전한 기세를 타고 드디어 장안(長安)을 이기고 들어가, 대왕(代王)을 세워 제(帝)를 삼고 정승을 하다가 스스로 당왕(唐王)이 되어, 약법(約法) 12조목을 마련하고 까다로운 법을 모두 없앴다.

양제(煬帝)의 흉한 소문이 일어나자 공제(恭帝)에게 선위(禪位)받아 제위(帝位)에 올랐는데, 이로부터 이밀(李密)에게 항복받고 인고(仁杲)를 멸하여 흑달(黑闥)을 베고 소선(蕭銑)을 평정하며, 금강(金剛)을 부수고 무주(武周)를 내몰며 건덕(建德)을 사로잡고 세충(世充)에게 항복받아, 6년에 걸쳐 천하가 모두 복종하였으니, 어찌 성공이 그리 빨랐던가? 대개 태종(太宗) 같은 자식이 있었기 때문이다.

율령(律令)을 정하고 경서의 뜻에 밝은 사람을 들어 쓰며, 관제(官制)를 세우고 균전(均田)과 조(租)·용(庸)·조(調)에 관한 법을 정한 것과 또한 아악(雅樂)을 제정하고, 승니(僧尼, 중의 무리)를 도태한 것에 이르러서는 모두 정사하는 요법(要法)이 되었고, 가장 먼저 수씨(隋氏)의 자선들에게 조서(詔書)를 내리고 이들을 모두 유사(有司)에게 넘겨 재질을 헤아려 서용(敍用)함으로써, 한(漢)나라 이래로 가장 충후(忠厚)하게 하였으니, 그 오랜 세대토록 나라를 누림이 또한 당연(當然)하지 않겠는가?

다만 애석한 것이 있다면 그가 배적(裵寂)의 사특함에 친근하여 궁녀(宮女)를 받아들이고 유문정(劉文靜)의 말을 들어 돌궐(突厥)을 신하로 삼은 일이다.

이 때문에 당나라 시대의 임금들은 가정을 바로잡는 법이 없었고, 이적(夷狄)들이 중국을 어지럽히는 난리가 많았으니, 역시 고조(高祖)가 길을 열어 놓은 것이다.

2. 태종(太宗) 이름은 세민(世民)이고 고조의 둘째 아들로 재위는 23년이다.

고조의 둘째 아들인데 태어난 지 4세 때에 서생(書生)들이 보고 말하기를 "나이 약관(弱冠 20세)이 되면 반드시 세상을 구출하고 백성을 안정시키겠다." 하였는데, 고조(高祖)가 군사를 일으켜 참란(僭亂)을 평정할 때 신묘한 계책과 전략(戰略)이 모두 태종에게서 나왔다.

그가 정사에 임하여 설시(設施)할 때 가장 먼저 원수의 신하들을 임용하고 궁녀들을 놓아 보내며 사치를 금지하였다. 그리고 홍문관(弘文館)을 설치하여 학사(學士)들과 더불어 앞날의 일과 지나간 행적을 강론하고, 학교(學校)를 일으켜 경술(經術)을 숭상하고 부병(府兵)을 세워 무비(武備)를 닦았다.

이후부터 정신을 가다듬어 정사를 하되 청납(聽納)을 부지런히 하고 형옥(刑獄)을 돌보며, 음교(淫巧 음란하고 치장하는 행위)를 금지하고 이속을 말하는 것을 미워하며 풍속을 엄하게 하고 충효를 권장하였다.

즉위해서 겨우 4년이 지나자 쌀값은 한 말에 겨우 3전(錢)이고, 바깥문도 잠그지 않고 살아 태평한 세월이라고 일컬었으니, 옛날부터 중국이 융성함이 이와 같은 시대가 없었다.

태종이 말하기를 "이는 모두 위징(魏徵)이 인의(仁義)를 권장하여 시행한 힘이다."라고 하였으니, 근본이 되는 바를 알았다고 할 수 있다. 그러나 애석하게도 그가 부도(浮屠 부처 또는 불교)를 회복함으로써 정교(政敎)가 어지러워지고 고구려(高句麗)를 침범함으로써 무사(武事 군사행정)가 잘못되었고, 죄 없는 사람을 죽여 형옥이 지나쳤고, 총애하는 아들에게 혹함으로써 저위(儲位 태자)가 결정되지 못하여 사직(社稷)의 근본이 변동될 뻔하였다.

또한 그중에서도 큰 것은 처음에는 아버지를 위협하여 오랑캐에게 신하노릇을 하게 하고 형과 아우를 죽였으며, 뒷날 아우의 아내를 간음하여 그녀에게서 자식을 낳음으로써 인륜(人倫)에 있어 부끄러운 일이 많았다.

3. **고종(高宗)** 이름은 치(治)이고 태종의 아홉째 아들로서 재위는 34년이다.

계통을 이어받은 시초에는 날마다 자사(刺史)들을 불러들여 백성들의 병폐와 고통을 물었고, 정사에 이르러서는 대신들을 높이 대접하는 몸을 공손히 하여 말을 들었기 때문에, 영휘(永徽 당 고종의 연호) 시대의 정사에 즈음하여 백성들은 부요해지고 편안하여 정관(貞觀 당 태종의 연호) 시대의 기풍이 있었으니, 어찌 어진 임금이 아니겠는가? 어찌하여 아버지의 첩을 아내로 삼아 취우(聚麀 혼음(混淫), 곧 난륜(亂倫)을 말함)의 수치(羞恥)로 생각하지 않고, 여후(女后)가 정사에 참여하도록 방치하여 마침내 신빈(晨牝 빈계사신(牝鷄司晨)이란 말로 새벽에 암탉이 운다는 뜻)의 불상사를 불러일으킴으로써 무씨(武氏)의 찬탈을 조장하였으며, 무씨가 즉위하게 되자 충신들이 내쫓기고 간사한 무리들이 권세를 부려, 마침내 종사를 망치는 화를 일으켜 거의 구원하지 못하게 되었으니, 이것은 누구의 과오이겠는가?

4. **중종(中宗)** 이름은 현(顯)이고 고종의 일곱째 아들로 무씨의 소생이며 재위는 6년이다.

중종은 태자로서 즉위하였는데 곧 유폐(幽廢)되었다가, 15년이 지나 소환되어 다시 태자가 되고, 또한 7년 만에 간신(奸臣)이 복주(伏誅)되자 즉위하였으니, 이는 고조(高祖)와 태종(太宗)의 은덕이 백성들의 마음에 맺혀 있어 차마 잊지 못하였기 때문이다.

그러나 흥복(興復)한 공로는 모두 충신(忠臣)과 의사(義士)들의 힘에서 나온 것이었는데, 어찌하여 다시 왕위에 오른 처음에 위후(韋后)에게 한 천일(天日)의 맹세[35]만 추종(追從)하고, 전대의 암탉이 우는 경계는 잊어버려 매양 조정에 임하여 정사를 들을 때, 황후(皇后)가 함께 들음으로써 장차 권한이 모두 중궁(中宮)에 돌아가게 되어, 오왕(五王)이 무고(誣告)를 입어 죽음을 당하고, 무삼사(武三思)가 다시 일어나 권세를 탈취하였다.

얼마 되지 않아 중종이 또한 독약이 든 떡을 먹고 죽었으며, 네 아들이 전후에 모두 제대로 죽지 못하였으며, 후사(後嗣) 역시 전승(傳承)되지 못하였다. 아! 화(禍)가 너무나 참혹하다.

5. **예종(睿宗)** 이름은 조(朝)이고 고종의 여덟째 아들로서 무후(武后)의 소생이다. 재위는 3년이다.

정사에 임한 시초에 요숭(姚崇)·송경(宋璟)이 마음을 합하여 정사를 보필하되, 문무(文武)의 관원을 법에 의거하여 뽑고 강어(彊禦)를 두려워하지 않아, 선거(選擧 인재의 임용)와 법이 다 같이 다스려지니, 당시 사람들이 모두 정관(貞觀 당 태종의 연호) 시대의 기풍이 있다고 하였다. 후계자를 세우되 공으로 하였고, 혜성(彗星)이 변괴를 알리자 덕이 있는 사람에게 전위(傳位)하여 재앙을 피하였으니 어질다 할 수 있다.

그러나 즉위한 지 얼마 되지 않아 태평공주(太平公主)가 권세를 부려 요숭(姚崇)이 내침을 당하고, 마침내 여동생에게 현혹되어 밝은 판단이 부족하였다.

비록 왕위를 전하였다고 하지만 정사를 맡기지 않고 태상황(太上皇)이라 자칭하며, 큰일을 도맡아 태평공주의 죄악을 양성(釀成)하매

---

35) 천일(天日)의 맹세 : 중종이 유폐되어 있을 때 위후에게 "다행히 다른 날 천일(天日, 복위되는 것을 뜻함)을 보게 된다면 그대 마음대로 하고자 하여도 저지하지 않겠다."고 한 맹세.≪唐書 卷76≫

간사한 사람들이 무리지어 따라붙어서 거의 반역하게 되어, 드디어 현종(玄宗)으로 하여금 천하에 고모(姑母)를 죽였다는 이름을 얻게 하였으니, 애석한 일이다.

6. **현종(玄宗)** 이름은 융기(隆基)이고 예종의 셋째 아들로서 재위는 45년이다.

개원(開元 현종의 연호) 초년에 비로소 정사를 친히 다스려 정신을 가다듬어 정사를 하되 군사 일을 강론하고 승니(僧尼)를 도태하며, 여악(女樂)을 금지하고 궁인(宮人)을 내보내며, 의복과 노리개를 멀리하고 금수 비단을 불사르고 비단 짜는 집을 폐하였다.

천성이 우애하여 형제간에 돈목(敦睦)하였고 안팎의 출입하는 법식을 균등하게 하였으며, 원외(員外)·검교(檢校) 등 불필요한 관원을 폐지하고, 유학(儒學)에 정통한 선비를 뽑아 시독(侍讀)으로 두며, 학술(學術)이 있는 선비를 가려 서적을 교정하고 사관(史官)제도를 회복하여 대장(對杖 무기를 들고 호위함)하고서 일을 아뢰도록 하였다.

현령을 시험 보이고 자사(刺史)를 뽑으며, 혹리(酷吏)를 금고하고 악공을 억제하였다.

사책(史冊)에 선정(善政)을 누치 쓴 것이 진실로 즉위한 이래 어진 정승을 계속 임용하여, 요숭(姚崇)은 도(道)를 숭상하였고, 송경(宋璟)은 법을 숭상하였고, 장가정(張嘉貞)은 이도(吏道)를 숭상하였고, 장열(張說)은 문(文)을 숭상하였고, 이원굉(李元紘)·두섬(杜暹)은 검소함을 숭상하였고, 한휴(韓休)·장구령(張九齡)은 정직을 숭상하여 각각 그 장점에 따라 서로가 보필하였기 때문이다.

이리하여 20년 동안 사이(四夷)들이 와서 복종하게 되고, 의식(衣食)이 풍족하여 서경(西京)과 동도(東都)의 쌀 한 섬 값이 겨우 200이 되지 못하고 직물도 같았으며, 천하가 넉넉하고 편안하여 아주 먼 길을 가는 자가 척병(尺兵 간단한 무기)도 지닐 것이 없고, 형부에서 결단한 천하에 죽일 죄인이 24명뿐으로 거의 형벌을 놓아두게 되어, 태평하다고 일컬었으니, 훌륭하다 할 수 있었다.

이후부터 뜻과 욕망이 이미 차고 사치할 마음이 생기기 시작하여, 충직한 사람은 점차 소원해지고 참소하고 아첨하는 자가 모두 진출하게 되어, 장구령(張九齡)을 파직하고 이임보(李林甫)를 정승으로 삼고, 주자량(朱子諒)을 죽이고 우선객(牛仙客)을 총애하며, 고역사(高力士)를 귀하게 여기므로 환관의 화가 싹트고 10절도(節度)를 두어 번진(藩鎭)의 화를 빚었으며, 소모(召募)로 인하여 군사가 날로 더욱 무너지고 취렴(聚斂) 때문에 재정이 날로 번다하여 무비(武備)가 점차 경감되고 백성의 힘이 이미 고갈되어, 나라의 형편이 말이 아니었다.

더욱 심한 것은 황후를 폐하고 세 아들을 죽였으며, 수왕(壽王)의 비(妃) 옥환(玉環)을 받아들여 매혹(魅惑)되고 안녹산(安祿山)을 세아(洗兒)하였다가[36] 추한 소문이 퍼졌으되 또한 어떻게 하지 못하였다. 성색(聲色)에 미혹되어 정사(政事)가 방치되고 해이해지게 되었고, 양국충(楊國忠)이 옥환(玉環)을 인연하여 정승으로 들어와, 어진 이와 능한 이를 질투하며 권세를 탐하고 총애를 굳혔다.

또한 안녹산과 사이가 벌어져 재빨리 반역하도록 자극하여 그가 말한 바대로 증험되게 하였는데, 얼마 되지 않아 안녹산이 어양(漁陽)에서 배반하여 양경(兩京)을 함락시키매, 국충은 주륙당하고 옥환도 죽었으며 현종 또한 촉(蜀)나라로 달아나야 하였으니, 천하가 붕괴되어 만백성이 도탄에 빠지고 말았다.

아! 한 번 생각을 잘못하여 그 화가 이러한 지경에 이르렀으니, 경계 삼지 않아서야 되겠는가?

---

36) 안녹산(安祿山)을 세아(洗兒)하였다가 : 양귀비(楊貴妃)가 안녹산을 양자로 삼았는데, 녹산의 생일에 현종과 양귀비가 의복과 보석으로 만든 그릇 그리고 술과 음식을 후하게 내렸던 것.《通鑑節要 卷41》

7. 숙종(肅宗) 이름은 형(亨)이고 현종의 셋째 아들로 재위는 7년이다.

녹산의 난으로 말미암아 태자로서 군부(君父)를 따라 촉(蜀)으로 들어가 마외(馬嵬)에 이르렀는데, 현종이 부로(父老)들의 요청에 따라 군사를 나누어 숙종을 따르도록 하고, 또한 전지를 내려 전위하였으나 받지 않았다.

이미 두홍점(杜鴻漸)·배면(裵冕) 등을 머물러 두었는데, 모두 삭방으로 가기를 권하고, 영무(靈武)에 이르러서는 마외(馬嵬)에서의 명을 따르기를 청하니 즉위하였다. 우선 먼저 배면·두홍점·곽자의(郭子儀)·이광필(李光弼)을 임용하고, 산인(山人) 이필(李泌)을 불러 군국(軍國)의 참모를 시켰으며, 광평왕(廣平王)으로 원수(元帥)를 삼아 팽원(彭原)으로 진격하였다가, 이듬해에 군사를 봉상(鳳翔)으로 옮겨 그해에 양경(兩京)을 회복하였는데, 상황(上皇)이 서울로 돌아와 부자(父子)가 다시 반겼고 종묘사직이 도로 편안해졌으니, 어찌 이렇게 중흥(中興)이 빠르게 되었는가?

이는 실로 곽자의·이광필·광평왕에게 책임을 맡기되, 큰아들로써 군사를 거느리는 책임을 맡게 하고, 안고경(顏杲卿)·안진경(顏眞卿)은 하북(河北)에서 충의(忠義)의 군사를 일으키고, 장순(張巡)·허원(許遠)은 수양(睢陽)에서 적의 세력(勢力)을 막았기 때문에 마침내 능히 이겨 회복(回復)한 공을 이룬 것이다.

그러나 이에 있어 적의 형세가 비록 패하였지만 여얼(餘孽)이 아직 남아 있기 때문에, 마땅히 권강(權綱)을 진작시키고 헌전을 닦아 중흥의 공을 키웠어야 하는데, 어찌하여 원대하게 경영하는 계책을 하지 않고 당장 편할 계책만 오로지 힘써, 명기(名器 관작(官爵)가 아래에서 외람되게 주어지고 파직(罷職)과 등용(登用)이 위에서 나오지 아니하였다. 이렇게 되어 기강(紀綱)이 크게 무너져 수습할 수 없었다. 더구나 사조은(史朝恩)에게 군사의 위용(威容)을 구경시키기 위하여 이광필·곽자의 같은 명장(名將)들로 하여금 지휘를 받게 하였고, 이보국(李輔國)이 오로지 금병(禁兵)을 장악하여 비록 임금의 제칙(制勅 명령)이라도 반드시 서명을 거친 후에 시행되었으니, 이 두

가지 것에서 더욱 문란해지게 되었다.

그것뿐만 아니라 밖으로는 보국이 권병(權柄)을 잡는 것을 두려워하고, 안으로는 장후(張后)의 사납고 괴팍한 것을 두려워하여, 상황(上皇)에 대한 효도가 쇠퇴하다가 마침내 근심으로 붕(崩)하매, 숙종 또한 애모(哀慕)만 하다가 몰(沒)하였고, 장후(張后) 모자 역시 보국에게 죽음을 당하였던 것이다.

아! 지존(至尊)한 천자로서 위로는 그의 아버지를 보호하지 못하고 중간으로는 그 자신을 보존하지 못하였으며, 아래로는 그의 처자를 보호하지 못하였다. 소인을 가까이한 화(禍)가 그 맹렬함이 이와 같았으니, 경계하지 않을 수 있겠는가?

8. 대종(代宗) 이름은 예(豫)이고 숙종의 장자로서 재위는 17년이다.

정사에 임한 시초에 다시 동경(東京)을 수복하고 사조의(史朝義)가 목을 바쳐 대하(大河) 남북 지방이 다시 당나라 땅이 되었으니 그 공이 찬양할 만하다.

다만 애석한 것은 지나치게 우선 편한 계책만 하여 적장(賊將)들로 하여금 하북(河北)을 나누어 거느리게 하여 여러 번진(藩鎭)들과 서로 안팎이 되게 하므로, 각기 토지를 넓히고 스스로 관리를 임명하게 되어, 이름만 번신(藩臣)이고 실제는 모두 만맥(蠻貊)의 이방(異邦)인데, 한결같이 우선만 편하게 지내고 다시 제어하지 못하였다.

이로부터 복고회은(僕古懷恩)이 도적을 끌고 다시 장안을 침범하매, 대종이 섬주(陝州)의 행행(行幸)과 봉천(奉天)의 핍박이 있게 되었으나, 천행(天幸)으로 곽자의(郭子儀)의 힘을 입어 못된 오랑캐가 퇴각하게 되어 왕실이 다시 세워지게 되었다.

그러나 대종이 인자하기만 하고 무기(武氣)가 없으며 유약(柔弱)함이 너무 지나치고 강단(剛斷)이 부족하여, 권세가 환관(宦官)에게 돌아가매 훈신(勳臣)들이 배척되고 내쫓기어 원통하게 죽어 간 자가 있게 되었다. 또한 불교를 숭상하여 중에게 도첩(度牒)을 주고 사찰을 세우며 재(齋)를 올리니 중외(中外)에서 서로 본받아 인사를 폐하고 불법을 받음으로써 법과 정사가 날로 어려워졌으니, 당나라 왕실이 크게 무너짐이 여기에서 결정된 것이다.

9. 덕종(德宗) 이름은 괄(适)이고 대종의 장자로서 재위는 26년이다.

즉위하여 처음에는 공헌(貢獻 공물을 상납함)을 폐지하고 이원(梨園)을 해산하며, 상서(祥瑞)를 믿지 않고 금은(金銀) 등의 보물을 물리치고 궁인을 내보내고 응견(鷹犬 사냥용 매와 개)을 놓아주었으며, 승여(乘輿)와 복어(服御)를 감하고 사관(寺觀)의 설치와 중에게 도첩을 주자고 아뢰는 것을 금지하였다.

또한 조서를 내려 재물과 공물을 모두 좌장(左藏 국고(國庫)로 돌리니, 몇 달이 되지 않은 사이에 좋은 정사가 여기저기에서 나와 온 나라 안이 소문을 듣고 고무(鼓舞)되었다.

이는 모두 최우보(崔祐甫)가 정승이 되어 힘써 관대하게 하기를 숭상하였기 때문에 당시에 정사를 잘한다는 소문이 퍼지며 정관(貞觀) 시대의 기풍이 있다고 했었는데, 불행하게도 어진 정승이 죽게 되자 양염(楊炎)·노기(盧杞)가 서로 잇달아 권세(權勢)를 부리되, 양염은 사사로이 유안(劉晏)을 참소하여 죽이고, 노기는 의심스런 마음을 품고 모든 신하들을 이간(離間)하였다.

또한 총애를 굳히고자 하여 덕종에게 엄하고 각박하게 하도록 권하니, 중외에서 실망하고 가혹한 정사가 날로 더하여 백성들이 견디지 못하고 방진(方鎭)들이 강한 것을 믿고 서로가 난을 부채질하므로, 마침내 봉천(奉天)으로 행행하여 주자(朱泚)의 난37)을 피하였는데, 이렇게 하여 궁핍해진바 취렴(聚斂)에 뜻을 두게 되었다.

덕종은 본디 성격이 시기하고 의심이 많았는데, 봉천에 돌아오면서 장상

---

37) 주자(朱泚)의 난 : 주자의 벼슬은 태위(太尉)였는데, 경원절도사(涇原節度使) 요영언(姚令言)이 반란을 일으켜 주자를 받들어 황제를 삼고 국호(國號)를 대진(大秦)이라 하였다. 얼마 후 이성(李晟)에게 팽원(彭原)으로 쫓겨 그 부하에게 죽음을 당하였다. 《唐書 卷200》

(將相)들을 소외하고 꺼려서 환관들에게 위임하였다. 그러므로 범씨(范氏)의 논의에 이르기를,

> "황제는 비정(粃政, 부정적이고 헛된 말)이 가장 많은데 그중에서 큰 폐단이 세 가지가 있으니, 첫째는 방진을 임시 조치한 것이요, 둘째는 환관에게 정사를 위임한 것이요, 셋째는 재화를 취렴한 것이다."

하였으니, 당나라의 멸망은 마침내 이 세 가지 이유에 있었던 것이다.

10. 순종(順宗) 이름은 송(誦)이고 덕종의 장자로서 재위는 1년이다.

순종은 불행히도 병중에 즉위하였는데 간사한 신하들이 마음대로 하고 내시(內侍)들이 권세를 농간하여 당나라 왕실이 거의 위태로울 뻔하였는데, 마침내 정사를 계승할 왕에게 위임하야 사직을 안정시켰으니, 족히 어질다고 하겠다.

11. 헌종(憲宗) 이름은 순(純)이고 순종의 장자로서 재위는 15년이다.

가장 먼저 충성스럽고 선량한 사람을 등용하고 모든 소인을 배척하여 내쫓았다. 이 때문에 조정의 권한이 날로 줄어들고 방진(方鎭)이 점차 횡포해졌는데, 개연(慨然)히 분발하여 참란(僭亂)을 평정할 뜻을 두어 법도(法度)로써 제어하되, 마침내 능히 장수를 임명하고 군사를 일으켜 못된 역적들을 평정하니, 강한 번진(藩鎭)들이 토벌할까 두려워하여 자식을 인질(人質)로 하고 땅을 바쳤다.

이에 천하에 뿌리박힌 도적들이 모두 이마를 조아리며 입조(入朝 조회하려고 옴)하게 되어, 백 년의 근심이 하루아침에 해소되어 당나라의 위엄과 명령이 거의 다시 떨치게 되었다.

웬일인지 세상의 난이 점차 평정되자 사치할 마음이 갑자기 생겨서, 토목공사가 점점 늘어나고 간사한 신하가 다시 등용되며, 선약(仙藥)을 구해들이고 불골(佛骨)을 맞아들인 것도 진실로 이미 의혹된 것이다.

이강(李絳)이 파직되고 승최(承璀)가 총애를 받았으며, 황보박(皇甫鎛)·영호초(令狐楚)가 정승이 되매 배도(裵度)·최군(崔羣)이 모두 내쫓기게 되었으니, 대개 군자와 소인이 함께 있을 수 없음이 이러하다.

헌종이 또한 금단(金丹)의 약을 먹어 화내기를 잘하고 사람을 망령되이 죽이다가, 마침내 환관(宦官) 진홍지(陳弘志)의 손에 죽었으나 아무도 알지 못하였으니, 애석한 일이다.

12. **목종(穆宗)** 이름은 항(恒)이고 헌종의 셋째 아들로 재위는 4년이다.

왕위를 이어받은 시초에 황보박(皇甫鎛)을 폄출(貶黜)하고, 유필(柳泌)을 장살(杖殺)한 두 가지 일을 하여 다소 사람들의 마음을 통쾌하게 하였다.

그러나 몸이 상중(喪中)에 있고 관이 바야흐로 빈소(殯所)에 있을 때 있어, 공경(公卿)들에게 분명하게 조서하여 죄인들을 다스리지 못하고, 갑자기 군신(群臣)들과 같이 복을 벗고, 성대하게 광대놀이를 벌여 각저(角觝 씨름의 일종)를 재미있게 구경하고, 자주 큰 잔치를 벌여 조지(藻池)에서 고기를 잡고, 화청지(華淸池)에 행행(行幸)하여 사냥하고 공차기를 마음대로 하여 내키는 대로 예의를 방치하고 놀이하기를 법도 없이 하였다.

또한 재상(宰相)들이 모두 원대한 계획(計劃)이 없어서 무비(武備)에 뜻을 두지 않았는데, 얼마 되지 않아 모든 번진(藩鎭)들이 서로 잇달아 배반하여 비록 제도(諸道)의 군사와 원신(元臣)과 명장(名將)으로 토벌(討伐)하였으나 마침내 공을 이루지 못하였다.

이로 말미암아 다시 하삭(河朔 황하의 북쪽)을 잃게 되어, 원화(元和 당 헌종의 연호)의 공적이 이때에 와서 추락되고, 목종 또한 금단(金丹)의 약 때문에 발돌릴 사이도 없이 죽었다.

13. **경종(敬宗)** 이름은 담(湛)이고 목종의 장자로 재위는 2년이다.

정사에 임한 시초에는 이신(李紳)이 비방을 받아 폄척(貶斥)된 것을 알면서도 마침내 불러오지 못하였고, 비록 배도(裵度)·이강(李絳) 같은 어진 사람을 등용했었지만 마침내 저지(沮止)되고 말았으며, 이봉길(李逢吉) 같은 한낱 소인이 권세를 부리매 팔관 십육자(八關十六子)가[38] 서로 결탁하고 들어붙어 어진 이와 능한 이를 질투하여 조정의 정사가 마침내 흐리고 어지러웠다.

비록 위처후(韋處厚)가 선을 좋아하고 악을 미워하여 보족한 것을 바로잡고 유익하게 하였으나, 마침내 그 당여(黨與)의 무리를 이겨 내지 못하였다.

경종이 청납(聽納)에 있어서 또한 칭찬할 만한 것이 있으니, 이정(李程)이 간하는 말에 따라 궁전(宮殿) 경영을 중지한 것이나, 위처후의 말에 감동되어 비단을 내린 것과, 이덕유(李德裕)는 반조(盤絛)를 만들라는 조서를 받들지 않았고, 위처후는 지(鷙 매나 수리 같은 맹금류)·능(綾 비단류)·금(錦 면포)을 거두라는 명을 받들지 않았으며, 배도(裵度)는 낙양(洛陽)에 순행(巡幸) 가는 것을 간하였는데, 모두 그만두었던 것들이다. 이와 같은 것이 하나만이 아니니, 덕종이 간하는 말을 거절한 것과 비교한다면 어찌 우월하지 않겠는가?

실수는 어렸을 때 사부(師傅)를 친근히 하지 않아 사치에 물든 데 있다. 이러하므로 왕위를 계승한 지 겨우 한 달 만에 애통(哀痛)을 잊고 잔치를 벌여 즐기고, 소인들과 친근하고 놀이를 법도 없이 하였으며, 사여(賜予)에 절도가 없고 격구를 치되 손으로 쳐, 하류(下流)들이 하는 짓을 하기를 좋아하였다.

성질이 또한 편협하고 조급하여 환자(宦者)들을 매질하고, 밤에 사냥 갔다가 환궁하여 술에 취해 방에 들어갔는데, 멸촉(滅燭 전(殿) 위에 촛불이 갑자기 꺼짐)의 변에 몸이 유극명(劉克明)에 의하여 죽었으니, 스스로 그런 슬픔을 가져왔다고 할 수 있다.

---

38) 팔관 십육자(八關十六子) : 당 경종 때 이봉길(李逢吉)의 당인(黨人) 일파를 말한다. 팔관 즉 장우신(張又新)·이속(李續)·장권여(張權興)·유서초(劉栖楚)·이우(李虞)·정석범(鄭昔範)·강흡급(姜洽及)·이훈(李訓) 등 8인과 그들에게 부회(傅會)한 사람 8인이 모두 요직에 임명되었으므로 팔관 십육자라 불렀다.≪唐書 李逢吉 傳≫

14. 문종(文宗) 이름은 앙(昻)이고 목종의 차자(次子)로 재위는 14년이다.

공손하고 검소함과 유아(儒雅 문아(文雅)함을 천품(天稟)으로 타고났다. 즉위한 첫머리에 정신을 가다듬어 다스려지기를 바라되, 사치를 없애고 검소하게 하며, 궁인을 내보내고 응견(鷹犬)을 놓아주며, 교방(敎坊) 등 할 일 없이 관직에 있는 사람 1,200여 명을 감원하고, 조수(粗繡 조잡한 수)하고 조루(雕鏤 조각품)한 물건을 없애니, 중외에서 서로 하례하기를 태평한 세상이 되겠다고 하였다.

이때 배도(裵度)와 위처후(韋處厚) 두 정승을 신임하여 책성(責成)하도록 하였다면 어느 누가 불가하다고 하였겠는가마는, 어찌하여 비록 허심탄회(虛心坦懷)하게 청납(聽納)하면서도 능히 굳게 결정하지 못하고, 의논한 일이 이미 결정되었지만 곧 도중에 변경되었으니, 사책(史冊)에 그를 말하되,

"인자할 뿐 과단이 적었다."

고 한 것은 한마디로 적절한 평이라고 하겠다.

이윽고 붕당(朋黨)이 서로 알력(軋轢)하여 사정(邪正)을 분별할 수 없고, 환관(宦官)이 전횡하여 제어할 능력을 상실하였다. 붕당의 알력은 우승유(牛僧孺)·이종민(李宗閔)으로부터 시작하여 양여사(楊汝士)에 와서 극에 달하게 되었고, 우승유와 이종민이 서로 노리는 가운데 전후 40년 동안 당나라의 정사가 쇠퇴하였다. 환관의 화(禍)는 명황(明皇) 때 시작되어 숙종(肅宗)·대종(代宗) 때 이루어지고 덕종(德宗)·헌종(憲宗) 때 만연되어, 병권(兵權)이 수중에 있게 되어 시역(弑逆)하기가 일쑤였다.

감로(甘露)의 변(變)을[39] 당해서는 재상이 죽음을 당하고 조신(朝臣)이 전부 섬멸되었으며, 문종은 "집종에게 제재를 받는다."고 말하며 눈물을 흘려 옷깃을 적시다가 얼마 안 되어 죽었으니, 슬픈 일이다.

---

39) 감로(甘露)의 변(變) : 태화(太和) 9년(835)에 재상 이훈(李訓)·정주(鄭注) 등이 환관을 죽이려고 석류나무 위에 감로(甘露)가 내렸다고 속여 그들을 꾀어내려다 도리어 피살당한 사건.≪唐書 卷17≫

15. **무종(武宗)** 이름은 염(炎)이고 목종의 다섯째 아들로 재위는 6년이다.

무종은 영특하고 민활함이 특히 뛰어나 웅걸한 계책으로 독단(獨斷)하였다. 이덕유(李德裕)에게 정승을 맡기면서부터 한결같은 뜻으로 위임하였기 때문에, 이미 사라졌던 위엄과 권력을 진작(振作)할 수 있게 되어, 상당(上黨)에서 이기고, 태원(太原)을 취하여 화란(禍亂)이 대략 평정되고 기률(紀律)이 다시 신장(伸張)되었으니, 역시 무종이 사람을 알아보기에 밝아 오로지 이덕유를 신임하여 이루게 된 것이다.

유독 애석한 것은 환관의 권세를 빼앗지 않아, 구사량(仇士良)으로 하여금 그의 무리들에게 은총(恩寵)을 굳히는 방법을 가르치게 하였고, 방사(方士)의 말에 현혹되어 조귀진(趙歸眞)으로 하여금 잘못 금단(金丹)의 약을 올리게 하여 무종은 더욱 조급해져서 10일 동안 말을 못 하다가 붕(崩)하기에 이르렀다.

16. **선종(宣宗)** 이름은 침(忱)이고 헌종(憲宗)의 열셋째 아들로서 재위는 13년이다.

선종은 성격이 엄숙(嚴肅)하고 침중(沈重)하여 말이 적으므로, 궁중(宮中)에서 더러 지혜롭지[慧] 구본에는 혜(惠) 자로 되어 있음. 못하게 여겼다. 더욱 스스로 감추고 숨기어 여러 사람이 같이 있거나 노는 장소에서도 일찍이 말을 하지 않았다. 태숙(太叔)이 되어 감국(監國 나랏일을 맡아 다스림)할 적에 근심하는 모습이 얼굴에 가득하였으나, 여러 신하들을 접하고 모든 일을 재결함에 미쳐서 사람들은 비로소 그가 은덕(隱德)이 있음을 알았다.

즉위하게 되자 한재(旱災)를 걱정하고 죄수를 적절하게 처리하고, 궁녀를 내보내고 유사(有司)를 좋아하였으며, 조종(祖宗)을 본받고 재상(宰相)을 공경하였으며, 형제간에 화목하고 외척에게 사사로운 정에 얽매이지 않았으며, 어사(御史)를 제수(除授)하되 순리(循吏)의 자손을 임용하고, 변방의 장수를 신중히 가려 쓰며 유신(儒臣)으로써 탐오하고 포악한 사람과 교체하였다.

자사(刺史)의 선임을 중요하게 여겨 재상들에게 이르기를, "자사가 적당한 사람이 아니면 백성을 해롭게 한다."고 하였으며, 관작(官爵)과 상사(賞賜)를 아끼고 장복(章服)을 아끼며, 위의(威儀)를 중히 여기고 청납(聽納)을 넓게 하며, 서민들에게 고루 혜택이 돌아가게 하고 부역을 균등하게 하였다.

환관을 베어 원화(元和 당 현종의 연호)의 역당(逆黨)을 제거하고, 하서(河西)를 평정하고 하황(河湟)을 취하여 100여 년 동안 상실했던 강토를 수복(修復)한 것에 있어서, 사책(史冊)에 "대중(大中) 대의 정사를 당나라가 망할 때까지 사람들이 사모하고 노래하여 소태종(小太宗)이라 하였다."고 칭찬하였으니, 어찌 지나치게 칭찬한 말이겠는가?

다만 그에게 부족함이 있다면 년에 임금과 신하가 회창(會昌 당 무종의 연호) 때의 정사를 회복하려고 노력하였지만, 이덕유(李德裕) 같은 어진 신하를 폄척(貶斥)하고 승니(僧尼)의 폐해가 현저함에도 불구하고 이를 복구하였으며, 어머니 곽 태후(郭太后)를 예(禮)로써 섬기지 않다가 하루저녁에 갑자기 죽게 방치하였으며, 선대인 목종(穆宗)·경종(敬宗)·문종(文宗)·무종(武宗) 등 네 임금의 신주(神主)를 출향하되 기탄없이 하였으며, 만년(晚年)에 사사로운 사랑에 빠져 저위(儲位, 태자)를 정하지 않아 대신들이 말하여도 듣지 않았으니, 임금의 대체에 어두움이 심하였다.

그 자신도 전 사람의 복철(覆轍)을 답습하여 금단(金丹)을 먹었다가 얼마 되지 않아 조갈병(燥渴病)이 나고, 이듬해 등에 종기(腫氣)가 나 치료할 수 없었으니 애석(哀惜)한 일이다.

17. 의종(懿宗) 이름은 최(漼)이고 선종의 장자로서 재위는 14년이다.

의종은 평범한 자질로 교만하고 사치하는 습관에 젖어 계단(戒壇)에서 중에게 도첩을 주고 부처에 아첨하느라 정사에 게을렀으며, 자주 여러 절에 행행(行幸)하여 사여(賜予 하사)를 절도 없이 하였다.

혜성(彗星)이 변괴를 예고하여 하늘의 경계가 분명한 데도 불구하고, 의종은 어리석어 깨닫지 못할 뿐만 아니라, 도리어 중외에 선포하되 상서(祥

瑞라고 하였다. 얼마 되지 않아 노암(路巖)·위보형(韋保衡)이 이어 정승 자리에 있으면서 명덕이 있는 사람들을 폄척(貶斥)하고, 뇌물을 받으며 사(私)에 치중하여 나라의 기강을 흐리고 어지럽혔다.

의종은 또한 음악을 즐기고 좋아하여 궁정 앞에서 공봉(供奉)하는 영인(伶人 광대)이 항시 500명에 가까이 있었고, 자주 놀이를 다녀 내외 제사(諸司)의 호종(扈從)하는 사람이 10만여 명씩 되기가 일쑤였다.

초년에는 절강(浙江)의 적이 크게 번지고 남조(南詔)가 들어와 침범하였는데, 비록 장수를 임명하여 토벌하도록 하였으나, 서주(徐州)의 적이 다섯 주(州)를 쳐서 함락시키매, 경우 사타(沙陀 부족의 이름)의 힘으로 겨우 이겨 내고 개선(凱旋)하였다.

의종은 더욱 주색에 빠져 정사를 친히 돌보지 않으며, 참소하는 말을 믿고 충간(忠諫)하는 사람을 내쫓으며, 군부(軍賦)를 줄이고 백성들의 재물을 고갈시켜 불사(佛事)를 숭상하므로 간하는 사람이 많았다. 이에 말하기를 "살아서 부처를 보면 죽어도 또한 한이 없다."고 하였는데, 얼마 되지 않아 세상을 떠났으니, 역시 애석한 일이다.

18. 희종(僖宗) 이름은 현(儇)이고 의종의 다섯째 아들로 재위는 15년이다.

희종은 어려서 왕위를 이어받아 정사를 신하들이 맡으므로, 이 관사(官司) 저 관사끼리 서로가 알력이 있었는데, 오로지 놀이만 일삼아 정사를 친히 돌보지 않고 한 결 같이 전영자(田令孜)에게 위임하고 '아부(阿父)'라고 불렀다.

이때를 당하여 사치하고 군사를 남용하여 부렴(賦斂)이 더욱 금해지고 관동(關東)에 가뭄과 충재(蟲災)가 들어 이산(離散)이 되고 굶주리다가 떼 지어 일어나 도둑이 되었다. 도적 중에는 황소(黃巢)가 가장 번성하였는데 강절(江浙 강소(江蘇)와 절강(浙江))까지 약탈하고, 다시 채석(采石)에서 북으로 강을 건너 한없이 중원(中原)까지 몰고 가서 양경(兩京)을 함락시키고 궁궐을 짓밟고 백관을 죽이고 종실(宗室)들을 죽인 다음 드디어 대호(大號 임금)라고 참람하게 일컬었다. 이에 앞서 전영자(田令孜)가 승여(乘輿)를 받들고 파천(播遷)을 가는데, 의종은 떠도는 신세이건만 낮이나 밤이나 환관(宦官)들과 같이 있고 외신(外臣)들을 소외(疏外)하며, 간관(諫官)과 보필(輔弼)을 죽여 없앴다.

그래도 한때 충의(忠義) 있는 신하들이 혹은 강개(慷慨)하게 맞아 뵙고 혹은 분발하여 싸워서 반년이 채 못 되어 적을 부수고 장안(長安)을 수복하였는데, 또한 환관들로써 안팎을 전제(專制)하게 되매, 이극용(李克用)·왕중영(王重榮) 등이 미워하여 임금의 주변을 맑게 하고자 하였으나, 의종이 드디어 봉상(鳳翔)·보계(寶雞)·흥원(興元)에 거동하게 되고, 경성(京城)이 거듭 방화와 약탈을 당하여 거의 남은 사람이 없게 되었다. 게다가 양왕(襄王)이 이미 제위(帝位)를 몰래 차지하고 멀리 있는 의종을 높여 태상황(太上皇)을 삼으니, 해가 바뀌어 도성으로 돌아왔다가 겨우 한 달을 넘기고 붕(崩)하였다.

19. 소종(昭宗) 이름은 엽(曄)이고 의종의 일곱째 아들로서 재위는 16년이다.

소종은 체모가 환하고 맑아 영특한 기운이 있었는데, 조정이 날로 비루해지는 것을 분하게 여겨서 개연(慨然)히 선대의 업적을 회복할 뜻이 있었다. 번저(藩邸)에 있을 때부터 본디 환관들을 미워하였고, 즉위하게 되자 정사를 여러 재상(宰相)들과 의논하였으니 잘한 일이다.

그러나 이때 환관들이 뿌리박히고 번진(藩鎭)들이 강성하고 횡포하여 힘으로 제압할 수 없었고, 충성과 사특이 분별이 없으며 행동거지가 타당하지 못하였는데, 반역하는 자가 사방에서 일어나자 세 장수가 병난을 핑계하고 서울로 들어와, 무 정(茂貞)은 거듭 경사(京師)를 침범하고, 한건(韓建)은 군사로써 행궁(行宮)을 둘러싸 11명의 왕을 죽이고 사군(四軍)을 해산시켰다. 소종은 이때 떠돌며 생명을 보존하는 처지임에도 오히려 간하는 신하를 내쫓아 이목(耳目)을 가렸다.

서울로 돌아왔을 때 최윤(崔胤)이 날마다 환관을 베는 것으로 일을 삼아 죽는 사람까지 있었으니, 환관들이 참으로 이미 두려워하게 되었고, 소종 또한 음주에 빠지고 간단없이 노여워하니, 사람들이 저마다 위태롭게 여겼 는데, 유계술(劉季述) 등이 비밀히 폐립(廢立)할 것을 모의(謀議)하여 제후 (帝后)를 유폐(幽閉)하고 욕을 보였다.

최윤이 이미 주전충(朱全忠)을 불러들여 성원하도록 하고 손덕소(孫德昭) 의 공을 힘입어 다행히 반정(反正)함으로써, 유계술 등이 복주(伏誅)되고 환 관들이 거의 다 없어졌다. 그러나 주전충(朱全忠)이 찬탈(簒奪)할 음모가 점 차 이루어지고, 얼마 안 되어 최윤은 또한 죽음을 면치 못하였으며, 소종도 이어 시해(弑害)당하고 말았다.

20. **애제(哀帝)** 이름은 축(祝)이고 소종의 아홉째 아들로 재위는 4년이다.

주전충(朱全忠)이 주장하여 즉위하게 되었다. 한 해를 지나자 주전충이 소종(昭宗)의 아들 아홉 왕을 다 죽이고, 배추(裴樞) 등 30여 명을 백마역(白 馬驛)에서 죽였으며, 애제도 역시 시해당함으로써 당나라가 망하고 말았다.

12. 오대(五代)

양(梁)나라 주전충(朱全忠)·당(唐)나라 이존욱(李存勖)·진(晉)나라 석경 당(石敬瑭)·한(漢)나라 유지원(劉知遠)·주(周)나라 곽위(郭威)는 모두 군 사의 힘과 속임수로써 저희들끼리 서로 헐뜯고 빼앗아, 민생들이 군사의 칼 날에 죽지 않는다면 반드시 학정(虐政)에 죽어 갔고, 그들의 자손들 또한 능 히 보존하고 지키지 못하여 50년 동안 역성(易姓 임금의 성이 바뀜)하기를 여덟 번이나 하였으니, 민생들이 화(禍)가 이보다 심한 때가 없었다.

- 終 -

經濟文鑑別集 下

鄭　道　傳　　著

鄭　柄　喆　編著

1. 송(宋)나라

1. 태조(太祖) 성은 조씨(趙氏)이고 이름은 광윤(匡胤)이며 선조(宣祖)의 둘째 아들이다.
화덕(火德)으로 임금이 되어 변(汴)에서 도읍하였다. 재위는 17년이다.

태조는 즉위한 처음에 원대하게 생각하고 지난 일을 돌아보되, 당나라 말
년 이래 50년 동안 제왕(帝王)이 무릇 여덟 번이나 성(姓)이 바뀌어 싸움이
쉴 사이 없었고, 민생들이 도탄에 빠진 것은, 모두 번진(藩鎭)들이 너무 강성
하였기 때문이라고 생각하였다.

그래서 지주(知州 주의 장관)로 방진(方鎭)을 교체하되 문신(文臣)을 지주
(知州)로 임명하고, 각각 통판(通判)을 두었으며, 또한 조정의 신하 가운데
강하고 재간이 있는 사람을 지현(知縣)으로 나가도록 명하여 절제(節制)하
는 권한을 분산시킴으로써 번진의 폐단을 개혁하였다. 또 조용하게 술 마시
는 틈을 타 여러 장수들의 병권(兵權)을 해제하니, 이에 번진의 없앨 수 없었
던 고질이 하루아침에 풀렸다.

그가 참람(僭濫)을 평정하고 유술(儒術 성리학)을 존중한 것이나, 병법을
제정하고 사졸들을 돌본 것과, 재부(財賦)를 정리하고 형옥을 보살피고 사
치를 억제하였던 것은, 인군으로서 도리를 갖춘 것이다. 그가 그렇게 한 까
닭을 따져 본다면 어찌 근본 하는 바 없겠는가? 태조가 일찍이

"도리가 가장 큰 것이다."

라는 말을 들었으니, 이 한마디 말은 나라를 바로 세우는 근본이 되고도
남음이 있는 것인데, 그의 정심(正心)·수신(修身)하는 학문은 실로 다른 사
람이 미치지 못할 바 있었다.

일찍이 침전(寢殿)에 앉아 여러 문을 활짝 열어 모두 단정(端正)하고 헌칠
하게 하며 막히거나 가린 것이 없도록 하고, 이어 좌우 사람들에게 이르기
를,

"이것이 나의 마음과 같으니, 조금이라도 사특하거나 잘못된 것이 있으면 사
람들이 모두 보게 될 것이다."

하였다. 주 문공(朱文公 문공은 주희(朱熹)의 시호)이 태조(太祖)를 칭찬하기를,

> "언어와 문자로 학문을 하지 않고서도 그의 마음이 정대하고 광명함이 바로
> 요·순(堯舜)의 마음과 합치된다."

하였는데, 정말 옳은 말이다. 이 밖에 주 태후(周太后)를 어머니처럼 섬긴 것과 소제(少帝)를 아들처럼 길러 명대로 살다 죽게 한 것, 공신들을 보호하여 모두 편히 살다가 늙어 죽도록 한 것, 등은 그 충후(忠厚)함이 지극하다고 말할 수 있다.

모후(母后)의 유훈(遺訓)에 따라 천하를 그 아들에게 주지 않고, 마침내 그의 아우에게 전수(傳受)하였으니, 효도하고 우애하는 도리가 또한 무엇이 이보다 더하겠는가? 아아! 태조에게 나는 이의(異議)가 없다.

2. 태종(太宗) 이름은 경(炅)이고 선조(宣祖)의 셋째 아들로 재위는 22년이다.

태종이 즉위하여 두어 해가 지나지 않아 진홍진(陳洪進)은 구본에는 진(進) 자가 없음 표(表)를 올려 장천(漳泉) 땅을 바치고, 전숙(錢俶)은 표를 올려 오·월(吳越)을 바치고, 유계원(劉繼元)은 하동(河東)을 가지고 항복하였으니, 태조(太祖)의 뜻을 계승하여 통일하는 공을 이루었다고 할 수 있다.

태종은 즉위한 초기부터 가장 먼저 감사(監司)의 권한을 무겁게 하여 번진(藩鎭)을 견제하고, 삼사사(三司使)를 두어 재부(財賦)를 정리하였으며, 재상을 임명함여 있어 반드시 바른 사람으로 하였으며, 사특한 사람으로 하지 않았고 참정(參政)을 임명하니 마침내 뒷날 어진 재상이 될 사람으로 하였다. 대간(臺諫)을 존중하여 거리낌 없이 말하는 기풍을 만들고, 경연(經筵)을 설치하여 간사한 습관을 멀리하였다.

순리(循吏)의 선발을 신중하게 하고 장리(贓吏)의 처벌을 엄하게 하며, 공거(貢擧)를 함에 있어 세력 있는 집안을 배제하고 외롭고 한미한 사람을 취하며, 백성을 사랑함에 있어 훈계하는 글을 지어 주·군(州郡)에 보냈으며, 세납 기한을 연장하고 음형(淫刑)을 금지하고, 기아(飢餓)와 빈곤을 구제하

고, 주거 없이 방랑하는 것을 돌보며, 형옥을 보살피고 성리학을 존숭하였다. 이와 같은 착한 정사를 사책(史冊)에 끊임없이 기록하였으니, 태평하고 도가 있는 어진 임금이라 할 수 있다.

애석하게 여겨지는 것은 태조(太祖)의 죽음에 의심이 없을 수 없고, 덕소(德昭)의 죽음이[1] 또한 그의 죄가 아니었으며, 정미(廷美 태종의 아우)가 죽은 것은 조 보(趙普) 때문이었으며, 태조와 송 황후(宋皇后)가 죽었을 때를 당하여서 군신(群臣)들이 성복(成服)을 하지 않았으니, 인륜(人倫)에 있어 부족함이 없을 수 없다. 태자를 세울 때 구준(寇準)의 한마디 말에 결정지어 천하를 위하여 사람을 얻었으니 무엇이 이보다 낫겠는가?

3. 진종(眞宗) 이름은 항(恒)이고 태종의 셋째 아들로 재위는 25년이다.

맨 먼저 학관(學官)에게 조서(詔書)를 내려 「서경」(書經)과 「주역」(周易)을 강론하도록 하였으니, 성학(聖學)을 급선무로 여길 줄 알았다고 할 수 있다.

목·수(牧守 지방 장관)의 선발을 엄격하게 하고 절약하고 검소한 교화를 숭상하는 한편 거리낌 없이 말하는 길을 열었다. 공봉(供奉)을 막고 진기한 새나 기이한 짐승 및 모든 상서(祥瑞)로운 것을 바치는 것을 금지하고, 공거(貢擧)를 닦아 시행하고 학교를 세우며, 백성들의 고통을 돌봐 주되 모두 조종(祖宗)의 가법(家法)을 본받아 하고 또한 더 확충하였으니, 어진 임금이라고 할 수 있다.

그러나 그 서쪽과 북쪽[西北] 두 변방의 일에 있어서 할 말이 있으니, 서쪽에서는 우선 편한 대로 하다가 사기(事機)를 놓쳤고, 북쪽에서는 장수가 군

---

1) 덕소(德昭)의 죽음 : 덕소는 태조의 차자(次子)이다. 태종 때 유주(幽州)를 정벌하러 따라 갔는데, 태종이 있는 곳을 알지 못하여 군중(軍中)이 놀라자, 덕소(德昭)를 세우려고 모의하는 자가 있었다. 태종이 이 말을 듣고 기쁘게 여기지 않았다. 정벌에서 돌아와 북벌이 불리하다 하여 오래도록 포상을 하지 않으므로 덕소가 그것을 말하자 태종이 크게 노하여 "네가 스스로 임금이 되기를 기다렸으니, 아직도 늦지 않았다." 하였다. 그래서 물러나와 자결하였다.≪宋史 卷244 燕王德昭傳≫

사를 끼고 있을 뿐 진격하지 않는 자가 있었고, 사려(師旅)를 상실한 자가 있었으되 용서하고 베지 않은 것이다. 송나라가 무공(武功)을 세우지 못한 것은 군법이 엄하지 못한 데서 시작되었고, 인후(仁厚)함이 너무 지나쳐 국세(國勢)가 알지 못하는 사이에 점차 약해졌다.

거란(契丹)이 다시 돌아와 침범하게 되자 경사(京師)가 진동하며 두려워하고 여러 의논이 분분하였는데, 진종이 구준(寇準)의 계책을 받아들여 뜬 의논에 현혹되지 않고 전주(澶州)로 거동하자, 거란이 놀라고 두려워하여 화친을 애걸하기에 겨를이 없었고, 오랑캐들이 이미 물러가자 이로부터 감히 다시 변방에 침범하지 않았다.

한스러운 것은 진종이 왕흠약(王欽若)의 참소를 알아차리지 못하여, 구준(寇準)을 대우함이 점차 쇠하여지다가 마침내 정승에서 파직(罷職)시키게 되었고, 또한 그의 요청을 들어주어 천서(天書)를 봉선(封禪)하는 일이[2] 일어났다.

아! 진종(眞宗) 때 정승으로 앞에는 여단(呂端)·장제현(張齊賢)·이항(李沆)·여몽정(呂蒙正)·필사안(畢士安)·구준(寇準)이 있었는데 모두 군자들이었고, 뒤에는 왕흠약(王欽若)·진요수(陳堯叟)·풍증(馮拯)·정위(丁謂)·조이용(曹利用)이 있었는데 모두 소인들이었다.

아! 몇몇 군자들에 의하여 이루어진 것은 그 남아 있음을 볼 수 없고, 하나의 소인이 망쳐 놓은 것도 그 부족함을 볼 수 없으니, 정승의 도리가 임금의 덕을 성패(成敗)시킴에 관계되는 것이 이러한 것인가?

4. **인종(仁宗)** 이름은 정(禎)이고 진종의 여섯째 아들로 재위는 46년이다.

인종은 천성이 인자하고 효성스러워 상사(喪事)를 마친 후에도 슬퍼하는

---

2) 천서(天書)를……하는 일 : 진종은 무신년(1008)에 전연(澶淵)의 일을 부끄러워하며 천서(天瑞)에 의하여 봉선(封禪)하여 사해(四海)를 진압하려고, 꿈에 신인(神人)이 천서(天書, 하늘에서 내려 주었다는 글)를 내렸다고 거짓말을 하고 이것을 승천문(承天門)과 태산(泰山)에서 얻어 군신(群臣)과 함께 미친 듯이 기뻐한 사건. ≪宋史 卷6 眞宗 本紀≫

얼굴로 차마 연락(宴樂)에 참여하지 못하였다.

인종이 아들이 없자 조후(曹后)가 종실(宗室)의 아들을 선택하여 궁중에서 키우기를 권하였다. 그래서 황형(皇兄) 윤양(允讓)의 아들 종실(宗實)을 황후의 처소에서 길렀으니, 이 사람이 영종(英宗)이다. 송나라의 어진 황후 중에 조씨(曹氏)를 제일로 꼽는데, 역시 인종이 강단으로 욕심을 억제하여, 규문(閨門)에서 친압(親狎)하는 사정은 없고, 사직을 장구하게 할 생각이 있었기 때문이다.

인종이 수문(守文 조업(祖業)을 계승하여 나라를 다스려 지킴)하는 시기에는 태평한 지 오래되어 변방 국경에 일이 별로 없었다. 서하(西夏)가 배반하게 되자, 범중엄(范仲淹)으로 섬서 전운사(陝西轉運使)를 삼았는데, 서하 사람들이 서로 경계하기를,

> "연주(延州)에 뜻을 두지 마라. 범중엄 늙은이의 가슴속에 원래 수만 갑병(甲兵)이 들어 있다."

고 하였다.

거란(契丹)이 틈을 타 사신을 보내어 땅을 찾으려고 하므로, 부필(富弼)을 거란에 사신으로 보내서 대의(大義)로써 책망하니, 글안의 주(主)가 굴복하였는데, 사람들의 말이,

> "부필이 오랑캐의 뜰에서 굴하지 않았음은 바로 평일에 학문한 바이다."

라고 하였다. 그러나 부필이 떠날 때 인종에게 말하기를,

> "임금이 모욕을 당하면 신하는 죽어야 하는 것이니, 신이 감히 목숨을 아끼겠습니까?"

하였으니, 이것이 굴하지 않게 된 근본이다.

여이간(呂夷簡)이 파직되자 부필(富弼)·두연(杜衍)·한기(韓琦)·범중엄(范仲淹)이 이부(二府)에 있고, 왕소(王素)·구양수(歐陽修)·채양(蔡襄)이 간원에 있었으니, 송나라 때 인재를 얻음은 이때가 가장 융성하였다.

얼마 되지 않아 간사한 무리들이 악(惡)으로 결탁하고 온갖 흉계로 헐뜯

어서, 범중엄·부필·구양수 등이 서로 잇달아 파직되었는데 이로부터 바른 사람이 다시 쫓겨나게 되어, 경력(慶曆 송 인종의 연호) 때의 정사가 쇠퇴하였다.

그러나 오집중(吳執中)이 비록 강곽(剛愎)함으로써 정승 노릇을 하였지만 그가 파직되자 드디어 문언박(文彦博)과 부필(富弼)을 정승으로 삼으니, 진신(搢紳 모든 벼슬아치)들이 서로 경하(慶賀)하였다. 그 뒤에 한기(韓琦)는 정승이 되고 구양수가 차석을 하였는데 사직을 부탁하였다. 한기가 죽게 되자 자신이 책임을 맡았다. 비록 그동안에 용사(用捨)에 곡절이 많았지만, 인재를 얻은 효과 또한 볼 수 있다.

가우(嘉祐 송 인종의 연호) 초년에 원제(元帝)가 병이 나자, 문언박이 내신(內臣) 사지총(史志聰)을 불러 인종이 기거(起居)하는 상황을 물었는데,

"궁중 내의 일이어서 감히 누설(漏泄)할 수 없다."

고 대답하니 언박이 꾸짖기를,

"상감께서 갑자기 병환에 계신 것은 종사의 안위와 관계되는 일인데, 재상으로 하여금 임금이 기거하는 상황을 알지 못하게 하는 것은 무슨 연유에서인가? 지금부터 증세가 더하고 덜함을 일일이 그대로 알리도록 하라."

하였다. 이로부터 금중(禁中)의 일을 재상이 알지 못하는 일이 없었고, 임금이 능히 일을 살피지 못하게 되면 이부(二府)에서 의정(議定)하여 즉시 조서(詔書)라 칭하여 시행하였으니, 이는 옛날에 대신이 근습(近習, 내시)들을 통솔하고 백관들의 직책을 총괄하던 것이다.

인종이 병이 나서 중외에서 근심하였는데, 문언박이 충성을 다해 조호(調護)하지 않고, 간특하고 용렬한 무리로 하여금 처리하게 하였더라면 헤아리지 못할 화가 있었을 것이다.

처음에 구양수(歐陽脩)·오규(吳奎)·여경초(呂景初) 등이 황자(皇子) 세우기를 의논하였고, 인종이 병이 나자 재상들 또한 세자를 세울 것을 권하니 가하다고 하매, 종실을 세우기로 의논을 정하여 조서(詔書)의 초고가 이미 이루어졌는데, 병이 나아서 중간에 그만두게 되었다.

범진(范鎭)이,

　　"천하의 일이 이보다 더 큰 것이 어디 있는가?"

하고 한기(韓琦)를 만나 말하기를,

　　"지금 의논을 결정하지 않았다가 어느 날 밤중에라도 종이 족지를 가져다가
　　아무 사람으로 세자를 삼아 버린다면 감히 말할 수 없게 된다."

고 하였다. 그래서 한기가 틈을 타 극언하였으므로 드디어 조서를 내리고
종실을 세워 황태자를 삼았는데, 이듬해 2월 인종이 붕하였다.

　　인종은 지극히 어진 임금이라 할 수 있는 분이니, 대벽(大辟 사형)이 의심
나면 반드시 상주(上奏)하도록 하여, 살아난 자가 한 해에 1천여 명을 헤아
린다. 불에 구운 양고기를 먹지 않으면서 이르기를,

　　"하루 저녁 시장한 것을 참지 못하여 한없이 잡아먹는 길을 열어 놓으면 되겠
　　는가?"

하였으며, 혹 새조개[蛤蜊]를 바치면,

　　"한 젓가락에 2만 8천의 돈을 허비하는 것은 내가 감히 하지 못한다."

라고 하였다. 북사(北使)가,

　　"고구려(高句麗)에 군사를 출동시키자."

고 말하자,

　　"백성들을 죄 없이 죽이게 된다."

하여 드디어 출병을 중지시켰고, 궁중에서 통천서(通天犀)를 내어 경사
(京師)의 역질(疫疾)을 구호하면서 말하기를,

　　"짐이 어찌 특이한 물건을 귀하게 여기고 백성을 천하게 여기겠는가?"

하였다.

　　어떤 자가 소철(蘇轍)의 대책(對策)이 지나치게 곧다하여 폄출(貶黜)하기
를 청하자,

　　"정직한 말을 구하면서 그를 버린다면 천하에서 뭐라고 하겠는가?"

하였다. 또한 학문을 좋아하고 유현(儒賢)을 존숭하여 사도(斯道)를 부식
(扶植 사상이나 세력 따위를 뿌리박게 함)함으로써, 위로는 1조(祖(태조))와 2종(宗

태종과 진종)의 마음을 계승하고 아래로는 염낙(濂洛 정주(程朱)의 학문을 뜻함) 도학(道學)의 아름다운 성적을 전도(前導)하였으니, 더욱 훌륭하고 아름다운 일이다.

경연(經筵)에서 시신(侍臣)들에게 말하기를,

"짐이 한더위라고 일찍이 조금도 게을러지지 않았지만, 오직 경들의 수고로움이 걱정된다."

하였고, 주와 현에 조서를 내려 모두 학궁(學宮)을 세우게 하였으며, 대기(戴記 「예기」(禮記)를 뜻함) 속에서 「중용」(中庸)과 「대학」(大學) 2편을 표장(表章)해 내어 유신(儒臣)들을 격려하였으니, 이는 사서(四書)가 있게 된 단서를 열어 놓은 것이다. 아! 인종과 같은 이는 마음가짐과 정사를 마련함이 순수하여 더 할 말이 없다.

5. 영종(英宗) 이름은 서(曙)이고 인종의 종형이다. 복왕(濮王)의 열두째 아들로 재위는 4년이다.

영종은 즉위하여 처음부터 근심과 두려움으로 병을 얻어 거조(擧措 일을 꾸미거나 처리하기 위한 조치)가 정상이 아니었다. 조서를 내려 황태후(皇太后)에게 권도(權道)로 같이 청정(聽政)하기를 청하게 되자, 내시(內侍) 임수충(任守忠) 등이 말을 만들어 이리저리 이간하니, 재상 한기(韓琦)가 극력 구원하였다.

이듬해 5월 영종의 몸이 회복되자, 한기(韓琦)가 10가지 일을 가지고 품의하니, 영종이 재결(裁決)하되 모두 합당하다 하였다. 한기(韓琦)가 즉 동전(東殿 태후가 있는 궁전)에 나아가 엎드려 주청하니, 태후가 일마다 잘했다고 칭찬하므로, 한기가 태후에게 수렴청정(垂簾聽政)을 그만두기를 청하고, 임수충을 귀양 보내고 그가 이리저리 이간한 죄를 바로잡았다.

영종이 정사를 본 이래 임용한 사람들은 모두 군자들이었고, 재상의 자리에 있는 사람으로 가장 먼저 한기(韓琦)를 얻었고, 다음으로 부필(富弼)을 얻었으며, 참정(參政)의 반열에 있는 사람으로 앞에는 구양수(歐陽修)가 있고

뒤에는 조개(趙槩)가 있으며, 경연(經筵)에 있는 사람으로 여공저(呂公著)·
유창(劉敞얻었으)있고, 간관(諫官)으로 발탁된 사람으로 당개(唐介)가 중승
(中丞이되고, 여회(呂誨)가 지잡(知雜 잡일을 맡은 어사)이되고, 범순인(范純仁)·
대방(呂大防)이 어사(御史)가 되었다.

송나라 조정에 군자(君子)를 등용함이 왕성(旺盛)하였던 것은 오직 태평
(太平)하게 다스림으로써 그렇게 된 것이니, 임금이 사람을 알아보고 벼슬
을 시킨 도리(道理)를 볼 수 있다.

　6. **신종(神宗)** 이름은 욱(頊)이고 영종의 태자로서 재위는 18년이다.

신종은 큰일을 할 자질이 있었다. 법을 고치고 정사를 창안하여 조정의
형세(形勢)를 강하게 하려고 맨 먼저 왕안석(王安石)을 등용하여 신법(新法)
으로[3] 고쳤다. 그 신법이 편리하지 못함을 논한 사람으로 사마 문정공(司馬
文正公 문정공은 사마광(司馬光)의 시호)·조 청헌공(趙淸獻公 청헌공은 조변(趙抃)의 시
호)·범 충문공(范忠文公 충문공은 범진(范鎭)의 시호)·정 명도(程明道 명도는 정호
(程顥)의 별호)와 구양수(歐陽脩)·소 철(蘇轍) 이 두 문충공(文忠公) 같은 여러
군자들은 모두 척파(斥罷)되고, 등용된 사람은 모두 신진(新進)으로 일을 저
지른 무리들로서, 온 천하가 그 폐단을 감당하지 못하여 원망하지 않는 사
람이 없었다.

왕안석이 비록 물러났으나, 그의 무리 채경(蔡京)·여혜경(呂惠卿)·채확
(蔡確) 등이 서로 이어서 권세를 부리게 되어 정강(靖康 송나라 흠종(欽宗)의 연호)
대에 이르러 화란(禍亂)이 극에 달했었다.

아! 왕안석은 논할 것이 없다. 신종(神宗)이 때를 당하여 염계(濂溪)의 주
자(周子 주돈이(周敦頤)가 도학(道學)을 주창하여 밝히매, 두 사람 정씨 부자(程
氏夫子 정호(程顥)와 정이(程頤))가 따라서 호응하여, 도학의 융성함이 더욱 크게

---

3) 왕안석(王安石)……신법(新法) : 왕안석이 재상이 되어 정치를 개혁하고자 만든 10가지 법이다.
　즉 청묘(靑苗)·수리(水利)·균수(均輸)·보갑(保甲)·모역(募役)·시역(市易)·보마(保馬)·방
　전(方田)·균세(均稅)이다. ≪宋史 卷327 王安石傳≫

번져 위로 천년토록 전승되지 못하던 공·맹(孔孟 공자와 맹자)의 도를 이어받고, 아래로 후세 사람들에게 만세의 무궁한 학문을 열어 놓았으니, 실로 전세대보다 빛나고 뒤에도 없던 일이다.

이 시절에 강절 소자(康節邵子 소옹(邵雍)·횡거 장자(橫渠張子 장재(張載)·사마 온공(司馬溫公 사마광)이 또한 이학(理學)의 연수(淵藪 여러 사물이나 사람이 모이는 곳)가 되었는데, 우뚝하여 미칠 수 없는 사람들이다.

아! 가령 하늘이 왕안석을 그 중간에 내지 않고 이 여러 군자들로 하여금 사도(斯道)로써 천자를 도와서 큰일을 할 수 있는 뜻을 성취하게 하였다면, 나는 그가 세도(世道)를 당(唐)·우(虞)의 융성했던 때와 같이 끌어올렸을 것이라고 생각한다. 어찌하여 그렇게 되지 않았는지 애석한 일이다.

7. 철종(哲宗) 이름은 후(煦)이고 신종의 태자로서 재위는 15년이다.

철종은 즉위하여 태황태후(太皇太后)가 함께 정사를 보았다. 겨우 10세밖에 되지 않았으나, 조정에 임함이 장엄하였다.

수상(首相) 중신(重臣) 사마광(司馬光)과 여공저(呂公著)가 전후하여 좌복야(左僕射)가 되어 신법(新法) 10가지를 폐기하니, 조야(朝野)가 기뻐하였다.

원우(元祐 철종의 연호) 8년(고려 선종10, 1093) 이전에는 잘 다스린다고 일컬었으니, 그 실시하고 거행한 것이 모두 선인성렬황후(宣仁聖烈皇后)에게서 나온 것으로, 사마공과 여공 등이 협조(協助)하여 성취(成就)시킨 힘이었다.

뒤에서 양외(楊畏) 등이 상언(上言)하기를,

　　"신종(神宗)께서 법을 고쳐 만세에 남긴 것이니, 바라건대 조속히 강구(講求)하여 소술(紹述, 선대의 일을 이어받아 밝힘)하는 공을 성취하소서."

라고 하여, 양외(楊畏)는 장돈(章惇)·여혜경(呂惠卿) 등을 소외하였는데, 온백(溫伯)·이청신(李淸臣) 등이 장돈을 불러들여 정승으로 삼기를 바라니, 받아들여 이청신은 중서시랑(中書侍郎)이 되고 온백은 좌승(左丞)이 되었다.

선대(先代)의 위업을 이어받아 밝힌다고[紹述] 이청신이 주창하고 온백이 화답하여, 뭇 소인들이 권세를 부리며 사마광(司馬光) 등 33인을 배척하여 내쫓고, 선인황후(宣仁皇后)가 남몰래 폐립(廢立)하려고 도모한다고 무고(誣告)하여 폐위(廢位)하려고까지 하였다.

아! 왕안석의 법을 고친 화는 한때에 그쳤지만 소인들을 끌어들인 화는 한 시대를 끌었다. 사람들이 변도(汴都 송나라 도읍지)가 휘종(徽宗) 선화(宣和 휘종의 연호) 무렵에 망한 것만 알고, 이미 철종(哲宗) 소성(紹聖 철종의 연호) 때에 조짐이 있었음은 알지 못하니 비통한 노릇이다.

8. 휘종(徽宗) 이름은 길(佶)이고 신종의 열한 번째 아들로서 재위는 26년이다.

즉위하여 한충언(韓忠彦)을 정승으로 삼고 추호(鄒浩)의 벼슬을 회복시키며, 범순인(范純仁) 이하 20여 명을 모두 거두어 서용하고, 사마광(司馬光)·문언박(文彦博) 등 33인의 관작을 추복(追復)하며, 범순인을 부르고 장돈(張惇)을 안치(安置)하며, 채경(蔡京)을 파직하였으니, 역시 한 시대의 어진 임금이다.

애석한 것은 그가 비록 한충언을 정승으로 삼고 증포(曾布)를 참여시켰지만, 조정(趙挺)이 건의한 '소술(紹述)'이란 것을 포유(布諭)함으로써, 이로부터 원우(元祐 송 철종의 연호) 때의 옛 신하들을 공격하여 국론이 일변하여 버렸다.

채경이 무릇 네 차례나 정승으로 들어와 전후 20여 년 동안 소인들이 서로 잇달아 정권을 잡았으니, 채경(蔡京)과 왕보(王黼)는 또한 소인 중에도 더욱 심한 자이었다.

그는 여러 군자들에 대하여 배척하고 원수로 몰기를 못할 짓이 없이 하였고, 다시 사마광 등 50여 인의 관작을 빼앗았으며, 원우(元祐) 말년에 글을 올린 사람의 명부를 만들어 어서(御書)로 쓴 당적(黨籍)을 단문(端門)에 새긴 것이 무릇 190인이나 되었다. 또한 임백우(任伯雨) 등 14인을 귀양 보냈으며,

황정견(黃庭堅)·정이(程頤)를 귀양 보내어 제명(除名)하였다.

범순인(范純仁)·소식(蘇軾)·정이(程頤)·장상영(張商英)·진관(陳瓘)·유안세(劉安世) 등 제공(諸公)이 죽어 착한 무리가 다 없어져 온 조정에 군자는 하나도 없고 순전히 소인들이었는데, 채경이 실로 우두머리가 되었다.

이때 태평한 지 이미 오래되어 내탕(內帑)과 국고가 가득 차 넘치므로, 서울에서는 풍형 예대(豊亨豫大)의4) 말을 주창하여 오로지 방탕과 사치, 사냥과 주색으로 임금을 인도하여 토목(土木)과 신선(神仙)을 구하는 일이 차례차례 일어났다.

주면(朱勔)이 화석강(花石綱)을5) 시작한 것 때문에 동남(東南)이 크게 군색하여졌고, 동관(童貫)이 궁실(宮室)을 넓히며 기문(期門 천자의 호위병)의 일이 생겼다. 또한 만세산(萬歲山)은 공사를 시작하여 국력을 6년 동안이나 탕진한 뒤에 비로소 완성되었고, 도교(道敎)를 숭상하여 존귀한 제왕으로서 도군(道君)이라는 이름을 가했으니, 어찌 양무제(梁武帝)가 부처에게 아첨한 것과 다르겠는가?

대체로 소인들이 득세하면 환관이 권세를 잡아 변방을 개방하는 일이 생기게 하므로, 도적들과 이적(夷狄)의 화가 또한 연이어 일어나게 됨은 필연(必然)의 사세이다. 그런데 환관 동관(童貫)을 원수(元帥)로 삼게 되어, 금(金)나라와 언약하고 요(遼)를 협공(夾攻)하다가 요나라 땅은 얻지도 못하고 금나라 군사가 이미 대궐을 범하게 되었다.

아! 살펴보건대 소성(紹聖) 이래 모든 음흉한 무리들이 자취를 이어 가며 착한 무리들을 소멸하였지만 그 뜻이 원한을 갚으려는 것에 지나지 않았고, 다시 진출하여 자기들이 권세와 은총을 빼앗기게 될까 두려워한 것에 지나

---

4) 천하가 태평하여 인민이 낙을 극도로 누림을 말한다. 풍(豊)과 예(豫)는 모두 《주역(周易)》의 괘명(卦名). 풍은 성대, 예(豫)는 화락 이다.

5) 화석강(花石綱) : 송 휘종(徽宗)은 진완(珍玩)을 좋아하여 화석(花石)에 뜻을 두었다. 그래서 주면(朱勔)이 절강(浙江)의 진귀한 것을 가져다가 진상하였는데, 해마다 증가하여 그것을 나르는 배가 회수(淮水)와 변수(汴水)에 서로 잇대어 있었으므로 이름 지은 것. 《宋史 朱勔傳》

지 않으니, 그때에도 역시 이처럼 혹독하지는 않았을 것이다. 그러나 그 마음이 본래 자리를 잃게 될까 하는 사심에서 나온 것인데, 그 화가 바로 나라를 상실(喪失)하는 비참한 지경에 이르게 되었으니, 슬픈 일이다.

그러므로 군자의 마음가짐은 공(公)과 사(私)의 분별에 있어 삼가지 않을 수 없는 것이다.

9. **흠종(欽宗)** 이름은 환(桓)이고 휘종의 태자(太子)로서 재위는 2년이다.

흠종은 금(金)나라 군사가 대궐에 침범한 때를 당하여 화란이 이미 극도에 달한 후에 즉위하였으니, 참으로 어쩔 수 없었으나, 그래도 일찍이 잘할 수 있는 기회가 없지는 않았다.

이때를 당하여 이강(李綱)이 성(城)을 지킬 계책을 의정(議定)하고 충의(忠義)로써, 사졸들을 격려하여 사람들의 마음을 다소 강하게 하였으며, 제도(諸道)의 근왕(勤王)하는 군사가 오히려 수백만이 있었고 희하경략(熙河經略) 요고(姚古)와 진봉경략(秦鳳經略) 충사도(种師道) 등의 군사가 20만이나 된다고 하였으며, 충사도(种師道)가 들어가 임금에게 아뢰기를,

> "저들은 군사를 쓸 줄 알지 못하니, 어찌 의로운 군사로 남의 지경에 깊이 들어왔다가 잘 돌아갈 수 있겠습니까?"

하였으니, 이는 잘할 수 있었던 기회가 아니겠는가?

어찌하여 이방언(李邦彦)이 오로지 화의(和議)를 주장하는데 임금 역시 전공(戰功)을 옳게 여겼는가? 이방언은 이강(李綱)·충사도(种師道) 등이 전공(戰功)을 이룰까 두려워하여, 그가 조금 패전(敗戰)한 것을 틈타 온갖 계책으로 헐뜯었기 때문이다.

오랑캐가 호군(犒軍)할 금은(金銀)·우마(牛馬)·폐백(幣帛)을 대고, 중산(中山)·태원(太原)·하간(河間) 등 세 진(鎭)을 떼어 주어야 하며, 친왕(親王)을 인질(人質)로 보내라고 요구하였는데, 강왕(康王) 구(構)가 북경(北京)으로 가서 요구하는 바를 모두 들어주었다.

무릇 서울을 포위한 지 33일 만에 이미 세 진(鎭)의 문서를 얻어 내고 또한 친왕(親王)이 곧 가게 되자, 이강과 충사도 등이 임하(臨河)의 액관(阨關)에서 요격(要擊)하여 무찌르기를 청하였는데, 이방언이 듣지 않고 여러 장수들로 하여금 호위하여 국경을 나가게 하였으니, 금나라가 능히 군사를 온전히 하여 돌아간 것이 아니라, 바로 국적(國賊) 이방언이 곡진하게 보호하여 무사히 돌아가게 하여 준 것이다. 이강은 금나라 오랑캐가 반드시 다시 올 것을 알고, 변방을 수비하여 적을 방어할 8가지 일을 상주하고, 간의대부(諫議大夫) 양시(楊時)도 또한 말을 하였으나 듣지 않았다.

이방언은 비록 파직되었으나 이강 역시 외직(外職)으로 나갔는데, 금로(金虜)가 다시 와 한 번도 싸워 보지 못하고 경성(京城)이 함락되어 이제(二帝)가 사로잡히고, 제왕(諸王)·공주(公主)·후비(后妃)·희빈(嬉嬪)들과 재집(宰執)·관료(官僚)에 이르기까지 수천여 인이 모두 사로잡혔으며, 심지어 다른 성씨(姓氏)를 세우고 국호(國號)를 바꾸기까지 하였다.

아! 통탄스런 일이다.

10. **고종(高宗)** 이름은 구(構)이고 휘종(徽宗)의 아홉째 아들로 임안(臨安)에 도읍하였다. 재위는 36년이다.

두 임금이 북수(北狩)하게 되자 남경에서 즉위하였다. 우선 이강(李綱)을 불러 우복야(右僕射)를 삼으니, 정승의 적임자를 얻은 것이요, 종택(宗澤)을 명하여 동경에 머물러 지키도록 하였으니, 장수도 또한 적임자를 얻은 것이다.

두 공(公)의 뜻은 회복하는 것에 있었는데, 황잠선(黃潛善)·왕백언(汪伯彦) 등의 뜻을 그대로 보존하는 것에 있어, 물과 불의 성질처럼 원래부터 이미 같지 않았다. 게다가 의종은 부모를 사모하는 생각이 능히 그 두렵고 나태하여 편하고 싶은 마음을 이겨 내지 못하였다. 그래서 서왕 백언과 황잠선의 참소는 들어가기 쉬웠고, 이강과 종택의 계책은 시행될 수 없었던 것이다.

그 뒤에 진회(秦檜)가, 재궁(梓宮)을 돌려주도록 청하자는 것으로 핑계를 삼아 화의(和議)를 주창하여 재상 자리를 얻음에, 이(利)를 탐하는 무리들이 따라서 호응하게 되어, 간특하고 아첨하는 자는 뜻을 얻고 충성스럽고 선량한 사람들은 배척되고 죄를 쓰고, 무비(武備)는 폐이(廢弛)되고 사기(士氣)가 저상(沮喪)되어, 비록 장준(張浚) 같은 충의(忠義)와 악비(岳飛) 같은 무용(武勇)으로도 능히 회복하는 공을 이루지 못하다가 마침내 장준은 내쫓기고 악비는 죽음을 당했으니 아! 원통한 일이다.

오직 누인량(婁寅亮)의 한마디 말에 따라 태조의 후손으로 추계를 삼았는데, 선위(禪位)할 때에 있어 읍손(揖遜)하는 거동을 조금도 미련 없이 하였으니, 태조의 하늘에 있는 영혼이 위로될 수 있었을 것이요, 그 중흥(中興)하여 나라를 다스리고 천하를 평정하게 된 근본이 여기에 있지 않겠는가?

11. 효종(孝宗) 이름은 신(昚)이고 태조의 후손 수왕(秀王)의 아들로 재위 27년이다.

즉위 초에 장준(張浚)이 입대(入對)하여 강회 선무사(江淮宣撫使)에 제수되었는데, 효종이 말하기를, "전에 공의 이름을 들었는데, 지금 조정에서 믿을 사람은 오직 공뿐이다." 하니, 장준이 답하기를,

> "임금은 학문을 힘쓰는 것이 급선무인데, 임금의 학문은 마음 하나를 근본 삼으니, 마음 하나가 하늘과 합한다면 무슨 일인들 못 하겠습니까? 이른바 하늘이란 것은 천하의 공리(公理)일 뿐입니다."

하였다.

장준은 효종이 영무(英武)함을 보고 화의(和議)하는 것이 잘못임을 힘써 진주(陳奏)하니, 이에 장준에게 소보(少保) 벼슬을 주었다.

이때 오랑캐 장수들이 홍현(虹縣)·영벽(靈璧)에 둔(屯)을 설치하였는데, 준은 반드시 변방의 근심거리가 될 것이니 마땅히 이때 소탕해야 한다고 생각하여 들어가 아뢰니, 조서(詔書)를 내리고 친정하되 장준에게 명하여 형양 도독(荊襄都督)을 겸하도록 하였다. 마침 장준의 장수 이현충(李顯忠)과

소굉연(邵宏淵)이 서로 좋지 못하여 군사가 무너지니, 장준이 상소하여 대죄(待罪)하였다. 효종은 자책하는 조서를 내리고 장준의 벼슬을 선무사(宣撫使)로 좌천시켰다. 효종이 장준의 아들 식(栻)을 불러 이르기를,

　　"짐이 위공(魏公 장준의 봉호)의 대접을 낮게 할 것이니, 뜬 의논에 현혹되지 마라."

하였으니, 효종이 공에게 위임함이 독실하였음을 볼 수 있다.

얼마 되지 않아 금나라 장수가 글을 보내서 화친하기를 의논하고 당(唐)·등(鄧)·해(海)·사(泗) 등 4주(州)를 요구하므로, 재집(宰執)들이 화친을 강구하기에 급급하자 효종이 장준을 행재소(行在所)로 불러 우상(右相)을 삼았다가 이어 도독(都督)을 삼고, 끝내 4주를 오랑캐에게 주지 않았다.

이로 본다면 효종의 원수 갚을 뜻이 얼마나 그 결단스러웠던가?

불행하게도 탕사퇴(湯思退) 등이 극력 화의를 주장하여 온갖 계책으로 장준을 헐뜯었는데, 준이 한 번 나가게 되자 남의 불행을 다행으로 여기는 자들이 벌떼처럼 일어나서 준에게 죄를 돌리고, 사퇴하는 오랑캐를 달래서 많은 군사로 화친을 강요했으며, 주규(周葵)·왕지망(王之望)·홍준(洪遵)도 진회(秦檜)의 소위를 답습하지 않는 것이 없었으니, 장준 한 사람이 어찌 100명이나 되는 진회(秦檜)를 이길 수 있겠는가?

효종이 회복하려는 뜻은 비록 이루지 못하였으나, 융흥(隆興)·건도(乾道)·순희(淳熙) 때의 선치(善治)를 속일 수 없다. 용도(用度)를 절약하고 백성을 아끼며 학문을 좋아하고 정사에 부지런하며, 남의 말을 들어주고 간하는 것을 좋아하며, 도를 존중하고 유학을 숭상하며, 환관을 소외하여 배척하고 장리를 엄하게 단속하여 제왕들의 모든 선(善)을 능히 겸비하였으니, 참으로 송나라 왕실의 어진 임금이다.

다만 그 말년에 진가(陳賈)가 위학(僞學)을[6] 금하자고 주청(奏請)하여 주

---

6) 위학(僞學) : 바르지 못한 학문. 송나라 영종(寧宗) 때 한탁주(韓侂胄)가 정권을 잡고 자기와 다른 의견을 가진 자를 제거하기 위하여 도학(道學)을 위학(僞學)이라고 하였다. 즉 탐독방사(貪黷放肆)는 사람의 진정이고, 염결호수(廉潔好修)는 모두 거짓이라 하여, 위학(僞學)의 당(黨)을 임용하는 것을 금지함으로써, 주희(朱熹)의 벼슬을 깎고 채원정(蔡元定)을 폄

희(朱熹)를 공격함으로써, 사정(邪正)이 혼란하게 되어 화자 점차 늘어나 퍼졌으니, 매우 애석한 일이다.

12. 광종(光宗) 이름은 돈(惇)이고 효종의 다섯째 아들로 재위는 5년이다.

광종은 소희(紹熙)로 연호를 고친 다음 해에 병이 있어 편치 못하였다. 이때 유정(留正)과 갈필(葛邲)이 좌상과 우상으로 있고 조여우(趙汝愚)가 동지(同知)로 있으며, 주희(朱熹)가 회남 안무(淮南安撫)로 있었다.

수황(壽皇 효종)이 붕하였는데, 광종이 병으로 집상(執喪)을 하지 못하므로 중외(中外)에서 근심하고 두려워하게 되었다. 조여우가 태황태후(太皇太后)에게 아뢰고 황자(皇子) 가왕(嘉王)을 받들어 즉위시키니, 사람들이 광종의 병이 깊었기 때문에 영종(寧宗)을 세웠다고 생각하였다. 조여우는 동성(同姓)의 경(卿)인데, 대체로 그의 힘이 많았다.

13. 영종(寧宗) 이름은 확(擴)이고 광종의 장자로서 재위는 30년이다.

영종은 조여우(趙汝愚)를 정승으로 삼고 주희(朱熹)를 강관(講官)으로 삼아 군자들이 곁에 있었으며, 착한 사람들을 추천(推薦)하여 소로 함께 임금으로서 덕을 양성하고 정사를 닦고 밝히니, 거의 좋은 세상을 만들 수 있었다.

어쩌다가 한탁주(韓侂胄)가 한낱 소인으로서 자기가 정책(定策)에 공이 있다고 하여, 그것을 인연(因緣)하여 권력을 잡아 조여우와 주희를 축출하고 착한 무리들이 각각 연이어 귀양 가고 내쫓겼다.

아! 사도(斯道)가 불행해서일까, 아니면 송나라가 불행해서일까?

14. 이종(理宗) 이름은 윤(昀)이고 영종의 둘째 아들로 재위는 40년이다.

출(貶黜)하여 조정에 정사가 없어지게 한 사건.《宋史 胡紘傳》

이종은 즉위하여 왕위에 40년 동안 재위하면서 이학(理學)을 표장(表章)하여 염락자양(濂洛紫陽)의 도(道)가 천하에 크게 밝혀져 후세에 전하도록 하였으니, 묘호(廟號)를 이(理)라고 한 것은 당연하다.

그러나 국세가 오랫동안 약화된 나머지 어떤 사람이 말하기를, "여러 유학자들의 이학(理學)이 마침내 무너져 가고, 위태해진 국운을 부지할 수는 없을 것이다." 하였는데, 한두 번 정(定)하지도 못하고 드디어 멸망하고 말았다.

아아! 주공(周公)의 죽음으로 성현의 도(道)가 행하여지지 못하였고, 맹가(孟軻)의 죽음으로 성현의 학문(學文)이 밝지 못하였다. 공자(孔子)와 맹자(孟子)도 도가 밝아지게 하였지만 오히려 반드시 도가 행하여지게 하지는 못하였다. 더구나 주·정(周程 주돈이와 정이)이 희령(熙寧 송 신종의 연호)·원우(元祐 송 철종의 연호) 때에 있어서와, 주문공(朱文公 주희(朱熹)의 시호)이 건도(乾道·순희(淳熙 건도와 순희는 효종의 연호)·경원(慶元 영종의 연호) 때에 있어서와, 진 문충공(眞文忠公 진덕수(眞德秀)의 시호)이 단평(端平 이종의 연호)시절에 있어서 일찍이 조금도 득군(得君)하여 정치를 시행하여 보지 못하였고, 소인들이 모두 뒤를 이어서 오래도록 권력을 잡았는데, 여러 유학자(儒學者)들이 혹은 일찍 죽거나 끝내 곤궁(困窮)하게 지냈으니, 어찌 도(道)가 행해지지지 못한 것과 나라가 좋아지지 못한 것으로 책망(責望)할 수 있겠는가?

15. **도종(度宗)** 이름은 기(禥)이고 이종의 조카이다. 복왕(福王)의 아들로서 재위   는 10년이다.

권신(權臣)과 간신(姦臣)들이 권력을 잡아 한없이 탐오(貪汚)하고 극도(極度)로 악했다. 나이 어린 임금 덕우(德祐 공종(恭宗)의 연호) 원년에 이르러 천명이 끝났다.

2. 원(元)나라

1. 태조(太祖) 이름은 철목진(鐵木眞)이고 성은 기악온씨(奇渥溫氏)이며 우리말로는 성
길사(成吉思)이다. 재위는 22년이다.

태조가 즉위하자 공덕(功德)이 날로 융성하여 제부(諸部)가 모두 의리(義
理)를 사모(思慕)하여 항복해 왔다.

2차로 서하(西夏)를 정벌하고 스스로 군사를 거느리고 남으로 치되 군사
를 세 길로 나누어 일제히 진격하여, 우군(右軍)은 태항산(太行山)을 따라 남
하하고, 좌군(左軍)은 바다를 따라 동으로 가고, 태조는 스스로 중군(中軍)을
거느리고 연남(燕南)·산동(山東)·하북(河北)의 50여 군(郡)을 차지하였다. 목
화려(木華黎) 등에게 명하여 금(金)나라로부터 항복받지 못한 주성(州城)을
차지하도록 하고, 드디어 서역(西域)을 친정하였다.

태조는 매우 침착하고 큰 지략이 있어 군사를 지휘함이 귀신같았다. 그러
므로 40여 나라를 멸망시키고 드디어 서하(西夏)와 서역(西域)을 평정할 수
있었다.

2. 태종(太宗) 이름은 와활태(窩闊台)이고 태조의 셋째 아들로 재위는 13년이다.

태종은 즉위하여 스스로 군사를 거느리고 남(南)을 정벌하여 6년(1234)에
금(金)나라를 멸망시켰고, 7년에는 송나라를 쳤다.

태종은 큰 도량이 있어 너그럽고 인자하였으며, 그리고 밝게 용서하는 마
음을 가져서 때를 짐작하고 힘을 헤아려 실천하므로 잘못되는 일이 없었다.
화하(華夏, 중국 온나라)가 풍요롭고 넉넉해지고 백성들의 생업이 안정되었으
며, 여행하는 사람들이 양식을 가지고 다닐 것이 없게 되어 당시에 태평한
세월이라 하였다.

3. 정종(定宗) 이름은 귀유(貴由)이고 태종의 장자로 재위는 3년이다.

왕위에 오른 지 3년 만에 죽었다. 내마진(乃馬眞)씨가 칭제(稱帝 임금을 대신

하여 정사를 봄)한 이래 법도가 한결같지 못하여 안팎의 인심이 이반되어 태종의 정사가 쇠퇴하였다.

4. **헌종(憲宗)** 이름은 몽가(蒙哥)이고 예종(睿宗) 타뢰(拖雷)의 장자로 재위는 9년 이다.

소년 시절부터 정벌에 따라 나서 수차례에 걸쳐 기이한 공을 세웠다. 강명(剛明)하고 웅의(雄毅)하며 침착한 가운데 과단성이 있고, 말을 많이 하지 않았으며 음주하며 노는 것을 즐기지 않았으며, 사치하거나 방탕한 것을 좋아하지 않았다.

5. **세조(世祖)** 이름은 홀필열(忽必烈)이고 예종의 넷째 아들로 재위는 35년이다. 우리말은 설선(薛禪)이다.

인자하고 정사에 밝고 영특하고 지혜가 있었다. 태후(太后)를 지극한 효성으로 섬기고 더욱 아랫사람 돌보기를 잘하였다.

도량이 크고 넓어 사람을 알아보고 신임하여 부리기를 잘하되, 유술(儒術)이 있는 선비를 믿고 쓰며 백성들의 힘을 아끼고 길러, 매번 재상(災傷)을 당하면 그때마다 조세(租稅)를 면제하고 굶주린 사람을 구제(救濟)하되 오직 제대로 미치지 못할까 염려하였다.

이렇게 함으로써 능히 중화(中華)의 문화로써 오랑캐의 풍속을 개혁하여 천하를 혼일(混一)하고 강령(綱領)을 세워 조목(條目)을 마련하였으니, 일대(一代)의 제도를 만든 것이 규모가 크고 원대하였던 것이다.

6. **성종(成宗)** 이름은 철목이(鐵穆耳)이고 세조의 손자로서 유종(裕宗) 진금(眞金)의 셋째 아들이다. 우리말로는 완택독(完澤篤)이다. 재위는 13년이다.

천하가 혼일된 뒤를 이어받아 수공(垂拱 팔짱 끼고 아무 일도 하지 않는다는 뜻)하고서도 다스렸으니, 수성(守成)하기를 잘하였다고 할 수 있다.

오직 그 말년에 여러 해 병을 앓아 무릇 국가의 정사(政事)가 안으로 궁중에서 결정(決定)되고 밖으로 대신에게 맡겼다. 그러나 방치(放置)하거나 추락(墜落)하게 되지 않은 것은, 세조 때가 지나간 지 멀지 않아서 성헌(成憲)이 모두 남았기 때문이다.

7. **무종(武宗)** 이름은 해산(海山)이고 순종(順宗) 답랄마팔랄(答剌麻八剌)의 장자이다. 우리말로는 곡률(曲律)이며 재위는 22년이다.

부요(富饒)한 왕업을 이어받아 개연히 정사를 새로이 하고 법을 고쳐 일을 해 보려고 노력하였다. 그러므로 봉작이 너무 번다(繁多)하여 먼 지방 사람에게 제수하는 벼슬이 많았고, 하사하는 것이 너무 융숭(隆崇)하여 응당 상을 주어야 할 자리에 은혜(恩惠)가 박해지므로, 지원(至元 원 세조의 연호)·대덕(大德 원 성종의 연호) 때의 정사가 이 때문에 점차 변해 갔다는 것이다.

8. **인종(仁宗)** 이름은 애육려발력팔달(愛育黎拔力八達)이고 순조의 차자이다. 우리말로는 보고독(普顧篤)이다. 재위는 9년이다.

천성이 인자하고 효성스러우며 총명한 자질로 공손하고 검소하였으며, 유술(儒術 성리학)에 통달하였고 또한 석전(釋典 불경)에도 마음을 두었다. 일찍이 말하기를,

> "마음을 밝혀 천성을 살피는 것은 비록 불교(佛教)를 으뜸으로 치지만, 수신하고 치국(治國)하는 것은 유도(儒道)가 더 크다."

하였으며 또 말하기를,

> "유자들이 우러러 보이는 까닭은 능히 삼강(三綱)과 오상(五常)의 도리를 유지하여 가기 때문이다."

하였다.

평상시에도 의복과 거마 등속을 질박하고 검소하게 하여 담연(澹然)히 욕심이 없고, 놀이나 사냥을 일삼지 않고 정벌(征伐)을 기쁘게 여기지 않으며, 재물(財物)과 이득(利得)을 숭상하지 않았다.

황태후(皇太后)를 섬기되 종신토록 안색(顏色)을 변치 않았고, 종친(宗親)

과 훈구(勳舊)들의 대접을 시종 예(禮)로써 하였으며, 대신들의 늙은 부모에게 특별히 은혜를 내리는 것이 있었고, 언제나 부지런하게 정사하여 한결같이 세조(世祖)의 성헌(成憲)대로 따라 하였다는 것이다.

9. **영종(英宗)** 이름은 석덕팔팔(碩德八剌)이고 인종의 적자(嫡子)이다. 우리말로는 격견(格堅)이며 재위는 3년이다.

즉위하면서부터 정신을 가다듬어 다스리기를 도모하되, 승상(丞相) 배주(裴住)에게 위임하여 폐단이 있는 정사를 개혁하도록 하였다. 어사대부(御史大夫) 철실(鐵失)이 탐오(貪汚)하고 법을 지키지 않기 때문에 베기로 의논한 일이 누설되어 드디어 그에게 시해(弑害)되었다.

10. **태정제(泰定帝)** 이름은 야손철목아(也孫鐵木兒)이고 현종(顯宗) 감마랄(甘麻剌) 장자로 재위는 5년이다.

철실(鐵失)이 영종(英宗)을 시해하고 진저(晉邸)에서 맞아다가 세웠는데, 즉위하여 곧 철실을 베어 시역한 죄를 바로잡았다.

11. **명종(明宗)** 이름은 화세련(和世㻋)이고 무종(武宗)의 장자로 우리말로는 호도독(護都篤)이다. 재위는 8개월이다.

즉위하여 8개월 만에 갑자기 붕(崩)하였다.

12. **문종(文宗)** 이름은 도첩목아(圖帖睦爾)이고 무종의 차자로 우리말로는 예아 독(禮牙篤)으로서 재위는 5년이다.

왕위에 선 지 5년 만에 붕(崩)하였다.

13. **영종(寧宗)** 이름은 의린질반(懿璘質班)이고 명종의 둘째 아들로 재위 1개월이다.

왕위에 있은 지 43일로서, 7세에 붕(崩)하였다.

14. 순제(順帝) 이름은 타환첩목아(妥驩帖木兒)이고 명종(明宗)의 장자로 재위 35년이다.

주색에 빠져 정사를 돌보지 않았다. 왕위에 있은 지 36년 만에, 천명(天命)이 명나라로 돌아갔다.

3. 고려국(高麗國)

1. 태조(太祖) 성은 왕(王)이고 이름은 건(建)이며 금성태수(金城太守) 왕융(王隆)의 큰 아들로 재위 22년이다.

어려서부터 총명하였고, 용안(龍顔)의 일각(日角)이 너그럽고 중후하여 세상을 구제할 도량이 있었다. 양(梁)나라 정명(貞明 후량(後梁) 말제(末帝)의 연호) 4년(918 신라 경명왕 2, 후백제 견훤 27)에 여러 장수들이 궁예(弓裔)가 무도(無道)하기 때문에 태조를 받들어 즉위하게 하였다.

그가 정사를 실시할 적에 살려두기를 좋아하고 죽이기를 삼가하되 신상필벌(信賞必罰)하였으며, 공신에게 성의를 보이고 피폐한 백성들을 돌봐 주었다.

견훤(甄萱) 부자(父子)가 서로 해치면서 정벌하여 차지하고, 김부(金傅 신라 경순왕)와 군신(群臣)이 와서 의탁하니 예(禮)로써 대접하였다. 거란(契丹)이 강성하여 동맹국을 침략하고 외교를 단절시키고, 발해(渤海)가 약하여 땅을 잃고 돌아갈 곳이 없어 돌봐 주었다.

여러 번 서도(西都)에 행행(行幸)하고 친히 북쪽 국경을 순행하였으니, 그의 뜻이 대개 동명왕(東明王)의 옛 강토를 회복하고야 말겠다는 것이요, 초창기(草創期)이고 새로 시작하는 때이기에 비록 예악(禮樂)에 신경을 쓸 겨를이 없었지만, 그의 큰 규모와 원대한 방략(方略), 깊은 인정(仁政)과 후한 혜택이 실로 이미 500년 동안에 걸쳐 나라의 명맥(命脉)을 배양하였다.

按이하 공양왕(恭讓王)에 이르기까지 이제현(李齊賢)과 사신(史臣)들의 사찬(史贊)을 채용하였다.

2. 혜왕(惠王) 이름은 무(武)이고 태조의 큰아들로 재위는 2년이다.

지혜와 용맹이 남들보다 뛰어났는데, 백제를 토벌하러 따라가 공을 세웠으므로 태조가 더욱 소중히 여겼다. 진(晉)나라 천복(天福 후진(後晉) 고조의 연호) 8년(943) 5월 유명(遺命)을 받들어 왕위에 올랐다.

왕규(王規)가 왕의 두 아우를 참소하였으나, 왕은 죄를 주지 않고 도리어 좌우에 있도록 하였으니, 그가 칼을 소매 속에 숨기고 벽 속에 사람을 숨긴 음모를 면하였음은 다행한 일이라 할 수 있다.

按 구본(舊本)에는 '이르다'[謂] 아래 '다행'[幸]이 없었는데, 본문(本文)을[7] 상고하여 넣었다.

이 시기는 태조가 세상을 떠난 지 얼마 되지 않았는데, 왕규가 의리가 아닌 행동으로 대중을 얻기 위하여 이미 한(漢)나라 조조(曹操)와 위(魏)나라 사마의(司馬懿)와 같이 한 것이[8] 아닌가? 그를 귀양 보내거나 베지 않았음은 무슨 일일까? 아! 소인을 멀리하는 것이 어렵기가 이와 같은 것이니, 경계하지 않아서 되겠는가?

3. 정왕(定王) 이름은 요(堯)이고 태조의 둘째 아들로 재위 4년이다.

성격이 부처를 좋아하고 두려움이 많았다. 진(晉)나라 개운(開運 후진 출제(後晉 出帝)의 연호) 2년(954) 9월에 혜왕(惠王)의 유명(遺命)을 받아 즉위하였다. 왕은 존귀한 임금의 몸으로 걸어서 10리 밖에 있는 부도(浮屠 부처)의 궁[寺 절]에 가서 사리를 봉안하였으며, 또한 7만 석의 곡식을 하루 동안에 여러 중들에게 나누어 주었다가, 단 한 번 하늘의 노여움을 받게 되자 상심(傷心)하여 병이 생겼으니, 이른바 "군자는 복을 구하기를 사곡(私曲 사사롭고 바르지 못함)하게 하지 않는다."라는 말을 또한 일찍이 들었겠는가?

병이 이미 매우 위급해지자 능히 종사(宗祀)를 친 아우에게 부탁함으로

---

7) 본문(本文) : 이제현(李齊賢)의 「익제난고」(益齊亂藁)에 사찬(史贊)을 가리킨다.

8) 한(漢)나라……같이 한 것 : 조조가 말기에 황건(黃巾)의 난을 평정하여 공을 세우고 동탁(董卓)을 주륙한 후 실권을 장악한 것과, 사마의가 가평(嘉平, 위나라 제왕(齊王)의 연호) 초에 조상(曹爽)을 죽이고 대신 승상(丞相)이 된 사건.

써, 왕규와 같은 자가 그 틈을 넘보지 못하게 하였으니, 이는 또한 가상하게 여겨야 할 뿐이다.

按 구본에는 가(可) 자 아래 위(謂) 자가 있는데, 본문을 상고하여 삭제하였다.

4. 광왕(光王) 이름은 소(昭)이고 태조의 셋째 아들로 재위는 26년이다.

태어나면서부터 재주가 뛰어나고 큰 도량이 있었다. 즉위하여 신하들을 예의(禮義)로 대우하였고, 청단(聽斷)에 밝으며, 외롭고 가난한 사람을 돌보고 유아(儒雅)한 선비를 존중하였다.

왕이 쌍기(雙冀)를 등용한 것은 어진 이를 쓰는 데 있어 차별 없이 한 것이라고 할 수 있는데, 쌍기가 과연 어질었다면 어찌 그 임금을 착하게 인도하여 참소를 믿거나 형벌을 남용하지 못하도록 하지 못하였을까?

가령 그가 과거(科擧)를 설시(設施)하여 선비를 뽑게 한 것은, 광왕이 유아(儒雅)하여 문을 사용해서 풍속을 교화할 뜻이 있었음을 볼 수 있는 것이며, 쌍기가 또한 그대로 따라 하여 그 이 아름다움을 성취시켰으니, 도움이 없었다고 할 수 없을 것이다. 그러나 오직 그가 부화(浮華)한 문장만 주창함으로써, 후세에 그 폐단은 말할 수 없게 되어, 선비를 뽑을 때 시(詩)·부(賦)·논(論) 이 세 과목으로만 하고 시정(時政)을 책문(策問)하는 것은 하지 않았는데, 그 문장을 보면 당(唐)나라 때의 남은 폐단과 방불하다는 것이다.

5. 경왕(景王) 이름은 주(伷)이고 광왕의 장자로서 재위는 6년이다.

온화하고 선량(善良)하여 인자(仁慈)하고 후덕(厚德)하였으며, 오락과 놀이를 좋아하지 않았다.

광왕(光王) 말년에 참소와 사특한 짓이 마구 일어나 감옥에 죄수가 넘치므로 가옥(假獄)을 설치하게 되니, 사람들이 위구(危懼)하게 여겼다. 왕이 비록 동궁(東宮)에 있었으나, 역시 의심하고 저해(沮害)함을 보게 되었다. 즉위하게 되자 전조(前朝) 때 참소한 글을 모조리 가져다가 불사르니 중외에서 크게 기뻐하였다.

왕이 시작한 전시과(田柴科)가 비록 소략(疏略)한 점은 있었으나, 역시 옛날의 세록(世祿)을 주던 뜻이었다. 1/9을 받던 조법(助法)과 1/10을 받는 부법(賦法)이나 부리포(夫里布)에9) 이르러서 특권층을 우대하기 위한 것이요, 서민에게는 미치지 못하는 것인데, 후세에 누차 시행하려고 하였지만 마침내 구차하다가 말았다.

대개 경계(經界 정전(井田)의 구획)를 급하게 여기지 않아 그 근원을 흔들어 놓고 말류(末流)가 맑기를 바란 격이니, 어찌 될 수 있었겠는가? 애석한 것은 당시의 군신(群臣)들이 맹자(孟子)의 말10)대로 법제(法制)를 강구하여 권유하고 지도해서 시행하지 못한 것이다.

6. 성왕(成王) 이름은 치(治)이고 태조의 일곱째 아들로 재위 61년이다.

천품이 엄숙하고 정직하며 도량이 너그러웠다. 경왕(景王)이 병이 위중하여 나라를 전하니 사양하다 못하여 즉위하였다.

종묘를 세우고 사직을 정하며 섬학전(贍學錢 선비를 양성하기 위하여 임금과 문무관이 내는 돈)으로 선비를 양성하고 복시(覆試)로 어진 사람을 구하였으며, 수령들을 격려하여 그 백성들을 돌보게 하고 효성과 절개가 있는 사람에게 상을 내려 그 풍속이 아름다워지게 하며, 매번 수찰(手札)을 내리면 글 뜻이 간절하고 측은하여 풍속을 바꾸는 것으로써 일을 삼았다.

거란(契丹)이 탄서(吞噬 병합)하려는 뜻이 있어 장수를 보내 침범함에 미쳐서는 서도(西都)로 곧 동가(東駕 임금이 타는 수레)하여 군사를 안북(安北)으로 출동시켰으니,

按 안북은 지금의 안주(安州)이다.

---

9) 부리포 : 부포(夫布)와 이포(里布). 포란 돈을 뜻한다. 일정한 직업이 없는 남자에게 벌(罰)로 부과하는 세를 부포, 집을 불모(不毛)로 둘 때 부과하는 세를 이포라 한다. 《孟子 公孫丑上》
10) 맹자(孟子)의 말 : 「맹자(孟子)」 등문공상(滕文公上)에 "대저 어진 정사는 반드시 경계를 바로 하는 것에서부터 시작하니, 경계가 바르지 못하면 정지(井地)가 고르지 못하다." 하였다.

곧 구준(寇準)이 전연(澶淵)에서 쓰던 계책11)이다.

늙기 전에 계사(繼嗣 세자)를 세웠으니 국가를 위한 생각이 원대하였고, 죽음에 임해서도 죄인을 함부로 사면하지 않았으니, 삶과 죽음의 이치를 밝게 통달한 것이니, 이른바 '뜻이 있어 함께 일할 수 있다'는 것이 아니겠는가? 아! 어질도다.

7. 목왕(穆王) 이름은 송(誦)이고 경왕(景王)의 장자로서 재위는 12년이다.

성품이 침착(沈着)하고 굳건하여 활쏘기와 말타기를 잘하였다. 천추태후(千秋太后)가 음란하여 김치양(金致陽)과 간통하여 아들을 낳았다. 왕이 시초에 이를 막지 못하였다가 아들과 어머니가 모두 재앙을 입었고, 사직(社稷)이 거의 멸망할 뻔하였다.

아! 선양(宣讓)의 불행일까? 아니면 불행이 아닐 것인가?

按 선양(宣讓)은 목왕(穆王)의 시호(諡號)이다.

8. 현왕(顯王) 이름은 순(詢)이고 태조의 손자로 재위는 22년이다.

어려서부터 총명하고 인자하여 학문에 민첩하여 문장에 능하였다. 즉위하여 강성한 나라들과 화친(和親)하여 무기를 없애고 학문을 연마하였으며, 부세를 줄이고 무역을 가볍게 하며, 준수한 사람과 선량한 사람을 등용하여 높이고, 정사를 공평하게 닦아 백성들을 안정되게 하니, 안팎이 편안해지고 농사에 있어 매해마다 풍년이 들었다.

시중(侍中) 최충(崔冲)이 이른바,

"하늘이 일으켜 주는 바를 누가 능히 막으랴."

라고 한 것이 어찌 그렇지 않으랴?

---

11) 구준(寇準)이……계책 : 송나라 잔종(眞宗) 초기(1014)에 요(遼)의 군사가 대거 침입하여 천하가 몹시 놀랐으되, 구준이 분분한 중의를 힘써 물리치고 진종이 몸소 정벌할 것을 청한 계책이다. 그래서 진종이 전연에 거동하였더니, 요가 두려워하여 글을 바치고 화친하기를 애걸하므로 화친을 맺고 돌아왔다.≪宋史 卷281 寇準傳≫

9. 덕왕(德王) 이름은 흠(欽)이고 현왕(顯王)의 장자로 재위는 3년이다.

나면서부터 재주가 뛰어나 굳세면서 결단력(決斷力)과 고집이 있었다. 선왕의 상사(喪事)에 있어 아들로서 효성을 다하였고, 정사(政事)를 하되 선왕의 제도를 고치지 아니하고 옛날 신하 서눌(徐訥)·왕가도(王可道)·최충(崔冲)·황주량(黃周亮) 등을 임용하였으니, 조정에서 속이거나 숨기는 일이 없고, 백성들은 그들의 생업이 안정되었으니, 존호(尊號)를 '덕(德)'이라고 한 것이 또한 당연하지 않겠는가?

10. 정왕(靖王) 이름은 형(亨)이고 덕왕(德王)의 모제(母弟)로서 재위는 12년이다.

인자하고 효성스러우며 너그러워 소소한 절목에 구애받지 않았으며, 영특하고 지혜로우며 과단성이 있었다.

11. 문왕(文王) 이름은 휘(徽)이고 현왕(顯王)의 셋째 아들로서 재위는 37년이다.

어려서부터 총명하고 어질었으며 자라서는 학문을 좋아하고 활쏘기를 좋아하였다. 뜻과 지략(智略)이 크고 원대하였으며, 너그럽고 인자하게 사람들을 포용(包容)하였다.

즉위하여 몸소 절약하여 검소한 생활을 실천하였고, 어진 인재를 등용하였으며, 백성을 아끼고 형벌을 보살피며, 학문을 숭상하고 늙은이를 공경하며, 명기(名器 임금의 권한)를 올바르지 못한 사람에게 주지 않았고, 위권(威權)을 가까이 모시는 사람에게 맡기지 않았다.

비록 가까운 척리(戚里)라도 공이 없이 상을 주지 않았고, 좌우에서 보좌하는 아끼는 사람이라도 죄가 있으면 반드시 벌을 주며, 부리는 환관이 열두어 명에 지나지 않았고, 내시(內侍)는 반드시 공로와 능력이 있는 자를 뽑아 충당하되 또한 20여 명에 지나지 않았다.

불필요한 관원을 줄여 일을 간소화하였고, 비용을 절약하여 나라가 부유해지므로 태창(太倉 고려 시대 백관(百官)의 녹봉(祿俸)에 관한 사무를 맡아보던 기관)의 곡식이 창고마다 묵어 쌓이고, 집집마다 넉넉하고 사람마다 풍족하여 당시에 태평하다고 했었다.

다만 경기 고을 하나를 옮기고 절 하나를 지었는데,

按 문종이 흥왕사(興王寺)를 덕수현(德水縣)에 창건하고 그 현(縣)을 양천(陽川)으로 옮기려 하므로, 한림(翰林) 최유선(崔惟善)이 극력 간하였으나 듣지 않았다.

높이가 궁궐보다 사치스럽고 높은 담장은 나라의 도성(都城)과 같이 하였으며, 황금으로 탑을 세우고 온갖 것을 이에 맞추어 하여 자못 소량(蕭梁 양무제(梁武帝)를 가리킴)에 견줄 만한 데도 알지 못하였으니, 임금의 미덕을 성취시키려고 했던 사람들이 이 점에 있어 탄식(歎息)하였을 것이다.

12. **순왕(順王)** 이름은 휴(烋)이고 문왕(文王)의 장자로 재위는 4개월이다.

아버지 문왕의 상사(喪事)를 당하여 몹시 슬퍼하다가 병을 얻어 4개월 만에 죽었다. 비록 성인들의 법제에 비추어 볼 때 지나침이 있었으나, 그 부모를 사랑하는 정성에는 지극한 일이다.

13. **선왕(宣王)** 이름은 운(運)이고 문왕의 둘째 아들로 재위 11년이다.
* 원문에 문왕의 셋째 아들로 기재되어 있어 이를 바로잡는다.

어려서부터 총명하고 지혜로웠으며(구본에는 혜(惠) 자로 되어 있다.) 장성해서는 효성스럽고 공경하였으며, 공손하고 검소하였으며, 식견이 넓으며 도량이 크고 원대하였다. 경전(經典)과 사서(史書)를 박람(博覽)하였고 더욱 제술(製述 글짓기)에 솜씨가 있었다.

14. **헌왕(獻王)** 이름은 욱(昱)이고 선왕의 원자(元子)로서 재위 1년이다.

어려서부터 총명(聰明)하고 지혜로워 구본에는 혜(惠) 자로 되어 있다. 아홉 살 때부터 서화(書畵)를 좋아하였고, 무릇 보고 들은 것은 일찍이 잊어버리지 않았다.

15. **숙왕(肅王)** 이름은 옹(顒)이고 문왕(文王)의 셋째 아들로서 재위는 10년이다.

어려서부터 총명하였고 자성하여서는 효도하고 공경(恭敬)하며(구본에는 경(經) 자로 되어 있다.) 부지런하고 검소하였으며, 웅걸(雄傑)하고 굳세며 과단 (果斷)성이 있었고, 육경(六經)과 제자(諸子)와 사서(史書)[子史]를 보지 않은 것이 없었다.

문왕이 사랑하여 항시 말하기를,

"왕실을 부흥(復興)시킴은 너에게 있다."

하였는데, 번후(藩侯)로 있다가 대통을 이어받아 지혜로써 난리를 평정하고 인애(仁愛)로써 태평을 이루어, 아들과 손자들이 대대로 계승하여 400년에 이르렀으니, 이는 역시 천명(天命)이다.

16. **예왕(睿王)** 이름은 우(俁)이고 숙왕의 장자로 재위 17년이다.

뜻이 깊고 매우 침착(沈着)하여 도량이 넓고 학문을 좋아하였다. 일찍이 동궁에 있을 때 어진 선비들을 예로 대우하고 효도(孝道)와 우애(友愛)를 돈독하게 실행하였다. 즉위하여 일찍 일어나고 늦게 자며 염려하고 부지런하여, 정신을 가다듬어 다스리기를 바랐다. 다만 국경을 개척하는 것에 뜻을 두어 변방으로부터 공을 세우기를 원하였으므로, 갈등이 그치지 않았고 중화(中華)의 풍토를 흠모하고 호종단(胡宗旦)을 신용하여 자못 그의 말에 현혹(眩惑)됨으로써, 실수가 있는 것을 면치 못하였다.

그러나 용병(用兵)하는 것의 어려움을 알고 원한(怨恨)을 버리고 호의(好意)를 보임으로써 이웃 나라들이 감동하고 사모하여 와서 복종하도록 하였고, 홀아비와 과부[鰥寡]를 돌보고, 연로한 사람을[耆老] 봉양하며 학교를 개설하여 생원(生員)들을 양성하였다. 청연(清讌 궁중행사를 주관하는 기관)과 보문(寶文 경연(經筵)과 장서(藏書)를 맡아보던 기관) 두 각(閣)을 설치하고 날마다 문신 (文臣)들과 더불어 육경(六經)을 강론하되, 무기를 버리고 학문을 닦고 예악 (禮樂)으로써 풍속을 이루려고 하였다.

그러므로 한안인(韓安仁)이 말하기를, "17년 동안의 사업이 그 후세에 남길 만하다."고 한 것이니. 이 말이 사실이다.

17. 인왕(仁王) 이름은 해(楷)이고 예왕의 장자로서 재위는 24년이다.

천성이 인자하고 효도하며 너그럽고 자상하였으며, 학문을 좋아하고 재예(材藝)가 많으며, 사우(師友)와 관료(官僚)들을 예법으로 대우하므로 예왕(睿王)이 총애하였다.

즉위하여 명경(明經) 출신의 신숙(申淑)이 몹시 가난하므로, 궐내로 불러들여 「춘추」(春秋)와 경전(經傳)을 배웠고, 뜻이 검소와 절약을 숭상하여 거처하는 침실에 황금빛 비단으로 주변을 둘러친 것이 없었고, 침구를 비단으로 장식한 것이 없었다.

즉위하여 처음에 전조의 폐단을 이어받아 환시(宦侍) 및 근신(近臣)의 무리가 매우 많았는데, 매양 미미한 죄를 핑계로 내쫓아 말년에 이르러서는 몇 사람에 지나지 않았다.

날마다 반드시 정전(正殿)에 납시어 정사를 주관하였고, 혹시 일을 아뢰는 것이 지체되면 반드시 소신(小臣)으로 하여금 재촉하도록 하였으며, 오로지 덕과 은혜로 백성을 안정시키고 군사를 일으켜 일을 만들려고 하지 않았으며, 북쪽 사신들을 예로써 대접하되 공손하게 하므로, 북쪽 사람들이 모두 친애하고 공경하지 않는 자가 없었다.

사신(詞臣)이 응제(應製)할 때 혹시 북조(北朝)를 가리켜 호적(胡狄)이라고 말하면, 놀라 이르기를,

"어찌 대국(大國)을 신하로 섬기면서 이와 같이 업신여겨 지칭(指稱)할 수 있겠는가?"

하여 반드시 삭제하고 고치도록 하였다.

금(金)나라가 갑자기 일어남에 미쳐서 모든 신하들의 의논을 물리치고 표(表)를 올려 신(臣)이라고 자청하였으니, 이로부터 대대로 기뻐하며 동맹(同

盟)을 맺어 변방에 근심거리가 없었다.

불행히 이자겸(李資謙)이 방자하여 궁중에 변란을 일으켜 몸이 갇히는 모욕을 당하였다. 그러나 반정함에 미쳐서는 외조(外祖)이기 때문에 곡진하게 그 생명을 보존해 주되 그 자손과 종족까지 하였고, 비록 대간(臺諫)이 번갈아 가며 척준경(拓俊京)을 공격하였으나, 허물은 버리고 고만 기록하여 목숨을 보존토록 하였는데, 왕이 재위한 지 오래되어서 조야(朝野)가 아무 일이 없었다.

왕이 홍서(薨逝)하게 되자 중외에서 슬피 사모하였고, 비록 북쪽 사람들이더라도 소식을 듣고 또한 애도(哀悼)하였으니, 묘호(廟號)를 '인(仁)'이라 한 것이 또한 당연하지 않겠는가?

애석한 것은 요승(妖僧) 묘청(妙淸)이 도읍을 옮기라는 말에[說] 어떤 본에는 청(請) 자로 되어 있다 현혹되어 누차 서도(西都)에 친히 나아가 크게 토목(土木)을 일으키니, 서도(西都) 사람들이 원망하여 군중을 동원하여 반란을 일으켰다. 이에 김부식(金富軾)을 보내서 삼군을 통솔(統率)하게 하여 외로운 성을 포위하고 공격하게 하였으나, 쉽사리 함락시키지 못하여, 사졸(士卒)들이 피곤하고 양식을 허비하며 여러 날이 되도록 오래 끌다가 겨우 이겼다.

인왕 같은 현명(賢明)함으로 이런 일이 있는 것은 무슨 까닭이었을까?

대개 묘청(妙淸)이 비기(秘記)와 사술(邪術)을 빙자하여 말하기를,

　"이렇게 하면 사직이 편안해지고 그렇지 않으면 국가가 위태롭게 된다."

하였으니, 인군이 된 사람으로서 누구인들 그 편안함을 좋게 여기고 위태한 것을 싫어하지 않겠는가? 그래서 인왕(仁王)께서도 그것에 혹하게 된 것이다.

사단(事端)이 싹트고 화가 일어나 군사가 연달아 풀리지 않음에 미쳐서 뉘우쳤으나 소용없었다. 비록 묘청은 베었지만 성덕(盛德)에 누가 됨을 면하지 못하였다.

18. **의왕(毅王)** 이름은 현(晛)이고 인왕의 장자로서 재위는 24년이다. 按 원문 睍을 晛으로 바로잡음.

성품이 총명하였고 엄하며 굳세었는데, 젊어서 학문을 좋아하였다. 왕이 태자로 있을 때 인왕(仁王)이 임종하기에 이르러 유시를,

"나라 다스리기를 모름지기 승선(承宣) 정습명(鄭襲明)의 말을 들어서 하라."
하였다.

정습명(鄭襲明)은 본디 정직하였지만, 더구나 중요한 부탁을 받았기 때문에 충성된 말을 다 아뢰어 잘못되는 일을 보충하여 가니, 김존중(金存中)과 정함(鄭諴) 등이 밤낮으로 정습명을 참소(讒訴)하여 제거하려 하므로, 왕이 김존중으로 그 직을 대신하게 하였다.

이로부터 간사하고 아첨(阿諂)하는 자들이 권세를 부리고 정직한 선비들은 소원(疎遠)하여지므로, 왕이 더욱 방자하여 무사안일로 빠지고 즐겁게 놀이하기를 법도 없이 하여, 처음에는 격구(擊毬)를 하며 정중부(鄭仲夫) 등과 친압하므로 대간(臺諫)이 말하였으나 듣지 않았고, 나중에는 사장(詞章)으로써 한뢰(韓賴) 등과 친압하니, 무인(武人)들이 격분하여 원망하나 깨닫지 못하다가, 마침내 한뢰가 난을 불러들이는 결과를 낳아 몸이 정중부의 손에 죽고 조정(朝廷)의 대신들이 모두 섬멸을 당하였다.

대개 그가 좋아하는 바는 시종(始終)이 달랐으나, 그 난을 가져오게 한 것은 한 가지였다. 그러므로 임금은 좋아하는 바를 삼가지 않을 수 없는 것이다.

19. **명왕(明王)** 이름은 호(晧)이고 인왕의 셋째 아들로서 재위는 27년이다.

성품이 온화하고 공손하며 인자하고 효성스러웠으며, 문학을 좋아하여 자못 경사(經史)를 통했었다.

정중부(鄭仲夫)·이의방(李義方)·이의민(李義旼) 등이 의왕(毅王)을 시해(弑害)하고 나라의 권세를 탈취하여 농간함으로부터 명왕(明王)이 하여야

할 계책은, 마땅히 마음에 맹세하기를 스스로 굳세게 하여, 반드시 역적을 토벌하고야 말았어야 했다. 만약 힘이 부족하였다고 한다면, 경대승(慶大升)이, 왕실(王室)의 미약함을 분개하고 강한 신하가 발호(跋扈)하는 것을 미워하여 하루아침에 들고일어나 정중부 부자를 마치 여우나 토끼를 사냥하듯 베어 버렸고, 이의민이 머리를 싸매고 생쥐처럼 도망하여 시골집에 가서 생명을 유지(維持)하고 있었으니, 이때는 바로 현량(賢良)한 사람들을 임용하고 기강을 바로잡아 밝혀 왕실을 다시 경장(更張)했어야 하는 시기였는데, 왕은 그렇게 하지 못하고 연회(宴會)로 안이함에 젖어 그의 하는 일이 평상시의 일이 없는 때와 같았다.

이 의민 같은 자는 다만 하나의 필부(匹夫)이니, 사자(使者) 한 사람을 보내 임금을 시해한 그 죄를 물어 베는 것이 옳은데, 도리어 예(禮)로써 청(請)하여 갑자기 작위를 더 높여 줌으로써, 왕실(王室)을 유린하고 조신(朝臣)들을 학살하며 관작을 팔고 죄인을 팔아먹어 조정의 정사(政事)를 흐리게 하고 어지럽혔으니, 그 화가 진실로 너무나 참혹하였다.

최충헌(崔忠獻)이 이 틈을 이용하여 일어남에 왕이 또한 추방당하게 되고 자손들도 보정하지 못하였는데, 이로부터 권신(權臣)들이 서로 잇달아 국권을 좌지우지하여 왕실이 멸망(滅亡)되지 않음이 깃술[綴旒]과 같은 지 몇 백 년이었으니, 명왕(明王)은 이 점에 있어서 그 책임을 면할 수 없다.

20. **신왕(神王)** 이름은 탁(晫)이고 인왕의 다섯째 아들로서 재위는 7년이다.

신왕은 최충헌(崔忠獻)이 옹립하였는데, 사람을 살리거나 죽이고, 일을 폐하거나 그대로 둠이 모두 최충헌의 손에 달렸고, 왕은 한갓 헛된 자리만 차지하고 신민(臣民)들의 위에 서 있게 되어, 마치 나무로 만든 인형이 사람의 수중(手中)에 있는 것과 같았으니 애석한 일이다.

21. 희왕(熙王) 이름은 영(韺)이고 신왕의 장자로서 재위는 7년이다.

타고난 성품이 웅걸(雄傑)차고 크며 도량(度量)이 크고 깊었다. 이때 최충헌이 국가의 운명을 거머쥔 것이 이미 여러 해가 되었는데, 널리 당여(黨與)를 주변에 두고 권한을 제 마음대로 하였으니, 희왕(熙王)이 비록 일을 하려고 한들 어찌 할 수 있었겠는가?

왕으로서 할 계책은 마땅히 올바르게 스스로 처신하면서 어진 이를 임용(任用)하고 유능(有能)한 사람에게 일을 맡겨, 왕실을 스스로 강화하였다면 비록 강성하고 참람한 신하가 있었더라도 그들이 악한 짓을 마음대로 하지 못하였을 것이다. 왕이 이런 것을 알지 못하고 왕준명(王濬明)의 경박한 계책을 받아들여 한때의 울분(鬱憤)을 통쾌(痛快)하게 하려다가 마침내 내쫓기고 말았으니, 슬픈 일이다.

22. 강왕(康王) 이름은 오(祦)이고 명왕(明王)의 장자로서 재위는 2년이다.

왕위에 있을 때 무릇 하는 일이 모두 강한 신하에게 견제를 받다가 갑자기 병이 나서 나라를 다스린 기간이 매우 짧았으니, 슬픈 일이다.

23. 고왕(高王) 이름은 철(皽)이고 강왕의 아들로서 재위 46년이다.

고왕 때는 안으로 권신 최이(崔怡)·최항(崔沆)·최의(崔竩)·김인준(金仁俊)이 서로 연달아 국가의 운영을 장악하였고, 밖으로 여진(女眞)과 몽고(蒙古)가 군사를 보내 침략하지 않은 해가 없었다. 이때를 당하여 나라의 형세가 위급했었다.

왕이 소심(小心)하게 법을 지키고 행동하기를 예(禮)로써 하였기 때문에 권신들이 발호(跋扈)하면서도 감히 범하지 못하였으며, 오랑캐 군사가 침범하여 오면 성벽(城壁)을 견고하게 하고 굳게 지키다가, 물러가면 사신을 보내 우호하기를 희망(通好)하고, 세자(世子)를 보내어 예물을 가지고 친히 조회하였기 때문에, 비록 강포(强暴)한 나라들과 이웃하였어도, 마침내 서로 화평(和平)하여 사이좋게 지낼[和好] 수 있어 백성들과 사직을 보존하게 되었으니, 그가 나라를 오랫동안 다스려 자손들에게 복을 전하게 된 것이 당연하다.

24. 원왕(元王) 이름은 진(禛)이고 고왕의 아들로서 재위는 15년이다.
拟 원문 禎을 禛으로 바로잡음.

원왕이 세자로 있을 때 권신(權臣)들이 마음대로 불의(不義)를 자행하되, 상국(上國)이 엄하게 꾸짖을 것을[討罪] 두려워하였고, 또 다른 나라에 귀속됨[內附]을 탐탁하게 여기지 않아, 몽고(蒙古)의 군사가 해마다 국경을 덮치므로 중외(中外)가 소연(騷然)하였는데,
拟 구본에는 소연(騷然)의 연(然) 자 아래 이(而) 자가 있는데 본문을 상고하여 삭제 하였다.

왕(王)이 군부(君父)의 명을 받들어 친히 상국에 조회하여 권신들의 발호(跋扈)하는 뜻을 꺾어 복종시킴으로써 드디어 등창이 나 죽게 하였다. 또 아리패가(阿里孛哥)가 헌종(憲宗)의 적자(嫡子)로서 상도(上都)에서 군사를 믿고 잔인한 짓을 하였다. 세황(世皇 원 세조를 말한다.)이 번왕(藩王)으로서 멀리 양・초(梁楚)의 교외에 있으면서 천명과 거취(去就)를 알아 가까운 곳을 두고 먼 곳까지 왔다 하여 가상히 여기고, 공주(公主)를 왕자에게 시집보내기까지 하였다. 이로부터 대대로 장인과 사위[舅甥]의 관계를 맺게 됨으로써 동방(東方) 백성들로 하여금 백 년 동안 태평한 낙을 누리게 하였으니, 또한 가상한 일이다.

다만 삼별초(三別抄)의 내란이 일어나서 주와 군을 침해하고 약탈하므로, 상국에서 장수를 보내와 탐색하기를 끊임없이 하니, 이는 밤낮으로 다스리기를 도모해야 할 때인데, 도리어 연회(宴會)에 빠져 궁녀들의 아름다움이나 매력에 홀려서 정신을 못 차리게 그 마음을 고혹(蠱惑)하게 하고, 환관이 그 명령을 출납(出納)하게 함으로써 홍자번(洪子蕃)의 기롱을 면하지 못하였으니, 애석한 일이다.
拟 우부승선(右副承宣) 홍자번이 간하기를 "요사이 친히 정사를 보지 않고, 유사들의 장주(章奏)를 모두 환관(宦官)에게 맡겨 출납시키므로 중외에서 실망하고 있으니, 청컨대, 친히 모든 정사

를 하여 사람들의 소망을 위로하여 주시기 바랍니다." 하였다.

25. 충렬왕(忠烈王) 이름은 거(昛)이고 원왕의 장자로서 재위는 24년이다.

세자로 있을 때 국가의 전고(典故)를 밝게 익혔고, 기쁨과 노여움을 얼굴에 나타내지 않아 너그럽고 후덕한 장자(長子)였다.

글을 읽어 대의(大義)를 알았는데, 일찍이 대사성(大司成) 김구(金坵)·좨주(祭酒) 이송진(李松縉)과 함께 창화(唱和)하여, 문집(文集)이 「용루집」(龍樓集) 세상에 전한다.

충렬왕 부자 시대는 안으로 권신(權臣)들이 정사를 마음대로 하여 횡포를 부리고, 밖으로 강성한 적들이 군사를 거느리고 침범하여 온 나라 사람들이 학정(虐政)에 죽어 가지 않으면, 반드시 적들의 칼날에 죽어 가게 되어 화변이 극에 달했다.

하루아침에 하늘이 화를 뉘우치게 하여 권신들을 주륙하고 상국(上國)에 귀부(歸附)하자, 천자(天子)가 가상하게 여겨 공주를 내려보냈었는데, 공주가 오게 되자 부로(父老)들이 기뻐하며 서로 경하하기를,

"백 년의 난리 끝에 다시 태평시대를 보게 될 줄은 생각도 못 하였다."

하였다.

또한 왕이 재차 경사(京師)에 조회하고 동방(東方)의 폐단을 진주(陳奏)하였더니, 제(帝)가 윤허하고 관군을 소환하여 동방 백성들이 안정되었으니, 이때야말로 왕이 일을 할 수 있는 때였다.

어찌하여 교만한 마음이 갑자기 생겨 놀이와 사냥에 빠져 응방(鷹坊 사냥용 매를 기르는 곳)을 확장하였고, 악한 소인배 이정(梨貞)으로 하여금 주와 군을 침범하여 학대(虐待)하게 하였을까? 연회(宴會)와 놀이에 빠져 용루(龍樓)에서 창화(唱和)하고, 음란한 중 조영(祖英) 구본에는 영(英)이 윤(倫)으로 되어 있다 등을 좌우에 두고 친압하매, 공주(公主)와 세자(世子)가 말려도 듣지 않고 재상과 대간(臺諫)이 논해도 듣지 않았다.

만년에 이르러서 좌우의 참소를 지나치게 믿어 그의 적자(嫡子)를 폐하고

그 조카를 세우려고까지 하였다.

按 왕이 일찍이 충선왕(忠宣王)을 폐하고 조카 서흥후(瑞興侯)를 후계(後繼)로 삼으려   고 하니, 찬성사(贊成事) 최유엄(崔有渰)이 울며 간하자 드디어 그만두었다.

그가 동궁에 있을 때 비록 전고(典故)를 밝게 익히고 독서하여 대의를 알았다고 하지만 과연 어디에 쓰겠는가?

아! "시작이 없지는 않으나 결과가 있기는 어렵다."고 한 것이 충렬왕을 두고 한 말이 아니겠는가?

26. 충선왕(忠宣王) 이름은 원(源)이고 몽고 이름은 익지례보화(益知禮普化)이다. 충렬왕의 장자로 재위는 5년이다.

성품이 어진 이를 좋아하고 악한 자를 미워하였다. 16세에 원나라에 들어가니 세조황제(世祖皇帝)가 인견하고,

"무슨 글을 읽었느냐?"고 묻자,

"정가신(鄭可臣) 등에게서 「효경」(孝經)·「논어」(論語)·「맹자」(孟子)를 배운다."고 대답하니 제(帝)가 기뻐하였다.

대덕(大德 원 성종의 연호) 2년에 내선(內禪)을 받아 즉위하여 어진 이를 임용하고 사특한 자를 내쫓으며 이익이 될 일을 일으키고 폐단을 개혁하여, 숙위(宿衛)를 불러들인 것이 10년이었다.

대덕(大德) 11년에 승상(丞相) 달천(達穿) 등과 무종(武宗)을 맞이하였는데, 그 공으로 심왕(瀋王)에 봉작되고, 지대(至大 원 무종의 연호) 원년에 충렬왕이 훙(薨)하자 분상(奔喪)한 지 10여 일 만에 왕경(王京)에 이르러 상복(喪服)·빈소(殯所)·염습(斂襲)하는 것을 모두 예(禮)에 맞게 하였다.

그가 세자로 있을 때 원나라 조정에 들어가 입시(入侍)하면서 요수·조맹부(趙孟頫) 등 제공(諸公)들과 교유하면서, 간혹 조정 정사를 참여하여 들었기 때문에 그의 의논이 볼 만한 바 있었고, 그가 즉위하여서는 상국(上國)의 제도를 피하여 벼슬 명칭을 고치고 바꾸었으니, 사대(事大)하기를 예(禮)로써 한 것이요, 전부(田賦)를 바로잡고 염법(鹽法)을 세웠으니, 근본이 되는

바를 안 것이다.

다만 제후(諸侯)의 자리를 안으로 선군(先君)의 점함을 받았고 위로는 천자의 명을 받은 것이어서 하루도 비울 수 없는데, 왕이 이미 제(帝)의 명으로 그 자리를 회복하고도 연경(燕京)에 체류하고 즉시 나라로 가지 않으매, 따라간 신하들이 돌아가기를 생각하여 서로 모함하기를 도모하게 되었고, 나라 사람들은 공궤(供饋)의 노고를 감당하지 못하였으니 진실로 이미 잘못되었다.

원나라 역시 싫증이 나 왕이 귀국하기를 원하였으므로 뭐라고 할 말이 없었다. 이에 그 자리를 세자(世子)에게 사양하였고, 또한 조카 호(暠)를 세자로 삼아 부자 형제간에 마침내 시기와 혐의를 갖게 됨으로, 그 화가 여러 대에 이르도록 그치지 않았다.

계책의 착하지 못함이 이와 같았으니, 토번(吐蕃)으로 귀양 간 것이 당연한 일이요, 불행한 것이 아니다.

27. 충숙왕(忠肅王) 이름은 도(燾)이고 충선왕의 둘째 아들로서 재위는 25년이다.

성품(性品)이 엄숙(嚴肅)하고 굳세며 침착하고 묵직하였으며, 총명(聰明)하여 정결(貞潔)한 것을 좋아하였는데, 제술(製述 시와 글)을 잘 짓고 예서(隸書)에 솜씨가 있었다. 충렬(忠烈)·충선(忠宣)·충숙(忠肅)·충혜(忠惠) 4대를 내려오는 동안 부자끼리 서로 해치되, 심지어 천자의 조정에까지 가서 송사하여 천하 후세에 웃음거리가 되었다.

또 부자 사이는 천성으로 타고난 지친(至親)으로서 효도는 온갖 행실의 으뜸이며, 정사를 하는 근본인데 근본이 이미 틀렸으니, 그 나머지 것은 비록 말할 것이 있더라도 족히 보잘것없는 것이다.

충숙왕이 말년에 나랏일을 팽개치고 교외(郊外)로 나가 있으며, 박청(朴青) 등 내시 세 사람을 신임하였으니 혼미와 잘못이 심했다. 그러나 임금으로서 먼저 인륜(人倫)을 무너뜨렸으니, 이러한 것은 또한 책망할 것이 못 된다.

28. 충혜왕(忠惠王) 이름은 정(禎)이고 충숙왕의 장자로 재위는 7년이다.

충혜왕은 영특하고 예리한 재질을 착하지 못한 것에 사용하여 악한 소인
배들과 친압하여 방탕한 짓을 마음대로 하여, 안으로 부왕(父王)에게 책망
을 받고 위로는 천자에게 죄를 얻어, 그 몸이 나그네로 억류되어 노상에서
죽은 것이 당연하다.

비록 일개 노신(老臣) 이조년(李兆年)이 간절하게 말하였지만, 그 말을 듣
지 않는데 어찌하겠는가?

29. 충목왕(忠穆王) 이름은 흔(昕)이고 충혜왕의 장자로서 재위는 4년이다.

어려서 즉위하였으나 성품이 총명하고 듣고 판단하기를 잘하였다. 그러
나 모비(母妃)가 왕성한 나이로 중간에 있었고, 신예(辛裔)·강윤충(康允忠)·
배전(裵佺)·전숙몽(田淑蒙) 등이 서로 잇달아 권세를 부리며 위엄을 부리고
복을 내리기를 제 마음대로 하였다.

정승 왕후(王煦)·김영돈(金永旽) 등이 임금의 명령을 받아 옛 폐단을 정돈
하여 다스리려 하였으나, 마침내 권신들에게 모함을 당하였고, 왕 역시 젊
은 나이에 죽었으니 애석한 일이다.

30. 충정왕(忠定王) 이름은 저(胝)이고 충혜왕의 차자로서 재위는 3년이다.

충목왕과 충정왕은 모두 어려서 즉위하였는데, 덕녕희비(德寧禧妃)가 높
은 어머니의 처지로서 안에서 권세를 부리고, 간신들과 외척(外戚)들은 밖
에서 권세를 부리게 되니, 두 인군이 비록 총명한 자품이 있은들 어찌할 수
있었겠는가?

또한 충정왕 때를 당해서는 강릉군(江陵君)이 구본에는 능(陵) 자가 영(寧) 자로 되
어 있다. 강릉군은 곧 공민왕(恭愍王)이다 숙부(叔父)로서 나라 사람들의 마음을 얻었

고, 또한 상국(上國)의 원조가 있었는데도 불구하고, 제윤(諸尹)들이 ⟨按 제윤
은 희비(禧妃)의 친족이다.⟩ 이것을 생각지는 않고 당을 만들어 욕심(慾心)을 부림
으로써 화를 양성(養成)하여 마침내 왕으로 하여금 불행하게 독살(毒殺) 당
하게 하였으니 슬픈 일이다.

31. 공민왕(恭愍王) 이름은 기(祺)이고 충숙왕의 차자로서 재위는 23년이다.

천품이 엄숙하고 묵직하여 행실이 예법에 맞았으며, 성격이 총명하여 인
자하고 후덕하므로 사람들의 신망이 모두 그에게 돌아갔다.

즉위하게 되자 정신을 가다듬어 다스리기를 도모하므로 중외에서 크게
기뻐하여 태평한 시대가 되기를 바랐다. 그러나 노국공주(魯國公主)가 죽고
난 뒤부터 지나치게 슬퍼하며 지기(志氣)를 상실하여, 정사를 신돈(辛旽)에
게 위임하고 훈신(勳臣)과 현자(賢者)들을 내쫓거나 죽였으며, 크게 토목공
사를 일으켜 백성들의 원망을 사고, 완동(頑童)을 친압(親押) 어린 사내아이
들을 가까이하여 음란하고 외설스런 짓을 함부로 하였다.

말년에는 시기가 포악해지고 기탄이 극성스러워 술에 취하기를 시시때
때로 하였고, 좌우 사람에게 매질까지 하였다. 또한 후손이 없는 것을 걱정
하여 이미 남의 아들을 데려다 대군을 삼아 장차 뒤를 이으려 하다가, 외부
사람들이 믿지 않을까 염려하여 비밀히 신임하는 신하로 하여금 후궁을 간
통하게 하고서 그녀가 임신하게 되자 그 당사자를 죽여 말이 나지 않게 하
려 하였다. 패란(悖亂)이 이러하였으니 망하지 않으려 한들 될 수 있었겠는
가?

32. 신우(辛禑) 재위 14년이다.

신우의 어릴 때 이름은 모니노(牟尼奴)이고, 그 아비는 신돈(辛旽)이요, 어
미는 신돈의 비첩(婢妾) 반야(般若)이다.

공민왕이 후사가 없으므로 신돈을 베고 신우를 태후(太后)의 궁에서 양육

하여 자기의 아들이라 하며 강령대군(江寧大君)으로 봉하였는데, 공민왕이 죽자 이인임(李仁任)이 신우를 세웠다.

진(秦)나라 정(政)과 진(晉)나라 예(睿)의 자취가 의아스러웠고,[12] 여씨(呂氏 태후)에 이르러서는 남의 아들을 세워 혜제(惠帝)의 후사를 삼으려 하였는데, 주문공(朱文公 주희(朱熹)의 시호)이 직필(直筆)로 특서(特書)하기를 조금도 가차 없이 하였으니, 그는 천하와 후세를 위하여 경계하기를 엄하게 한 것이다.

공민왕이 일찍이 아들이 없음을 근심하였다면 마땅히 종실 중에 현명한 사람을 구하여 대를 이어야 할 것인데, 바로 신돈의 아들을 데려다가 남모르게 궁중에서 양육하여 자기 뒤를 이을 계책을 하다가 마침내 그 몸도 보존하지 못하였고, 신우는 또한 황음(荒淫)하고 포악하여 패가망신(敗家亡身)하였다.

아! 신우는 진실로 논할 것도 없거나와 공민왕은 또한 무슨 마음이었을까?

33. 공양왕(恭讓王) 재위는 3년이다.

이름은 요(瑤)이고 신왕(神王)의 7대 손이다. 처음에 정창부원군(定昌府院君)으로 봉하였는데, 명나라 홍무(洪武 명 태조의 연호) 22년(1389) 11월 15(기묘)일에 우리주상(조선태조)께서 심덕부(沈德符)·지용기(池湧奇)·정몽주(鄭夢周)·설장수(偰長壽)·성석린(成石璘)·조준(趙浚)·박위(朴葳)·정도전(鄭道傳) 등과 함께 정책(定策)하여 공민왕의 정비(定妃)에게 고하고 왕을 받들어 즉위케 하였다.

아! 거짓 왕 신우가 왕위를 도적질하여 차지한 이때는 이미 왕씨가 없어

---

12) 진(秦)나라……의아스러웠고 : 정(政)은 진시황(秦始皇)의 이름이다. 진시황의 아버지 장양왕(莊襄王)이 조(趙)나라에 볼모로 있다가 여불위(呂不韋)의 애첩을 얻어 진시황을 낳았는데, 실은 여불위의 아들이라 한다. 예(睿)는 진원제(晉元帝)의 이름인데 그는 그의 어머니 하후씨(夏侯氏)가 우씨(牛氏)와 간통하여 낳았다는 설이 있다.

졌는데, 16년이 지나도록 오랜 세월을 신우는 주색(酒色)에 빠지고 포악한 짓을 하였으며, 신창(辛昌) 또한 혼매(昏昧)하고 유약(幼弱)하였다.

하늘이 미친 듯이 날뛰는 철부지로 하여금 명기(名器 임금 자리)를 차지하여 더럽히게 하지 않고, 덕이 있는 사람을 기다려 주려고 하여 그 뜻이 소연(昭然)하므로, 충신들과 의사(義士)들이 기필코 왕씨의 후손을 구하여 세우려고 하였다.

이리하여 공양왕이 헌석(軒席) 위(位)를 떠나지 않고 일어나 보위(寶位)에 올랐으므로, 왕씨의 제사가 이미 끊겨졌다가 다시 이어지고 왕씨의 나라가 이미 망했다가 다시 일어나게 되었다.

이제는 마땅히 공이 있는 사람과 어진 이에게 정성을 다하여 충직한 말을 받아들이고 간하는 말을 용납하여, 서로 함께 유신(維新)의 정사를 도모하여야 했다. 그런데 어찌하여 오직 인아(姻婭 사위 쪽 사돈과 동서(同婿) 쪽의 사돈) 간의 감정이 섞인 호소와 부시(婦侍 시녀)들의 사사로운 간청만 그저 들어주고 신임하였으며, 원훈(元勳)들을 소외하여 꺼리고, 충성되고 선량한 사람들을 모함하여 해치며, 정사가 패란(悖亂)하여 인심이 저절로 이반되고 천심이 저절로 가 버려, 존귀한 나라 임금으로서 필부(匹夫)처럼 달아나게 되어, 왕씨의 제사가 사라지게 되었으니 슬픈 일이다.

– 終 –

佛氏雜辯

鄭 道 傳　著

鄭 柄 喆 編著

佛氏雜辨序

내 일찍이 불씨(佛氏)의 설이 세상을 매우 미혹(迷惑)시키는 것을 근심하여 말하기를,

"하늘이 하늘노릇을 하고 사람이 사람노릇을 하는 데에 있어서 유교와 불교의 설이 서로 같지 않다. 역상(曆象)이 있은 뒤로부터 한·서(寒暑)의 왕래와 일월(日月)의 영휴(盈虧)에는 모두 그 일정한 수(數)가 있어 천만년을 써도 그 어긋남이 없는 것은, 하늘이 하늘 노릇을 하는 데 정하여 진 것이니, 불씨의 그 수다하고 고상한 말[須彌說][1]들이 모두 거짓이다.

하늘이 음양오행(陰陽五行)으로 만물을 화생(化生)시키는데, 이른바 음양오행이라는 것은 이(理)도 있고 기(氣)도 있으니, 그 온전한 것을 얻은 것은 사람이 되고, 치우친 것은 물(物)이 된다. 그러므로 오행의 이치가 사람에게 있어서 오상(五常)의 성(性)이 되고 그 기(氣)는 오장(五臟)이 되니, 이것이 우리 유가(儒家)의 설이다.

의원(醫員)이 오행으로써 장맥(臟脈)의 허(虛)와 실(實)을 진찰하여 그 병을 알고, 점을 하는 사람도 오행을 가지고 그 운기(運氣)가 쇠퇴하고 왕성함을 미루어 그 명(命)을 알고, 또 천만년을 써도 다 증험할 수 있는 것이니, 이 것은 사람이 사람 노릇을 하는 데 정해진 것이다.

그러므로 불씨의 사대설(四大說)은 허망(虛妄)한 것이다. 그 시(始)를 따져 원(原 추구(推究)하여 사람이 태어난 까닭을 알지 못한다면 그 종(終)에 가서는 사람이 죽는 까닭을 어찌 알리요? 그러므로 윤회설(輪回說) 또한 족히 믿을 수 없는 것이니, 내 이러한 이론을 가진 지 오래다."

하였다.

이제 삼봉(三峯) 선생께서 저술하신 「불씨잡변」(佛氏雜辯) 20편을 보니 불교

---

1) 수미설(須彌說) : 수미산은 사주(四州) 세계의 중앙에 있는데, 많은 보물이 있고 가장 높다는 뜻에서 수다하고 고상한 말을 수미설이라 한다.

의 윤회설(輪回說)과 오행(五行)에 대한 의·복(醫卜)의 변론이 가장 명백하게 갖추어졌으며, 그 나머지 변론(辯論)도 극히 자세하며 절실하고 명백(明白)하여 다시 남는 것이 없었다.

선생께서는 어려서부터 글을 읽어 이치를 밝히고 개연(慨然)히 배운 바를 행하되, 이단(異端)을 물리칠 뜻이 있어 강론(講論)하실 때마다 순순(諄諄)히 힘껏 변론함으로써 배우는 학자들이 모두 흐뭇하게 듣고 이를 따랐다(聽從). 일찍이 심기리(心氣理) 3편을 저술하여 우리의 도(道)가 바르고 이단(異端)의 도가 치우침을 밝히셨으니, 그 명교(名敎 유교를 말함)에 공이 매우 크다. 성조(聖朝)를 만나 더욱 교화(敎化)를 경륜(經綸)하여 일대(一代)의 다스림을 일으켰으니, 배운 바의 도를 비록 모두 행하지는 못하였으나 역시 어느 정도 행하였다고 할 수 있는데, 선생의 마음으로는 오히려 모자라는 듯하여 반드시 그 임금을 요순(堯舜) 같이, 그 백성을 요순 때의 백성과 같이 하고자 하였으며, 이단에 이르러서 더욱 모두 물리쳐 없애지 못함을 자신의 근심으로 삼았다.

무인년(1398년, 태조 7) 여름에 병으로 며칠 동안 휴가를 얻었을 때 이 글을 저술하여 나에게 보여 주시면서 말씀하시기를,

"불씨의 해가 인륜(人倫)을 헐어 버린지라 앞으로 반드시 금수(禽獸)를 몰아와서 인류를 멸하게 할 것이니, 명교(名敎)를 주장하는 사람으로서 그들을 적으로 삼아 힘써 공격해야 할 것이다. 일찍이 '내 뜻을 얻어 행하게 되면 반드시 말끔히 물리쳐 버리겠다.' 말한 바 있는데 이제 성상(聖上)께서 알아주심에 힘입어, 말하면 듣고 계획하면 따르시니 뜻을 얻었다고 하겠는데 아직도 저들을 물리치지 못하였으니, 끝내 물리치지 못할 것 같다. 그러므로 내가 분을 참지 못하여 이 글을 지어 무궁한 후인(後人)들에게 전하여 사람마다 모두 깨달을 수 있기를 바라는 것이다. 이 때문에 비유를 취한 것이 비속하고 자질구레한 것이 많으며, 저들이 함부로 덤비지 못하게 하기 위하여 글을 쓰는 데 격분함이 많다. 그러나 이것을 보면 유교와 불교의 구분을 분명히 할 수 있을 것이니, 비록 당장 실천하여 이행할 수 없다 하더라도 후세에 전할 수 있으니 내 죽어도 편안하다."

하였다. 내가 받아서 읽어 보니 모두가 적절한 말씀이어서 싫증이 나지 않았다. 이에 탄식하여 말하기를,

"양묵(楊墨)이 길을 막음에 맹자(孟子)가 말로써 물리쳤는데, 불법(佛法)이 중국에 들어오니 그 폐해가 양묵보다 심하였으므로, 선유(先儒)들이 이따금 그 그릇됨을 변박하였으나 책을 지을 만한 사람이 없었다. 당나라 한퇴지(韓退之 퇴지는 韓愈의 字) 같은 재주로도 장적(張籍)·황보식(皇甫湜)의 무리들이 따라다니며 저술하기를 청하였으나, 역시 감히 저술하지 못하였거늘, 하물며 그 아래 사람들이랴? 이제 선생께서 이미 힘써 변론하여 당세(當世)를 교화하였고 또 글을 써서 후세에 전하셨으니, 우리 도(道)를 근심하는 생각이 이미 깊고도 넓다. 사람들이 불교에 미혹되는 것이 사생설(死生說)보다 더한 것이 없는데, 선생께서 스스로 불교를 물리침으로써 죽어도 편안하다고 하셨다. 이것은 사람들의 그 미혹됨을 버리게 하고자 함이니, 사람들에게 보이는 뜻이 또한 깊고 간절하다. 맹자가 이르기를 '삼성(三聖)의 계통을 잇는다.'고 하였는데, 선생께서는 또한 맹자(孟子)를 계승(繼承)하신 분이로다.

장자(張子 張載를 가리킴)의 이른바 '독립하여 두려워하지 않고 정일(精一)하여 스스로 믿어 남보다 훨씬 뛰어난 재주가 있는 자'라고 한 것은 참으로 선생을 두고 이름이다. 나는 참으로 감복하여 배우고자 한다."

하였다. 그러므로 일찍이 말씀하신 것을 글로 써서 질정(質正)한다.

홍무(洪武) 31년(태조 7년, 1398) 5월 보름 양촌(陽村) 권근(權近)

跋 文

삼봉 선생(三峯先生)께서 지으신 「경국전」(經國典)과 「심기리」(心氣理) 및 시문(詩文) 등은 모두 세상에 유행하고 있으나, 다만 이 「불씨잡변」(佛氏雜辨) 한 책은 선생께서 선성(先聖)을 본받고 후세 사람을 가르친 것으로서 평생의 정력(精力)을 쏟은 것인데, 인몰(湮沒)되어 전하여지지 않으므로 식자(識者)들이 한탄하였다.

무오년(1438년, 세종 20)에 나는 생원으로 성균관에 있었다. 이때 동년진사(同年進士) 한혁(韓奕)이 선생의 족손(族孫)이었다. 그의 집에 간직하고 있는 정리되지 않은 많은 책 가운데 이 서책을 가지고 와서 나에게 보여 주었다. 이것을 보니 그 문사(文辭)가 호일(豪逸)하고 변론이 세미(細微)한 데까지 미쳤으며, 성정(性情)을 발휘(發揮)하고 허탄(虛誕)한 것을 배척하였으니, 참으로 성문(聖門)의 울타리이며 육경(六經)의 날개이다.

나는 애독하여 보배로 삼아 간직한 지 오래였지만, 이제 양양(襄陽 지금의 醴泉) 군수가 되어 마침 일이 없으므로, 공사(公事)를 마친 여가에 잘못된 글자 30여 자를 교정하고 공인(工人)을 시켜 간행(刊行)하여 널리 전하고자 한다. 다행히 우리 도에 뜻이 있는 자는 이 글로 인하여 사특(邪慝)한 것을 물리치고, 이단에 미혹된 자는 이 글로 인하여 그 의심을 푼다면, 선생께서 이 글을 지어 후세에 전한 뜻이 거의 이루어질 것이며, 우리의 도 또한 힘입는 바 있을 것이다. 이 글이 다행히 없어지지 않고 남아 있는 것은 어찌 우리 도(道)의 커다란 다행이 아니겠는가?

경태(景泰 명나라 경종의 연호) 7년(1456년, 세조 2) 5월 중순(中旬)

금라(金羅)[2] 윤기견(尹起畝)이[3] 공경(恭敬)하여 발문(跋文)을 쓴다.

---

2) 금라(金羅) : 咸安郡의 別名이다.
3) 윤기견(尹起畝, 생몰연대 미상) : 조선 초기 문신. 별명은 기묘(起畝). 본관은 함안(咸安). 응(應)의 아들로, 성종의 폐비 윤씨(尹氏)의 아버지로 연산군 외조부이다. 1439년(세종 21) 생원으로 문과

1. 불교의 윤회에 대한 변 佛氏輪廻之辨

사람과 만물이 생생(生生)하여[4] 무궁한 것은 바로 천지의 조화(造化)가 운행(運行)하여 쉬지 않기 때문이다.

대저 태극(太極)이[5] 동(動)하고 정(靜)함에 음(陰)과 양(陽)이 생기고, 음과 양이 변(變)하고 합(合)함에 오행(五行)이[6] 갖추어졌다. 무극(無極)[7]ㆍ태극(太極)의 진(眞)과[8] 음양오행의 정(精)이[9] 미묘(微妙)하게 합쳐지고 엉겨서 [凝 형기가 이루어짐] 사람과 만물이 생생한다. 이렇게 하여 이미 생겨난 것은 가면서 과거[過]가 되고 아직 나지 않은 것은 와서 계속[續]하나니, 이 과(過)와 속(續) 사이에는 한순간의 정지도 용납되지 않는다.

부처의 말에, "사람은 죽어도 정신은 멸하지 않으므로 태어남에 따라 다시 형체를 받는다." 하였으니, 이에 윤회설(輪回說)이[10] 생겼다.

「주역」(周易) 계사상(繫辭上)에,

"시(始)에 원(原)하여 종(終)에 반(反)한다.[11] 그러므로 그 생사의 설을 알

에 급제, 1452년(문종2) 집현전부교리로 춘추관기주관이 되어 「세종실록」ㆍ「고려사절요」 편찬에 참여했다. 이어 지평을 거쳐 판봉상시사에 이르렀다. 죽은 뒤 1473년(성종4) 딸이 숙의(淑儀)에 봉해지고 연산군을 낳아, 연산군 즉위 뒤 부원군에 추봉되고 영의정에 추증되었으나, 1506년 중종반정으로 삭직되었다.

4) 생생(生生) : 계속하여 낳고 낳는다는 뜻이다. 「태극도설」(太極圖說)에 "이기(二氣, 음과 양)가 교감(交感)하여 물을 화생(化生)하니 만물이 생생(生生)함에 변화가 무궁하다." 하였다[二氣交感 化生萬物 萬物生生 而變化無窮].

5) 태극(太極) : 천지가 나누어지기 전의 혼돈(混沌) 상태로 있는 만물의 근원. 「주역」(周易) 계사상(繫辭上)에 "역에 태극이 있으니, 양의(陽儀)를 생(生)한다." 하였다[易有太極 是生兩儀].

6) 오행(五行) : 천지간 만물을 조성(造成)하는 5가지 원기(元氣) 수(水)ㆍ화(火)ㆍ목(木)ㆍ금(金)ㆍ토(土)를 말한다. 「태극도설」(太極圖說)에 "양이 변하고 음이 합하여 수화목금토를 생(生)하고……오행은 하나의 음양이요."[陽變陰合 而生水火木金土……五行一陰陽] 하였다.

7) 무극(無極) : 극이 없다는 뜻으로 태극의 별칭이다. 「태극도설」(太極圖說)에 "무극이면서 태극……무극의 진(眞)과 이오(二五, 음양과 오행)의 정(精)이 묘하게 합하고 엉겨서……"[無極而太極……無極出眞 二五出精 妙合而凝……] 하였다.

8) 태극의 진(眞) : 참된 것을 뜻한다. 여기서는 이(理)를 말한다.

9) 음양오행의 정(精) : 정기를 뜻한다. 여기서는 기(氣)를 말한다.

10) 윤회설(輪廻說) : 불교에서 이른바 3계(三界, 욕계(欲界)ㆍ색계(色界)ㆍ무색계(無色界)), 6도(六道, 지옥(地獄)ㆍ아귀(餓鬼)ㆍ축생(畜生)ㆍ아수라(阿修羅)ㆍ인간(人間)ㆍ천상(天上))의 중생들이 죽었다가 태어나고, 태어났다가 죽는 것, 즉 생사를 영원히 반복하는 것이 마치 수레바퀴가 계속 돌아가는 것과 같으므로 윤회라고 말한다.

수 있다." 하였으며,

또 이르기를, "정기(精氣)는 물(物)이 되고 유혼(游魂)은[12] 변(變)이 된다." 하였다.

선유는 이 글을 해석하여 말하기를,

"천지의 조화가 생생하여 다함이 없으나, 그러나 모임[聚]이 있으면 반드시 흩어짐[散]이 있으며, 태어남[生]이 있으면 죽음[死]이 있다. 능히 그 시(始)에 원(原)하여 그 모여서 태어남을 안다면 그 후에 반드시 흩어져 죽는 것을 알 것이며, 태어난다는 것이 바로 기화하는 날에[13] 얻어진 것이요, 원래부터 정신이 태허(太虛)한 가운데에 머물러 사는 것이 아님을 안다면, 죽음이란 것은 기(氣)와 더불어 흩어져 다시 형상이 아득하고 광막한[漠] 속에 남는 것이 아님을 알 것이다." 하였다.

또 말하기를 "정기(精氣)는 물(物)이 되고 유혼은 변이 된다." 하였는데, 이는 천지 음양의 기가 교합(交合)하여 바로 사람과 만물을 이루었다가, 혼기(魂氣)는 하늘로 올라가고, 체백(體魄)은 땅으로 돌아가는 데 이르러서는, 바로 변이 되는 것이다. 정기가 물이 된다는 것은 정과 기가 합하여 물이 되는 것이니, 정(精)은 백(魄)이요, 기(氣)는 혼(魂)이다. 유혼(游魂)이 변이 된다는 것은, 변이란 바로 혼과 백이 서로 떨어져 유산(游散)하여 변하는 것이니, 여기서 말하는 변이란 변화의 그 변이 아니라 이변은 단단한 것이 썩음이요, 있던 것이 없어져 다시는 물(物)이 없어지는 것이다. 하늘과 땅 사이에 홍로(烘爐)와 같아, 비록 생물이라 할지라도 모두 녹아 없어진다. 어떻게 이미 흩어진 것이 다시 합하여지며, 이미 간 것이 다시 올 수 있으랴?

이제 또한 내 몸에 징험(徵驗)하여 본다면, 숨 한 번 내쉬고 들이쉬는 사이

11) 원시반종(原始反終) : 시원(始原)을 추구(推究)하여 뒤에 구한다는 뜻이다. 「주역」(周易) 계사상(繫辭上 朱子本義)에 "원이란 앞에 추구함이요, 반이란 뒤에 요함이다."[原者 推之於前 反者 要之於後] 하였다.

12) 유혼(游魂) : 넋이 형체로부터 떨어져 나가 떠돌아다님. 「주역」(周易) 계사상(繫辭上)에 "정기는 물이 되고 유혼은 변이 된다."[精氣爲物 游魂爲變] 하였다.

13) 기화(氣化) 하는 날 : 「주역」(周易)의 원문(原文)에 기화지일(氣化之日)이라고 되어 있지만, 여기(佛氏輪廻之辨)에 기화지자연(氣化之自然)이라 표현하였다. 그러므로 원문을 그대로 옮긴다.

에 기가 한 번 들어갔다 나오나니, 이것을 일식(一息)이라 한다. 여기서 숨을 내쉴 때 한 번 나와 버린 기가 숨을 들이쉴 때 다시 들어가는 것은 아니다. 그러므로 사람의 기식(氣息)에서도 또한 생생(生生)하여 무궁함과, 가는 것은 지나가괴過] 오는 것은 계속[續]되는 이치를 볼 수 있다. 또 밖으로 물(物)에 징험(徵驗)하여 본다면, 모든 초목이 뿌리로부터 줄기, 가지, 잎, 그리고 꽃과 열매에 이르기까지 한 기운이 관통하여, 봄·여름철에는 그 기운이 불어나 잎과 꽃이 무성하게 되고, 가을·겨울철에는 그 기운이 오그라들어 잎과 꽃이 쇠하여 떨어졌다가, 이듬해 봄·여름에는 또다시 무성하게 되는 것이나, 그러나 이미 떨어져 버린 잎이 본원(本源)으로 돌아갔다가 다시 살아나는 것은 아니다. 또 우물 속의 물을 보라. 아침마다 길어 낸 물은 음식을 만드는 사람이 불로 끓여 없애고, 옷을 세탁하는 사람이 햇볕에 말려 없애니 자취도 없이 사라져 버리지만, 그러나 우물의 샘 줄기에서는 계속하여 물이 솟아 다함이 없으니, 이때 이미 길어 간 물이 그 전에 있던 곳으로 돌아가 다시 나오는 것은 아니다.

모든 곡식[百穀]의 자람도 마찬가지다. 봄에 10섬의 종자를 심었다가 가을에 1백 섬을 거두어들여 드디어는 1천 섬, 1만 섬에 이르나니, 그 이익이 여러 배나 된다. 이것은 백곡도 또한 생생(生生)함이다.

이제 불씨의 윤회설을 살펴보자.

"혈기(血氣)가 있는 모든 것은 스스로 일정한 수(數)가 있어, 오고 또 오고, 가고 또 가도 다시 더하거나 덜함이 없다."

하는데, 그렇다면 하늘과 땅이 물(物)을 창조하는 것이 도리어 저 농부가 이익을 내는 것만 같지 못하다. 또 혈기의 등속이 인류로 태어나지 않으면 조수(鳥獸)·어별(魚鼈)·곤충(昆蟲)이 될 것이니, 그 수에 일정함이 있어 이것이 늘어나면 저것은 반드시 줄어들고, 이것이 줄어들면 저것은 반드시 늘어날 것이며, 일시에 다 함께 늘어날 수도 없고, 일시에 다 함께 줄어들 수도 없을 것이다.

그러나 이제부터 살펴보겠다. 왕성한 세상을 당하여서는 인류도 늘어나고 조수(鳥獸)·어별(魚鼈)·곤충(昆蟲)도 함께 늘어나는가 하면, 쇠한 세상을 당하여서는 인류도 줄어들고 조수·어별·곤충도 또한 줄어든다. 이것은 사람과 만물이 모두 천지의 기로써 생기는 까닭이다.

그러므로 기가 성하면 일시에 늘어나고 기가 쇠하면 일시에 줄어듦이 분명하다. 그래서 나는 불씨의 윤회설이 너무나 세상을 현혹하는 것에 분개하여, 깊게는 천지의 조화에 근본하고 밝게는 사람과 만물의 생성(生成)에 관한 증명을 통하여 이와 같은 설을 얻었으니, 나와 뜻이 같은 사람은 함께 통찰하여 주시기 바란다.

어떤 사람이 내게 묻기를, "당신은 선유(先儒)의 설을 인용하여 「주역」(周易)에 있는 '유혼(游魂)은 변(變)이 된다.'는 말을 해석하여 말하기를 '혼(魂)과 백(魄)은 서로 떨어져 혼기(魂氣)는 하늘로 올라가고 체백(體魄)은 땅으로 내려간다.' 하였으니, 이것은 사람이 죽으면 혼과 백이 각각 하늘과 땅으로 돌아간다는 말이니, 그것은 불씨가 말한 '사람은 죽어도 정신은 멸하지 않는다.'는 것이 아니냐?" 한다면 나는 대답하기를,

"옛날에 사시(四時 봄·여름·가을·겨울)의 불은 모두 나무에서 취(取)하였으니, 이것은 본디 나무 가운데 불이 있으므로 나무를 뜨겁게 하면 불이 생기는 것이다. 그것은 원래 백(魄) 가운데 혼(魂)이 있어 백을 따뜻이 하면 혼이 되는 것과 같다. 그러므로 '나무를 비비면 불이 나온다.'는 말이 있고, 또 '형(形)이 이미 생기면 신(神)이 지(知)를 발(發)한다.'는 말도 있다. 여기서 형은 백(魄)이요, 신(神)은 혼(魂)이다. 불이 나무를 인연하여 존재하는 것은 혼과 백이 합하여 사는 것과 같다. 불이 다 꺼지면 연기는 하늘로 올라가고 재는 떨어져 땅으로 돌아가게 되나니, 이는 사람이 죽으면 혼기는 하늘로 올라가고 체백은 땅으로 내려가는 것과 같다. 불의 연기는 곧 사람의 혼기이며 불의 재는 곧 사람의 체백이다. 또 화기(火氣)가 꺼져 버리게 되면 연기와 재가 다시 결합하여 불이 될 수 없는 것이니, 사람이 죽은 후에 혼기와 체백이 또다시 결합하여 생물이 될 수 없다는 이치는 또한 명백하지 않은가?"

할 것이다.

2. 불교의 인과에 대한 변 佛氏因果之辨

어떤 사람이 말하기를,

"당신의 불교 윤회설에 대한 변증(辨證)은 지극하지만, 당신의 말씀에, '사람과 만물이 모두 음양오행의 기를 얻어서 태어났다.'고 하였습니다. 그런데 사람은 지혜로운 사람, 어리석은 사람, 어진 사람, 불초(不肖)한 사람, 가난한 사람, 부유한 사람, 귀한 사람, 천한 사람, 장수(長壽)하는 사람, 요절(夭絶)하는 사람 등이 같지 않으며, 동물의 경우에는 어떤 것은 사람에게 길들여져 실컷 부림을 받고 드디어는 죽음을 감수하기도 하고, 어떤 것은 그물이나 주살[弋]의 해를 면하지 못하기도 하고, 크고 작고 강하고 약한 것들이 저희들끼리 서로 잡아먹기도 하니, 하늘이 만물을 냄에 있어 하나하나 부여해 준 것이 어찌 이렇게도 치우치고 고르지 못하다는 말인가? 이렇게 보면 석씨의 이른바 '살아 있을 때 착한 일을 하였거나 악한 일을 한 것에 모두 보응(報應)이 있다.'는 것이 과연 그렇지 아니한가? 또 살아 있을 때 착한 일을 하거나 악한 일을 하는 것을 인(因)이라 하고, 다른 날에 보응을 받는 것을 과(果)라고 하였으니, 이 말 또한 근거가 있는 이야기가 아닌가?"

한다면, 나는 이에 답하기를,

"사람과 만물이 생생(生生)하는 이치를 앞에서 자세히 논하였으니, 이를 이해한다면 윤회설은 저절로 변증될 것이요, 윤회설이 변증되면 인과설은 변증하지 않아도 자명해진다. 그러나 이미 질문이 나왔으므로 내 어찌 근본적으로 다시 말하지 않으랴? 저 이른바 음양오행이라는 것은 엇바뀌어 운행되며, 서로 드나들어 가지런하지 않다[參差不齊]. 그러므로 그 기의 통(通)함과 막힘[塞], 치우침[偏]과 바름[正], 맑음[淸]과 흐림[濁], 두꺼움[厚]과 얇음[薄], 높고[高] 낮음[底], 길고[長] 짧음[短]의 차이가 있다. 그리하여 사람과 만물이 생겨날 때 마침 그때를 만나 바람과 통함을 얻은 것은 사람이 되고, 치우치고 막힘을 얻은 것은 물(物)이 된다. 사람과 물이 천하고 귀함이 여기에서 나누어지는 것이다. 또 사람에게 있어서도 그 기(氣)의 맑은 것을 얻은 사람은 지혜롭고 어질며, 흐린 것을 얻은 사람은 어리석고 불초하며, 두꺼운 것을 얻은 사람은 부자가 되고, 엷은 것을 얻은 사람은 가난하고, 높은 것을 얻은 사람은 귀하게 되고, 낮은 것을 얻은 사람은 천하게 되고, 긴 것을 얻은 사람은 장수(長壽)하게 되고, 짧은 것을 얻은 사람은 요절(夭折)하게 되는 법이니, 이것이 대략이다. 물(物)에 있어서도 마찬가지이다. 기린(麒麟), 용(龍), 봉(鳳)의 신령함이나, 호랑(虎狼), 독사의 독(毒)함이나, 춘(椿), 계(桂), 지(芝), 난(蘭)의 상서로움이나, 오훼(烏喙 맛이 쓴 독약), 씀바귀의 씀과 같은 것은 모두 치우치고 막힌 가운데에서도 선악(善惡)의 다름이 있는 것이다. 그러나 이 모두가 어떤 의식[意]이 있어서 그렇게 된 것은 아니다.

「주역」(周易 乾卦)에 이르기를 '건(乾)의 도가 변하여 각각 성명(性命)을 정(定)한다.' 하였으며, 선유가 말한 '천도(天道)가 무심(無心)히 만물을 두루[普] 덮는다.'는 것이 바로 이것이다.

오늘날의 의술(醫術)이나 점술(占術)은 조그만 술수[數]이지만, 점치는 사람은 사람의 복(福)이나 화(禍)를 정하는 데 반드시 오행(五行)의 쇠하고 왕성함을 근본으로 추구한다.

'이 사람은 목명(木命)이니 봄을 맞아서는 왕성하지만, 가을을 맞으면 쇠퇴하여 그 용모는 푸르고 길며 그 마음씨는 자비롭고 어질다.' 하고, '이 사람은 금명(金命)이므로 가을에는 길(吉)하나 여름에는 흉(凶)하며 그 용모는 희고 네모나며, 그 마음씨는 강(剛)하고 밝다.'고 말하기까지 한다. 때로는 수명(水命)을, 한편으로는 화명(火命)을 말하여 해당시키지 않는 것이 없으니, 용모(容貌)의 추(醜)함이나 마음의 어리석고 사나움이 모두 오행의 품부(稟賦)가 치우침에 근거[本]한다고 한다.

또 의사가 환자의 병을 진찰할 때에도 반드시 오행이 서로 감응(感應)함에 근본을 추구(推究)한다. '아무개의 병은 한증[寒]이니, 신수(腎水)의 증세'라 하고, '아무개의 병은 온증[溫]이니 심화(心火)의 증세'라 말하는데, 이것이 바로 그런 유(類)의 것이다. 따라서 약(藥)을 쓸 때에도 그 약 성질의 온(溫), 양(凉), 한(寒), 열(熱)과 그 맛의 산(酸), 함(鹹), 감(甘), 고(苦)를 음양오행에 쓸 때 붙여서 조제(調劑)하면 부합되지 않는 것이 없다. 이는 우리 유가(儒家)의 설에 '사람과 만물은 음양오행의 기를 얻어서 태어났다.'는 것이 명백히 증명되는 것이니 의심할 여지가 없는 것이다.

가령 불씨의 설대로라면 사람의 길흉화복과 질병이 음양오행과 관계없이 모두 인과응보에서 나오는 것이 되는데, 어떻게 우리 유가의 음양오행을 버리고 불씨의 인과응보설을 가지고 사람의 화복을 정하고 사람의 질병을 진료하는 사람이 한 사람도 없는가? 이와 같이 불씨의 설이 황당하고 오류(誤謬)로 가득하여 족히 믿을 수 없거늘 그대는 아직도 그 설에 미혹(迷惑)되려는가?"

할 것이다.

이제 지극히 절실하고도 보기 쉬운 예를 들어 비유해 보자.

술이라는 것은 국(麴 누룩)과 얼(糵 엿기름을 넣어 만든 죽)의 많고 적음, 항아리[甕]가 잘 구워지고 덜 구워짐, 날씨의 차고 더움, 기간의 짧고 깊에 따라 서로 적당히 어울리면 그 맛이 매우 좋게 된다. 그러나 만일 얼이 많으면 달고, 국이 많으면 쓰고, 물이 많으면 싱겁다. 물과 국과 얼이 모두 적당하게 들어갔다 할지라도 항아리가 잘 구워지고 덜 구워짐, 또는 날씨의 차고 더움, 기간의 가깝고 오래됨이 서로 어긋나 합해지지 않으면 술맛이 변하게 된다. 그리고 그 맛의 좋고 나쁨에 따라 그 용도도 상하로 구분되며, 지게미[糟粕] 같은 것은 더러운 땅에 버려져 발길에 채이고 밟히게 된다.

그런즉 술이 맛있게 되고 맛없게 되는 것과, 이 모두가 다 일시적으로 마침 그렇게 되어서 그럴 뿐이니 술을 만드는 데에도 역시 인과의 보응이 있어서 그렇다고 하겠는가? 이 비유는 비록 비근(鄙近)한 것이기는 하지만 극히 명백하여 두말할 필요 없는 것이다. 이른바 음양오행의 기는 서로 밀고 엇바뀌어 운행되어 서로 드나들어 가지런하지 않다. 그러므로 사람과 만물도 수만 번 변하여 태어나는 것이니, 그 이치가 또한 이와 같은 것이다.

성인은 가르침을 베풀어 배우는 사람에게 기질(氣質)을 변화하여 성현(聖賢)에 이르게 하는가 하면, 나라를 다스리는 사람에게 쇠망[衰]을 바꾸어 치안(治安)으로 나아가기도 하나니, 이는 성인이 음양의 기(氣)를 돌이켜 천지가 만물을 생성(生成)하는 공(功)에 참여하여 돕는 까닭이다. 어찌 불씨의 인과설이 그 가운데 용납될 수 있을 것인가?

3. 불교의 심성에 대한 변 佛氏心性之辨

마음이라는 것은 사람이 하늘에서 얻어 가지고 태어난 기(氣)로서, 허령(虛靈)하여 어둡지 않아, 한 몸의 주인이 되는 것이요, 성(性)이란 것은 사람이 하늘에서 얻어 가지고 태어난 이(理)로서 순수(純粹)하고 지극히 착하여 한 마음에 갖추어져 있는 것이다.

대개 마음은 지(知)와 위(爲)가 있으나 성(性)은 지위도 없다. 그러므로

"마음은 능히 성(性)을 다할 수 있으나 성은 마음을 검속(檢束)할 줄을 알지 못한다."

하고 또 말하기를,

"마음은 정(情)과 성(性)을 모두 통합한 것이다."

는 말도 있고 또 말하기를,

"마음이라는 것은 신명(神明)의 집[舍]이요, 성(性)은 그 갖추어진 바의 이치이다."

라는 말도 있다.

이것으로 볼 때 마음과 성(性)의 분변(分辨)을 알 수 있다. 그런데 저 불씨는 마음을 가지고 성(性)이라 하고 그 설을 구하다가 설득력을 잃으니까, 이윽고 말하기를,

"혼미[迷]하면 마음이요, 깨달으면[悟] 성(性)이다."

하고 또 말하기를,

"마음과 성의 이름이 다른 것은 안(眼)과 목(目)의 명칭이 다른 것과 같다."

하였다.

「능엄경」(楞嚴經)에 말하기를,

"원묘(圓妙)는 명심(明心)이요, 명묘(明妙)는 원성(圓性)이다."

^按 「능엄경」(楞嚴經)에 "너희들은 본묘(本妙)를 잃어버렸도다. 원묘(圓妙)는 명심(明心)이요, 보명(寶明)은 묘성(妙性)이니라. 깨달음을 얻는 경지에서 말이 필요하지 않으니, 마음은 묘(妙)로부터 명(明)을 일으키는지라, 그 원융(圓融)하게 비춤이 거울의 광명과 같으므로 '원묘는 명심'이라 하고, 성품은 그 자체가 곧 명(明)하며 묘(妙)한지라, 기어 고요하고 맑음이 거울의 본체와 같으므로 '보명은 묘성'이라 한다."고 하였다.

하니, 이는 명(明)과 원(圓)을 나누어 말한 것이다.

보조(普照)가 말하기를,

"마음 밖에 부처[佛]가 없으며 성(性) 밖에 법(法)이 없다."

하였으니 이는 또한 불(佛)과 법(法)을 나누어 말한 것이다. 이는 통찰[見]한 바가 있는 것처럼 보이지만, 그러나 모두가 방불(髣髴)한 가운데 상상(想像)으로 얻은 것이요, 활연(豁然)히 진실 되게 본 것이 없어, 그 설에 헛된 말[遊辭]이 많아 일정한 논(論)이 없으니 그 실정을 알 수 있다.

우리 유가의 설에 의하면,

"마음을 다하면 성(性)을 안다."

하였으니, 이것은 마음을 근본으로 하여 이치를 궁구하는 것이다.

그런데 불씨의 설에 의하면,

"마음을 관(觀)하면 성(性)을 보나니 마음이 곧 성(性)이다."

하였으니, 이것은 따로 한 마음을 가지고 이 한 마음을 본다는 것이니 어떻게 마음이 둘이 있다는 말인가?

저들도 스스로 그 설의 궁함을 알았는지라 이에 둔사(遁辭)¹⁴⁾하여 말하기를,

"마음으로 마음을 관(觀)하는 것은 입으로 입을 씹는 것과 같으니, 관하지 않는 것으로써 관해야 하느니라."

하니, 이것은 또 무슨 이야기인가?

---

14) 둔사 : 어떠한 일에 대하여 책임 또는 관계를 피하려는 말이다. 「맹자」(孟子) 공손추상(公孫丑上)에 "둔사의 궁함을 안다."[遁辭 知其所窮] 하였다.

또 우리 유가의 말에,

"한 가슴[方寸]의 사이가 허령(虛靈)하여 어둡지 않아 모든 이치[衆理]를 갖추어 만사(萬事)에 응(應)한다."

하였는데, 여기에서 '허령(虛靈)하여 어둡지 않다'고 하는 것은 마음이요, '모든 이치를 갖추었다'고 하는 것은 성(性)이요, '만사에 응한다'고 하는 것은 정(情)이다. 오직 이 마음이 모든 이치를 갖추고 있으므로, 사물의 오는 것에 응하여 각각 그 마땅함을 얻지 못함이 없는 것이니, 사물의 마땅하고 마땅치 않은 것을 처리함에 있어 모든 사물이 다 나의 명령을 듣기 때문이다.

이것은 우리 유가(儒家)의 학이 안으로 마음과 몸, 밖으로 사물에 이르기까지, 하나로 관통되어 원두(源頭 근원처)의 물이 만 갈래로 흘러도 물 아님이 없음과 같고, 눈금이 있는 저울을 가지고 천하 만물의 경중을 저울질하면 그 물건의 경중이 저울대의 저울눈과 서로 맞는 것과 같다. 이것이 이른바 원래부터 간단(間斷)이 없다고 하는 것이다.

불씨가 말하기를,

"공적한 영지(靈知)는 연(緣)을 따라 변하지 않는다."

按 불씨는 말하기를 "진정(眞淨)한 마음이 연(緣)을 따라 변하는 것은 상(相)이고 변하지 않는 것은 성(性)이니, 마치 한 진금(眞金)이 크고 작은 그릇을 따르는 것은 곧 연(緣)을 따르는 상(相)이고, 진금 그 자체가 변하지 않는 것은 곧 성(性)인 것과 같다." 하였다. 말하자면 하나의 진정한 마음이 선악을 따라 더럽혀지거나 깨끗해지는 것은 곧 연(緣)을 따르는 상(相)이고, 본래의 진정한 마음이 변하지 않는 것은 성이라는 것이다.

하였다.

이른바 이(理)란 것이 그 가운데 갖추어져 있지 않으므로, 사물을 대함에 막힌[滯] 것은 끊어 버리고자 하고 트인[達] 것은 따라 순종(順從)하고자 하는데, 그 끊어 버리고자 하는 것이 원래 잘못이거니와 따라 순종하고자 하는 것도 또한 잘못이다.

또 그들의 말에,

"연을 따라 되는 대로 하고 성(性)에 맡겨 자연스럽게 한다."

하니 이는 그 물(物)이 하는 대로 따를 뿐이요, 다시 그 물에 대한 시비를 절제하여 처리함이 없는 것이다. 이것은 그 마음은 하늘 위의 달과 같고 그 마음의 응함은 천강(千江)의 달그림자와 같으니, 달은 참된 것이요 그림자는 헛된 것이어서, 그 사이에 연속됨이 없는 것이며, 마치 눈금이 없는 저울을 가지고 천하의 만물을 저울질하는 것과 같아서, 그 가볍고 무겁고 올라가는 것은 오직 물건에 따를 뿐, 자기가 행동하여 칭량(稱量)함이 없는 것이다.

그러므로 석씨(釋氏)는 허무이고 우리 유가는 진실이며, 석씨는 둘이고 우리 유가는 하나이다. 석씨는 간단(間斷)이 있고 우리 유가는 연속(連續)되는 것이다. 학문을 하는 사람은 마땅히 밝게 분변(分辨)해야 할 것이다.

4. 불교의 작용이 성이라는 변 佛氏作用是性之辨

살펴보건대, 불씨의 설에는 작용(作用)을 가지고 성(性)이라고 한다. 방거사(龐居士)의 이른바 "물을 긷고 땔나무를 운반하는 것이 모두 묘용(妙用) 아닌 것이 없다."라고 한 것이 바로 그것이다.

按) 방거사(龐居士)의 게송(偈頌)에 "날마다 하는 일이 별 다름이 없으니, 내 스스로 할 일을 하는 것뿐인데, 취할 것은 취하고 버릴 것은 버리고 과장하지도 말고 어긋나게 하지도 말 것이다. 신통(神通)에다 묘용(妙用)을 겸한 그것이 바로 물을 긷고 땔나무를 운반하는 것이다." 하였다.

대개 성(性)이란 것은 사람이 하늘에서 얻어 태어난 이(理)이고, 작용이란 것은 사람이 하늘에서 얻어 태어난 기(氣)이다. 기가 엉기어 모인 것이 형질(形質)이 되고 신기(神氣)가 된다. 그러므로 마음의 정상(精爽)함, 이목(耳目)의 총명(聰明)함, 손으로 잡음, 발로 달림과 같은 모든 지각이나 운동을 하는 것은 모두 기(氣)이다. 그러므로 "형이 이미 생기면 신(神)이 지(知)를 발(發)한다." 하나니, 사람에게 이미 형기가 있으면 이(理)가 그 형기 가운데 갖추어진다. 마음에 있어 인의예지(仁義禮智)의 성(性)과 측은(惻隱), 수오(羞惡), 사양(辭讓), 시비(是非)의 정(情)이 되고, 머리 모양에 있어 직(直)이 되고, 눈 모양에 있어 단(端)이 되고, 입의 모양에 있어 지(止)가 되니, 이러한 등속의 것은 모두 당연한 법칙이라 바꿀 수 없는 것이다. 이것이 바로 이(理)이다.

유강공(劉康公)은 말하기를,

"사람이 천지의 중(中)을 받아 태어났으니 이른바 명(命)이다. 그러므로 동작(動作), 위의(威儀)의 법칙을 두어 명(命)을 정(定)한다."

하였다. 그가 말하는 '천지 중(中)이다'라고 한 것은 곧 이(理)를 말함이요, '위의(威儀)의 법칙이다'라고 한 것은 곧 이(理)가 작용(作用)에 발(發)하는 것을 말한 것이다.

주자 역시 말하기를,

"만일 작용을 가지고 성(性)이라고 한다면 사람이 칼을 잡고 함부로 휘둘러 사람을 죽이는 것도 감히 성이라고 할 수 있겠는가?"

라고 하였다. 또 이(理)는 형이상(形而上)의 것이요, 기(氣)는 형이하(形而下)의 것을 가지고 말하니 가소로울 뿐이다.

학문을 하는 사람은 모름지기 우리 유가의 이른바 '위의(威儀)의 법칙'이라고 하는 것과, 불씨의 이른바 '작용(作用)이 성(性)'이라고 하는 것을 놓고서 안으로는 심신(心身)의 체험(體驗)에 비추어 보고 밖으로 사물의 증험에 비추어 본다면 마땅히 저절로 얻는 바가 있을 것이다.

5. 불교의 심적에 대한 변 佛氏心跡之辨

마음이라는 것은 하나의 몸 가운데 주(主)가 되는 것이요, 적(跡)이라는 것은 마음이 일에 응(應)하고 물(物)에 접(接)하는 위에 발(發)하여 나타난 것이다. 그러므로 "마음이 있으면 반드시 적(跡)이 있다."라고 하였으니 가히 둘로 나눌 수 없는 것이다.

대개 사단(四端)15)과 오전(五典),16) 만사(萬事)와 만물(萬物)의 이(理)는 혼

---

15) 사단 : 인의예지(仁義禮智)의 단서를 뜻함. 『맹자』(孟子) 공손추상(公孫丑上)에 "측은해하는 마음은 인(仁)의 단서요, 수오(羞惡)하는 마음은 의(義)의 단서요, 사양(辭讓)하는 마음은 예(禮)의 단서요, 시비(是非)하는 마음은 지(智)의 단서이다."[惻隱之心 仁之端 羞惡之心 義之端 辭讓之心 禮之端 是非之心 智之端 하였다.

연(渾然)히 이 마음 가운데 갖추어 있는지라, 그 사물이 옴에 있어 변함이 한결같지 않으나 이 마음의 이(理)는 느낌에 따라 응하여 각각 마땅한 바가 있어 어지럽힐 수 없는 것이다. 어린아이가 우물로 기어 들어가는 것을 보면 세상 사람들이 모두 깜짝 놀라 어쩌나 하고 가엾이 여기는 마음이 있기 마련이니, 이는 그 마음에 인(仁)의 성(性)이 있기 때문이다. 그러므로 그 어린아이를 볼 때 밖으로 발하는 것은 바로 측은한 것인데 마음과 적(跡)이 둘이겠는가? 수오(羞惡)이니 사양(辭讓)이니 시비(是非)이니 하는 것도 모두 이와 마찬가지이다.

다음으로 내 몸에 접하는 바에 비추어 보자. 아버지를 보면 효도할 것을 생각하고, 아들을 보면 사랑할 것을 생각하고, 임금을 보면 섬김에 충성을 다하고, 신하를 대함에는 예로써 하고, 벗을 사귐에는 믿음으로 하는 것, 이런 것은 누가 그렇게 시켜서 하는 것일까? 그 마음에 인의예지(仁義禮智)의 성(性)이 있기 때문에 밖으로 발하는 것이 이와 같으니, 이른바 체(體)와 용(用)이 동일한 근원이요, 현(顯)과 미(微)에 사이가 없다고 하는 것이다.

그런데 저들의 학(學)은 그 마음을 취하나 그 적(跡)을 취하지 않고 표방(標榜)하여 말하기를,

"문수(文殊) 보살[大聖]이 술집에서 놀았는데 그 행적은 비록 잘못되었으나 그 마음은 옳다."라고 하는가 하면 그들에게는 이러한 유형이 허다하니 이는 마음과 행적이 판이(判異)한 것이 아닌가?

정자(程子)가 말하기를,

"불씨의 학에는 경(敬)으로 안을 곧게 함[敬以直內]은 있으나, 의(義)로써 밖을 방정케 함[義以方外]은 있지 않다. 그러므로 막히어 고루(固陋)한 자는 고고(枯槁)한 데로 들어가고, 소통(疏通)한 자는 방자(放恣)한 데로 돌아간다. 이것은 불씨의 교리가 좁은 까닭이다."

---

16)오전 : 오전(五典)은 오상(五常)이니 「서경」(書經) 채심전(蔡沈傳)에 "부모와 자식 간에는 친함이 있어야 하고, 임금과 신하는 의리가 있어야 하고, 남편과 아내 사이에는 분별이 있어야 하고, 형과 아우 사이에는 차례가 있어야 하고, 벗과 벗 사이에는 믿음이 있어야 한다."[父子有親 君臣有義 夫婦有別 長幼有序 朋友有信] 하였다.

하였다.

그러나 의로써 밖을 방정케 함이 없으면 그 안을 곧게 한다는 것도 결국은 옳지 않는 것이다. 왕통(王通)이란 사람은 유학자(儒學者)이면서 이렇게 말하였다.

"마음과 적(跡)은 판이하게 다른 것이다."

하였으니, 불씨의 설에 미혹된 무지한 사람이다. 그러므로 여기 아울러 언급해 둔다.

6. 불교가 도와 기에 어두운 것에 관한 변 佛氏昧於道器之辨

도(道)란 이(理)이니 형이상(形而上)이요, 기(氣)란 물(物)이니 형이하(形而下)이다.

대개 도의 근원은 하늘에서 나와 물마다 있지 않음이 없고, 어느 때나 그에 해당되지 않음이 없다. 즉 심신(心身)에는 심신의 도가 있어 가까이는 부자(父子), 군신(君臣), 부부(夫婦), 장유(長幼), 붕우(朋友)로부터 멀리는 천지만물에 이르기까지 각각 그 도가 있지 않음이 없다.

사람이 하늘과 땅 사이에 하루도 그 물을 떠나서 독립할 수 없다. 이러한 까닭에 내가 모든 일을 처리하고 물건을 접촉함에 또한 마땅히 그 각각의 도를 다하여 혹시라도 그르치는 바가 있어서는 아니 되는 것이다. 이것은 우리 유가의 학이 내 마음과 몸으로부터 사람과 물건에 이르기까지, 그 성(性)을 다하여 통하지 않음이 없는 까닭이다.

대개 도와 기가 섞이지 않음을 보고, 도와 기가 둘이라고 생각하여 말하기를,

"무릇 상(相)이 있는 것은 모두 허망한 것이다. 만일 모든 상을 상이 아닌 것으로 본다면 곧 여래(如來)를 볼 것이다."

按 이 한 단(段)은 「반야경」(般若經)에서 나왔으니, "눈앞에는 법이 없으니, 눈에 부딪히는 것은 모두가 그러하다. 오직 이와 같은 것을 안다면 곧 여래를 보는 것이다."라는 말이다.

고 하여 반드시 모든 존재[有]를 파탈(擺脫)하려다가 공적(空寂)에 떨어지

는 한편, 그 도가 기(器)에서 떠나지 않음을 보고 기(器)를 가지고 도라 하여, 이것을 말하기를,

"선과 악이 모두 마음이요, 만법(萬法)이 오직 의식[識]이다. 그러므로 일체에 수순(隨順)하되 하는 일이 모두 자연 그대로 이기도 하고, 그와 반대로 미쳐 날뛰고 하고 싶은 대로 하여 온갖 행동을 못 할 것이 없기도 하다."고 한다.

按) "선한 마음이 생기면 일체에 순수하되 하는 일이 다 자연 그대로에 맞고, 악한 마음이 생기면 미쳐 날뛰고 하고 싶은 대로 하여 못 할 짓이 없으니, 이러한 마음이 지닌 것이 곧 의식행위이다. 그러므로 성과 악은 마음이 아니면 의식이 없고, 의식이 없으면 마음도 없는 것이다. 마음과 의식이 상대되어 선과 악이 생기기도 하고 없어지기도 한다."는 것이다.

이것은 정자(程子)가 이른바 막히어 고루(固陋)한 자는 고고(枯槁)한 데로 들어가고 소통(疏通)한 자는 방자(放恣)한 데로 돌아간다고 하는 것이다. 그러나 그들이 도(道)라고 하는 것은 마음을 가리켜 지칭하는 것이지만, 도리어 형이하(形而下)인 기(器)에 떨어지면서도 스스로 알지 못하는 것이니 애석한 일이기도 하다.

7. 불교가 인륜을 버림에 대한 변 佛氏毀棄人倫之辨

명도(明道) 선생이 이르기를,

"도(道) 밖에 물(物)이 없고 물 밖에 도가 없다. 이것은 하늘과 땅 사이에 어디를 가나 도가 아님이 없다는 것이다. 부자(父子)에 이르러서는 부자의 친(親)한 바에 있고, 군신(君臣)에 이르러서는 군신의 엄(嚴)한 바에 있고, 부부(夫婦)와 장유(長幼) 그리고 붕우(朋友)에 이르러서도 각각 도가 되지 아니하는 바가 없으니 이는 그것이 잠시도 떠날 수 없는 것이기 때문이다. 그런 즉 그들이 인륜을 허물어뜨리고 사대(四大)를[17]

---

17) 사대 : 느낌[受], 생각[想], 지어감[行], 의식[識]으로 오온(五蘊) 중의 네 가지이고, 사람의 몸을 구성하는 네 가지 원소로 지수화풍(地水火風)인데 여기서는 인륜과 자기의 몸이라는 뜻으로 보는 것이 타당할 것으로 생각된다.

按 사대(四大)는 수(受, 느낌)·상(想, 생각)·행(行, 행위)·식(識, 의식)이다.

버린 그것이 그 도(道)에서 분리된 점이 멀다 하겠다.”

하고 또 이르기를,

“말과 행위가 주편(周徧)하지 않음이 없건만 실은 윤리에 벗어나 있다.”
하였으니, 선생의 말씀이 극진하도다.

8. 불교의 자비에 대한 변 佛氏慈悲之辨

하늘과 땅이 물(物)을 생(生)하는 것으로써 마음을 삼았는데 사람은 이 천
지가 물을 생각하는 마음을 얻어 가지고 세상에 태어났다.

그러므로 사람은 모두가 차마 하지 못하는 마음이 있으니 이것이 바로 이
른바 인(仁)이다.

불씨는 비록 오랑캐[夷狄]이지만 역시 사람의 종류임에 틀림없으니 어찌
홀로 이러한 마음이 없겠는가?

우리 유가(儒家)의 이른바 측은(惻隱)은 불씨의 이른바 자비(慈悲)이니 모
두가 인(仁)의 용(用)이다. 그런데 그 말을 내세움은 비록 같으나 그 시행하
는 방법은 서로 크게 다르다.

대개 육친(肉親)은 나와 더불어 기(氣)가 같은 것이요, 사람은 나와 더불어
유(類)가 같은 것이요, 물(物)은 나와 더불어 생(生)이 같은 것이다. 그러므로
어진 마음이 베푸는 바는 육친으로부터 사람과 물에까지 미쳐서 흐르는 물
[水]이 첫째 웅덩이에 가득 찬 뒤에 둘째, 셋째 웅덩이로 흘러가는 것과 같
다. 그 근본이 깊으면 그 미치는 바도 먼 것이다.

온 천하의 물(物)이 모두 나의 인(仁)에 속해 있지 않음이 없다. 그래서 “친
(親)한 이를 친하게 한 후에 백성에게 어질게 하고, 백성에게 어질게 한 후에
만물을 사랑한다.”고 하였다. 이것이 유자(儒者)의 도는 하나이고 실(實)이
며 연속된다는 까닭이다.

불씨는 그렇지 않다. 그는 물(物)에 대하여 표독한 승냥이와 호랑이 같은

것이나, 미세한 모기 같은 것에도 자기 몸을 뜯어 먹혀 가면서도 아깝게 여기려 하지 않는가 하면, 사람에 대하여는 월(越)나라 사람이냐, 진(秦)나라 사람이냐를 가리지 않고 배고픈 자에게 밥을 먹이려 들고, 추위에 떠는 자에게는 옷을 밀어 주어 입히려 드니, 이른바 보시(布施)라는 것이다.

그런데 부자(父子)와 같은 지친(至親)과 군신과 같은 지극히 공경해야 할 대상에게는 반드시 끊어 버리려 드니, 이는 무슨 뜻인가? 어디 그뿐인가 사람이 스스로 불씨는 인륜을 가합(假合)이라 하여, 아들은 그 아버지를 아버지로 여기지 않고, 신하는 그의 임금을 임금으로 여기지 않아서, 은혜(恩惠)와 의리(義理)가 매우 약해지고[剛衰] 각박한지라 자기 지친(至親) 보기를 길 가는 사람같이 보고, 공경(恭敬)해야 할 어른 대하기를 어린아이 대하듯이 하여 그 근본과 원류(源流)를 먼저 잃어버렸다.

그러므로 사람과 만물에 미치는 것이 뿌리 없는 나무나 원류(源流) 없는 물이 쉽게 고갈(枯竭)되는 것과 같아, 끝내 사람을 유익하게 하고 만물을 구제하는 효과가 없다. 그런데 칼을 빼어 뱀[蛇]을 죽이는 것은 애석함이 없다. 이로 보아도 지옥의 설은 참혹하기 그지없으니, 도리어 은혜(恩惠)라곤 적은 사람이 된다. 앞서 이른바 자비(慈悲)란 과연 어디에 있다는 말인가?

게다가 이 마음의 천리(天理)는 끝내 어둡게 할 수 없는 것이다. 그러므로 지극히 혼폐(昏蔽)한 사람일지라도 한 번 부모를 보면 효도를 하고 사랑하는 마음이 유연(油然)히 생겨나는 것인데, 어떻게 돌이켜 구하지 않고 이에 대꾸하기를, "전생의 많은 습기(習氣)를 다 제거하지 못했기 때문에 애착의 뿌리가[愛根] 아직 남았다."라고 하니, 미혹에 집착되어 깨닫지 못함이 이보다 더할 수 없다. 불씨의 교(敎)는 의(義)가 없고 이(理)가 없는 까닭으로 명교(名敎 유교의 별칭)에서 용납하지 않는 것이 바로 이러한 이유이다.

9. 불교의 참과 가에 대한 변 佛氏眞假之辨

불씨의 마음과 성(性)을 진상(眞常)이라 하고 천지 만물은 가합(假合)된 것이라 하였다. 그들의 말에 이르면,

"일체(一切) 중에 중생(衆生)과 갖가지 환화(幻化)가 모두 여래(如來)의 원각묘심(圓覺妙心)에서 나왔으므로, 그것은 허공에 나타나는 꽃[空花]이나, 물에 비친 달[第二月]과 같다."

按) 이글은 「원각경」(圓覺經)에서 나온 말이다. "중생들의 업식(業識)으로서 자기 몸속에 바로 여래의 원각묘심(圓覺妙心)이 있는 것을 모른다. 만일 지혜로써 작용에 비춘다면 법계(法界)의 진실성이 없는 것은 허공에 나타나는 꽃과 같고, 중생들의 허망한 모양은 물에 비친 달과 같은 것이다. 그러므로 묘심(妙心)은 본래의 달이고 물에 비친 달은 달의 그림자인 것이다."라고 되어 있다.

하고 또 말하기를, "공(空)이 대각(大覺) 가운데서 생겨나는 것은 바다에 물거품이 하나 일어나는 것과 같아서, 유루(有漏)와[18] 미진국(微塵國)이[19] 모두 공에 의하여 세워진 것이다." 하였다.

按) 이 글은 「능엄경」(楞嚴經)에서 나왔다. "대각해(大覺海) 가운데는 본래 공(空)도 유(有)도 존재하지 않는 것인데. 미혹(迷惑)의 바람이 고동(鼓動)하면 공의 물거품이 망령되이 발하여 모든 유(有)가 생겨나고 미혹의 바람이 자게 되면 공의 물거품도 없어지기 마련이다. 그러므로 거기에 의지해 생기는 모든 유는 다 유가 될 수 없는 것이다. 공의 대각이 원융(圓融)해야만 다시 원묘(圓妙)로 돌아간다."고 되어 있다.

불씨의 말에 그 폐해가 많으나 그러나 인륜(人倫)을 끊어 버리고도 조금도 기탄(忌憚)함이 없는 것이 이 병의 근원이므로 부득이 고쳐 주지 않을 수 없다.

대개 천지 만물이 있기 전에 필경 태극(太極)이 먼저 있어 천지 만물의 이치가 그 가운데 이미 혼연(渾然)하게 갖추어졌을 것이다. 그래서 "태극이 양의(陽儀)를 생(生)하고, 양의(陽儀)가 사상(四象)을 생(生)한다."라고 하였으니, 천만 가지 변화가 모두 이로부터 나온다. 그것은 마치 물에 근원이 있어

---

18) 유루(有漏) : 욕계(欲界), 색계(色界), 무색계(無色界)의 삼계 가운데, 일체(一切)는 모두 다 번뇌를 함유함으로 유루라 한다. 불교에서 루(漏)는 번뇌를 다르게 표현한 말이고, 유루는 삼계의 번뇌(煩惱)를 말한다.

19) 미진국(微塵國) : 세계미진(世界微塵)을 가리킴. 일체의 인과(因果)가 세계미진에 의하여 성체가 된다는 불교 교리이다.

만 갈래로 흘러 나아가는 것과 같고, 나무에 뿌리가 있어 가지와 잎이 무성해지는 것과 같아서, 이것은 사람의 지혜와 힘으로는 막을 수 없는 것이다.

그러나 이것은 초학자와 더불어 토론하기 참으로 어려운 일이니, 모든 사람이 보고 쉽게 이해할 수 있는 것부터 서술하겠다.

불씨가 죽은 지 이미 수천 년이 지났다. 하늘이 땅 위를 높이 덮은 것이 이처럼 확실하고, 땅이 하늘 밑에 판판히 뻗은 것이 이같이 뚜렷하며, 사람과 만물이 그 사이에 태어남이 이같이 찬란하며, 해와 달, 추위와 더위가 가고 옴이 이같이 정연하다.

이리하여 천체는 지극히 크나 그 주위의 운전(運轉)하는 도수[度]나, 일월성신(日月星辰)이 거꾸로 가거나 바로 가거나, 빨리 가거나 느리게 가는 등, 운행(運行)은 비록 비바람이 불고 어두운 저녁을 당하여도 능히 8척(尺)의 선기(璇璣)와 몇 촌(寸)의 옥형(玉衡)에 벗어날 수 없고, 햇수의 쌓임이 몇 억 년에 이르러도 24절기(節氣)가 고루 나누어지는 것과, 삭허(朔虛), 기영(氣盈) 하는 그 여분(餘分)의 쌓임이 털끝같이 미세한 데 이르러서도 또한 승(乘)과 제(除)의 두 방법을 벗어날 수 없는 것이다.

맹자(孟子)의 이른바, "하늘이의 높음이나 성신(星辰)이 멂이라도 진실로 그 연고를 구한다면 천 년 후의 동지(冬至)도 앉아서 알 수 있다." 한 것이 바로 그것이다. 이것은 또 누가 시켜서 그런 것인가? 반드시 실(實)한 이치가 그렇게 되도록 주장하는 것이라 하겠다.

또 가(假)라는 것은 잠시에 불과한 것으로 천만 년 오래 갈 수 없는 것이며, 환(幻)이라고 하는 것은 한 사람을 속일 수 있어도 천만 사람을 믿게 할 수 없는 것인데, 천지의 상구(常久)함이나 만물의 상생(常生)하는 것을 가(假)라 하거나 환(幻)이라고 하는데 이는 어떻게 된 말인가?

아니 불씨는 궁리(窮理)의 학이 없어 그 설을 구하여도 얻지 못함인가? 아니면 그 마음이 좁아 천지가 크다는 것과 만물이 많음을 그 안에 용납하지 못함인가? 그것도 아니면 지수(持守)의 요약(要約)만을 좋아하고 궁리의 번거로움이나 만변(萬變)에 수응(酬應)하는 수고로움을 싫어함인가?

장자(張子 송나라 학자 장재(張載))가 말하기를, "밝은 것은 속일 수 없다." 하였거늘, 천지일월을 환망(幻妄)이라 하다니, 불씨가 그러한 변통을 받은 것이 유래가 있어서이다. 요컨대 그의 보는 바가 가려져 있으므로 그 말하는 바의 편벽됨이 이와 같은 것이다. 아아! 애석한 일이로다.

내 어찌 말 많이 하기를 좋아하겠는가마는 내가 말을 아니 할 수 없는 까닭이 바로 저들의 마음이 너무 미혹(迷惑)되고 어두운 것이 불쌍하기 때문이요, 우리 도(道)가 쇠폐(衰廢)될까 근심스럽기 때문이다.

10. 불교의 지옥에 대한 변 佛氏地獄之辨

선유(先儒)가 불씨의 지옥설(地獄說)을 변박하여 말하기를,

"세속(世俗)이 중[浮屠]들의 그 속이고 꾀는 말을 믿어, 상사(喪事)가 있으면 모든 사람이 부처에게 공양(供養)하고 중에게 밥을 주면서 말하기를, '죽은 자를 위하여 죄를 없애고 복을 받아 극락에 태어나서 쾌락(快樂)을 누리도록 하는 것인 만큼, 만약 부처에게 공양하지 않고 중에게 밥을 주지 않는 자라면 반드시 지옥에 떨어져 몸이 토막토막 잘리거나, 불에 타거나, 무거운 기구에 찧어지거나, 맷돌 따위에 갈아지는[磨] 등 갖가지 고초(苦楚)를 받는다.'라고 한다. 죽은 자의 형체(形體)는 썩어 없어지고 정신(精神) 또한 흩어져 버리는 것인데, 비록 토막으로 자르고 불에 태우고 찧고 갈아 버리려 해도 손댈 곳이 없다는 것을 전혀 모르기 때문이다. 또 불법이 중국에 들어오기 전에도 사람이 죽었다가 다시 살아난 사람들이 있는데, 어째서 한 사람도 지옥(地獄)에 잘못 들어가 소위 시왕(十王)이란 것을 본 자가 없다는 말인가? 지옥이란 없기도 하거니와 믿을 수 없음이 명백하다."

하였다.

어떤 사람이 말하기를,

"석씨의 지옥설은 모두 낮은 근기[下根] 사람들을 위하여 이렇게 겁나는 지옥설을 만들어 착한 일을 하게 할 뿐이다."

하였다.

정자(程子)는 이에 이르기를,

"지극한 정성이 천지를 관통하여 오히려 사람이 감화되지 못하는데, 어찌 거짓된 가르침에 사람이 감화될 수 있겠느냐?" 하였다.

옛날에 어떤 중이 나에게 묻기를,

"만일 지옥이 없다면 사람이 무엇이 두려워 악한 짓을 안 하겠느냐?" 하였다. 나는 이렇게 답하여 말하기를,

"군자(君子)가 선을 좋아하고 악을 미워함은, 마치 좋은 색을 좋아하고 나쁜 냄새를 싫어함과 같아 모두 마음속에서 우러나오는 것이지 무엇을 위해서 하는 것은 아니다. 한 번이라도 악명(惡名)이 있게 되면 그 마음에 부끄러워하기를 마치 시장에서 종아리를 맞는 듯이 여기나니, 어찌 지옥설 때문에 악한 짓을 하지 않는다고 하겠느냐?"

하였더니, 그 중은 아무 말도 못하였다. 여기에 이 사실을 아울러 써서 그 설에 미혹되는 세상 사람들이 분변할 수 있도록 하고자 한다.

11. 불교의 화복에 대한 변 佛氏禍福之辨

하늘의 도(道)는 선한 사람에게 복을 주고 악한 사람에게 화를 주며, 사람의 도는 선한 사람에게 상을 주고 악한 사람에게 벌을 준다. 대개 사람에게는 마음가짐에 사특함과 바름이 있고, 행동함에 옳고 그름이 있어서 화와 복이 각각 그 유(類)에 따라 응하는 것이다. 그래서 시경에는 "복을 구하되 사(邪)되게 하지 않는다." 하였으며, 공자는 "하늘에 죄를 받으면 빌 곳이 없다." 하였으니, 대개 군자는 화복에 대하여 자기 마음을 바르게 하고 자기 몸을 닦을 뿐이지만, 복은 구태여 구하지 않아도 저절로 이르고, 화는 구태여 피하지 않아도 저절로 멀어지는 것이다. 그래서 말하기를 "군자는 종신토록 할 근심은 있어도 하루아침의 근심은 없다." 하나니, 밖으로부터 화가 닥쳐오더라도 순순히 그것을 받을 뿐이니, 추위나 더위가 앞을 지나가는 것처럼

하여 나 자신은 그것에 관여하지 아니한다.

그러나 저 불씨는 사람의 사정(邪正)이나 시비(是非)는 논하지 않고 이에 말하기를, "우리 부처에게 오는 자는 화를 면하고 복을 얻을 수 있다."고 한다.

이것은 비록 열 가지 큰 죄악을 지은 사람일지라도 부처에게 귀의(歸依)하면 화를 면하게 되고, 아무리 도(道)가 높은 선비일지라도 부처에 귀의하지 않으면 화를 면할 수 없다는 말이다.

가령 그 말이 거짓이 아니라 할지라도 모두 사심(私心)에서 나온 것이요, 공도(公道)가 아니니 징계(懲戒)해야 할 것이다.

하물며 불설(佛說)이 일어난 후 오늘에 이르는 수천 년 동안에 부처 섬기기를 매우 독실하게 한 양무제(梁武帝)나 당 헌종(唐憲宗)과 같은 이도 모두 화를 면하지 못하였으니, 한퇴지(韓退之, 唐宋 八大家의 한 사람, 韓愈의 字)가 이른 바,

"부처 섬기기를 더욱 근실하게 할수록 연대(年代)는 더욱 단축되었다." 한 그 설이 또한 깊고도 간절하고 뚜렷하지 않은가?

12. 불교의 걸식에 대한 변 佛氏乞食之辨

사람에게 있어서 먹는다는 것은 큰일이다. 하루도 먹지 않을 수 없는가 하면, 그렇다고 해서 하루도 구차하게 먹을 수 없는 것이다. 먹지 않으면 목숨을 해칠 것이요, 구차스럽게 먹으면 의리를 해칠 것이다. 그러므로 홍범(洪範)의[20] 팔정(八正)에[21] 식(食)과 화(貨)를 앞에 두었고,

백성에게 오교(五教 오상(五常)의 교(教)를 말한다. 즉 부자, 군신, 부부, 장유, 붕우의 가르

---

20) 홍범 : 홍은 크다는 뜻이고, 범은 법(法)이라는 뜻으로 세상의 큰 규범을 말한다.
21) 팔정 : 나라를 다스리는 데 필요한 8가지 정사(政事). 즉 식(食, 의식주), 화(貨, 경제유통), 사(祀, 제사), 사공(司空, 농지 개간), 사도(司徒, 교육), 사구(司寇, 치안), 빈(賓, 외교), 사(師, 국방)를 말한다. 「서경」(書經) 홍범(洪範)에 [八政 一曰食 二曰貨 三曰祀 四曰司空 五曰司徒 六曰司寇 七曰賓 八曰師]이라 하였다.

침이다.)를 중하게 하되, 식을 처음에 두었으며, 자공(自貢)이 정사[正]에 관하여 물으니, 공자는, "먹을 것부터 족(足)하게 하라." 하였다.

이는 옛 성인들도 백성이 살아가기 위해서는 하루도 먹지 않을 수 없음을 잘 알았던 까닭이다. 그러므로 모두 이에 급급하여 농사를 장려하는가 하면 공물(貢物)과 세금을 내는 제도를 두어 군사와 국가의 용도에 충당하게 하고, 제사와 손님 접대에 공급하게 하고, 홀아비나 과부, 자식이 없는 노인이나 고아를 먹여 살리게 함으로써 곤핍(困乏)과 기아(飢餓)의 탄식을 없게 하였으니 이것을 볼 때 성인이 백성을 염려하심이 원대하였던 것이다.

위로 천자와 공경대부는 백성을 다스림으로써 먹고, 아래로 농부(農夫), 공장(工匠), 상인(商人)들은 힘써 일함으로써 먹고, 그 중간인 선비는 집안에서 효도하고 집 밖에서 공경하여 선왕의 도를 지켜 후학(後學)을 가르침으로써 먹었으니, 이는 옛 성현들이 하루도 구차스럽게 먹고 살 수 없음을 알았기 때문이며, 위로부터 아래에 이르기까지 각각 그 직분(職分)이 있어 하늘의 양육을 받았으니, 백성의 범죄를 방지함이 지극하였기 때문이다. 이 반열(班列)에 속하지 않는 자는 간사한 백성이라 하여 왕법으로 반드시 죽이고 용서하지 않는 것이다. 그런데 「금강경」(金剛經)에 이르기를, "어느 때 세존(世尊)이 식사 때가 되어서 가사를 입고 발우[鉢]를 가지고 사위성(舍衛城 파사국(波斯國, 페르시아)에 들어가 그 성 가운데에서 걸식(乞食)을 하였다." 하니, 대저 석가모니(釋迦牟尼)라는 사람은 남녀가 같은 방에 사는 것을 옳지 않다고 하며, 인륜의 밖으로 나가서 농사일을 버리고 생생(生生)의 근본을 끊어 버리고, 그런 도로써 천하를 바꾸려 하나, 참으로 그의 도와 같이 된다면 천하에는 사람이 없어질 것이니, 과연 빌어먹을 사람인들 있겠는가? 또 천하의 음식이 없어질 것인데, 빌어먹을 음식인들 있겠는가?

석가모니라는 사람은 서역(西域) 왕의 아들로, 그의 아버지의 위(位)를 옳지 않다고 하여 받지 않았으니, 백성을 다스리는 자는 아니며, 남자가 밭을 가는 것이나 여자가 베를 짜는 것을 옳지 않다고 하여 버렸으니, 힘써 일한 것이 뭐가 있는가? 부자(父子)도 없고, 군신(君臣)도 부부(夫婦)도 없으니, 또한 선왕의 도를 지키는 자도 아니다.

이런 사람은 하루에 쌀 한 톨을 먹을지라도 모두 구차하게 먹는 것이니, 진실로 그 도(道)와 같이 하려면 지렁이[蚯蚓]처럼 아예 먹지 않아야 가능할 것이니, 어찌 빌어서 먹는단 말인가? 더구나 자기 힘으로 벌어먹는 것을 옳지 않다고 하니 그렇다면 빌어먹는 것이 옳단 말인가?

불씨의 그 의(義)도 없고 이(理)도 없는 말들이 책만 펴면 이내 보이기 때문에 여기에 논하여 변박하는 것이다.

불씨가 그 최초에는 걸식(乞食)하면서 먹고살 뿐이어서 군자(君子)는 이것을 의(義)로써 책망하여 조금도 용납함이 없었는데도 불구하고, 오늘날에는 저들이 화려한 전당(殿堂)과 큰집에 사치스런 옷과 좋은 음식으로 편안히 앉아서 향락하기를 왕자를 받듦과 같이 하고, 넓은 전원(田園)과 많은 노복을 두어 문서가 구름처럼 많아 공문서를 능가하고, 분주하게 공급하기는 공무보다도 엄하게 하니, 그의 도에 이른바 번뇌를 끊고 세간에서 떠나 청정(淸淨)하고 욕심 없이 한다는 것은 도대체 어디에 있다는 말인가?

가만히 앉아서 옷과 음식을 소비할 뿐만 아니라, 좋은 불사(佛事)라고 거짓 칭탁(稱託)하여 갖가지 공양에 음식이 낭자(狼藉)하고 비단을 찢어 불전(佛殿)을 장엄하게 꾸미니, 대개 집의 재산을 하루아침에 온통 소비한다.

아아! 의리를 저버려 이미 인륜의 해충(害蟲)이 되었고, 하늘이 내어 주신 물건을 함부로 쓰고 아까운 줄 모르니 이는 실로 천지에 큰 좀 벌레로다.

장자(張子)가 말하기를, "위로는 예로써 그 거짓을 막을 만한 이가 없고, 아래로는 학으로써 그 가림[蔽]을 열어 줄 만한 이가 없으니, 혼자라도 두려워하지 않고 정일(精一)하여 스스로를 믿고 남보다 뛰어난 재주 있는 이가 아니고서야 어찌 그 사이에 바로 서서 그와 더불어 옳고 그름을 비교하고 득실을 가늠할 수 있으랴?" 하였으니, 아아! 선생께서 깊이 탄식한 것이 어찌 우연이리요.

13. 불교의 선과 교에 대한 변 佛氏禪・敎之辨

불씨의 설이 그 최초에는 인연(因緣)과 과보(果報)를 논(論)하여 어리석은 백성을 속이고 꾀는 데 불과한지라, 비록 허무(虛無)를 종(宗)으로 삼아 인사(人事)를 저버렸지만 그래도 선을 행하면 복을 얻고 악을 행하면 화를 얻는다는 설에 있어서 사람들로 하여금 악을 징계하고 선을 권장하며, 몸가짐을 계율에 맞춤으로써 방사(放肆)해지지 않게 하였다. 그러므로 인륜은 비록 저버렸을지라도 의리를 모두 상실하지는 않았다.

그런데 달마(達磨)가 중국에 들어와서 그 설이 얕고 비루(鄙陋)하여 고명(高明)한 선비들은 현혹시킬 수 없음을 스스로 깨닫고 이에 말하기를, "문자에도 의존하지 않고 언어의 길도 끊었다." 하고는, 바로 사람의 마음을 가리켜 자기 본성만 깨달으면 부처가 될 수 있다는 것을 외쳤다. 그 말이 한 번 나와 첩경(捷徑)이 문득 열림으로써 그들의 무리가 돌아가며 논술하였으니, 어떤 사람이 말하기를, "선(善)도 또한 이 마음이니 마음을 가지고 닦을 수 없으며, 악도 또한 이 마음이니 마음을 가지고 마음을 끊을 수 없다." 하였다. 이로써 선을 권장하고 악을 징계하는 도를 끊었다.

또 어떤 사람이 말하기를, "음란함[淫], 노여움[怒]과 어리석고 미친[癡] 것은 모두 범행(梵行 淫欲을 끊는 깨끗한 修行)이다." 하였다.

이는 계율(戒律)에 맞추어 몸가짐에 대한 도를 잃어버렸거늘, 그럼에도 불구하고 스스로 세속의 일정한 형(型)에서 벗어나 속박을 풀어 버린다 하여 오만하게 예법 밖으로 나가 제멋대로 방사하기를 미친 것처럼 급급하여 사람의 도리라고는 조금도 없는 것이다. 이른바 의리라는 것도 이에 이르러 모두 상실할 것이다.

주 문공(朱文公 주희(朱熹)은 이를 근심하여 다음과 같은 시를 읊었다.

서방세계는 연과 업을 논하여	西方緣論業 서방연논업
비루하게 뭇 어리석은 자들을 꾀는구나	卑卑喩群愚 비비유군우
흘러 전한 그 세대가 오래됨에는	流傳世代久 유전세대구

사다리의 대임이 허공을 능가하도다.　　　梯接凌空虛 제접능공허

이것저것 보고 모두 보며 심성을 가리켜　顧盼指心性 현혜지심성

유무를 초월했다 이름 지어 말하네.　　　名言超有無 명언초유무

自註) 본설에는 대략 세 가지 순서가 있다. 처음에는 재계(齋戒)가 있고 그 다음이 의학(義學)이 있
　　고, 마지막으로 선학(禪學)이다. 연(緣)에는 12가지가 있는데, 촉(觸), 애(愛), 수(受), 취(取), 유
　　(有), 생(生), 노(老), 사(死), 우(憂), 비(悲), 고(苦), 뇌(惱)이다. 업(業)에는 3가지가 있는데 신(身),
　　구(口), 의(意)이다. 심과 성을 가리킨다는 것은 내 마음이 곧 불심이므로 나의 성(性)을 깨달아
　　부처를 이룬다는 것을 말한다. 유무를 초월했다는 것은 유를 말하면 "색(色)은 곧 공(空)이다."
　　하고 무를 말하면 "공은 곧 색이다."라는 것을 이른 말이다.

빠른 길이 한 번 열리자　　　　　　　　捷徑一以開 첩경일이개

바람에 휩쓸리듯 온 세상이 쏠리는데　　靡然世淨趨 미연세정추

공만을 부르짖고 실은 밟지 않고　　　　號空不踐實 호공불천실

저 가시덤불 길에 갈팡질팡하는구나　　蹢彼榛棘塗 지피진극도

그 누가 삼성을22) 계승하여　　　　　　誰哉繼三聖 수재계삼성

우리들을 위해 그 글을 불사를 건가　　爲我梵其書 위아범기서

　　주 문공(朱文公)께서 이처럼 깊이 근심하신지라 나 또한 이를 위하여 서
글퍼 재삼 탄식하는 바이다.

14. 유교와 불교가 같은 점 다른 점에 대한 변 儒·釋同異之辨

　　선유(先儒)가 이르기를, "유가(儒家)와 석씨(釋氏)의 도는 문자(文字)의 구
절구절은 같으나 일[事]의 내용은 다르다." 하였다.

　　이제 또 이로써 널리 미루어 보면 우리[儒家]가 허(虛)라 하고, 저들[佛家]
역시 허(虛)라 하고, 우리가 적(寂)이라 하고 저들도 적(寂)이라고 한다. 그러
나 우리가 허라는 것은 허하되 있는 것이요, 저들이 허라는 것은 허하여 없
는 것이며, 우리가 적이라고 하는 것은 고요하되 느끼는 것이요, 저들이 적
이라고 하는 것은 고요하여 그것으로 끝나는 것이다.

　　우리는 지식을 쌓음[知]과 실천함[行]을 말하고, 저들은 깨달음[悟]과 수

---

22) 삼성(三聖) : 세 분 성인은 우(禹), 주공(周公), 공자(孔子)를 말한다.

양함[修]을 말한다. 우리의 지(知)는 만물의 이치가 내 마음에 갖추어 있음을 아는 것이요, 저들의 오(悟)는 이 마음이 본래 텅 비어 아무것도 없음을 깨닫는 것이며, 우리의 행(行)은 만물의 이치를 따라 행하여 잘못되거나 빠뜨림이 없는 것이요, 저들의 수(修)란 만물을 끊어 버려 자신의 마음에 누(累)가 되지 않게 하는 것이다. 우리는 마음속에 모든 이치가 갖추어져 있다 하고 저들은 마음이 만법을 낳는다고 한다. 이른바 모든 이치가 갖추어져 있다는 것은 마음 가운데 원래 이 이(理)가 있어 바야흐로 이(理)가 정(靜)할 때는 지극히 고요하여 이 이치의 체(體 본체)가 갖추어지고, 이(理)가 동(動)하면 느끼고 통하여 이 이치의 용(用 작용)을 행한다. 그러므로 말하기를, "고요하여 움직이지 않아도 감(感)하여 천하의 모든 연고[故]를 드디어 통한다."는 것이다.

그러나 이른바 만법을 낳는다는 것은 마음 가운데 본래 이 법이 없는 것인데 외계(外界)를 접한 후에 법이 생긴다. 그러므로 바야흐로 법이 정(靜)할 때는 이 마음이 머물러 있는 곳이 없고, 법이 동(動)하면 만나는 바의 경계(境界)에 따라 생긴다는 것이다.

그가 말하기를, "주착(住著)하는 바가 없음에 응하여 그 마음이 생긴다."

按)「반야경」(般若經)에 보면 주착하는 바가 없음에 응한다는 것은 안팎이 전연 없으므로 가운데가 허하여 물(物)이 없고, 선악과 시비를 가슴 가운데 두지 않아서 그 마음에 생기는 것은 주착함이 없는 마음으로 밖에 응하여 물(物)에 누(累)가 되지 않는다는 것이다. 사씨(謝氏)가 「논어」의 '무적무막(無敵無莫)'이란 글을 해석할 때 이 말을 인용하였다.

하였고, 또 말하기를, "마음이 일어나면 일체(一切)의 법이 생기고 마음이 사라지면 일체의 법도 사라진다."는 것이 이것이다.

按) 기신론(起信論)에서 인용(引用)하였다.

우리는 이(理)가 진시로 있다고 하는데 저들은 법이 인연을 따라 일어난다고 한다. 어째서 말은 같은데 일은 이렇게 다른가?

우리는 "내가 있어서 만 가지 변화를 수작(酬作)한다."고 하는데, 저들은 "나를 떠나서 일체에 수순(隨順)한다."라고 한다. 여기서 그 말이 동일한 것 같으나, 이른바 '만 가지 변화를 수작한다.'는 것은 그 어떤 사물이 올 때 마음이 그것에 응하여 각각 그 마땅한 법칙에 따라 알맞게 처하여, 그 마땅함을 잃지 않게 하는 것이다. 만일 여기에 아들 된 사람이 있으면 반드시 효자가 되게 하고 적자(賊子)가 되지 못하게 하며, 여기에 신하된 사람이 있으면 충신이 되게 하여 난신(亂臣)이 되지 못하게 하며, 물에 있어서도 소는 밭을 갈고 사람을 떠받지 못하게 하며, 호랑이는 함정을 만들어 사람을 물지 못하게 하나니, 대개 그 각각의 진실을 가지고 있는 이치에 인(因)하여 처하게 하는 것이다.

만일 석씨의 이른바 '일체에 수순(隨順한다'는 것은 무릇 남의 아들 된 사람의 경우에 효자 된 사람은 스스로 효자가 되고, 적자 되는 사람은 스스로 적자가 되며, 남의 신하 된 사람의 경우 충성하는 사람은 스스로 충신이 되고, 난(亂)하는 사람은 난신(亂臣)이 되며, 소나 말이 밭 갈고 물건을 싣고 하는 것이 스스로 갈고 싣고 하며, 사람을 떠받고 물고하는 것도 스스로 떠받고 물고하여, 스스로 하는 대로 들어줄 뿐이요, 내 마음을 그 사이에 씀은 없다.

불씨의 학이 이와 같은지라 저들 스스로가 물(物)을 부리기는 하되 물에게 부림이 되지는 않는다. 하지만 만일 돈 한 푼을 주어도 곧 그것을 어찌할 줄 모른다면 그 일이 이상하지 않는가?

그런즉 하늘이 이 사람을 내어 만물의 영장이 되게 하고, 재성(財成), 보상(輔相)의 직책을 준 이유가 과연 어디 있겠는가?

그 설이 반복되어 두서(頭緒)가 비록 많으나, 요컨대 우리는 마음과 이치가 하나라고 본 것이요, 저들은 마음과 이치가 둘이라고 본 것이며, 저들은 마음이 공(空)함으로써 이치도 없다고 보았고, 우리는 마음이 비록 공(空)하나 만물의 이치를 갖추고 있다고 본 것이다.

그러므로 말하자면 우리 유가는 하나이고 석씨는 둘이며, 우리 유가는 연속이고 석씨는 간단(間斷)인 것이다.

그러나 마음은 마찬가지이니 어찌 우리와 저들이 같고 다름이 있겠는가?

다만 사람을 보는 것이 옳게 보았느냐 잘못 보았느냐에 있을 뿐이다.

석씨는 그 마음을 체험한 경지에 대하여 다음과 같이 말하였다.

네 원소로 된 몸[四大身] 가운데

어느 것을 주(主)라 하고   四大身中誰是主 사대신중수시주

여섯 감관의 번뇌[六根塵] 속에

무엇을 정(精)이라 할까.   六根塵裏孰爲精 육근진이숙위정

按) 대(大)는 그 이상 더 큰 것이 없다는 뜻으로 번역하여 원소라고 했다. 지(地, 뼈), 수(水, 피·고름), 화(火, 온기), 풍(風, 호흡)이 사대(四大)가 화합하여 하나의 몸이 되었으나 그 네 가지 원소를 따로 떼어 내면 본래 주(主)가 없는 것이고, 눈에 대한 빛깔과 귀에 대한 소리와 코에 대한 냄새와 입에 대한 맛과 피부에 대한 감촉이 여섯 가지(六根)의 번뇌인데, 그것이 서로 대경(對境)되어 생기지만, 그 육근을 따로 떼어 내면 본래 정(精)이 없으므로 마치 거울에 비치는 형상이 있다고 하지만 없는 것과 같은 것이다.

캄캄한 어두운 땅에서 눈을 떠 보라   黑漫漫地開眸看 흑만만지개모간

온종일 소리는 들려도 형체는 볼 수 없다네   終日聞聲不見形 종일문성불견형

按) 지혜로써 용(用)에 비추면 비록 캄캄하고 어두운 땅에서 눈을 뜬다 해도 그 캄캄함 속에 광명이 있어, 마치 거울이 비치는 것같이 어두움 속에 광명이 있는 것과 같은 현상이다.

우리 유가(儒家)에서는 마음이 체험한 경지를 다음과 같이 말하였다.

있다고 한들 어찌 자취가 있으며   謂有靈有跡 위유영유적

없다고 하면 다시 어찌 있으랴.   謂無復何存 위무복하존

오직 사물에 응하여 수작할 즈음   惟應酬酢際 유응수초제

다만 통달하여 본근을 볼 뿐이다.   特達見本根 특달견본근

按) 이 시는 주자가 쓴 것이다.

또 도심(道心)이란 본래 형체가 없거늘 소리가 있겠는가? 역시 이 이치를 마음에 간직하여 수작의 본근을 삼아야 할 것이다. 학문하는 자가 일상생활 속에서 이 마음이 발현되는 곳으로 나아가 실제로 체험하고 궁구(窮究)해 본다면, 그들과 우리의 같은 점과 다른 점, 옳게 본 것과 잘못 본 것을 스스로 알 수 있을 것이다.

주자의 설로써 거듭 말하면, 마음이 비록 한 몸의 주(主)가 되지만 그 체(體)가 허령(虛靈)함은 족히 천하의 이치를 주관할 수 있고, 이치가 비록 만물에 흩어져 있지만 그 용(用)이 미묘(微妙)함은 실로 사람의 한 마음을 벗어

나지 않았으니, 처음부터 어느 것이 안이고 어느 것이 밖이며, 어느 것이 정 (精)하고 조(粗)함임을 논(論)하지 못할 것이다. 그러나 혹 이 마음이 신령스러움을 알지 못하여 이것을 간직함이 없다면 어둡고 뒤섞여 모든 이치의 묘함을 궁구하지 못할 것이요, 모든 이치의 묘함을 알지 못하여 궁구함이 없으면, 막혀서 이 마음의 온전함을 다하지 못할 것이다. 이것은 그 이론이나 사세로 보아 서로 그렇게 되기 마련이다.

이 때문에 성인이 가르침을 베풀되 사람들에게 이 마음의 신령스러움을 제 스스로 알아 단정(端正)하며 엄숙(嚴肅)하고 정일(精一)한 가운데 이 마음을 간직하여 이 이치를 구구하는 근본으로 삼게 하며, 사람들에게 모든 이치에 묘함이 있다는 것을 알게 하여, 배우고 묻고 생각하고 분변하는 그 즈음에 궁구하여 마음을 극진히 하는 공을 이루되, 크고 작음을 서로 흐뭇하게 하고 동(動)하거나 정(靜)함을 함께 길러 갈 뿐, 처음부터 그 어느 것이 안이고 밖인지, 어느 것이 정(精)하고 조(粗)함임을 택하지 않게 하는 것이다. 참으로 오랫동안 힘을 쌓아 활연(豁然)히 관통하는 경지에 도달하면 역시 혼연히 하나가 되는 원리를 터득하여 과연 안과 밖, 정(精)과 조(粗)함이 없음을 말할 수 있을 것이다.

그런데 지금은 꼭 이러한 것을 천근(淺近)하고 지리(支離)하게 여겨 형체를 숨기고 그림자를 감추려 하면서 별도로 일종의 궁벽하거나 황홀하고, 까다롭고 앞뒤가 막힌 논리를 만들어 열심히 배우는 자로 하여금 막연히 그 마음을 문자와 언어 밖에 두게 하여 다음과 같이 말하였다. "도(道)는 반드시 이같이 한 후에 얻을 수 있다."

이것은 근세에 불씨의 학이 피음둔사(詖淫遁邪)가 더욱 심한 것인데, 이것을 옮겨 와서 옛사람의 명덕(明德)과 신민(新民)의[23] 참된 학문(學文)을 어지럽히고자 하니, 그 또한 잘못이다. 주자의 말이 이 모든 것을 되풀이하고

---

23) 명덕(明德)과 신민(新民) : 타고난 본성을 밝히고 백성들로 하여금 그 덕을 날로 새롭게 한다는 뜻이다. 「대학」(大學) 제1장에 "대학의 도는 명덕을 밝힘에 있고, 백성을 새롭게 함에 있으며 선(善)에 이르도록 하는 데 있다."[大學之道 在明明德 在新民 止於至善] 하였다.

변론하여 친절하게 밝혔으므로 배우는 자는 이에 잠심(潛心)하여 스스로 얻어야 할 것이다.

15. 불교는 중국에서 들어왔다. 佛法入中國

按) 여기서부터 "부처 섬기기를 극진히 할수록 연대는 단촉(短促)되었다."[事佛甚謹年代尤促]까지는 진씨(眞氏, 德秀)의 「대학연의」(大學衍義) 설을 인용하였다.

한(漢)나라 명제(明帝)는 인도[西域]에 신(神)이 있어 그 이름이 불(佛)이라는 말을 듣고 사신(使臣)을 천축(天竺)에 보내서 그 글과 중[沙門]을 얻어 들여왔는데, 그 글은 대개 허무(虛無)를 으뜸으로 삼고, 자비(慈悲)와 살생(殺生)하지 않는 것을 귀하게 여겨 다음과 같이 말하였다.

"사람은 죽어도 정신은 멸하지 않아 다시 형체(形體)를 받아 태어나는데, 살아 있을 때 선(善)을 행하고 악(惡)을 행한 정도에 따라 보응이 있다."

그러므로 수련(修鍊)하여 부처가 되는 것을 목적으로 굉원광활[宏闊]하고 수승방대[勝大]한 말을 잘하여 어리석은 백성을 유혹하였는데, 그 도(道)에 정통(精通)한 사람을 사문(沙門)이라고 불렀다. 이때부터 중국에 그 법이 전해지게 되어 그 형상(形象)을 그림으로 그렸다. 그런데 왕공(王公) 귀인(貴人)으로서 유독 초왕(楚王) 영(英)이 가장 먼저 좋아하였다.

진서산(眞西山 眞德秀의 號)은 다음과 같이 말하였다.

"신이 상고하건대 이것은 불법이 중국에 들어온 시초입니다. 이때 얻어 온 것은 불경(佛經) 42장(章)인데 난대(蘭臺) 석실(石室)에 보관하였을 뿐이었고, 얻어 온 불상은 청량대(淸凉臺)와 현절능(顯節陵)에 그림으로 그렸을 뿐이었습니다.

초왕 영(英)이 비록 불교를 좋아하였으나 재계[齋]를 정결하게 하여 제사를 지내는 데 불과하였을 뿐이었습니다. 그런데 영은 이내 죄에 걸려 목이 잘려 죽었고, 복리의 보답을 받았다는 말을 듣지 못하였습니다.

그 뒤 한(漢)나라 영제(靈帝)가 처음으로 궁중의 사당(祠堂)에 세웠고, 위진(魏晉) 이후로 그 법이 점점 성하여 오호(五胡)의 임금으로서 이를테면 석늑(石勒)24)이 불도징(佛圖澄)에게, 부견(符堅)25)이 도안(道安)에게, 요흥(姚興)26)이 구마라십(鳩摩羅什)에게 이따금 스승의 예(禮)로서 받들었으며, 원위(元魏)의 효문제(孝文帝)는 현명한 임금이라 칭하지만, 역시 절에 가서 재(齋)를 올리고 설법을 들었으니, 이때부터 소량(蕭梁)에 이르기까지 그 성(盛)함이 극에 달하였다. 그러나 근원은 영평(永平 後漢 明帝의 年號) 연간으로부터 시작되었으니, 명제(明帝)를 책(責)하지 않고 누구를 책하겠습니까?"

16. 불교를 신봉하여 화를 얻었다. 事佛得禍

양무제(梁武帝)는 중대통(中大通 양무제의 연호) 원년(529) 9월 동태사(同泰寺)에 나가 사부(四部)의 대중을 모아 무차대회(無遮大會)27)를 열고 어복(御服)을 벗고 법의를 걸친 후 청정대사(淸淨大捨 몸을 바쳐 희사함)를 행하니, 모든 신하들이 돈 1억만(一億萬)을 가지고 삼보(三寶 佛·法·僧) 앞에 빌고 황제의 몸을 굽혀 속죄하였는데, 중들은 그대로 절을 받으면서 말 한마디 없었고, 임금은 궁궐로 돌아왔다. 무제가 천감(天監 양무제의 연호) 연간으로부터 석씨의 법을 써서 오래도록 재계하여 고기를 먹지 않고 하루에 한 끼를 먹고 나물국에 거친 밥뿐이요, 탑을 많이 쌓아 공사(公私) 간에 비용을 많이 소비하였다.

이때에 왕후(王侯)와 그의 자제들이 교만하고 음란하여 법을 지키지 않는 자들이 많았으나, 임금은 늙어서 권태를 느끼고 또 부처의 계율에만 오로지

---

24)석늑(石勒): 불도징은 인도의 고승이다. 일찍이 석늑의 정벌을 따라가 미언(微言)이 매사에 적중하여 석늑이 깊이 공경하고 귀하게 여겨서 대화상(大和尙)이라 하였다. ≪晉書≫

25)부견(符堅): 도안은 진나라 승려로 영강(寧康) 초에 석늑의 난을 피하여 양양(襄陽)에 이르러 단계사(檀溪寺)를 세웠다. 태원(太元) 연간에 부견이 양양을 취하여 도안을 얻고 기뻐하여 "내가 10만의 군사로 양양을 취해 한 사람 반을 얻었다. 안공(安公, 도안)이 한 사람이고, 습착치(習鑿齒)가 그 반이다."라고 말하였다. ≪梁高僧傳≫

26)요흥(姚興): 구마라습은 인도의 고승이다. 후진(後秦) 때 처음으로 관중(關中)에 들어갔는데 요흥이 국사(國師)의 예로 대우하였다. ≪晉書≫

27)무차대회: 공개된 대법회(法會)로서 성현(聖賢), 도속(道俗), 상하(上下)의 구분 없이 일률적으로 참예함. 범어(梵語)로 반도우슬(般闍于瑟)을 의역(意譯)하여 무차회(無遮會)라 한다.

심취하고, 매양 중죄를 처단할 때는 종일토록 괴로워하고, 혹은 반역을 꾀하는 일이 발각되어도 역시 울면서 용서해 주었다. 이로 말미암아 왕후들은 더욱 횡포(橫暴)하여 혹은 대낮에도 도시의 거리에서 살인을 저지르고, 혹은 어두운 밤에 공공연히 약탈을 자행하기도 하며 죄가 있어 망명하기 위해 공주(公主)의 집에 숨어 있으면 관리들이 수사하여 체포하지 못하였으니, 임금은 그 폐단을 잘 알면서도 자애(慈愛)에 빠져 금하지를 못하였다.

중대동(中大同 양무제의 연호) 원년(546) 3월 庚戌에 임금이 동태사(同泰寺)에 나아가 절에 머물면서 「삼혜경」(三慧經)을 강(講)하기 시작하여 4월 병술(丙戌)에 강을 마쳤다. 그런데 이날 밤에 동태사의 탑(塔)이 화재를 당하자 임금이 다음과 같이 말하였다. "이것은 마귀 때문이니 마땅히 불사를 크게 하리라." 그리고 조서를 내려 다음과 같이 훈시하였다. "도(道)가 높을수록 마귀가 성(盛)하고 선(善)을 행함에는 장애가 생기므로, 마땅히 토목공사를 전날의 배로 증가시키라." 드디어 12층 탑을 기공(起工)하여 완성될 무렵 후경(侯景)의 난이[28] 일어나 중지되었다.

대성(臺城 양나라 수도)이 함락되어 임금을 동태사에 감금하였는데, 임금이 목이 말라 그 절의 중에게 꿀물을 요구하였으나 얻지 못하고 마침내 굶어 죽었다.

진서산(眞西山)이 다음과 같이 말하였다.

"위진(魏晉) 이후의 임금 가운데 부처 섬기기를 양무제(梁武帝)만큼 성대하게 한 사람은 없었다. 대저 만승(萬乘)의 존귀(尊貴)함으로써 스스로 그 몸을 바쳐 부처의 시역(廝役) 노릇을 하였으니, 그 비열하고 아첨함이 극심하다 할 것이다. 채소와 면식(麵食)으로 종묘의 제사 지내는 생뢰(牲牢)와 바꾸었다. 그것은 아마도 명도(冥道)에 누 됨이 있을까 두려워함이요, 직관(織官)이 비단에 무늬를 놓는데, 사람이나 금수(禽獸)의 형상을 놓는 것까지 금지

---

28)후경(侯景)의 난 : 후경은 남북조 때 삭방(朔方) 사람으로 반란을 일으켜 건강(建康)을 포위하고 대성(臺城)을 함락하고 무제를 핍박하여 굶겨 죽였다. 간문제(簡文帝)를 세웠다가 다시 죽이고 자립(自立)하여 한제(漢帝)라 칭하였으나, 오래가지 못하였다. ≪梁書≫

하였으니, 그것은 가위로 재단할 때 인(仁), 서(恕)에 어그러짐이 있을까 두려워함이며, 신하가 반역을 도모하여도 용서하여 죽이지 않고 백주에 도적질을 자행하여도 차마 막지 못하였으니, 이 모두가 부처의 계율을 미루어 넓히려고 하였기 때문이라고 하겠다.

대개 논(論)하건대 신선을 구할 수 있는 것이라면 한나라 무제가 얻었을 것이요, 부처를 구할 수 있는 것이라면 양나라 무제가 얻었을 것인데, 두 임금이 얻지 못하였음을 볼 때 그 구해서 얻을 수 없는 것이 명백한 사실임을 알 수 있다.

혹 구하여 얻는다 하더라도 오랑캐의 허황한 교(敎)로는 중국을 다스릴 수 없는 것이고, 산림에 도피해 사는 행동으로는 국가를 다스릴 수 없는 것이거늘 하물며 구할 수 없는 것이랴!

한 무제는 신선을 탐하다가 마침내 국고(國庫)가 텅 비도록 소모하는 화(禍)를 입었고, 양무제는 부처에게 아첨하다가 마침내 위망(危亡)의 액(厄)을 초래하였다. 즉 탐하고 아첨하여도 이로움이 없는 것이 또한 명백한 사실이다.

또 그 몸을 버려 가면서 부처를 섬기는 것은 어찌 진세(塵世)의 시끄러움이 싫어 공적(空寂)함을 즐기는 것이 아니겠는가? 그들이 과연 저 가유(迦維가비라위(迦毗羅衛) 석가가 태어난 곳)의 맏아들[嫡嗣]처럼 임금 자리를 헌신짝같이 보고 옷을 걷어붙이고 갈 수 있었다면 거의 참으로 부처를 배우는 사람이라 하겠지만, 특히 양무제는 이미 찬탈(簒奪)하고 시역(弑逆)하여 남의 나라를 빼앗았고, 또 공벌(攻伐)로써 남의 땅을 침범하였으며, 급기야 늘그막에 그의 태자(太子) 소통(蕭統) 같은 자효(慈孝)한 아들을 끝내 의심하고 못마땅하게 여겨 죽을 때까지 탐심에 연연하기가 이러하였으니, 또 어찌 참으로 그 몸을 버릴 수 있는 사람이라 하겠는가? 옷을 바꿔 입고 수도에 들어가는 것은 이미 부도(浮屠)가 복을 맞이할 수 있다 하겠으나, 돈을 바쳐 속죄하고 돌아와서 천자(天子)의 귀함을 잃지 않았으니, 이것이야말로 부처에게 아첨한다기보다 사실은 부처를 속이는 것이라 하겠다.

또 그 비단의 무늬는 실물이 아닌 데도 오히려 차마 해치지 못하면서, 저 어리석은 백성의 목숨을 어찌 조수(鳥獸)에 비교할 수 있을 것인가?

그런데도 해마다 정벌하여 죽인 사람의 수가 헤아릴 수 없이 많고, 산을 만들고 둑을 쌓아 적의 지경(地境)으로 물을 흘려보내 수만 명의 적군을 물고기 밥으로 만들면서 조금도 불쌍히 여기지 않았으니, 이것은 비록 조그마한 인(仁)의 이름은 있으나, 실은 크게 불인(不仁)한 것이다. 또 나라가 존립할 수 있는 것은 오직 강(綱)과 상(常)인데, 무제(武帝)는 여러 아들에게 변방을 다 맡기면서 예의(禮義)를 가르침이 없었으므로, 정덕(正德)은 효경(梟獍29)의 자질로 처음에는 아비를 버리고 적국으로 달아났다가 마침내 적병을 이끌고 들어와 국가를 전복시켰으며, 윤(綸 무제의 여섯째 아들)이나 역(繹, 무제의 일곱째 아들, 梁武帝)은 때로는 큰 군사를 거느리고 있었거나, 혹은 상유(上游)에 진(陣)을 치고 있었는데, 군부(君父)가 난을 당하고 있었지만 '피를 뿌리고 분연히 싸울 뜻이 있었다'는 말을 듣지 못하였으며, 또 형제끼리 서로 원수가 되고, 숙질 사이에 서로 싸워 인륜의 악이 극에 이르렀으니, 이것은 다름이 아니라 무제가 배운 것은 석씨뿐이기 때문이다.

천륜(天倫)을 가합(假合)이라고 하기 때문에 신하는 그 임금을 임금으로 여기지 않고, 아들은 그 아비를 아비로 여기지 않아 3~40년 동안에 풍속은 모두 무너지고 강상(綱常)은 땅에 떨어졌으니, 이같이 극에 이르게 된 것은 당연하다.

그로 하여금 요·순(堯舜)·삼왕(三王 하(夏)나라 우(禹), 은(殷)라라 탕(湯), 주(周)나라 문왕(文王) 무왕(武王))을 스승으로 삼아 방외(方外)의 교(敎)를 섞지 않음은 물론, 반드시 인의(仁義)를 근본으로 삼고, 반드시 예법을 숭상하고, 반드시 형정(刑政)을 밝게 했다면 어찌 이같이 되겠는가?"

---

29)효경(梟獍) : 불효라는 뜻. 효(梟)는 자라서 어미를 잡아먹고, 경(獍)은 자라서 아비를 잡아먹으므로 불효하는 사람을 효경이라고 한다.

17. 천도를 버리고 불과를 말함 舍天道而談佛果

당 대종(唐代宗)이 처음에 그다지 부처를 중하게 여기지 않았는데, 재상 원재(元載)와 왕진(王縉)이 부처를 좋아하였고 그중에 왕진이 특히 심하였다. 임금이 일찍이 다음과 같이 물었다. "국가가 보응을 말했다는 데 과연 있느냐?" 원재 등이 대답하였다.

"국가의 운수가 장구한 것은 일찍이 복업(福業)을 심는 것이 아니면 무엇을 가지고 이르게 하겠습니까? 복업이 이미 정해지면 비록 때때로 작은 재앙이 있다 하더라도 마침내 해(害)할 수 없는 것입니다. 그러므로 안녹산(安祿山 당 현종 때 무장)·사사명(史思明 영이주(寧夷州)의 돌궐(突厥) 사람)은 다 그 자식에게 죽음을 당하였고, 회은(懷恩 처음에 공신이었으나 뒤에 회흘·토번을 꾀어 반란을 하였다가 병사함)은 군문을 나와 병들어 죽었고, 회흘(回紇)과 토번(吐蕃) 두 오랑캐는 싸우지 않고 저절로 물러갔으니, 이것은 다 사람의 힘으로 미칠 바가 아니오니 어찌 보응이 없다고 할 수 있겠습니까?"

임금이 이로 인하여 부처를 깊이 믿어 항상 궁중에서 중 1백여 명에게 밥을 먹여 주었으며, 도둑이 이르면 중으로 하여금 「인왕경」(仁王經 법화경(法華經)·금광명경(金光明經)과 함께 호국 3부경(部經)의 하나이다.)을 강(講)하여 물리치도록 하고 도둑이 물러가면 후하게 상을 주었는데, 좋은 전답(田畓)과 많은 이익이 중 또는 절에 돌아갔다. 그리고 원재(元載) 등이 임금을 모시고 부처에 대하여 많은 말을 하여 정사와 형벌이 문란해졌다.

진서산(眞西山)이 다음과 같이 말하였다.

"대종(代宗)이 보응에 대하여 물었는데 이때 유자(儒者)를 정승의 자리에 두었더라면 반드시 '선하면 복을 받고 악하면 화를 받으며, 차면 이지러지고 겸손하면 더함을 받는다.'는 그런 이치를 되풀이해서 임금으로 하여금 늠연(凜然)히 천도(天道)는 속일 수 없는 것임을 알아 덕을 닦는 데 스스로 힘쓰게 하였을 것인데도, 원재(元載) 등은 일찍이 한마디도 이에 언급한 바 없고 당초부터 복업을 심는 것으로 말하여, 국가의 운수가 장구한 것은 모두 부처의 힘이라고 하였으니, 이것은 너무나 천도를 속이는 것이 아니겠는가?

저 당나라가 오랜 연대를 지나온 것은 태종이 세상을 구제하고 백성을 편안하게 한 공임은 숨길 수 없는 것이요, 환란이 많았던 이유는 천하를 얻을 때 인의(仁義)와 강상(綱常)에 순수(純粹)하지 못하였고, 예법으로 보아서 부끄러워할 만한 일이 있었으며, 세대를 이은 임금들 중에는 사욕을 이겨내고 선을 힘쓴 이가 적은 반면, 정(情)대로 방자하여 이치[理]에 어긋난[悖] 자가 많았기 때문이다. '하늘에는 떳떳한 도[顯道]가 있어 그 유(類)에 따라 나타낸다.'는 말이 이것을 이름이다. 원재 등이 천도를 버리고 부처의 인과설을 말하여 재앙이나 상서(祥瑞)를 내리는 것은 하늘에 있지 않고 부처에 있으며, 다스리는 도는 덕을 닦는 데 있지 않고 부처를 받드는 데 있다고 하니, 대종(代宗)이 오직 배우지 못하였으므로 원재 등이 미혹시킬 수 있었다.

또 저 안녹산(安祿山)과 사사명(史思明)의 난은 양태진(楊太眞 양귀비)이 안에서 좀먹고, 양국충(楊國忠)과 이임보(李林甫)가 밖에서 화를 빚어서 일어난 것이요, 그 난을 능히 평정한 것은 곽자의(郭子儀)와 이광필(李光弼) 등 여러 사람들이 제실(帝室)에 충성을 다하여 물리쳤기 때문이요, 그들이 다 자식에게 화를 당하였다는 것은 안녹산과 사사명이 지신의 신하로서 임금에게 반역하였기에 그의 아들 안경서(安慶緖)와 사조의(史朝義)가 그 아비들을 시역한 것이니, 이것은 천도가 그 유(類)에 따라 응(應)하는 까닭이다. 또 회흘(回紇)과 토번(吐蕃)이 싸우지 않고 스스로 물러간 것은 또한 곽자의가 몸소 오랑캐의 앞에 나아가 꾀를 부려 반간(反間)한 덕택이니, 그 본말(本末)을 미루어 보면 사람의 일에 말미암은 것인데, 원재 등은 '이것은 사람의 힘으로 미칠 바가 아니다.'라고 하였으니, 그 속이고 또 속임이 더욱더 심하지 않는가?"

18. 부처 섬기기를 극진히 할수록 연대는 단축되었다.
事佛甚謹年代尤促

원화(元和 당 현종) 14년에 불골(佛骨)을 경사(京師)에 맞아들여 왔는데, 이보다 먼저 공덕사가 아뢰었다.

"봉상사(鳳翔寺) 탑에 부처의 지골(指骨)이 있어 전하여 오는데, 30년 만에 한 번씩 탑문을 열며, 탑문을 열면 그해에 풍년이 들고 백성들이 편안하게 지낸다고 합니다. 내년에 응당 탑문을 열 것이니 청컨대 맞이하여 오소서."

이에 임금이 그 말을 따랐다.

이 불골을 경사(京師)에 가져오면 궁중에 3일 동안 두었다가 여러 사찰을 거쳐 가는데, 왕공(王公)들과 사민(士民)들이 쳐다보며 받들어 시주하기를 남보다 뒤질세라 두려워할 정도였다.

형부시랑 한유(韓愈 당송 8대가의 한 사람)가 표(表)를 올려 간(諫)하여 말하였다.

"부처라는 것은 이적(夷狄)의 한 법일 뿐입니다. 황제로부터 우·탕·문무에 이르기까지 모두 장수(長壽)하였고, 백성들도 안락하게 지냈는데, 그때는 부처가 있지 않았습니다.

한 명제 때 비로소 불법이 들어왔는데, 그 후부터 어지럽고 망함이 서로 계속되어 나라의 운소가 길지 못하였고, 송(宋)·양(梁)·진(陳)·원(元)·위(魏) 등의 나라 이후에는 부처 섬기기를 점점 더 정성스럽게 하였는데, 나라의 연대는 더욱 단축(短促)되었습니다.

오직 양무제가 48년 동안 재위하였으며, 전후 세 차례에 걸쳐 부처에게 몸을 희사(喜捨)하였으나, 마침내 후경(侯景)에게 핍박을 받아 대성(臺城)에서 굶어 죽었으니, 부처를 섬겨 복을 구하다가 도리어 화를 얻었습니다. 이로써 미루어 본다면 부처를 믿을 수 없다는 것을 알 수 있습니다. 부처는 본래 이적(夷狄)이어서, 중국과는 언어도 통하지 않고 의복 제도도 다르며 군신과 부자의 정도 알지 못하니, 가령 그의 몸이 아직 살아 있어서 경사에 들어와 조현(朝見)한다 할지라도 폐하께서 그를 받아들이되 그저 선정전(宣政殿)에서 한 번 보고 내방객[賓]으로 대접하는 예를 한 번 베풀고, 옷이나 한 벌 주어서 호위하여 보내는 데 지나지 않을 것이며, 여러 사람들을 미혹되게 해서는 아니 될 것입니다. 하물며 그의 몸이 죽은 지 이미 오래되었거늘 말라빠진 뼈를 어찌 궁중에 들여오게 할 수 있겠습니까? 비옵건대 유사(有司)에게 맡기시어 물에나 불에 던져 버려 화의 근본을 영원히 끊어 버리소서."

이에 임금이 크게 노하여 장차 극형을 가하려 하였으나, 재상 배도(裴度)와 최군(崔群) 등이 아뢰었다.

"한유가 비록 지나치기는 하나 충성에서 나온 말이므로 마땅히 너그럽게 용서하여 주셔서 언로(言路)를 열어 주시옵소서."

이에 조주 자사(潮州刺史)로 좌천시켰다.

진서산(眞西山)이 다음과 같이 말하였다.

"상고하건대 후세의 임금들이 부처를 섬긴 것은 대저 복전(福田, 부처의 법력)에 대한 이익을 구하는 것이니, 이를테면 이익이 되는 마음을 가지고 하는 것입니다. 그러므로 한유가 간하여 '옛날 제왕 때는 부처가 있지 않아도 장수(長壽)하였는데 후세의 임금들은 부처를 섬기는 데도 죽는다.'고 진술하였으니, 깊고도 간절하게 나타낸 말이라 하겠거늘, 그런데도 헌종은 깨닫지 못한 채 바야흐로 이때 금단(金丹) 약을 먹고 또 불골을 맞이하였습니다.

신선을 구하고 부처에 아첨하는 두 가지를 다 하였으나, 1년이 못 되어 효과가 그러하였으니, 복전의 보응이 어디 있다고 하겠습니까?

신이 이 때문에 이 사실을 모두 아울러 임금으로서 신선이나 부처에게 빠지는 것을 경계하고자 하는 것입니다."

하였다.

19. 이단을 물리치는 데 관한 변 闢異端之辨

요순(堯舜)이 사흉(四凶)을[30] 벤 것은 그들이 말을 교묘하게 하고 얼굴빛을 좋게 꾸미면서 명령을 거스르고 종족을 무너뜨리기 때문이었다. 우(禹)가 또 말하였다. "……말을 교묘히 하며 얼굴빛을 좋게 꾸미는 자를 어찌 두려워하랴?"[31]

대개 말을 교묘히 하며 얼굴빛을 좋게 꾸미는 것은 사람의 본심을 잃게 하며, 명령을 거스르고 종족을 무너뜨리는 것은 사람의 일을 망치는 것이다. 그러므로 성인이 제거하여 용납하지 않았던 것이다.

탕(湯 殷나라 시조)과 무왕(武王 은(殷)을 무너뜨리고 주(周)를 세움)이 걸(桀 하(夏)나라 최후 임금으로 폭군이다)과 주(紂 은(殷)의 최후 임금)를 쳐부술 때 탕이 말하였다. "나는 상제가 두려워 감히 치지 않을 수 없다."[32]

무왕은 말하였다.

"내가 하늘에 순종하지 않으면 그 죄가 주(紂)와 같다."[33]

하늘의 명령과 하늘의 토벌은 자기가 사양할 수 없다는 뜻이다.

공자는 말하였다.

"이단을 깊이 파고들면 해로울 뿐이다."

이 해롭다는 한 글자가 읽는 사람으로 하여금 오싹하게 한다.

맹자가 호변(好辯)으로 양묵(楊墨, 양주(楊朱)와 묵적(墨翟))을 막은 까닭은 양묵의 도를 막지 않으면 성인(聖人)의 도를 행할 수 없기 때문이었다. 그러므로 맹자는 양묵을 물리치는 것을 자기의 임무로 삼았다. 그의 말에 "능히 양묵을 막는 것을 말하는 사람은 성인의 무리이다."라고 하면서까지 그는 사람들이 동조해 주기를 바란 것이 지극하였다.

묵씨(墨氏)는 똑같이 사랑한다[兼愛] 하였으므로 인(仁)이 의심되고, 양씨

---

30) 요순시대 4명의 악한들로 공공(共工)·환두(驩兜)·삼묘(三苗)·곤(鯀)을 말한다.
31) 『서경』(書經) 대우모(大禹謨)에 있는 말이다.
32) 『서경』(書經) 탕서(湯書)에 있는 말이다.
33) 『서경』(書經) 태서(泰誓)에 있는 말이다.

(楊氏)는 자기만을 위한다[爲我] 하였으므로 의(義)인가 의심되었다. 그래서 그 폐해가 아비도 없고 임금도 없는 지경에 달하여 맹자가 이를 물리치고자 힘썼던 것이다.

그런데 불씨의 경우 그 말이 고상하고 미묘하여 성명(性命), 도덕(道德) 가운데 출입함으로써 사람을 미혹시킴이 양묵보다 더 심하다.

주자(朱子)는 말하였다.

"불씨의 말이 더욱 이치[理]에 가까워서 진(眞)을 크게 어지럽힌다."

이 말은 이것을 가리키는 것이다.

내 어둡고 용렬하면서도 힘이 부족함을 알지 못하고, 이단을 물리치는 것을 나의 임무로 삼는 것은 앞서 열거한 여섯 성인과 한 현인의 마음을 계승하고자 함이 아니라, 세상 사람들이 이단의 설에 미혹되어 모두 빠져 버려 사람의 도가 없어지지 않을까 두려워하는 까닭이다.

아아! 난신적자(亂臣賊子)는 사람마다 잡아 죽일 수 있으니, 반드시 사사(士師 형벌을 다스리는 관리)를 기다릴 필요 없는 것이며, 사특한 말이 횡류(橫流)하여 사람의 마음을 무너뜨리면 사람마다 물리칠 수 있으니, 반드시 성현을 기다릴 필요가 없는 것이다. 이것은 내가 여러 사람에게 바라는 바이며 아울러 내 스스로 힘쓰는 것이다.

按) 아래 글은 불씨잡변에 대한 삼봉의 자서이다.

도전(道傳)이 틈을 내서 「불씨잡변」(佛氏雜辨) 15편과 「전대사실」(前代事實) 4편을 지었는데, 이미 이루어짐에 객이 읽고 말하기를,

"그대가 불씨의 윤회설을 변정(辨正)함에 있어 만물이 생생하는 이치를 인용하여 밝혔는데 그 말이 근사하기는 하나 불씨의 말에 '만물 중에 무정물(無情物)은 법계성(法界性)으로부터 나왔고, 유정물(有情物)은[34] 여래장(如來藏 진여(眞如)에 섭수(攝受), 마음을 관대히 받아들이게 된다는 것)으로부터 왔다.'

---

34)무정물이란 바위돌이나, 풀·나무와 같은 것이고, 법계란 무변(無邊)이라는 말과 같으며, 유정물이란 본각(本覺)인 중생심(衆生心)과 모든 불성(佛性)이 본래 여래와 같다는 말이다.

그러므로 말하기를 '대개 혁기가 있는 물은 다 같이 지각이 있고, 지각이 있는 물은 다 같이 불성이 있다.'고 하였는데, 이제 그대는 물의 정(情)이 있고 없음을 논하지 않고 동일한 격으로 말하니, 헛되이 말만 할 뿐 천착(穿鑿)하고 부회(附會)하는 병을 면할 수 없지 않는가?"

하였다. 이에 답하여,

"아아! 이것이 바로 맹자 말처럼 근본이 둘이기 때문이다. 또 여기에 기(氣)가 천지 사이에 있는 것은 본래 하나일 뿐인데, 동(動)과 정(靜)에 있어서 음과 양으로 나누어지고, 변(變)과 합(合)이 있어 오행이 갖추어지는 것이다. 주자(周子 周敦頤 호는 濂溪)가 말하기를 '오행은 하나의 음양이요, 음양은 하나의 태극이다.'라고 하였다.

대개 동하고 정하고 변하고 합하는 사이에 그 유행하는 것은 통하는 것(通)과 막히는 것(塞) 치우침(偏)과 바름(正)이 다름이 있으니, 그 통함과 정을 얻는 것은 사람이 되고, 그 치우침과 막히는 것을 얻으면 물이 되며, 또 치우침과 막힘 가운데 조금 통하는 것을 얻으면 금수(禽獸)가 되고, 전연 통하지 못하는 것은 초목이 된다. 이것이 비로 물(物)이 정(情)이 있고 없는 것으로 나누어진다.

주자(周子)가 말하기를 '동하되 동함이 없고, 정하되 정함이 없는 것은 신(神)이니, 그 기(氣)가 통하지 않음이 없으므로 신(神)이라 하는 것이요, 동하면 정함이 없고, 정하면 동함이 없는 것은 물이니, 형(形)과 기(氣)에 국한되어 서로 통할 수 없으므로 물(物)이라 하는 것이다.' 하였다.

대개 동하여 정함이 없는 것은 유정물이라 이름이요, 정하여 동함이 없는 것은 무정물이라 이름이니, 이 또한 물이 정(情)이 있고 없음이 다 이 기(氣) 가운데 생기는 것이니, 어찌 둘이라고 할 수 있으랴?

또 사람의 한 몸에도 혼백이나 오장·귀·눈·입·코·손·발 등속과 같은 것은 지각과 운동이 있고, 모발·손톱·치아 등속은 지각도 운동도 없다. 그러면 한 몸 가운데 또한 정(情)이 없는 부모가 둘이 있다는 말인가?"

하였다. 객이 다시 말하기를,

"그대의 말이 옳기는 하지만 그러나 여러 가지로 변론한 설이 성명(性命)과 도덕(道德)의 묘(妙)와 음양(陰陽)과 조화(造化)가 미세한 곳으로 출입하여, 진실로 처음 배우는 선비들도 알지 못할 바가 있는데, 하물며 어리석고 용렬한 아래 백성들이야 어떠하겠는가?

그대의 말이 비록 정묘(精妙)하나, 한갓 호변(好辯)에 불과하다는 비방이나 받을 뿐 저쪽이나 이쪽의 학문에 함께 피해도 덕도 없을까 봐 나는 염려하며, 또 불씨의 설이 비록 황당무계하나, 세속의 이목에 익숙하여 빈말로는 타파(打破)할 수 없을 것 같아 염려된다. 하물며 그들의 이른바 방광(放光)의 상서(祥瑞)나 사리(舍利)로써 여러 몸으로 화생한다는 이적(異跡)이 이따금 있음이랴? 이것이 세속에서 감탄하고 이상히 여겨 믿고 복종하는 까닭이다. 그대는 아직도 공박할 말이 있는가?"

하였다. 나는 다시 대답하여,

"이른바 윤회(輪廻) 등의 변론은 내 이미 다 논(論)하였다. 비록 그 폐(蔽)가 깊어서 갑자기 깨닫게 할 수는 없겠지만, 학문을 좋아하는 한두 사람의 선비라도 나의 변론에 동참하여 구한다면 거의 얻음이 있을 것이니, 이에 다시 덧붙여 말하지 않는다.

방광이나 사리에 대하여 어찌 그 말들이 없겠는가마는, 그보다도 이 마음이라는 것은 가장 정(精)하고 가장 영(靈)한 것인데, 저 불씨 무리들은 생각의 선악사정(善惡邪正)을 논하지 않은 채, 한 겹을 깎아 버려 한결같이 수렴(收斂)하니, 대개 마음이란 본래 광명하거니와 일정하기도 또 이 같은지라, 가운데 쌓아 밖으로 발하는 것 역시 이세(理勢)의 당연한 것이다. 부처가 방광하는 것이 어찌 족히 괴이(怪異)하랴?

또 하늘이 이 마음을 내어 주심에 그 지극히 신령하고 지극히 밝음으로써 한 몸 중심의 주인이 되어 여러 이치의 묘(妙)로써 만물을 주재(主宰)하게 한 것이다. 아무런 쓸모없이 만물의 영장만을 만들어 낸 것은 아니다. 마치 하늘이 불(火)을 만든 것은 본시 사람을 이롭게 하기 위한 것인데, 이제 어떤 사람이 불을 재 속에 파묻어, 추운 사람은 따뜻함을 얻지 못하고, 배고픈 사람은 밥을 지을 수 없다면, 비록 열기가 있다 하더라도 재 속에서 발한 것이니, 마침내 무슨 이익이 있으랴? 부처의 방광을 내가 취하지 않는 까닭이 이것이다. 또 불이란 물건은 쓸수록 새로운 것이어서 항상 보존해야 꺼지지 않거늘, 만일 재 속에 파묻어 두기만 하고 때때로 꺼내 보지 않는다면, 처음에 비록 잘 피던 불이라도 마침내 재가 되어 꺼지고 말 것이다.

사람의 마음도 이와 같이 항상 애쓰고 조심하고 염려하는 생각을 간직함으로써 마음의 작용이 죽지 않고 의리가 생길 수 있지만, 만일 한 결같이 수렴(收斂)하여 속에만 둔다면 비록 생동적인 것이라 할지라도 반드시 마르고 사라지고 말 것이다. 그 이른바 광명한 것이 혼매(昏昧)하게 되는 결과를 초래하리니, 이 또한 알아 두지 않을 수 없는 것이다.

그 형상을 나타내는 데도 역시 방광이 있다는 것은 대개 썩은 풀이나 나무에도 야광(夜光)의 비침이 있거늘 하필 이것만 의심할 것인가?

대저 사람에게 사리(舍利)가 있다는 것은 이무기나 조개에 구슬이 있다는 것과 같은 것이다. 개중에 이른바 선지식(善知識)이라는 사람도 사리가 없는 이가 있으니, 이것은 바로 이무기나 조개에도 구슬이 없는 것과 같은 형상이다.

세상에 전하기를 '사람이 조개에 있는 구슬을 뚫지도 않고 찌지도 않고 그대로 오래 두었다가 꺼내 보면 여러 개가 또 생긴다.'고 하니, 이것은 생의(生意)가 있는 곳에 자연히 불어나는 이치이다. 사라가 여러 몸으로 나눠지는 것도 이와 같을 뿐이다. 만일에 '부처에게 극진한 영(靈)이 있어, 사람의 정성에 감동되어 사라가 나누어진다.'고 한다면 석씨의 무리들이 그 스승의 모발이나 치아, 뼈 따위를 간직할 자가 많이 있을 텐데 어찌 정성껏 그런 물건을 나눠 가질 것을 빌어 청하지 않고 하필이면 사리에서만 몸이 나눠짐을 말했는가? 이것이 곧 물성(物性)이 아니고 무엇이랴?

어떤 사람이 말하기를 '사라라는 것은 매우 견고한 것이어서 비록 쇠방망이로 쳐도 깨뜨릴 수 없으니, 그것이 신령하기 때문이다.'고 한다. 그러나 영양각(羚羊角 깊은 산에 사는 염소의 뿔)을 얻어 한 번만 쳐부수면 가루가 될 것이니, 어찌 사라가 쇠에는 신령스러우면서 영양각에는 신령스럽지 못해서 그렇겠는가? 이것은 진실로 물성이 그렇게 된 것이니 괴이할 것이 없는 것이다.

이제 두 개의 나무를 서로 비비거나 쇠와 돌을 쳐서 불을 일으킨다. 그러나 이것은 어디까지나 사람의 힘으로 하는 것에 불과하다. 화정(火精)의 구슬을 햇빛에 향하고서 애주(艾炷 쑥심지)에 비치면 훈연(熏然)히 연기가 나면서 활활 불이 피어나니, 이것은 참으로 사람의 힘으로 하는 것이 아니다. 처음에는 반짝반짝 조금씩 피지만 마침내는 활활 피어올라 곤륜산(崑崙山)을 사르고 옥석(玉石)도 태울 수 있으니, 뭐가 그리 신기로운가? 이것도 그 물성이 그렇게 하는 것이 아니고 어떤 신령스러운 물건이 까마득한 속에 붙어 있다가 삶의 정성에 감동되어 그렇게 하는 것이겠는가?

또 불이 사람에게 유익한 바가 매우 크다. 음식을 익히면 굳은 것도 부드러워지고 온돌에 불을 지피면 찬 것이 따뜻해지고, 약물(藥物)을 끓이면 생것이 익으니, 배고픈 것을 배부르게 하고 병든 것을 고칠 수 있으며, 쇠를 녹여 쟁기[耒]를 만들고 도끼[斧]를 만들며, 가마솥[釜鼎]을 만들어 백성들이 쓰는 데 이롭게 하고, 칼과 창과 검극(劍戟)을 만들어 군대가 쓰는 데 위엄 있게 하니, 불의 생김이 신묘하기가 저 같으며, 불의 용도가 유익함이 이 같은데, 그대는 모두 중하게 여기지 않는구나. 저 사라라는 것은 추워도 옷이 될 수 없고, 배고파도 먹을 수 없으며, 싸우는 사람이 병기로 삼을 수도 없으며, 병든 사람이 탕약(湯藥)으로 삼을 수도 없으니, 부처의 신령(神靈)함이 있어 한 번 빌어 수천 개를 만들게 한다 하더라도 오히려 유익됨이 없이 인사(人事)만 폐할 뿐이니, 모두 불이나 물에 던져 버려 영원히 근본을 끊어 버려야 할 것인데 하물며 다시 공경하게 받들어 귀의(歸依)하랴?

아아! 세상 사람들이 떳떳한 것을 싫어하고 괴이한 것을 좋아하며, 실리(實利)는 버리고 헛된 법을 숭상하기가 이 같으니 한탄스럽지 아니한가?"

하니 객이 문득 절을 하면서 말하기를,

"이제 그대의 말을 듣고 비로소 유자(儒者)의 말이 바르고 불씨(佛氏)의 말이 그릇됨을 잘 알았습니다. 그대의 말씀은 양웅(楊雄)도 못 따르겠습니다." 하였다.

　이 책의 끝에 위 문답까지 적어서 하나의 논설을 갖추어 두는 바이다.

　　　　　　　　　　　　　　　　　　　　　　　　　- 終 -

제목찾아보기

가

가난家難······························ Ⅰ121
가묘家廟······························ Ⅱ92
가을 밤 2수 秋夜二首·············· Ⅰ67
가을 장마 秋霖······················ Ⅰ167
가정에서 도리가 이미 지극하여지면 걱정하거
　나 수고하지 않아도 천하가 다스려 진다·····
　································ Ⅰ418
각경가 角警歌······················ Ⅰ319
각도 관찰사를 삼봉재에 청했는데 상주 목사도
　좌상에 있었다. 激諸道觀察使于三峯齋尙州
　牧使亦在席上············· Ⅰ404
각봉상인을 전송하다 送覺峯上人···· Ⅰ152
간관 諫官··························· Ⅱ204
─ 총론······························ Ⅱ208
감사 監司··························· Ⅱ229
─ 요약 要約······················· Ⅰ389
─ 요약 발 要約跋·················· Ⅰ392
─ 연혁······························ Ⅱ229
─ 총론······························ Ⅱ232
감흥 感興················· Ⅰ70·77
강녕전 康寧殿···················· Ⅰ397
강릉 안렴사로 가는 설 부령을 전송하다 送偰副
　令按江陵······················· Ⅰ234
강무도 講武圖···················· Ⅰ312
강지수사 江之水詞················· Ⅰ334
견면 蠲免························· Ⅱ73
견흥 遣興 ⇒ 흥을 파하다·········· Ⅰ71
결진 십오도 結陣什伍圖·········· Ⅰ318
경렴정의 후설 景濂亭後說········ Ⅰ115
경리 經理························· Ⅱ58
경복궁 景福宮···················· Ⅰ396
경사 가는 정안군을 전송한 시의 서 送靖安君赴
　京師詩序························· Ⅰ357
경상도 안렴사로 가는 이총랑을 전송하다 送李
　摠郞安慶尙道····················· Ⅰ260

경상도 안렴으로 가는 정부령 홍을 전송하다
　送鄭副令洪出按慶尙··············· Ⅰ235
경성전 慶成殿···················· Ⅰ398
경숙택주 진영찬 慶淑宅主眞讚······ Ⅰ378
경술 8월 추석에 이순경 존오가 부여에서 삼봉
　으로 왔기에 함께 달을 구경하고 작별한 뒤에
　이 시를 부치다 庚戌中秋之夕李舜卿存吾自
　夫餘過于三峯與之翫月後却寄······ Ⅰ62
경연 經筵··························· Ⅱ82
경제문감별집 상 經濟文鑑別集上··· Ⅱ253
경제문감별집 하 經濟文鑑別集下···· Ⅱ323
경제문감 상 經濟文鑑上··········· Ⅱ135
경제문감 하 經濟文鑑下··········· Ⅱ195
경제의론 經濟義論················· Ⅰ411
계룡산 鷄龍山···················· Ⅰ349
계유년 정조에 봉천전에서 구호하다 癸酉年正
　朝奉天殿口號···················· Ⅰ332
고동주를 지나다 過古東州·········· Ⅰ195
고려국 高麗國··············· Ⅱ168·347
고려국 봉익대부 검교밀직제학 보문각 제학 상
　호군 영록대부 형부상서 정선생 행장 高麗國
　奉翊大夫檢校密直提學寶文閣提學上護軍榮
　祿大夫刑部尙書鄭先生 行狀········ Ⅰ45
고려국사 高麗國史················· Ⅰ385
고려국사서 高麗國史序·············· Ⅰ385
고려국이 새로 지은 도평의사사 청기 高麗
　國新作都評議使司廳記············ Ⅰ271
고부 임소로 가는 정 정랑을 전송하다 送鄭
　正郞之任古阜···················· Ⅰ234
고암도인 시권에 쓰다 題古巖道人詩卷··· Ⅰ235
고우를 지나다 過高郵·············· Ⅰ205
고유문 告由文····················· Ⅰ382
고의 古意·························· Ⅰ42
고정역 古亭驛···················· Ⅰ331
고헌스님을 심방하는 도중 訪古軒和尙途中
　································ Ⅰ184
공거 貢擧························· Ⅱ83

공격하고 수비하는 세 가지 방법 攻守三道
·························· I 327
공백공의 어부사 권중에 제하다 題孔伯共漁父
詞卷中 ·············· I 282
공상세 工商稅 ·················· II 65
공식 公式 ·············· II 111
공신도형사비 功臣圖形賜碑 ······ II 87
공양왕에게 올리는 상소 上恭讓王疏·· I 284
공역 功役 ················ II 101
공전 工典 ·············· II 124
― 총서 總序 ·············· II 124
공주의 금강루에 제하다 題公州錦江樓
·························· I 157
과거에 낙제하고 남으로 돌아가는 김 선생을
보내면서 완 사종의 감회를 차운하다 送金
先生落第南歸次阮嗣宗感懷韻 ······· I 169
관례 冠禮 ················· II 89
관물재 觀物齋 ·············· I 59
관부 官府 ················ II 126
관산월 關山月 ·············· I 41
관제 官制 ················ II 46
관·진 關津 ············· II 116
광주 절제루 현판의 운에 차하다 光州節制樓板
上次韻 ············· I 310
교량 橋梁 ············· II 129
교서 敎書 ················ II 42
교습 敎習 ················ II 97
교주도 안렴사로 가는 이 좌랑을 전송하다 送
李佐郞按交州道 ·············· I 260
교주도 안렴사 하공 윤이 복명차 명나라에
가는데 원주 설군 장수가 나를 청하여 함
께 송하려 하였으나 가지 못하고 시로 대
신하다 交州道按廉河公崙復命如原州偰
君長壽邀予同餞不赴以詩 ·········· I 163
구공으로써 나라의 재용에 이른다. ·· II 150
구량으로써 나라의 백성을 얻는다.·· II 151
구부로써 재물을 거든다. ·········· II 148
구식으로써 재용을 고루 조절한다.·· II 149
구직으로써 만인에게 직분을 맡긴다 ·· II 148
구름 雲 ················ I 194
구목 廐牧 ············· II 117
구언·진서 求言進書 ·············· II 86
구월구일 ⇒ 重九 ·············· I 138
구인루기 求仁樓記 ·············· I 268

국본을 정하다 定國本 ·············· II 40
국용 國用 ·············· II 69
국자전부 주선생 탁이 붓을 선물하였기에 삼가
오언 팔구를 지어 감사의 뜻을 표하다 伏蒙國
子典簿周先生卓惠筆謹賦五言八句爲辭 I 230
국정 쇄신 교서 國政刷新敎書 ········ I 393
국초군영진적첩 國初群英眞蹟牒 ···· I 423
국호 國號 ·············· II 39
국호를 청하는 주문 請要國號奏文 ··· I 310
군관 軍官 ·············· II 52
군기 軍器 ·············· II 97
군덕은 만물위에 뛰어나야한다 君德首出庶物
·························· I 411
군도 君道 ·············· II 257
군자 軍資 ·············· II 69
군자정기 君子亭記 ·············· I 270
군정 軍政 ·············· II 115
군제 軍制 ·············· II 96
군제개정에 관한 상서 軍制改訂上書 ···· I 350
군 태수 群太守 ············· II 238
궁수분 窮獸奔 ·············· I 345
궁원 宮苑 ·············· II 125
궁위 宮衛 ·············· II 114
궁한 짐승이 달아나다⇒ 窮獸奔 ···· I 345
권 가원의 시에 차운하여 귀근하는 이 한림을
보내다 次權可遠詩韻送李翰林行歸覲· I 72
권 시중을 곡함 哭權侍中 ············· I 268
권 영해 만사 挽權寧海 ············· I 187
근정전 勤政殿 ·············· I 399
금강을 건너다 渡錦江 ············· I 158
금고기휘 총찬 金鼓旗麾總讚 ······· I 320
금공·옥공·석공·목공·공피공·전식공 金玉石木
攻皮塼埴等工 ············· II 132
금남야인 錦南野人 ············· I 119
금남잡제 錦南雜題 ············· I 92
금남잡제서 錦南雜題序 ············· I 92
금·은·주옥·동·철 金銀珠玉銅鐵 ···· II 65
금주관 金州館 ············· I 204
기가 심을 비난함 氣難心 ············· I 367
기병·정병 총찬 奇正總讚 ············· I 320
기전산하 畿甸山河 ············· I 432
기휘가 旗麾歌 ············· I 319
김 거사 오두막을 찾다 訪金居士野居· I 145

김 극평을 곡하다 哭金克平 ········ Ⅰ72
김씨 부인 만사 挽金氏夫人 ········ Ⅰ199
김 약재 구용이 안동에 있다는 말을 듣고 시를 지어 부치다. 聞金若齋九容在安東以詩寄之 ································· Ⅰ160
김 익지를 찾다 訪金益之 ··········· Ⅰ146
김 직장 미가 와서 가원의 시를 보여주므로 차운하다 金直長彌來示可遠詩次韻 ·· Ⅰ134
꿈에 도은이 스스로 말하기를 항상 바다를 건널 적에 꾸린 짐들이 물에 젖게 된다 하였는데 초췌한 기색이 있었다 夢陶隱自言常渡海裝任爲水所濡蓋有憔悴之色焉 ········ Ⅰ249

나

나주 동루에 올라서 부로들에게 효유하는 글 登題羅州東樓諭父老書 ·············· Ⅰ95
나주 동루에 제하다 題羅州東樓 ······· Ⅰ150
낙마금을 지어 포은·도은·호정·세 분 대인에게 바치다 落馬唫呈圃隱陶隱浩亭三位大人 ································· Ⅰ170
난리 뒤에 송경으로 돌아오다 亂後還松京 ································· Ⅰ142
난파사영후설의 발문 蘭坡四詠後跋 ··· Ⅰ190
난파의 사영축 끝에 씀 題蘭坡四詠軸末 · Ⅰ189
남도행인 南渡行人 ······················ Ⅰ433
남북조 南北朝 ·························· Ⅱ303
남양부사로 도임하여 밀직사에게 올리는 계 到南陽上密直司啓 ·············· Ⅰ227
남양부사로 도임하여 상게 감사하는 전 到南陽謝上箋 ························· Ⅰ224
남의 송별 시에 차운하다 次人送別詩韻 · Ⅰ308
납씨곡 納氏曲 ························· Ⅰ344
내주성 남역에서 감생 송 상충의 시에 차운하다 萊州城南驛次監生宋尙忠詩韻 ······· Ⅰ279
내주성 남쪽 역관의 병풍에 아녀자가 거문고를 타고, 바둑을 두고, 글을 읽고, 그림을 그리는 네 가지 그림이 있어 그 위에 희제 하다 萊州城南驛官屛有婦人琴기碁書畵 四圖戱題其上 ························· Ⅰ278
네 가지 공격하는 것 四攻 ············· Ⅰ328
네 가지 쳐부수는 것 四擊 ··········· Ⅰ325
네 가지 법 四法 ······················ Ⅰ324
네 가지 정리된 것 四理 ·············· Ⅰ326

노부 鹵簿 ···························· Ⅱ131
노을 日暮 ···························· Ⅰ148
노 판관을 보내다 送盧判官 ·········· Ⅰ134
녹봉 祿俸 ···························· Ⅱ69
농부에게 답함 答田父 ⇒ 답전보 ··· Ⅰ116
농상 農桑 ···························· Ⅱ58
눈 雪 ································· Ⅰ188
눈 속에 친구를 찾다 雪中訪友 ······ Ⅰ242
눈을 읊으면서 둔촌의 시에 차운하다 詠雪 次遁村詩韻 ·················· Ⅰ192

다

다섯 가지 수비하는 것 五守 ········ Ⅰ328
다섯 가지 어려운 것 五亂 ·········· Ⅰ326
다섯 가지 장점 五利 ················ Ⅰ323
단속사 문 장로에게 부치다 寄斷俗文長老 ································· Ⅰ73
단오날 감회가 있어 端午日有感 ··· Ⅰ150
달밤에 동정을 회상하다 月夜奉懷東亭 ································· Ⅰ142
담 상인의 시에 차운하여 죽창 이 시승에게 주다 次湛上人詩韻僧竹牕李寺丞 ·· Ⅰ152
답전보 答田父 ⇒ 농부에게 답함 ······ Ⅰ116
당 唐 ···························· Ⅱ161·257·325
대관 臺官 ···························· Ⅱ197
— 연혁 ···························· Ⅱ197
— 총론 ···························· Ⅱ200
도깨비에게 사과하는 글 謝魑魅文 ··· Ⅰ101
도당에 올리는 글 上都堂書 ·········· Ⅰ295
도성궁원 都城宮苑 ·················· Ⅰ432
도 연명의 시를 베끼다 寫陶詩 ······· Ⅰ135
도은문집 서 陶隱文集序 ·············· Ⅰ261
도적 盜賊 ···························· Ⅱ118
— 을 피하다 避遏 ················· Ⅰ166
도중 途中 ···························· Ⅰ187
동문교장 東門敎場 ·················· Ⅰ433
동북면 조직을 정비완료하여 아뢰다 ··· Ⅰ425
동정에게 올리다 奉寄東亭 ········ Ⅰ140·1478
동정의 도시후서를 읽음 讀東亭陶詩後序 ································· Ⅰ122
동정의 시운을 받들어 차운하다 奉次東亭詩韻 ································· Ⅰ142
동정의 죽림에 받들어 제하다 奉題東亭竹林

동쪽 연못의 연꽃을 읊다 東池詠蓮 ·· Ⅰ409
두관역에서 밤에 읊다 頭官站夜詠 ··· Ⅰ303
둔수 屯戍 ······························ Ⅱ199
둔재선생의 시 네 수가 있어 얻어 보니 그 정대
  고명한 학식과 염담 한적한 정을 느낄 수 있으
  므로 경탄을 이기지 못하여 운에 의해 화답하
  다 獲奉鈍齋先生四詠有以見正大高明之學恬
  澹閒適之情不勝驚歎依韻和之 ········ Ⅰ244
둔전 屯田 ······························ Ⅱ1031
둔촌을 곡함 哭遁村 ·················· Ⅰ257
등암상인이 단속으로 돌아감을 전송하다 送等
  菴上人歸斷俗 ······················ Ⅰ185
등주에서 바람을 기다리다 登州待風·· Ⅰ332
또 함주막 도련포로 가는 도중 又咸州幕都連浦
  途中 ································· Ⅰ199
뜰 앞의 국화 庭前菊 ·················· Ⅰ69
띠집 ⇒ 초사 ·························· Ⅰ143

마

마을에 살다 村居 ····················· Ⅰ172
마정 馬政 ····························· Ⅱ102
매설헌도 梅雪軒圖 ·················· Ⅰ242
매이·소송 罵詈訴訟 ·················· Ⅱ120
매일 장상들을 불러 군국의 일을 의논
  하기를 청하다 請軍國之事議論 ·· Ⅰ356
매천부 梅川賦 ······················· Ⅰ175
매화를 읊다 詠梅 ···················· Ⅰ178
맹 참모를 본뜨다 效孟參謀 ········ Ⅰ169
명례 名例 ····························· Ⅱ109
목암스님 시권에 제하다 題贈牧菴詩卷中 Ⅰ222
몽금척·수보록·납씨곡·궁수분곡·정동방곡 등
  악장을 지어 올리는 전문 撰進樂章 夢金尺·受
  寶錄·納氏辭·窮獸奔曲·靖東方曲 箋
  ····································· Ⅰ339
몽금척 夢金尺 ······················· Ⅰ343
무악천도에 대한 반대 상소 母岳遷都反對上疏
  ····································· Ⅰ380
무열산인 극복루기 후설 無說山人克復樓記後
  說 ································· Ⅰ110
무제 無題 ················· Ⅰ154·243·309
묵죽부 墨竹賦 ······················· Ⅰ173
문덕곡 文德曲 ······················· Ⅰ341

문묘 文廟 ····························· Ⅱ78
문중자 文中子 ······················· Ⅰ187
문천을 지나다 過文川 ················ Ⅰ197
문희공 제문 題文僖公文 ············· Ⅰ241
미지산 사라사 원증국사 석종명 彌智山舍那寺
  圓證國師石鐘銘 ···················· Ⅰ251
민망의 시에 차운하여 박생을 보내다 民望韻送
  朴生 ································· Ⅰ75

바

반교문 頒敎文 ······················· Ⅰ310
반남 박선생을 곡하는 글 哭潘南先生文
  ····································· Ⅰ99
발해배안에서 정 평리 몽주의 시에 차운하다 渤
  海舟中次鄭評理夢周韻 ······· Ⅰ206
밤에 가원·자능과 함께 도시부를 읽고서 본받
  아 짓다 夜與可遠子能讀陶詩賦而效之 Ⅰ284
밤에 앉아 夜坐 ······················· Ⅰ185
백암산정토사기 白巖山淨土寺記 ····· Ⅰ154
백정선사에게 기증하다 寄贈柏庭禪 ·· Ⅰ186
버들을 읊다 詠柳 ···················· Ⅰ183
범간 犯姦 ····························· Ⅱ120
범광호 范光湖 ······················· Ⅰ208
병기 兵器 ····························· Ⅱ129
— 에 대한 점검 整點 ············· Ⅱ98
병중에 삼봉의 옛집을 생각하다 病中懷三峯舊
  居 ································· Ⅰ348
보리 補吏 ····························· Ⅱ51
보위를 바룸 正寶位 ·················· Ⅱ37
복재의 시권에 쓰다 題復齋詩卷 ····· Ⅰ404
본조 本朝 ····························· Ⅱ168
본조에서 요동변장과 여직을 꾀었다는 등의
  일을 변명하는 표의 대략 本朝辨明誘遼 東邊
  將女直等事表略 ······· Ⅰ359
봄날 경치를 보고 春日卽事 ········ Ⅰ258
봄눈 속에 최 병부를 찾다 春雪訪崔兵部 Ⅰ244
봄바람 春風 ·························· Ⅰ193
봄을 맞다 逢春 ······················· Ⅰ149
봉래각 逢萊閣 ······················· Ⅰ205
봉사잡록 奉使雜錄 ·················· Ⅰ202
봉사잡제 奉使雜題 ·················· Ⅰ213
봉작·증직·승습 封贈承襲 ··········· Ⅱ54
부서 符瑞 ····························· Ⅱ80

부세 賦稅 ························· Ⅱ61
부전 賦典 ························· Ⅱ55
─총서 總序 ····················· Ⅱ55
부처섬기기를 극진히 할수록 연대는 더욱 단촉
　되었다 事佛甚謹年代尤促 ········ Ⅱ412
북교목마 北郊牧馬 ················· Ⅰ433
불법이 중국에서 들어오다 佛法入中國·· Ⅰ405
불씨가 도와 기에 어두운 데 관한 변 佛氏昧於
　道器之辨 ······················ Ⅱ388
불씨가 인륜을 버림에 관한 변 佛氏毁棄人倫之
　辨 ··························· Ⅱ389
불씨 걸식의 변 佛氏乞食之辨 ········ Ⅱ396
불씨를 섬겨 화를 얻음 事佛得禍 ····· Ⅱ406
불씨 선교의 변 佛氏禪敎之辨 ······· Ⅱ399
불씨 심성의 변 佛氏心性之辨 ······· Ⅱ382
불씨 심적의 변 佛氏心跡之辨 ······· Ⅱ386
불씨 윤회의 변 佛氏輪廻之辨 ······· Ⅱ375
불씨 인과의 변 佛氏因果之辨 ······· Ⅱ379
불씨 자비의 변 佛氏慈悲之辨 ······· Ⅱ390
불씨 작용이 성이라는 변 佛氏作用是性之辨
　···························· Ⅱ385
불씨잡변 佛氏雜辨 ················· Ⅱ369
─서 序 ························ Ⅱ371
─발 跋 ························ Ⅱ374
불씨 지옥의 변 佛氏地獄之辨 ······· Ⅱ394
불씨 진가의 변 佛氏眞假之辨 ······· Ⅱ392
불씨 화복의 변 佛氏禍福之辨 ······· Ⅱ395
비 雨 ··························· Ⅰ193
빗속에 벗을 찾다 雨中訪友 ·········· Ⅰ59

사

사람들이 자신을 봉양하기 위하여 주는 것에
　힘입어 천하를 구제한다 賴人養己以濟天下·
　···························· ········ Ⅰ416
사시수수도 四時蒐狩圖 ·············· Ⅰ349
사신을 파견함 遣使 ················· Ⅱ86
사월초하루 四月初日 ··············· Ⅰ145
사은표문 謝恩表文 ················· Ⅰ313
사은하던 날 봉천문에서 구호하다 謝恩日奉天
　門口號 ························· Ⅰ333
사절을 받들고 환향하는 고 장군을 보내다 送高
　將奉使還鄉 ····················· Ⅰ308
사정전 思政殿 ···················· Ⅰ398

사졸을 어루만지는 5혜 撫士卒五惠 ··· Ⅰ321
사직 社稷 ························· Ⅱ77
산동도사에게 주다 贈山東都司 ······· Ⅰ205
산사에 머물다 游山寺 ·············· Ⅰ76
산에 살면서 봄날 경치를 보고　山居春日卽事
　···························· Ⅰ310
산장과 수량 山場水梁 ·············· Ⅱ64
산중2수 山中二首 ················· Ⅰ167
삼곡 蔘谷 ························· Ⅰ43
삼국 三國 ························· Ⅱ302
삼봉선생 진영찬 三峯先生眞贊 ······· Ⅰ377
삼봉시집에 씀 題三峯詩集 ·········· Ⅰ212
삼봉에게 올리는 시 上三峯詩 ········ Ⅰ403
삼봉에게 줌 贈三峯 ··········· Ⅰ141·196
삼봉에 올라 경도의 옛 친구를 추억함 三峯　憶
　京都故舊 ······················ Ⅰ55
삼봉으로 돌아올 적에 약재 김구용이 전송하여
　보현원까지 오다 還三峯若齋金九容送至普賢
　院 ··························· Ⅰ60
삼봉집 발 三峯集跋 ··············· Ⅰ435
삼봉집 서 三峯集序 ··············· Ⅰ17
삼봉집 후서 三峯集後序 ············ Ⅰ21
상공 上供 ························· Ⅱ66
상명태일제산법 詳明太一諸算法 ····· Ⅰ264
상벌 賞罰 ························· Ⅱ99
상업 相業 ························· Ⅱ170
상제 喪制 ························· Ⅱ90
새정자 新亭 ······················ Ⅰ193
서간문 書簡文 ················· Ⅰ236·309
서강조박 西江漕泊 ················· Ⅰ434
서봉관 상인에게 부치다 寄瑞峯寬上人·····
　···························· Ⅰ143
서울로 가는 안 정을 보내다 送安定入京····
　···························· Ⅰ71
서울로 돌아가는 국자전부 주선생 탁을 보내
　다 送國子典簿周先生倬還京 ········ Ⅰ232
서적포를 설치하는 시 置書籍舖詩···· Ⅰ356
석정기 石亭記 ···················· Ⅰ107
석탄 石灘 ························· Ⅰ63
선세 船稅 ························· Ⅱ66
선인관 석상에서 차운하여 국자전부 주선생 탁
　에게 적어주다 宣仁館席上次韻錄呈國子典簿
　周先生倬 ······················ Ⅰ209
선주 先主(촉한의 유비) ············· Ⅱ160

성곽 城郭 ······ Ⅱ127
성균관에 들어가다 入成均館 ······ Ⅰ201
성인은 일찍이 천하의 의논을 모두 들어보지
　않은 적이 없다 聖人未嘗不盡天下之議 ······
　······ Ⅰ412
세 가지 놓아두는 것 三釋 ······ Ⅰ325
세 가지 밝은 것 三明 ······ Ⅰ323
세 가지 사용하는 것 三用 ······ Ⅰ324
세 가지 어두운 것 三闇 ······ Ⅰ323
세 가지 헤아리는 것 三料 ······ Ⅰ325
세계 世系 ······ Ⅱ41
소재동기 消災洞記 ······ Ⅰ108
송 宋 ······ Ⅱ163·325
송경 松京 ······ Ⅰ316
송은을 곡함 哭松闇 ······ Ⅰ431
송 판관의 한양부 부임을 전송하는 시의 서 送
　宋判官赴任漢陽詩序 ······ Ⅰ239
수 隋 ······ Ⅱ304
수건재에 봉재하다 奉題守蹇齋 ······ Ⅰ153
수경당도에 제하다 題壽慶堂圖 ······ Ⅰ276
수보록 受寶籙 ······ Ⅰ343
수원 도중에 김 총랑의 집을 바라보다 水源途中
　望金摠郞家 ······ Ⅰ186
수장사위 受贓詐僞 ······ Ⅱ120
수행하려 가는 백정에게 주다 贈柏庭游方 ······
　······ Ⅰ186
숙위 宿衛 ······ Ⅱ100
숙직하다 入直 ······ Ⅰ265
순 舜 ······ Ⅱ259
순흥남정에서 서울로 가는 하 대사성 윤을 보내
　다 順興南亭送河大司成崙還京 ···· Ⅰ163·164
순흥부사 좌상에서 시를 짓다 順興府使座上賦
　詩 ······ Ⅰ1632
스스로 자신을 비웃다 自嘲 ······ Ⅰ434
스스로 5수를 읊다 ⇔ 自詠 5首 ······ Ⅰ197
시호 諡號 ······ Ⅱ87
신궁양청에서 잔치를 모시면서 짓다 新宮凉廳
　侍宴作 ······ Ⅰ392
신도가 新都歌 ······ Ⅰ384
신도팔경시를 올리다 進新都八景詩 ······ Ⅰ431
신우가 사시를 청하는 표 辛禑請賜諡表 ·· Ⅰ223
신우가 승습을 청하는 표 辛禑請承襲表 ·· Ⅰ224
신 장로가 고인사 주인의 명으로 제사 쌀을 보
　내 왔으므로 이별에 임하여 시를 주다

信長老以古印社主命來惠白粲臨別贈詩··
　······ Ⅰ137
심기리편 心氣理篇 ······ Ⅰ361
심기리편서 心氣理篇序 ······ Ⅰ361
심기리후부집서 心氣理後附集序 ······ Ⅰ376
심문 心問 ······ Ⅰ82
심문천답 心問天答 ······ Ⅰ80
─ 서序 ······ Ⅰ80
심이 기를 비난함 心難氣 ······ Ⅰ364
12월17일 동년 원운곡이 시부를 줌으로 차운하
　여 감사하다 12月17日榜同年元耘谷贈詩賦次
　韻以謝 ⇒ 방원주원운곡 ······ Ⅰ161

아

아침에 떠나다 朝行 ······ Ⅰ191
악 樂 ······ Ⅱ81
악을 방지하는 도리는 그 근본을 알고 그 요령
　을 얻음에 있을 뿐이다 止惡之道在知其本得
　其要而已 ······ Ⅰ415
안남도중에서 눈을 맞다 安南途中遇雪 · Ⅰ147
안동향교에서 김 당후의 시권을 열람하고 그
　끝에 쓰다 安東鄕校閱金堂後詩卷書其末 ······
　······ Ⅰ165
안변루에 차운하다 次安邊樓韻 ······ Ⅰ199
안주 강 위에서 이 산기의 시에 차운하다 安州
　江上次李散騎韻 ······ Ⅰ334
약재의 집에 거처하다 若齋旅寓 ······ Ⅰ165
양곡역사에게 주다 贈陽谷易師 ······ Ⅰ66
양광안렴 유 정랑을 전송하는 시의 서 送陽光安
　廉庾郞詩序 ······ Ⅰ237
양광안렴사로 가는 황 총랑을 전송하다 送黃摠
　郞按楊廣道 ······ Ⅰ259
양촌부 陽村賦 ······ Ⅰ158
어촌기 뒤에 씀 題漁村記後 ······ Ⅰ240
어휘표덕설을 지어 올리는 전 撰進御諱表德說
　······ Ⅰ314
여강 驪江 ······ Ⅰ194
여·복 輿服 ······ Ⅱ81
여섯 가지 반드시 피하는 것 六必避 ······ Ⅰ327
여순역 벽에 여인 그림이 있는데 그 얼굴은 모
　호하고 제목이 유영광객 희필이라 했다. 그림
　을 그린 사람도 죽었다기에 느낀바 있어 짓다
　旅順驛壁有畫婦其面糢糊題曰柳營狂客戲筆

其人亦死感而有作 ···················· Ⅰ210

여순역 입구에서 앞의 운을 사용하여 서 지휘에
게 지어주다 旅順口用前韻賦呈徐指揮 ·· Ⅰ331

여순의 입구 역에서 중추를 맞다 旅順口驛 中秋
······································· Ⅰ204

역 曆 ······································ Ⅱ82

역대부병시위지제편수 歷代府兵侍衛之題編修
·· Ⅰ380

역전 驛傳 ································ Ⅱ105

연산고 한편을 주 참의에게 바치다 燕山高一篇
呈周參議 ······························ Ⅰ280

연생전 延生殿 ························ Ⅰ398

연향 燕享 ································ Ⅱ79

열서성공 列署星拱 ················· Ⅰ432

열한 가지 반드시 싸우는 것 十一必戰 ·· Ⅰ326

염동정의 시운을 받들어 차운하다 奉次廉東亭
詩韻 ···································· Ⅰ139

염법 鹽法 ································· Ⅱ64

염의의 묘 廉義之墓 ··················· Ⅰ54

영물 詠物 ······························ Ⅰ329

영조 營造 ······························ Ⅱ122

영주 강 중정 시에 차운하다 次寧州康中正韻
··· Ⅰ72

영호루에 제하다 題映湖樓 ············ Ⅰ167

예전 禮典 ································· Ⅱ74

―총서 總序 ····························· Ⅱ74

옛사람의 보월시를 차운하고 동시에 그 체를
본받다 次古人步月詩韻效其體 ····· Ⅰ58

오대 五代 ································ Ⅱ322

오행진출기도 五行陣出奇圖 ·········· Ⅰ312

오행진출가 五行陣出歌 ··············· Ⅰ318

오호도의 전 횡을 조문하다 嗚呼島吊田橫 Ⅰ207

옷과 술을 내려서 위로해준 것에 대한 감사 답
장을 올리다. ·························· Ⅰ427

와운산인의 시권에 쓰다 題臥雲山人詩卷 ···
··· Ⅰ222

왕이 위조의 첩설직을 혁파하는 방법을 물어오
므로 답변하다 ························ Ⅰ274

왕자가 친비 하는 도리를 천명하면 천하가 저절
로 와서 친비하게 된다 王者顯明其比道天下
自然來比 ······························ Ⅰ412

요 堯 ···································· Ⅱ257

요동도사 경력도사 두 선생에게 올리다
上遼東都司經歷都事兩先生 ········ Ⅰ206

요동사 상공을 보내다 送遼東使桑公 · Ⅰ228

요동의 여러 대인에게 올리는 글 上遼東諸位大
人書 ·································· Ⅰ213

용군하는 여덟 가지 用軍八數 ·········· Ⅰ322

용진사 극복루에 오르다 登湧珍寺克復樓 Ⅰ151

우 虞 ··································· Ⅱ259

우군총제사를 사양하는 전 辭右軍總制使箋
··· Ⅰ305

우역 郵驛 ······························ Ⅱ117

우연히 짓다 偶題 ······················ Ⅰ148

우연히 현 생원 서재 벽에 있는 당인의 운을 이
용하여 짓다 偶題玄生員書齋壁上用唐人韻
··· Ⅰ149

운공상인이 불호사로부터 와서 자야의 시를 외
기에 차운하여 불호사 주인에게 부치다. 雲公
上人自佛護社來誦子野詩次韻寄佛護社主
··· Ⅰ153

원 元 ······························ Ⅱ168·343

원당사에 묵다 宿原堂寺 ·············· Ⅰ189

원성에서 김 약재와 함께 안렴사 하공 윤· 목사
설공 장수를 보고 짓다 原城同金若齋見按廉
使河公崙牧使偰公長壽賦之 ········ Ⅰ160

원유가 遠遊歌 ························· Ⅰ56

원주에 살고 있는 원운곡 천석을 방문 시를 써
서 주다. 訪原州元耘谷天錫 ····· Ⅰ161

위병 衛兵 ····························· Ⅱ217

위엄과 덕이 아울러 드러나야 한다 威德並著
··· Ⅰ414

유교와 불교가 같은 것과 다른 것의 변 儒· 釋
同異之辨 ····························· Ⅱ400

유일을 천거함 擧遺逸 ················· Ⅱ85

육전의 구성 ···························· Ⅱ143

윤대사성 시에 차운하고 그 체를 본받다 次尹大
司成詩韻效其體 ····················· Ⅰ264

윤 밀직 가관의 만사 挽尹密直可觀 ·· 267

윤 12월 광릉에 도착하여 하정사를 생각하다 閏
十二月二十日到廣陵憶賀正使 ····· Ⅰ330

윤 전서 만사 挽尹典書 ··············· Ⅰ75

융문루·융무루 隆門樓·隆武樓 ······· Ⅰ400

은 殷 ·································· Ⅱ266

은계상인 상죽헌 시권에 제하다 題隱溪上人
霜竹軒詩卷 ··························· Ⅰ230

음악 樂 ································· Ⅱ81

응봉사 벽에 쓰다 書應奉寺壁 ······· Ⅰ265

의제 儀制 ······························ Ⅱ113

의주공관에서 밤에 앉아 도은을 생각하다 義州

　公館夜坐憶陶隱 ·················· Ⅰ203

의진역에서 儀眞譯 ················ Ⅰ330

의창 義倉 ··························· Ⅱ71

이가 移家 ⇒ 집을 옮기다 ·········· Ⅰ188

이가 심과 기를 타이름 理諭心氣 ····· Ⅰ370

이단을 물리치는데 관한 변 闢異端之辨 ·· Ⅱ414

이 목은이 자허를 전송하는 시서의 후제 李牧隱

　送子虛詩卷後題 ············· Ⅰ78

이 밀직 창로의 만사 挽李密直彰路 ·· Ⅰ260

이염사 사영이 서울로 돌아감을 전송하다

　送李廉使士穎還京 ·················· Ⅰ150

이요정기 二樂亭記 ··············· Ⅰ391

이좌랑 숭인을 방문하다 訪李佐郎崇仁 ··· Ⅰ59

이판서 다음으로 권대사성의 시에 차운하다

　李判書第次權大司成韻 ············· Ⅰ243

이판서 집에서 포은과 함께 시를 짓다 李判書席

　上同圃隱詩賦 ··············· Ⅰ265

이호연의 이름을 뒤에 설명함 李浩然名字後

　說 ·························· Ⅰ64

이호연이 진변막에 부임함을 전송하다 送李

　浩然赴鎭邊幕 ··············· Ⅰ76

이호연의 문집 시운을 동년 강자야 호문에게

　보이다 用李浩然集詩韻示同年康子野好文···

　····································· Ⅰ138

인군은 믿음으로써 아랫사람을 접하고 또한 위

　엄이 있어 두려워함이 있게 해야 한다. 人君孚

　信以接下又有威嚴使之有畏 ········ Ⅰ414

인군은 속마음을 비우고 스스로 낮추어 아래

　있는 어진이에게 순응하여 따른다 人君能虛

　中損以順從在下之賢 ·········· Ⅰ419

인군은 지성으로 어진이를 임용하여 그 공을 이

　루어야 한다 人君至聖任賢以成其功 ··· Ⅰ411

인군이 지성스럽게 몸을 낮추고 중정한 도리

　로 천하에 구하면 어진 사람이 불우하지는 않

　을 것이다 人君至聖降屈以中正之道求天下而

　賢未有不遇者也 ·············· Ⅰ419

인명·투구 人命鬪毆 ··············· Ⅱ119

인주 신사군의 임정에 쓰다 題仁州申使君林亭

　····································· Ⅰ210

일모 日暮 ⇒ 노을 ···················· Ⅰ148

임금을 모시고 장단에 노닐며 짓다 陪御駕游長

湍作 ·························· Ⅰ349

임진무에게 주는 시의 서 贈任鎭撫詩序 · Ⅰ216

입관 入官 ························· Ⅱ48

입관보리법을 제정하다 入官補吏法 ·· Ⅰ313

입직 入直 ⇒ 숙직하다 ··············· Ⅰ265

입춘 일에 도은의 시에 차운하다 立春日陶隱詩

　韻 ··························· Ⅰ178

자

자신의 지혜를 마음대로 부리지 않는다 不自任

　其知 ························· Ⅰ415

자야의 거문고 소리를 듣고 호연의 운을 써서

　보이다 聽子野琴用浩然韻詩之 ·· Ⅰ138

자영 5수 自詠五首 ················ Ⅰ197

자조 自嘲 ························· Ⅰ434

잡범 雜犯 ························· Ⅱ121

장막 帳幕 ························· Ⅱ131

장수를 논함 論將帥 ··············· Ⅰ321

재상 宰相 ························· Ⅱ140

── 개요 ························· Ⅱ140

── 의연표 年表 ················· Ⅱ47

── 의 직職 ····················· Ⅱ169

── 하는 일 相業 ··············· Ⅱ170

적을 헤아려 보고 승리를 거두는 네 가지 계 料

　效制勝四計 ··················· Ⅰ325

적경원중흥비 積慶園中興碑 ··········· Ⅰ282

적전 耤田 ························· Ⅱ76

전곡 錢穀 ························· Ⅱ53

전교 김부령에게 주는 시의 서 贈典校金副令詩

　序 ·························· Ⅰ131

전렵 畋獵 ························· Ⅱ106

전시책 殿試策 ··················· Ⅰ407

전 전객 자설의 권에 제하다 題全典客字說卷中

　····································· Ⅰ233

정 달가에게 올리는 글 上鄭達可書 ·· Ⅰ111

정도전 연보 鄭道傳 年譜 ············· Ⅰ441

정동방곡 靖東方曲 ··············· Ⅰ345

정림사 명 상인을 찾다 訪定林寺明上人 · Ⅰ146

정문 正門 ························· Ⅰ401

정삼봉 강지수사 끝에 씀 鄭三峯江之水詞後

　····························· Ⅰ335

정삼봉 금남잡제 서 鄭三峯錦南雜題序 ·· Ⅰ92

정삼봉시문록발 鄭三峯詩文錄跋 ······· Ⅰ202

정삼봉시문서 鄭三峯詩文序 ··········· Ⅰ210
정삼봉을 곡함 哭鄭三峯 ················ Ⅰ438
정삼봉을 애도함 哀鄭三峯 ··········· Ⅰ439
정상서운경를 따르며 제사하는 글 附祭鄭尙書
　云敬文 ····························· Ⅰ60
정월초하루 原日 ····················· Ⅰ192
정장원 총의 성남즉사 시에 차운하다 次鄭壯元
　摠城南卽事韻 ····················· Ⅰ266
정전 政典 ·························· Ⅱ95
─ 총서 總序 ························ Ⅱ95
정종지 금릉기행 시문록 발 鄭三峯金陵紀行詩
　文跋 ···························· Ⅰ221
정종지의 문고 끝에 발함 跋鄭宗之文藁後
　··································· Ⅰ219
정종지 시문록 발 鄭宗之詩文錄跋 ···· Ⅰ203
정진 正陣 ·························· Ⅰ317
정총랑이 시를 지었는데 낙화의 한탄이 있으므
　로 차운하여 돌려주다 鄭摠郎作詩有洛花之歎
　次韻反之 ························· Ⅰ266
정침전 鄭沉傳 ····················· Ⅰ124
정표 旌表 ·························· Ⅱ87
제경렴정 題景濂亭 ·················· Ⅰ144
제공의 시에 차운하다 次諸公韻 ······ Ⅰ171
제방기포 諸坊碁布 ·················· Ⅰ432
제사 祭祀 ·························· Ⅱ113
제신사전 諸神祀典 ·················· Ⅱ79
조명상인에게 주는시의 서 贈祖明上人詩序
　··································· Ⅰ103
조생의 부거를 전송하는 서 送趙生赴擧序
　··································· Ⅰ130
조선경국전 상 朝鮮經國典上 ········ Ⅱ33
조선경국전을 지어 올리는 전 撰進朝鮮國典
　箋 ······························ Ⅰ378
조선경국전 하 朝鮮經國典下 ········ Ⅱ93
조운 漕運 ·························· Ⅱ63
조정승 준의 진영찬 趙政丞浚眞影贊 · Ⅰ401
조행 早行 ⇒ 아침에 떠나다 ········· Ⅰ191
조회 朝會 ·························· Ⅱ75
존휼 存恤 ·························· Ⅱ102
종묘 宗廟 ························ Ⅱ76·129
종지가 보여준 시운에 답하다 戲和宗之見詩韻
　··································· Ⅰ231
좌자 운을 얻어 삼가 좌시중의 권말에 쓰다 得
　座字謹題左侍中卷末 ········· Ⅰ337

주 周 ······················· Ⅱ155·217·272
주·군 州郡 ························· Ⅱ56
주·목 州牧 ························· Ⅱ237
주필하여 고 소윤을 보내다 走筆送高少尹
　··································· Ⅰ276
죽소 竹所 ·························· Ⅰ222
죽창명 竹窓銘 ····················· Ⅰ128
중간 삼봉집 발 重刊三峯集跋 ······ Ⅰ435
중구 重九 ⇒ 구월구일 ············· Ⅰ138
중추 中秋 ⇒ 한가위 ··············· Ⅰ145
─ 가 歌 ⇒ 한가위 노래 ······· Ⅰ135·136
─ 에 상장역에서 ─上莊驛 ······ Ⅰ204
지극한 정성으로 천하를 유익하게 하면 천하
　가 그 큰 복을 받게 된다 至聖益於天下天下受
　其大福 ··························· Ⅰ419
직제 職制 ·························· Ⅱ111
진 秦 ····························· Ⅱ155
진 晉 ····························· Ⅱ302
진관사에 머물다 留眞觀寺 ········· Ⅰ408
진도 陣圖 ·························· Ⅰ312
진맥도결 診脈圖訣 ················· Ⅰ264
진법 陣法 ·························· Ⅰ317
진영찬 뒤에 씀 題眞贊後 ·········· Ⅰ378
집을 옮기다 移家 ·················· Ⅰ188

차

차운강지수사 次韻江之水詞 ········· Ⅰ336
차운하여 여흥으로 돌아가는 김 비감 구용을 전
　송하다 次韻送金秘監九容歸驪興·· Ⅰ73
차운하여 우시중 상락백 죄하에 올리다 次韻拜
　獻右侍中上洛伯座下 ·········· Ⅰ338
차운하여 일본 무상인의 시권에 제하다 次韻題
　日本茂上人詩卷 ··············· Ⅰ288
차운하여 정달가 몽주에게 부치다 次韻寄鄭達
　可夢周 ··························· Ⅰ141
창고 倉庫 ·························· Ⅱ126
척약재명 惕若齋銘 ················· Ⅰ256
척약재유고서 惕若齋遺稿序 ········ Ⅰ253
천답 天答 ·························· Ⅰ87
천도를 버리고 불과를 말함 舍天道而談佛果
　··································· Ⅱ410
천변을 재상에게 구하는 교서 ······· Ⅰ393

천자 운으로 시를 지어 맹희도에게 주다 贈孟希
　道天字韻 ·················· Ⅰ405
천하 사람을 모으는 도리는 마땅히 그 자리를
　바르게 하고 그 덕을 닦아야 한다. 萃天下之道
　當正其位修其德 ·············· Ⅰ421
천하의 곤란을 구제하되 성현의 신하가 보좌 하
　지 않고서는 되지 않았다 濟天下蹇未有不由
　聖賢之臣爲之佐 ··············· Ⅰ418
천하의 뜻에 통하고 다시 자신의 총명을 믿지
　말아야 한다 通天下之志勿復自任其明 · Ⅰ413
천하의 비색을 휴지한다 休息天下之否 ·· Ⅰ415
철관문을 지나다 過鐵關門 ········ Ⅰ195
철령 鐵嶺 ·················· Ⅰ198
철원관청에서 鐵原東軒 ·········· Ⅰ410
청석동연음기 靑石洞宴飮記 ······· Ⅰ359
초사 草舍 ⇒ 띠집 ·············· Ⅰ143
초수도에 제하다 題樵叟圖 ········ Ⅰ281
촌거 村居 ⇒ 마을에 살다 ········· Ⅰ172
촌거즉사 村居卽事 ·············· Ⅰ44
촌에 사는 친구가 은어를 보내 왔으므로 소회를
　써서 감사의 뜻을 전하다 村居友送銀魚書懷
　謝呈 ····················· Ⅰ185
총술 總術 ·················· Ⅰ317
최부사가 과거에 급제하여 고향으로 가 기에 전
　송하다 送崔副使擢第還鄕 · Ⅰ259
최판서를 곡함 哭崔判書 ·········· Ⅰ267
추라 騶邏 ·················· Ⅱ106
추석날 상장역에서 ············· Ⅰ204
추흥정에 제하다 題秋興亭 ········ Ⅰ168
출성 出城 ·················· Ⅰ44
충주 절에 우거하는 김부령에게 보내다 寄金副
　令寓居忠州山寺 ·············· Ⅰ164
취봉사 루에서 부를 보고 일절을 지어 탁선생에
　게 받들어 부치다 鷲峯寺樓上賦得一絶奉寄卓
　先生 ····················· Ⅰ146
치전 治典 ·················· Ⅱ44
　— 총서 總序 ·················· Ⅱ44
치어 致語 ·················· Ⅰ346
칙위성지발어 勅慰盛旨跋語 ········ Ⅰ423

타

태을칠십이국도 太乙七十二局圖 ····· Ⅰ201

태평관 석상에서 국자학록 장선생 보의 시에차
　운하다 太平館席上次國子學錄張先生溥韻
　······················· Ⅰ208

파

판문하 조정승의 구고만사 挽判門下曹相國舅
　姑 ····················· Ⅰ266
판적 版籍 ·················· Ⅱ57
팔법으로 관부를 다스린다. ········ Ⅱ144
팔병으로 임금을 가르쳐 보필하고 군신을 어거
　한다. ···················· Ⅱ146
팔진삼십육변도보 八陣三十六變圖譜 · Ⅰ200
팔칙으로 도읍과 지방을 다스린다. ··· Ⅱ145
팔통으로 임금을 가르치고 백성을 어거한다.
　······················· Ⅱ147
평양 부벽루에 제하다 題平壤浮碧樓 · Ⅰ277
평양에 당도하다 到平壤 ·········· Ⅰ329
평창군 平昌郡 ··············· Ⅰ257
포망 단옥 捕亡斷獄 ············· Ⅱ121
포은의 봉사고 서 圃隱奉使稿序 ···· Ⅰ245
풍·우·뇌·우 風雲雷雨 ··········· Ⅱ78

하

하 夏 ····················· Ⅱ262
하공의 생남을 축하하는 시의 서 賀河公生子詩
　序 ······················ Ⅰ127
하방 河防 ·················· Ⅱ122
하상국 춘정의 시 서 河上國春亭詩序 · Ⅰ104
하호보자명 河浩甫字銘 ·········· Ⅰ129
학교 學校 ·················· Ⅱ83
학자지남도 學者指南圖 ·········· Ⅰ191
한 韓 ····················· Ⅱ156
한 漢 ···················· Ⅱ229·281
한가위 中秋 ⇒ 중추 ············ Ⅰ145
한가위 노래 中秋歌 ⇒ 중추가 ·· Ⅰ135·136
한식 寒食 ·················· Ⅰ333
함공과 누상에서 술을 마시다 咸公樓上飮酒
　······················· Ⅰ137
함영 소나무에 제하다 題咸營松樹 ··· Ⅰ196
함흥관에 제하다 題咸興館 ········ Ⅰ197
향음주 鄕飮酒 ··············· Ⅱ88

향약제생집성방서 鄕藥齊生集成方序 · Ⅰ428
헌전 憲典 ····························· Ⅱ108
—총서 總序 ························· Ⅱ108
—후서 後序 ························· Ⅱ123
현령 縣令 ··························· Ⅱ240
현생원 서재에서 玄生員書齋 ········· Ⅰ151
혜민전약국 惠民典藥局 ················ Ⅱ72
호역 戶役 ··························· Ⅱ112
호장로를 전송하는 시 서 送湖長老詩序 ·· Ⅰ99
혼인 婚姻 ···························· Ⅱ89
후봉사잡록 後奉使雜錄 ················ Ⅰ329
화엄종사 우운을 전송하는 시 서 送華嚴宗師友

雲詩序 ··························· Ⅰ251
환조하는 행인낙공을 보내다 送行人雒公還
朝 ······························· Ⅰ229
환조하는 행인단공을 보내다 送行人段公還朝
································· Ⅰ228
황려의 시에 차운하다 次黃驪詩韻 ····· Ⅰ258
황주 판상시에 차운하다 次黃州板上詩 ·· Ⅰ330
회고가 懷古歌⇒옛 자취를 노래하다 ··· Ⅰ312
회시책 會試策 ····················· Ⅰ405
회음역에서 입춘을 맞이하다 淮陰驛立春 Ⅰ333
흥을 파하다 遣興 ⇒ 견흥 ············· Ⅰ72

정병철 ───────────────────────────────

▌약 력

　1957年 慶北 醴泉 出生
　韓星企業株式會社, (株)孝光商社, 豊榮建設株式會社 部長 歷任
　嶺友詩會 會員, 奉化鄭氏 文憲公宗會 弘報委員
　Blog 鄭道傳三峯集 http://jbc304.egloos.com/ 運營.

▌주요논문 및 저서

　家庭儀禮와 禮節, 祭禮便覽

增補 三峯集 II

초판인쇄 | 2009년 12월 20일
초판발행 | 2009년 12월 20일

지은이 | 정병철
펴낸이 | 채종준
펴낸곳 | 한국학술정보(주)
주　소 | 경기도 파주시 교하읍 문발리 파주출판문화정보산업단지 513-5
전　화 | 031) 908-3181(대표)
팩　스 | 031) 908-3189
홈페이지 | http://www.kstudy.com
E-mail | 출판사업부　publish@kstudy.com

등　록 | 제일산-115호(2000. 6. 19)
가　격 | 28,000원

ISBN　9788926805879 (v.1) 94810(Paper Book)
　　　　9788926805893 (v.2) 94810
　　　　9788926805916 (v.3) 94810
　　　　9788926805930 (v.4) 94810
　　　　9788926805855 (set) (e-Book)

내일을여는지식 은 시대와 시대의 지식을 이어 갑니다.